GOLDMANN

Als Tochter eines deutschstämmigen Vaters in New York geboren, kam Danielle Steel als junges Mädchen nach Frankreich. Sie besuchte verschiedene europäische Schulen. An der Universität von New York studierte sie französische Sprache und Literatur. Seit 1977 schreibt sie Romane, die in Amerika wie auch in Deutschland Bestseller sind.

Außer »Vertrauter Fremder« und »Die Liebe eines Sommers« sind weitere Romane von Danielle Steel in Sammelbänden erschienen:

Das Haus von San Gregorio – Unter dem Regenbogen
(Goldmann-Taschenbuch 11961)
Verborgene Wünsche – Doch die Liebe bleibt
(Goldmann-Taschenbuch 13163)

Eine Übersicht über die als Goldmann-Taschenbücher einzeln erhältlichen Romane von Danielle Steel finden Sie am Schluß des vorliegenden Bandes.

Danielle

Steel

Vertrauter Fremder

Die Liebe eines Sommers

Zwei Romane in einem Band

GOLDMANN VERLAG

Ungekürzte Ausgaben
Titel der Originalausgaben: »A Perfect Stranger« (»Vertrauter Fremder«)
und »Summer's End« (»Die Liebe eines Sommers«)
Originalverlag: Dell Publishing, New York

Umwelthinweis:
Alle bedruckten Materialien dieses Taschenbuches
sind chlorfrei und umweltschonend.
Das Papier enthält Recyclinganteile.

Der Goldmann Verlag
ist ein Unternehmen der Verlagsgruppe Bertelsmann

Genehmigte Taschenbuchausgabe 3/96

Umschlagentwurf: Design Team München
Druck: Elsnerdruck, Berlin
Verlagsnummer: 13160
MV · Herstellung: Heidrun Nawrot
Made in Germany
ISBN 3-442-13160-X

5 7 9 10 8 6 4

Vertrauter Fremder

Aus dem Amerikanischen
von Ursula Kopsch-Langhein

Für Nicholas

Mögest du im Leben das finden, wonach du suchst,
es erkennen, wenn du es siehst,
und das große Glück haben,
es zu bekommen –
und zu bewahren!!!

In Liebe,
D. S.

I

Langsam öffnete sich das Garagentor – ein gähnender Schlund, wie eine große schwarze Kröte, die gierig auf eine ahnungslose Fliege lauert. Ein kleiner Junge auf der anderen Straßenseite schaute fasziniert zu. Er sah es gern, wenn sich das Tor auf diese Weise öffnete. Er wußte, im nächsten Augenblick würde der wunderschöne Sportwagen um die Ecke biegen. Er wartete und zählte... fünf... sechs... sieben... Ohne den Mann zu kennen, der auf die Fernbedienung an seinem Armaturenbrett gedrückt hatte, beobachtete der kleine Junge ihn jeden Abend bei der Heimkehr. Es gehörte zu seinem Lieblingsritual, und er war enttäuscht, wenn sich der Mann im schwarzen Porsche verspätete oder gar nicht nach Hause kam. Der Junge stand im Häuserschatten und zählte... elf... zwölf... dann sah er ihn: ein glatter, schwarzer Schatten, pfeilschnell um die Kurve zischend und in einem sanften Manöver in die Garage gleitend. Das Kind warf noch einen letzten Blick auf den schönen schwarzen Wagen und ging zurück ins Haus.

In der Garage stellte Alexander Hale den Motor ab, blieb noch einen Augenblick sitzen und starrte in die Finsternis. Zum hundertsten Mal an diesem Tag versuchte er den Gedanken an sie aus seinem Gedächtnis zu verdrängen. Er stieß einen leisen Seufzer aus, ergriff seine Aktentasche und stieg aus. Einen Augenblick später würde die elektronische Vorrichtung automatisch das Garagentor schließen. Er betrat das Haus durch den Hintereingang im Garten. Dann stand er in der Diele des hübschen, kleinen viktorianischen Hauses und blickte in die leblose, einstmals gemütliche Küche. Kupferne Töpfe hingen an einem schmiedeeisernen Gestänge über dem Herd, aber die Putzfrau hatte sie seit Jahren nicht poliert, und es gab niemanden, der sich einen Deut darum scherte. Die Pflanzen, die dicht vor den Fenstern hingen, sahen welk und trocken aus. Alexander kehrte in die Diele zurück, warf nur einen flüchtigen Blick in das kleine, holzgetäfelte Eßzimmer und ging langsam nach oben.

Wenn er jetzt nach Hause kam, benutzte er immer den Eingang vom

Garten. Es war weniger deprimierend, als durch den Vordereingang hereinzukommen. Wann immer er ihn benutzte, hatte er stets noch das Gefühl, sie hier anzutreffen. Er glaubte, sie vor sich zu sehen, mit der dichten Fülle ihres schweren blonden Haares, das auf ihrem Kopf zusammengehalten war, ihren strengen Kostümen, die sie bei Gericht trug. Rachel... blendende Anwältin... noble Freundin... intrigantes Weibchen... bis sie ihn verletzte... bis sie ihn verließ... bis zu ihrer Scheidung vor zwei Jahren, genau auf den heutigen Tag.

Auf dem Weg von der Kanzlei hierher hatte er sich gefragt, ob er sich wohl immer so genau an diesen Tag erinnern und den Schmerz jenes Oktobermorgens nachempfinden würde. Blieb diese Erinnerung für immer und ewig haften? Allerdings war es ein seltsames Zusammentreffen, daß ihre Jahrestage auf das gleiche Datum fielen, der Tag ihrer Hochzeit und der Tag ihrer Scheidung. Reiner Zufall, stellte Rachel nüchtern fest. Sie hatte es ironisch gemeint. Wie schrecklich! hatte seine Mutter ausgerufen, als sie am Abend, nachdem die Scheidungsurkunde gekommen war, mit ihm telefonierte und ihn völlig betrunken in den Hörer lachen hörte, weil er nicht weinen wollte.

Rachel – der Gedanke an sie beunruhigte ihn noch immer. Er wußte, er sollte es nicht, nicht mehr nach zwei Jahren, doch er tat es... Die goldenen Haare, die Augen von der Farbe des Atlantiks kurz vor Ausbruch eines Sturms, dunkelgrau, gemischt mit Blau und Grün. Als er sie das erste Mal sah, trat sie in einem Fall, der gerichtlich ausgetragen wurde, als Anwältin für die Gegenpartei auf. Freilich war es eine dramatische Schlacht, und Johanna von Orléans hätte sich kaum mit größerem Enthusiasmus und Spürsinn einsetzen können. Alexander hatte sie während der Verhandlungen beobachtet, fasziniert und gleichsam amüsiert und mehr wie je zuvor in seinem Leben von einer Frau bezaubert. Er lud sie an jenem Abend zum Essen ein, und sie hatte darauf bestanden, die Hälfte der Rechnung zu begleichen. Sie pflege ›Geschäftsbeziehungen nicht zu verderben‹, hatte sie ihm mit einem kleinen durchtriebenen Lächeln erklärt und in ihm den Wunsch entfacht, sie entweder zu schlagen oder ihr die Kleider vom Leib zu reißen. Sie war so gottverdammt schön gewesen und so gottverdammt gerissen.

Die Erinnerung an sie ließ ihn die Stirne krausen, während er durch das leere Wohnzimmer ging. Sie hatte alle Wohnzimmermöbel nach New York genommen. Den Rest des Mobiliars überließ sie Alex. Das Empfangszimmer im Hochparterre des hübschen, kleinen viktorianischen Hauses, dessen Einrichtung sie gemeinsam eingekauft hatten, war total ausgeräumt. Manchmal fragte er sich, ob er wohl sooft an sie denken, ihr so grollen würde, wenn sie die neuen Möbel nicht gekauft hätten und er nicht jedesmal durch leere Räume müßte, wenn er zur Haustür wollte. Doch als er jetzt nach oben stieg, spürte er die Leere ringsumher nicht. Seine Gedanken waren meilenweit entfernt. Er dachte an die Tage, bevor sie ihn verließ, dachte an das, was sie miteinander gemeinsam hatten und was nicht. Sie hatten Hoffnung und Witz und Gelächter und ihre Berufe geteilt, ihr Bett und ihr Haus und sehr wenig mehr.

Alexander hatte sich Kinder gewünscht, die die Schlafräume im oberen Stockwerk mit Lärm und Gelächter beleben sollten. Rachel wollte entweder in die Politik oder einen Job in einer angesehenen New Yorker Anwaltskanzlei. Die Politik hatte sie bei ihrem Kennenlernen beiläufig erwähnt. Ihr Vater, ein mächtiger Mann in Washington, war vormals Gouverneur in ihrem Heimatstaat: noch etwas, das sie mit Alexander gemein hatte, dessen Schwester in New York Kongreßabgeordnete war. Rachel hatte sie immer sehr bewundert. Sie und Alexanders Schwester Kay waren rasch Freundinnen geworden. Aber es war nicht die Politik, die Rachel von Alex entfernte. Es war die andere Hälfte ihres Traums: die Anwaltsfirma in New York. Am Ende hatte sie zwei Jahre gebraucht, um ihre Zelte abzubrechen und ihn zu verlassen. Im Geiste fuhr er mit dem Finger über die Wunde. Es schmerzte nicht mehr so sehr wie einst, doch war er noch nie in seinem Leben so verletzt worden.

Sie war schön, brillant, erfolgreich, dynamisch, amüsant... doch es gab stets etwas, das er an ihr vermißte: etwas Zartes, Sanftes, Gütiges. Diese Worte wählte man nicht, wenn man Rachel beschreiben wollte. Sie hatte immer mehr vom Leben verlangt, als nur Alexander zu lieben oder Anwältin in San Francisco und irgendeines Mannes Frau zu sein. Sie war genau neunundzwanzig, als sie einander begegneten, und sie war vorher noch nie verheiratet gewesen. Dazu sei sie zu beschäftigt, hatte sie ihm erklärt, zu sehr darauf konzentriert, ihren Lebenszielen nachzujagen. Als sie die juristische Fakultät verließ, hatte sie sich selbst das Versprechen gegeben, mit dreißig jemand zu sein, der es ›geschafft‹ hatte. Was heißt das? hatte er sie gefragt. Hunderttausend im Jahr, antwortete sie ohne Wimpernzucken. Er wollte sie auslachen, doch da bemerkte er ihren Blick. Sie meinte, was sie sagte. Und sie würde es bekommen. Ihr ganzes Leben war auf diese Art von Erfolg ausgerichtet. Erfolg, an diesem Maßstab gemessen, bedeutete harte Dollars und wichtige Fälle, einerlei, wer bei diesem Unternehmen auf der Strecke blieb. Bevor sie nach New York ging, hatte sie halb San Francisco übers Ohr gehauen, und selbst Alex mußte am Schluß erkennen, wer sie war. Sie war kalt, skrupellos und ehrgeizig, und sie machte vor keiner Hürde halt, wenn es galt, ihre Ziele zu erreichen.

Vier Monate nach ihrer Hochzeit wurde ein Posten in einer der renommiertesten Anwaltskanzleien der Stadt vakant. Anfangs war Alex beeindruckt, daß man sie überhaupt in Erwägung zog. Immerhin war sie eine ziemlich junge Frau und eine sehr junge Anwältin. Er stellte jedoch bald fest, daß sie bereit war, jedes häßliche Manöver anzuwenden, um diesen Job zu bekommen. Sie tat's und erhielt ihn. Zwei Jahre hatte Alex versucht, zu vergessen, was sie alles unternommen hatte, um sich durchzusetzen. Immer wieder sagte er sich, daß sie nur die Praktiken angewandt hatte, wie sie im Geschäftsleben üblich sind. Und endlich kam der letzte Paukenschlag. Man erklärte sie zur vollberechtigten Teilhaberin und trug ihr die Leitung der New Yorker Geschäftsstelle an. Das war mehr als ein Hunderttausenddollar-Jahresjob, und Rachel Hale war erst einunddreißig Jahre alt. Zwischen Abscheu und Faszination beobachtete Alexander, wie sie um ihre Entscheidung rang. Die Entscheidung war einfach: New York oder San Francisco – Alexander oder nicht. Zuletzt erklärte sie ihm freundlich, es sei eine zu gute Gelegenheit, um sie sich entgehen zu lassen. »Doch deshalb braucht sich an unserer Beziehung nichts zu ändern.« Sie könne beinahe jedes Wochenende nach San Francisco fliegen oder, natürlich nur, wenn Alex es wolle... er könnte seine eigene Anwaltsfirma aufgeben und mit ihr in den Osten gehen.

»Und was tun? Deine Plädoyers vorbereiten?« Wütend und verletzt hatte er vor ihr gestanden. »Oder was bleibt für mich übrig, Rachel?« Er starrte sie fragend an, nachdem sie ihm ihren Entschluß, nach New York zu gehen, verkündet hatte. Er hatte sich etwas anderes gewünscht. Er hatte gehofft, von ihr zu hören, daß sie den Posten nicht übernehmen würde, daß er ihr mehr bedeute. Das aber wäre nicht Rachels Stil gewesen, ebensowenig, wie es der seiner Schwester war. Einmal entschlossen, der Wahrheit ins Gesicht zu sehen, stellte er fest, daß er vor Rachel schon einmal eine Frau gekannt hatte, die so war wie sie. Seine Schwester Kay hatte immer durchgesetzt, was sie wollte, jedes Hindernis im Sturm nehmend und bereit, alles, was sich ihr in den Weg stellte, zu verschlingen oder zu vernichten. Der einzige Unterschied bestand darin, daß Kay sich in der Politik und Rachel sich in der Juristerei auslebte.

Einfacher war es, eine Frau wie seine Mutter zu verstehen und zu respektieren. Charlotte Brandon hatte es irgendwie erfolgreich gemeistert, Kinder und Karriere unter einen Hut zu bringen. Immer war sie für Alex und seine Schwester dagewesen, hatte sie geliebt und ihnen alles gegeben, was sie besaß. Alex war noch ein Baby, als sein Vater starb. Die Mutter übernahm einen Teilzeitjob und stellte Recherchen für eine Zeitungskolumne an. Schließlich schrieb sie die Kolumne selber als Ghostwriter. In der knappen Freizeit, die ihr blieb, arbeitete sie bis in die frühen Morgenstunden hinein an ihrem ersten Buch. Den Rest konnte man ihrem Lebenslauf entnehmen, der auf den Schutzumschlägen ihrer Bücher stand. Neunzehn hatte sie geschrieben, im Laufe der Jahre in Millionenauflage verkauft. Ihre Karriere war ein Zufall, geboren aus der Not. Doch was immer die Gründe dafür waren, sie hatte es fertiggebracht, ihren Erfolg als besonderes Geschenk anzunehmen; als etwas, das sie mit ihren Kindern teilen und genießen konnte, und nicht als etwas, das ihr das Wichtigste im Leben wurde. Charlotte Brandon war in der Tat eine bemerkenswerte Frau, doch ihre Tochter war völlig anders. Bösartig, neidisch, karrierebesessen, strahlte sie nichts von der Liebenswürdigkeit, Herzensgüte und den geistigen Anlagen ihrer Mutter aus. Und im Lauf der Zeit hatte Alex die Erfahrung machen müssen, daß es seiner Frau ebenfalls an diesen Eigenschaften mangelte.

Bei ihrem Umzug nach New York hatte Rachel darauf beharrt, nicht von ihm geschieden zu werden. Eine Zeitlang hatte sie sogar gependelt. Jedoch durch ihre unterschiedlichen Arbeitsbelastungen an entgegengesetzten Enden des Landes wurden ihre gemeinsamen Wochenenden seltener und seltener. Es war hoffnungslos, wie sie Alex schließlich zugeben mußte. An zwei langen Wochenenden hatte er sich ernsthaft überlegt, seine eigene lukrative Praxis aufzugeben und nach New York zu gehen. Teufel auch, was war die Kanzlei ihm schon wert? Sicher war es unsinnig, an ihr zu hängen, wenn es bedeutete, gleichzeitig seine Frau zu verlieren. Um vier Uhr früh hatte er seine Entscheidung getroffen. Erschöpft, doch hoffnungsfroh gestimmt, griff er nach dem Telefon, um sie anzurufen. In New York war es jetzt sieben Uhr morgens. Ein Mann meldete sich mit tiefer, honigweicher Stimme. »Mrs. Hale?« Es klang verblüfft. »Oh, Miss Patterson.« Rachel Patterson. Alex hatte nicht bedacht, daß sie ihr neues Leben in New York unter ihrem alten Namen begonnen hatte. Er hatte auch nicht bedacht, daß sie samt ihrem neuen Job eine neue Lebensrichtung eingeschlagen hatte. Es war sehr wenig, was sie ihm an jenem Morgen hatte sagen können. Er hörte ihr mit Tränen in den Augen zu. Etwas später rief sie ihn aus ihrer Anwaltspraxis an.

»Was soll ich sagen, Alex? Es tut mir leid...« Leid? Ihn verlassen zu haben? Oder eine Affäre zu haben? Um was tat es ihr leid? Oder tat nur er ihr leid? Armseliger, bedauernswerter Trottel, der er war, allein gelassen in San Francisco hockend!

»Hat es irgendeinen Sinn, zu versuchen, die Sache wieder ins Lot zu bringen?« Er war bereit, es zu versuchen, doch wenigstens dieses eine Mal war sie aufrichtig.

»Nein, Alex, ich fürchte, nein.« Sie hatten einige Minuten miteinander geredet und schließlich die Hörer aufgelegt. Es gab nichts mehr zu besprechen, außer mit ihren eigenen Anwälten. Alles wurde friedlich geregelt. »Vollkommen zivilisiert«, nach Rachels Worten. Es hatte überhaupt keine Probleme gegeben. Und dennoch hatte es Alex bis in die tiefsten Wurzeln seines Wesens erschüttert.

Ein ganzes Jahr lang hatte er sich gefühlt, wie wenn ihm ein sehr teurer, nahestehender Angehöriger gestorben wäre.

Möglicherweise war er es selbst, den er betrauerte. Es war, als sei ein Teil von ihm, in Kisten und Kasten verpackt, beiseitegestellt worden. So wie die Wohnzimmermöbel, die nach New York abtransportiert worden waren. Er funktionierte völlig normal: Er aß, er schlief, er ging zu

Verabredungen; er spielte Tennis, Rackett, Squash; er ging auf Partys, er reiste; und seine Anwaltspraxis blühte. Aber einige wesentliche Teile von ihm fehlten. Er wußte es, auch wenn es sonst keiner merkte. Länger als zwei Jahre hatte er einer Frau außer seinem Körper nichts zu bieten gehabt.

Auf dem Weg zu seinem Arbeitszimmer bekam die Stille des Hauses auf einmal etwas Unerträgliches. Ihn überfiel der Wunsch nach Bewegung. In letzter Zeit spürte er oft diesen überwältigenden Drang, ins Freie zu flüchten, fort aus der Leere und Stille. Erst jetzt, nach zwei Jahren des Alleinseins, begann die Betäubung von ihm zu weichen, so, als würden die Bandagen endlich abgestreift, und was nachblieb, war nur noch eine empfindliche Stelle.

Alex tauschte seine seriöse Kleidung gegen Jeans, Segeltuchschuhe und einen alten Parka. Er sprang die Stufen hinunter, schlug die Tür hinter sich zu und bog nach rechts zum Divisadero ab. Dort begann er langsam den steilen Hügel zum Broadway hinaufzulaufen. Oben angekommen, wandte er sich um, um die atemberaubende Aussicht in sich aufzunehmen. Unter ihm schimmerte die Bucht in der Dämmerung wie Seide. Die Hügel waren vom Nebel verschleiert, und die Hafenlichter funkelten wie Diamanten, Rubine und Smaragde über dem Wasser.

Nachdem er die prachtvollen Gebäude am Broadway erreicht hatte, schwenkte er nach rechts und ging auf den Presidio zu, abwechselnd auf die riesigen, imposanten Häuser und die stille Schönheit der Bucht schauend. In diesem vornehmen Teil San Franciscos konnte man zwei oder drei der teuersten hochherrschaftlichen Wohnblocks der Stadt bestaunen, stolze Backsteinhäuser und Tudor-Herrenhäuser, bemerkenswerte Gärten, atemberaubende Aussichten und turmhohe Bäume. Man sah keine Menschenseele unterwegs und vernahm keinen Laut. Dennoch konnte man sich unschwer den Klang des Kristalls, das Klingen feinen Silbers, livrierte Bediente, Herren und Damen in Abendroben aus Samt und Seide vorstellen. Bei den Bildern, die seine Phantasie ihm vorgaukelte, mußte Alexander lächeln.

Weniger einsam fühlte er sich, als er durch kleinere Straßen kam und an einfacheren Häusern entlanglief. Hier glaubte er im Geiste Männer zu sehen, die ihre Arme um ihre Frauen legten, lachende Kinder und junge Hunde, die in der Küche spielten oder vor einem wärmenden knisternden Kaminfeuer ausgestreckt lagen. In den großen Häusern gab es nichts, nach dem er sich sehnte. Das war eine Welt, nach der ihn nicht verlangte, obgleich er sie gut kannte. Was Alex für sich erstrebte, war etwas völlig anderes, etwas, das er und Rachel nie erfahren hatten.

Er konnte sich kaum vorstellen, wie es war, wieder jemanden zu lieben, zu umsorgen, ihm in die Augen zu schauen und vor Glück zu zerspringen. Für Alex hatte es dies alles schon so lange nicht mehr gegeben, daß er das Gefühl dafür fast vergessen hatte. Manchmal war er sich nicht sicher, ob er es überhaupt noch mal erleben wollte. Er war die geschäftigen Karrierefrauen leid; Frauen, die mehr an ihren Gehältern und raschen Aufstiegschancen interessiert waren, als verheiratet zu sein und Kinder zu haben. Er wünschte sich eine altmodische Frau, ein Wunder, eine Rarität, einen Edelstein. Und da gab es nichts. Seit fast zwei Jahren hatte es für Alex nur kostspielige Fälschungen gegeben. Er aber wünschte sich ein echtes Wertstück, einen vollkommenen, makellosen, ungewöhnlichen Solitär. Er bezweifelte sehr ernsthaft, ob es ihn irgendwo gab. Eines aber wußte er, und zwar felsenfest: Er würde sich mit nichts Geringerem als seinem Traum zufriedengeben. Und: Er wollte keine Frau wie Rachel. Das wußte er ebenso sicher.

Er strich sie erneut aus seinen Gedanken und blieb am Ausblick der Baker-Street-Treppe stehen. Die Stufen waren in den steilen Hang gemeißelt, der am Fuß den Broadway mit der Vallejo Street verband. Alex genoß den Blick und die kühle Brise und ließ sich auf der obersten Steinstufe nieder. Vielleicht fand er nie die richtige Frau. Vielleicht würde er niemals wieder heiraten. Was tat's? Er hatte ein gutes Leben, ein hübsches Heim, eine Anwaltspraxis, die ebenso erfreulich wie erfolgreich war. Vielleicht besaß er kein Recht, noch mehr zu verlangen.

Sein Blick glitt über die pastellfarbenen Häuser am Hafen, die kleinen viktorianischen Pfefferkuchenhäuser in Cow Hollow und die stolze griechische Pracht des Palastes der Schönen Künste. Und dann, nachdem seine Augen über die Kuppel, die Maybeck ein halbes Jahrhundert zuvor geschaffen hatte, und weiter unten über die Dachgiebel gewandert waren, entdeckte er sie plötzlich. Eine Frau, am Fuß der Treppe hingekauert, als sei sie dort eingemeißelt worden – einer Statue aus dem

Palast der Schönen Künste gleichend. Nur daß diese hier noch feiner war, mit dem edlen Profil, das sich silhouettenhaft von den Straßenlichtern abhob. Er entdeckte, daß er plötzlich sehr still dasaß und hinunterstarrte, als sei sie eine Skulptur, eine Statue, irgend etwas, das jemand dort zurückgelassen hatte – ein edles Marmorbild in Form einer Frau, dabei so geschickt gestaltet, daß man sie fast für lebendig halten konnte.

Sie bewegte sich nicht, und er beobachtete sie fast fünf Minuten lang. Er sah, wie sie sich aufrichtete, mit einem langen, tiefen Atemzug die frische Nachtluft einsog und langsam wieder ausatmete, so, als habe sie einen sehr harten Tag gehabt. Es war etwas Ungewöhnliches um sie. Alex saß wie gebannt und war unfähig fortzuschauen. Es war das seltsamste Gefühl, das er je erlebt hatte, dazusitzen, auf die Gestalt, die im trüben Licht der Straßenlaternen saß, hinabzustarren und sich zu ihr hingezogen zu fühlen. Wer war sie? Was tat sie dort unten? Ihre Gegenwart schien an den tiefsten Kern seines Wesens zu rühren.

Ihre Haut wirkte sehr weiß in der Dunkelheit. Ihr Haar, dunkel und glänzend, war im Nacken zu einem sanften Knoten geschlungen. Es wurde von höchstens ein oder zwei Nadeln zusammengehalten. Für einen Moment überfiel Alex der verrückte Wunsch, die Stufen hinunterzurennen, sie zu berühren, sie in die Arme zu nehmen und ihr das dunkle Haar zu lösen. Als ob sie fühlte, was er dachte, schreckte sie plötzlich aus ihren Träumereien, so, als sei sie aus großer Entfernung von einer festen Hand zurückgeholt worden. Sie drehte sich zu ihm um und hob den Kopf. Sie schaute zu der Stelle, an der er saß. Und was er sah, als er zu ihr hinunterblickte, war das schönste Gesicht, das er je gesehen hatte. Ein Gesicht mit den vollendeten Proportionen eines Kunstwerks: reine, edle Züge, ein makelloses Antlitz mit riesigen dunklen Augen und einem sanft geschwungenen Mund. Es waren vor allem die Augen, die ihn fesselten, als sie ihn ansah – geheimnisvolle Augen, die das ganze Gesicht zu beherrschen schienen, Augen, erfüllt von einem unermeßlichen Schmerz. Er konnte im Laternenlicht erkennen, wie zwei schimmernde Tränenflüsse über die marmorweißen Wangen rannen. Für einen endlosen Moment begegneten sich ihre Augen, und Alex spürte, wie sich jede Faser seines Körpers zu der unbekannten Schönen mit den großen Augen und dem dunklen Haar hingezogen fühlte. Sie sah so verletzlich, so verloren aus, wie sie dort unten saß. Verwirrt senkte sie den Kopf. Alex fühlte das starke Bedürfnis, zu ihr hinunterzugehen. Er beobachtete sie und kämpfte mit seinem Entschluß. Plötzlich stand sie auf. Sie war in Pelz gehüllt, in ein Luchsfell, das sie wie eine Wolke umschwebte. Erneut flogen ihre Augen zu Alex hinauf, doch diesmal nur für den Bruchteil einer Sekunde. Und dann, als habe es sich nur um eine Erscheinung gehandelt, ging sie auf eine Hecke zu und war jäh verschwunden.

Einen langen Augenblick starrte Alex auf den Fleck, auf dem sie gesessen hatte. Unvermittelt stand er auf und lief die Stufen hinunter, um die Stelle aus der Nähe zu betrachten. Unten entdeckte er einen schmalen Pfad, der zu einer schweren Tür führte. Er konnte nur vermuten, daß sich dahinter ein Garten befand. Es gab keine Möglichkeit, festzustellen, wem dieses Grundstück gehörte. Hier endete also das Mysterium. Vielleicht saß sie in einem verborgenen Garten hinter der versperrten Tür. Er spürte einen Anflug ohnmächtiger Verzweiflung, wohl wissend, daß er sie niemals wiedersehen würde. Langsam kehrte er um und stieg die Stufen wieder hinauf.

2

Selbst als Alex den Schlüssel aus der Tasche zog, um die Haustür aufzuschließen, verfolgte ihn noch das Gesicht der weinenden Frau. Wer war sie? Warum weinte sie? Aus welchem Haus war sie gekommen? Er setzte sich auf den Absatz der schmalen Wendeltreppe in der Eingangshalle und starrte in das leere Wohnzimmer, die Reflexe des Mondlichts auf dem nackten Holzfußboden verfolgend. Nie zuvor hatte er eine anmutigere Frau gesehen. Es war ein Gesicht, das einen leicht ein Leben lang verzaubern konnte. Oder wenn schon nicht ein Leben lang, so würde er sich ganz bestimmt noch eine lange Zeit an sie erinnern. Er überhörte sogar das Telefon, als es fünf Minuten später läutete – so abwesend war er, so erfüllt von der Erscheinung, die er gerade erlebt hatte. Als er das Läuten endlich bemerkte, sprang er auf, hastete mit wenigen

Sätzen nach oben und stürmte in seine Höhle. Er kam gerade noch rechtzeitig, um den Hörer aus einem Wust von Papieren, die auf seinem Schreibtisch lagen, herauszuklauben.

»Hallo, Alex.« Sofort entstand ein Augenblick gespannten Schweigens. Es war seine Schwester Kay.

»Was ist los?« Das hieß soviel wie: Was willst du? Kay rief niemals jemanden an, ohne etwas zu wollen oder zu brauchen.

»Nichts Besonderes. Wo warst du? Ich rufe seit einer halben Stunde an. Das Mädchen, das noch in deiner Praxis arbeitete, sagte mir, du seist direkt nach Haus gefahren.« So war sie stets. Wenn sie etwas wollte, wollte sie es sofort, ob es einem paßte oder nicht.

»Ich habe einen Spaziergang gemacht.«

»Um diese Zeit?« Ihre Stimme klang argwöhnisch. »Weshalb? Irgendwas nicht in Ordnung?« Er seufzte. Schon seit Jahren ging ihm seine Schwester auf die Nerven. Es war so wenig Entgegenkommendes, so wenig Sanftes an ihr. Sie war voller Kanten – kalt und hart und scharf. Manchmal erinnerte sie ihn an ein sehr hartes kristallenes Objekt, das man auf einen Schreibtisch stellt. Hübsch anzusehen, doch keiner würde wagen, es anzufassen oder mitzunehmen. Und seit Jahren lag es offen zutage, daß ihr Ehemann sie ebenso empfand.

»Nein, alles in Ordnung, Kay.« Allerdings mußte er einräumen, daß sie für eine Frau, die den Gefühlen anderer Leute so gleichgültig gegenüberstand, ein untrügliches Gespür dafür hatte, wann er niedergeschlagen oder unpäßlich war.

»Ich brauchte nur ein wenig frische Luft. Ich hatte einen langen Tag.« Mit dem Versuch, die Unterhaltung in ruhiges Fahrwasser zu leiten und von sich selber abzulenken, fragte er: »Machst du niemals einen Spaziergang, Kay?«

»Hier in New York? Bist du bescheuert? Hier kannst du schon vom Luftholen tot umfallen.«

»Ganz zu schweigen von Raubüberfall und Entführung.« Er lächelte in den Hörer und spürte sie gleichfalls lächeln. Kay Willard war keine Frau, die häufig lächelte. Dazu war sie zu intensiv, zu hektisch, zu betriebsam und viel zu selten erheitert. »Welchem Umstand verdanke ich die Ehre deines Telefonanrufs?« Er lehnte sich im Stuhl zurück, blickte durch das Fenster auf die Aussicht und harrte geduldig der Antwort.

Kay würde jetzt eine ganze Zeitlang über Rachel reden. Kay war mit ihrer Ex-Schwägerin aus einleuchtenden Gründen in Verbindung geblieben. Der frühere Gouverneur war jemand, den sie in ihrem Schlepptau halten wollte. Wenn sie Alex überreden könnte, zu Rachel zurückzukehren, wäre der alte Mann entzückt gewesen. Vorausgesetzt natürlich, sie konnte Rachel davon überzeugen, wie verzweifelt unglücklich Alex ohne sie war und wieviel es ihm bedeuten würde, wenn sie ihm noch einmal eine Chance gäbe. Kay ließ es bei solchen Bemühungen niemals bewenden. Sie hatte schon mehrfach versucht, eine Begegnung herbeizuführen, wenn er in New York war. Aber selbst wenn Rachel bereit gewesen wäre, wovon Kay nie ganz überzeugt war, hatte sich über die Jahre hinweg ganz klar herausgestellt, daß Alex es nicht war. »Nun, Kongreßabgeordnete Willard?«

»Nichts von Bedeutung. Ich wollte nur wissen, wann du wieder nach New York kommst.«

»Warum?«

»Sei nicht so stur, Herrgott. Ich dachte daran, für ein paar Leute ein Essen zu geben.«

»Was für Leute?« Alex sah, wie sie sich in Positur setzte und grinste. Sie war schon erstaunlich, seine Schwester, die Dampfwalze. Man brauchte nur einen Ton zu sagen, und sie hörte nicht mehr auf.

»Also, Alex, nun flüchte dich nicht in die Verteidigung.«

»Wer verteidigt sich? Ich wollte lediglich wissen, wen du mit mir zusammen zum Essen einladen willst. Was ist daran verkehrt? Es sei denn, es sollte sich erweisen, daß jemand auf deiner Gästeliste steht, der uns allen etwas Unbehagen bereitet. Soll ich die Anfangsbuchstaben raten, Kay? Würde das die Sache erleichtern?«

Wider Willen mußte sie lachen. »Schon gut, schon gut, ich habe die Botschaft vernommen. Aber, Menschenskind, Alex, ich wäre neulich fast über sie gestolpert, als ich mit der Maschine vom Ministerium kam. Sie sah phantastisch aus.«

»Sollte sie auch. Bei ihren Einkünften sähest du auch so aus.«

»Vielen Dank, Lieber.«

»Gern geschehen.«

»Wußtest du schon, daß sie als Abgeordnete für das Stadtparlament kandidieren soll?«

»Nein.« Es entstand ein längeres Schweigen. »Doch es überrascht mich nicht sonderlich. Dich etwa?«

»Nein.« Seine Schwester seufzte hörbar. »Manchmal frage ich mich, ob dir klar ist, was du aufgegeben hast.«

»Völlig klar. Und ich bin dem Schöpfer jeden Tag meines Lebens dafür dankbar. Ich möchte mit keiner Politikerin verheiratet sein. Das ist eine Ehre, die Männern wie George vorbehalten bleiben sollte.«

»Was, zum Donner, soll das heißen?«

»Er hat so viel mit seiner Arztpraxis zu tun. Ich wette, es fiele ihm nicht einmal auf, wenn du drei Wochen in Washington bliebest. Mir würde es auffallen.« Daß es ihrer Tochter gleichfalls auffallen würde, behielt er für sich. Er wußte es, weil er sich jedesmal, wenn er in New York war, ausführlich mit Amanda unterhielt. Er führte sie zum Mittag- oder Abendessen aus oder machte lange Spaziergänge mit ihr. Er kannte seine Nichte besser als die eigenen Eltern. Manchmal dachte er, es kümmerte Kay herzlich wenig. »Apropos, wie geht es Amanda?«

»Gut, nehme ich an.«

»Was heißt: ›du nimmst an‹?« Die Kritik war deutlich aus seinen Worten herauszuhören. »Hast du sie nicht gesehen?«

»Herrgott, ich bin gerade mit dem verdammten Flugzeug vom Ministerium zurück. Was willst du eigentlich von mir, Alex?«

»Nicht viel. Was du tust, geht mich nichts an. Was du ihr antust, ist eine andere Sache.«

»Das geht dich nichts an.«

»Nein? Und wen geht es etwas an, Kay? Etwa George? Ist ihm aufgefallen, daß du am Tag keine zehn Minuten mit deiner Tochter verbringst? Bestimmt nicht.«

»Sie ist sechzehn Jahre alt, mein Gott. Sie braucht keinen Babysitter mehr, Alex.«

»Nein, aber sie braucht verzweifelt eine Mutter und einen Vater – so wie jedes junge Mädchen.«

»Ich kann's nicht ändern. Ich bin in der Politik, und du weißt, wie man da gefordert wird.«

»Ja, ja.« Er schüttelte langsam den Kopf. Und genau das gleiche wünschte sie ihm ebenfalls: ein Leben mit Rachel ›Patterson‹, ein Leben, das ihn zum Prinzgemahl degradierte. »Sonst noch was?« Er hatte keine Lust, noch länger mit ihr zu reden. Die fünf Minuten, die er ihr zugehört hatte, hatten ihm gereicht.

»Ich kandidiere nächstes Jahr für den Senat.«

»Gratuliere.« Seine Stimme klang matt.

»Sei nicht zu überschäumend.«

»Bin ich nicht. Ich habe an Mandy gedacht. Was bedeutet das für sie?«

»Was das für sie bedeutet? Wenn ich siege, ist sie die Tochter einer Senatorin. Das bedeutet es.« Kays Stimme klang auf einmal giftig.

»Glaubst du, daß sie sich viel daraus macht?«

»Vermutlich nein. Das Kind trägt den Kopf so hoch in den Wolken, daß sie vermutlich keinen Sechser darum gäbe, selbst wenn ich für die Präsidentschaft kandidierte.« Ihre Stimme klang für einen Augenblick traurig, und Alex schüttelte den Kopf.

»Das ist nicht das, was zählt, Kay. Wir sind alle stolz auf dich, wir lieben dich, aber es gibt doch noch etwas anderes als ...« Wie sollte er es ihr sagen? Wie es ihr erklären? Sie interessierte sich ausschließlich für ihre Karriere, ihre Arbeit.

»Ich glaube, niemand von euch kann ermessen, was es für mich bedeutet, wie hart ich geschuftet habe, um es so weit zu bringen. Es war mörderisch, aber ich habe es geschafft. Und alles, was dir einfällt, ist, darüber zu meckern, was für eine Sorte von Mutter ich bin. Und unsere liebe Mutter ist noch schlimmer als du. Und George ist zu sehr damit beschäftigt, andere Leute aufzuschneiden, um sich zu erinnern, ob ich Kongreßabgeordnete oder Bürgermeister bin. Das ist, gelinde gesagt, ein bißchen entmutigend.«

»Sicher ist es das. Aber manchmal nehmen Leute Schaden an Karrieren wie der deinen.«

»Das muß man in Kauf nehmen.«

»Tatsächlich? Ist das alles, was dabei herauskommt?«

»Schon möglich.« Sie hörte sich müde an. »Ich habe nicht alle Antworten parat. Ich wünschte, ich hätte sie. Und wie sieht's bei dir aus? Was machst du so die ganze Zeit?«

»Nicht viel. Ich arbeite.«

»Bist du glücklich?«

»Manchmal.«

»Du solltest zu Rachel zurückkehren.«

»Wenigstens kommst du gleich zum Punkt. Ich will es nicht, Kay. Übrigens, wie kommst du darauf, daß sie mich will?«

»Sie sagte, sie würde dich gern sehen.«

»O Jesus.« Er stöhnte in den Hörer. »Du gibst wohl niemals auf, wie? Warum heiratest du nicht ihren Vater und läßt mich in Frieden? Das würde dich doch zu dem gleichen Endergebnis führen, oder nicht?«

Diesmal lachte Kay. »Schon möglich.«

»Erwartest du wirklich, daß ich mein Liebesleben nach den Erfordernissen deiner Karriere ausrichte?« Die Idee belustigte ihn, aber er wußte, daß sich hinter dem abscheulichen Gedanken ein Körnchen Wahrheit verbarg. »Was ich am meisten an dir liebe, große Schwester, ist deine grenzenlose Dreistigkeit.«

»Sie führt mich stets ans Ziel, kleiner Bruder.«

»Davon bin ich überzeugt, aber diesmal irrst du, Liebe.«

»Kein kleines Abendessen mit Rachel?«

»Nein, aber wenn du sie wiedersiehst, bestell ihr meine besten Grüße.« Einen leichten Druck im Magen spürte er bei der Erwähnung ihres Namens. Er liebte sie nicht mehr, aber dann und wann, wenn er etwas über sie hörte, tat es noch weh.

»Das will ich tun. Und denk darüber nach. Ich kann jederzeit etwas für dich improvisieren, wenn du in New York bist.«

»Mit ein bißchen Glück wirst du nach Washington gehen und viel zu beschäftigt sein, um mich zu sehen.«

»Kann sein. Wann kommst du in den Osten?«

»Vermutlich in einigen Wochen. Ich muß einen Mandanten in New York aufsuchen. Ich bin sein Co-Verteidiger in einer ziemlich großen Sache hier draußen.«

»Ich bin beeindruckt.«

»Bist du das?« Seine Augen verengten sich, als er flüchtig durchs Fenster blickte. »Warum? Paßt es gut in dein Wahlkampfmaterial? Ich denke, Mutters Leser brächten dir mehr Stimmen ein, als ich es vermag.

Bist du nicht auch dieser Meinung?« In seiner Stimme lag ein Ton von Ironie. »Es sei denn, natürlich, ich besäße den guten Geschmack, Rachel wieder zu heiraten.«

»Gib nur acht, daß du nicht in irgendwelche Schwierigkeiten gerätst.«

»War ich das je?« Es klang amüsiert.

»Nein, aber wenn ich für den Senat kandidiere, so wird es ein knappes Rennen. Ich trete gegen diesen Moralapostel an, und wenn ein auch nur entfernt mit mir Verwandter irgend etwas Unappetitliches anstellt, bin ich weg vom Fenster.«

»Sicher wirst du Mutter entsprechend instruieren.« Er hatte es scherzhaft gemeint, doch sie reagierte prompt sehr ernst.

»Das habe ich bereits getan.«

»Machst du Witze?« Er lachte auf bei dem Gedanken, seine elegante, modebewußte weißhaarige Mutter könnte etwas Unschickliches anstellen, was Kays Kandidatur für einen Sitz im Senat gefährdete.

»Ich spaße nicht, ich meine es so. Ich kann mir jetzt keine Probleme leisten, keinen Blödsinn, keinen Skandal.«

»O Schande!«

»Was meinst du?«

»Nun ja... ich war eben im Begriff, ein Verhältnis mit dieser Ex-Nutte anzufangen, die gerade aus dem Gefängnis gekommen ist.«

»Sehr witzig. Mir ist es todernst.«

»Leider, wie ich sehe. Du kannst mir ja meine Instruktionsliste geben, wenn ich nach New York komme. Bis dahin werde ich versuchen, mich anständig zu betragen.«

»Tu das. Und laß es mich wissen, wenn du rüberkommst.«

»Warum? Damit du ein heimliches Rendezvous mit Rachel arrangieren kannst? Tut mir leid, Kongreßabgeordnete Willard, sogar im Interesse deiner Karriere bin ich dafür nicht zu haben.«

»Du bist ein Idiot.«

»Mag sein.« Doch das dachte er keineswegs. Er dachte es ganz und gar nicht. Nachdem das Telefonat mit Kay beendet war, ertappte sich Alex dabei, wie er, aus dem Fenster starrend, nicht an Rachel dachte, sondern an jene andere Frau, die er vorhin auf den Treppenstufen gesehen hatte. Schloß er die Augen, konnte er sie vor sich sehen: das vollkommen geformte Antlitz, die riesigen Augen, der empfindsame Mund. Nie zuvor hatte er eine Frau erlebt, die so schön und dabei so geheimnisvoll war. Mit geschlossenen Augen saß er an seinem Schreibtisch und dachte an sie. Er seufzte, schüttelte den Kopf, öffnete die Augen und stand auf. Es war lächerlich, von einer völlig fremden Frau zu träumen. Er kam sich albern vor, lachte auf und vertrieb sie aus seinen Gedanken.

3

Sonnenlicht flutete ins Zimmer, schimmerte auf der beigefarbenen Tagesdecke und den gleichfarbigen Polstersesseln. Es war ein großer, schöner Raum mit langen französischen Fenstern, die zur Bucht hinaus lagen. Vom Boudoir, das mit dem Schlafzimmer verbunden war, konnte man die Golden-Gate-Brücke sehen. In jedem Zimmer befand sich ein Marmorkamin. Sorgfältig ausgesuchte französische Gemälde hingen an den Wänden. In einer Ecke stand eine unschätzbar wertvolle chinesische Vase in einer Louis-Quinze-Vitrine aus Intarsien. Vor den Fenstern ein Louis-Quinze-Schreibtisch, der jeden anderen Raum erdrückt hätte. Er war pompös, bombastisch, steril und kalt. Neben dem Boudoir war noch ein kleiner, holzgetäfelter Raum, angefüllt mit englischen, spanischen und französischen Büchern.

Es war neun Uhr morgens. Raphaella trug ein perfekt geschneidertes Maßkostüm, das ihre vollendete Erscheinung ungemein stilvoll zur Geltung brachte. Das Kostüm war eigens für sie in Paris angefertigt worden, wie die meisten ihrer Modellkleider, ausgenommen jene, die sie in Spanien gekauft hatte. In San Francisco kaufte sie selten Garderobe ein. Sie ging fast niemals aus. In San Francisco war sie eine unsichtbare Person, ein Name, den die Leute selten erwähnten, jemand, den sie niemals sahen. Für die meisten von ihnen wäre es schwierig gewesen, den Namen der Mrs. John Henry Phillips mit ihrem Gesicht in Verbindung zu bringen. Es wäre ihnen schwergefallen, diese vollendete schneeweiße Schönheit zu beschreiben. Als sie John Henry heiratete, hatte ein Reporter sie mit einer Märchenprinzessin verglichen und hinzugefügt, daß sie dies in vielerlei Hinsicht auch sei. Aber die Augen, die an diesem Oktobermorgen über die weite Bucht schauten, waren nicht die einer Märchenprinzessin. Es waren die Augen einer sehr einsamen jungen Frau, eingeschlossen in einer sehr einsamen Welt.

»Ihr Frühstück steht bereit, Mrs. Phillips.« Im Eingang stand ein Dienstmädchen in blütenweißer Uniform. Ihre Meldung hört sich an wie ein Befehl, mußte Raphaella denken, doch dieses Gefühl hatte sie stets, wenn sie an John Henrys Dienstboten dachte. Dasselbe hatte sie im Hause ihres Vaters in Paris empfunden und auch im Hause ihres Großvaters in Spanien. Es war ihr stets so vorgekommen, als seien es die Dienstboten, die die Befehle gaben, wann sie aufzustehen, sich anzukleiden, zu frühstücken und wann sie das Abendessen einzunehmen hatte. »Madame, es ist serviert«, bedeutete im Hause ihres Vaters in Paris, daß das Essen auf dem Tisch stand. Und wenn Madame nicht wünschte, daß serviert werde? Wenn Madame lediglich ein Sandwich wünschte, um es, auf dem Fußboden vor dem Kaminfeuer hockend, zu verzehren? Oder anstelle des Frühstücks mit Toast und verlorenen Eiern eine Portion Eiscreme? Der Gedanke ließ sie leicht lächeln, als sie in ihr Schlafzimmer zurückkehrte und sich umsah. Alles stand bereit. Ihre Koffer standen korrekt aufgereiht in einer Ecke – alle in schokoladenfarbenem weichem Wildleder gehalten –, und daneben lag die große Tragetasche, in welcher Raphaella einige Geschenke für ihre Mutter, Tante und Cousinen, ihren Schmuck und etwas Lesestoff für den Flug untergebracht hatte. Als sie auf das Gepäck sah, empfand sie keine Freude auf die bevorstehende Reise. Sie freute sich eigentlich nie auf irgend etwas. Ihr Leben war wie das endlose Band einer Landstraße, die zu einem nie gesehenen, unbekannten Ziel führte. Ein Ziel, das ihr gleichgültig war, denn sie wußte, jeder Tag würde wie der vorherige sein. Sie würde jeden Tag das gleiche tun, was sie seit annähernd sieben Jahren getan hatte – mit Ausnahme der vier Wochen im Sommer, wenn sie nach Spanien flog, und der paar Tage zuvor, wenn sie nach Paris flog, um ihren Vater zu sehen. Zusätzlich gab es noch gelegentliche Abstecher, um ihre Verwandten in New York zu treffen. Jahre schienen vergangen, seit sie zuletzt dort gewesen, seit sie Europa verlassen, seit sie John Henrys Frau geworden war. Es war alles so anders gekommen, als es zu Beginn ausgesehen hatte.

Angefangen hatte alles wie ein Märchen. Oder eine Fusionierung. Ein bißchen von beidem gab es in dieser Geschichte. Die Verbindung des Bankhauses Malle von Paris, Mailand, Madrid und Barcelona mit der Phillips Bank von Kalifornien und New York. Beide Imperien bestanden aus Investmentbanken bedeutender internationaler Größenordnungen. Der erste gigantische Geschäftsabschluß ihres Vaters mit John Henry hatte dies zuwege gebracht, verbunden mit einer Schlagzeile der ›Times‹. Es war auch der Beginn der häufigen Begegnungen ihres Vaters mit John Henry. Als ihre gemeinschaftlichen Transaktionen zu florieren begannen, hatte sich John Henry mit Antoines einzigem Kind vermählt.

Raphaella war niemals einem Menschen wie John Henry begegnet. Er war hochgewachsen, gutaussehend, interessant, einflußreich und dabei freundlich, gütig, stets mit sanfter Stimme sprechend. In seinen Augen lag ein Ausdruck, als ob sie ständig lächelten. Dies führte anfangs zu Mißverständnissen, bis Raphaella im Laufe der Zeit herausfand, wie gerne er neckte und spielte. Er war ein Mann von außerordentlicher Phantasie und Ideenreichtum, ein Mann mit Geist und großer Überzeugungskraft, ein Mann mit Stil.

Das einzige, woran es John Henry Phillips mangelte, war Jugend. Selbst dies war anfangs schwer zu glauben, wenn man in das schmale, noble Anlitz blickte oder seine kräftigen Arme beim Tennisspielen oder Schwimmen sah. Er hatte einen großen, prachtvoll modellierten Körper, um den Männer, die halb so alt waren wie er, ihn beneidet haben würden.

Es war sein Alter, das ihn zunächst davon abhielt, Raphaella zu umwerben. Aber als die Zeit verstrich und die Häufigkeit seiner Besuche in Paris zunahm, fand er sie bei jeder Begegnung charmanter, zutraulicher und reizender. Und trotz der strengen Vorstellungen über die Zukunft seiner Tochter konnte Antoine de Mornay-Malle der Aussicht, seinen alten Freund mit seinem einzigen Kind verheiratet zu sehen, nicht widerstehen. Er war sich der Schönheit seiner Tochter, ihrer Liebenswürdigkeit, Offenheit und ihres unschuldigen Charmes sehr wohl bewußt. Er war sich aber auch bewußt, welch ein seltener Fang John Henry Phillips für jede Frau bedeutete, ungeachtet des großen Altersunterschieds.

Er war auch nicht blind gegenüber der Tatsache, was es für seine Bank bedeutete. Eine Überlegung, die er schon einmal in seinem Leben mit in Erwägung gezogen hatte. Seine eigene Heirat basierte sowohl auf Zuneigung als auch auf einem ebenso guten Geschäftssinn.

Der Vater seiner Frau, der alte Marquis de Quadral, war das regierende Finanzgenie von Madrid gewesen. Seine Söhne hatten jedoch seine Leidenschaft für die Welt der Finanzen nicht geerbt und sich größtenteils in andere Interessensphären begeben. Jahrelang hatte der alternde Marquis nach jemandem Ausschau gehalten, der seine Nachfolgerschaft bei den Banken, die er vor Jahren gegründet hatte, antreten könnte. Eines Tages begegnete ihm Antoine. Dieser hatte, nach einer Menge fleißiger Beinarbeit, einen Zusammenschluß des Bankhauses Malle mit dem Bankhaus Quadral zustande gebracht und in Kooperation zahlreiche gute Abschlüsse erzielt. Die Union vervierfachte Antoines Reichtum, entzückte den alten Marquis und brachte Antoine die Tochter des Marquis, die Marquise de Santos y Quadral, ein. Bei der ersten Begegnung mit der flachsblonden, blauäugigen Schönheit war Antoine sofort in Liebe entbrannt. Er hatte zu jenem Zeitpunkt schon mehrfach daran gedacht, sich zu verheiraten und einen Erben zu zeugen. Alejandra war die perfekte Lösung des Problems, und eine sehr hübsche noch dazu. Als Neunzehnjährige war sie eine hinreißende Schönheit mit dem erlesensten Gesicht, das Antoine je gesehen hatte. Er dagegen sah an ihrer Seite wie ein echter Spanier aus, mit dem schwarzen Haar und den schwarzen Augen. Zusammen bildeten sie ein außergewöhnliches Paar.

Sieben Monate nach der ersten Begegnung war ihre Hochzeit das Hauptereignis der Gesellschaftssaison. Ihre Flitterwochen verbrachten sie in Südfrankreich. Gleich darauf erschienen sie pflichtgemäß in Santa Eugenia an der Küste Spaniens, wo der Marquis einen Landsitz in einer Grafschaft besaß. Erst hier begann Antoine zu begreifen, was eine Heirat mit Alejandra bedeutete. Er war jetzt ein Familienmitglied, ja, ein weiterer Sohn des ältlichen Marquis. Man erwartete sein häufiges Erscheinen in Santa Eugenia und möglichst zahlreiche Aufenthalte in Madrid. Es war klar erkennbar, was Alejandra im Sinn hatte. Als die Zeit der Rückkehr nach Paris gekommen war, flehte sie ihren Gatten an, sie noch für einige Wochen in Santa Eugenia zu lassen. Und als sie schließlich nach Paris zurückkehrte, sechs Wochen später als versprochen, wußte er, was das für die Zukunft hieß. Alejandra würde die meiste Zeit ihres Lebens in ihrer Heimat verbringen, umgeben von ihrer Familie. Die ganzen Kriegsjahre über hatte sie dort zurückgezogen gelebt. Jetzt, nachdem der Krieg vorbei und sie inzwischen verheiratet war, wünschte sie das Leben in der vertrauten Umgebung fortzusetzen.

Wie vorauszusehen, brachte Alejandra ein Jahr nach ihrer Hochzeit ihr erstes Kind zur Welt, einen Sohn namens Julian. Antoine war selig. Nun besaß er einen Erben für sein eigenes Imperium. Stundenlang schlenderten er und der Marquis über die Gründe von Santa Eugenia und schmiedeten Zukunftspläne für die Bank und Antoines inzwischen einen Monat altes Söhnchen. Antoine besaß die volle Unterschriftsvollmacht seines Schwiegervaters. In dem Jahr seit seiner Heirat mit Alejandra hatten beide, das Bankhaus Malle und das Bankhaus Quadral, stark an Wachstum gewonnen.

Alejandra verbrachte den Sommer in Santa Eugenia mit ihren Brüdern, Schwestern, deren Cousinen, Nichten und Freunden. Als Antoine nach Paris zurückkehrte, war sie erneut in anderen Umständen. Diesmal erlitt sie eine Fehlgeburt, und das Mal darauf kamen bei einer Frühgeburt tote Zwillinge zur Welt. Danach gab es eine kurze Pause, als sie sechs Monate zur Erholung in Madrid bei ihrer Familie weilte. Nach Paris zum Gatten zurückgekehrt, wurde sie erneut schwanger. Raphaella wurde geboren, zwei Jahre jünger als ihr Bruder Julian. Nach zwei weiteren Fehlgeburten und einer Totgeburt verkündete die hinreißend schöne Alejandra, daß ihr das Pariser Klima nicht bekomme, und ihre Geschwister meinten, sie würde sich in Spanien gesünder fühlen. Antoine fügte sich in das Unabänderliche.

Von da an war er zufrieden, wenn er sie in Santa Eugenia oder Madrid sehen konnte, umgeben von ihren Cousinen, Schwestern und Anstandsdamen, vollkommen glücklich, ständig in Gesellschaft ihrer Verwandten sowie einer Anzahl Freundinnen und einer Handvoll unverheirateter Brüder zu sein, die sie zu Konzerten, in die Oper oder in das Theater begleiteten. Alejandra zählte noch immer zu den größten Schönheiten Spaniens. Sie führte das unübertrefflich angenehme Leben von Trägheit und Reichtum, das sie so über alle Maßen schätzte. Es war zwar kein großes Problem für Antoine, zwischen Paris und Spanien zu pendeln, aber seine Bankgeschäfte hielten ihn mehr und mehr von häufigen Reisen ab. Er hatte seine Frau rechtzeitig veranlassen können, die Kinder nach Paris zu geben, wo sie die Schule besuchten. Natürlich unter der Bedingung, daß sie bei jeder erdenklichen Gelegenheit und für vier Monate im Sommer nach Santa Eugenia flogen. Hin und wieder willigte sie auch ein, ihn in Paris zu besuchen, trotz der schädlichen Wirkung, die das französische Wetter auf ihre Gesundheit hatte, wie sie unverwandt behauptete. Nach der letzten Totgeburt hatte es keine weiteren Schwangerschaften gegeben. Zwischen Alejandra und ihrem Ehemann bestand nur noch eine platonische Liebe. Etwas völlig Normales, wie sie von ihren Schwestern wußte.

Antoine war es absolut zufrieden, die Dinge zu belassen, wie sie waren, und als der Marquis starb, hatte sich die Heirat ausgezahlt. Niemand war von den Vorkehrungen überrascht. Alejandra und Antoine erbten gemeinschaftlich das Bankhaus Quadral. Ihre Brüder wurden großzügig abgefunden, aber an Antoine fiel das Imperium, das er so brennend gern seinem eigenen hinzufügen wollte. Nun war es sein Sohn, von dem er hoffte, daß er fortführte, was er aufgebaut hatte. Aber Antoines einzigem Sohn war es nicht vergönnt, das Erbe anzutreten. Mit sechzehn verunglückte Julian de Mornay-Malle tödlich bei einem Polospiel in Buenos Aires. Er ließ eine betäubte Mutter, einen jeder Hoffnung beraubten Vater und Raphaella als einziges Kind Antoines zurück.

Und es war Raphaella, die ihren Vater tröstete und mit ihm nach Buenos Aires flog, um den Leichnam des Jungen nach Frankreich zu überführen. Sie war es, die die Hand ihres Vaters während jener endlosen Stunden des Wartens hielt, bis man feierlich den Sarg auf die Rollbahn von Orly herabsenkte. Alejandra kam nach Paris, umringt von ihren Schwestern, Cousinen, einem ihrer Brüder und verschiedenen Freunden – so wie sie stets beschirmt und beschützt wurde. Alejandra besaß eine stattliche Armee zu ihrem Schutz. Antoine hatte niemanden außer einem vierzehnjährigen Kind.

Später erwuchs aus dieser Tragödie eine ungewöhnliche Bindung zwischen Vater und Tochter. Etwas, worüber sie niemals sprachen, was aber stets vorhanden war. Die Tragödie stellte auch eine ungewöhnliche Bindung zwischen ihrem Vater und John Henry her, als die beiden Männer entdeckten, daß sie das gleiche Schicksal teilten: den Verlust ihrer einzigen Söhne. John Henrys Junge starb bei einem Flugzeugunglück. Als einundzwanzigjähriger junger Mann hatte er seine eigene Maschine geflogen. Fünf Jahre später starb auch John Henrys Gattin. Aber es war der Verlust der einzigen Söhne, der für jeden der Männer einen unerträglichen Schlag darstellte. Antoine hatte Raphaella gehabt, die ihn tröstete. John Henry besaß keine weiteren Kinder, und nach dem Tode seiner Frau hatte er nicht wieder geheiratet.

Zu Beginn ihrer Geschäftsbeziehung hielt sich Raphaella jedesmal in Spanien auf, wenn John Henry nach Paris kam. Schon begann er Antoine wegen dessen eingebildeter Tochter aufzuziehen. Es wurde zum Standardwitz zwischen ihnen, bis der Butler eines Tages John Henry in Antoines Arbeitszimmer geleitete. Vor ihm stand nicht Antoine, sondern ein umwerfend schönes Mädchen, das ihm zitternd wie ein junges Reh entgegensah. Sie hatte einige Schulhefte durchgeblättert und ein paar Zeugnisbücher eingesehen, die ihr Vater dortbehalten hatte. Langes schwarzes Haar hing über ihren Schultern, ein glatter Fluß schwarzer Seide, in Kaskaden weicher Locken mündend. Einen Moment hatte er ehrfürchtig schweigend dagestanden. Dann hatte er sich rasch gefangen. Der warme Schimmer seiner Augen zeigte ihr, daß er ein Freund sei. Während der Monate ihres Studiums in Paris sah sie nur wenige Leute, und in Spanien war sie stets so gut bewacht und beschützt, daß es ungewohnt für sie war, irgendwo allein mit einem Mann zu sein. Sie wußte nicht, was sie als erstes sagen sollte, doch nach Sekunden leichter Befangenheit bemerkte sie das Zwinkern in seinen Augen und mußte lachen. Eine halbe Stunde später traf Antoine sie zusammen an. Er war in der Bank aufgehalten worden und entschuldigte sich wortreich für die Verspätung. Unterwegs im Auto hatte er sich gefragt, ob John Henry seiner Tochter wohl endlich begegnet sei. Später mußte er sich eingestehen, daß er darauf gehofft hatte.

Kurz nach der Ankunft ihres Vaters hatte Raphaella sich zurückgezogen. Ihre Wangen leuchteten zart rosa auf der schneeweißen Haut.

»Mein Gott, Antoine, sie ist eine Schönheit.« John Henry sah seinen Freund mit einem seltsamen Ausdruck an. Antoine lächelte.

»Also gefällt sie dir, meine eingebildete Tochter? War sie nicht zu scheu? Ihre Mutter hat ihr eingeprägt, daß alle Männer, die es wagen, alleine mit einem Mädchen zu sprechen, Mörder oder zumindest Verführer seien.«

»Was hast du erwartet? Ihr Lebtag lang ist sie total behütet gewesen. Danach überrascht es kaum, wenn sie scheu ist.«

»Nein, aber sie ist jetzt fast achtzehn, und es wird zu einem echten Problem für sie. Es sei denn, sie verbringt den Rest ihres Lebens in Spanien. In Paris sollte sie zumindest fähig sein, mit einem Mann zu reden, ohne daß ein halbes Dutzend Frauen im Zimmer steht, von denen die meisten mit ihr verwandt sind.« Es klang amüsiert, doch in seinen Augen lag gleichzeitig etwas sehr Ernstes. Er sah John Henry lange und durchdringend an und versuchte den Ausdruck, der noch in den Augen des Amerikaners lag, richtig zu deuten. »Sie ist reizend, nicht wahr? Ich weiß, es klingt unbescheiden, so etwas über meine eigene Tochter zu sagen, aber…« Er breitete hilflos die Hände aus und lächelte.

Diesmal begegnete er dem uneingeschränkten Lächeln John Henrys. »Reizend ist nicht ganz das richtige Wort.« Gleich darauf stellte er in fast jungenhafter Manier eine Frage, die Antoines Augen aufleuchten ließ. »Wird sie heute abend gemeinsam mit uns dinieren?«

»Wenn du nichts dagegen hast, sehr gerne. Ich dachte, wir könnten hier dinieren und anschließend einen Sprung in meinen Club tun. Matthieu de Bourgon wird heute abend dort sein, und ich habe ihm seit Monaten versprochen, dich mit ihm bekannt zu machen, wenn du das nächste Mal hiersein wirst.«

»Das klingt gut.« Aber es war nicht Matthieu de Bourgon, an den John Henry dachte, als er seinem Freund zunickte.

Es war ihm erfolgreich gelungen, jenen Abend mit Raphaella in die Länge zu ziehen. Das gleiche gelang ihm zwei Tage später, als er im Hause zum Tee erschien. Er kam eigens, um sie zu sehen, und brachte ihr zwei Bücher mit, von denen er zwei Tage zuvor beim Abendessen gesprochen hatte. Wiederum war sie errötet und abermals in Schweigen verfallen, doch diesmal war es ihm gelungen, sie scherzend zum Plaudern zu bewegen, und am Ende des Nachmittags waren sie fast Freunde. Im Verlauf der nächsten sechs Monate begann sie in ihm eine Persönlichkeit zu sehen, die fast so verehrungswürdig und schätzenswert wie ihr eigener Vater war. Als sie das nächste Mal nach Spanien reiste, stellte sie ihn in den Augen ihrer Mutter als eine Art Onkel dar.

Während dieses Aufenthalts tauchte John Henry mit ihrem Vater in Santa Eugenia auf. Sie blieben nur für ein kurzes Wochenende, doch in diesem Zeitraum gelang es John Henry mit Erfolg, Alejandra und die übrigen Heerscharen, die sich während der Frühjahrssaison auf Santa Eugenia aufhielten, mit seinem Charme für sich einzunehmen. Schon damals begann Alejandra John Henrys Absichten zu durchschauen. Raphaella hingegen erkannte sie erst im Sommer.

Raphaella genoß die ersten Ferientage in Paris bis zu ihrem Flug nach Madrid. Als John Henry erschien, bedrängte sie ihn, mit ihr einen Spaziergang an der Seine zu machen. Sie sprachen über die Straßenkünstler und über die Kinder, und ihr Gesicht leuchtete auf, als sie ihm von ihren Neffen und Nichten in Spanien erzählte. Sie sah unendlich schön aus, als sie mit ihren riesengroßen dunklen Augen zu ihm hochschaute.

»Und wie viele möchten Sie einmal haben, wenn Sie erwachsen sind, Raphaella?« Er sprach ihren Namen stets sehr bedachtsam aus. Das gefiel ihr. Für einen Amerikaner war es ein schwieriger Name.

»Ich bin erwachsen.«

»Sind Sie das? Mit achtzehn?« Er sagte es amüsiert, doch in seinen Augen lag ein sonderbarer Ausdruck, den sie nicht verstand, etwas Müdes, Altes, Weises und Trauriges. Vielleicht hatte er einen Augenblick an seinen toten Sohn gedacht. Auch von ihm hatten sie gesprochen. Und sie hatte ihm von ihrem Bruder erzählt.

»Ja, ich bin erwachsen. Im Herbst gehe ich an die Sorbonne.« Sie hatten einander zugelächelt, und er hatte sich beherrschen müssen, um sie nicht auf der Stelle zu küssen.

Während der ganzen Dauer ihres Spaziergangs hatte er überlegt, wie er sie fragen sollte und ob er nicht total verrückt geworden sei, das Verlangen zu haben, sie überhaupt zu fragen. »Raphaella, haben Sie je daran gedacht, in den Staaten zu studieren?« Sie schlenderten langsam an der Seine entlang, und sie zupfte zärtlich an den Blütenblättern einer Blume.

Jetzt sah sie zu ihm auf und schüttelte den Kopf.

»Ich glaube nicht, daß ich es könnte.«

»Warum nicht? Ihr Englisch ist ausgezeichnet.«

Wieder schüttelte sie den Kopf, und als sie ihn anschaute, waren ihre Augen traurig. »Meine Mutter würde mich niemals gehen lassen. Es ist zu… zu verschieden von unserer Lebensweise. Und es ist so weit weg.«

»Aber ist das auch Ihre Meinung? Das Leben Ihres Vaters unterscheidet sich ebenfalls von dem Ihren. Würden Sie mit dem Leben in Spanien glücklicher sein?«

»Ich glaube, nein«, versetzte sie nüchtern. »Ich denke jedoch, mir bleibt keine große Wahl. Ich glaube, es war immer Papas Absicht, Julian in seine Bank zu nehmen, und es war ausgemacht, daß ich nach Spanien zu meiner Mutter gehe.« Der Gedanke, sie für den Rest ihres Lebens von Anstandsdamen umgeben zu sehen, entsetzte ihn. Gerade als ihr Freund wünschte er ihr mehr als das. Er wünschte, sie frei und lebendig, lachend und unabhängig zu sehen und nicht, wie ihre Mutter, auf Santa Eugenia begraben. Es war nicht das Richtige für dieses Mädchen. Das spürte er in seiner Seele.

»Ich denke, Sie sollten das nicht machen, falls es nicht ausdrücklich Ihr Wunsch ist.«

Mit Resignation, gemischt mit der Weisheit ihrer achtzehnjährigen Augen, sah sie ihn lächelnd an. »Es gibt Pflichten im Leben, Mr. Phillips.«

»Nicht in Ihrem Alter, kleines Mädchen. Noch nicht. Einige Pflichten schon. Etwa die Schule. Oder bis zu einem gewissen Grade der Gehorsam gegenüber den Eltern. Doch Sie haben kein ganzes Leben an etwas zu verschwenden, was Sie nicht wollen.«

»Was sollte ich sonst tun? Ich wüßte nichts anderes.«

»Das ist kein Argument. Sind Sie in Santa Eugenia glücklich?«

»Manchmal. Manchmal auch nicht. Ich finde die Frauen dort sehr langweilig. Meine Mutter mag sie trotzdem. Sie geht sogar mit ihnen auf Reisen. Sie reisen immer in großen Bündeln. Sie reisen nach Rio und Buenos Aires, nach Uruguay und New York, ja, selbst wenn sie nach Paris kommt, bringt sie sie mit. Sie erinnern mich immer an Mädchen aus einem Pensionat, sie wirken so… so…« Die riesigen Augen sahen ihn um Verzeihung bittend an – »so albern. Stimmt's?« Sie sah ihn an, und er nickte.

»Vielleicht ein wenig. Raphaella...« Er kam nicht weiter. Sie war plötzlich stehengeblieben, machte eine Drehung, so daß sie ihm direkt ins Gesicht sehen konnte. Unbefangen, sich ihrer Schönheit, ihres langgliedrigen anmutigen Körpers nicht bewußt, lehnte sie sich leicht gegen ihn und sah ihm mit so viel Vertrauen in die Augen, daß er sich fürchtete, mehr zu sagen.

»Ja?«

Und da konnte er nicht länger an sich halten. Er konnte es nicht. Er mußte es einfach... »Raphaella, Liebling. Ich liebe dich.« Seine Worte waren kaum mehr als ein Raunen in der weichen Pariser Luft. Sein durchfurchtes nobles Anlitz schwebte einen Moment über dem ihren, bevor er sie küßte. Seine Lippen waren zärtlich und weich, seine Zunge erforschte ihren Mund, als kenne sein Hunger nach ihr keine Grenzen, doch ihr Mund war jetzt ebenso hart gegen den seinen gepreßt, ihre Arme umschlangen seinen Nacken, ihr Körper drängte sich gegen den seinen. Langsam zog er sich sanft von ihr zurück. Sie sollte nicht das Verlangen spüren, das ihm in die Lenden geschossen war. »Raphaella... ich hab' mich schon so lang danach gesehnt, dich zu küssen.« Er küßte sie wieder, diesmal sanfter, und sie lächelte mit einem fraulichen Vergnügen, das er nie zuvor in ihrem Gesicht entdeckt hatte.

»Ich auch.« Und dann senkte sie wie ein Schulmädchen den Kopf. »Ich hatte mich vom ersten Augenblick an in dich verliebt.« Mutig sah sie zu ihm hoch. »Du bist so schön.« Diesmal war sie es, die ihn als erste küßte. Dann ergriff sie seine Hand und wollte ihn mit sich an der Seine entlangziehen. Er schüttelte jedoch den Kopf und nahm ihre Hand in die seine. »Zuerst sollten wir über etwas reden. Möchtest du dich setzen?« Er ging zu einer Bank, sie folgte ihm.

Sie sah ihn fragend an und bemerkte etwas in seinen Augen, das sie verwirrte. »Ist etwas?« Er lächelte ein wenig. »Nein. Doch wenn du glaubst, ich sei heute nachmittag mit dir hergegangen, um zu schmusen, wie man zu meiner Zeit zu sagen pflegte, so irrst du, mein Kleines. Es gibt etwas, das ich dich fragen möchte – etwas, wovor ich mich den ganzen Tag schon fürchte.«

»Was ist es?« Ihr Herz fing plötzlich an zu klopfen, ihre Stimme klang ganz dünn.

Einen endlosen Augenblick sah er sie an, sein Gesicht war nahe dem ihren, ihre Hand ruhte sicher in der seinen. »Willst du mich heiraten, Raphaella?« Er spürte, wie sie scharf den Atem einzog, schloß die Augen und küßte sie erneut. Als er sich langsam zurückzog, schimmerten Tränen in ihren Augen. Sie lächelte, wie er sie vorher niemals lächeln sah. Sie nickte, und ihr Lächeln vertiefte sich.

»Ja... ich will...«

Die Hochzeit von Raphaella de Mornay-Malle y de Santos y Quadral und John Henry Phillips IV war ein Ereignis allerersten Ranges. Sie fand in Paris statt. Am Tage der standesamtlichen Trauung gab es ein Gabelfrühstück für zweihundert Gäste. Am Abend des gleichen Tages ein großes Essen für hundertfünfzig Familienmitglieder und nahe Freunde. Ein Hochzeitsgefolge von sechshundert Menschen war am nächsten Tage bei der Trauung in Notre-Dame versammelt. Antoine hatte den gesamten Polo-Club eingeladen, und alle stimmten überein, daß sowohl die Hochzeit als auch der Empfang das Schönste waren, was sie je gesehen hatten. Bemerkenswert war auch das Abkommen, das mit der Presse vereinbart worden war. Raphaella und John Henry sollten eine halbe Stunde lang für die Fotografen posieren und alle gestellten Fragen beantworten. Anschließend wurden sie in Ruhe gelassen.

Die Hochzeitsreportagen erschienen in der ›Vogue‹, in ›Women's Wear Daily‹ und in der darauffolgenden Wochenendausgabe von ›Times‹. Während der Presseinterviews klammerte Raphaella sich geradezu verzweifelt an John Henrys Hand. Ihre Augen erschienen größer und dunkler denn je in dem schneeweißen Gesicht.

Damals schwor er sich, sie für die Zukunft vor den neugierigen Augen der Presse abzuschirmen. Er wollte nicht, daß sie sich mit etwas abzugeben hatte, das ihr unangenehm war oder sie unglücklich machte. Er war sich sehr genau bewußt, wie sorgsam sie während ihrer früheren Jahre beschützt gewesen war. Das Problem war nur, daß John Henry ein Mann war, der die Aufmerksamkeit der Presse mit alarmierender Häufigkeit erregte. Indem er eine fünfundvierzig Jahre jüngere Braut nahm, wurde seine Gattin gleichfalls zu einem Objekt der Faszination. Vermögen von der Größe John Henrys waren schon sagenhaft. Dazu ein achtzehnjähriges Mädchen, Tochter einer Marquise und eines illustren französischen Bankiers... das war fast zu schön, um wahr zu sein. Es ähnelte alles sehr einem Märchen, und kein Märchen war komplett ohne die Märchenprinzessin. Dank John Henrys Bemühungen blieb sie jedoch abgeschirmt. Sie wahrten über die Jahre hinweg gemeinsam eine Anonymität, die keiner für möglich gehalten hätte. Raphaella gelang es sogar, zwei Jahre lang die Vorlesungen an der Universität von Kalifornien in Berkeley zu besuchen, ohne daß es auffiel. Niemand hatte während dieser beiden Jahre eine Ahnung, wer sie war. Sie lehnte es sogar ab, sich vom Chauffeur nach Berkeley fahren zu lassen. John Henry hatte ihr ein kleines Auto gekauft, mit dem sie zu den Vorlesungen fuhr.

Es war aufregend, unter den Studenten zu sein und ein Geheimnis zu haben sowie einen Mann, der sie anbetete. Sie liebte John Henry, denn er war in jeder Beziehung liebenswert und sanft. Er empfand sie wie ein Geschenk, so wertvoll, daß er es kaum zu berühren wagte, so dankbar war er für das neue Leben, das er mit diesem hinreißend schönen, zartfühlenden jungen Mädchen teilen durfte. Sie war in vielerlei Hinsicht kindlich und vertraute ihm mit ihrer ganzen Seele. Vielleicht war es gerade darum eine so bittere Enttäuschung für ihn, als er entdeckte, daß er, vermutlich als Folge einer Niereninfektion vor zwei Jahren, zeugungsunfähig geworden war. Er wußte, wie verzweifelt sie sich Kinder wünschte, und empfand es als schuldhafte Bürde, sie um etwas beraubt zu haben, was sie sich so innig wünschte. Als er es ihr sagte, behauptete sie, es mache ihr nichts aus. Sie habe ja all die Kinder auf Santa Eugenia, die sie verwöhnen, unterhalten und liebhaben könne. Sie erzählte ihnen gerne Geschichten und kaufte ihnen Geschenke. Dauernd ging sie in die Stadt, um großartiges neues Spielzeug nach Spanien zu schicken.

Doch selbst die Erkenntnis, keine Kinder zeugen zu können, löste das Band, das sie über Jahre hinweg zusammenhielt, nicht auf. Es war eine Ehe, in der sie ihn verehrte und er sie anbetete. Wenn der große Altersunterschied bei anderen Kommentare hervorrief, so hatten sie ihn selbst als solchen nie empfunden. Beinahe jeden Morgen spielten sie zusammen Tennis. Manchmal joggte John Henry über den Presidio oder am Strand entlang, und Raphaella rannte mit, ihm wie ein Pudelhündchen auf den Fersen folgend. Sie scherzten miteinander und lachten. Manchmal gingen sie nur schweigend nebeneinander und hielten sich an der Hand. Raphaellas Leben war randvoll ausgefüllt mit John Henry, ihren Studien und ihrer Korrespondenz mit der Familie in Paris und Spanien. Sie führte eine sehr behütete, sehr altmodische Existenz und war eine glückliche Frau, eigentlich eher ein glückliches Mädchen, bis zu ihrem fünfundzwanzigsten Lebensjahr.

Zwei Tage vor seinem neunundsechzigsten Geburtstag mußte John Henry nach Chikago fliegen, um einen Hauptabschluß zu tätigen. Schon seit Jahren hatte er von seinem Ruhestand gesprochen, doch genau wie bei ihrem Vater war kein echtes Ende in Sicht. Er hatte eine zu starke Passion für die Welt der Hochfinanz, für den Erwerb neuer Aktiengesellschaften, für den An- und Verkauf riesiger Kapitalien. Mit Vorliebe tätigte er mammutartige Immobilienabschlüsse gleich jenem ersten, den er mit ihrem Vater ausgehandelt hatte. Ruhestand war nichts für ihn. Aber als er nach Chikago reiste, hatte er Kopfweh, und trotz der Pillen, die Raphaella ihm am Morgen aufgezwungen hatte, waren die Kopfschmerzen immer stärker geworden.

In Panik hatte sein Assistent ein Flugzeug gechartert und war noch am gleichen Abend von Chikago mit ihm zurückgeflogen. Bei der Ankunft war John Henry fast bewußtlos. Als sie ihn auf einer Tragbahre aus dem Flugzeug brachten, blickte Raphaella auf sein blasses graues Gesicht herab. Er hatte so starke Schmerzen, daß er kaum ein Wort zu ihr sagen konnte. Dennoch drückte er auf dem Weg ins Hospital im Ambulanzauto mehrfach ihre Hand, als sie ihn in panischer Verzweiflung ansah. Sie kämpfte die Tränen zurück. Plötzlich bemerkte sie etwas Eigenartiges um seinen Mund. Eine Stunde später wirkte sein Gesicht merkwürdig verzerrt. Kurz darauf fiel er in ein Koma, aus dem er mehrere Tage nicht erwachte. John Henry Phillips hatte einen Schlaganfall erlitten, wie es in den Abendzeitungen stand. Sein Büro hatte die Mitteilung für die Presse freigegeben, Raphaella, wie stets, vor den neugierigen Augen der Zeitungsleute abschirmend.

Fast vier Monate lag John Henry im Krankenhaus. Bevor er es verließ, hatte er noch zwei weitere kleine Infarkte erlitten. Als sie ihn nach Hause brachten, waren sein rechter Arm und sein rechtes Bein gelähmt.

Das jugendlich wirkende markante Antlitz hing an einer Seite erbarmungswürdig herab. Die Aura von Macht und Stärke hatte ihn verlassen. John Henry war auf einmal ein alter Mann. Seit jenem Ereignis an Leib und Seele gebrochen, mußte er noch sieben weitere Jahre seines Lebens mit schwindenden Kräften im Siechtum verbringen.

Er verließ niemals mehr sein Haus. Die Pflegerin rollte ihn in den Garten, damit er im Krankenstuhl ein wenig Sonnenschein bekam. Raphaella saß stundenlang bei ihm, doch sein Geist war nicht immer ganz klar. Sein Leben, einst so vital, so geschäftig, so erfüllt, hatte sich radikal verändert. Von dem Mann, der er gewesen war, war nur mehr die äußere Schale zurückgeblieben. Es war diese Schale, mit der Raphaella zu leben hatte. Treu, ergeben, liebend las sie ihm vor, sprach zu ihm, tröstete ihn. Wie die Pflegerinnen, die rund um die Uhr für seinen gebrochenen Körper zu sorgen hatten, versuchte sie ihn geistig aufzurichten. Aber sein Geist war gebrochen, und zeitweilig fragte sie sich, ob der ihre nicht mittlerweile auch gebrochen sei. Seit der ersten Serie von Infarkten waren sieben Jahre verstrichen. John Henry hatte seitdem noch zwei weitere Infarkte überstanden, die ihn aber noch mehr reduzierten, so daß er jetzt unfähig war, mehr zu tun, als in seinem Rollstuhl zu sitzen. Die meiste Zeit starrte er ins Leere, zurückdenkend an das, was nicht mehr war. Er war noch fähig zu sprechen, wenn auch mit Schwierigkeiten, doch die meiste Zeit schien es, als ob er nichts mehr zu sagen wüßte. Es war ein grausamer Scherz, daß ein Mann, der einst so vital gewesen, nun so klein und nutzlos geworden war. Als Antoine von Paris herübergeflogen kam, um ihn zu sehen, verließ er John Henrys Zimmer mit Tränen, die ihm ungehemmt über das Gesicht rannen. Die Worte, die er seiner Tochter sagte, waren eindeutig und klar. Sie hatte bei dem Mann, der sie liebte und den sie liebte und geheiratet hatte, bis zu seinem Tode auszuharren. Es habe kein Gejammer, keine Einschränkung ihrer Pflichten, keine Beschwerden, keinerlei Unsinn zu geben. Ihre Pflicht stünde fest. Und dabei war es geblieben. Raphaella hatte weder gejammert noch geklagt, noch ihre Pflichten eingeschränkt im Verlaufe sieben langer Jahre.

Die einzige Unterbrechung von der grimmigen Pflicht ihres Alltags war die Zeit, in der sie im Sommer nach Spanien reiste. Sie flog jetzt nur noch für zwei anstatt für vier Wochen. John Henry beharrte darauf, daß sie reiste. Es marterte ihn mitzuerleben, wie das Mädchen, das er geheiratet hatte, in dem gleichen Maße eine Gefangene seiner Schwäche war wie er selbst. Sie vor den neugierigen Augen der Außenwelt zu schützen, solange er sich Tag und Nacht an ihr erfreute, war eine Sache. Etwas ganz anderes war es, sie mit ihm im gleichen Hause einzusperren, während sein Körper langsam verfiel und auch seine Seele sich langsam zersetzte. Fände er die Möglichkeit, würde er sich selbst töten, sagte er oft zu seinem Arzt. Er hatte es auch Antoine gegenüber einst erwähnt, der sich schon bei dem Gedanken zutiefst empört zeigte.

»Das Mädchen betet dich an!« hatte er gedonnert, so daß seine Stimme von den Wänden des Krankenzimmers seines Freundes widerhallte. »Du schuldest es ihr, keine derartige Verrücktheit zu begehen.«

»Nichts Derartiges wie dies.« Die Worte kamen verstümmelt, jedoch verständlich. »Es ist ein Verbrechen, ihr dies hier anzutun. Ich habe nicht das Recht dazu.« Er hatte an seinen eigenen Tränen geschluckt.

»Du hast kein Recht, sie deiner Gegenwart zu berauben. Sie liebt dich. Bevor dies geschah, hat sie dich sieben Jahre lang geliebt. So etwas ändert sich nicht über Nacht. Es ändert nichts, nur weil du krank bist. Was wäre, wenn sie krank wäre? Würdest du sie deshalb weniger lieben?«

John Henry hatte schmerzlich sein Haupt geschüttelt. »Sie sollte mit einem jungen Mann verheiratet sein, sollte Kinder haben.«

»Sie braucht dich, John. Sie gehört zu dir. Ohne dich wäre sie verloren. Wie kannst du daran denken, sie einen Moment eher zu verlassen, als du mußt? Du kannst noch Jahre leben!« Er hatte geglaubt, ihn aufzurichten, doch John Henry hatte ihn nur verzweifelt angesehen. Jahre...! Und wie alt würde Raphaella dann sein? Fünfunddreißig? Vierzig? Zweiundvierzig? Wenn sie einem neuen Leben entgegensah, würde sie völlig unvorbereitet dafür sein. Dies waren die Gedanken, die rastlos sein Gehirn zermarterten und seine glasigen Augen mit Furcht und Sorge füllten, nicht so sehr seinet-, sondern ihretwegen. Er bestand darauf, daß sie so oft wie möglich ausging. Sie hatte jedoch Schuldgefühle, wenn sie ihn verließ, und das Weggehen bedeutete nicht einmal Erleichterung. John Henry war immer in ihren Gedanken...

John Henry forderte sie immer wieder auf, aus ihrem Gefängnis auszubrechen. Sobald er von Raphaella hörte, ihre Mutter sei auf der Durchreise nach Buenos Aires, Mexico City oder wohin auch immer für einige Tage in New York, so drängte er Raphaella immer, sich mit ihr zu treffen. Sei es für zwei Tage oder für zehn, er wünschte stets, daß sie sie traf und in die Welt hinauskam. Außerdem wußte er, daß sie inmitten ihres Clans absolut sicher, wohlbehütet und in ständiger Begleitung war. Die wenigen Stunden, in denen sie alleine war, waren die während ihrer Flüge nach Europa oder New York. Sein Chauffeur setzte sie in San Francisco stets in die Maschine, und am anderen Ende wartete pünktlich eine gemietete Limousine auf sie. Raphaella führte noch immer das Leben einer Prinzessin, nur das Märchen hatte sich entscheidend verändert. Ihre Augen waren jetzt größer und stiller als früher. Ruhig und nachdenklich saß sie stundenlang da, schaute in das Kaminfeuer oder über die weite Bucht. Ihr helles Lachen war nur mehr eine vage Erinnerung. Brach es sekundenlang aus ihr heraus, schien es sich um eine Art Irrtum zu handeln.

Selbst wenn sie sich mit ihrer Familie zu deren Stippvisiten in New York oder anderswo traf, war es, als sei sie eigentlich nicht vorhanden. In den Jahren seit John Henrys Erkrankung hatte Raphaella sich zunehmend zurückgezogen, so daß sie von John Henry kaum noch zu unterscheiden war. Ihr Leben schien genau wie das seine vorbei zu sein. Der einzige Unterschied war nur der, daß ihres niemals richtig begonnen hatte. Einzig und allein in Santa Eugenia schien sie neu zum Leben zu erwachen, wenn die Kinder, eins in ihren Armen, das andere auf den Knien schaukelnd, drei oder vier weitere wie eine Traube an ihr hängend, ihrer Stimme lauschten, wenn sie ihnen ihre wundervollen Geschichten erzählte. War sie mit den Kindern zusammen, vergaß sie allen Schmerz um das Geschehene, ihre eigene Einsamkeit und das überwältigende Gefühl des Verlusts. Unter den Erwachsenen gab sie sich schweigsam und in sich gekehrt, als ob es nichts mehr zu sagen gäbe und die Teilnahme an ihren Lustbarkeiten etwas Obszönes wäre. Raphaella wußte, wie sehr John Henry litt und wie schuldig er sich für seinen invaliden Zustand fühlte. Deshalb war nur Zärtlichkeit und Mitleid in ihrer Stimme, wenn sie bei ihm war, ein sanfter Ton und eine noch sanftere Hand. Was er jedoch aus ihren Augen las, schnitt ihm mitten ins Herz.

Es war weniger, daß er sterben würde, sondern daß er ein blutjunges Mädchen getötet hatte und an ihrer Stelle diese traurige, einsame junge Frau mit dem zarten Antlitz und den großen gequälten Augen hinterließ.

Als Raphaella die mit dickem Teppichflor ausgelegten Stufen rasch hinunterschritt, warf sie einen schnellen Blick in die Halle und sah die Dienstboten beim Abstauben der antiken Tische, die sich über die endlosen Flächen erstreckten. Das Haus, das sie bewohnten, war von John Henrys Großvater erbaut worden, als dieser sich nach dem Bürgerkrieg in San Francisco niederließ. Es hatte das Erdbeben von 1906 überstanden und gehörte zu den bemerkenswertesten architektonischen Wahrzeichen San Franciscos. Mit seinem majestätischen Baustil und seinen fünf Etagen residierte es in der Nähe des Presidios und hatte einen weiten Ausblick über die Bucht. Für Raphaella war das Haus mehr ein Museum oder Mausoleum als ein echtes Zuhause. Es wirkte kalt und unfreundlich, so wie der Dienstbotenstab, so wie alles, was John Henry gehörte, als sie hier eintraf. Sie hatte nie die leiseste Chance gehabt, etwas an den Räumen zu verändern. Das Haus war so, wie es immer gewesen war. Vierzehn Jahre lang bildete es ihr Heim, aber immer, wenn sie es verließ, fühlte sie sich wie ein Waisenkind mit seinem Handkoffer.

»Noch Kaffee, Mrs. Phillips?« Die ältliche Frau, die hier seit sechsunddreißig Jahren Hausangestellte war, glotzte Raphaella ins Gesicht, wie sie es an jedem Morgen tat. Raphaella hatte sie während der vergangenen vierzehn Jahre fünfmal die Woche gesehen, dennoch war die Frau eine Fremde für sie und würde es ewig bleiben. Ihre Name war Marie.

Diesmal schüttelte Raphaella den Kopf. »Nicht heute morgen. Ich bin in Eile. Danke.« Sie warf einen Blick auf die flache Uhr an ihrem Handgelenk, legte ihre Serviette beiseite und stand auf. Das geblümte Prozellanservice hatte einst John Henrys erster Frau gehört. Es gab eine Menge ähnlicher Dinge im Haus. Alles schien irgend jemandem irgendwann einmal gehört zu haben. »Das ist von der ersten Mrs. Phillips«, hieß es bei der Dienerschaft, oder: »Das gehörte John Henrys Mutter und das seiner Großmutter...« Manchmal, wenn sie durch das Haus wandelte und Kunstgegenstände, Gemälde, ja selbst kleine, unbedeutende Objekte untersuchte, fühlte sie sich wie eine Fremde. Es gab kein einziges Ding, von dem man sagen konnte: »Oh, das ist von Raphaella.« Nichts gehörte Raphaella außer ihren Kleidern, ihren Büchern und der riesigen Sammlung von Briefen, die ihr die Kinder aus Spanien schrieben und die sie in ihren Schubladen aufbewahrte.

Als Raphaella über den schwarzweißen Marmorboden des Speisezimmers schritt, hörte man das kurze Klicken ihrer Absätze. Sie nahm den Telefonhörer ab und drückte sanft auf den Summer der Hausleitung. Einen Augenblick später wurde im dritten Stock von der Pflegerin der Morgenschicht abgenommen.

»Guten Morgen. Ist Mr. Phillips schon wach?«

»Ja, aber er ist noch nicht ganz fertig.« Fertig. Fertig für was? Raphaella spürte ein kurzes Aufzucken in ihrer Seele, während sie dort stand. Wie konnte sie ihm verübeln, was nicht seine Schuld war? Und dennoch: Wie konnte ihr dies geschehen? In den ersten sieben Jahren war alles so wunderbar... so vollkommen... so...

»Ich würde gerne einen Moment heraufkommen, bevor ich das Haus verlasse.«

»O Liebes, du reist heute früh ab?«

Erneut warf Raphaella einen Blick auf ihre Uhr. »In einer halben Stunde.«

»In Ordnung. Dann laß uns fünfzehn oder zwanzig Minuten Zeit. Wenn du gehst, kannst du auf ein paar Minuten bei mir hereinschauen.«

Armer John Henry. Zehn Minuten und danach nichts. Nachdem sie fort war, würde niemand kommen, um ihn zu besuchen. Sie blieb nur vier bis fünf Tage weg. Dennoch fragte sie sich, ob sie ihn lieber nicht verlassen solle. Wenn irgend etwas passierte? Wenn die Pflegerinnen nicht genügend sorgfältig ihre Pflicht versahen? So erging es ihr jedesmal, wenn sie ihn alleine ließ. Besorgt, gequält, schuldbeladen. Als ob sie kein Recht auf ein paar Tage Eigenleben hätte. Und wie jedesmal würde John Henry sie überreden abzureisen. Er würde gerade lange genug aus seinem Dämmerzustand auftauchen, sie zu zwingen, diesem Alptraum, den sie schon so lange teilten, zu entfliehen. Es war nicht mal mehr ein Alptraum. Es war ganz einfach Leere, Leblosigkeit, ein komaähnlicher Zustand, während ihre Leben verrannen. Sie nahm den Fahrstuhl bis zur zweiten Etage und suchte ihr Schlafzimmer auf. Lange und eingehend sah sie sich im Spiegel an, glättete das seidig-schwarze Haar, ordnete den festen schweren Knoten im Nacken. Sie nahm aus ihrem Schrank einen wunderhübschen Hut. Sie hatte ihn im vorigen Jahr in Paris gekauft. Als sie ihn vorsichtig aufsetzte und in die richtige Fasson brachte, überlegte sie, warum sie sich überhaupt die Mühe gemacht hatte, ihn zu erwerben. Wer würde ihren schönen Hut bemerken? Ein Hauch von einem schwarzen Schleier verlieh ihren großen, mandelförmig geschnittenen Augen zusätzlich etwas Rätselhaftes, und der Kontrast des schwarzen Hutes, ihres Haars und des kleinen Schleiers zu ihrer cremeweißen Haut schien noch mehr als sonst hervorzutreten. Sorgfältig legte sie einen hellen Lippenstift auf und klippte Perlen in die Ohren. Sie streifte ihren Rock glatt, richtete die Strümpfe und warf einen Blick in ihre Handtasche, um sich zu vergewissern, daß das Bargeld, das sie auf Reisen immer bei sich trug, in einem Seitenfach der Eidechstasche, einem Geschenk ihrer Mutter, untergebracht war. Vor dem Spiegel stehend, wirkte sie wie eine Frau von unwahrscheinlicher Eleganz, Schönheit und Stil. Das war eine Frau, die bei Maxim's dinierte und die Rennen in Longchamp besuchte. Eine Frau, die an Partys in Venedig, Rom, Wien und New York teilnahm. Eine Frau, die die Londoner Theater besuchte... Dies war nicht das Gesicht, der Körper oder der Blick eines jungen Mädchens, das unbemerkt zur Frau herangereift und nun mit einem verkrüppelten, todgeweihten sechsundsiebzigjährigen Mann verheiratet war. Sich anschauend und die Wahrheit nur zu genau kennend nahm Raphaella ihre Tasche und Reiseutensilien, lächelte ihrem Spiegelbild kläglich zu und war sich mehr denn je bewußt, wie Äußerlichkeiten trügen können.

Mit einem resignierten Achselzucken verließ sie ihr Schlafzimmer, warf ihren langen, hübschen dunklen Nerz über einen Arm und machte sich auf den Weg zur Treppe. Der Fahrstuhl war für John Henry eingebaut worden. Sie zog es vor, zu Fuß zu gehen, und ging hinauf in den dritten Stock, wo seit langem eine Suite für ihren Gatten eingerichtet worden war. Es schlossen sich drei Zimmer für die Pflegerinnen an, die ihn schichtweise umsorgten. Es waren drei matronenhafte Frauen, zufrieden mit ihrem Quartier, ihrem Patienten, ihrer Stellung. Sie wurden hervorragend bezahlt. Genau wie die Frau, die Raphaella am Frühstückstisch bediente, hatten sie es irgendwie zustande gebracht, über die Jahre hinweg vollkommen unauffällig und gesichtslos zu sein. Häufig vermißte sie die temperamentvollen und oft unmöglichen Dienstboten von Santa Eugenia. Meistenteils waren sie servil, oft aber auch aufsässig und kindisch. Sie dienten der Familie ihrer Mutter manchmal schon seit Generationen, zumindest aber seit etlichen Jahren.

Leise klopfte Raphaella an die Tür, die zur Zimmerflucht ihres Mannes führte. Das Gesicht der Pflegerin tauchte auf. »Guten Morgen, Mrs. Phillips. Wir sind fertig.« Raphaella trat ein, durchquerte einen kurzen Gang, der zu seinem Schlafzimmer führte, das genau wie ihr eigenes eine Etage tiefer mit einem Boudoir und einer kleinen Bibliothek verbunden war. John Henry saß jetzt eingewickelt in seinem Bett und starrte quer durch den Raum auf das Feuer, das bereits im Kamin brannte. Langsam näherte sie sich ihm. Er schien sie nicht wahrzunehmen, bis sie schließlich auf einem Stuhl an seinem Bett saß und seine Hand nahm.

»John Henry...« Nach ihren vierzehn Jahren in San Francisco war ihr Akzent noch immer hörbar, wenn sie seinen Namen aussprach, doch ihr Englisch war perfekt. »John Henry...« Ohne den Kopf zu bewegen, drehte er ihr die Augen zu. Das zerfurchte, müde Gesicht verzerrte sich zu einem halben Lächeln.

»Hallo, kleines Mädchen.« Seine Sprache war schleppend, aber sie konnte ihn verstehen, nur sein zur Unkenntlichkeit verzerrtes Lächeln drehte ihr seit seinem Schlaganfall noch immer das Herz um. »Du siehst sehr hübsch aus.« Und nach einer weiteren Pause: »Meine Mutter besaß einen ähnlichen Hut vor langer Zeit.«

»Ich glaube, er sieht recht albern an mir aus, aber...« Sie zuckte die Achseln und wirkte plötzlich sehr französisch mit ihrem zaghaften Lächeln. Ihre Augen lächelten selten. Die seinen taten es nur, wenn er sie ansah.

»Du reist heute ab?« Er blickte bekümmert. Sie fragte sich erneut, ob sie ihren Flug lieber streichen lassen sollte.

»Ja. Oder möchtest du lieber, daß ich bleibe, Liebling?«

Er schüttelte den Kopf und lächelte wieder. »Nein. Keinesfalls. Ich wünschte, du würdest öfters reisen. Es tut dir gut. Du triffst dich mit...?« Einen Augenblick schaute er verschwommen, sein Gedächtnis nach etwas durchforstend, was offenbar nicht mehr vorhanden war.

»Mit meiner Mutter, meiner Tante und zwei von meinen Cousinen.«

Er nickte und schloß die Augen. »Dann weiß ich dich in Sicherheit.«

»Ich bin immer in Sicherheit.« Wieder nickte er. Er schien sehr müde zu sein. Sie stand auf, beugte sich über ihn und küßte ihn auf die Wange. So sanft wie möglich ließ sie seine Hand los. Flüchtig glaubte sie, er sei eingeschlafen, doch plötzlich öffnete er die Augen. Sie sah auf sein Gesicht herunter.

»Sei vorsichtig, Raphaella.«

»Das verspreche ich. Und ich rufe an.«

»Das brauchst du nicht. Warum vergißt du nicht alles und gönnst dir ein wenig Spaß?« Mit wem? Mit ihrer Mutter? Ihrer Tante? Ein Seufzer drang aus ihrer Brust, doch sie ließ ihn nicht entfliehen.

»Ich bin sehr bald zurück, und hier weiß jeder, wo ich zu erreichen bin, falls du mich brauchst.«

»Ich brauche dich nicht...« Er grinste kurz. »Nicht für das hier. Nicht genug, um dir deinen Spaß zu verderben.«

»Das hast du nie getan.« Sie flüsterte die Worte und beugte sich herab, um ihn erneut zu küssen. »Ich werde dich vermissen.«

Diesmal schüttelte er den Kopf und drehte sich von ihr weg. »Tu's nicht.«

»Liebling...« Sie mußte ihn verlassen, um zum Flugplatz zu kommen, aber irgendwie fand sie es nicht richtig, ihn so zu verlassen. Das tat sie nie. War es überhaupt richtig, ihn zu verlassen? Sollte sie nicht lieber bleiben?

»John Henry...« Sie berührte seine Hand, und er wandte ihr wieder das Gesicht zu. »Ich muß jetzt gehen.«

»Es ist recht, Kleines. Alles ist recht.« Der Blick seiner Augen sprach sie los, und diesmal nahm er ihre feste junge Hand in seine knochige abgezehrte, die einst so sanft und jugendlich erschien. »Gute Reise.« Er suchte seinen Worten eine Betonung zu geben, daß er es aufrichtig meine, und schüttelte den Kopf, als er sah, wie sich ihre Augen mit Tränen füllten. Er wußte, was sie dachte.

»Und jetzt geh. Ich werde mich wohl fühlen.«

»Versprichst du es?« Ihre Augen glänzten in Tränen. Sein Lächeln war sehr weich, als er ihre Hand küßte.

»Ich verspreche es. Nun sei ein gutes Mädchen, geh und amüsier dich gut. Versprich mir, daß du dir in New York etwas Einmaliges und absolut Schönes kaufen wirst.«

»Was denn?«

»Einen Pelzmantel oder ein wundervolles Schmuckstück.« Einen Augenblick sah er nachdenklich drein. »Etwas, das du gern von mir geschenkt bekommen würdest.« Er sah ihr liebevoll in die Augen.

Sie schüttelte den Kopf, während Tränen über ihre Wangen rollten. Es machte sie nur noch schöner, und der kleine schwarze Schleier betonte das Geheimnisvolle ihrer Augen. »Ich bin niemals so großzügig wie du, John Henry.«

»Dann mußt du es eben stärker versuchen«, versuchte er ihr einzuschärfen, und diesmal mußten beide lachen. »Versprochen?«

»Ist gut. Versprochen. Doch keinen neuen Pelz.«

»Dann irgend etwas Funkelndes.«

»Ich will sehen.« Aber wo sollte sie es anlegen? Zu Hause in San Francisco, am Kaminfeuer sitzend? Die Sinnlosigkeit all dieses Tuns überwältigte sie, als sie ihm von der Tür her lächelnd zuwinkte.

4

Nachdem der Chauffeur den Wagen vor der Sektion mit der Markierung ›Abflughalle‹ gestoppt hatte, zeigte er dem Polizisten seinen Spezialausweis. John Henrys Fahrer erhielten vom Amtssitz des Gouverneurs Spezialausweise, die jedes Jahr erneuert wurden. Sie gestatteten ihnen, dort zu parken, wo sie wollten. Der Chauffeur konnte die Limousine am Bordrand abstellen und Raphaella in die Maschine begleiten. Die Fluggesellschaft wurde von ihrem Kommen jedesmal verständigt, und sie konnte vor allen anderen an Bord des Flugzeugs gehen.

Als sie jetzt gelassen durch die riesige Halle schritt und der Chauffeur ihr Handgepäck trug, trafen flüchtige Blicke fremder Menschen die auffallend schöne Frau in Nerz und Schleier. Der Hut verlieh ihr zusätzlich ein dramatisches Flair. Unter den perfekt geschnittenen elfenbeinfarbenen Wangenknochen lagen dunkle Höhlen, die die glänzenden schwarzen Augen untermalten.

»Tom, würden Sie hier bitte eine Minute auf mich warten?« Sie berührte leicht den Arm des Mannes, der darauf bedacht war, sie so rasch wie möglich in das Flugzeug zu setzen. Mr. Phillips hatte es nicht gern, wenn sie sich auf Flughäfen aufhielt, wenngleich Reporter und Fotografen sie schon seit Jahren nicht mehr belästigt hatten. Raphaella war der öffentlichen Aufmerksamkeit so weit entrückt, daß selbst die Reporter nicht mehr wußten, wer sie war.

Sie ließ den Chauffeur in der Nähe einer Säule stehen und schritt rasch auf einen Buchladen zu. Bei flüchtigem Umschauen stellte sie fest, daß er an der Wand Posten bezogen hatte, ihren großen Lederkoffer fest in der Hand haltend. Von dort, wo er stand, konnte er ihre auffallende Schönheit bewundern, während sie zwischen Bücher-, Zeitschriften- und Süßwarenständen hin und her ging, sich deutlich von anderen Reisegästen in Parkas, Trenchcoats und alten Jeans abhebend. Hier und da konnte man eine attraktive Frau oder einen gutgekleideten Mann entdecken, doch es war nichts im Vergleich zu Mrs. Phillips. Tom beobachtete, wie sie jetzt ein Buch in festem Einband vom Regal nahm, damit zur Registrierkasse ging und es dort auf den Tresen legte.

In diesem Augenblick stürmte Alex Hale durch die Halle, die Aktenmappe in der Hand, die Tragetasche über die andere Schulter geworfen. Er war zerstreut. Es war noch zeitig, doch er mußte, bevor er die Maschine bestieg, unbedingt ein dringendes Telefongespräch mit seiner Kanzlei führen. Er stoppte vor einer Reihe Telefonboxen direkt vor dem Buchladen, setzte seine Tasche ab und suchte in seiner Hosentasche nach einem Zehncentstück. Hastig wählte er die Nummer seines Büros und ließ die erforderlichen Extramünzen in den Münzapparat fallen, als die Telefonistin sich meldete. Er hatte seinen Partnern verschiedene Nachrichten zu hinterlassen. Da war noch ein Memorandum, das er seiner Sekretärin vor dem Abflug erläutern mußte, und dann mußte er unbedingt noch wissen, ob der erwartete Anruf aus London gekommen war. Als er gerade die letzte Frage stellte, drehte er sich um und konnte mit Vergnügen feststellen, daß ein Exemplar des letzten Romans seiner Mutter in dem Buchladen bezahlt wurde. Eine Frau hatte das Buch gekauft. Sie trug einen Nerz und einen schwarzen Hut mit Schleier. Fasziniert starrte er zu ihr hinüber, während seine Sekretärin ihn am anderen Ende in der Leitung hängen ließ, um ein weiteres Gespräch entgegenzunehmen. Raphaella begann jetzt langsam auf ihn zuzugehen, die Augen leicht hinter dem Schleier verborgen, das Buch in ihrer behandschuhten Rechten haltend. Als sie ganz nahe an ihm vorbeikam, nahm er ihr verlockendes Parfüm wahr. In diesem Augenblick dämmerte es ihm: es war nicht das erstemal, daß er diesen Augen begegnete.

»Oh, mein Gott«, hauchte er und starrte überrascht auf die Vorübergehende. Es war die Frau, die auf den Treppenstufen gesessen hatte. Etwas weiter weg sah er sie wiederauftauchen und gleich darauf im Gewimmel des Flughafens verschwinden. Einen unsinnigen Moment lang verspürte er den Wunsch auszurufen: »Warte!«, doch er konnte hier nicht weg, bis seine Sekretärin ihm seine Frage beantwortet hatte. Seine Augen versuchten, die unaufhaltsam vorwärts drängende Masse zu durchdringen. Für einen winzigen Moment tauchte sie wieder auf, doch trotz seiner verzweifelten Anstrengung, sie nicht aus den Augen zu verlieren, war sie erneut verschwunden. Eine Sekunde später war seine Sekretärin in der Leitung. Sie gab ihm eine unbefriedigende Antwort auf seine Frage und teilte ihm mit, daß sie zu dem Gesprächspartner auf der anderen Leitung zurückkehren müsse. »Und dafür habe ich die ganze Zeit an der Strippe gehangen, Barbara?« Zum erstenmal seit langem klang seine Stimme zornig, registrierte die Empfängerin. Sie hatte aber nur noch Zeit, »Bedaure« zu murmeln, und war schon dabei, zwei neue Anrufe entgegenzunehmen.

Als ob er sie noch finden könnte, wenn er sich nur genügend beeilte, bahnte er sich gleich darauf stürmisch seinen Weg durch die Menge, nach einem Nerz und einem schwarzen Hut mit Schleier Ausschau haltend. Sie war verschwunden. Aber was, zum Teufel, machte das schon? Wer war sie schon? Niemand. Eine Fremde.

Er schalt sich selbst einen hoffnungslosen Romantiker, einer geheimnisvollen Frau durch den halben Flughafen nachzujagen. Als ob er Ausschau nach dem weißen Hasen aus ›Alice im Wunderland‹ hielte. Nur mit dem Unterschied, daß seine Jagd einer schönen Frau mit dunklen Augen galt... einer Frau in Nerz, mit schwarzem Hut und Schleier, die, nicht zu vergessen, Charlotte Brandons Buch ›Liebhaber und Lügen‹ bei sich trug. »Ruhig Blut«, sagte er leise zu sich selbst und begab sich zum Flughafenschalter, an dem schon eine lange Menschenschlange wartete, um Platzkarten und Bordpassierscheine in Empfang zu nehmen. Ganze Horden waren vor ihm an der Reihe. Schließlich blieben nur noch Sitze in den letzten zwei Reihen der Maschine übrig.

»Warum bringen Sie mich nicht gleich in der Badewanne unter, falls dieselbe noch nicht besetzt ist?« Übellaunig sah er auf den jungen Mann am Schalter, der nur lächelte.

»Glauben Sie mir, wer nach Ihnen kommt, wird hineingesteckt. Und die dann noch kommen, bringen wir im Frachtraum unter. Diese Maschine ist bis oben vollgestopft.«

»Das wird heiter werden.«

Der Flughafenrepräsentant lächelte entwaffnend und streckte beide Hände aus. »Was können wir dafür, daß wir so beliebt sind?« Da mußten beide lachen. Alex ertappte sich dabei, daß er wieder nach ihr Ausschau hielt. Abermals vergeblich. Einen wahnwitzigen Moment spielte er mit dem Gedanken, den Mann am Schalter zu fragen, ob er sie gesehen habe, kam aber zu dem Schluß, daß diese Versuchung mehr als eine kleine Verrücktheit war.

Der Mann händigte ihm sein Ticket aus. Wenig später nahm er seinen Platz in der Schlange ein, die an der Sperre wartete. Dort stehend, ging ihm allerlei durch den Kopf: der Mandant, den er plangemäß in New York treffen sollte – seine Mutter – seine Schwester – Amanda, seine Nichte. Doch die Frau im Nerz begann ihn abermals zu verfolgen, genau wie in jener Nacht, in der er sie weinend auf den Treppenstufen gesehen hatte. Oder war er schon total durcheinander, und es war gar nicht ein und dieselbe Frau? Seine Phantasiefrau kaufte sogar die Bücher seiner Mutter. Möglicherweise litt er an einer Psychose und war dabei, den Verstand zu verlieren. Die Aussicht schien ihn jedoch zu amüsieren, während sich die Schlange langsam vorwärts schob und er seinen Bordpassierschein aus der Tasche zog. Erneut richtete er seine Gedanken auf das, was er in New York zu tun hatte.

Rasch nahm Raphaella ihren Platz ein. Tom verstaute die Reisetasche unter ihrem Sitz, die Stewardess hielt ruhig den wundervoll geschnittenen schwarzen Nerz. Das gesamte Bordpersonal war am Morgen verständigt worden, daß sie für den Flug nach New York eine VIP an Bord hatten. Sie würde jedoch in der Touristenklasse statt in der ersten Klasse fliegen. Schon vor Jahren hatte sie John Henry davon überzeugt, daß es unauffälliger sei. Niemand würde damit rechnen, die Gattin eines der reichsten Männer dieser Welt inmitten von Hausfrauen, Sekretärinnen, Geschäftsleuten und Babys im Touristenabteil vorzufinden. Raphaella ließ sich auf dem nächsten Platz in der letzten Reihe nieder, wo sie immer saß. Sie wußte, daß das Fluglinienpersonal jede Anstrengung unternehmen würde, keine anderen Passagiere auf den Nebensitzen unterzubringen. So war sie nahezu sicher, den ganzen Flug über allein zu sitzen. Sie dankte Tom für seine Hilfe und sah ihn just in dem Augenblick das Flugzeug verlassen, als die ersten Passagiere an Bord kamen.

5

Alex stand im Gedränge der anderen und schob sich Zoll für Zoll auf der schmalen Gangway des Flugzeugs voran. Oben wurde jeder einzeln in das gigantische Luftfahrzeug eingeschleust. Bordpassierscheine wurden geprüft und einbehalten. Eine Schar lächelnder Stewardessen stand bereit, die Passagiere zu begrüßen und ihnen ihre Plätze zuzuweisen. Die Passagiere der ersten Klasse hatten bereits ihre Plätze eingenommen. Gesondert von den übrigen saßen sie in ihrer eigenen, privaten Welt. Zwei zugezogene Vorhänge schützten sie vor neugierigen Blicken. Im Hauptrumpf der Maschine ließen sich die Massen nieder, große Handgepäckstücke in die Gänge schiebend oder Aktentaschen und Pakete in den oberhalb befindlichen Gepäcknetzen unterbringend. Die Stewardessen sahen sich rasch genötigt, hin und her zu kreuzen, um den Passagieren einzuschärfen, alles, außer Hüten und Mänteln, unterhalb der Sitze zu verstauen. Für Alex war dies eine alte Litanei. Mechanisch suchte er seinen Platz auf, genau wissend, wo er sich befand. Seine Tragetasche hatte er der Stewardess bereits am Eingang ausgehändigt. Die Aktenmappe würde er unter den Sitz stellen, nachdem er ihr zwei Akten entnommen hatte, die er während des Flugs zu studieren gedachte. Dies ging ihm durch den Kopf, während er sich den Weg zum Heck der Maschine bahnte, darauf achtend, nicht mit anderen Passagieren oder deren Kindern zusammenzustoßen. Flüchtig dachte er noch einmal an die Frau, doch es war sinnlos, sie hier zu vermuten. In der Menge, die darauf wartete, an Bord der Maschine gelassen zu werden, hatte er sie nirgends entdeckt. Daher wußte er, daß sie sich nicht in diesem Flugzeug befand.

Er erreichte den Platz, den sie ihm zugeteilt hatten, und verstaute gelassen seine Aktenmappe unter dem Sitz. Ein wenig enttäuscht stellte er fest, daß sich unter einem der Nebensitze schon ein kleines Gepäckstück befand. Bedauerlicherweise würde er also während des Flugs nicht alleine hier hinten sitzen.

Hoffentlich war sein Nachbar jemand, der genauso beschäftigt war wie er selbst. Er hatte es nicht gern, während des Flugs mit Konversation belästigt zu werden. Rasch setzte er sich, zog seine Mappe unter dem Sitz hervor und suchte die beiden gewünschten Aktenstücke heraus, froh, daß sein Sitznachbar im Moment abwesend war. Einige Augenblicke später spürte er neben sich eine Bewegung. Instinktiv senkte er den Blick von der Seite, die er gerade las, zu Boden und bemerkte ein Paar sehr graziöse, kostspielige schwarze Eidechsschuhe. Marke Gucci, registrierte er mechanisch, mit den kleinen Goldclips an den Schuhspitzen. Langsam ließ er den Blick an den langen, eleganten Beinen aufwärts wandern, zum Saum des schwarzen Rocks, weiter über das unendlich luxuriöse Kostüm, bis er das Gesicht erreichte, das auf ihn herabsah, den Kopf ein wenig seitlich gelegt. Es sah aus, als wollte sie ihm eine Frage stellen und als sei sie sich genau bewußt, daß er sie soeben von der Sohle bis zum Scheitel fixiert hatte. Doch als er sie jetzt ansah, war Alex vor Überraschung derart überwältigt, daß er ohne nachzudenken aufsprang und herausstieß: »Mein Gott, Sie sind's!«

Sie sah ihn schweigend an und überlegte offenbar, was er gemeint haben könnte und wer er sei. Er machte den Eindruck, als ob er sie zu kennen glaubte. Mit Schrecken fragte sie sich, ob es jemand sei, der früher einmal ihr Foto gesehen oder etwas über sie in der Presse gelesen hätte.

Vielleicht war es sogar ein Zeitungsmann. Sie verspürte den jähen Impuls, sich umzudrehen und wegzurennen. Im Flugzeug würde sie jedoch für Stunden seine Gefangene sein. Ängstlich begann sie vor ihm zurückzuweichen, die Augen groß und erschrocken auf ihn gerichtet, die Handtasche wie einen Schutzschild vor sich haltend. Sie war drauf und dran, eine Stewardess zu suchen und diesmal darauf zu bestehen, in der ersten Klasse untergebracht zu werden. Vielleicht war es auch noch nicht zu spät, sie aussteigen zu lassen. Sie konnte den nächsten Flug nach New York nehmen. »Ich... nein...«, murmelte sie kaum verständlich und drehte sich um. Bevor sie jedoch einen Schritt tun konnte, fühlte sie seine Hand auf ihrem Arm. Er hatte die Panik in ihren Augen gelesen und war entsetzt über das, was er angerichtet hatte.

»Nein, gehen Sie nicht.«

Sie wandte ihm das Gesicht zu, ohne sich dessen bewußt zu sein. Alle Instinkte rieten ihr zu flüchten. »Wer sind Sie?«

»Alex Hale. Ich wollte nur... es ist so...« Er lächelte sie freundlich an, bekümmert von dem, was er in den Augen der schönen Frau sah. Augen, die von Kummer und Panik überschattet waren. Vielleicht auch von Kränkung, das wußte er noch nicht genau. Alles, was er wußte, war, daß er nicht wollte, daß sie weglief, nicht schon wieder. »Ich sah, wie Sie das da im Flughafen kauften.« Er zeigte auf das Buch, das noch auf ihrem Sitz lag. Für Raphaella ergaben seine Worte keinen Sinn. »Und ich... ich sah Sie einmal auf den Treppenstufen sitzen, zwischen Broderick und Broadway. Vor etwa einer Woche. Sie haben –« Wie konnte er ihr sagen, daß er sie weinen sah? Es würde sie nur veranlassen, wieder wegzulaufen. Seine Worte schienen sie zu beeindrucken. Diesmal sah sie ihn lange und gründlich an. Sie schien sich an etwas zu erinnern, denn eine feine Röte überzog ihr Gesicht.

»Ich –« Sie nickte und schaute beiseite. Vielleicht war es kein Reporter. Vielleicht war es nur ein Verrückter oder Narr. Sie hatte aber keine Lust, fünf Stunden neben ihm zu sitzen und Überlegungen darüber anzustellen, warum er sie am Arm festgehalten oder zu ihr gesagt hatte: »Mein Gott, Sie sind's!« Während sie noch reglos dastand und überlegte und er sie seinerseits mit den Augen an ihren Platz zu bannen suchte, kam über die Lautsprecheranlage des Flugzeugs die letzte Aufforderung an die Passagiere, ihre Plätze einzunehmen. Er ging ruhig um sie herum, um ihr den Weg zu ihrem Platz frei zu machen.

»Warum setzen Sie sich nicht?« Er sah sehr groß und stark und gut aus, wie er da vor ihr stand. Als fühlte sie sich außerstande, ihm zu entkommen, folgte sie seiner Aufforderung und nahm Platz. Bevor Alex seinen Sitz einnahm, hatte sie ihren Hut im oberen Gepäckfach abgelegt. Ihr Haar schimmerte wie schwarze Seide, als sie ihren Kopf zur Seite drehte und ihm den Rücken zuwandte. Sie schien aus dem Fenster zu schauen. Also sagte Alex nichts mehr und setzte sich, zwischen ihnen einen freien Platz lassend.

Er fühlte, wie sein Herz gegen die Rippen schlug. Sie war genauso schön wie beim erstenmal, als er sie auf den Stufen hatte sitzen sehen, umgeben von einer Wolke Luchsfell. Es war dieselbe Frau, die jetzt nur wenige Zoll von ihm entfernt saß. Jede Fiber seines Wesens sehnte sich danach, sich ihr zuzuneigen, sie zu berühren, sie in seine Arme zu schließen. Es war Wahnsinn, und er wußte es. Sie war eine vollkommen Fremde. Er mußte über sich selber lächeln. Worte waren zu arm, sie zu beschreiben. Sie schien in jeder Hinsicht vollkommen. Er sah ihren Hals, ihre Hände, ihre Art zu sitzen, und alles, was er sehen konnte, war ihre Vollkommenheit. Sich bewußt werdend, wie beobachtet sie sich fühlen mußte, ergriff er spontan seine beiden Aktenstücke und starrte blind in sie hinein. Er hoffte, sie damit zu vergessen, und gab seinen Gedanken eine neue Richtung. Kurz nach dem Start bemerkte er, wie sie zu ihm hinsah. Aus dem Augenwinkel sah er ihren Blick lange und fest auf sich ruhen.

Außerstande, das Spiel noch weiter zu spielen, drehte er den Kopf zu ihr. Seine Augen blickten sie freundlich an, sein Lächeln war zögernd, aber aufrichtig. »Es tut mir leid, wenn ich Sie vorhin erschreckte. Eigentlich... tue ich solche Dinge nicht.« Sein Lächeln vertiefte sich, wurde aber nicht von ihr erwidert. »Ich – ich weiß nicht, wie ich es Ihnen erklären soll.« Einen Augenblick kam er sich wirklich wie ein Narr vor, ihr alles zu erklären, während sie nur dasaß und ihn ansah. Sowohl ihr Gesicht als auch ihre Augen, die ihn beim ersten Sehen so angerührt hatten, waren völlig ausdruckslos. »Als ich Sie in jener Nacht auf den Stufen sitzen sah, haben Sie –« Er beschloß, es offen auszusprechen –

»haben Sie geweint. Ich fühlte mich so hilflos, als Sie zu mir hochschauten. Und auf einmal waren Sie verschwunden. Genauso war's. Sie waren einfach verschwunden. Es hat mich tagelang verfolgt. Ich mußte daran denken, wie Sie ausschauten, mit den Tränen, die Ihnen übers Gesicht rannen.« Während er redete, glaubte er etwas Weiches in ihren Augen aufleuchten zu sehen, doch in ihrem Gesicht gab es nicht die leiseste Spur einer Veränderung. Wieder lächelte er und zuckte leicht die Achseln. »Vielleicht kann ich jungen Damen, die Kummer haben, nicht widerstehen, doch Sie haben mich die ganze Woche beschäftigt. Und heute morgen waren Sie da. Ich beobachtete irgendeine Frau, die ein Buch kaufte, während ich gerade mit meinem Büro telefonierte.« Er grinste auf die vertraute Buchhülle, ohne ihr zu sagen, wie vertraut sie ihm war. »Und plötzlich sehe ich, Sie sind's. Es war irre, irgendwie wie in einem Film. Eine Woche lang verfolgt mich die Vision, Sie weinend auf den Stufen zu sehen, und plötzlich sind Sie da und genauso schön wie neulich anzusehen.«

Diesmal war ihre Antwort ein Lächeln. Er war süß und scheinbar noch sehr jung. Sonderbarerweise erinnerte er sie an ihren Bruder, der mit fünfzehn jede Woche neu verliebt gewesen war. »Und auf einmal waren Sie wieder verschwunden«, fuhr er leicht verzweifelt fort. »Ich hängte den Hörer auf, und Sie hatten sich in Luft aufgelöst.« Sie wollte ihm nicht sagen, daß sie ein Privatbüro betreten hatte und von dort über mehrere abgelegene Gänge zum Flugzeug gelotst worden war. Er schaute sekundenlang verwirrt. »Ich habe Sie auch nicht an Bord gehen sehen.« Er senkte verschwörerisch die Stimme. »Sagen Sie mir die Wahrheit: Sind Sie eine Zauberfee?« Er wirkte wie ein zu groß geratenes Kind, und sie konnte ein Schmunzeln nicht unterdrücken.

In ihren Augen tanzten Fünkchen, als sie ihn jetzt ansah, nicht mehr ärgerlich, nicht mehr furchtsam. Er war ein bißchen närrisch, ein bißchen jung und unwahrscheinlich romantisch. Sie konnte aber fühlen, daß er ihr kein Leid zufügen wollte. Er war ganz einfach süß und ein bißchen verrückt. Sie nickte ihm mit einem verstohlenen Lächeln zu. »Ja, das bin ich.«

»Aha, dachte ich's mir doch. Eine Zauberfee. Das ist ungeheuerlich.« Er lehnte sich mit einem breiten Lächeln in seinem Sitz zurück, und sie erwiderte sein Lächeln. Es war ein amüsantes Spiel. Und ihr konnte nichts Arges passieren, denn schließlich saß sie in einem Flugzeug. Er war ein Fremder, und sie würde ihn niemals wiedersehen. In dem Moment, wenn die Maschine in New York landete, würde die Stewardess sie weghuschen lassen, und sie würde sicher und behütet in den Händen ihrer Familie sein. Jetzt aber war es amüsant, dieses Spiel mit einem Fremden zu spielen. Sie erinnerte sich jetzt auch an die Nacht, in der sie sich so schrecklich einsam fühlte und aus dem Haus geflohen war. Auf den Stufen der langen Treppe, die zum Hügel hinaufführte, hatte sie weinend gesessen. Einmal hatte sie hochgeschaut und hatte ihn gesehen, doch bevor er sich nähern konnte, war sie vor ihm durch das Gartentor geflüchtet. Als sie daran dachte, fühlte sie seine Augen erneut auf sich ruhen. »Ist es schwierig, eine Zauberfee zu sein?«

»Manchmal.« Er glaubte, einen Akzent aus ihrer Stimme herauszuhören, war sich aber nicht ganz sicher. Aber dann, eingelullt durch die Sicherheit des Spiels, beschloß er, sie zu fragen.

»Sind Sie eine amerikanische Zauberfee?«

Noch immer lächelnd, schüttelte sie den Kopf. Obgleich sie John Henry geheiratet hatte, besaß sie nach wie vor die französische und spanische Staatsangehörigkeit. Sie konnte keinen Nachteil darin erblicken, warum sie es Alex nicht erzählen sollte. Jetzt schien er auf die Ansammlung von Ringen an ihren beiden Händen zu starren. Sie wußte, was ihm dabei durch den Kopf ging, wußte aber auch, daß er es schwer haben würde, herauszubekommen, was er wissen wollte.

Plötzlich überfiel sie der Wunsch, es ihm nicht zu sagen. Sie wollte nicht Mrs. John Henry Phillips sein, wenigstens für eine Weile. Für eine kurze Weile wollte sie nur Raphaella sein, das junge Mädchen.

»Sie haben mir noch nicht gesagt, woher Sie kommen, Zauberfee.« Sein Blick riß sich von ihren Händen los. Er war zu dem Schluß gelangt, daß sie, wer immer sie auch sei, erfolgreich sein mußte, und es hatte ihn erleichtert, an ihrer linken Hand keinen schlichten Goldreif zu entdekken. Aus irgendeinem Grunde hatte er beschlossen, sie für die Tochter eines reichen Vaters zu halten. Vielleicht hatte sie mit ihrem alten Herrn eine schlimme Zeit durchgemacht, und vielleicht war das der Grund, warum er sie beim ersten Sehen weinend auf den Stufen sitzen sah. Vielleicht war sie auch geschieden. Die Wahrheit von alldem war jedoch, daß es ihn nicht einmal interessierte. Alles, was ihn interessierte, waren ihre Hände, ihre Augen, ihr Lächeln und die Macht, mit der er sich zu ihr hingezogen fühlte.

Sie lächelte ihn jetzt ganz offenherzig an. Für einen Augenblick waren sie fast Freunde geworden. »Ich komme aus Frankreich.«

»Ach, ja? Und leben Sie dort noch immer?«

Als Antwort schüttelte sie den Kopf, schien plötzlich nüchterner zu sein. »Nein, ich lebe in San Francisco.«

»Das dachte ich mir.«

»Das dachten Sie?« Überrascht und amüsiert sah sie ihn an. »Wie konnten Sie das wissen?« Es war etwas sehr Unschuldiges in der Art, wie sie die Frage stellte. Gleichzeitig blickten ihre Augen weise. Die Art, wie sie sprach, gab ihm den Gedanken ein, daß sie mit der großen bösen Welt noch nicht in Berührung gekommen war. »Sehe ich wie eine San-Franciscanerin aus?«

»Nein, das tun Sie nicht. Ich hatte nur das Gefühl, daß Sie hier leben. Mögen Sie es?«

Sie nickte langsam, doch die tiefe Traurigkeit war in ihre Augen zurückgekehrt. Mit ihr zu sprechen glich dem Manövrieren eines Segelboots durch schwierige Gewässer. Man war nie ganz sicher, ob man gleich auf Grund laufen würde oder frei und sicher segeln konnte.

»Ja, ich mag es. Ich sehe nicht mehr viel von San Francisco.«

»Nein?« Er scheute sich davor, ernsthaft zu fragen, warum sie nicht mehr viel davon sähe. »Was tun Sie statt dessen?« Seine Stimme klang so weich, als ob er sie streichle. Sie neigte sich leicht zu ihm hin und sah ihn mit den größten Augen an, die er je gesehen.

»Ich lese. Hauptsächlich.« Sie lächelte ihn an und zuckte die Schultern, wie wenn sie verlegen sei. Leicht errötend sah sie weg, dann wieder zu ihm hin, um ihm eine Frage zu stellen. »Und Sie?« Sie kam sich äußerst mutig vor, diesen fremden Mann etwas so Persönliches zu fragen.

»Ich bin Rechtsanwalt.«

Sie nickte und sah versonnen vor sich hin. Die Antwort hatte ihr gefallen. Sie fand die Rechtswissenschaft schon immer interessant, und es schien ihr irgendwie eine passende Beschäftigung für diesen Mann zu sein. Sie vermutete, er war etwa in ihrem Alter. In Wirklichkeit war er sechs Jahre älter. »Gefällt es Ihnen?«

»Sehr. Und Sie? Was tun Sie, Zauberfee, außer dem Lesen?«

Für einen Moment, mit einem Anflug von Ironie, dachte sie daran, ihm zu erzählen, daß sie Pflegerin sei. Doch dann erschien es ihr wie eine unangebrachte Grausamkeit gegenüber John Henry, also sagte sie eine Sekunde nichts und schüttelte nur den Kopf. »Nichts.« Sie sah Alex freimütig an. »Absolut gar nichts.«

Erneut fragte er sich, wie wohl ihre Geschichte sein mochte, wie ihr Leben war, was sie den ganzen Tag über trieb und warum sie in jener Nacht geweint hatte. Plötzlich plagte ihn die Neugier mehr denn je. »Sind Sie viel auf Reisen?«

»Dann und wann. Nur für ein paar Tage.« Sie blickte auf ihre Hände. Ihre Augen betrachteten den schweren, diamantbesetzten Goldring an ihrer Linken.

»Reisen Sie jetzt nach Frankreich zurück?« Er fügte Paris hinzu und lag natürlich richtig, doch sie schüttelte den Kopf.

»New York. Ich reise nur einmal im Jahr nach Paris. Im Sommer.«

Er nickte, und seine Augen leuchteten. »Eine wundervolle Stadt. Ich habe dort einmal sechs Monate zugebracht und habe sie geliebt.«

»Wirklich?« Raphaella blickte erfreut. »Dann sprechen Sie auch Französisch?«

»Nicht richtig.« Das breite jungenhafte Grinsen kehrte zurück. »Bestimmt nicht so gut, wie Sie Englisch sprechen.« Sie lachte leise auf und spielte mit dem Buch, das sie am Flughafen gekauft hatte. Alex sah es, und in seinen Augen blitzte es auf. »Haben Sie viel von ihr gelesen?«

»Von wem?«

»Charlotte Brandon.«

Raphaella nickte. »Ich liebe sie. Ich habe alle Bücher, die sie geschrieben hat, gelesen.« Sie warf ihm einen um Nachsicht bittenden Blick zu. »Ich weiß, es ist kein besonders anspruchsvoller Lesestoff, doch es ist eine wunderbare Flucht. Ich öffne ihre Bücher und bin augenblicklich von der Welt, die sie beschreibt, gefesselt. Ich weiß, einem Mann muß diese Art des Lesens töricht vorkommen, aber es –« Sie konnte ihm schlecht sagen, daß die Bücher sie über die letzten sieben Jahre hinweg bei Verstand gehalten hatten. Er würde annehmen, sie sei geistesgestört... »– aber es ist einfach schön.«

Sein Lächeln hatte sich vertieft. »Ich weiß. Ich habe sie ebenfalls gelesen.«

»Sie haben...?« Raphaella sah ihn mit maßloser Verblüffung an. Charlotte Brandons Bücher schienen nicht zu der Sorte Literatur zu gehören, die ein Mann sich vornehmen würde. John Henry hätte es bestimmt niemals getan. Auch nicht ihr Vater. Sie bevorzugten Sachbücher über Wirtschaftsfragen oder über Weltkriege. »Haben sie Ihnen gefallen?«

»Sogar sehr.« Er beschloß, noch ein wenig weiter mit ihr zu spielen. »Ich habe sie alle gelesen.«

»Tatsächlich?« Ihre großen Augen weiteten sich noch mehr. Es erschien ihr höchst seltsam, daß ein Rechtsanwalt so etwas tat. Sie sah ihn interessiert an und hielt ihm das Buch hin. »Kennen Sie dies auch? Es ist ihr neuestes.« Vielleicht hatte sie einen Gleichgesinnten getroffen.

Er warf einen flüchtigen Blick auf das Buch und nickte. »Ich glaube, es ist ihr bestes. Es wird Ihnen gefallen. Es ist ernsthafter als einige ihrer anderen. Gehaltvoller. Sie setzt sich darin sehr intensiv mit dem Tod auseinander. Keine sehr angenehme Story, doch sie sagt eine Menge aus.« Wie er wußte, hatte seine Mutter das Buch im Vorjahr geschrieben, als sie sich in eine riskante chirurgische Behandlung begeben mußte. Sie fürchtete, es könnte ihr letztes Buch sein, und hatte versucht, etwas Wichtiges auszusagen, was ihr auch gelang. Alexanders Gesicht wirkte jetzt ernster, als er Raphaella ansah. »Dieses Buch bedeutet ihr sehr viel.«

Raphaella blickte befremdet. »Was wollen Sie damit sagen? Sind Sie ihr begegnet?«

Es entstand eine kleine Pause, in welcher das jungenhafte Lächeln wiederkehrte. Er beugte sich vor und raunte Raphaella zu: »Sie ist meine Mama.« Diesmal lachte Raphaella hell auf. Es war wie der Klang einer silbernen Glocke und entzückte sein Ohr. »Nein wirklich, sie ist es.«

»Also, wissen Sie, für einen Anwalt sind Sie ganz hübsch albern.«

»Albern?« Er versuchte, beleidigt auszusehen. »Ich bin völlig ernst. Charlotte Brandon ist meine Mutter.«

»Und der Präsident der Vereinigten Staaten ist mein Vater.«

»Herzliche Glückwünsche.« Er streckte ihr die Hand entgegen, um die ihre zu schütteln. Sie ließ ihre kühle Rechte in die seine gleiten, und sie tauschten einen festen Händedruck. »Ach, übrigens, ich bin Alex Hale.«

»Sehen Sie!« sagte sie und lachte wieder. »Ihr Name ist nicht Brandon!«

»Das ist ihr Mädchenname. Sie heißt Charlotte Brandon-Hale.«

»Ganz bestimmt.« Raphaella konnte nicht aufhören zu lachen und platzte immer wieder los. »Erzählen Sie immer solche Geschichten?«

»Nur für gänzlich Fremde. Apropos, Zauberfee, wie war doch gleich Ihr Name?« Er wußte, es war ein bißchen aufdringlich, doch er wollte gar zu gerne ihre gegenseitige Anonymität aufheben. Er hätte gerne gewußt, wer sie war, wo sie wohnte, wo er sie finden konnte, so daß er allenfalls in der Lage war, ihre Spur zu verfolgen, falls sie sich abermals in Luft auflöste.

Sie zögerte mit der Antwort auf seine Frage, aber nur für einen Augenblick, dann sagte sie halblaut: »Raphaella.«

Er schüttelte zweifelnd den Kopf und verzog ein wenig den Mund. »Das klingt, als hätten Sie es sich für mich ausgedacht. Raphaella. Das ist kein französischer Name.«

»Nein, er ist spanisch. Ich bin nur Halbfranzösin.«

»Und halb Spanierin?« Ihre Farben verrieten ihm, daß es die Wahrheit war. Das rabenschwarze Haar, die schwarzen Augen, die porzellanweiße Haut waren so, wie man es von einer Spanierin erwartete. Er konnte kaum wissen, daß sie ihre Farben von ihrem französischen Vater geerbt hatte.

»Ja, ich bin zur Hälfte Spanierin.«

»Welche Hälfte? Ihr Kopf oder Ihr Herz?« Es war eine ernste Frage, und sie runzelte die Stirn, während sie die Antwort überlegte.

»Das ist eine schwierige Frage. Ich bin nicht sicher. Ich nehme an, daß mein Herz französisch und mein Kopf spanisch ist. Ich denke wie eine Spanierin. Nicht, weil ich es unbedingt möchte, sondern aus reiner Gewohnheit. Ich glaube, das ganze Leben ist mehr oder weniger eine Gewohnheit.«

Alex äugte mißtrauisch über ihre Schulter, dann lehnte er sich vor und wisperte: »Ich sehe keine Anstandsdame.«

Sie rollte die Augen und lachte. »Ah, nein, aber Sie werden sie sehen!«

»Tatsächlich?«

»Ganz sicher. Der einzige Ort, an dem ich alleine bin, ist das Flugzeug.«

»Höchst seltsam, aber recht interessant.« Er hätte sie gerne gefragt, wie alt sie sei. »Sagt es Ihnen zu, allzeit bewacht zu sein?«

»Manchmal. Andernfalls würde ich mir wahrscheinlich sonderbar vorkommen. Ich bin es so gewohnt. Ich glaube, es wäre beängstigend, nicht so gut beschützt zu sein.«

»Warum?« Sie begann ihn immer mehr zu interessieren. Sie war anders als jede Frau, die er zuvor gekannt hatte.

»Dann würde man ohne Schutz sein.« Sie sagte es mit großem Ernst.

»Wovor?«

Sie pausierte für einen langen Augenblick, dann lächelte sie ihn an und sagte freundlich: »Vor Leuten wie Ihnen.« Er konnte ihr nur mit einem Lächeln antworten. Sie saßen eine Zeitlang beieinander, jeder mit seinen eigenen Gedanken und Fragen nach dem Leben des anderen beschäftigt. Endlich drehte sie ihm das Gesicht zu. Ihre Augen schienen neugieriger und glücklicher denn zuvor. »Warum haben Sie mir diese Geschichte über Charlotte Brandon erzählt?« Sie konnte ihn nicht durchschauen, aber sie mochte ihn. Er schien ehrlich, nett, lustig und gescheit zu sein, soweit sie es beurteilen konnte.

Freundlich erwiderte er ihren Blick. »Weil es wahr ist. Sie ist meine Mutter, Raphaella. Sagen Sie, ist das Ihr wirklicher Name?«

Sie nickte und entgegnete sachlich: »Er ist es.« Sie hatte ihm aber keinen weiteren genannt, keinen Zunamen. Nur Raphaella. Der Name gefiel ihm ganz außerordentlich.

»Jedenfalls ist sie wirklich meine Mutter.« Er zeigte auf das Foto auf der Rückseite des Schutzumschlags. Dann sah er Raphaella, die noch immer das Buch in der Hand hielt, ruhig an. »Sie würde Ihnen sehr gefallen. Sie ist eine bemerkenswerte Frau.«

»Ich bin überzeugt, daß sie das ist.« Es war aber klar erkennbar, daß sie Alexanders Erzählung immer noch nicht glaubte. Mit amüsierter

Miene griff er in seine Jacke hinein und zog eine schmale schwarze Brieftasche heraus, die Kay ihm letztes Jahr zu seinem Geburtstag geschenkt hatte. Sie trug dieselben eingeprägten G-Buchstaben wie Raphaellas schwarze Eidechstasche. Marke Gucci. Er entnahm ihr zwei Fotografien mit Eselsohren und reichte sie ihr schweigend über den freien Sitz. Sie warf einen kurzen Blick darauf, und ihre Augen wurden groß. Eine der Fotografien war eine Miniaturausgabe des Fotos auf der Buchrückseite. Die andere zeigte seine Mutter, wie sie lachend einen Arm um ihn legte. Seine Schwester stand mit George an ihrer anderen Seite.

»Familienporträt. Wir ließen es letztes Jahr aufnehmen. Meine Schwester, mein Schwager und meine Mutter. Nun, was sagen Sie jetzt?«

Raphaella lächelte und sah Alex mit plötzlicher Ehrfurcht an. »Oh, Sie müssen mir von ihr erzählen! Ist sie wunderbar?«

»Sehr sogar. Und um das gleich einmal als Tatsache festzuhalten, Zauberfee...« – Er erhob sich, richtete sich zu voller Länge auf, ließ die beiden Aktenstücke in die Tasche des Sitzes vor ihm gleiten und setzte sich dann wieder auf den leeren Platz neben sie – »ich finde, Sie sind ebenfalls hübsch und wunderbar. Doch bevor ich Ihnen jetzt alles über meine Mutter erzähle, darf ich Sie vielleicht dazu ermuntern, vor dem Mittagessen einen Drink mit mir zu nehmen?« Es war das erstemal, daß er seine Mutter benutzte, um eine Frau zu umwerben, doch er machte sich nichts daraus. Er wollte soviel wie möglich über Raphaella in Erfahrung bringen, bis die Maschine in New York landete.

Nach zwei Gläsern Weißwein und einer ziemlich ungenießbaren Mahlzeit, was keinen von ihnen störte, sprachen sie viereinhalb Stunden über Paris, Rom und Madrid, über das Leben in San Francisco, über das Schreiben, über Leute, Kinder und Rechtskunde. Sie erfuhr, daß er ein hübsches kleines viktorianisches Haus besaß, das er liebte. Er erfuhr etwas über ihr Leben in Spanien auf Santa Eugenia. Hingerissen vor Entzücken lauschte er ihren Erzählungen aus einer Welt, die Jahrhunderte zurück datierte und mit nichts vergleichbar war, was er jemals kennengelernt hatte. Sie berichtete ihm von den Kindern, die sie so liebte, von den Geschichten, die sie ihnen erzählte, von ihren Cousinen, von dem lächerlichen Klatsch über diese Lebensweise in Spanien. Sie erzählte ihm von allem außer von John Henry und dem Leben, das sie jetzt führte. Es war jedoch kein Leben, es war eine dunkle, hohle Leere, eine Nichtexistenz. Sie wollte nur im Augenblick nicht daran denken.

Als schließlich die Stewardess kam, um sie zu bitten, sich in ihren Sitzen anzuschnallen, sahen beide aus wie zwei Kinder, denen man soeben mitgeteilt hatte, daß das Fest vorbei sei und daß sie jetzt nach Hause gehen müßten.

»Was werden Sie nun tun?« Er wußte schon, daß sie sich nach echt spanischer Sitte mit ihrer Mutter, ihrer Tante und zwei Cousinen traf und sich mit ihnen gemeinschaftlich in einem New Yorker Hotel aufhalten würde.

»Jetzt? Ich treffe meine Mutter im Hotel. Sie werden bereits dort sein.«

»Kann ich Sie im Taxi hinbegleiten?«

Sie schüttelte langsam den Kopf. »Ich werde abgeholt. Es ist tatsächlich so ...« – Sie sah ihn mit Bedauern an – »ich werde meinen Akt des Unsichtbarwerdens sofort bei meiner Ankunft vollziehen.«

»Darf ich Ihnen wenigstens helfen, Ihr Gepäck zu tragen?« Es hörte sich an, als flehe er darum.

Aber wieder schüttelte sie den Kopf. »Nein. Schauen Sie, ich werde direkt vom Flugzeug weg eskortiert.«

Er sah sie augenzwinkernd an. »Sind Sie ganz sicher, daß Sie kein Galgenvogel sind und unter Schutzaufsicht oder so was Ähnlichem reisen?«

»Ich könnte es genausogut sein.« Ihre Stimme war so traurig wie ihre Augen. Plötzlich war die Fröhlichkeit der letzten fünf Stunden verblaßt. Die reale Welt war dabei, in ihr kleines Spiel einzudringen. »Es tut mir leid.«

»Mir auch.« Er sah sie ernst an. »Raphaella, könnte ich Sie sehen, während Sie in New York sind? Ich weiß, Sie werden beschäftigt sein, aber vielleicht auf einen Drink, eine –« Sie schüttelte schon den Kopf. »Warum nicht?«

»Es ist ausgeschlossen. Meine Familie würde es niemals verstehen.«

»Warum nicht, um des Himmels willen? Sie sind eine erwachsene Frau.«

»Genau. Aber Frauen aus jener Welt rennen nicht herum und treffen sich zu Drinks mit fremden Männern.«

»Ich bin nicht fremd.« Er sah wieder jungenhaft aus, und sie lachte. »Also gut, ich bin es. Würden Sie denn mit mir und meiner Mutter zusammen Mittag essen? Morgen?« Er improvisierte, aber er würde seine Mutter schon zum Essen schleifen, und wenn er sie an den Haaren aus einer Verlagsbesprechung herausziehen mußte. Wenn Charlotte Brandon als Anstandsdame gebraucht wurde, um Raphaella zu überreden, mit ihm zu tafeln, dann sollte sie ihren Willen haben. »Werden Sie kommen? In die Vier Jahreszeiten. Um ein Uhr.«

»Alex, ich weiß es nicht. Ich bin nicht sicher, ob ich es –«

»Probieren Sie's. Sie brauchen es nicht einmal zu versprechen. Wir werden dasein. Können Sie's einrichten, gut. Können Sie's nicht, habe ich Verständnis. Warten wir's ab.« Das Flugzeug hatte die Piste berührt, und seine Stimme bekam etwas Drängendes.

»Ich weiß nicht, wie –« Ihre Augen blickten gequält, als sie den seinen begegneten.

»Macht nichts. Erinnern Sie sich nur daran, wie gerne Sie meine Mutter kennenlernen möchten. Also Vier Jahreszeiten. Ein Uhr. Werden Sie's behalten?«

»Ja, aber –«

»Pssst...« Er legte ihr einen Finger auf die Lippen, und ihre Augen hielten die seinen lange fest. Plötzlich neigte er sich zu ihr hinüber, und ihm wurde verzweifelt bewußt, wie gerne er sie geküßt hätte. Tat er es aber, würde er sie vielleicht nie wiedersehen. Tat er es nicht, sah er sie möglicherweise wieder. Er versuchte, das Dröhnen der Motoren zu übertönen, als sie zur Abfertigungshalle rollten. »Wo werden Sie absteigen?«

Sie sah ihn unsicher, zögernd an. Ihre Augen waren riesengroß. In Wahrheit hatte er sie darum gebeten, ihm zu vertrauen. Sie war dazu bereit, war aber nicht sicher, ob sie es tun sollte. Doch als die Maschine mit einem heftigen Ruck zum Stehen kam, waren die Worte bereits heraus, so, als sei sie nicht fähig, sie länger unter Kontrolle zu halten. »Im Carlyle.« Und dann, wie auf ein verabredetes Signal, standen zwei Stewardessen im Gang. Die eine hielt ihren Nerz, die andere zog ihre Tragetasche unter dem Sitz hervor. Wie ein artiges Kind bat Raphaella Alex, ihr den Hut aus dem oberen Gepäckfach herunterzureichen. Wortlos setzte sie ihn auf, löste ihren Sitzgurt und stand auf. Da stand sie, wie er sie zuerst auf dem Flughafen gesehen hatte: in Nerz gehüllt, die Augen durch den kleinen Hut verschleiert, das Buch und ihre Handtasche in der Hand. Sie sah ihn an, dann reichte sie ihm die Hand mit dem schwarzen Ziegenlederhandschuh. »Ich danke Ihnen.« Die Worte waren für die fünf Stunden gedacht, die er ihr geschenkt hatte, für den fröhlichen Augenblick, für den Flug aus der Wirklichkeit, für eine Kostprobe des Lebens, wie es sein sollte, wie es sein könnte und nicht war. Sekundenlang ruhten ihre Augen auf ihm, dann wandte sie sich ab.

Am Heck der Maschine, nahe den Plätzen, wo sie und Alex gesessen hatten, war einer der Ersatzausstiege geöffnet worden, als die Stewardessen die Passagiere über den Lautsprecher aufforderten, sich zum Verlassen des Flugzeugs an den Vorderausstieg zu begeben. Die Tür am Heck öffnete sich kurz. Raphaella und die beiden Crewmitglieder stiegen flink aus. Die Tür schloß sich augenblicklich, und nur ein paar Passagiere im Heck der Maschine fragten sich, was geschehen sei und warum die Frau im dunklen Nerz herausgelassen wurde. Sie waren jedoch zu stark mit ihren eigenen Angelegenheiten, ihren eigenen Planungen beschäftigt. Lediglich Alex starrte lange auf die Tür, durch welche sie geflüchtet war. Wieder war sie ihm entkommen. Abermals hatte die bestrickend schöne dunkelhaarige Frau ihn verlassen. Nun wußte er jedoch, daß ihr Name Raphaella war und daß sie im Carlyle wohnen würde.

Plötzlich sank ihm das Herz. Ihm war eingefallen, daß er ihren Nachnamen nicht kannte. Raphaella. Raphaella und wie weiter? Wie konnte er im Hotel nach ihr fragen? Jetzt bestand die einzige Hoffnung darin, sie morgen beim Essen wiederzusehen. Falls sie erschien... falls ihre Verwandten sie fortließen... falls... Er kam sich wie ein kleiner erschrockener Schuljunge vor, als er seinen Mantel und die Aktentasche an sich nahm und sich langsam auf den Weg zum vorderen Teil der Maschine begab.

6

Der Kellner der Vier Jahreszeiten geleitete die hochgewachsene, attraktive Dame quer durch den Saal an ihren gewohnten Tisch in der Nähe der Bar. Die hochmoderne Ausstattung bildete den perfekten Hintergrund für die buntgewürfelte Menge, die das Restaurant Tag und Nacht bevölkerte. Auf dem Weg zu ihrem Tisch nickte die Dame lächelnd nach allen Seiten, entdeckte einen Freund, der seine Unterhaltung unterbrach und ihr zuwinkte. Charlotte Brandon war hier Stammgast. Es war für sie, als ob sie in ihrem Club speiste. Ihre große, schlanke Erscheinung bewegte sich ungezwungen in der vertrauten Umgebung. Ihr schneeweißes Haar lugte unter einer äußerst kleidsamen Nerzkappe hervor, die perfekt zu dem wundervollen Nerz paßte, den sie über dem marineblauen Kleid trug. Ihre Ohrringe bestanden aus Saphiren und Diamanten, um ihren Hals war eine dreireihige Kette großer prachtvoller Perlen geschlungen. An ihrer linken Hand funkelte ein einziger Saphir, den sie sich selbst zur Tauffeier ihres fünfzehnten Buches geschenkt hatte.

Es wunderte sie noch heute, daß ihre Karriere mit dem Tode ihres Mannes bei einem Flugzeugunglück ihren Anfang nahm. Damals bekam sie ihren ersten Job, bei dem sie Nachforschungen für eine ziemlich langweilige Kolumne anzustellen hatte. Etwas, was ihr niemals echten Spaß bereitete. Was ihr hingegen gefiel, war das Schreiben, wie sie sehr bald feststellte. Als sie sich hinsetzte, um ihren ersten Roman zu schreiben, hatte sie das Gefühl, endlich heimgekommen zu sein. Das erste Buch war ein netter Erfolg, das zweite kam noch besser an, aber erst das dritte wurde ein Bestseller und schlug wie eine Bombe ein. Von da an war es harte Arbeit, jedoch in angenehmem Fahrwasser. Sie liebte ihre Arbeit jedes Jahr mehr, mit jedem neuen Buch. Schon seit Jahren war das, was wirklich für sie zählte, ihre Bücher, ihre Kinder und ihr einziges Enkelkind Amanda.

Nachdem ihr Mann gestorben war, hatte es in ihrem Leben niemals jemanden von echter Bedeutung gegeben. Gelegentlich hatte sie sich gezwungen, mit anderen Männern auszugehen. Schon ein halbes Leben lang hatte es enge Freunde für sie gegeben, herzliche Beziehungen, aber niemals jemanden, den sie heiraten wollte. Zwanzig Jahre hatten ihr die Kinder als Ausrede gedient, heute war es ihre Arbeit. »Ich bin zu schwierig für ein Zusammenleben. Meine Zeiteinteilung ist unmöglich. Die ganze Nacht über schreibe ich, und tagsüber schlafe ich. Ich würde dich zum Wahnsinn treiben! Du würdest es hassen.« Ihre Ausflüchte waren unzählig und nicht immer stichhaltig. Sie war eine wohlorganisierte Frau voller Selbstdisziplin. Die Wahrheit war, daß sie nicht wieder heiraten wollte. Nach Arthur Hale würde sie niemals einen anderen lieben. Er war das strahlende Licht ihres Lebens gewesen, er stand Modell für ein halbes Dutzend Helden in ihren Büchern. Und Alexander sah ihm so ähnlich, daß sie jedesmal, wenn sie ihn sah, einen Kloß im Hals spürte. Er war genauso brünett, so hochaufgeschossen, so lang und mager und hübsch. Es erfüllte sie mit Stolz, daß dieser ungewöhnlich gutaussehende, intelligente, warmherzige junge Mensch ihr Sohn war. Ganz andere Gefühle beherrschten sie, wenn sie ihre Tochter sah. Kay erfüllte sie stets mit einem heimlichen Schuldgefühl, was sie falsch gemacht haben könnte. Warum war Kay so bitter, so kalt, so böse geworden? Was konnte sie dazu gebracht haben? Waren es die langen Arbeitsstunden ihrer Mutter? Der Tod ihres Vaters? Unterschwellige Rivalität? Charlotte hatte stets ein Gefühl des Versagens, der Trauer, der bösen Vorahnung, wenn sie in jene kalten Augen sah, die den ihren so ähnelten und dennoch kein Glück widerspiegelten.

Sie war so grundverschieden von Alex, der jetzt in voller Lebensgröße vor ihr stand. Mit aufrichtiger Freude und einem herzlich warmen Lächeln sah er seine Mutter an.

»Herrgott, Mutter, du siehst großartig aus!« Er beugte sich leicht herunter, um sie zu küssen, und sie umarmte ihn spontan. Es war das erstemal seit mehreren Monaten, daß er von San Francisco nach New York kam, doch sie hatte niemals wirklich das Gefühl gehabt, daß sie sehr weit getrennt waren. Er rief sie häufig an, erkundigte sich nach ihrem Befinden, erzählte ihr verschiedenes, fragte nach ihrem jüngsten Buch oder erklärte ihr seinen neuesten Fall. Sie hatte das Empfinden, einen Platz in seinem Leben einzunehmen, ohne daß einer sich zu fest an den anderen heftete. Es war eine Beziehung, die sie in jeder Weise beschwingte. Ihrem Sohn am Tisch gegenübersitzend, leuchtete ihr die

Freude über das Wiedersehen aus den Augen. »Du siehst besser aus denn je!« Er strahlte sie mit sichtlichem Stolz an.

»Schmeicheleien sind gottlos, mein Schatz, aber entzückend. Ich danke dir.« Ihre Augen schillerten, und er lächelte sie an. Mit zweiundsechzig war sie immer noch eine glänzende Erscheinung: hochgewachsen, anmutig, elegant, mit der glatten Haut einer Frau, die etwa halb so alt war wie sie. Kosmetische Chirurgie hatte ihr beigestanden, das schöne Gesicht und den glatten Teint zu erhalten, aber sie war schon von allem Anbeginn eine blendend schöne Frau gewesen. Und so engagiert, wie sie sich für die Werbung und den Umsatz ihrer Bücher einsetzte, war es nicht verwunderlich, daß sie bemüht war, jugendlich zu bleiben. Im Verlauf der Jahre war Charlotte Brandon zu einem großen Geschäft geworden. Als Frau der Feder wußte sie, daß ihr Gesicht einen ebenso wichtigen Teil ihres Persönlichkeitsbildes darstellte wie ihre Herzenswärme und Vitalität. Sie war eine Frau, die andere Frauen respektierten und die sich über drei Generationen hinweg die Gunst ihrer Leserinnen erhalten hatte. »Also, was hast du so angestellt? Du siehst übrigens auch prima aus, möchte ich bemerken.«

»Ich habe gearbeitet. Tatsächlich pausenlos, seit ich dich das letztemal sah.« Während er dies sagte, schweiften seine Augen zur Tür. Einen Moment lang hatte er geglaubt, Raphaella gesehen zu haben. Ein dunkler Kopf im Nerz tauchte an der Treppe auf, doch dann sah er, daß es eine andere Frau war.

»Erwartest du irgend jemand, Alex?« Sie hatte rasch den Blick in seinen Augen aufgefangen und lächelte. »Oder bist du der kalifornischen Frauen nur überdrüssig?«

»Wer hätte Zeit, eine zu treffen! Ich habe Tag und Nacht gearbeitet.«

»Das solltest du nicht tun.« Für einen Augenblick sah sie ihn traurig an. Sie wünschte ihm mehr als nur ein halbes Leben. Ihren beiden Kindern wünschte sie mehr, doch bis jetzt schien keines von ihnen gefunden zu haben, was es sich wünschte. Alex hatte die fehlgeschlagene Ehe mit Rachel hinter sich, und Kay wurde von ihrer Leidenschaft für die Politik und ihrem Ehrgeiz, der alles andere in ihrem Leben überschattete, verzehrt. Manchmal glaubte Charlotte, ihre Kinder nicht zu verstehen. Letztlich hatte sie doch auch beides geschafft, eine Familie und eine

Karriere. Sie erzählten ihr jedoch, die Zeiten hätten sich geändert. Karrieren könnte man heute nicht mehr so elegant angehen. Hatten sie recht, oder machten sie sich wegen ihrer eigenen Mißerfolge nur etwas vor? Das ging ihr durch den Kopf, während sie ihren Sohn betrachtete und sich fragte, ob er mit seinem Einzelgängerdasein glücklich sei oder sich nicht letztlich etwas anderes wünschte. Gab es wohl eine ernste Beziehung zu einer Frau, zu jemandem, den er aufrichtig liebte?

»Schau nicht so besorgt, Mutter.« Er tätschelte ihr lächelnd die Hand und winkte nach dem Kellner. »Etwas zu trinken?« Sie nickte, und er bestellte zwei Bloody Marys. Dann lehnte er sich mit einem Lächeln zurück. Er mußte es ihr sagen. Jetzt, für den Fall, daß Raphaella pünktlich erschien. Ein Uhr hatte er ihr gesagt und sich um zwölf Uhr dreißig mit seiner Mutter getroffen. Es war natürlich möglich, daß Raphaella überhaupt nicht kam. Er sah seiner Mutter in die dunkelblauen Augen. »Ich habe eine Freundin eingeladen, sich mit uns zu treffen. Ich bin nicht sicher, ob sie es einrichten kann.« Jungenhaft und verwirrt senkte er kurz die Augen und richtete sie gleich darauf erneut auf seine Mutter. »Ich hoffe, du hast nichts dagegen.« Doch Charlotte Brandon lachte bereits. Ein frischer, heller Klang erfüllte die Luft, der jedesmal ansteckend auf ihn wirkte. »Hör auf, mich auszulachen, Mutter«, doch dann mußte er selber lachen, und seine Augen funkelten vor Vergnügen.

»Du siehst aus, als seist du vierzehn, Alex. Tut mir leid. Wen, in Gottes Namen, hast du zum Essen eingeladen?«

»Nur eine Freundin. Oh, verflucht. Eine Frau.« Beinah hätte er hinzugefügt: »Ich habe sie im Flugzeug kennengelernt.«

»Ist es eine deiner Freundinnen hier in New York?« Die Fragen waren nicht zudringlich, sondern freundschaftlich gemeint, während sie fortfuhr, ihrem Sohn zuzulächeln.

»Nein, sie lebt in San Francisco. Sie ist nur für einige Tage hier. Wir flogen mit derselben Maschine.«

»Das ist nett. Was macht sie?« Sie nahm den ersten Schluck aus ihrem Glas und fragte sich, ob sie ihn das lieber nicht hätte fragen sollen, doch sie war immer neugierig auf seine Freundinnen. Manchmal war es hart, sich nicht zu mütterlich zu geben, drückte sie aber zu fest auf die Tube, bat er sie jeweils freundlich, damit aufzuhören. Auch jetzt blickte sie ihn forschend an, aber er schien es nicht wahrzunehmen. Er sah glücklich aus, und in seinen Augen lag etwas ungemein Warmes und Zärtliches. So hatte er mit Rachel niemals ausgesehen, damals wirkte er immer so unglücklich und gequält. Sie fragte sich plötzlich, ob Alex wohl irgendeine Überraschung auf Lager hatte.

Er lachte nur vergnügt, als er auf ihre Frage einging. »Du wirst es schwerlich glauben, berühmte Autorin Charlotte Brandon, doch es hat den Anschein, als ob sie verdammt überhaupt nichts tut.«

»Oh, oh. Wie dekadent.« Charlotte sah aber keineswegs beunruhigt aus, sondern nur neugierig auf das, was sie in den Augen ihres Sohnes las. »Ist sie sehr jung?« Das würde alles erklären. Junge Leute hatten Recht auf etwas Zeit, um herauszufinden, was sie machen sollten. Waren sie allerdings etwas älter, erwartete Charlotte von ihnen, daß sie ihren Weg gefunden oder zumindest eine Art von Beschäftigung hatten.

»Nein, ich denke, nicht mehr so jung. Sie ist um die Dreißig. Aber sie ist Europäerin.«

»Ah«, sagte seine Mutter verstehend, »jetzt ist mir alles klar.«

»Dennoch ist es eigenartig.« Einen Augenblick sah er nachdenklich aus. »Ich habe noch nie jemanden kennengelernt, der ein solches Leben führt. Ihr Vater ist Franzose, ihre Mutter Spanierin, und sie hat die meiste Zeit ihres Lebens eingesperrt verbracht, umgeben, begleitet, belagert von Verwandten und Anstandsdamen. Es scheint ein geradezu undenkbares Leben zu sein.«

»Wie konntest du sie ihnen lange genug entreißen, um sie kennenzulernen?« Charlotte war fasziniert und lenkte ihre Aufmerksamkeit nur kurz ab, um flüchtig einem Freund zuzuwinken, der den Raum durchquerte.

»Das habe ich noch nicht, doch ich gedenke es zu tun. Das war einer der Gründe, warum ich sie heute zum Essen einlud. Sie bewundert deine Bücher.«

»O Gott, Alex, nicht eine von denen. Um des Himmels willen, wie kann ich mit Leuten essen, die mir Fragen stellen, wie lange ich schon schreibe und wieviel Monate es dauerte, jedes einzelne meiner Bücher zu schreiben?« Ihr vorwurfsvoller Ton war jedoch gespielt, und sie behielt noch immer ihr halbes Lächeln bei. »Warum kannst du nicht mit

Mädchen flirten, die andere Autoren bevorzugen? Irgendein nettes Mädchen, das gerne Proust oder Balzac oder Camus liest oder sich für die Memoiren von Winston Churchill begeistert. Irgend etwas Empfindsames.«

Er kicherte über die ernste Miene, die sie zur Schau trug. Dann sah er plötzlich über ihre Schulter hinweg eine Erscheinung die Vier Jahreszeiten betreten. Charlotte Brandon merkte, wie er den Atem anhielt. Sie drehte sich in die Richtung um, in die er starrte, und sah eine auffallend schöne, große, dunkelhaarige junge Frau oberhalb der Treppe stehen. Sie wirkte ungemein zerbrechlich und gleichzeitig sehr selbstbewußt. Sie war eine bildschöne Frau, und alle Augen waren auf sie gerichtet, sie in offener Bewunderung anstarrend. Ihre Körperhaltung war vollkommen, ihr Haupt hocherhoben, ihr Haar glänzte in einem sorgsam geschlungenen Knoten, der wie schwarze Seide wirkte. Sie trug ein schmales Kleid aus schokoladenbraunem Kaschmir in der Farbe des üppigen Pelzes. Ein weiches Seidentuch war lose um ihren Hals geknotet. Perlen und Diamanten schmückten ihre Ohren. Ihre Beine, endlos lang und grazil, präsentierten sich in braunen Strümpfen und farblich passenden Schwedenschuhen. Sie trug eine Handtasche, die in dem gleichen kostbaren braunen Leder gehalten war. Diese Frau war das schönste Geschöpf, das Charlotte seit Jahren gesehen hatte, und plötzlich verstand sie den entzückten Ausdruck ihres Sohnes. Was sie gleichfalls betroffen machte, nachdem Alex sich mit einer Entschuldigung vom Tisch entfernt und auf sie zugegangen war, war etwas seltsam Vertrautes um das Mädchen. Es war ein Gesicht, das Charlotte irgendwann schon einmal gesehen hatte. Vielleicht war es auch nur, weil sie eine typische Vertreterin der spanischen Aristokratie war. Sie hatte eine Grazie und Präsenz, als sie sich auf den Tisch zubewegte, die an eine junge Königin erinnerte. Gleichzeitig konnte man aus ihren Augen eine Zartheit und Scheu herauslesen, die ihrem betörend guten Aussehen noch eine besondere Note gab. Diesmal war es Charlotte, die bei ihrem Anblick fast einen Ton der Bewunderung von sich gegeben hätte. Das Mädchen war so schön, daß man es kaum ohne Ehrfurcht ansehen konnte. Alexanders Faszination zu verstehen war nicht schwer. Sie war ein sehr, sehr rares Juwel.

»Mutter, ich möchte dir gerne Raphaella vorstellen. Raphaella, meine

Mutter, Charlotte Brandon.« Flüchtig wunderte sich Charlotte über das Fehlen eines Zunamens. Die Frage war jedoch vergessen, als sie in die dunklen, rätselhaften Augen des Mädchens blickte. Aus der Nähe konnte man sehen, daß sie fast erschrocken war und leicht außer Atem, so als ob sie schnell gelaufen sei. Sie tauschte mit Charlotte einen gemessenen Händedruck, ließ sich von Alex den Pelz abnehmen und nahm Platz.

»Es tut mir schrecklich leid, mich verspätet zu haben, Mrs. Brandon.« Sie sah Charlotte direkt in die Augen, eine leichte Röte auf den cremeweißen Wangen. »Ich hatte Verpflichtungen. Es war schwierig... mich freizumachen.« Als sie sich zurücklehnte, warfen ihre Wimpern Schatten auf die Augen. Sie anschauend, glaubte Alex zu vergehen. Sie war die unwahrscheinlichste Frau, der er je begegnet war. Charlotte konnte nicht umhin zu denken, daß die beiden ein bemerkenswertes Paar abgaben. Ihre dunklen Köpfe, so nahe beieinander, die großen Augen, die herrlichen jungen Glieder, die anmutigen Hände. Wie der Sage entstiegene junge Götter sahen sie aus, dazu geschaffen, ein Paar zu sein. Charlotte mußte sich zwingen, mit liebenswürdigem Lächeln zur Unterhaltung zurückzukehren.

»Das macht nichts, Liebe. Seien Sie unbesorgt. Alex und ich hatten uns gerade erst getroffen. Er sagte mir, Sie seien gestern zusammen von San Francisco herübergeflogen. Um Freunde zu besuchen?«

»Um meine Mutter zu treffen.« Raphaella begann sich langsam zu entspannen, obgleich sie ein Getränk gleich nach dem Platznehmen abgelehnt hatte.

»Lebt sie hier?«

»Nein, in Madrid. Sie ist auf der Durchreise nach Buenos Aires. Und sie dachte, daß... nun, es war für mich eine Gelegenheit, für ein paar Tage nach New York zu kommen.«

»Sie wird glücklich sein, Sie zu sehen. Mir ergeht es genauso, wenn Alex in die Stadt kommt.« Hierauf lächelten alle drei, und Alex schlug vor, das Essen zu bestellen, bevor man in der Unterhaltung fortfuhr. Nachdem dies geschehen war, gestand Raphaella Charlotte, wieviel ihre Bücher ihr über die Jahre hinweg bedeutet hatten.

»Ich gebe zu, daß ich gewohnt war, sie in Spanisch zu lesen, hier und da auch in Französisch, aber als ich das erstemal in dieses Land kam, hat mein –« Sie errötete und senkte einen Moment lang die Augen. Fast hätte sie ihnen erzählt, ihr Mann habe ihr einige Bücher Charlottes in englischer Sprache gekauft, doch plötzlich hatte sie gestockt. Es schien unredlich, doch sie mochte jetzt nicht über John Henry sprechen. »Ich kaufte sie mir in Englisch, und jetzt lese ich sie immer in Englisch.« Wieder wurden ihre Augen traurig, als sie Charlotte ansah. »Sie wissen nicht, was Ihre Werke mir bedeutet haben. Manchmal denke ich, es war das, was –« Ihre Stimme wurde so leise, daß sie kaum vernehmbar war, »– was mich am Leben erhalten hat.« Die Qual in ihrer Stimme war klar herauszuhören. Während Charlotte sie ansah, wurde Alex an das erstemal erinnert, als er sie weinend auf den Treppenstufen sitzen sah. Jetzt, im Lichterglanz des New Yorker Restaurants, fragte er sich, was das Geheimnis war, das so schwer auf ihrer Seele lastete. Sie blickte nur zu seiner Mutter, mit einem kleinen Lächeln des Danks, und ohne zu überlegen, streckte Charlotte ihre Rechte aus und berührte ihre Hand.

»Die Bücher bedeuten mir viel, wenn ich sie schreibe. Aber es ist wichtig, daß sie Menschen wie Ihnen etwas bedeuten. Ich danke Ihnen, Raphaella. Es war ein wundervolles Kompliment, und in gewissem Sinne macht es mein Leben lebenswert.« Und dann, als spüre sie irgend etwas Verborgenes, einen fernen Wunsch, einen Traum, sah sie Raphaella fest an und fragte: »Schreiben Sie ebenfalls?«

Doch Raphaella lächelte nur und schüttelte den Kopf, sehr jung und kindhaft, nicht so ernst, wie sie anfangs erschien. »O nein!« Dann lachte sie auf. »Aber ich bin eine Geschichtenerzählerin.«

»Das ist der erste Schritt.« Alex beobachtete beide schweigend. Es gefiel ihm, sie beisammen zu sehen, die Fülle der Kontraste – zwei schöne Frauen, eine davon so jung und so zart, die andere so reif und stark – eine mit weißem Haar und eine mit schwarzem Haar – eine, die er so gut kannte, und die andere überhaupt nicht. Seine Mutter fragte weiter: »Was für eine Art von Geschichtenerzählerin sind Sie, Raphaella?«

»Ich erzähle Geschichten für Kinder. Im Sommer. Ich erzähle sie all meinen Neffen und Nichten. Es gibt Dutzende von ihnen. Wir sind eine sehr große Familie und verbringen den Sommer gemeinsam auf unserem Familiensitz in Spanien. Ich habe es immer geliebt, Kinder an der Hand zu halten. Und ich erzähle ihnen Geschichten« – sie lächelte glücklich –, »und sie hören zu und kichern und lachen. Es ist wundervoll, es tut der Seele irgendwie gut.«

Charlotte lächelte über die Ausdrucksweise der jüngeren Frau und nickte zustimmend. Und dann, als sie sie genauer ansah, war es, als ob die Gedanken in ihrem Kopf wie in einem Brennpunkt zusammenliefen. Raphaella... Raphaella... Spanien... ein Familiensitz dort... und Paris... eine Bank... Sie mußte gegen einen Impuls ankämpfen, um nicht laut etwas zu sagen. Statt dessen ließ sie Alex die Unterhaltung fortführen, wieder und wieder auf das Gesicht des Mädchens blickend. Und während sie sie anschaute, fragte sie sich, ob Alex die ganze Geschichte kannte. Er schien ahnungslos zu sein.

Nur eine Stunde nachdem sie sie getroffen hatte, blickte Raphaella bedauernd, aber nervös auf ihre Uhr. »Es tut mir so leid... ich fürchte, ich muß zu meiner Mutter, meiner Tante und meinen Cousinen zurück. Sonst denken sie womöglich, ich sei weggelaufen.« Sie erzählte Alexanders Mutter nicht, daß sie Kopfschmerzen vorgetäuscht hatte, um dem Mittagessen mit ihrem eigenen Gefolge zu entfliehen.

Sie hatte sich so brennend gewünscht, Charlotte Brandon kennenzulernen und Alex wiederzusehen, sei es auch nur ein einziges Mal. Jetzt bot er ihr an, sie zum Taxi zu begleiten, und ließ seine Mutter mit einer frischen Kanne ›café filtre‹ zurück. Er versprach, sofort wiederzukommen, und verschwand mit seiner hinreißenden Freundin am Arm. Bevor sie ging, hatte Raphaella Charlotte noch ein paar passende Abschiedsworte gesagt, und für einen winzigen Moment hatten ihre Augen einander festgehalten. Es war, als wollte Raphaella ihr die ganze Geschichte erzählen und als wollte Charlotte ihr sagen, daß sie sie bereits kenne. Es war eine jener schweigenden Übereinstimmungen zwischen zwei Frauen, als ihre Blicke sich trafen, und Charlotte hatte gefühlt, wie ihr Herz diesem jungen Mädchen zuflog. Sie hatte sich inzwischen an die ganze Geschichte erinnert, nur, daß es jetzt nicht länger eine der vielen tragischen Notizen in den Zeitungen war. Sie hatte die lebende, atmende, einsame junge Frau gesehen, der diese Tragödie zugestoßen war. Sekundenlang hatte sie den Wunsch verspürt, ihre Arme um sie zu legen, aber sie hatte ihr nur die kühle schlanke Hand geschüttelt und ihnen nachgesehen, ihrem Sohn, so stattlich, und dem Mädchen, so betörend anmutig, wie sie über die Treppe verschwanden.

Als sie auf die Straße hinaustraten und dort für einen Augenblick stehenblieben, die kühle Herbstluft einatmeten und sich jung und glücklich fühlten, sah Alex sie mit unverhohlener Freude an. Seine Augen sprühten, und er konnte nicht umhin zu lächeln, als sie irgendwie traurig und weise und dennoch mit einem glücklichen Schimmer in den Augen zu ihm hochsah. »Meine Mutter hat Sie ins Herz geschlossen, das hat man gemerkt.«

»Ich wüßte nicht, warum sie das sollte. Aber ich habe sie auch ins Herz geschlossen. Was ist sie für eine reizende Frau, Alex. Sie hat alle Qualitäten, die eine Frau haben sollte.«

»Hm... ja, sie ist ein hübsches, nettes altes Mädchen.« Er sagte es in neckender Manier, doch er dachte nicht an seine Mutter, als er Raphaella in die Augen sah. »Wann werde ich Sie wiedersehen?«

Bevor sie antwortete, blickte sie nervös beiseite auf die Straße, nach einem Taxi Ausschau haltend. Dann sah sie Alex wieder an, und ihre Augen wirkten schwarz und bekümmert. Ihr Gesicht war auf einmal unerklärbar traurig. »Ich kann nicht, Alex. Es tut mir leid. Ich muß bei meiner Mutter bleiben... und –«

»Sie können nicht Tag und Nacht mit ihnen zusammensein.« Es klang eigensinnig, und sie mußte lächeln. Es gab keine Möglichkeit, es ihm verständlich zu machen. Er hatte niemals ein Leben wie das ihre geführt.

»Aber ich bin es. Jede Minute. Und anschließend muß ich heim.«

»Das muß ich auch. Also sehen wir uns dort wieder. Was mich daran erinnert, junge Dame, daß Sie mir etwas zu sagen vergessen haben, als Sie mir erzählten, Sie würden im Carlyle absteigen.«

»Was?« Sie blickte plötzlich beunruhigt.

»Ihren Nachnamen.«

»Habe ich das?« Schwer zu sagen, ob ihre Unschuld echt oder gespielt war.

»Ja, das haben Sie. Hätten Sie sich heute nicht gezeigt, wäre ich gezwungen gewesen, für den Rest der Woche in der Halle des Carlyle zu sitzen und abzuwarten, bis Sie vorbeispaziert kommen. In Gegenwart

Eurer Mutter hätte ich Eure Hoheit in Verlegenheit gebracht, um Euren Namen zu bitten!« Sie mußten beide lachen, als er das sagte, und er nahm zärtlich ihre Hand in die seine. »Raphaella, ich möchte Sie wiedersehen.« Sie schaute zu ihm hoch, ihre Augen verschmolzen mit den seinen. Sie wünschte sich all das, was er sich wünschte, wußte aber, daß sie kein Recht darauf hatte. Er neigte sich langsam über sie und wollte sie küssen, doch sie drehte sich weg und vergrub ihr Gesicht an seiner Schulter. Mit einer Hand hielt sie sich am Aufschlag seiner Jacke fest.

»Nein, Alex, lassen Sie das.« Er verstand. Ihre Welt war mit Anstandsdamen angefüllt. Sie war es nicht gewohnt, einen Mann auf der Straße zu küssen.

»Ist gut. Doch ich möchte Sie sehen, Raphaella. Was ist mit heute abend?« Er hörte ein kurzes Glucksen an seiner Schulter, bevor sie ihn wieder ansah.

»Und was ist mit meiner Mutter, meiner Tante, meinen Cousinen?« Es war unmöglich, er war so eigensinnig, doch er war auch einer der nettesten Männer, denen sie je begegnet war.

»Bringen Sie sie mit. Ich bringe meine Mutter auch mit.« Er scherzte nur, und sie wußte es, aber diesmal lachte sie laut.

»Sie sind unmöglich.«

»Ich weiß. Und ich akzeptiere kein Nein als Antwort.«

»Alex, bitte!« Sie sah erneut auf ihre Uhr und geriet in Panik. »Oh, mein Gott, sie werden mich umbringen. Inzwischen müssen sie vom Essen zurück sein.«

»Versprechen Sie, heute abend ein Glas mit mir zu trinken.« Er hielt sie am Arm fest, und plötzlich erinnerte er sich wieder an seine Frage. »Wie, zur Hölle, ist ihr Nachname?«

Ihre Hand flog von ihm weg und hielt ein vorbeifahrendes Taxi an. »Alex, lassen Sie mich. Ich habe es –«

»Nicht, bevor –« Es war halb Spiel, halb Ernst. Sie lachte nervös und sah ihm wieder in die Augen.

»Schon gut. Schon gut. Phillips.«

»Sind Sie so im Carlyle registriert?«

»Jawohl, Euer Ehren.« Einen Augenblick blickte sie ergeben drein, dann aber wieder nervös. »Aber Alex, ich kann Sie nicht sehen. Nicht hier, nicht in San Francisco, nirgendwo. Dies muß das Ende sein.«

»Um Christi willen, seien Sie nicht albern. Dies ist doch gerade erst der Anfang.«

»Nein, ist es nicht.« Sie blickte ernst für einen Augenblick, als sie dort stand, während das Taxi ungeduldig bei laufendem Motor wartete und Alex sie wild anstarrte. »Es ist nicht der Anfang, Alex, es ist das Ende. Und jetzt muß ich gehen.«

»Nicht so!« Alex sah plötzlich verzweifelt aus. »Wie? Sie haben gerade mit mir zu Mittag gegessen und haben meine berühmte Mutter kennengelernt. Ist das nett?« Er zog sie auf, sie aber sah ihn voller Bestürzung an, und er wußte, daß er einen Treffer gelandet hatte.

»O Alex, wie können Sie –«

»Werden Sie mich später sehen?«

»Alex –«

»Macht nichts. Heute abend elf Uhr. Im Café Carlyle. Wir unterhalten uns und hören uns Bobby Short an. Und wenn Sie nicht da sind, komme ich nach oben und klopfe an die Tür Ihrer Mutter.« Plötzlich wurde seine Miene besorgt. »Können Sie gegen elf von ihnen loskommen?« Gleichzeitig mußte er sich eingestehen, daß die Situation komisch war. Sie war Anfang Dreißig, und er fragte sie, ob sie sich von ihrer Mutter davonstehlen könne. In der Tat, höchst absurd.

»Ich will es versuchen.« Sie lächelte ihn an und sah auf einmal sehr jung aus, obgleich in ihren Augen eine Spur von Schuld verborgen war. »Wir sollten dies nicht tun.«

»Warum nicht?«

Sie wollte es ihm sagen, wußte aber, daß sie es nicht konnte, hier an der Bordkante neben einem ungeduldigen Taxifahrer, der zu murren begann. »Wir reden darüber heute abend.«

»Gut.« Er strahlte über das ganze Gesicht. Sie würde also dasein. Vergnügt öffnete er ihr den Wagenschlag und machte eine schwungvolle Verbeugung. »Ich sehe Sie heute abend, Miss Phillips.« Er neigte sich ein wenig herunter und küßte sie auf die Stirn; eine Sekunde später war die Tür geschlossen, und das Taxi jagte stadteinwärts. Raphaella saß auf dem Rücksitz, wütend über ihre eigene Schwäche. Sie hätte ihn von Anfang an nicht in die Irre führen dürfen. Schon im Flugzeug hätte sie ihm die Wahrheit sagen sollen und niemals zum Essen gehen dürfen. Aber nur einmal, nur ein einziges Mal, redete sie sich selber ein, hatte sie das Recht, etwas Wildes, Romantisches, Amüsantes zu tun. Oder hatte sie überhaupt kein Recht darauf? Was gab ihr das Recht, während John Henry sterbend in seinem Rollstuhl saß? Wie konnte sie wagen, derartige Spiele zu spielen? Als das Taxi sich dem Carlyle näherte, schwor sie sich, Alex heute abend zu sagen, daß sie verheiratet sei. Und sie würde ihn nicht wiedersehen. Nach dem heutigen Abend... das war noch eine weitere Begegnung... und ihr Herz flatterte schon bei dem Gedanken, ihn noch einmal zu sehen.

»Nun?« Alex sah seine Mutter triumphierend an und setzte sich. Sie lächelte ihn an und fühlte sich plötzlich sehr alt. Wie jung er aussah, wie hoffnungsvoll, wie glücklich, wie blind.

»Nun was?« Ihre blauen Augen waren liebevoll und traurig.

»Was meinst du mit ›nun was‹? Ist sie nicht unglaublich?«

»Ja«, versetzte Charlotte nüchtern. »Sie ist wahrscheinlich die schönste junge Frau, die ich gesehen habe. Sie ist charmant und liebenswürdig und reizend, und ich mag sie. Aber, Alex...« Sie zögerte eine ganze Weile und entschied dann, ihren Verstand sprechen zu lassen. »Was soll dabei Gutes für dich herauskommen?«

»Was soll das heißen?« Er nahm einen Schluck von seinem kalten Kaffee und schaute plötzlich ärgerlich drein. »Sie ist wundervoll.«

»Wie gut kennst du sie?«

»Nicht sehr.« Dann grinste er sie an. »Aber ich hoffe, dies zu ändern, trotz ihrer Mutter, ihrer Tante, ihrer Cousinen und Anstandsdamen.«

»Was ist mit ihrem Ehemann?« Alex sah plötzlich aus, als sei auf ihn geschossen worden. Seine Augen weiteten sich, als er sie anstarrte, und verengten sich wieder mit leisem Mißtrauen.

»Was meinst du mit ›ihrem Ehemann‹?«

»Alex, weißt du, wer sie ist?«

»Sie ist halb Spanierin und halb Französin, sie lebt in San Francisco, ist ohne Beschäftigung, zweiunddreißig Jahre alt, wie ich heute erfuhr, und ihr Name ist Raphaella Phillips. Ihren Nachnamen habe ich eben erst erfahren.«

»Hörst du nicht was läuten?«

»Nein, zum Donner, und hör auf, Katz und Maus mit mir zu spielen.« Seine Augen feuerten Blitze. Charlotte Brandon setzte sich in ihrem Stuhl zurück und seufzte. Sie hatte also recht gehabt. Der Nachname bestätigte es. Sie wußte nicht, warum, aber sie hatte sich an das Gesicht erinnert, obgleich sie seit Jahren kein Foto mehr von ihr in den Zeitungen gesehen hatte. Das letztemal vor etwa sieben oder acht Jahren, als John Phillips nach seinem ersten Schlaganfall das Krankenhaus verließ. »Was, zur Hölle, versuchst du mir beizubringen, Mutter?«

»Daß sie verheiratet ist, Schatz, und zwar mit einem sehr bedeutenden Mann. Sagt dir der Name John Henry Phillips irgendwas?«

Alex schloß die Augen. Er dachte, daß das, was seine Mutter ihm sagte, nicht wahr sein konnte. »Er ist tot, nicht wahr?«

»Soviel ich weiß, nein. Er hatte vor etlichen Jahren eine Serie von Infarkten und müßte jetzt an die Achtzig sein, doch ich bin sicher, daß er noch lebt. Wir hätten bestimmt alle davon erfahren, wenn es nicht so wäre.«

»Doch was läßt dich glauben, daß sie seine Frau ist?«

»Ich erinnere mich daran, die Story gelesen und die Fotos gesehen zu haben. Sie war damals genauso schön. Es traf mich zunächst wie ein Schock, daß er ein so junges Mädchen geheiratet hatte. Sie war damals siebzehn oder achtzehn. Die Tochter eines bedeutenden französischen Bankiers. Aber als ich sie zusammen auf einer Pressekonferenz sah, zu der ich mit einem befreundeten Journalisten ging, und auch einige Fotos anschaute, da empfand ich es anders. Weißt du, in seinen guten Tagen war John Henry ein außergewöhnlicher Mann.«

»Und jetzt?«

»Wer weiß es. Ich weiß, daß er bettlägerig und durch seine Schlaganfälle schwer behindert ist, und ich glaube kaum, daß die Öffentlichkeit mehr als das weiß. Raphaella wurde immer sehr vom öffentlichen Auge abgeschirmt. Deshalb konnte ich sie anfangs auch nicht unterbringen. Aber das Gesicht... vergißt man nicht so leicht.« Ihre Augen begegneten sich, und Alex nickte. Er hatte es nicht so schnell vergessen, und er wußte, daß er es niemals vergessen würde. »Ich nehme an, sie hat dir nichts davon erzählt.« Er schüttelte erneut den Kopf. »Ich hoffe, sie tut es.« Die Stimme seiner Mutter klang weich. »Sie sollte es dir selbst sagen. Vielleicht hätte ich nicht...« Alex schüttelte abermals den Kopf und starrte unglücklich auf die Frau, die seine älteste Freundin war.

»Warum? Warum muß sie mit diesem alten Typen verheiratet sein? Er ist alt genug, ihr Großvater zu sein, und ist sozusagen tot.«

Die Ungerechtigkeit zerriß ihm fast das Herz. »Warum? Warum muß er Raphaella haben?«

»Er ist aber nicht tot, Alex. Ich weiß nicht, was sie mit dir im Sinn hat. Außer, und ich will dir aufrichtig sagen, was ich denke, außer sie wäre selbst durcheinander. Sie ist sich nicht bewußt, was sie mit dir macht. Du mußt bedenken, daß sie ein total abgeschirmtes Leben geführt hat. John Henry Phillips hat sie nahezu fünfzehn Jahre völlig vor der Öffentlichkeit verborgen gehalten. Ich schätze, sie ist es nicht gewohnt, sich mit ungestümen jungen Anwälten zu verabreden oder gelegentliche Affären zu haben. Ich mag mich in ihr täuschen, doch ich glaube es nicht.«

»Wahrscheinlich hast du recht. Herrgott noch mal!« Er lehnte sich mit einem langen unglücklichen Seufzer in seinem Stuhl zurück. »Was jetzt?«

»Siehst du sie wieder?«

Er nickte. »Später heute abend. Sie sagte, sie müsse mir etwas sagen.« Er fragte sich, ob sie ihm die Wahrheit gestehen würde. Und was dann?

Seiner Mutter gegenübersitzend und in die Ferne starrend, hielt Alex sich vor Augen, daß John Henry Phillips noch weitere zwanzig Jahre leben konnte – zu dieser Zeit würde Alex an die Sechzig und Raphaella zweiundfünfzig sein. Ein Leben lang auf den Tod eines alten Mannes warten.

»Was denkst du?« Die Stimme seiner Mutter war sehr sanft. Langsam richtete er wieder seine Augen auf sie.

»Nichts sonderlich Erfreuliches. Weißt du«, er sprach schleppend, »ich sah sie eines Nachts in der Nähe ihres Hauses auf den Treppenstufen. Sie weinte. Tagelang habe ich an sie gedacht, bis ich sie in dem Flugzeug, mit dem ich herkam, wiedersah. Wir unterhielten uns und –« Er blickte seine Mutter finster an.

»Alex, du kennst sie kaum.«

»Du irrst dich. Ich kenne sie. Ich fühle, daß ich sie besser kenne als sonst jemand. Ich kenne ihre Seele, ihren Geist und ihr Herz. Ich weiß, was sie spürt und wie einsam sie ist. Und jetzt weiß ich auch, warum. Und noch etwas weiß ich.« Er blickte seine Mutter lange und bestimmt an.

»Was ist es, Alex?«

»Daß ich sie liebe. Ich weiß, es klingt verrückt, doch es ist die Wahrheit.«

»Das weißt du nicht. Es ist zu früh. Sie ist eigentlich eine vollkommen Fremde für dich.«

»Nein, das ist sie nicht.« Weiter sagte er nichts mehr. Er holte seine Kreditkarte heraus, um die Rechnung zu begleichen, sah seine Mutter an und sagte: »Wir werden es durchstehen.« Charlotte nickte nur, hielt es jedoch für unwahrscheinlich, daß es ihnen gelang.

Als Alex sich einige Minuten später an der Lexington Avenue von seiner Mutter verabschiedete, sagte ihr sein Blick, daß er entschlossen war. Und als er sich gegen die steife Brise stemmte und raschen Schrittes Richtung Norden ging, dachte er, daß es ihn nicht scherte, was es kosten würde, Raphaella zu gewinnen, doch er würde um sie kämpfen. Noch nie zuvor hatte er jemals eine Frau so stark begehrt wie sie. Und der Kampf um sie hatte eben erst begonnen. Es war ein Kampf, den Alex Hale nicht verlieren wollte.

7

Abends fünf Minuten vor elf Uhr bog Alex Hale in die 76ste Straße ein und spazierte ins Carlyle.

Er hatte im Café Carlyle einen Tisch reservieren lassen. Es war seine feste Absicht, eine Stunde mit Raphaella zu verplaudern und anschließend die Mitternachtsshow mit Bobby Short zu genießen. Er gehörte zu New Yorks größten Begabungen, und dieses Vergnügen mit Raphaella zu teilen war etwas, worauf er sich schon den ganzen Abend freute. Er gab seinen Mantel am Eingang ab, bahnte sich seinen Weg zu dem vorbestellten Tisch und wartete zehn Minuten lang auf sie. Um elf Uhr fünfzehn begann er unruhig zu werden, und um elf Uhr dreißig überlegte er, ob er ihr Zimmer anläuten sollte. Er sah jedoch ein, daß dies unmöglich war. Insbesondere jetzt, da er von ihrem Ehemann wußte. Er mußte sich darauf beschränken, still auf sie zu warten und kein Aufsehen zu erregen.

Zwanzig Minuten vor zwölf sah er sie durch die Glastür spähen. Er suchte sie mit den Augen festzuhalten, doch sie sah ihn nicht. Nachdem sie den Raum kurz überblickt hatte, verschwand sie wieder. Fast ohne nachzudenken, sprang Alex vom Tisch auf, stürmte zur Tür und hinaus in den Vorraum. »Raphaella!« rief er halblaut. Sie drehte sich um, die Augen riesig und erschrocken, das Gesicht sehr blaß. Sie trug ein wunderschönes Abendkleid aus elfenbeinfarbener Seide, das glatt von den Schultern auf den Fußsaum fiel. Auf ihrer linken Schulter war eine mächtige, kunstvoll gearbeitete Spange angebracht, in deren Zentrum sich eine enorme barocke Perle umgeben von Onyxen und Diamanten befand. Dazu trug sie passende Ohrringe. Der Effekt war sehr eindrucksvoll, und Alex wurde sich erneut ihrer hinreißenden Schönheit bewußt. Sie war stehengeblieben, als er sie anrief. Jetzt stand sie sehr still, als er vor ihr stand, und aus ihren Augen sprach ein großer Ernst. »Laufen Sie noch nicht weg. Trinken wir ein Glas zusammen, und unterhalten wir uns.« Seine Stimme war sehr sanft. Er hätte sie gerne in die Arme genommen, wagte es aber nicht einmal, ihre Hand zu berühren.

»Ich – ich sollte es nicht. Ich kann nicht. Ich kam, um Ihnen zu sagen, daß... Es tut mir leid – es ist so spät... Ich –«

»Raphaella, es ist noch nicht einmal Mitternacht. Könnten wir nicht wenigstens eine halbe Stunde miteinander reden?«

»Da sind so viele Leute...« Sie machte ein unglückliches Gesicht, während sie dort standen.

»Hier gibt es noch eine andere Bar, wo wir mehr in Ruhe miteinander reden können.« Ohne ihre Antwort abzuwarten, legte er ihre Hand in seine Armbeuge und führte sie den Gang zurück zu einer Bar gegenüber dem Café Carlyle. Hier schlüpften sie auf ein Bänkchen hinter einem kleinen Tisch. Alex sah sie mit einem langsam aufblühenden Lächeln an. »Was würden Sie gerne trinken? Ein wenig Wein? Ein Glas Sherry?« Sie schüttelte als Antwort nur den Kopf und wirkte noch sehr gequält. Nachdem der Kellner sie verlassen hatte, wandte er sich ihr zu und fragte leise: »Raphaella, stimmt irgend etwas nicht?« Sie nickte langsam, zunächst auf ihre Hände niederschauend. Ihr vollkommenes Profil hob sich scharf vom Halbdunkel des Raumes ab, als er sie beobachtete.

Sie sah zu ihm auf, ihre Augen suchten die seinen, als ob alleine dies ihr große Pein bereite. Der kummervolle Ausdruck ihres Gesichts war der gleiche wie an jenem ersten Abend, als er sie weinend auf den Treppenstufen sitzen sah. »Warum sprechen wir nicht darüber?«

Sie zog kurz den Atem ein, lehnte sich gegen das Bänkchen, hielt die Augen weiter auf ihn gerichtet. »Ich hätte früher darüber mit Ihnen reden sollen, Alex. Ich bin...« – sie zögerte bei den Worten und fuhr fort: »Ich bin sehr hinterhältig mit Ihnen gewesen. Ich weiß nicht, wie es passierte. Es hat mich einfach mitgerissen. Sie waren im Flugzeug so nett. Ihre Mutter war so charmant. Aber ich war sehr unfair zu Ihnen, mein Freund...« Ihre Augen füllten sich mit Trauer, sie berührte zart seine Hand. »Ich habe Ihnen den Eindruck vermittelt, ich sei frei. Es war sehr unrecht von mir, das zu tun. Ich muß Sie jetzt um Entschuldigung bitten.« Sie sah ihn leer an und entzog ihm die Hand. »Ich bin verheiratet, Alex. Ich hätte es ihnen gleich am Anfang sagen sollen. Ich weiß nicht, warum ich dieses Spiel mit Ihnen spielte. Es war aber sehr, sehr unrecht. Ich kann Sie nicht wiedersehen.«

Sie war eine ehrenhafte Frau. Er war zutiefst gerührt über den Ernst, mit dem sie ihn jetzt ansah, mit Tränen, die auf den Spitzen ihrer Wimpern tanzten, die Augen so groß, das Gesicht so tiefblaß.

Er sprach behutsam und mit großem Ernst zu ihr, so wie er es mit Amanda getan hatte, als sie noch ein ganz kleines Mädchen war. »Raphaella, ich respektiere das, was Sie mir gerade gesagt haben. Aber muß das unsere – unsere Freundschaft berühren? Ich kann Ihre Situation verstehen. Könnten wir nicht trotzdem fortfahren, uns zu sehen?« Es war eine ehrliche Frage, und er wollte es nicht dabei bewenden lassen.

Sie schüttelte traurig den Kopf. »Ich würde Sie gerne sehen... wenn – wenn ich frei wäre. Aber ich bin eine verheiratete Frau. Es wäre nicht richtig.«

»Warum?«

»Es wäre gegenüber meinem Mann nicht fair. Er ist so ein...« Sie stockte bei den Worten, »so ein guter Mann. Er war immer... so fair... so gut zu mir...« Sie wandte das Gesicht ab, und Alex sah eine Träne geschwind über ihre zarte, elfenbeinfarbene Wange rollen. Er streckte eine Hand aus, um mit den Fingerspitzen zart über die seidenweiche Glätte ihres Gesichts zu streichen. Am liebsten hätte er auch geweint. Es konnte nicht ihre Absicht sein. Sie konnte nicht vorhaben, ihrem Mann für den Rest ihres Lebens treu zu sein.

»Aber Raphaella... Sie können nicht... die Nacht, als ich Sie auf den Stufen sah... Sie sind nicht glücklich. Ich weiß das. Warum können wir uns nicht sehen und uns an dem erfreuen, was wir haben?«

»Weil ich kein Recht dazu habe. Ich bin nicht frei.«

»Um Gottes willen –« Er war drauf und dran, ihr zu sagen, daß er alles wußte, doch sie gebot ihm mit einer Handbewegung Einhalt, so, als müsse sie sich gegen einen Angreifer verteidigen. Mit einer raschen Bewegung stand sie auf und sah auf ihn herunter. Tränen rannen unaufhaltsam über ihr Gesicht.

»Nein, Alex, nein! Ich kann nicht. Ich bin verheiratet, und es tut mir sehr, sehr leid, daß ich es so weit habe kommen lassen. Es war unehrenhaft von mir. Ich hätte mich mit Ihnen und Ihrer Mutter nicht zum Essen verabreden dürfen.«

»Hören Sie auf zu gestehen, und setzen Sie sich.« Er griff sanft nach ihrem Arm und zog sie auf den Sitz zurück. Aus Gründen, die sie selber nicht begriff, ließ sie ihn gewähren. Er wischte ihr mit seiner Hand die Tränen vom Gesicht. »Raphaella.« Er sprach sehr leise, so daß kein anderer ihn hören konnte. »Ich liebe Sie. Ich weiß, es klingt wahnsinnig. Wir kennen einander kaum, aber ich liebe Sie. Jahrelang habe ich nach Ihnen Ausschau gehalten. Sie können jetzt nicht einfach so weggehen. Auch dann nicht, wenn Sie es wegen Ihres Mannes tun.«

»Was meinen Sie damit?«

»Ich meine, daß, sofern ich meine Mutter richtig verstanden habe, Ihr Mann sehr alt ist und sehr krank und das seit vielen Jahren. Ich muß zugeben, ich hatte keine Ahnung, wer Sie sind, als ich Sie traf. Es war meine Mutter, die Sie wiedererkannte, die mir sagte, wer Sie sind und das über – über Ihren Mann.«

»Dann wußte sie es. Sie muß mich für herzlos halten.« Raphaella blickte tief beschämt.

»Nein«, sagte er bestimmt, und seine Stimme wurde drängend, als er sich zu ihr neigte. Fast konnte er die Wärme ihres seidenweichen Fleisches nahe dem seinen spüren. Er hatte nie ein stärkeres Verlangen gespürt, aber es war keine Zeit für Leidenschaft. Jetzt mußte er zu ihr reden, mußte sie zur Vernunft bringen und sie überzeugen. »Wie könnte irgend jemand denken, Sie seien herzlos? Sie waren ihm all die Jahre über treu, oder waren Sie es etwa nicht?« Es war mehr eine rhetorische Frage. Sie nickte langsam mit dem Kopf und seufzte.

»Ja, das war ich. Doch es gibt keinen Grund, jetzt damit aufzuhören. Ich habe kein Recht, mich zu verhalten, als sei ich frei, Alex. Und ich habe kein Recht, Ihr Leben durcheinanderzubringen oder es mit meinem Kummer zu belasten.«

»Der Grund, warum Ihr Leben so einsam ist, ist die Art, wie Sie es leben. Einsam und allein mit einem sehr kranken älteren Mann. Sie haben ein Recht auf sehr viel mehr als das.«

»Ja, aber es ist nicht seine Schuld, daß sich die Dinge so entwickelt haben.«

»Es ist auch nicht die Ihre. Müssen Sie sich selber strafen?«

»Nein, aber ich kann ihn nicht strafen.« Die Art, wie sie es sagte, machte ihm deutlich, daß er die Schlacht erneut verloren hatte. Er fühlte, wie ihm das Herz verzweifelt sank. Raphaella war wieder aufgestanden, aber diesmal mit fester Entschlossenheit. »Ich muß jetzt gehen.« Seine Augen baten sie, es nicht zu tun. »Ich muß.« Und dann, ohne ein weiteres Wort, ließ sie ihre Lippen zart über seine Augenbraue gleiten, küßte ihn sanft und ging rasch aus der Bar. Er machte eine einzige Bewegung, ihr zu folgen, sie schüttelte aber den Kopf und hob ihre Hand. Er hatte verloren. Ihr zu folgen hätte sie noch unglücklicher gemacht. Sie war an John Henry Phillips gebunden durch das Band der Ehe und der Ehre, und es war kein Band, das Raphaella zu zerreißen oder zu zerdehnen gedachte – gewiß nicht für einen vollkommen Fremden, einen Mann, dem sie tags zuvor im Flugzeug begegnet war.

Alex Hale zahlte sein Getränk, vergaß Bobby Short und ging hinaus auf die Madison Avenue. Er hob den Arm nach einem Taxi, das ihn in sein Hotel zurückbrachte. Als er sich auf den Rücksitz gleiten ließ, warf der Fahrer einen Blick in seinen Rückspiegel, zog fest an seiner Zigarre und blickte erstaunt. »Muß kalt draußen sein, was, Kumpel?« Es war die einzig einleuchtende Erklärung, die er für die Tränen fand, die aus Alexanders Augen über seine Wangen rollten.

8

Alex und seine Nichte standen eine ganze Zeitlang nebeneinander und beobachteten die Schlittschuhläufer, die im Rockefeller Center unter ihnen graziös ihre Kreise zogen. Sie hatten soeben eine frühe Abendmahlzeit im Café Français beendet, und er mußte sie gegen acht Uhr nach Hause bringen, wenn er sein Flugzeug erreichen wollte.

»Ich wünschte, ich könnte mein Leben so verbringen, Onkel Alex.«

Das kleine, zarte blonde Mädchen mit den porzellanblauen Augen und der Fülle weicher Locken schaute mit einem Lächeln zu ihrem Onkel hoch.

»Wie? Auf Schlittschuhen?« Er schmunzelte über das, was das winzige Persönchen neben ihm gesagt hatte. Sie hatten gemeinsam einen angenehmen Abend verbracht. Wie stets nagte die Einsamkeit des hübschen Teenagers an seinem Herzen. Sie war wie niemand sonst in ihrer Familie. Weder wie ihre Mutter noch wie ihr Vater, nicht einmal wie ihre Großmutter oder Alex selbst. Sie war still und ergeben, sanftmütig, einsam und treu. Wie sie dort in der eiskalten Luft standen, erinnerte sie ihn an Raphaella. Vielleicht gehörten sie beide zu den Menschen, die durch die Hand des Schicksals gelitten hatten. Er fragte sich, ob die beiden gleichermaßen einsam waren, als er auf das junge Mädchen herunterblickte. Schon den ganzen Abend hatte er gerätselt, was ihr auf der Seele lag. Still und in sich gekehrt beobachtete sie die Schlittschuhläufer mit einem sehnsüchtigen Blick wie ein hungriges Kind. Er wünschte sich plötzlich, er hätte nicht den Nachtflug nach San Francisco gebucht und könnte etwas mehr Zeit mit ihr verbringen. Womöglich hätten sie sich sogar Schlittschuhe leihen können. Er hatte seine Reservierung aber schon in der Tasche und sein Hotelzimmer bereits aufgegeben. »Bin ich das nächstemal in der Stadt, kommen wir her und machen das.«

Ihre Augen leuchteten auf. »Ich bin jetzt schon ziemlich gut, weißt du.«

»Was du nicht sagst«, frozzelte er. »Wie kommt das?«

»Ich gehe immer Schlittschuhlaufen.«

»Hier?« Er sah mit Vergnügen auf das hübsche Mädchen herunter. Wieder bedauerte er, keine Zeit zu haben, um sich von ihr zeigen zu lassen, wie gut sie war.

Sie schüttelte verneinend den Kopf. »Nicht hier. Das kann ich mir von meinem Taschengeld nicht leisten.« Das erschien ihm absurd. Ihr Vater war einer der führenden Chirurgen Manhattans, und Kay hatte inzwischen bestimmt eine ansehnliche Summe eigenes Geld. »Ich gehe Eislaufen im Park, Onkel Alex.« Hin und wieder nannte sie ihn noch so.

»Alleine?« Er sah erschrocken aus, und sie lächelte ihn selbstbewußt an.

»Manchmal. Ich bin jetzt ein großes Mädchen, weißt du.«

»Groß genug, nicht überfallen zu werden?« Er setzte ein strenges Gesicht auf. Sie schüttelte den Kopf und lachte.

»Jetzt klingst du ganz genau wie Großmama.«

»Weiß sie, daß du im Central Park alleine Schlittschuhlaufen gehst? Komm, denk nach. Weiß es deine Mutter?« Kay war schon nach Washington zurückgeflogen, bevor er ankam.

»Beide wissen es. Und ich passe auf. Gehe ich abends Eislaufen, verlasse ich den Park immer mit anderen Leuten zusammen, damit ich nicht allein gehen muß.«

»Und woher weißt du, daß jene ›anderen Leute‹ dir nichts antun wollen?«

»Warum sollten sie?«

»Jesses Maria, Mandy, du weißt, was hier los ist. Du hast dein ganzes Leben in New York gelebt. Muß ich dir erst erklären, was einer hier tun kann?«

»Das gilt doch nicht für ein Kind. Warum sollte mich einer überfallen? Was würden sie schon finden? Zwei Rollen Drops, drei Dollar und meine Schlüssel.«

»Mag sein. Oder« – er mochte es nicht einmal aussprechen – »oder vielleicht etwas sehr viel Wertvolleres. Sie könnten dich verletzen.« Er mochte nicht sagen: vergewaltigen. Nicht zu diesem unschuldigen kleinen Gesicht, das so treuherzig zu ihm aufsah. »Schau, tu mir nur einen Gefallen: Mach es nicht!« Er griff in seine Jackentasche, zog seine Brieftasche heraus und entnahm ihr eine einzige brandneue Hundertdollarnote. Mit ernster Miene überreichte er sie Amanda, deren Augen vor Überraschung rund wurden.

»Was machst du?«

»Das ist dein Eislauffond. Wenn du ihn aufgebraucht hast, möchte ich, daß du es mir mitteilst. Dann werde ich dir etwas mehr schicken. Das bleibt unter uns, junge Dame, aber ich möchte nicht, daß du weiter im Central Park Schlittschuhlaufen gehst. Ist das klar?«

»Ja, Sir. Aber Alex, du bist verrückt! Einhundert Dollar!« Und dann grinste sie übers ganze Gesicht und sah wieder wie zehn aus. »Wauuu!« Ohne großes Getue stellte sie sich auf die Zehenspitzen, legte die Arme um ihren Onkel und gab ihm einen hörbaren Schmatz auf die Wange. Den Hundertdollarschein stopfte sie in ihre kleine Baumwolltasche.

Widerstrebend sah Alex auf seine Uhr. »Ich fürchte, junge Dame, daß wir uns jetzt trennen müssen.« Sie nickte stumm und fragte sich, wann sie ihn wohl wiedersehen würde. Seine Besuche genoß sie sehr. Die gemeinsamen Stunden mit ihm und die Zeit, die sie mit ihrer Großmutter verbrachte, machten ihr das Leben ein wenig erträglicher und ein bißchen lebenswerter. Langsam gingen sie über die abschüssige Promenade auf die Fifth Avenue zu und stiegen dort in ein Taxi.

»Weißt du schon, wann du wieder hiersein wirst, Alex?«

»Kann ich nicht sagen. Es wird nicht allzu lange dauern.« Wenn er sie verließ, bedrückte ihn stets das gleiche Gefühl von Traurigkeit und Gewissensbissen. Was konnte er für sie tun? Wie konnte man Eltern, deren einer Teil blind, der andere gefühllos war, ersetzen? Wie konnte man einem Kind etwas geben, was es annähernd siebzehn Jahre nicht bekommen hatte? Trotz ihrer körperlichen Kleinheit war sie kein Kind mehr. Selbst Alex konnte das nicht länger ignorieren. Sie war ein ausnehmend schönes junges Mädchen. Es war nur verwunderlich, daß sie es selbst noch nicht entdeckt hatte.

»Wirst du am Erntedankfesttag hiersein?«

»Vielleicht.« Er sah den flehenden Blick in ihren Augen. »Ist gut. Ich werd's versuchen. Aber ich kann nichts versprechen.« Mittlerweile hatten sie fast ihr Wohnhaus erreicht. Alex verabschiedete sich von ihr mit einer Umarmung, einem Kuß auf die Wangen und einem festen Händedruck. Er konnte Tränen in ihren Augen schimmern sehen, als sie ihn verließ, doch als er mit dem Taxi weiterfuhr, winkte sie ihm tapfer nach. Ihr Lächeln war mit dem ganzen Versprechen ihrer sechzehneinhalb Jahre erfüllt. Es machte ihn immer traurig, sie zurückzulassen. Irgendwie erinnerte es ihn an die Gelegenheiten, die er verpaßt hatte, an die Kinder, die er selbst nicht hatte. Wäre Amanda seine Tochter, wäre er selig gewesen. Allein schon der Gedanke machte ihn zornig. Seine Schwester verdiente nicht ein Kind, das so zauberhaft war.

Er gab dem Fahrer die Adresse seines Hotels, holte dort vom Portier sein Gepäck ab und ließ sich mit einem abermaligen Blick auf die Uhr und einem langen Seufzer wieder auf dem Rücksitz nieder. »Zum Kennedy Flughafen, bitte. Zentraleingang.« Er stellte fest, daß es guttat, wieder nach Hause zu kommen. Nur zwei Tage war er in New York gewesen, doch sie hatten ihn geschlaucht. Das Gespräch mit Raphaella in der Nacht zuvor hatte ihn freudlos und einsam auf der Strecke gelassen. Im Fond des Wagens sitzend, dachte Alex immer weniger an Amanda und immer mehr an Raphaella. Ihretwegen war er traurig und gleichermaßen zornig. Warum beharrte sie darauf, einem Manne treu zu sein, der ihr Großvater sein konnte und schon halbtot war? Es ergab nicht den leisesten Sinn. Es war verrückt! Er erinnerte sich an den Ausdruck ihres Gesichts, als sie ihn vergangene Nacht verließ. Gestern. Es war erst gestern, seit er sie gesehen. Jäh überkam ihn eine unerklärliche Woge des Zorns. Er fragte sich, warum er zu verstehen, warum er zu akzeptieren hatte, was sie sagte. »Geh weg«, war im Endeffekt das, was sie zu ihm gesagt hatte. Doch er hatte entschieden, es nicht zu tun. Ganz spontan. Einfach so. »Fahrer!« Alex sah sich um, als sei er plötzlich aufgewacht. Sie waren in der 99sten Straße am East River Drive. »Bringen Sie mich zum Carlyle.«

»Jetzt?«

Alex nickte emphatisch. »Jetzt.«

»Nicht zum Flughafen?«

»Nein.« Zur Hölle damit. Falls er den Rückflug nach San Francisco verpaßte, konnte er immer noch im Appartement seiner Mutter bleiben. Sie war übers Wochenende nach Boston gereist, um an einigen Förderungskampagnen für ihr neues Buch teilzunehmen. Es war einen weiteren Versuch wert, und sei es nur, um sie zu sehen. Falls sie dort war. Falls sie herunterkam, ihn zu treffen. Falls...

In ihrem Zimmer im Carlyle lag Raphaella auf dem breiten Doppelbett ausgestreckt. Sie hatte einen Bademantel aus rosa Seide an, unter dem sie cremefarbene Spitzenunterwäsche trug. Endlich war sie allein. Sie hatte gerade ihrer Mutter, ihrer Tante und ihren Cousinen adieu gesagt, die inzwischen auf dem Flughafen waren, um die Maschine nach Buenos Aires zu besteigen. Morgen früh flog sie nach San Francisco zurück, doch heute abend konnte sie im Carlyle bei absolutem Nichtstun entspannen. Sie brauchte nicht charmant, unterhaltsam, langmütig zu sein. Sie hatte nicht in einem Dutzend eleganter Läden für ihre Familie zu dolmetschen. Sie mußte keine Mahlzeiten für sie bestellen oder in der Stadt herumrennen. Sie konnte einfach nur mit einem Buch daliegen und entspannen. Gleich würde ihr der Zimmerservice das Abendessen bringen. Von ihrem Bett aus in die Runde schauend, empfand sie eine Mischung aus Erschöpfung und Erleichterung. Es tat so gut, sie nicht schnattern zu hören, kein Amüsement vortäuschen zu müssen oder vorzugeben, jeden Augenblick glücklich zu sein. Seit sie hergekommen war, hatte sie keine Minute für sich gehabt. Sie hatte nie Zeit für sich allein. Das war genau der Punkt. Sie war es nicht gewohnt, allein zu sein. Niemals. Das war nicht die Rolle einer Frau. Eine Frau hatte umgeben, behütet, bewacht zu sein. Ausgenommen natürlich, sie hielt sich, wie jetzt, über Nacht in einem Hotel auf, um am nächsten Morgen nach San Francisco zurückzureisen.

Schließlich hatte man vorsichtig zu sein, ermahnte sie sich zynisch, denn war sie es nicht – seht her, was passieren kann! Wie schon zum tausendstenmal in den letzten achtundvierzig Stunden flogen ihre Gedanken zu Alex, zu seinen Gesichtszügen, zum Blick seiner Augen, seinen breiten Schultern, seiner weichen Haarfülle – das war's, was passierte.

Man wurde von Fremden in Flugzeugen angesprochen. Man ging mit ihnen Mittagessen. Man ging aus, um etwas zu trinken. Man vergaß seine Verpflichtungen. Und man verliebte sich.

Sie erinnerte sich an ihre Entscheidung, tröstete sich selbst, das Richtige getan zu haben, und zwang ihren Kopf, an andere Dinge zu denken. Es bestand kein Grund, redete sie sich ein, weiter an Alex Hale zu denken. Überhaupt kein Grund. Sie würde ihn niemals wiedersehen. Sie würde ihn niemals näher kennenlernen. Und was er ihr vergangene Nacht erklärte, war nichts als die Verblendung eines sehr närrischen Mannes. Närrisch und tollkühn. Wie konnte er erwarten, sie wiederzusehen? Was ließ ihn denken, sie sei geneigt, eine Affäre zu haben? Ihre Gedanken glitten zu seinem Gesicht zurück, und sie fragte sich, ob ihre Mutter wohl je etwas Derartiges getan hatte. War sie jemals einem Mann wie Alex begegnet? Hatte es eine der Frauen, die sie in Spanien kannte, erlebt? Sie schienen vollkommen zufrieden zu sein mit ihren wohlgeborgenen Existenzen, Existenzen, in denen sie permanent Geld ausgaben, Juwelen, Pelze, Kleider kauften, auf Partys gingen und ständig von anderen Frauen umgeben waren. Was war los mit ihr? Warum rüttelte sie plötzlich an jenen Traditionen? Die anderen Frauen, die sie in Paris, Madrid und Barcelona kannte, hatten ihre Partys, ihre Vergnügungen, ihre Galaveranstaltungen, mit denen die Jahre vergingen.

Und sie hatten Kinder... Kinder... ihr Herz tat immer weh, wenn sie an Babys dachte. Jahrelang war sie außerstande, eine schwangere Frau vorübergehen zu sehen, ohne den Wunsch zu haben, in Tränen auszubrechen. Sie hatte John Henry nie gestanden, wie betrogen sie sich durch das Ausbleiben von Kindern fühlte. Sie hatte ihn aber immer im Verdacht, daß er es ahnte. Das war auch der Grund, warum er so freigebig war, warum er sie so sehr verwöhnte und sie immer noch mehr zu lieben schien.

Raphaella zwang sich, ihre Augen davor zu verschließen, und setzte sich in ihrem Bademantel aufrecht im Bett hin. Eine weitere Nacht und einen Tag war sie befreit von jenem Leben. Sie brauchte nicht an John Henry zu denken, an seine Schmerzen, seine Schlaganfälle, daran, was bis zu seinem Tode noch passieren würde. Sie mußte nicht an das denken, was sie vermißte und bereits vermißt hatte. Es gab keinen Anlaß, an

Partys zu denken, auf die sie niemals gehen würde, an Leute, denen sie nie begegnete, an Kinder, die sie niemals haben würde. Ihr Leben war davon abgeschnitten. Das war ihr Schicksal, ihre Bahn, ihre Verpflichtung.

Sie wischte sich mit dem Handrücken eine Träne von der Wange und zwang sich, das Buch, das neben ihr auf dem Bett lag, aufzunehmen. Es war der Roman, den sie am Flughafen gekauft hatte. Solange sie die Bücher Charlotte Brandons las, fühlte sie sich frei von den schweren, belastenden Grübeleien. Sie waren seit Jahren Raphaellas Flucht in eine schöne Welt. Raphaella hatte sich gerade in die Lektüre vertieft, als das Telefon läutete.

»Hallo?« Es erschien merkwürdig, daß jemand sie hier anrufen sollte. Ihre Mutter war vermutlich schon im Flugzeug. Und sie wurde niemals aus San Francisco angerufen, außer, irgend etwas besonders Schlimmes hatte sich ereignet. Aber sie hatte John Henry heute morgen angerufen, und die Pflegerin hatte ihr gesagt, er befände sich wohlauf.

»Raphaella?« Zunächst klang die Stimme nicht vertraut, dann begann ihr Herz plötzlich zu klopfen.

»Ja?« Er konnte sie kaum hören.

»Ich – es tut mir leid... Ich – ich wollte nur fragen, ob ich Sie sehen könnte. Ich weiß, Sie haben mir gestern nacht schon alles erklärt, doch ich dachte, wir könnten vielleicht noch einmal in Ruhe darüber reden, und – nun ja, vielleicht könnten wir nur gute Freunde sein.« Sein Herz schlug genauso heftig wie das ihre. Was, wenn sie sagte, sie wolle ihn nicht wiedersehen? Er konnte den Gedanken plötzlich nicht ertragen, daß er sie niemals wiedersehen sollte. »Ich... Raphaella...« Sie hatte noch nicht geantwortet, und er dachte mit Schrecken, daß sie aufgelegt haben könnte. »Sind Sie noch da?«

»Ja.« Es war, als bekäme sie kaum einen Ton heraus. Warum hatte er dies getan? Warum hatte er sie jetzt angerufen? Sie war an ihre Aufgaben gebunden, an ihre Pflicht. Warum mußte er sie auf diese grausame Weise quälen? »Ich bin noch da.«

»Könnte ich... könnten wir... könnte ich Sie sehen? Ich – ich muß in wenigen Minuten zum Flughafen. Ich dachte, ich halte kurz an und schaue nach, ob ich Sie sehen kann.« Es war alles, was er wollte. Mit ihr sprechen, noch ein einziges Mal, bevor er sein Flugzeug erwischte.

»Wo sind Sie?« Ihr Gesicht verfinsterte sich, als sie danach fragte.

»Ich bin unten.« Er sagte es in einem so beschämt um Verzeihung bittenden Tonfall, daß sie auflachen mußte.

»Hier? Im Hotel?« Sie lächelte. Er war wirklich komisch. Wie ein ganz kleiner Junge.

»Was sagen Sie?«

»Alex, ich bin nicht angezogen.« Es war ein unwesentliches Detail. Und plötzlich wußten sie beide: Er hatte gewonnen. Wenn auch nur für einige Minuten. Aber er hatte gewonnen.

»Na und? Es kümmert mich nicht, wenn Sie ein Handtuch umhaben... Raphaella...?« Zwischen ihnen war ein langes Schweigen. Dann hörte er entfernt die Türglocke ihrer Suite. »Ist das Ihre Mutter?«

»Nicht anzunehmen. Sie fliegt gerade nach Buenos Aires. Ich glaube, es ist mein Abendessen.«

Langsam öffnete sich die Tür zu der Suite, und der Kellner rollte den Speisewagen in den Raum.

»So, und was machen wir jetzt? Kommen Sie herunter, oder soll ich heraufkommen und an Ihre Zimmertür hämmern? Ich könnte mich auch als Kellner vom Zimmerservice verkleiden. Wie wäre das?«

»Alex, hören Sie auf.« Dann wurde ihre Stimme wieder ernst. »Alles, was zu sagen war, habe ich gestern nacht gesagt.«

»Nein, haben Sie nicht. Sie erklärten mir nicht, warum Sie so empfinden, wie Sie empfinden.«

»Weil ich meinen Mann liebe.« Sie preßte die Augen zu, leugnend, was sie schon für ihn zu empfinden begann. »Und ich habe keine Wahl.«

»Das ist nicht wahr. Sie haben eine Menge Möglichkeiten. Wir alle haben sie. Wir wollen sie manchmal nicht sehen, aber sie sind da. Ich verstehe Ihre Gefühle und respektiere sie. Aber können wir nicht zumindest miteinander reden? Schauen Sie, ich stehe hier in der Halle. Ich würde Sie nicht anrühren. Ich verspreche es. Ich möchte Sie nur sehen. Raphaella... bitte...«

In ihren Augen waren Tränen. Sie holte tief Luft, um ihm zu sagen, daß er weggehen solle, daß er ihr dies nicht antun könne, daß es nicht fair sei, und plötzlich, nicht wissend, warum sie es tat, nickte sie. »Ist gut. Kommen Sie herauf. Aber nur für einige Minuten.« Als sie den Hörer auflegte, zitterte ihre Hand. Sie fühlte sich so schwindlig, daß sie die Augen schließen mußte.

Sie fand nicht einmal Zeit, in ein paar Sachen zu schlüpfen, bevor die Türglocke schellte. In der Eile konnte sie nur den Bademantel fester um sich schließen und ihr Haar glätten. Es hing ihr lang und schwer den Rücken herunter und ließ sie viel jünger erscheinen als der elegante Knoten, den sie sonst immer trug. Einen endlosen Moment lang zögerte sie vor der Tür, bevor sie sie öffnete, und erinnerte sich daran, daß sie sich immer noch weigern konnte, ihn hereinzulassen. Statt dessen entriegelte sie das Schloß und drehte den Türknauf. Sie starrte auf den bemerkenswert gutaussehenden Mann, der auf der anderen Seite wartete. Schließlich trat sie einen Schritt zurück und forderte ihn mit einer Geste zum Eintreten auf. Es war jedoch kein Lächeln auf ihrem Gesicht, sondern ein sehr ernster Ausdruck, als ihre Augen ihm in den Raum folgten.

»Hallo.« Er klang nervös. »Ich danke Ihnen, daß Sie mich so heraufkommen ließen. Ich weiß, es ist ein wenig verrückt, aber ich mußte Sie sehen.« Als er sie ansah, fragte er sich, warum er gekommen war. Was sollte er ihr sagen? Was konnte er ihr sagen, außer, daß er jedesmal, wenn er sie wiedersah, noch mehr in sie verliebt war als das Mal zuvor. Sah er sie aber nicht, verfolgte sie ihn wie ein Geist, ohne den er nicht mehr existieren konnte. Er sah sie nur an und nickte. »Ich danke Ihnen.«

»Ist schon gut.« Ihre Stimme war sehr ruhig. »Möchten Sie etwas essen?« Sie winkte flüchtig zu dem reichlich gedeckten Tisch, aber er schüttelte den Kopf.

»Ich danke Ihnen, aber ich habe schon mit meiner Nichte zu Abend gegessen. Ich hatte nicht die Absicht, Ihr Abendessen zu unterbrechen. Warum setzen Sie sich nicht hin und fangen an?« Aber sie schüttelte nur den Kopf und lächelte ihn an.

»Das kann warten.« Nach einer kleinen Pause seufzte sie und durchquerte langsam den Raum. Mit abwesendem Ausdruck schaute sie auf die Straße hinaus und kehrte langsam zu ihm zurück. »Alex, es tut mir leid. Ich bin tief gerührt über das, was Sie empfinden, aber es gibt nichts, was ich tun kann.« Der Ton, in dem sie dies sagte, war der einer einsamen Prinzessin, jederzeit ihrer königlichen Pflicht bewußt und voll Bedauern, daß sie wirklich nichts tun konnte. Alles an ihr war aristokratisch, ihre Haltung, ihr Ausdruck, die Art, wie sie dort stand. Selbst im rosaseidenen Bademantel war Raphaella Phillips vom Scheitel bis zur Sohle königlich. Das einzige, was ihm verriet, daß sie menschlich war, war die unsagbare Seelenpein, die ihre Augen nicht verbergen konnten.

»Was ist mit dem, was Sie empfinden, Raphaella? Was ist mit Ihnen?«

»Was soll mit mir sein? Ich bin, wer ich bin. Ich kann es nicht ändern. Ich bin die Frau von John Henry Phillips. Ich bin es seit fast fünfzehn Jahren. Ich habe damit zu leben, Alex, und werde es immer tun.«

»Und seit wie vielen von jenen Jahren ist er so gewesen... wie er jetzt ist?«

»Mehr als sieben.«

»Ist das genug für Sie? Sich zu sagen, daß Sie eine Pflicht zu erfüllen haben? Tröstet Sie das für Ihre verlorene Jugend? Wie alt sind Sie jetzt? Zweiunddreißig? So wie jetzt haben Sie seit Ihrem fünfundzwanzigsten Lebensjahr gelebt, Raphaella. Wie können Sie? Wie können Sie damit fortfahren?«

Langsam schüttelte sie den Kopf als Antwort, ihre Augen schwammen in Tränen. »Ich habe es zu tun. Das ist alles. Alles andere zählt nicht.«

»Natürlich zählt es. Wie können Sie das behaupten?« Er trat an ihre Seite und schaute zärtlich auf sie nieder. »Raphaella, wir reden über Ihr Leben.«

»Aber es gibt keine Alternativen, Alex. Das ist es, was Sie nicht verstehen. Vielleicht ist die Lebensform meiner Mutter die bessere. Möglicherweise ergibt sie so erst ihren Sinn. Auf diese Weise gibt es keine Versuchungen. Niemand kommt jemals nahe genug an dich heran, um dich zu zwingen, eine Wahl zu treffen. Dann gibt es keine Wahl.«

»Ich bedaure, daß es so schmerzlich ist. Aber warum muß es eine Wahl geben? Warum müssen wir jetzt über all das reden? Warum können wir nicht einfach Freunde sein, Sie und ich? Ich würde nichts von Ihnen verlangen. Aber wir könnten uns als Freunde treffen, etwa nur zum Mittagessen.« Er wußte, daß es nur ein Traum war. Und Raphaella wußte es auch, als sie den Kopf schüttelte.

»Wie lange, denken Sie, würde das gehen, Alex? Ich weiß, was Sie fühlen. Und ich glaube, Sie wissen, daß ich ebenso empfinde.« Das Herz ging ihm auf, als er sie das sagen hörte. Er hätte sie gerne in die Arme genommen, wagte es aber nicht.

»Können wir das vergessen? Können wir so tun, als existiere es nicht?« Seine Miene sagte, daß es unmöglich war.

»Ich glaube, wir haben es zu tun.« Und dann, mit einem kleinen tapferen Lächeln: »Vielleicht begegnen wir uns in einigen Jahren wieder.«

»Wo? Auf Ihrem Familiensitz in Spanien? Nachdem man Sie erneut eingesperrt hat? Wem wollen Sie etwas vormachen? Raphaella –« Er trat nahe an sie heran, legte seine Hände auf ihre Schultern. Sie schaute mit jenen großen, gramerfüllten Augen, die er so sehr liebte, zu ihm hoch – »Raphaella, Menschen bringen ein Leben damit zu, nach der Liebe Ausschau zu halten, sie herbeizusehnen, sie zu brauchen, sie zu suchen, und meistens finden sie sie nicht. Doch einmal in großen Abständen, in sehr großen Abständen, kommt sie zu dir, fällt sie dir in den Schoß, klopft sie an deine Tür und sagt ›hier bin ich, nimm mich, ich bin dein‹. Wenn sie kommt, wie können Sie sich von ihr abwenden? Wie können Sie sagen: ›Nicht jetzt, vielleicht später‹? Wie können Sie die Chance verpassen, wissend, daß die Gelegenheit vielleicht nie wiederkehrt?«

»Manchmal ist das Wahrnehmen einer Gelegenheit ein Luxus, ein Luxus, den man sich nicht leisten kann. Gerade jetzt kann ich ihn mir nicht leisten. Es wäre nicht richtig, und Sie wissen das.«

»Davon weiß ich nichts. Würden Sie Ihrem Mann etwas fortnehmen, wenn Sie mich liebten? Würde es in dem Zustand, in dem er sich befindet, wirklich einen Unterschied machen?«

»Es wäre möglich.« Sie ließ ihre Augen nicht von Alex fortgleiten, und er ließ weiter seine Hände auf ihren Schultern ruhen, während sie sich in der Mitte des Zimmers gegenüberstanden. »Es könnte einen sehr großen Unterschied machen, würde ich seinen Bedürfnissen gegenüber gleichgültig werden, wäre ich nicht stets um ihn herum, um darauf zu achten, daß er gut versorgt ist, wäre ich Ihnen so stark verbunden, daß ich ihn darüber vergesse. Etwas Derartiges könnte ihn töten. Es könnte für ihn den Unterschied zwischen Leben und Tod bedeuten. Ich könnte ihn niemals so im Stich lassen.«

»Das würde ich nie von Ihnen verlangen. Niemals. Begreifen Sie das nicht? Ich sagte Ihnen, ich respektiere Ihre Beziehung zu ihm. Ich respektiere, was Sie tun und sind und fühlen. Ich verstehe das. Ich sage Ihnen nur, Sie haben ein Recht auf etwas mehr, und ich auch. Es braucht sich nichts für Sie mit Ihrem Gatten zu ändern. Ich schwöre es, Raphaella. Ich möchte nur etwas mit Ihnen teilen, das keiner von uns hat, was wir vielleicht nie hatten. Meiner Meinung nach leben Sie in einem Vakuum. So wie ich. In gewisser Weise bin ich es für lange Zeit gewesen.«

Raphaella sah zu ihm hoch, den qualvollen Blick der Entscheidung noch in den Augen. »Wie können Sie wissen, daß wir überhaupt etwas davon hätten, Alex? Vielleicht ist das, was Sie fühlen, nur eine Illusion, ein Traum. Sie kennen mich nicht. Alles, was Sie von mir denken, ist reine Phantasie.«

Doch diesmal schüttelte er nur den Kopf und näherte seinen Mund zärtlich dem ihren. Einen Augenblick spürte er, wie sie sich versteifte, doch seine Arme umschlangen sie so rasch und fest, daß sie sich nicht wehren konnte. Einen kurzen Moment später gab sie nach. Sie klammerte sich an ihn, als sei er der letzte Mann auf Erden. Ihr ganzer Leib begann mit einer Leidenschaft, die sie niemals vorher kannte, zu pulsieren. Und dann, atemlos, entzog sie sich ihm, schüttelte den Kopf und wandte sich ab.

»Nein, Alex. Nein!« Sie warf das Gesicht herum, in ihren Augen loderten Flammen. »Nein! Laß es sein! Führe mich nicht in Versuchung mit dem, was ich nicht haben kann. Ich kann es nicht haben, und du weißt das!« Mit hängenden Schultern wandte sie sich ab, ihre Augen füllten sich mit Tränen. »Bitte, geh!«

»Raphaella...« Langsam drehte sie sich wieder um, das Gesicht verstört, die Augen übergroß in dem gemeißelten Antlitz. Und auf einmal war es, als sähe er sie vor seinen Augen dahinschmelzen. Das Feuer wich aus ihren Augen, sie schloß sie für einen Moment. Sie kam ihm entgegen, ihre Hände legten sich um ihn, ihr Mund suchte hungrig den seinen.

»O Liebling, ich liebe dich... ich liebe dich...« Seine Worte waren zärtlich und dennoch begehrend, und sie hing an ihm und küßte ihn mit aller seit sieben Jahren aufgespeicherten Liebe. Und dann, ohne zu denken, streifte er den rosaseidenen Bademantel von ihren Schultern und kniete nieder, um ihren Körper zu küssen. Sie war eine Gottheit, die er vom ersten Augenblick verehrte, da er sie weinend auf den Stufen sitzen sah. Dies war die Frau, nach der er sich gesehnt hatte, die Frau, die er brauchte und fast vom ersten Augenblick geliebt hatte. Und während er sie hielt und liebkoste, wußte Raphaella, daß sie sich ihm mit ihrem ganzen Herzen hingeben würde. Stunden schienen vergangen, bevor sie innehielten, sich zu küssen, zu berühren, zu umarmen, aneinanderzupressen und ihre Hände über die Haut des anderen gleiten zu lassen. Sie fühlte ihre Beine unter sich zittern. Er hob sie sanft auf seine Arme, den rosaseidenen Bademantel hinter ihnen auf dem Teppich zurücklassend, ging langsam mit ihr ins Schlafzimmer hinüber und legte sie auf das Bett. »Raphaella?« Sein Mund formte ihren Namen als Frage, und sie nickte langsam, mit einem kleinen, zögernden Lächeln. Daraufhin drehte er das Licht aus, schlüpfte rasch aus seinen Sachen und glitt an ihre Seite. Erneut berührte er sie gierig mit seinem Mund, seinen Händen. Ihr war, als ob sie träume, als ob dies nicht wahr sein könne, als ob dies nicht in Wirklichkeit geschah, und mit einer Leidenschaft, die sie niemals vorher kannte, gab sie sich ihm hin. Ihr Körper schmerzte und pulsierte und vibrierte mit einem Verlangen, das sie sich nicht einmal hätte träumen lassen. Mit dem gleichen Fieber preßte Alex sich an sie. Sein Körper drang in sie ein bis zu ihrer tiefsten Seele. Ihre Arme verschlangen sich, ihre Schenkel wurden eins, ihre Münder saugten sich fest in einem endlosen Kuß, bis sie jäh im letzten Augenblick der Lust zu explodieren und gemeinsam fortzuschweben schienen.

Dann lagen sie ruhig im gedämpften Lampenlicht beieinander, und Alex blickte auf die Frau, von der er wußte, daß er sie liebte. Einen Augenblick lang war er jäh erschrocken. Was hatte er getan, und was würde sie jetzt tun? Würde sie ihn hassen? Würde es vorbei sein? Aber als er den warmen Schimmer in ihren Augen sah, wußte er, dies war nicht das Ende, sondern der Anfang. Während er sie beobachtete, schmiegte sie sich enger an ihn, küßte ihn sanft auf die Lippen und streichelte langsam seinen Rücken. Sein ganzer Körper begann zu prickeln. Erneut begann er sie zu küssen, rückte nah an sie heran und sah ihr in die Augen.

»Ich liebe dich, Raphaella.« Die Worte waren so leise, daß nur sie ihn hören konnte. Sie nickte langsam, das Lächeln auf ihrem Gesicht vertiefte sich. »Ich liebe dich«, wiederholte er zärtlich.

»Ich weiß. Und ich liebe dich auch.« Sie sprach genauso leise wie er. Und plötzlich zog er sie wieder zu sich heran, fest in seine Arme, daß sie sich niemals von ihm hätte lösen können. Als ob sie ihn verstanden hätte, zog sie ihn näher. »Es ist alles gut, Alex... schhh... es ist alles gut.«

Seine Hände begannen sie erneut zu liebkosen.

9

»Raphaella?« Es war nur ein Flüstern, als er, auf einen Ellbogen gestützt, auf sie herabsah. Er war nicht sicher, ob sie wach war. Doch nun flatterten ihre Augen und öffneten sich langsam im ersten Licht des Morgens. Das erste, was sie sah, war Alex, der sie mit Augen voller Liebe ansah. »Guten Morgen, mein Liebling.« Er küßte sie und streichelte das lange, seidig schwarze Haar, das dem seinen so ähnlich war. Sie sah, wie er strahlte, und lächelte zurück.

»Worüber lachst du so früh am Morgen?«

»Ich dachte gerade, falls wir jemals Kinder haben werden, würdest du in ernste Schwierigkeiten geraten, wenn sie kein kohlrabenschwarzes Haar hätten.«

»Oh, würde ich das?« Sie blickte amüsiert.

»Ja, das würdest du.« Er sah sie nachdenklich an und verfolgte mit dem Finger die Linien ihres Körpers. Für einen Moment hielt er inne. »Möchtest du keine Kinder, Raphaella?«

»Jetzt?«

»Nein, überhaupt. Ich dachte gerade, ob –« Er zögerte und entschloß sich, sie zu fragen. »Kannst du?«

»Ich denke, ja.« Sie wollte nichts über John Henrys Schwäche verraten, also sagte sie nichts mehr, während er ihr Gesicht beobachtete.

»Hast du keine, weil du keine wolltest oder weil... oder aus anderen Gründen?« Er spürte, daß sie ihm taktvoll etwas verschwieg.

»Andere Gründe.«

Er nickte ruhig. »Das dachte ich mir.« Sie schmiegte sich an ihn und küßte ihn sanft auf den Mund. Auf einmal saß sie aufrecht im Bett und starrte entsetzt auf die Uhr.

»Was ist los?«

»O Gott... ich habe gerade das Flugzeug verpaßt.«

Er grinste, blickte sie unbeeindruckt an. »Ich hab' das meinige gestern abend verpaßt. Und außerdem...« Das Grinsen verstärkte sich allmählich – »befindet sich mein Gepäck noch immer beim Portier.«

Sie hörte ihm jedoch nicht zu. »Was soll ich tun? Ich muß die Fluggesellschaft anrufen... sicherlich haben sie eine andere – O mein Gott, wenn Tom mich am Flughafen abholen kommt –«

Als sie das sagte, verfinsterte sich Alexanders Stirn. »Wer ist Tom?«

Diesmal mußte Raphaella schmunzeln. »Der Chauffeur, Dummer.«

»Gut. Jedenfalls kannst du zu Hause anrufen und ihnen sagen, du hättest die Maschine verpaßt. Sag ihnen einfach, du wirst –« Er wollte sagen ›die nächste nehmen‹, doch plötzlich hatte er eine Idee. »Raphaella... was, wenn wir –« Er fürchtete sich fast, es zu sagen, und griff nach ihrer Hand. »Was, wenn wir nicht vor morgen heimkehrten und hier zusammen das Wochenende verbrächten? Wir könnten es.«

»Nein, könnten wir nicht. Sie erwarten mich... Ich muß –«

»Warum? Du hast zu Hause nicht das geringste zu tun. Du hast es selbst gesagt, und ein Tag oder sogar zwei können jetzt nicht viel Unterschied machen. Wir sind hier, wir sind allein, wir sind zusammen... Nun, wie wär's? Bis morgen?« Er zog sie in die Arme, als er die Frage stellte, betend, daß sie ja sagen möge. Doch sie entzog sich ihm sanft, machte ein nachdenkliches, aber unsicheres Gesicht.

»Ich müßte sie belügen, Alex. Und falls –«

»Falls irgendwas passiert« – Beide wußten, daß er John Henry meinte – »nimmst du die nächste Maschine zurück. Es wäre nicht anders als die ganze Woche, während du mit deiner Mutter hier warst. Der einzige Unterschied ist, daß du jetzt mit mir hier bist. Bitte!« Er blickte zärtlich, und sie wünschte nichts sehnlicher, als mit ihm in New York zu sein, doch was war mit ihren Verpflichtungen... John Henry? Plötzlich aber wußte sie, daß sie diesmal etwas für sich selber tun mußte. Sie sah zu

Alex hoch und nickte. Sie blickte erschrocken, und er stieß einen Jubelschrei aus. »Liebling, ich liebe dich!«

»Du bist verrückt!«

»Das sind wir beide. Ich nehme jetzt eine Dusche, du bestellst das Frühstück, und anschließend machen wir einen Spaziergang.« Die Unannehmlichkeit, ein Frühstück für zwei zu bestellen, war keinem von beiden jemals unterlaufen. Also bestellte sie ein reichliches Frühstück beim Zimmerservice, doch als man sie fragte, für wieviel Personen, antwortete sie prompt: »Service für einen.« Sie erstattete ihm Bericht, als er unter der Dusche stand, und schaute schon wieder voll Verlangen und Bewunderung auf seinen Körper. Er war so groß und stark und hübsch, er sah wie die Statue eines jungen griechischen Gottes aus. »Was gibt's zu sehen, Madame?« Er sah flüchtig zu ihr hin, während ihm das Wasser über das Gesicht rann.

»Dich. Du bist schön, Alex.«

»Jetzt weiß ich, daß du verrückt bist.« Dann blickte er für einen Augenblick ernüchtert. »Hast du zu Hause angerufen?« Sie schüttelte wie ein widerspenstiges Schulmädchen den Kopf. Er stand ganz ruhig unter der Dusche, und das Wasser, das ihm über den Körper rann, erweckte in ihr den Wunsch, ihm mit der Zunge zu folgen. Sie konnte jetzt nicht an zu Hause denken. Zu Hause war nicht real. Sie konnte nur an ihn denken. »Warum machst du's nicht jetzt, Baby?« Sie nickte langsam und verließ den Raum. Als sie neben dem Telefon saß, verblaßte die Schönheit seines Körpers. Plötzlich fühlte sie sich wieder als Mrs. John Henry Phillips. Welche Lüge würde sie ihnen erzählen? Die Telefonistin meldete sich zu schnell und stellte ihr Gespräch sofort nach San Francisco durch. Nur eine Sekunde später war die Pflegerin in der Leitung. Es war erst sieben Uhr morgens in San Francisco, und John Henry war noch nicht erwacht.

»Geht es ihm gut?« Sie war erschrocken. Vielleicht würde sie bestraft. Vielleicht ging es ihm jetzt schlechter, und es wäre ihre Schuld. Doch die fröhliche Stimme der Pflegerin beruhigte sie.

»Es geht ihm ausgezeichnet. Wir hatten ihn gestern für eine Stunde im Rollstuhl, und ich glaube, er hat es genossen. Nach dem Mittagessen las ich ihm eine Zeitlang aus der Zeitung vor.« Dann war nichts verändert, es klang alles so, wie es gewesen war, als sie ihn verließ. Sie erklärte, sie hätte sich mit ihrer Mutter in New York verspätet. Und sie würde am nächsten Tag nach San Francisco zurückfliegen. Sie wartete einen Augenblick, fast erwartend, die Pflegerin würde sie eine Lügnerin und Hure nennen, aber nichts geschah. Sie wußte, daß ihre Mutter niemals aus Argentinien anrufen würde, also gab es keinerlei Grund, zu denken, daß man sie ertappte. Aber sie fühlte sich so schrecklich schuldig, und es schien undenkbar, daß sie es nicht herausbekamen. Sie bat die Frau, Tom zu verständigen, sie heute nicht am Flughafen abzuholen. Morgen früh würde sie anrufen, um mitzuteilen, mit welcher Maschine sie käme. Es fiel ihr ein, daß sie mit Alex zusammen am Flughafen ein Taxi nehmen könnte, doch falls sie so etwas täte, würden sie sich fragen, was in sie gefahren sei. Raphaella dankte der Pflegerin, bat sie, Mr. Phillips zu unterrichten, daß sie angerufen habe, und ihm zu sagen, es sei alles in bester Ordnung. Dann hängte sie ein. Ihr Gesicht war ernst und ruhig.

»Stimmt etwas nicht?« Alex tauchte aus dem Badezimmer auf, mit gekämmtem Haar und einem Handtuch um die Hüften. Sie sah anders aus als wenige Minuten vorher, bevor er ihr gesagt hatte, sie solle gehen und zu Hause anrufen. »Was ist passiert?«

»Nichts. Ich – ich habe sie gerade angerufen.« Sie senkte die Augen.

»Ist irgendwas geschehen?« Es war eine eindeutige Frage, und er blickte besorgt, doch sie schüttelte rasch den Kopf.

»Nein, nein, es geht ihm gut. Nur ich –« Sie sah ihn unglücklich an. »– ich fühle mich so schuldig. Alex, ich sollte heimreisen.« Es war ein gequältes Flüstern. Er setzte sich neben sie. Einen Augenblick saß er ganz still, dann legte er einen Arm um ihre Schultern und hielt sie fest.

»Es ist gut, wenn du es so möchtest. Ich hatte dir gesagt, ich verstehe es. Ich werde es immer verstehen.« Ihre Augen sahen ihn voller Verwirrung an, und er zog sie eng an sich. »Es ist gut, mein Herz. Alles ist gut.«

»Warum bist du so lieb zu mir?« fragte sie und vergrub ihr Gesicht an dem nackten Fleisch seiner Schulter.

»Weil ich dich liebe. Das habe ich dir letzte Nacht auch gesagt«, lächelte er und küßte sie auf den Haaransatz.

»Aber du kennst mich kaum.«

»Quatsch. Ich kenne dich bis zu den Zehenspitzen.« Sie errötete, wußte aber, daß er es in einem anderen Sinne gemeint hatte, in einem wichtigeren Sinn. Und seltsam, obgleich sie ihn erst so kurz kannte, glaubte sie ihm. Er kannte sie. Besser, als irgend jemand sonst sie gekannt hatte. Besser sogar als ihr eigener Mann.

»Wärst du sehr böse, wenn ich heute zurückfliege?« Es klang betrübt, und sie stieß einen langen, lautlosen Seufzer aus.

»Nein, ich wäre sehr traurig. Aber nicht böse. Wenn du es tun mußt, dann soll es so sein.«

»Was wirst du machen? Gehst du zu deiner Mutter oder deiner Schwester?«

»Nein, meine Mutter ist in Boston, Kay ist in Washington, und meine Nichte hat einen Haufen Pläne für das Wochenende. Ich reise heim. Wahrscheinlich mit demselben Flug wie du, wenn wir Plätze nebeneinander bekommen können. Wärst du damit einverstanden?« Sie nickte. »Gut.« Er stand langsam auf. »Dann rufe die Fluggesellschaft an, ich gehe mich rasieren.« Er schlenderte ins Bad zurück und schloß die Tür. Ihr war zumute, als hätte sie soeben die einzige Sache von der Welt, die sie sich wünschte, aufgegeben. Zeit mit Alex. Gemeinsam. Nur sie beide. Allein. Sie ging langsam auf die verschlossene Tür zu und klopfte leise an. »Ja?«

»Darf ich reinkommen?« Er öffnete die Tür und sah mit einem Lächeln auf sie nieder, das ihr abermals bewies, daß er sie liebte.

»Natürlich darfst du, Dummes. Du mußt nicht fragen. Hast du die Fluggesellschaft angerufen?«

Sie schüttelte einfältig ihr Haupt. »Ich hatte keine Lust.«

»Warum nicht?« Er wartete und fühlte sein Herz gegen die Rippen pochen.

»Weil ich noch nicht zurück will.« Wie sie da stand, sah sie wie ein kleines Mädchen aus, das lange Haar fiel ihr über die Schultern, noch zerzaust von der Nacht davor. »Ich möchte hierbleiben. Mit dir.«

»Du willst, willst du?« Er konnte ein strahlendes Lächeln nicht unterdrücken, legte sein Rasiermesser hin, griff mit einer Hand nach ihr, die andere dazu benutzend, nach einem Handtuch zu greifen und die Seife vom Gesicht zu wischen. »Fein, nichts würde mir mehr gefallen.« Er küßte sie lange und stürmisch und trug sie zum Bett zurück. Es verging eine halbe Stunde, bevor sie ihr Liebesspiel beendeten und der Kellner vom Zimmerservice erschien.

Nachdem der Kellner sie verlassen hatte, setzten sie sich zum gemeinsamen Frühstück hin, sie in ihrem rosaseidenen Bademantel, er in einem Handtuch, beide glücklich lächelnd und für den Tag Pläne schmiedend. Als sie die Rühreier aufteilten, war es, als wären sie schon immer zusammen gewesen.

»Und dann möchte ich auf die Spitze des Empire State Buildings, und ich möchte heiße Kastanien essen, und ich möchte Schlittschuh laufen…«

Er lachte sie an. »Jetzt hörst du dich genau wie meine Nichte an. Die läuft auch so gerne Schlittschuh.«

»Dann können wir zusammen gehen. Aber zuerst will ich aufs Empire State Building.«

»Raphaella!« stöhnte er und trank seinen Kaffee aus. »Ist das dein Ernst?«

»Gewiß doch. Ich konnte solche Dinge niemals machen!«

»O Baby.« Er beugte sich über den Tisch und küßte sie. »Du bist die schönste Frau, die ich kenne.«

»Dann bist du blind und närrisch, und ich liebe dich.« Aber sie fragte sich, ob sie nicht die Närrin sei. Dies war absoluter Irrsinn. Und das Irrsinnigste von allem war, daß sie das Gefühl hatte, sie hätte ihn ihr ganzes Leben schon gekannt.

Gemeinsam erdachten sie eine verdrehte Geschichte, damit Raphaella Alexanders Gepäck vom Portier zurückbekam. Der Hotelpage brachte es herauf, und Alex kleidete sich an. Nachdem Raphaella auch ein Bad genommen hatte, standen sie nebeneinander in dem mächtigen Wandschrank, ordneten ihre Sachen und schwatzten. Es war ganz wie in den Flitterwochen, wie sie auf dem Wege zum Hauptgeschäftsviertel bemerkte. Er brachte sie pflichtschuldigst zur Spitze des Empire State Buildings, zum Mittagessen ins Plaza und danach zu einer hübschen Kutschfahrt in den Park. Sie verbrachten zwei Stunden damit, die Wunder des Metropolitan Museums zu erleben, und marschierten ins Parke-Bernet hinein, um einer in vollem Gange befindlichen Auktion französischer Antiquitäten beizuwohnen. Und dann, glücklich, entspannt und mehr als nur ein wenig müde, überquerten sie die Straße zum Carlyle und fuhren mit dem Fahrstuhl zur Suite hinauf. Gähnend zog Raphaella ihren Mantel aus. Alex lag schon ohne Jacke und Schuhe auf dem Bett und streckte die Arme nach ihr aus.

»Ich weiß nicht, wie's mit dir steht, Lady, doch ich bin erledigt. Ich glaube, seit meiner Kindheit habe ich nicht mehr so viel an einem einzigen Tage getan.«

»Ich auch nicht.« Sie ertappte sich plötzlich bei dem Wunsch, ihn nach Paris, Barcelona und Madrid mitzunehmen, wo sie ihm ihre Lieblingsplätze zeigen könnte. Und sie wünschte, ihn nach Santa Eugenia zu entführen, damit er die Orte sah, wo sie all ihre Sommer verbrachte, und wo sie alle Kinder, die sie so liebte, besuchen konnten. Manchmal war es seltsam, an sie zu denken. Die Kinder, denen sie, jung verheiratet, Geschichten erzählte, waren inzwischen selbst verheiratet und hatten eigene Babys. Es gab ihr manchmal das Gefühl, sehr alt zu sein, als ob ein wichtiger Teil ihres Lebens bereits vergangen sei.

»Woran hast du eben gedacht?« Vorübergehend hatte er wieder den alten Schatten der Trauer in ihren Augen gesehen.

»Ich dachte an Santa Eugenia.«

»Was ist damit?« sondierte er weiter.

»Ich dachte an die Kinder dort... O Alex... du ahnst nicht, wie sehr ich sie liebe.«

Er griff nach ihrer Hand und sagte mit ruhiger, fester Stimme: »Eines Tages werden wir eigene Kinder haben.« Sie sagte nichts. Es war ein Thema, über das sie nicht diskutieren wollte. Sie hatte es vor fünfzehn Jahren ad acta gelegt.

»Es ist nicht wichtig.«

»Doch, es ist. Sehr sogar. Für uns beide. Ich hatte mir immer so sehr Kinder mit meiner Frau gewünscht.«

»Konnte sie keine bekommen?« fragte sie hoffnungsvoll und neugierig zugleich. Vielleicht verband sie hier Gemeinsames, und sie waren durch die gleiche Schicksalsfügung beraubt worden?

»Nein.« Er schüttelte gedankenvoll den Kopf. »Sie hätte sie haben können. Sie mochte aber keine Kinder. Sonderbar, wie anders man die Dinge mit der Zeit betrachtet. Begegnete ich jetzt einer Frau, die ähnlich dächte, würde ich sie wahrscheinlich nicht lieben können. Ich dachte, ich könnte Rachel dazu überreden. Ich konnte es nicht. Sie war zu stark mit ihrer Arbeit verbunden. Rückblickend ist es vermutlich nur gut, daß wir keine Kinder hatten.«

»Was war ihr Beruf?«

»Sie war eine Rechtsanwältin.« Raphaella blickte beeindruckt, und er küßte sie zärtlich auf den Mund. »Aber sie hatte nicht viel von einer Frau, Raphaella, also schau nicht so.«

»Hast du sie verlassen?«

Wieder schüttelte er den Kopf. »Nein, sie verließ mich.«

»Eines Mannes wegen?«

»Nein.« Jetzt lächelte er, doch es geschah ohne Bitterkeit. »Wegen eines Jobs. Das war alles, was für sie zählte. Immer. Es ist nur gut, daß die Dinge so gekommen sind, wie sie kamen.« Sie lagen wie alte Freunde und erfahrene Liebesleute nebeneinander. Alex schmunzelte.

»Ist sie sehr erfolgreich?«

»Höchstwahrscheinlich.«

Sie nickte gedankenvoll. »Manchmal wünschte ich, ich wär's. Ich glaube, das einzige, worin ich gut gewesen wäre, blieb mir versagt, und alles andere… nun ja… da gibt's nicht viel, was ich kann.«

»Du erzählst Kindern Geschichten.«

Sie lächelte verwirrt. »Das ist kaum eine Lebensaufgabe.«

Er sah sie ruhig an und erinnerte sich an etwas, was seine Mutter gesagt hatte. »Warum schreibst du die Geschichten nicht nieder? Du könntest Kinderbücher schreiben, Raphaella.« Den Vorschlag erwägend, leuchteten ihre Augen kurz auf. Er nahm sie in die Arme. »Ich hoffe, daß du eines weißt: Wenn du überhaupt nichts tust, außer mich zu lieben, so ist mir das genug.«

»Wäre es das? Würdest du dich nicht langweilen?« Sie blickte jetzt echt besorgt.

»Nie und nimmer. Es ist schon komisch. Mein Leben lang bin ich von ehrgeizigen Frauen umgeben gewesen, Berufsfrauen, Frauen mit jeder Art von Karrieren. Ich hätte nie gedacht, ich könnte eine Frau verstehen, die anders ist. Und plötzlich stellte ich fest: Was ich mir immer gewünscht habe, ist eine Frau wie du. Ich habe keine Lust, zu ringen, zu konkurrieren und um einen höheren Lebensstandard zu kämpfen. Ich möchte einfach nur ich selbst sein, mit jemandem, für den ich sorgen kann, jemand, der so warmherzig und lieb und intelligent und hübsch ist wie...« Er schnupperte an ihrem Hals. »Du weißt schon, wen ich meine...«

Sie sah ihn lange an und legte den Kopf auf die Seite. »Weißt du, was eigenartig ist? Genau jetzt fühle ich, als ob dies mein Leben sei. Hier. Mit dir. Als ob niemals etwas anderes existiert hätte, als ob mein Leben in San Francisco gar nicht wirklich sei. Ist das nicht seltsam?« Sie blickte verwundert, und er berührte zärtlich ihr Gesicht, bevor er sie auf den Mund küßte. Mit einem winzigen Lächeln zog sie sich langsam von ihm zurück.

»Nein. Ich finde es in der Tat überhaupt nicht seltsam.« Wieder umschlang er sie mit seinen Armen und küßte sie verzehrend, als ihre Hände zärtlich seine Schenkel streichelten.

10

Die Stimme der Stewardess dröhnte, als sie ihre Ankunft in San Francisco durchsagte. Alex merkte, wie ihn ein Gefühl der Depression übermannte, als das Flugzeug sich langsam dem Erdboden näherte. Die beiden Tage miteinander waren so vollkommen, so idyllisch gewesen. Sie hatten am Abend zuvor zuerst zu Abend gegessen und anschließend die Show von Bobby Short gesehen. Und sie war entzückt gewesen. Anschließend waren sie aufgeblieben und hatten sich bis vier Uhr morgens unterhalten. Abwechselnd entdeckte einer den Körper des anderen. Später lagen sie beieinander und erzählten sich gegenseitig ihre Lebensgeschichte. Als die Sonne am Sonntag morgen aufging, wußte sie alles über Rachel, seine Mutter und seine Schwester. Sie hatte ihm von ihrem Vater erzählt, von Julian, ihrem Bruder, der mit sechzehn beim Polospiel tödlich verunglückte, und von ihrer Ehe mit John Henry, wie sie am Beginn und wie sie jetzt war. Es war, wie wenn sie immer beisammen gewesen wären. Und nun kamen sie nach San Francisco zurück, und er mußte sie von sich gehen lassen, zumindest für eine Weile. Er mußte sich zufriedengeben mit der Zeit, wie kurz sie auch immer sein mochte, in der sie sich aus ihrem anderen Leben im Hause ihres Ehemannes fortstehlen konnte. Wenigstens hatten sie vergangene Nacht darüber geredet.

»Woran denkst du? Du siehst so furchtbar ernst aus.« Er sah sie liebevoll an, während sie sich zur Landung vorbereiteten. Er spürte sogleich, daß sie die gleiche Traurigkeit wie er empfand. Ihre wenigen gemeinsamen Tage schienen wie ein ganzes Leben gewesen zu sein, und nun würde sich wiederum alles ändern. »Fühlst du dich gut?«

Sie sah ihn traurig an und nickte. »Ich dachte nur gerade...«

»An was?«

»An uns. Wie jetzt alles werden wird.«

»Es wird alles gut.« Er sprach nahe an ihrem Ohr, in einer ruhigen, vertraulichen Art, die sie erbeben ließ, aber nun schüttelte sie den Kopf.

»Nein, wird es nicht.«

Er nahm ihre Hand in seine eigene und suchte ihre Augen. Es gefiel ihm nicht, was er sah. Er argwöhnte, daß sie wieder von Schuldgefühlen heimgesucht wurde. Aber das war zu erwarten, denn schließlich näherten sie sich dem heimischen Rasen. Es würde hier härter werden, ihre Verpflichtungen beiseitezuschieben. Das brauchte sie aber wirklich nicht. In ihrem Leben würde Platz für beide Männer sein.

»Alex...«, sagte sie mit stockender Stimme. »Ich kann es nicht tun.« Ihre Augen füllten sich mit Tränen, als sie den seinen begegneten.

»Was meinst du?« Er versuchte, die eigene Panik zu bezwingen und wenigstens nach außen hin ein ruhiges Gesicht zu zeigen, obgleich seine Gedanken bei ihren Worten zu rotieren begannen.

»Ich kann nicht.«

»Du hast im Moment überhaupt nichts zu tun, außer zu entspannen.« Er sprach in seinem besten berufsmäßigen Tonfall, doch es schien sie nicht zu besänftigen. Tränen ergossen sich auf ihre Wangen und rollten langsam, bis sie auf ihre gefalteten Hände fielen. »Wir können dies später ausdiskutieren, wenn wir uns sehen.«

Doch sie schüttelte abermals den Kopf, und ihre nächsten Worte waren nur mehr ein Flüstern. »Nein... ich hatte unrecht... ich kann es nicht tun, Alex... nicht hier. Nicht in derselben Stadt mit ihm. Es wäre nicht gut.«

»Raphaella, tu's nicht... gib dir nur ein wenig Zeit, es abzuwägen.«

»Was abzuwägen?« Einen Augenblick sah sie zornig aus. »Meinen Mann zu betrügen?«

»Ist es denn das?«

Sie schüttelte wieder den Kopf, ihre Augen baten ihn um Verständnis. »Was kann ich tun?«

»Warten. Versuche, mit der Freude zu leben, die wir haben. Sei fair zu ihm und zu dir selbst. Das ist alles, was ich uns allen wünsche...« Sie nickte langsam, und er drückte fest ihre Hand in der seinen. »Wirst du dem eine Chance geben?«

Eine Ewigkeit schien zu vergehen, bevor sie antwortete. »Ich werd's versuchen.«

Einen Moment später landete das Flugzeug. Zwei Stewardessen erschienen, und Raphaella erhob sich ruhig, nicht zu erkennen gebend, daß der Mann, der neben ihr gesessen hatte, auch nur von mindester Bedeutung für sie sei. Sie hob ihre Reisetasche hoch, knöpfte ihren Mantel zu und nickte ihm zu. Nur ihre Augen sagten ›ich liebe dich‹, als sie ging und über den Heckausstieg der Maschine verschwand, wie sie es zuvor getan hatte. Der Ausstieg wurde wieder geschlossen, nachdem sie durchgegangen war. Alex fühlte eine Einsamkeit, die ihn verschlang, wie er es niemals vorher gekannt hatte. Ihm war plötzlich, als sei alles, was ihm lieb und teuer war, von ihm gerissen worden. Wenn er sie nun niemals wiedersah? Er mußte gegen seine Angst kämpfen, während er mit den anderen auf das Verlassen der Maschine wartete. Mechanisch begab er sich zur Gepäckausgabe, seinen Koffer in Empfang zu nehmen. Außerhalb des Gebäudes nahm er die lange schwarze Limousine wahr, die an der Bordkante parkte. Der Chauffeur stand noch bei den anderen und wartete auf ihre Koffer. Rasch verließ er mit seinem Gepäck die Abfertigungshalle und blieb noch einen Augenblick stehen, auf den langen schwarzen Wagen schauend. Der Widerschein der gleißenden Lichter auf den Heckscheiben entzog sie seiner Sicht, doch er konnte sich nicht von der Stelle rühren. Wie wenn sie es gefühlt hätte, drückte Raphaella mit einem Finger auf den kleinen Knopf, und eine der Heckscheiben rollte langsam herunter. Ängstlich hielt sie nach ihm Ausschau, mit dem Wunsch, irgendwie noch einmal mit ihm in Berührung zu kommen. Einen endlosen Moment lang hielten ihre Augen sich fest. Als sei die Sonne soeben erneut für sie aufgegangen, lächelte er ihr zärtlich zu, drehte sich um und ging auf die Garage zu. In seinem Herzen flüsterte es ›morgen‹, und er wünschte, es wäre heute nacht.

11

Es war fast acht Uhr fünfzehn, als er in seiner Junggesellenbude saß und ungeduldig mit dem Fuß klopfte. Die Weinflasche stand geöffnet neben Käse und Früchten, die er auf dem Tisch angerichtet hatte. Das Kaminfeuer prasselte hell, und die Musik spielte. Irgendwann nach sieben Uhr dreißig, hatte sie gesagt, doch er hatte den ganzen Tag über nichts von ihr gehört. Nun dachte er darüber nach, ob sie aus irgendeinem Grund am Ausgehen verhindert worden sei. Als sie ihn gestern abend anrief, hatte ihre Stimme einsam geklungen, und sein ganzer Körper schmerzte vor Verlangen, sie in seine Arme zu nehmen. Jetzt blickte er stirnrunzelnd in das Kaminfeuer, fragte sich, ob irgend etwas passiert sei, und sprang beim Läuten des Telefons hoch.

»Alex?« Sein Herz hämmerte und schlug in Enttäuschung um. Es war nicht Raphaella, es war Kay.

»Oh. Hei.«

»Ist irgendwas? Du klingst nervös.«

»Nein, ich bin nur beschäftigt.« Und er war nicht in der Stimmung, mit ihr zu reden.

»Arbeit?«

»Eine Art von... Nein... nichts... schon gut. Was gibt's?«

»Bin da auf was Übles gestoßen. Wir müssen über Amanda reden.«

»Irgendwas Schlimmes?«

»Noch nicht, Gott sei Dank. Glücklicherweise verstehe ich mehr von Teenagern als du. Diese hundert Dollar, die du ihr gegeben hast, Alex. Das geht nicht.«

»Was willst du damit sagen?« Schon beim Hören ihrer Stimme hatte sich sein Gesicht gespannt.

»Ich will damit sagen, daß sie sechzehn ist, und das einzige, was Kinder in diesem Alter mit Geld anfangen, ist Drogen kaufen.«

»Hat sie dir gesagt, warum ich es ihr gab? Nebenbei, wie hast du es herausgefunden? Ich dachte, das wäre nur etwas unter uns beiden.«

»Egal, wie ich's herausgefunden hab'. Ich suchte ein paar ihrer Sachen durch und fand das Geld.«

»Herrgott, was machst du mit dem Kind, Kay? Durchsuchst du sie?«

»Kaum. Aber du vergißt, wie heikel meine Situation ist, Alex. Ich will nicht, daß sie mir Drogen ins Haus schleppt.«

»Du sprichst von ihr wie von einer Rauschgiftsüchtigen.«

»Quatsch. Doch wenn ich sie ließe, würde sie mit einer Schachtel Joints herumlaufen, so wie du und ich uns einen Whisky genehmigen.«

»Hast du sie jemals einfach darum gebeten, es nicht zu tun?«

»Klar. Denkst du wirklich, Kinder tun, was du ihnen sagst?« Ihre völlige Nichtachtung ihrer Tochter trieb ihn zum Wahnsinn. Er wurde wütend, als er den weiteren Verdächtigungen seiner Schwester zuhörte.

»Ich finde deine Haltung ihr gegenüber widerwärtig. Ich glaube, sie ist ein Kind, dem du vertrauen kannst. Und der Grund, warum ich ihr das Geld gegeben habe, ist, damit sie im Rockefeller Center Eislaufen kann. Sie sagte mir, sie gehe häufig Schlittschuh laufen auf der Wollmann-Eisbahn im Park. Ich weiß nicht, ob du dir darüber klar bist, aber das Kind könnte beim Herein- und Herauskommen im Central Park ermordet werden. Als ihr Onkel wollte ich ihr ein Eislauf-Abonnement spendieren. Hätte ich gewußt, daß du ihr das Geld wegnimmst, hätte ich es irgendwie anders arrangiert.«

»Warum überläßt du die Behandlung meiner eigenen Tochter nicht mir, Alex?«

»Warum gibst du nicht zu, daß du als Mutter versagst?« brüllte er durch den Raum und wünschte dabei aus vollem Herzen, es gäbe etwas, was er für das Kind tun könnte. »Ich möchte, daß du Amanda das Geld läßt.«

»Ich scher mich den Teufel um das, was du möchtest. Ich sandte dir heute einen Scheck über den Betrag.«

»Ich werde dies selbst mit Amanda regeln.«

»Bemüh dich nicht, Alex.« Die Stimme Kays war wie Eis. »Ich kontrolliere ihre Post.«

»Du bist eine boshafte Hexe, weißt du das? Und du hast kein Recht, das Kind zu quälen.«

»Und woher kommst du, um zu beurteilen, wie ich meine Tochter behandle? Du hast keine Kinder, verdammt. Was, zur Hölle, weißt du also?«

»Möglicherweise nichts, Schwester. Möglicherweise überhaupt nichts, weil ich keine Kinder habe, liebe Kongreßabgeordnete Willard. Aber du, liebe Dame, hast kein Herz.«

Sie hängte ein, und im selben Moment erklang die Türglocke. Er fühlte, wie ihn eine Gefühlswoge herumwirbelte und fast zerriß. Es war Raphaella, er wußte es. Endlich war sie gekommen. Plötzlich begann sein Herz zu summen, aber er hatte den Wortwechsel mit seiner Schwester, Amandas wegen, nicht vergessen. Er wußte auch, daß er persönlich mit dem Mädchen sprechen wollte. Er stürzte die Treppenflucht nach unten, rannte zur Vordertür, riß sie auf und stand für einen Augenblick ganz still. Er schaute auf Raphaella, glücklich, verwirrt und leicht beunruhigt.

»Ich war in Sorge, es sei etwas passiert.« Sie schüttelte den Kopf und sagte kein Wort, aber das Lächeln, das sie trug, sprach für sich. Sie trat vorsichtig ein. Nachdem er die Tür hinter ihr geschlossen hatte, riß Alex sie in seine Arme und hielt sie ganz fest. »O Baby, wie hab' ich dich vermißt... Geht's dir gut?«

»Ja.« Es war ein winziges Wort, vergraben in dem Pelzmantel, den sie trug. Es war das Luchsfell, das sie in jener Nacht auf den Stufen getragen hatte. Sie umarmte ihn wieder, diesmal aus eigenem Antrieb. Irgend etwas Müdes und Trauriges bemerkte er in ihren Augen. Sie hatte in ihrem Schlafzimmer eine Notiz hinterlassen, daß sie einen Gang mache, um Freunde zu besuchen. Nur für den Fall, daß jemand kam, um sie zu suchen. So würde keiner der Dienstboten in Panik geraten und die Polizei rufen, wenn sie nicht sofort von ihrem Spaziergang zurückkehrte. Sie blieben über ihre abendlichen Streifzüge ohnehin im ungewissen, und John Henry würde der Schlag getroffen haben, hätte er davon gewußt.

»Ich dachte, dieser Tag würde nie vorübergehen. Ich habe gewartet und gewartet und gewartet und jede Stunde wie zwei Tage empfunden.«

»Genauso erging es mir heute in der Kanzlei. Komm!« Er nahm sie an die Hand und stieg mit ihr die Treppe hinauf. »Ich möchte dir oben alles zeigen.« Auf ihrem Rundgang durch das Haus bemerkte sie die Leere des Wohnzimmers. Im Kontrast dazu war sie von der Wärme seines Schlafzimmers und seiner Junggesellenhöhle überwältigt. Beide Räume waren mit cremefarbenem Fußbodenflor, weichen Ledersesseln, mächtigen Grünpflanzen und endlosen Bücherregalen ausgestattet. In seinem Schlafzimmer brannte ein helles Kaminfeuer. Raphaella fühlte sich augenblicklich heimisch.

»O Alex, es ist so hübsch! Und so behaglich und warm.« Rasch schälte sie sich aus dem schweren Pelz und ringelte sich auf dem Fußboden vor dem Kaminfeuer neben ihm zusammen, unter ihnen die dicke weiße Wollbrücke, vor ihnen ein niedriger Glastisch mit Wein und Käse und Pastete, die er auf dem Heimweg besorgt hatte.

»Gefällt es dir?« Er blickte glücklich in die Runde. Als er das Haus kaufte, hatte er die Einrichtung selbst zusammengestellt.

»Ich liebe es.« Sie lächelte, doch sie war sonderbar still, und er fühlte erneut, daß irgend etwas nicht stimmte.

»Was ist los, Raphaella?« Seine Stimme war so behutsam, daß es ihr die Tränen in die Augen trieb. Bei allem freundlichen Geplauder über sein Haus hatte er vom ersten Augenblick gespürt, daß sie zutiefst verstört war.

Sie schloß die Augen und öffnete sie wieder, instinktiv nach Alexanders Hand greifend. »Ich kann dies nicht tun, Alex... Ich kann es einfach nicht. Ich glaubte, es... ich war schon dabei... ich hatte es alles geplant, wie ich jeden Tag mit John Henry verbringen könnte und jede Nacht zu einem ›Gang‹ hinausschlüpfen könnte, um hierherzukommen und bei dir zu sein. Und als ich darüber nachdachte...« – wieder lächelte sie traurig – »...flog mein Herz mit mir davon. Ich fühlte mich jung und erregt und glücklich wie...« – sie stockte, ihre Stimme kaum hörbar, ihre Augen feucht – »...wie eine Braut...« Langsam wanderten ihre Augen zum Feuer, doch sie ließ ihre Hand in der seinen. »Aber ich bin nichts von alledem, Alex. Ich bin nicht mehr jung, zumindest nicht mehr so jung. Und ich habe kein Recht auf diese Art von Glück, nicht mit dir. Und ich bin keine Braut. Ich bin eine verheiratete Frau. Und ich habe die Verantwortung für einen sehr kranken Mann.« Ihre Stimme wurde stärker, und sie zog ihre Hand von der seinen zurück. »Ich kann nicht mehr hierherkommen, Alex. Nicht nach heute abend.« Als sie ihn jetzt ansah, war ihre Stimme resolut.

»Was hat deinen Sinn verändert?«

»Nach Hause zu kommen, ihn zu sehen, mir bewußt zu werden, wer ich bin.«

»Hast du mich über alldem vergessen?« Es klang ihm in den eigenen Ohren pathetisch, und er ärgerte sich über sich selbst, es gesagt zu haben, aber es war, was er fühlte. Das Leben hatte ihm einen grausamen Schlag versetzt. Eine Frau, die er verzweifelt begehrte, war nicht für ihn bestimmt.

Sie führte seine Hand zart an ihre Lippen und küßte sie, während sie den Kopf schüttelte. »Ich habe dich nicht vergessen, Alex.« Und dann: »Ich werde es nie.« Noch während sie es sagte, stand sie auf, um zu gehen. Er saß da, betrachtete sie einen langen Augenblick, wünschte sie aufzuhalten, um sie zu kämpfen. Aber er wußte, daß es nichts gab, was er tun konnte. Er hätte gewünscht, sie wieder zu lieben, zu ihr zu sprechen, die Nacht mit ihr zu verbringen... sein Leben mit ihr zu verbringen. Langsam stand er auf.

»Ich möchte, daß du eines weißt, Raphaella.« Er kam ihr entgegen und zog sie in seine Arme. »Ich liebe dich. Wir kennen einander kaum, und dennoch weiß ich, daß ich dich liebe. Ich möchte, daß du nach Hause gehst und darüber nachdenkst, was du tust. Und falls du deine Meinung änderst, selbst für einen Augenblick, möchte ich, daß du zurückkommst. Nächste Woche, nächsten Monat, nächstes Jahr. Ich werde hiersein.« Er hielt sie lange, lange an sich gepreßt und fragte sich, wie lange es dauern würde, bevor er sie wiedersah. Er konnte den Gedanken nicht ertragen, daß es vielleicht niemals sein würde. »Ich liebe dich. Vergiß das nicht.«

»Das werde ich nicht.« Tränen strömten jetzt aus ihren Augen. »Ich liebe dich auch.«

Als ob beide wüßten, daß es keinen Grund gab, länger im Hause zu bleiben, gingen sie langsam nach unten. Und mit einem Arm um ihre Schultern brachte er sie nach Hause. Sie drehte sich nur einmal auf der Türschwelle um, winkte ein einzigesmal und verschwand.

12

In den nächsten zwei Monaten bewegte Raphaella sich wie in Trance. Jeder ihrer Schritte schien gewichtig, schwerfällig, langsam zu sein. Sie konnte sich nicht rühren, konnte nicht denken, konnte nicht laufen, ja, sie konnte sogar kaum mit ihrem Ehemann reden, der über das, was in New York geschehen sein mochte, nachrätselte. Ein feindseliges Intermezzo mit ihrer Mutter, eine Art Familienstreit oder Fehde? Es vergingen Wochen, bevor er sich entschloß, das Thema anzuschneiden, doch als er es tat, schien Raphaella kaum zuzuhören.

»War etwas mit deiner Mutter, Kleines? Bestand sie darauf, daß du mehr Zeit in Spanien verbringst?« Vergeblich wartete er auf Antwort. Er vermochte sich nicht vorzustellen, was in Raphaellas Augen ein derartiges Ausmaß der Qual erzeugt haben könnte.

»Nein, nein... es war nichts.« Es war also etwas gewesen, aber was?

»Ist irgend jemand krank?«

»Nein.« Sie lächelte tapfer. »Überhaupt nicht. Ich bin nur sehr müde, John Henry. Du mußt dich aber nicht beunruhigen. Ich sollte mehr an die frische Luft.« Doch selbst die endlosen Spaziergänge halfen ihr nicht. Umsonst marschierte sie von einem Ende des Presidio zum anderen, hinunter zu dem kleinen Weiher beim Palast der Schönen Künste und sogar bis zum Rande der Bucht, um sich zu den Hügeln zurückzukämpfen. Jedoch ganz einerlei, wie müde, wie atemlos, wie erschöpft sie war und wie sehr sie sich auch anstrengte, sie konnte ihn nicht vergessen. Tag und Nacht überlegte sie sich, was er mache, ob es ihm gutginge, ob er glücklich sei, ob er arbeite oder in dem hübschen kleinen Haus am Vallejo saß. Es schien, wie wenn sie zu jeder Stunde wissen wollte, wo er war. Bei alldem wußte sie, daß sie ihn aller Wahrscheinlichkeit nach niemals wiedersehen, nie berühren, nie umarmen würde. Diese Erkenntnis versetzte ihrer Seele einen tiefen Schmerz.

Am Erntedankfesttag saß sie mit teilnahmslosen Augen bei John Henry. »Noch etwas Truthahn, Raphaella?«

»Mm?« Statt einer Antwort starrte sie ihn an und schien nicht gehört zu haben, was er gerade sagte. Eines der Dienstmädchen stand mit der Servierplatte bei ihr und versuchte vergeblich, ihre Aufmerksamkeit darauf zu lenken. Sie nahmen das Erntedankfestmenü in seinem Schlafzimmer ein. Es wurde auf Servierbrettern aufgetragen, so daß John Henry im Bett bleiben konnte. Seine Gesundheit hatte sich in den letzten zwei Monaten wieder leicht verschlechtert.

»Raphaella?«

»Ja? Oh... nein... Verzeihung...« Sie blickte weg und schüttelte den Kopf. Sie saß da und versuchte Konversation mit ihm zu machen. Doch heute abend war er zu müde. Eine halbe Stunde nach dem Abendessen neigte sich sein Kinn sacht auf die Brust. Die Pflegerin, die neben ihm gestanden hatte, nahm behutsam das Servierbrett von ihm fort, bettete ihn etwas tiefer und signalisierte Raphaella, daß sie gerne gehen könne. Langsam, sehr langsam schritt Raphaella den endlosen Gang zu ihren eigenen Räumen. Wie magnetisiert ging sie zum Telefon. Es war falsch, und sie wußte es. Aber sie konnte ihn ja anrufen und ihm einen glücklichen Feiertag wünschen. Was war daran verkehrt? Alles, was sie tun mußte, war, ihm aus dem Wege zu gehen, und das hatte sie getan. Denn sie wußte, daß selbst der Klang seiner Stimme, der Blick seiner Augen, seine Berührung, all dieses sie wieder in das gleiche zarte Netz verstrikken konnte, dem sie so heftig zu entfliehen suchte. Aus Ehre und aus einem Pflichtgefühl heraus hatte sie es verzweifelt versucht. Jetzt, als sie seine Nummer wählte, wußte sie, daß sie versagt hatte. Sie wollte ihm keinen Augenblick länger fernbleiben. Sie konnte es nicht. Sie konnte es einfach nicht. Ihr Herz klopfte, als sie die Scheibe drehte. Es kam ihr wie eine Ewigkeit vor, bevor er sich meldete, aber nun, da sie gewählt hatte, würde sie nicht aufhängen.

»Hallo?« Sie schloß die Augen, als sie es hörte. Erleichterung, Schmerz, Erregung überfluteten sie gleichzeitig.

»Hallo.« Er hatte sie einen Moment nicht erkannt. »O mein Gott.«

»Nein«, lächelte sie leise. »Ich bin es nur. Ich rief dich an, um dir ein frohes Fest zu wünschen.«

Es entstand eine Pause. »Danke.« Es klang gepreßt. »Wie geht es dir?«

»Ich – es geht mir gut.« Und dann auf einmal entschied sie, es ihm zu sagen. Einerlei, ob er seine Einstellung geändert hatte, ob er sie nicht mehr liebte, ob er jemand anderem begegnet war. Sie mußte es ihm sagen. Sei es auch nur dieses einzige Mal. »Es geht mir nicht gut… es ist furchtbar gewesen… ich kann nicht –« Sie keuchte fast bei der Erinnerung an die Qual und Leere der letzten zwei Monate. »Ich kann nicht länger so weiterleben. Ich kann es nicht ertragen… o Alex…« Ohne es gewahr zu werden, hatte sie zu weinen angefangen, sowohl aus Kummer wie auch aus Erleichterung. Es scherte sie nicht, ob die Welt jetzt unterging oder nicht. Sie war glücklicher denn seit Monaten.

»Wo bist du?« Seine Stimme klang angespannt.

»Ich bin zu Haus.«

»Ich treffe dich in fünf Minuten an der Ecke.«

Sie wollte schon nein sagen, wollte ihm sagen, daß sie es nicht tun könne, doch sie besaß nicht mehr die Kraft zum Weiterkämpfen. Sie wollte es auch nicht. Stumm nickte sie mit dem Kopf, und dann: »Ich werde dasein.«

Sie rannte ins Badezimmer, spritzte kaltes Wasser auf ihr Gesicht, trocknete es geschwind mit einem der großen Porthault-Handtücher, fuhr mit dem Kamm durch ihr schwarzes Haar, riß den Schrank auf, ergriff ihren Luchspelz und raste buchstäblich aus dem Zimmer, die Treppen hinunter und zur Tür hinaus. Diesmal hinterließ sie keine Nachricht, keine Erklärung, und sie wußte auch nicht, wie lange sie fortbleiben würde. Vielleicht fünf Minuten, vielleicht eine Stunde. Aber John Henry brauchte sie im Augenblick nicht. Er schlief, er hatte seine Pflegerinnen, seine Dienstboten, seine Ärzte. Sie wünschte sich etwas mehr – viel, viel mehr. Das waren ihre Gedanken, als sie zur verabredeten Ecke stürmte. Das dunkle Haar flog hinter ihr her, der Pelz war offen, auf ihren Lippen lag ein halbes Lächeln, ein Funkeln trat in ihre Augen, das es dort seit Monaten nicht mehr gegeben hatte. Als sie um die Ecke bog, sah sie ihn dort plötzlich stehen, in schwarzer Freizeithose und dickem Pullover, das Haar zerzaust, mit leuchtenden Augen und leicht außer Atem. Er stürzte so schnell auf sie zu und zog sie mit solcher Kraft in die Arme, daß sie sich um ein Haar gegenseitig außer Gefecht gesetzt hätten. Er preßte seinen Mund auf den ihren. Es war ein gewagtes Risiko, dort an der Ecke, aber glücklicherweise sah sie niemand. Einige Minuten später begannen sie in schweigender Übereinstimmung langsam zu seinem Haus zu gehen. Als er die Tür hinter ihnen geschlossen hatte, sah Raphaella sich um und stieß einen langen Seufzer aus.

»Willkommen daheim.« Er sagte ihr nicht, wie sehr er sie vermißt hatte. Das hob er auf, bis sie Seite an Seite in seinem Bett lagen. Es war, als hätten beide für zwei Monate im Kerker gelebt, kaum lebendig, kaum existierend, zwischen Empfindungslosigkeit und dauerndem Schmerz. Die beiden Monate, die sie durchgemacht hatten, waren die schlimmste Zeit, an die Raphaella sich erinnern konnte. Für Alex war es ungefähr genauso gewesen, dennoch war es jetzt, als hätte nichts davon je stattgefunden, als wären sie nie getrennt gewesen und würden es niemals wieder sein. Er hätte sie gerne gefragt, was nun geschehen sollte, aber er wagte es nicht einmal. Er entschied einfach, den Augenblick zu genießen.

»Frohes Fest, mein Liebling...« Er zog sie abermals in die Arme. Sie liebten sich lange und leidenschaftlich.

Es war nach zehn Uhr, als es Alex endlich einfiel, daß der Truthahn im Backofen brutzelte. Er hatte eine Stunde zu lang gebacken, aber als sie in die Küche hinuntergingen und es feststellten, scherte es sie nicht. Raphaella trug seinen Bademantel, Alex trug Bluejeans und ein Hemd. Sie aßen zusammen, redeten und lachten. Es war wirklich wie eine echte Heimkehr! Anders als beim Erntedankfestmahl, das sie früher am Abend zu sich genommen hatte, futterte Raphaella diesmal, als hätte sie seit Jahren nichts gegessen.

»Und deine Arbeit? Geht alles gut voran?« Sie sah so glücklich aus, wie sie dort saß, sie lächelte wie ein entspanntes, glückliches Kind.

»Das würde ich nicht sagen.« Er blickte einfältig. »Arbeitete ich als Angestellter, hätte ich in den letzten zwei Monaten wahrscheinlich meinen Job verloren.«

»Das glaube ich nicht, Alex.«

»Es ist wahr. Ich war nicht in der Lage, meine Gedanken auf irgend etwas zu konzentrieren.«

Sie blickte vorübergehend nachdenklich. »Ich auch nicht...« Dann sah sie ihn an, und ihre Augen wurden weich. »Außer auf dich. Es war eine Art Besessenheit, die mich erfaßt hatte und einfach nicht mehr losließ.«

»Hast du es denn gewollt?«

»Ja. Sei es nur, um den Schmerz zu beseitigen. Es war...« – sie sah verwirrt beiseite – »es war eine sehr schwere Zeit für mich, Alex. Seit wir uns zuletzt gesehen haben, habe ich mit meinem Gewissen gerungen.«

»Und was passierte heute nacht? Was brachte dich dazu anzurufen?«

»Ich konnte es nicht länger ertragen. Mir war, als müßte ich sterben, wenn ich dich nicht auf der Stelle anriefe.« Er nickte, das Gefühl nur allzu gut kennend. Er lehnte sich über den Tisch, um sie zu küssen.

»Gott sei's gedankt, daß du angerufen hast. Ich glaube, ich hätte es nicht länger ausgehalten. Ich wünschte mir so heiß, dich anzurufen. Hundertmal hatte ich schon den Hörer in der Hand. Zweimal habe ich sogar angerufen, aber du hast dich nicht gemeldet. Herrgott, ich dachte, ich werde wahnsinnig.« Sie nickte im schweigenden Verstehen. Als er sie ansah, entschloß er sich, den nächsten Schritt zu wagen. »Und nun?« Es waren alarmierende Worte, doch er mußte sie fragen. Früher oder später würde er es doch erfahren, und er wollte es jetzt wissen. »Weißt du, was du jetzt willst, Raphaella?« Er wollte es ihr überlassen, doch er hatte sich schon vorgenommen, es ihr diesmal nicht so leicht zu machen. Nicht nach dem, was sie beide durchgemacht hatten. Doch diesmal brauchte er nicht um sie zu kämpfen. Sie lächelte ihn zärtlich an und berührte seine Hand mit der ihren.

»Wir werden tun, was wir zu tun haben... sooft, wie wir können, zusammensein.«

Wie wenn er Angst hätte, zu glauben, was sie ihm gerade gesagt hatte, beobachtete er sie einen Augenblick. »Meinst du das wirklich?«

»Ja. Willst du mich noch haben? Ich meine, so wie du es vorher wolltest?«

Was er als nächstes tat, beantwortete ihre Frage. Er zog sie von ihrem

Platz und nahm sie mit solcher Kraft und Leidenschaft in die Arme, daß sie kaum atmen konnte.

»Alex!«

»Beantwortet das deine Frage?« Feuer, Freude und Erregung waren plötzlich in seinen Augen. »Herrgott, Weib, wie liebe ich dich. Ja, ich will dich. Ich liebe dich, ich brauche dich. Und ich akzeptiere alles, was wir uns ausdenken müssen, um so oft wie möglich beisammen sein zu können, ohne dir zu schaden, oder – oder –« Sie nickte. Er mochte John Henrys Namen nicht aussprechen. »Wahrhaftig –« Wieder stand er abrupt auf und durchquerte die Küche, um eine Schublade aufzuziehen. Er fischte einen einzelnen Schlüssel heraus, griff nach ihrer Hand und legte ihn behutsam hinein. »Das ist der Schlüssel zu diesem Haus, mein Herz, und ich möchte, daß du hier bist, wann immer du kannst, wann immer du magst, ob ich hier bin oder nicht.« Tränen stiegen ihr in die Augen, und er nahm sie zärtlich in seine Arme. Wenig später gingen sie langsam wieder nach oben. Sie trug den Schlüssel zu dem Haus in der Tasche des Morgenmantels. In ihren Augen war ein Lächeln, wie es nie zuvor darin gewesen war.

Die nächsten drei Stunden verbrachten sie damit, einander wieder und wieder zu lieben. Als sie schließlich, noch nicht restlos gesättigt, aber unendlich zufrieden nebeneinanderlagen, fuhr Raphaella beim Läuten des Telefons überrascht hoch. Alex runzelte die Stirn, zuckte die Achseln und hob dann ab, sich langsam im Bett aufsetzend. Sein Stirnrunzeln vertiefte sich. Ohne es zu merken, stand er auf, mit einem Ausdruck des Entsetzens auf seinem Gesicht. »Was... wann...? O mein Gott. Wie geht es ihr?« Er zog die Brauen zusammen, und seine Hände zitterten, als sie nach einem Schreibstift griffen. Das Gespräch wurde einige Minuten lang mit einsilbigen Wortfetzen fortgesetzt. Dann legte er auf und barg den Kopf mit einem leichten Stöhnen in seinen Händen. Raphaella starrte ihn schreckerfüllt an. Alles, was ihr einfiel, war seine Mutter.

»Alex...« Ihre Stimme klang erschrocken und mitfühlend. »Liebling... was ist es? Was ist passiert...? Sag es mir... bitte...« Als er zu weinen begann, legte sie ihre Hände sanft auf seine Schultern und streichelte seinen Kopf. Stunden schienen zu vergehen, bevor er sie ansah.

»Es ist Amanda, meine Nichte.« Die Worte hörten sich wie ein heiseres Krächzen an. Mit enormer Anstrengung berichtete er ihr, was vorgefallen war. »Sie wurde vergewaltigt. Sie haben sie gerade gefunden.« Er tat einen tiefen Atemzug, schloß für einen Moment die Augen, bevor er sie wieder auftat, und fuhr fort: »Nach dem Erntedankfestmahl heute nachmittag ging sie zum Eislaufen... in den Park... allein und –« Seine Stimme stockte. »Sie wurde geschlagen, Raphaella. Ihre Arme sind gebrochen, und meine Mutter sagte –« Er weinte ungehemmt, während er sprach. »Sie haben ihr Gesicht aufgeschlagen, und – und« – seine Stimme sank zu einem Flüstern herab – »sie haben sie vergewaltigt... kleine Mandy...« Er konnte nicht weitersprechen, und Raphaella nahm ihn mit strömenden Tränen in ihre Arme.

Eine lange Zeit war vergangen, bis sie wieder ruhig Atem schöpfen konnten. Raphaella holte ihm schließlich eine Tasse Kaffee. Er saß im Bett, schlürfte ihn langsam und rauchte eine Zigarette. Raphaella betrachtete ihn besorgt mit einer kleinen Falte zwischen den Augen. »Kannst du heute nacht noch eine Maschine bekommen?« Ihre Augen waren groß und dunkel und feucht, und ihr Gesicht war wie von einem magischen Licht von innen her erleuchtet. Plötzlich war ihm, als nähme ihr Gesicht jeden Zorn von ihm, spüle alle aufgestaute Wut hinweg, nur dadurch, daß sie bei ihm war. Ohne ihre Frage zu beantworten, rückte er zu ihr, zog sie in die Arme und hielt sie fest, als wolle er sie niemals wieder gehen lassen. So lagen sie einen langen Augenblick, während Raphaella mit zarter Hand über seinen Rücken strich. Sie sprachen kein Wort, bis er sich sachte von ihr zurückzog und ihr wieder ins Gesicht sah. »Willst du mit mir nach New York kommen, Raphaella?«

»Jetzt?« Sie schaute verdutzt. Mitten in der Nacht? Was sollte sie ihrem Hauspersonal sagen, was zu John Henry? Wie konnte sie mit ihm gehen? Sie hatte keine Zeit gehabt, irgend etwas vorzubereiten. Ihre Gedanken rasten. Aber auch Amanda, das arme Kind, war von niemandem vorbereitet worden. Ein Blick der Verzweiflung war in ihren Augen, als sie aufsah, ihm seine Frage zu beantworten. »Alex... ich möchte es... ich würde so gerne. Aber ich kann nicht.« Sie hatte diese Nacht einen derart großen Schritt gewagt. Sie war noch nicht bereit für einen weiteren. Und sie konnte John Henry jetzt nicht verlassen.

Er nickte bedächtig. »Ich verstehe.« Wieder blickte er lange auf die Frau, die er sich ausgeborgt hatte, die nicht die seine, sondern die Frau eines anderen war und die er dennoch so sehr liebte. »Möglicherweise bleibe ich für eine Weile fort.« Sie nickte still. Sie wünschte brennend, mit ihm zu gehen, doch sie wußten beide, daß sie es nicht konnte. So hielt sie ihn nur wortlos in ihren Armen und bot ihm soviel Trost, wie sie nur konnte.

»Es tut mir so leid, Alex.«

»Mir ebenso.« Er war jetzt etwas gefaßter. »Meine Schwester sollte man mit der Reitpeitsche züchtigen für die Art und Weise, wie sie sich um ihr Kind kümmert.«

»Es kann nicht ihre Schuld sein.« Raphaella blickte schockiert.

»Und warum war das Kind allein? Wo war denn ihre Mutter, verdammt? Ihr Vater...?« Er fing wieder an zu weinen.

Sie riefen in jener Nacht dreimal im Krankenhaus an. Amandas Zustand wurde noch als kritisch bezeichnet, als Raphaella sich endlich auf den Heimweg machte. Mittlerweile war es vier Uhr dreißig, und sie waren beide erschöpft, aber sie hatten das wenige, was sie tun konnten, getan. Stundenlang hatten sie am Kaminfeuer gesessen und gesprochen. Alex hatte ihr erzählt, wie Amanda als kleines Mädchen gewesen war. Dabei wurde Raphaella deutlich, wie er sie liebte und wie sehr es ihn schmerzte, daß ihre Eltern sich für ihr Kind niemals Zeit genommen hatten.

»Alex...?« Sie sah ihn nachdenklich im Feuerschein an. Es war das einzige Licht, das in dem dunklen Raum verblieben war. »Warum bringst du sie nicht mit hierher, wenn es ihr wieder bessergeht?«

»Nach San Francisco?« Er blickte überrascht. »Wie könnte ich das machen? Ich bin nicht eingerichtet... ich habe keine –« Er seufzte leicht. »Ich bin den ganzen Tag in meiner Praxis. Ich habe zu tun.«

»Ihre Mutter auch, und der Unterschied ist, daß du sie liebhast.« Raphaella lächelte weich im Glutschein der Scheite, und er dachte, sie niemals schöner gesehen zu haben. »Als mein Bruder starb und meine Mutter mit ihren Geschwistern nach Santa Eugenia zurückkehrte, hatte mein Vater nur mich, und ich hatte nur ihn.« Ihr Blick glitt eine Weile in die Ferne. »Und ich glaube, wir haben uns gegenseitig eine Menge geholfen.

Alex beobachtete sie nachdenklich. »Ich bezweifle sehr, daß ihre Eltern sie von mir hierherbringen ließen.«

Raphaella sah ihn ruhig an. »Bleibt ihnen nach dem Geschehnis wirklich eine Wahl? Ist es nicht ein wenig ihre Schuld, daß sie nicht besser für ihre Tochter gesorgt haben, daß sie sie dorthin gehen ließen, daß sie vielleicht nicht einmal wußten, wo sie war?«

Er nickte schweigend. Es war das, worüber er den ganzen Abend nachgedacht hatte. Er lastete alles seiner Schwester an. Und ihrem krankhaften Ehrgeiz, der ihr seit langem die Sicht für alles andere versperrt hatte. »Ich will's mir überlegen.« Dann sah er sie gedankenvoll an. »Wir könnten den dritten Stock für sie herrichten, nicht wahr?«

Darauf lächelte sie ihn an. »Ja, wir könnten. Ich könnte leicht in wenigen Tagen alles schaffen. Aber, Alex...«

In ihren Augen war jetzt eine unausgesprochene Frage, und diesmal war es Alex, der lächelte. »Sie wird dich liebhaben. Du hast alles, was ihre Mutter verweigert hat, ihr zu geben.«

»Aber es könnte ihrer Mutter nicht passen, Alex. Schließlich bin ich – sind wir nicht –« Sie stockte, und er schüttelte den Kopf.

»Na und? Macht das wirklich einen Unterschied? Macht es uns etwas?« Sie schüttelte verneinend den Kopf.

»Aber anderen Leuten, Leuten, die Kay etwas bedeuten, könnte es unrecht scheinen.«

»Das kümmert mich nicht.« Sein Ton war jetzt schroff. Dann sah er noch einmal versonnen auf Raphaella, an seine Familie und den Abstecher nach New York denkend. »Ich wünschte, du könntest mit mir kommen.« Er sagte es noch einmal, als er sah, wie sie sich zum Heimgehen ankleidete, und flüsterte es ihr ein letztesmal zu, als sie sich anschickte, ihn zu verlassen und den letzten Häuserblock zu ihrem Haus allein zu gehen.

Auf ihre eigene Art hatten sie für Amanda Nachtwache gehalten, wach bleibend und sie in ihren Gedanken und ihrer Unterhaltung lebendig haltend, verbunden mit dem Kind, das so schwer verletzt und mißbraucht im fernen New York lag. Aber es war nicht Amanda, an die Raphaella dachte, als sie Alex küßte und ein letztesmal berührte. »Ich wünschte auch, ich könnte mitkommen.« Wieder empfand sie die Grausamkeit ihrer Situation, den Druck und die Last ihrer Verpflichtungen, die sie John Henry gegenüber zu erfüllen hatte. Dennoch war sie dankbar, Alex wieder in ihrem Leben zu haben, sei es nur, um eine Nacht oder einen einzigen Augenblick mit ihm zu teilen. Alles, was sie jetzt wirklich bedauerte, war, daß sie ihm auf dieser schwierigen Reise nach New York nicht helfend beistehen konnte. »Wirst du dort alles durchstehen?« Er nickte, aber er lächelte nicht. Er würde es durchstehen. Aber Amanda? Sie hatten darüber gesprochen, sie nach San Francisco zu holen, aber was, wenn sie es nicht überlebte? Ihre Gedanken überkreuzten sich, als Raphaella mit den Lippen zart seine Augenlider streifte. »Darf ich dich anrufen?« Er nickte, diesmal mit einem Lächeln.

Beide wußten, daß sich an einem Abend eine Menge zwischen ihnen geändert hatte. Es war ein Sprung, den sie gemeinsam machten, Hand in Hand.

»Ich werde bei meiner Mutter wohnen.«

»Sag ihr alles Liebe von mir.« Ihre Augen trafen sich, hielten einander für einen langen Augenblick fest. Sie küßte ihn ein letztes Mal. »Und vergiß nicht, wie sehr ich dich liebe.«

Nach einer letzten Umarmung war sie gegangen. Wenige Minuten später schloß sich einen Häuserblock entfernt die schwere Eichentür hinter ihr. Alex ging rasch zu seinem Haus zurück, um zu duschen und sich umzukleiden, bevor er die Sieben-Uhr-Maschine nach New York erreichte.

13

Charlotte Brandon wartete nervös in der Eingangshalle des Krankenhauses, starrte auf den Empfangstresen und die Verkaufsautomaten für Süßigkeiten und Kaffee, während Alex nach oben fuhr, um Amanda das erstemal zu sehen. Nach dem letzten Bericht, den er erhalten hatte, als er vom Carlyle anrief, ging es ihr etwas besser. Sie stand weniger unter Beruhigungsmitteln, hatte aber erhebliche Schmerzen. Besuche waren nicht erwünscht, aber da Alex von so weit her angereist war, um sie zu sehen, würden sie ihn für fünf oder zehn Minuten in die Intensivstation lassen. Alex' Mutter saß benommen da und beobachtete die Vorübergehenden. Die Menschen waren alle fremd und unpersönlich, die beim Kommen und Gehen durch die Eingangshalle an ihr vorbeihasteten, beladen mit Blumen, Geschenken und Einkaufstüten, die Hausschuhe und Bettjacken enthielten. Zweimal hatte sie hochschwangere Frauen beobachtet. Während sie langsam mit angespannten Gesichtern die Halle passierten, stützten sie sich fest auf ihre Ehemänner, die in der anderen Hand kleine Übernachtungskoffer trugen. Charlotte erinnerte sich mit Rührung an ähnliche Momente in ihrem eigenen Leben, doch heute abend fühlte sie sich sehr alt und müde. Alles, woran sie denken konnte, war ihre Enkeltochter, die in einem anderen Stockwerk in einem Bett lag. Und Kay war noch nicht hiergewesen, sie zu sehen. Sie traf in einigen Stunden aus Washington ein. George war natürlich gekommen, aber er hatte nur die Krankenblätter geprüft, mit dem diensthabenden Arzt und den Krankenschwestern gesprochen und dem Kinde wenig Beistand geleistet.

George war wirklich nicht der geeignete Mann, unter diesen Umständen ein Vater für seine Tochter zu sein. Er besaß kein Verständnis für ihre Gefühle.

»Mutter?« Sie sprang auf, als sie Alexanders Stimme hörte, und drehte sich um. Der traurige Ausdruck in seinen Augen traf ihr Herz mit neuem Entsetzen.

»Wie geht es ihr?«

»Unverändert. Und wo, zum Teufel, ist Kay?«

»Ich sagte dir doch, sie ist in Washington, Alex. George hat sie sofort angerufen, nachdem die Polizei ihn verständigt hatte, aber sie konnte bis heute abend nicht wegkommen.« Mehr als vierundzwanzig Stunden waren vergangen, seitdem das Unglück passiert war. Alexanders Augen loderten.

»Man sollte sie erschießen. Und George? Wo, zum Teufel, ist er? Die Schwester oben hat gesagt, er sei nur kurz gekommen, um die Krankenblätter einzusehen.«

»Nun, es gibt wohl nicht viel, was er sonst tun kann. Oder?«

»Was denkst du?« Beide verfielen in Schweigen. Er erzählte ihr nicht, daß Amanda so hysterisch geschluchzt hatte, als er dort ankam, daß sie ihr eine weitere Spritze geben mußten. Aber wenigstens hatte sie ihn erkannt und hatte sich verzweifelt an seine Hand geklammert. Charlotte brach erneut in Tränen aus, sank auf einen der orangefarbenen Kunstledersitze der Eingangshalle und putzte sich die Nase.

»O Alex, wie können solche Dinge bloß geschehen?«

»Weil da draußen verrückte Leute rumlaufen, Mutter. Und weil Amanda zwei Eltern hat, die sich einen Dreck darum scheren.«

Charlotte sprach gedämpft, nachdem Alex sich auf dem Stuhl neben ihr niedergelassen hatte. »Glaubst du das wirklich, Alex?«

»Ich weiß nicht, was ich glaube. Aber eins weiß ich bestimmt. Was immer Kay in ihrem Herzen für ihr Kind empfinden mag, so hat sie doch kein Recht, diejenige zu sein, die es aufzieht. Selbst wenn sie glaubt, daß sie sie liebt – und ich bin nicht sehr überzeugt, daß dies der Fall ist –, so hat sie noch lange keine Ahnung, was dazu gehört, keine Ahnung, was sie dem Kind als ihre Mutter schuldet. Und George ist genauso schlimm.« Charlotte nickte langsam mit dem Kopf. Sie blickte in Alexanders Augen und entdeckte dort etwas, was sie nie zuvor darin gesehen hatte.

»Hast du vor, diesbezüglich etwas zu unternehmen, Alex?« Sie hatte es plötzlich gespürt. Es war, als wüßte sie es.

»Habe ich.« Er sprach mit fester Entschlossenheit.

»Was hast du im Sinn?« Was immer es war, sie wußte, es würde etwas Radikales und in Amandas bestem Interesse sein. Sie hatte eine Menge Vertrauen in ihren einzigen Sohn.

»Ich nehme sie mit.«

»Nach San Francisco?« Charlotte Brandon blickte verdutzt. »Kannst du das tun?«

»Ich habe es vor. Laß sie nur versuchen, mich aufzuhalten. Ich mache den größten Ärger, den du je erlebt hast, und warte ab, wie das meinem politischen Schwesterherz gefällt.« Er hatte Kay bis zur Halskrause satt, und beide wußten es. Langsam nickte seine Mutter mit dem Kopf.

»Glaubst du, du kannst dich da draußen genügend um sie kümmern, Alex? Es ist nicht, als ob sie einen Eislaufunfall gehabt hätte. Es werden auch gefühlsmäßige Nachwirkungen aus alldem entstehen.«

»Ich will mein Bestes tun. Ich gebe ihr einen guten Zufluchtsort und werde sie so liebhaben, wie ich kann. Das kann nicht schaden. Und es ist mehr als das, was sie hier hat.«

»Ich könnte sie mit mir nehmen, weißt du.«

»Nein, das könntest du nicht.« Er sah sie ehrlich an. »Du bist kein ebenbürtiger Partner für Kay. Sie würde dich nötigen, sie binnen einer Woche zu ihnen zurückzulassen.«

»Da bin ich nicht so sicher.« Charlotte sah leicht gekränkt aus.

»Warum es riskieren? Warum nicht einen netten kleinen Bruch machen? San Francisco ist weit vom Schuß.«

»Aber du wirst da draußen allein mit ihr sein, Alex...« Noch während sie die Worte sagte, hatte sie plötzlich verstanden. Ihre Augen bohrten sich mit einer unausgesprochenen Frage in die ihres Sohnes, der langsam zu lächeln begann. Er kannte seine Mutter gut.

»Ja?« Er hatte nichts vor seiner Mutter zu verbergen. Das hatte er bisher noch nie. Sie waren Freunde, und er vertraute ihr, selbst mit dem Geheimnis Raphaella.

Charlotte lächelte jetzt auch. »Ich bin nicht ganz sicher, wie ich es ausdrücken soll, was ich denke. Deine... äh... junge Freundin... die... äh –«

»Guter Gott, Mutter!« Er lachte in sich hinein. »Falls du Raphaella meinst, ja, ich sehe sie noch.« Er wollte nicht zugeben, daß sie gerade nach zwei Monaten einer qualvollen Trennung zu ihm zurückgekehrt war. Er wollte weder seine Mutter noch sonst jemand wissen lassen, daß Raphaella immer ihre Zweifel gehabt hatte. Es verletzte seinen Stolz so sehr wie seine Seele, aber die Tatsache, daß er mit einer verheirateten Frau verbunden war, noch dazu mit einer so renommierten wie Raphaella, war kein Geheimnis, das er ihr vorenthalten wollte. Sein Gesicht wurde sachlich, als er seine Mutter ansah. »Wir haben das alles letzte Nacht besprochen, bevor ich abreiste. Ich glaube, sie könnte Amanda eine Menge geben.«

»Ich bezweifle es nicht«, seufzte Charlotte leise. »Aber Alex, sie hat... andere Verpflichtungen... Ihr Gatte ist ein sehr kranker Mann.«

»Ich weiß das. Aber sie haben Krankenpflegerinnen. Sie wird nicht in der Lage sein, Tag und Nacht bei Amanda zu sein, aber sie wird einen Teil der Zeit mit uns verbringen.« Zumindest betete er, daß sie es tat. »Und abgesehen von Raphaella, Mutter, ist dies etwas, was ich für Amanda zu tun habe, und für mich selbst. Ich wäre nicht fähig, mit meinem Gewissen zu leben, wenn ich das Kind hier zurückließe, mit Kay, die dauernd unterwegs ist, und George, der in den Wolken schwebt. Sie verkümmert durch Mangel an Zuwendung. Sie braucht mehr als das, was sie ihr geben können.«

»Und du glaubst, du kannst es?«

»Ich werde es auf Teufel komm raus versuchen.«

»Schön« – sie tat einen tiefen Atemzug und sah ihren Sohn an. »Ich wünsche dir das Beste, Schatz. Ich denke, daß es wahrscheinlich richtig ist, was du tust.«

»Ich danke dir.« Seine Augen waren verschleiert, als er sie auf die Wange küßte und aufstand. »Komm, ich bring' dich nach Haus. Dann komme ich hierher zurück, um wieder nach ihr zu sehen.«

»Du mußt erschöpft sein nach dem Flug.« Sie blickte ihn besorgt an. Dunkle Ringe waren unter seinen Augen.

»Es geht mir gut.« Und es ging ihm noch besser, als seine Mutter wenige Minuten später die Tür ihres Appartements aufschloß und das Telefon unablässig läutete. Ohne um Erlaubnis zu fragen, ob er das Gespräch annehmen dürfe, stürzte Alex sich auf den Apparat und strahlte. Es war Raphaella.

»Wie geht es ihr?«

Das Lächeln verblaßte allmählich, als seine Gedanken zu seiner Nichte zurückkehrten. »Ziemlich unverändert.«

»Hast du deine Schwester gesehen?«

»Noch nicht.« Seine Stimme verhärtete sich bei den Worten. »Sie kommt vor heute nacht nicht aus Washington.« Am anderen Ende blickte Raphaella schockiert, doch Alex konnte es nicht sehen.

»Aber dir geht es gut?«

»Mir geht's bestens. Und ich liebe dich.«

Raphaella lächelte. »Ich dich auch.« Sie hatte ihn den ganzen Tag über unerträglich vermißt und hatte mehrere lange Spaziergänge gemacht. Zweimal war sie schon in seinem Haus gewesen. Und es kam ihr nicht vor wie das Eindringen in das Haus eines Fremden, sondern wie ein Nachhausekommen. Sie hatte das gebrauchte Geschirr vom Erntedankfestmahl sorgfältig gereinigt und all seine Pflanzen gegossen. Es war erstaunlich, wie selbstverständlich sie sich in sein Leben eingepaßt hatte. »Wie geht es deiner Mutter?«

»Ausgezeichnet.«

»Sag ihr alles Liebe von mir.« Sie sprachen einige Minuten, und dann erzählte Alex ihr, daß er sich entschlossen habe, Amanda mitzubringen.

»Was hältst du davon?«

»Was ich davon halte?« Sie reagierte leicht überrascht, gefragt zu werden. »Ich denke, es ist wundervoll. Du bist ihr Onkel, und du hast sie lieb.« Und dann, schüchtern: »Alex... könnte ich – könnte ich ihr Zimmer herrichten?« Er nickte langsam, nachdenkend. Er wollte ihr sagen, sie solle lieber warten, bis sie wußten, ob Amanda es überstand, aber er konnte es nicht über sich bringen, die Worte auszusprechen. Statt dessen nickte er abermals, als wollte er die Schicksalsmächte damit zwingen.

»Nur vorwärts.« Er blickte auf seine Uhr und stellte fest, daß er zum Krankenhaus zurück mußte. »Ruf mich später an, wenn du kannst. Ich muß zurück.« Ihre Gegenwart in seinem Leben war herrlich. Kein Schweigen mehr, kein Warten, keine Qual, kein grausames Gefühl des Verlusts. Sie war da, als sei sie immer dagewesen und würde es immer sein. »Ich liebe dich.«

»Ich liebe dich auch, Liebling. Gib auf dich acht.«

Er legte den Hörer behutsam auf die Gabel zurück. Seine Mutter verschwand mit einem weichen Lächeln stumm in der Küche, um Tee zu bereiten. Als sie einige Minuten später mit zwei dampfenden Tassen zurückkehrte, sah sie, daß Alex schon im Mantel war.

»Du gehst jetzt wieder hin?« Er nickte ernst, und ohne mehr zu sagen, hob sie ihren eigenen Mantel wieder auf. Alex hinderte sie sofort daran. Sie hatte die ganze vorige Nacht im Krankenhaus verbracht.

»Ich möchte, daß du dich etwas ausruhst.«

»Ich kann nicht, Alex.« Als er den Blick in ihren Augen sah, sagte er nichts weiter. Sie nahmen jeder einen Schluck von ihrem Tee und gingen hinaus, um ein Taxi anzuhalten.

14

Er blickte von der Tür aus zu Amanda. Alles, was er sehen konnte, war ein in weiße Tüchter und blaue Decken gewickeltes schmales Bündel auf dem Bett. Von ihrem Gesichtswinkel aus konnte Charlotte das Gesicht des Mädchens nicht erkennen. Aber als sie um das Bett herumging und sich neben Alex stellte, mußte sie gegen ihre eigenen Reaktionen kämpfen, damit sie nicht erkennbar waren. In der Nacht zuvor war es ihr wieder und wieder so ergangen.

Was sie vor sich sah, war ein schmächtiges junges Mädchen, das mehr wie neun als wie siebzehn aussah. Nur ihr Umfang und die Größe ihrer Hände und Arme ließen vage vermuten, welchen Geschlechts und Alters sie war. Ihre Arme waren von Gipsverbänden umgeben, ihre Hände lagen ausgestreckt und bewegungslos wie zwei kleine schlafende Vögel, und das Gesicht, das ihnen aus dem Kopfkissen entgegensah, war nur eine Masse purpurroter und blauer Schwellungen und Quetschungen. Das Haar umrahmte ihr Gesicht wie ein weicher, lockiger Heiligenschein, und die Augen, die geöffnet waren, waren von einem reinen, leuchtenden Blau. Sie glichen ein wenig jenen Charlottes und ein kleines bißchen jenen Alexanders, doch es ließ sich jetzt schwer sagen, so gepeinigt blickten sie und füllten sich im Nu mit Tränen.

»Mandy?« Er flüsterte sanft, und aus Angst, ihr weh zu tun, wagte er nicht einmal, ihre Hand zu berühren. Sie nickte nur langsam als Antwort, kein Wort sagend. »Ich bin zurück, und ich habe Großmama mitgebracht.« Amandas Augen wanderten zur Großmutter. Zwei stete

Tränenströme flossen in das Kopfkissen. Lange Zeit war sie ganz still, während die herzergreifend blauen Augen in die vertrauten Gesichter blickten. Dann kamen wieder die stoßweisen Schluchzer, als Alex ihr zart über das Haar strich. Sie verständigten sich ohne Worte. Alex stand nur da, und seine Hand ruhte gütig und sanft auf dem Haar des Mädchens. Amanda schloß die Augen und schlief ein. Eine Krankenschwester machte ihnen ein Zeichen. Erschöpft und verzweifelt verließen Charlotte und Alex den Raum.

Alexander hielt seine tobende Wut auf seine Schwester Kay zurück, aber als sie Charlottes Appartement erreichten, konnte er sich nicht mehr beherrschen.

»Ich weiß, was du denkst, Alex.« Die Stimme seiner Mutter klang sanft. »Doch im Augenblick würde es nichts helfen.«

»Warum nicht?«

»Warte doch, bis du mit Kay sprechen kannst. Dann kannst du deinem Herzen Luft machen.«

»Und wann wird das sein? Wann, meinst du, wird Ihre Majestät endlich aufkreuzen?«

»Ich wünschte, ich wüßte es, Alex.«

Am nächsten Tag war es soweit.

Alex schlürfte Kaffee aus einem Plastikbecher, Charlotte war für ein paar Stunden nach Hause gegangen, um ein Schläfchen zu machen. Sie hatten Amanda heute früh von der Intensivstation in ein kleines, hell angestrichenes rosa Zimmer gebracht. Dort lag sie nun genauso zerschlagen und zerschunden, aber schon mit etwas mehr Leben in den Augen. Alex hatte mit ihr über San Francisco gesprochen, und ein- oder zweimal hatte es so ausgesehen, als ob sie Interesse zeige.

Es war am Ende des Tages, als sie endlich über ihre Ängste zu ihrem Onkel sprach.

»Was soll ich den Leuten erzählen? Wie kann ich erklären, was passierte? Ich weiß, daß mein Gesicht verheerend aussieht. Eine der Schwesternhelferinnen hat es mir gesagt.« Sie hatten ihr einen Spiegel vorgehalten. »Und sieh dir meine Arme an.« Sie blickte auf die zwei sperrigen Gipsverbände, in die ihre Ellbogen eingegossen waren. Alex sah flüchtig hin, vermied es aber, beeindruckt auszusehen.

»Du sagst ihnen, du hättest am Erntedankfesttag einen Autounfall gehabt. Das ist alles. Es klingt völlig plausibel.« Mit einem überzeugenden Blick sah er Amanda an und legte ihr eine Hand auf die Schulter. »Liebes, niemand wird je etwas erfahren. Nicht, wenn du es ihnen nicht selbst erzählst, und das liegt ganz bei dir. Sonst wird es keiner wissen. Nur deine Eltern, deine Großeltern und ich.«

»Und wer Zeitungen liest.« Und dann, wieder mit einem Blick der Verzweiflung zu Alex: »War ich in den Nachrichten?«

Er schüttelte verneinend den Kopf. »Nein, warst du nicht. Ich sagte es dir. Niemand weiß es. Du hast dich nicht zu genieren. Du bist nicht anders als vorher, bevor du hierherkamst. Du bist dieselbe, Amanda. Du hattest einen schrecklichen Unfall und ein grauenhaftes Erlebnis, aber das war alles. Es hat dich nicht verändert. Es war nicht deine Schuld. Die Leute werden sich dir gegenüber nicht anders verhalten, Amanda. Du hast dich nicht verändert!« Es war, was der Therapeut ihm heute morgen eingeprägt hatte. Sie hatten Amanda einzuimpfen, daß sie jetzt nicht verändert sei und daß es in keiner Weise ihre Schuld gewesen sein. Scheinbar herrschte unter Opfern von Vergewaltigungen die Meinung vor, daß sie in irgendeiner Weise für das Geschehene verantwortlich waren und sich in einem entscheidenden Punkt verändert hätten. Zugegebenermaßen war die Veränderung in Mandys Fall vielleicht größer als bei anderen. Sie hatte ihre Jungfräulichkeit an einen Vergewaltiger verloren. Ohne Zweifel würde das Erlebnis ernsthafte Auswirkungen auf sie haben, aber mit einer Behandlung und einer großen Menge Verständnis bestünde für sie, so meinte der Psychiater, eine gute Chance, aus allem seelisch unversehrt herauszukommen. Sein einziges Bedauern gelte dem Umstand, wie er am Morgen sagte, daß er Amandas Mutter nicht habe sprechen können, und unglücklicherweise habe auch Dr. Willard keine Zeit für eine Konsultation gehabt. Er hatte jedoch durch seine Sekretärin ausrichten lassen, daß der Psychiater mit seiner Behandlungsmethode bei dem Mädchen fortfahren solle.

»Aber es ist in diesen Fällen nicht allein das Opfer, das Hilfe benötigt«, hatte er Alex gegenüber betont. »Es ist die Familie, die genauso Hilfe braucht. Ihre Auffassung, ihre Ansicht über das Geschehene wird auf die Einstellung des Opfers sich selbst gegenüber für immer entscheidend abfärben.« Dann hatte er ihn mit einem kleinen Lächeln angesehen. »Ich bin kolossal froh, daß Sie heute morgen mit mir sprechen konnten. Und Amandas Großmutter sehe ich diesen Nachmittag.«

Alex hatte den Arzt auch gefragt, wie bald Amanda nach Hause könne, und er hatte geantwortet, er sei sicher, daß sie gegen Ende der Woche entlassen werden könnte. Das paßte Alex ausgezeichnet. Je eher er Amanda mit nach San Francisco nehmen konnte, um so froher würde er sein.

Endlich kam Kay, sehr nonchalant und schick in einem mit Fuchspelz besetzten braunen Schweden-Hosenanzug.

Ihre Augen trafen sich und ruhten eine Weile ineinander. Kay sagte nicht ein Wort. Plötzlich waren sie zu Kampfgegnern im Ring geworden, und jeder von ihnen war sich bewußt, wie tödlich der andere sein konnte.

»Hallo, Kay.« Alex sprach zuerst. Er hätte sie gerne gefragt, wie sie erklären könnte, daß es so lange gedauert hatte, im Krankenhaus aufzutauchen, doch er wollte vor seiner Nichte keine Szene machen. Er brauchte es auch wirklich nicht. Alles, was er fühlte, sein ganzer Zorn, war ihm leicht von den Augen abzulesen.

»Hallo, Alex. Nett von dir, in den Osten zu kommen.«

»Nett von dir, von Washington raufzukommen.« Runde eins. »Du mußt sehr beschäftigt sein.« Amanda beobachtete sie, und Alex sah ihr Gesicht erblassen. Er zögerte nur für einen Moment, dann verließ er das Zimmer. Als Kay einige Minuten später wiederauftauchte, erwartete er sie in einer Nische des Ganges. »Ich möchte eine Minute mit dir sprechen.«

Sie sah ihn mit spöttischem Amüsement an. »Ich ahnte, daß du das möchtest. So ein nervöser kleiner Onkel kommt den weiten Weg nach New York gereist.«

»Bist du dir im klaren, Kay, daß dein Kind fast gestorben wäre?«

»Vollkommen. George hat ihre Krankenblätter dreimal täglich geprüft. Hätten sich die Dinge verschlechtert, wäre ich nach Hause gekommen. So wie's war, falls dich das zum Teufel was angeht, konnte ich nicht.«

»Warum nicht?«

»Ich hatte zwei Verabredungen mit dem Präsidenten. Zufrieden?«

»Nicht ganz. Am Erntedankfesttag?«

»Stimmt genau. In Camp David.«

»Erwartest du von mir, daß ich beeindruckt bin?«

»Das ist deine Angelegenheit. Aber meine Tochter ist meine.«

»Nicht, wenn du deine Verantwortung total negierst, Kay. Sie braucht verflucht eine ganze Menge mehr, als sich von George ihre Krankenblätter durchsehen zu lassen. Sie braucht Liebe, Herrgott noch mal, sie braucht Wärme, Interesse und Verständnis. Mein Gott, Kay. Sie ist doch noch ein Kind. Und sie ist geschlagen und mißbraucht worden. Kannst du dir eigentlich vorstellen, was das heißt?«

»Absolut. Doch nichts, was ich jetzt tue, wird das ändern. Und zwei Tage machen da keinen Unterschied. Sie wird mit dem Erlebnis leben müssen.«

»Und wieviel Zeit wirst du ihr widmen?«

»Das geht dich einen Scheißdreck an.«

»Ich habe anders entschieden.« Seine Augen waren wie Stahl.

»Und was, präzise, soll das heißen?«

»Ich nehme sie mit. Sie sagten, sie könne ungefähr Freitag reisen.«

»Den Teufel wirst du.« Kay Willards Augen loderten. »Bringst du das Kind irgendwohin, werde ich dich wegen Kindesentführung ins Gefängnis bringen.«

»Du gemeines Biest!« Auf sie herabsehend, verengten sich seine Augen. »Tatsache, meine Liebe, ist, daß ich an deiner Stelle sehr vorsichtig mit verdammten Beschuldigungen wie Kindesentführung wäre, wenn du nicht voll darauf vorbereitet bist, einer Anklage wegen Kindesmißhandlung entgegenzusehen.«

»Was meinst du mit Kindesmißhandlung?«

»Genau das und sträfliche Vernachlässigung.«

»Denkst du wirklich, du hast eine Chance, den großen Knüppel zu schwingen? Mein Mann ist einer der prominentesten Chirurgen New Yorks, ein großer Menschenfreund, lieber Alex.«

»Fein. Probier's vor Gericht. Das würde dir schmecken, nicht wahr? Würde sich sensationell in den Zeitungen ausnehmen.«

»Du Hurensohn.« Sie hatte endlich begonnen, zu begreifen, daß er meinte, was er sagte. »Was hast du exakt im Sinn?«

»Nichts Kompliziertes. Amanda kommt mit mir nach Kalifornien. Für ständig. Und falls du deinen Wählern irgend etwas erzählen mußt, so kannst du ihnen erklären, sie hätte einen schweren Unfall gehabt und benötige ausgiebige Erholung in einem milden Klima. Ich glaube, das funktioniert.«

»Und was sage ich George?«

»Das ist dein Problem.«

Sie betrachtete ihn mit einer Art krankhafter Faszination. »Du meinst das alles im Ernst, nicht wahr?«

»So ist es.«

»Warum?«

»Weil ich sie liebhabe.«

»Und du denkst, ich hätte das nicht?« Sie war nicht einmal verletzt, nur gelangweilt.

Alex seufzte leicht. »Ich glaube nicht, daß du Zeit hast, irgend jemanden liebzuhaben, Kay. Ausgenommen vielleicht deine Wähler. Es ist dir ungeheuer wichtig, ob sie ihr Los mit dir teilen wollen oder nicht. Ich weiß nicht, ob du überhaupt noch etwas anderes registrierst, und es ist mir auch schnuppe. Alles, was ich weiß, ist, daß du dieses Kind zerstörst, und das lasse ich nicht zu... ich werde dich daran hindern.«

»Und jetzt willst du sie retten? Wie rührend. Denkst du nicht, es wäre ein bißchen gesünder für dich, deine gefühlsmäßigen Energien an eine erwachsene Frau und nicht an ein siebzehnjähriges Mädchen zu verschwenden? Ist dir eigentlich bewußt, daß dies alles etwas Krankhaftes an sich hat?« Sie wirkte aber nicht ehrlich besorgt, und er wußte, sie war es nicht. Sie war nur höllisch aufgebracht und hatte kein anderes Ventil.

»Warum behältst du deine spitzen kleinen Nadelstiche nicht für dich? Mitsamt deinen Ambitionen auf meine Ex-Frau?«

»Das hat damit nichts zu tun.« Doch es war klar erkennbar, daß sie log. »Ich finde, du bist ein Esel, Alex. Und du spielst Spielchen, ganz wie Amanda.«

»Du glaubst, vergewaltigt zu werden, sei ein Spiel.«

»Möglicherweise. Ich bin mir über die Details noch nicht im klaren. Vielleicht war es das, was sie bezweckte. Von ihrem großen, hübschen Onkel gerettet zu werden. Vielleicht ist das alles ihr kleiner Plan.«

»Ich glaube, du bist krank.«

»Meinst du? Nun, Alex, es ist mir egal, was du denkst. Und ich werde dich dein kleines Spielchen für eine Weile spielen lassen. Es mag ihr guttun. Doch in ein oder zwei Monaten komme ich rüber, um sie zu holen, und dann ist Schluß damit. Falls du denkst, du kannst dich für immer an sie hängen, bist du nicht dicht im Kopf.«

»Bin ich nicht? Bist du gewillt, den Anklagen, die ich erwähnte, entgegenzusehen?«

»Das würdest du nicht tun.«

»Fordere mich nicht heraus.« Einen Moment standen sie da, ebenbürtig in ihrer Feindschaft. Für den Augenblick hatte Alex gewonnen. »Solange es hier keine radikalen Veränderungen gibt, bleibt sie bei mir.«

»Hast du ihr gesagt, daß du planst, sie vor mir in Sicherheit zu bringen?«

»Noch nicht. Bis heute morgen war sie hysterisch.« Kay sagte nichts. Nach einem letzten giftigen Blick schickte sie sich zum Gehen an. Sie hielt kurz inne und richtete ein boshaftes Auge auf ihren Bruder.

»Denke ja nicht, du kannst deine Heldenrolle für immer spielen, Alex. Du kannst sie jetzt da draußen haben, doch wenn ich will, daß sie nach Hause kommt, kommt sie. Ist das klar?«

»Ich glaube, du begreifst meine Position nicht.«

»Und ich glaube, du nicht die meine. Sie ist gefährlich. Was du tust, könnte mir politisch schaden, und das ist etwas, was ich nicht tolerieren würde, nicht einmal von meinem eigenen Bruder.«

»Dann solltest du deinen Esel lieber an der Leine halten, Lady, und bleib mir vom Halse. Das ist eine Warnung!« Sie hätte ihn am liebsten ausgelacht, brachte es jedoch nicht fertig. Das erstemal in ihrem Leben hatte sie vor ihrem jüngeren Bruder Angst.

»Ich verstehe nicht, warum du dies tust.«

»Du nicht, aber ich. Und Amanda ebenfalls.«

»Denk daran, was ich dir sagte, Alex. Wenn ich sie zu Hause brauche, kommt sie hierher zurück.«

»Warum? Um deine Wähler zu beeindrucken, was für eine großartige Mutter du bist? Ein Topf voller Jauche ist das.« Als er das sagte, tat sie einen Schritt auf ihn zu, als wollte sie ihn schlagen. Er kam ihr zuvor, packte ihr Handgelenk, und der Blick seiner Augen war bedrohlich. »Tu's nicht, Kay.«

»Dann scher dich zur Hölle, und verschwinde aus meinem Leben.«

»Mit Vergnügen.« Seine Augen funkelten vor Siegesfreude. Sie drehte sich auf dem Absatz um und ging rasch davon. Einen Augenblick später war sie im Fahrstuhl verschwunden und kurz darauf in der Limousine, die am Straßenrand auf sie gewartet hatte.

Als Alex in Amandas Zimmer zurückkam, schlief sie. Er strich sanft über ihr Haar auf dem Kopfkissen, nahm seinen Mantel und ging. Während er gelassen die Eingangshalle durchquerte, schoß es ihm durch den Kopf, mit dem Telefonieren nicht zu warten, bis er im Appartement seiner Mutter war. Es war ein Risiko, sie anzurufen, doch er mußte es tun. Er mußte es mit jemandem teilen, und er wollte es nur mit ihr teilen. Mit geschäftsmäßiger Stimme bat er, Mrs. Phillips sprechen zu dürfen. Kurz darauf war sie in der Leitung.

»Raphaella?«

»Ja.« Es folgte ein scharfes Einziehen des Atems, als sie erkannte, wer es war. »Oh. Ist–« Es klang erschrocken, als ob sie denken würde, es bedeute, daß Amanda gestorben sei.

»Nein, nein, alles ist in Ordnung. Ich wollte Sie nur wissen lassen, daß ich gegen Ende der Woche mit meiner Nichte nach San Francisco komme. Ihr Vater hatte mich gebeten, Ihnen hallo zu sagen, wenn ich in den Staaten eintreffe.« Falls jemand zuhörte, klang es wie ein völlig respektabler Telefonanruf. Raphaella hatte vollauf begriffen, was er meinte. Sie strahlte über das ganze Gesicht.

»Wird Ihre Nichte länger bei Ihnen bleiben?«

»Ich... äh... glaube schon. Ja.« Er grinste. »Ich hab's geschafft!«

»Oh...« In der Aufregung hätte sie fast seinen Namen genannt. »Ich bin so froh!« Dann dachte sie an das Zimmer, das sie herzurichten versprochen hatte. »Ich werde mich so schnell ich kann um die Unterbringung kümmern.«

»Wundervoll. Ich wäre Ihnen sehr dankbar. Und natürlich werde ich mich Ihnen erkenntlich zeigen, sobald ich in San Francisco bin.«

»Oh, hören Sie auf.« Sie lächelte in die Muschel, und einige Minuten später legten beide auf. Freitag, hatte er ihr zum Schluß gesagt, oder vielleicht Samstag. Es ließ ihr nicht viel Zeit.

15

Die nächsten zwei Tage wurden zu einer Art Wettrennen für Raphaella. Den Morgen brachte sie damit zu, John Henry ruhig vorzulesen und seine Hand zu halten, bis er eingeschlafen war. Anschließend jagte sie zum Einkaufen in die City und gab dem Chauffeur die Anweisung, nicht auf sie zu warten. Für den Heimweg würde sie ein Taxi bevorzugen. Falls Tom ihr Verhalten eine Spur exzentrisch fand, war er viel zu gut erzogen, es zu erwähnen. Jeden Nachmittag tauchte sie, mit enormen Kartons bepackt, wieder auf. Die größeren Gegenstände ließ sie direkt zum Hause schicken. Sie kaufte Einrichtungsgegenstände und Wertstücke in sonderbaren kleinen Trödelläden sowie einen wundervollen alten Waschtisch von einem Dekorateur. Einen ganzen Satz viktorianischer Korbstühle erstand sie auf einer öffentlichen Zwangsversteigerung, an der sie zufällig vorbeikam, als sie mit dem Taxi nach Hause jagte. Am Ende des zweiten Tages hatte sie ein totales Chaos geschaffen und weinte fast vor Erleichterung, als Alex sich telefonisch entschuldigte, daß er vor Sonntag nacht nicht zurück sein würde, aber dafür hatte er gute Neuigkeiten. Er hatte George an jenem Morgen gesehen, und alles war glattgegangen. George hatte zugestimmt, daß es Amanda guttun würde, wegzukommen. Sie hatten über die Länge ihres Besuchs nicht debattiert. Er hatte beiläufig ›ein paar Monate‹ erwähnt, und George hatte nicht protestiert. Alex hatte mit dem besten Privatgymnasium von San Francisco telefoniert, hatte ihnen die Schwere ihres ›Unfalls‹ erklärt und ihnen die Abschrift ihrer Zeugnisnoten vorgelesen. Er hatte ihnen erklärt, wer ihre Mutter und ihre Großmutter seien. Die Schulleitung erklärte sich schließlich bereit, sie Anfang nächsten Jahres aufzunehmen. In der Zwischenzeit würde sie sich zu Hause ausruhen,

Spaziergänge machen, ihre Gesundheit zurückgewinnen und in den Tag hineinleben, um den Schock der Vergewaltigung zu verkraften. Sie hatte einen Monat, sich allmählich zu erholen, bevor sie wieder auf die Schule ging. Als Raphaella fragte, wie Kay es aufgenommen habe, klang Alex gepreßt. »Mit ihr war es weniger erfreulich als mit George.«

»Was bedeutet das, Alex?«

»Es bedeutet, daß ich ihr keine Wahl ließ.«

»Ist sie sehr böse?«

»Mehr oder weniger.« Er wechselte dann rasch das Thema.

Es war, als habe Raphaella plötzlich nicht nur einen neuen Mann, sondern ebenfalls eine Familie erworben. Und da war Kay zu berücksichtigen. Alex hatte erwähnt, seine Schwester würde gelegentlich nach San Francisco kommen, um Amanda zu überprüfen. Raphaella hoffte, daß sie unter Umständen alle Freunde werden konnten. Letztlich waren sie alle zivilisierte Menschen. Zweifellos war Kay eine intelligente Frau, und Raphaella bedauerte es, daß sie und Alex im Streit lagen. Vielleicht, möglicherweise, konnte sie etwas tun, die aufgewühlten Wasser zu glätten. Inzwischen hetzte sie sich nach dem Anruf damit ab, im dritten Stockwerk von Alexanders Haus alles herzurichten. Sie hatte ihm gesagt, er könne sie hier erreichen, solange sie an dem Zimmer für Amanda arbeitete. Nachdem ihr Liebeswerk vollbracht war, setzte sie sich mit einem glückstrahlenden Lächeln auf das Bett. In wenigen Tagen hatte sie ein kleines Wunder geschaffen, und sie war sehr zufrieden.

Das Schlafzimmer hatte sie in einen luftigen Himmel verwandelt, angefüllt mit rosageblümten Dekostoffen und viktorianischen Korbstühlen, einem riesigen geblümten Teppichvorleger, den sie vom Fleck weg bei Macy's gekauft hatte, und dem antiken Waschtisch mit der weißen Marmorplatte. In den alten Ausguß hatte sie eine große rosa Azalee gestellt, und an den Wänden hingen zarte Blumendrucke im Goldrahmen. Das Bett, welches sie erst an diesem Morgen geliefert hatten, war ein Himmelbett mit einem weißen Baldachin und rosa Kordeln. Auf dem Bett lag eine riesige rosaseidene Steppdecke, und daneben stand ein Stuhl mit einem kleinen Fellbezug. Weitere geblümte Stoffe und Korbstühle waren in dem kleinen Arbeitszimmer nebenan. Sie hatte einen hübschen kleinen Schreibtisch gefunden, der vor den Fenstern stand.

Das Badezimmer war ebenfalls mit hübschen femininen Dingen ausgestattet. Die Tatsache, daß sie fähig gewesen war, all dies in so wenigen Tagen zu schaffen, war außergewöhnlich, und daß sie fähig war, die Lieferanten zu bestechen und zu beschwatzen, damit sie alles pünktlich brachten, erstaunte sie noch jetzt.

All ihre Einkäufe hatte sie von dem enormen Barbetrag bezahlt, den sie Mittwoch morgens von der Bank abgehoben hatte. Sie wollte nicht ihre Schecks benutzen, um keine Belege über all jene Anschaffungen aufzubewahren. Ihre sämtlichen Rechnungen wurden von John Henrys früherem Büro aus beglichen, und es wäre unmöglich gewesen, zu erklären, wofür die Schecks gewesen seien. Auf diese Weise hatte sie nur eine einzige Summe abgehoben, und sie würde schon irgendeine Erklärung finden, etwas wie eine Einkaufsorgie oder so. Vielleicht würde die Sekretärin sich bis dahin auch nicht mehr erinnern, ob es vor oder nach ihrem Abstecher nach New York gewesen war.

Raphaella hoffte, Alex würde über die Erweiterung der Einrichtung nicht ungehalten sein. Einmal angefangen, hatte sie gemerkt, daß sie nicht aufhören konnte, bis sich alles in einen perfekten Aufenthalt für das mißhandelte junge Mädchen verwandelt hatte. Nach dem Schrecklichen, das dem Kind widerfahren war, wollte Raphaella dazu beitragen, ihr etwas Besonderes zu verschaffen, ein Heim, in das sie sich einkuscheln konnte, ein Platz, wo sie geliebt würde und ausruhen konnte. Leise zog sie die Tür hinter sich zu, ging in Alexanders Schlafzimmer hinunter, glättete die Bettdecke, nahm ihren Mantel, ging die Stufen hinunter und zur Vordertür hinaus.

Mit einem Seufzer öffnete sie die Tür zu John Henrys Herrenhaus und ging langsamen Schrittes und mit nachdenklichem Blick nach oben. Um sich herum erblickte sie die schweren Wandbehänge, die mittelalterlichen Gobelins, die Kandelaber, den großen Flügel im Foyer und stellte fest, daß dies eigentlich ihr Heim war. Nicht das gemütliche kleine Haus am Vallejo, nicht der Platz, wo sie fast eine Woche wie eine Irre geschuftet hatte, um Räumlichkeiten für ein junges Mädchen herzurichten, das ebenfalls nicht ihr gehörte.

»Mrs. Phillips?«

»Mmm?« Raphaella schaute überrascht hoch, als sie gerade den Gang zu ihrem Zimmer betreten wollte. Es war fast Abendbrotzeit, und sie mußte sich noch umkleiden. »Ja?« Die Pflegerin der zweiten Schicht lächelte sie an.

»Mr. Phillips hat während der letzten Stunde nach Ihnen gefragt. Vielleicht würden Sie vor dem Umkleiden einen Augenblick bei ihm verbringen.«

Raphaella nickte ruhig und murmelte: »Ja.« Langsam ging sie auf die Tür seines Zimmers zu, klopfte an und drückte die Klinke herunter, ohne zu warten, von ihm zum Eintreten aufgefordert zu werden. Das Klopfen war nur eine Formalität wie so vieles andere in ihrer beider Leben. Er lag in eine Wolldecke eingewickelt in seinem Bett, und seine Augen waren geschlossen. Die Beleuchtung im Zimmer war sehr matt. »John Henry?« Ihre Stimme war nur ein Flüstern, als sie auf den gebrochenen alten Mann in seinem Bett hinabsah. Dies war der Raum, der einst ihr Schlafzimmer gewesen war, der Raum, den er auch vor langer Zeit mit seiner ersten Frau geteilt hatte. Anfangs hatte es Raphaella gequält, doch John Henry war ein Mann von Tradition, und er hatte gewünscht, sie hierherzubringen. Und irgendwann waren die Geister verblaßt, als sie hier gelegen hatten. Erst jetzt dachte sie wieder an sie. Jetzt, da er fast einer der ihren geworden zu sein schien. »John Henry...« Sie flüsterte wieder seinen Namen, und er öffnete seine Augen. Als er Raphaella erblickte, lächelte er sein erbarmungswürdiges Lächeln und klopfte auf den nächsten Platz auf seinem Bett.

»Hallo, Kleines. Ich fragte vorhin nach dir, doch sie sagten, du wärst ausgegangen. Wo warst du?« Es war kein Verhör, nur eine freundliche Frage, doch nichtsdestoweniger zuckte etwas in ihrem Inneren zusammen.

»Ich war draußen... einkaufen...« Sie lächelte ihn an. »Für Weihnachten.« Er wußte nicht, daß ihre Pakete für Paris und Spanien bereits vor einem Monat verschickt worden waren.

»Hast du irgend etwas Hübsches gekauft?« Sie nickte. O ja, sie hatte. Sie hatte entzückende Sachen gekauft... für Amanda, ihres Liebhabers Nichte. Die Erkenntnis dessen, was sie tat, traf sie erneut wie ein körperlicher Schlag. »Irgendwas Hübsches für dich?« Sie schüttelte langsam den Kopf, ihre Augen unwahrscheinlich groß.

»Ich hatte keine Zeit.«

»Dann möchte ich, daß du morgen etwas für dich selber einkaufst.« Sie sah auf das lange, knochige Gerippe des Mannes, der ihr Gatte war, und wurde erneut von ihrem eigenen Schuldgefühl verzehrt.

»Ich würde den Tag lieber hier mit dir verbringen. Ich – ich habe dich in letzter Zeit so wenig gesehen...« Sie warf ihm einen um Verzeihung bittenden Blick zu. Er schüttelte den Kopf und winkte mit einer müden Hand.

»Ich erwarte nicht, daß du hier mit mir sitzt, Raphaella.« Wieder schüttelte er den Kopf, schloß einen Augenblick die Augen und öffnete sie wieder. Es war etwas unendlich Weises in den Augen, die auf die junge Frau blickten. »Ich habe nie erwartet, daß du hier wartend bei mir sitzt, Kleines... niemals... Ich bin nur traurig, daß sein Kommen so lange dauert.« Einen Moment fragte sie sich, ob er phantasiere, und sah ihn mit aufkommender Sorge an. Aber er lächelte nur. »Der Tod, mein Liebling... der Tod. Es wurde ein langes Warten auf den letzten Augenblick. Und du bist ein sehr tapferes Mädchen gewesen. Ich werde mir nie verzeihen für das, was ich getan habe.«

»Wie kannst du das sagen?« Sie sah ihn mit Entsetzen an. »Ich liebe dich. Ich möchte nirgendwo anders sein.« Aber war es jetzt die Wahrheit? Würde sie nicht lieber bei Alex sein? Das fragte sie sich, als sie John Henrys Hand nahm und sie sehr zart in die ihre legte. »Ich habe niemals irgendwas bedauert, mein Liebling, außer« – sie spürte einen Kloß im Hals, als sie ihn ansah – »außer, daß dir dies passierte.«

»Ich hätte sterben sollen, als ich den ersten Infarkt hatte. Ich wäre es, wenn das Leben ein wenig fairer gewesen wäre und wenn du und der junge Dummkopf von Doktor, den du engagiert hattest, mich hätten gehen lassen.«

»Du bist von Sinnen.«

»Nein, bin ich nicht, und du weißt es. Dies ist kein Leben für einen Menschen, nicht für mich und nicht für dich. Ich halte dich hier Jahr für Jahr wie eine Gefangene, du bist fast noch ein Kind, und ich vergeude deine besten Jahre. Meine eigenen sind lange vergangen. Ich war –« Wie im Schmerz schloß er die Augen, und die Sorgenfalte auf Raphaellas Gesicht vertiefte sich. Sehr schnell tat er sie wieder auf und sah sie an. »Ich war im Unrecht, dich zu heiraten, Raphaella. Ich war zu alt.«

»John Henry, hör auf.« Es erschreckte sie, wenn er so sprach, und er tat es nicht oft. Doch sie argwöhnte, daß viele seiner Gedanken um dieses Thema kreisten. Sie küßte ihn sanft und sah ihn beim Vorbeugen aus der Nähe an. In dem mächtigen Doppelbett sah er totenblaß aus. »Haben sie dich diese Woche in den Garten an die frische Luft gefahren, Liebling? Oder auf die Terrasse?«

Mit einem verzerrten kleinen Lächeln schüttelte er den Kopf.

»Nein, Miss Nightingale, haben sie nicht. Und ich möchte da nicht hin. Ich fühle mich wohler im Bett.«

»Sei nicht albern. Die Luft tut dir gut, und du bist doch gerne im Garten.« Aus ihren Worten tönte leise Verzweiflung, bedehkend, wieviel Zeit sie fern von ihm verbracht hatte. Sie würde es nicht einmal bemerkt haben, was die Pflegerin für ihn getan hatte. Sie hätten ihn hinausbringen müssen. Es war wichtig, daß sie ihn in Bewegung hielten, daß sie ihn so lebhaft und interessiert hielten, wie sie konnten. Ohne das, das wußte sie, würde er aufhören, es zu versuchen, und früher oder später einfach aufgeben. Der Arzt hatte es ihr vor vielen Jahren gesagt.

»Morgen bringe ich dich hinaus.«

»Ich will nicht, daß du das tust.« Sekundenlang blickte er verdrossen. »Ich sagte dir, ich möchte im Bett bleiben.«

»Nun, das wirst du nicht. Und was nun?«

»Garstiges Kind.« Er warf ihr einen starren Blick zu, aber dann lächelte er und hob ihre Hände, um sie an seine Lippen zu führen. »Ich liebe dich immer noch. So viel mehr, als ich dir sagen kann... so viel mehr, als du weißt.« Seine Augen blickten leicht verschleiert. »Erinnerst du dich an jene ersten Tage in Paris...« Er lächelte in sich hinein, und sie lächelte mit ihm, »als ich dir meinen Heiratsantrag machte, Raphaella?« Er sah sie klar an. »Mein Gott, du warst noch ein Kind.« Eine Weile sahen sie sich zärtlich an, dann beugte sie sich vor und küßte seine Wange.

»Nun, und jetzt bin ich eine alte Frau, mein Liebling, und bin glücklich, daß du mich noch immer liebst.« Noch immer lächelnd, stand sie auf. »Doch jetzt kleide ich mich am besten für das Abendessen um, sonst wirfst du mich womöglich hinaus und suchst dir ein anderes junges Mädchen!« Er lachte, und als sie mit einem Kuß und einem Winken das Zimmer verließ, fühlte er sich besser. Auf dem Weg zu ihren Räumen schalt sie sich dafür, ihn während der vergangenen anderthalb Wochen so sträflich vernachlässigt zu haben. Was hatte sie getan, beinahe eine ganze Woche herumzurennen, um Möbel, Stoffe, Gardinen und Teppiche zu kaufen? Doch als sie die Tür ihres Schlafzimmers hinter sich zuzog, wußte sie, was sie getan hatte. Sie hatte an Alex, an seine Nichte, an die Einrichtung ihres Schlafzimmers gedacht, an das andere Leben, das sie so heiß ersehnte. Lange in den Spiegel starrend, marterte sie sich, ihren Gatten für fast zehn Tage vernachlässigt zu haben, und fragte sich, ob sie ein Recht habe auf das, was sie mit Alex erlebte. Das Leben mit John Henry war ihr vom Schicksal aufgetragen. Sie hatte wirklich kein Recht, nach mehr zu verlangen. Aber konnte sie es jetzt aufgeben? Nach zwei Monaten war sie nicht mehr sicher, ob sie es noch konnte.

Mit einem tiefen Seufzer öffnete sie den Schrank und zog ein graues Seidenkleid heraus, das sie mit ihrer Mutter in Madrid gekauft hatte, schwarze Pumps, die exquisite Halskette aus grauen Perlen, die John Henrys Mutter gehört hatte, passende Ohrringe, einen zarten grauen Slip. Sie warf die Sachen aufs Bett und ging ins Bad, in Gedanken verloren über das, was sie getan hatte. Sie dachte an den Mann, den sie fast vergessen hatte, und an den einen, den sie nie vergessen konnte... wissend, daß beide sie brauchten. John Henry natürlich mehr als Alex, aber beide brauchten sie und mehr als das: Sie wußte, daß sie beide Männer brauchte.

Eine halbe Stunde später stand sie vor dem großen Spiegel, eine Erscheinung aus Eleganz und Grazie in dem blaßgrauen Seidenkleid, die glattgekämmten Haare zu einem Knoten im Nacken geschlungen, die Perlen an den Ohren ihr Gesicht erhellend. Es gab keinen Weg, das Ende der Geschichte vorauszusehen. Alles, was sie hoffen konnte, war, daß niemand zu Schaden kam. Doch als sie die Tür ihres Schlafzimmers schloß, durchrann sie ein Schauer der Angst, ahnend, daß dies fast zuviel verlangt war.

16

Am Sonntag abend brachte die Pflegerin John Henry um acht Uhr dreißig zu Bett, und Raphaella ging langsam und gedankenvoll auf ihr Zimmer. Den ganzen Abend hatte sie an Alex und Amanda gedacht und im Geiste verfolgt, wann sie die Stadt verließen und das Flugzeug bestiegen. Nun waren sie nur noch zwei Stunden von San Francisco entfernt, doch sie hatte das Empfinden, daß sie einer anderen Welt angehörten. Sie hatte den Tag mit John Henry verbracht, hatte ihn morgens in den Garten gefahren, sorgfältig in Decken gehüllt. Am Nachmittag hatten sie den Rollstuhl auf die Terrasse geschoben. Gegen Ende des Tages mußte sie sich eingestehen, daß er besser aussah. Er war entspannt und müde, als sie ihn abends zu Bett brachten. Dies war das, was man von ihr verlangte, dies war ihre Pflicht, er war ihr Mann: »Im Guten oder Bösen.« Jedoch wieder und wieder wanderten ihre Gedanken zu Alex und Amanda zurück. Und je länger sie in ihrem Backsteinpalast saß, um so mehr fühlte sie sich wie in einem Mausoleum begraben. Sie war entsetzt von ihren eigenen Gefühlen, und das Böse ihres Tuns verfolgte sie zunehmend. Sie war nicht länger sicher, daß es rechtens war.

Um zehn Uhr saß sie trübsinnig da. Sie wußte, daß die Maschine gerade gelandet war, daß sie ihr Gepäck zusammensammeln und nach einem Taxi Ausschau halten würden. Um zehn Uhr fünfzehn wußte sie, daß sie auf dem Wege zur Stadt waren. Mit jeder Faser ihres Wesens wünschte sie, bei ihnen sein zu können. Doch sie konnte sich von dem Gedanken nicht lösen, daß es unrecht war, sich in Alex verliebt zu haben. Sie fürchtete, daß John Henry auf die Dauer den Preis dafür zahlen mußte, durch Mangel an Aufmerksamkeit, Mangel an ihrer Gesellschaft, Mangel eines gewissen Gefühls, ohne das John Henry, wie sie wußte, nicht am Leben bleiben konnte. Aber kannst du beides tun? hörte sie sich selber schweigend fragen. Sie war nicht sicher, ob sie es konnte. Wenn sie mit Alex zusammen war, war es, als ob nur er auf der Welt existierte, und alles, was sie wünschte, war: bei ihm zu sein und jeden anderen zu vergessen. Aber sie konnte es sich nicht leisten, John Henry zu vergessen. Vergaß sie ihn, konnte sie ihm ebensogut die Pistole an den Kopf setzen.

Sie saß da und starrte schweigend aus dem Fenster. Endlich schaltete sie das Licht an.

Es war elf Uhr, als sie das Telefon läuten hörte. Sie erhob sich und nahm ab. Sie wußte, daß alle Dienstboten außer John Henrys Pflegerin im Bett sein würden. Sie konnte sich nicht vorstellen, wer anrufen sollte. Doch als sie den Hörer abnahm, erbebte sie beim Klang von Alex' Stimme.

»Raphaella?« Sie hatte Angst, von hier aus mit ihm zu sprechen, doch sie sehnte sich so verzweifelt nach seiner Nähe. Nach ihrer zweimonatigen Trennung nach New York und nach seiner Reise sehnte sie sich plötzlich schmerzhaft danach, wieder bei ihm zu sein.

»Das Zimmer für Amanda ist phantastisch.« Er sprach gedämpft, und einen Augenblick fürchtete sie, daß jemand mithören könnte, doch aus seiner Stimme klang so viel Freude, daß sie nicht widerstehen konnte.

»Gefällt es ihr?«

»Sie ist im siebten Himmel. Es ist das erste Mal seit Jahren, daß ich sie so erlebe.«

»Gut.« Es machte Raphaella Spaß, sich vorzustellen, wie das junge Mädchen das rosa-weiße Zimmer in Augenschein nahm. »Fühlt sie sich gut?«

Er seufzte als Antwort. »Ich weiß es nicht, Raphaella. Ich vermute es. Aber wie gut kann sie sich nach dem, was geschehen ist, fühlen! Bevor wir abflogen, hat ihre Mutter ihr eine scheußliche Szene gemacht. Sie warf ihr vor, daß sie ihre Eltern treulos verlassen würde. Und dann mußte sie sich natürlich darüber auslassen, daß sie Rückwirkungen bei ihrer Wählerschaft befürchte, wenn ihre Tochter statt bei ihr mit einem Onkel zusammenlebt.«

»Wenn sie es richtig anpackt, könnte es ebensogut aussehen, als ob sie sehr beschäftigt sei.«

»Ich sagte ihr fast genau das gleiche. Wie auch immer, es war ekelhaft, und Mandy war anschließend so erledigt, daß sie auf der ganzen Tour hierher im Flugzeug geschlafen hat. Das herrliche Zimmer, das du für sie hergerichtet hast, war für sie das Schönste, was ihr an diesem Tage geschehen ist.«

»Ich bin froh.« Doch während sie die Worte sagte, fühlte Raphaella sich unerträglich einsam. Sie hätte gerne Amandas Gesicht gesehen, als sie ins Zimmer kam. Sie wäre so gerne am Flugplatz gewesen und mit ihnen im Taxi heimgefahren, um mit ihnen das Haus zu betreten und jeden Augenblick zu teilen, ihr Lächeln zu sehen. Plötzlich fühlte sie sich ausgesperrt, und es verstärkte ihr Einsamkeitsgefühl, Alexanders Stimme am Telefon zu hören. Es war eine fast erdrückende Last und erinnerte sie an die Nacht, in welcher sie in ähnlicher Einsamkeit weinend auf den Stufen in der Nähe des Hauses saß... die Nacht, in der sie Alex das erste Mal gesehen... Ein Jahrhundert schien seitdem vergangen...

»Du bist so still. Ist irgendwas?« Seine Stimme war tief und lockend. Raphaella schloß ihre Augen und schüttelte den Kopf.

»Ich dachte nur eben an etwas... verzeih...«

»Was war es?«

Sie zögerte kurz. »Die Nacht auf den Stufen... das erste Mal, als ich dich sah.«

Er lächelte versonnen. »Du hast mich am Anfang nicht gesehen. Ich sah dich zuerst.« Als sie sich ihre erste Begegnung ins Gedächtnis riefen, begann Raphaella erneut wegen des Telefons nervös zu werden. Sollte einer der Dienstboten aufgewacht sein, konnte er sich jeden Moment mit einschalten.

»Vielleicht sollten wir morgen darüber sprechen.«

Er verstand sie. »Bekommen wir dich dann zu sehen?«

»Von mir aus gern.« Die Aussicht erwärmte sie, und für einen Augenblick verblaßte das Gefühl der Einsamkeit.

»Welche Zeit wäre dir angenehm?«

Sie lachte leise. Nachdem das Zimmer für Amanda hergerichtet war, hatte sie nichts zu tun. Es war ihr einziges Projekt seit Jahren gewesen. »Sag mir nur, wann. Ich komme herüber. Oder wäre es besser, wenn –« Sie sorgte sich plötzlich wegen Amanda. Vielleicht war es zu früh, dem Mädchen zu begegnen. Vielleicht würde sie es übelnehmen, Alexanders Geliebte zu sehen. Möglicherweise beanspruchte sie den geliebten Onkel für sich allein.

»Sei nicht albern, Raphaella. Könnte ich dich dazu überreden, würde ich dich bitten, gleich zu kommen.« Aber beide wußten, daß Amanda zu müde und daß es zu spät war. »Warum frühstückst du nicht mit uns? Kannst du so früh herüberkommen?«

Raphaella scherzte: »Wie wär's mit sechs? Fünf Uhr fünfzehn? Vier Uhr dreißig?«

»Hört sich großartig an.« Er lachte und schloß die Augen. Er konnte sich jedes Detail ihres Gesichts vorstellen. Er sehnte sich schmerzhaft danach, sie wiederzusehen, sie zu berühren, sie in den Armen zu halten, ihre Körper ineinander verschmolzen, als seien sie immer eins gewesen. »Also wirklich, mit der Zeitverschiebung werde ich vermutlich schon um sechs Uhr wach sein. Warum kommst du nicht gleich nach dem Aufstehen herüber? Du brauchst nicht einmal anzurufen. Ich gehe morgen früh nicht in die Praxis. Ich will erst sicherstellen, ob die Frau, die Amanda helfen soll, einwandfrei ist.« Mit zwei gebrochenen Armen war das junge Mädchen praktisch hilflos. Er hatte seiner Sekretärin Anweisung gegeben, eine Haushaltshilfe mit Krankenpflegekenntnissen zu besorgen. Nach kurzer Pause sagte er: »Ich warte auf dich.«

»Ich komme früh.« Und dann vergaß sie ihre Ängste wegen irgend welcher Mitlauscher. »Ich habe dich vermißt, Alex.«

»O Baby.« Der Klang seiner Stimme sagte ihr alles. »Wenn du nur wüßtest, wie ich dich vermißt habe.«

Raphaella saß nach dem Gespräch lange da und starrte mit leuchtenden Augen auf das Telefon. Als sie aufstand, um sich auszukleiden, warf sie einen Blick auf ihre Uhr. Es war nach Mitternacht, und in sechs oder sieben Stunden würde sie wieder bei ihm sein. Schon der Gedanke ließ Fünkchen in ihren Augen tanzen und brachte ihr Herz zum Rasen.

17

Raphaella hatte ihren Wecker auf sechs Uhr dreißig gestellt, und eine Stunde später schlüpfte sie leise zur Vordertüre hinaus. Sie hatte schon mit einer von John Henrys Pflegerinnen gesprochen und ihr erklärt, daß sie zu einer Frühmesse ginge und anschließend einen langen Spaziergang machen wolle. Es war eine ganz natürliche Erklärung für eine mehrstündige Abwesenheit. Wenigstens hoffte sie darauf, als sie die Straße entlangeilte. Im Dezembernebel und in frühmorgendlicher Kälte fest in ihren Mantel eingehüllt, schwamm alles, was sie sehen konnte, in einem perlgrauen Licht. Schnell erreichte sie das gemütliche kleine Haus am Vallejo. Zu ihrer Freude sah sie, daß innen schon die meisten Lichter brannten. Sie zögerte nur kurz, sah auf den großen Messingklopfer und überlegte, ob sie anklopfen, klingeln oder ihren Schlüssel benutzen sollte. Schließlich entschied sie sich für ein knappes Läuten. Plötzlich stand er da, so groß und hübsch, mit einem Lächeln auf den Lippen und strahlenden Augen. Ohne ein Wort zu sagen, zog er sie rasch hinein, schloß die Tür und umschlang sie fest mit seinen Armen. Sie sagten lange nichts, aber ihre Lippen fanden sich und hingen aneinander, während die Zeit stillzustehen schien. Er spürte die Wärme ihres Körpers und ließ eine Hand über ihr glänzend schwarzes Haar gleiten. Fast mit Verwunderung schaute er zu ihr herunter, so als könnte er es immer noch nicht fassen, daß es sie überhaupt gab.

»Hallo, Alex.« Mit einem glücklichen Zwinkern in den Augen sah sie zu ihm hoch.

»Hallo.« Nur ein wenig trat er von ihr zurück. »Mein Gott, du siehst bezaubernd aus.«

»Nicht zu dieser Stunde.« Aber sie tat es. Sie sah absolut hinreißend aus. Ihre Augen waren groß und strahlend wie Onyxe, gefleckt mit Diamanten, das Gesicht vom raschen Gang rosig überhaucht. Unter dem Luchspelz hatte sie ein helle pfirsichfarbene Bluse zu beigefarbenen Hosen an. Unter den Hosenbeinen schauten zimtfarbene Schwedenschuhe hervor. »Wie geht es Amanda?« Raphaella warf einen Blick nach oben. Alex lächelte.

»Sie schläft noch.« Doch er dachte nicht an Amanda. Das einzige, woran er an diesem Morgen denken konnte, war die unwahrscheinlich schöne Frau, die hier in der Eingangsdiele vor ihm stand. Sie anschauend, schwankte er, ob er sie nach unten in die Küche nehmen und ihr Kaffee anbieten oder sie nach oben drängen sollte, mit weniger gesellschaftlichen Beschäftigungen im Sinn.

Als sie sah, wie er mit der Entscheidung rang, mußte Raphaella lachen. »Du siehst heute morgen wie ein schlimmer Lausbub aus.« Mit einem Funkeln in den Augen zog sie den schweren Luchspelz aus und hängte ihn über den Pfosten am Fuß der Treppenstufen.

»Tu' ich das?« Er markierte Unschuld. »Ich wüßte nicht, warum.«

»Ich kann's mir auch nicht vorstellen. Kann ich dir Kaffee machen?«

»Just daran habe ich auch gerade gedacht.« Er blickte aber sichtlich enttäuscht, und sie lachte.

»Aber?«

»Macht nichts... macht nichts.« Er wollte sie nach unten bringen, doch sie hatten kaum die erste Stufe betreten, als er sie schon wieder an sich zog, um sie zu küssen. So fand Amanda sie vor, als sie, noch schlaftrunken, in ihrem geblümten Nachthemd die Treppe herunterkam. Ihr blondes Haar bildete einen hellen Kranz um das hübsche junge Gesicht, in dem die blauen Flecken um die Augen langsam zu verblassen begannen.

»Oh.« Es war ein winziger Laut der Überraschung, doch Raphaella hörte es sofort und sprang aus Alexanders Armen. Sie drehte sich um, errötete leicht und erkannte Amanda, die mit einer Unzahl stummer Fragen in den Augen zu ihr hinuntersah. Ihr Blick glitt dann zu Alex, als würde sie dort eine Erklärung finden. Bei näherem Betrachten stellte Raphaella fest, daß sie wie ein kleines Mädchen aussah.

Raphaella kam mit einem warmherzigen Lächeln auf sie zu und streckte ihre Hand aus, nur um zart die Fingerspitzen, die aus Amandas Gipsverbänden vorschauten, zu berühren. »Tut mir leid, so früh am Morgen bei dir einzudringen. Ich – ich wollte sehen, wie es dir geht.« Es genierte sie, auf der Treppe knutschend ertappt worden zu sein. Alle Ängste stiegen wieder in ihr auf, Amanda zu begegnen, doch das junge Mädchen sah so zart und harmlos aus, daß es unmöglich war, sie sich als eine Art von Bedrohung vorzustellen. Es war Raphaella, die sich als Bedrohung fühlte, indem sie fürchtete, das Mädchen außer Fassung gebracht zu haben.

Dann aber lächelte Amanda, ein sanftes Rot stieg ihr in die Wangen. »Alles klar. Tut mir leid. Ich hatte nicht die Absicht, Sie und Onkel Alex zu stören.« Es hatte ihr gefallen, das küssende Paar zu sehen. Bei ihr daheim hatte es Zärtlichkeiten nie gegeben. »Ich wußte nicht, daß jemand hier ist.«

»Gewöhnlich mache ich so früh keine Besuche, aber –«

Alex griff rasch ein. Er wollte, daß Amanda wußte, wer Raphaella war, und auch, wie wichtig sie ihm war. Sie war alt genug, es zu verstehen. »Dies ist die gute Fee, die deine Zimmer hergerichtet hat, Mandy.« Seine Stimme war so zärtlich wie seine Augen, als sie hier zu dritt beieinander auf der Treppe standen.

»Sie waren das? Sie haben das gemacht?«

Raphaella lachte über das Staunen in den Augen des Mädchens. »Mehr oder weniger. Ich bin kein großer Innenarchitekt, doch es hat Spaß gemacht, deine Räume einzurichten.«

»Wie haben Sie das so schnell geschafft? Alex sagte, es wäre überhaupt nichts drin gewesen, als er abreiste.«

»Ich habe alles gestohlen.« Die beiden lachten, und Raphaella lächelte.

»Kann ich den beiden Damen Frühstück anbieten?« Alex strahlte auf die beiden herunter.

»Ich helfe dir«, erbot sich Raphaella freiwillig, als sie ihm folgte.

»Ich auch.« Amanda schien zum ersten Mal seit jener Tragödie glücklich zu sein, in Anspruch genommen zu werden. Und sie wirkte noch zufriedener, als die drei eine Stunde später um den Tisch herum saßen und sich bei den restlichen Spiegeleiern mit Schinken und Toast amüsierten. Mandy hatte es sogar fertiggebracht, die Toastschnitten trotz Gipsverbänden mit Butter zu bestreichen, Rapaella hatte Kaffee gekocht und Alex den Rest besorgt.

»Ausgezeichnete Mannschaftsarbeit!« Er kommandierte die beiden Frauen, bis sie ihn damit aufzogen, ein sehr autoritärer Chef zu sein. Als Raphaella den Tisch abräumte, fühlte sie, daß sie drei bestens miteinander auskamen.

»Kann ich dir beim Ankleiden helfen, Mandy?«

»Gerne.« Die Augen des Mädchens leuchteten auf, und eine halbe Stunde später stand sie mit Raphaellas Hilfe angezogen da. Erst gegen neun, als die neue Haushälterin kam, waren Alex und Raphaella wieder alleine.

»Was ist sie für ein wunderbares Mädchen, Alex.«

Er strahlte sie an. »Nicht wahr? Und... Gott, Raphaella, es ist erstaunlich, wie sie sich erholt von dem – von dem, was ihr geschehen ist. Es ist erst eine Woche her.« Als er daran dachte, verdunkelte sich sein Gesicht.

Raphaella nickte langsam, an die vergangene Woche zurückdenkend. »Ich denke, sie wird es überstehen. Mit deiner Hilfe.«

»Vielleicht mit der Hilfe von uns beiden.« Die sanfte, liebevolle Art, mit der sie das Mädchen behandelt hatte, war ihm nicht entgangen. Er war gerührt von der aufrichtigen Warmherzigkeit und Menschlichkeit, mit der sie Amanda entgegengekommen war. Amanda war jetzt ein Teil seines Lebens, aber ebenso Raphaella, und es war ihm ungeheuer wichtig, daß sie drei sich gut verstanden.

18

»Was meinst du mit: du magst den Engel nicht?« Hoch oben auf der Leiter in dem leeren Wohnzimmer thronend, blickte Alex hinunter. Raphaella und Mandy standen unter ihm, und Mandy hatte ihm gerade erklärt, der Engel sähe doof aus.

»Sieh ihn doch an, er grinst. Er sieht albern aus.«

»Wenn du mich fragst, ihr Vogelscheuchen seht auch hübsch albern aus.« Sie lagen jetzt beide auf dem Fußboden und spielten mit der Eisenbahn, die Alex aus dem Keller heraufgeholt hatte. Sie hatte einst seinem Vater gehört und danach ihm.

Alex kletterte die Leiter herunter und betrachtete die Früchte seines Fleißes. Er hatte schon die Lichter angesteckt. Mandy und Raphaella hatten das meiste der Dekoration besorgt, während er damit begann, die

Eisenbahn zusammenzusetzen. Es war der Tag vor Heiligabend, und seine Mutter hatte versprochen, in zwei Tagen zu Besuch zu kommen. In der Zwischenzeit waren nur er, Amanda und Raphaella hier. Raphaella hatte soviel Zeit, wie sie nur konnte, mit ihnen zugebracht, aber sie hatte sich auch um eigene Dinge zu kümmern.

Sie hatte versucht, die Dinge ein wenig festlich für John Henry zu gestalten, und Alex war sogar mit ihr gegangen, einen kleinen Baum auszusuchen. Eine Woche hatte sie damit verbracht, eine Feier für die Hausangestellten vorzubereiten, hatte Geschenke eingewickelt und sie in lustige rote, mit ihren Namen versehene Strümpfe gesteckt. Sie waren immer erfreut von ihren durchdachten Gesten, und die Geschenke, die sie ihnen kaufte, waren stets sowohl nützlich wie kostspielig und würden für viele lange Jahre Freude bereiten. Alles wurde mit einer Art großzügigem Eifer getan, mit persönlichem Engagement. Die Geschenke waren herrlich verpackt und sorgfältig ausgewählt; das Haus sah einladend aus, geschmückt mit Tannengrün, Kiefern und kleinen Föhren; vor der Haustür hing eine riesige schmucke Girlande. Gerade an diesem Morgen hatte sie John Henry in seinem Rollstuhl um das Haus gefahren. Doch dieses Jahr bemerkte sie, daß er alles mit geringerem Interesse wahrnahm. Er schien weit entfernt von jeglicher Weihnachtsfreude zu sein.

»Ich bin zu alt für all dies, Raphaella. Ich habe es zu oft gesehen. Es sagt einem nichts mehr.« Er schien sogar mit den Worten zu ringen.

»Sei nicht dumm. Du bist nur müde. Nebenbei, du weißt nicht, was ich dir gekauft habe.« Sie hatte einen seidenen Morgenrock mit seinem Monogramm ausgepackt. Sie wußte jedoch, selbst dies würde ihn nicht aufmuntern. Er war zunehmend lethargisch, zunehmend hinfällig, und dies nun schon seit Monaten, als ob ihn nichts mehr interessierte.

Aber bei Alex fand sie Weihnachtsstimmung, und bei Amanda sah sie die kindliche Freude, die sie so sehr an ihren kleinen Verwandten in Spanien liebte. Für Amanda gab es lange Stränge roter Beeren, Arrangements von Mistelzweigen und lange Ketten Puffmais, die sie für den Christbaum bastelten. Wochenlang hatte es mühselige Vorbereitungen gegeben, die nun mit dem Schmücken des Weihnachtsbaums ihren Höhepunkt fanden. Kurz vor Mitternacht waren sie fertig, und die Geschenke lagen, in kleine Haufen geschichtet, über den ganzen Fußboden verteilt. In dem Gesellschaftszimmer brannten die Lichter, und die kleine Eisenbahn tuckerte sorglos über den Fußboden.

»Glücklich?« Alex lächelte ihr träge zu, als sie ausgestreckt vor dem Kamin seines Zimmers lagen.

»Sehr. Glaubst du, Mandy werden ihre Geschenke gefallen?«

»Sie täte gut daran, oder ich schicke sie zu Kay zurück.« Er hatte ihr eine kleine Lammfelljacke, ähnlich jener Raphaellas, gekauft und ihr Fahrstunden versprochen, sobald die Gipsverbände von ihren Armen waren. Sie würden in zwei Wochen entfernt werden. Raphaella schenkte ihr Skistiefel, die sie sich von Alex gewünscht hatte, einen leuchtend blauen Kaschmirpulli und einen ganzen Bücherstapel.

»Weißt du«, Raphaella sah ihn glücklich an, »es ist nicht wie für meine Neffen und Nichten etwas kaufen. Es ist... wie...« – sie zögerte, es zu sagen, kam sich töricht vor – »... wie wenn ich eine Tochter hätte, das erste Mal in meinem Leben.«

Er lächelte sie zärtlich an. »Ich empfind's genauso. Ist doch nett, nicht wahr? Jetzt sehe ich, wie leer das Haus war. Nun ist alles anders.« Wie zum Beweis lugte ein schelmisches kleines Gesicht durch die Tür. In dem Monat, den sie in San Francisco war, hatte sich Mandy ausgeruht, lange Spaziergänge gemacht und beinahe täglich mit einem Psychiater gesprochen, der ihr dabei half, mit dem Erlebnis, mißbraucht worden zu sein, umzugehen.

»Hei, Leute. Was treibt ihr so?«

»Nichts Besonderes.« Ihr Onkel sah sie fröhlich an. »Wie kommt's, daß du nicht im Bett bist?«

»Ich bin zu aufgeregt.« Damit spazierte sie ins Zimmer und hielt zwei große sperrige Pakete auf dem Rücken. »Ich wollte euch beiden das hier geben.« Raphaella und Alex sahen sie mit Staunen und Vergnügen an und setzten sich auf dem Fußboden auf, als sie ihnen die Geschenke entgegenhielt. Sie sah aus, als würde sie vor Aufregung explodieren, setzte sich auf die Bettkante und schüttelte sich die langen blonden Haare aus dem Gesicht.

»Sollen wir sie jetzt öffnen«, neckte Alex, »oder sollen wir warten?

Was denkst du, Raphaella?« Sie war jedoch bereits dabei, ihr Paket zu öffnen.

»O Mandy...« Sie blickte mit Erstaunen auf das junge Mädchen. »Ich wußte gar nicht, daß du malen kannst.« Und das mit Gipsverbänden. Es war verblüffend. Dem Umfang nach zu schließen, war Alexanders Geschenk das Gegenstück zu ihrem, und gleich darauf sah sie, daß sie recht hatte. »Oh, wie sind die reizend. Mandy... ich danke dir!« Die Freude stand ihr im Gesicht geschrieben, als sie das junge Mädchen umarmte. Alex saß nur da und starrte auf sein Geschenk. Mandy hatte sie unbemerkt skizziert und ihre Porträts in Wasserfarben getuscht. Die Zeichnungen waren verblüffend, sowohl in der Technik wie in der Aussage. Sie hatte sie gerahmt und hatte Alexanders Porträt Raphaella und Raphaellas Porträt ihrem Onkel überreicht. Es war das vollkommene Ebenbild Raphaellas, das ihm entgegensah. Und es stimmte nicht nur im Detail und in den Gesichtszügen, sondern auch im Wesen, das sie eingefangen hatte, die Wärme, Schwermut und Güte in den großen schwarzen Augen, die Sanftmut ihres Charakters, die Empfindsamkeit ihrer Seele. Man spürte genau, wie diese Frau dachte, atmete, sich bewegte. Ein ebenso gutes Abbild hatte sie von Alex eingefangen. Raphaella war schwieriger gewesen, weil sie weniger häufig um Mandy herum war, und Amanda hatte sich ihnen nicht aufdrängen wollen, da sie so wenig Zeit für sich alleine hatten.

Alex stand auf, küßte und umarmte sie herzlich. Danach saßen sie zu dritt auf dem Fußboden vor dem Kaminfeuer und unterhielten sich stundenlang. Sie sprachen über Menschen, über das Leben, über Träume und Enttäuschungen. Amanda redete offenherzig über die Qualen, die ihr von den Eltern zugefügt wurden. Alex nickte und versuchte zu erklären, wie Kay als junges Mädchen gewesen war. Sie sprachen über Charlotte und was es bedeutet hatte, sie als Mutter zu haben. Raphaella sprach über die Strenge ihres Vaters und gab zu, wie wenig sie für das Leben empfunden hatte, das ihr von der Mutter in Spanien aufgezwungen worden war. Zuletzt sprachen sie sogar über sie und Alex, erklärten Amanda offen, wie dankbar sie waren für alles, was immer sie miteinander haben konnten, in welch kurzen Zeiträumen auch immer. Es überraschte sie beide, daß sie es verstand, daß sie über Raphaellas Ehe nicht schockiert war, und Raphaella ihrerseits war überrascht, festzustellen, daß Amanda sie für so etwas wie eine Heldin hielt, bei John Henry bis zum Ende auszuharren.

»Aber es ist das, wozu ich verpflichtet bin. Er ist mein Mann, selbst wenn – selbst wenn sich alles verändert hat.«

»Mag sein, aber ich glaube nicht, daß es viele Frauen gibt, die das tun würden. Sie würden mit Alex fortgehen, nur weil er jung und hübsch ist und sie ihn liebten. Es muß hart sein, bei einem Mann wie deinem zu bleiben, Tag für Tag.« Es war das erste Mal, daß sie es offen diskutierten, und Raphaella mußte sich zwingen, nicht das Thema zu wechseln, sondern es mit diesen beiden Menschen, die sie liebte, anzuschneiden.

»Es ist hart.« Sie sagte es sehr leise und sehr traurig und dachte dabei an das zerstörte Gesicht ihres Mannes. »Sehr hart manchmal. Er ist so müde. Es ist, als sei ich die einzige Sache, die ihn noch am Leben hält. Manchmal bin ich mir nicht sicher, ob ich noch einen einzigen Schritt diese Bürde tragen kann. Was, wenn mir irgend etwas passiert, was, wenn ich mal nicht da bin, was, wenn…?« Sie blickte stumm zu Alex, und er verstand. Langsam schüttelte sie den Kopf. »Ich denke, dann würde er sterben.«

Amanda sah in ihr Gesicht, als suche sie nach einer Antwort auf eine Frage, als versuche sie diese Frau zu verstehen, die sie inzwischen so bewunderte und liebte. »Aber was ist, wenn er stirbt, Raphaella? Vielleicht will er gar nicht mehr leben. Ist es richtig, ihn zu zwingen?« Es war eine Frage, so alt wie die Menschheit und keine, die man in einer einzigen Nacht beantworten konnte.

»Ich weiß es nicht, Liebes. Ich weiß nur, daß ich tun muß, was immer ich kann.«

Amanda sah sie in offener Bewunderung an, während Alex beide mit Stolz beobachtete. »Aber du tust auch so viel für uns.«

»Red keinen Unsinn.« Raphaellas Verwirrung war offensichtlich. »Ich tue gar nichts. Ich kreuze hier nur jeden Abend wie eine böse Fee auf, spähe über deine Schultern, frage, ob du den Abwasch gemacht hast« – sie blinzelte Alex zu – »und befehle dir, dein Zimmer aufzuräumen.«

»Jawoll, Leute, das ist alles, was sie tut«, mischte Alex sich frozzelnd ein. »In Wahrheit tut sie nämlich keinen Handschlag, außer unsere Lebensmittel zu essen, in unseren Schlafzimmern herumzuhängen, das Haus einzurichten, uns gelegentlich zu füttern, das Kupfer zu putzen, die Akten, über denen ich schwitze, zu lesen, Amanda das Stricken beizubringen, den Garten zu jäten, uns Blumen zu bringen, uns Geschenke zu kaufen.« Bereit, fortzufahren, sah er sie an.

»Es ist wirklich nicht sehr viel.« Raphaella war errötet, und er spielte mit einer Locke ihres jettschwarzen Haares.

»Nun, wenn das nichts ist, hübsche Lady, möchte ich dich nicht erleben, wenn du voll in Fahrt bist.« Sie küßten sich zärtlich für einen Moment, und Amanda schlich auf Zehenspitzen zur Tür.

Vom Eingang her lächelte sie ihnen zu. »Gute Nacht, ihr zwei.«

»He, wart eine Minute.« Alex streckte eine Hand aus und zog sie zurück. »Willst du deine Geschenke jetzt nicht auch auspacken?« Sie lachte als Antwort. Alex stand auf und zog Raphaella auf die Füße. »Vorwärts, ihr Vogelscheuchen, es ist Weihnachten.« Er wußte, daß Raphaella am nächsten Tag erst sehr spät bei ihnen sein konnte.

Die drei marschierten nach unten, lachten und schwatzten und stürzten sich mit heller Freude auf die mit ihren Namen versehenen Geschenke. Alex bekam einen prachtvollen irischen Sweater von seiner Mutter, einen Federsatz von Amanda, zusätzlich zu den Zeichnungen, die sie ihnen oben überreicht hatte, eine Flasche Wein von seinem Schwager, überhaupt nichts von seiner Schwester und eine Gucci-Aktenmappe von Raphaella, zusammen mit einer Krawatte und einem herrlich gebundenen alten Lederbuch, welches das Gedichtbuch war, von dem er ihr vor etwa einem Monat erzählt hatte.

»Mein Gott, Weib, du bist wahnsinnig!« Doch seine Vorwürfe wurden von Amandas Quietschern unterbrochen, als sie ihre Geschenke auspackte. Dann war Raphaella an der Reihe. Sie hatte eine kleine Flasche Parfüm von Amanda erhalten und ein hübsches Halstuch von Charlotte Brandon, was sie tief rührte. Alex überreichte ihr mit einem geheimnisvollen Lächeln und einem Kuß eine flache Schachtel. »Mach schon, öffne es!«

»Ich habe Angst davor.« Ihre Hände zitterten, als sie das Papier entfernte und auf die dunkelgrüne Samtschachtel starrte. Innen war ein cremeweißes Seidenfutter und auf ihm befestigt ein exquisiter schlichter, in Gold gefaßter Armreif mit schwarzen und elfenbeinfarbenen Onyxen. Voll Staunen entdeckte sie, daß daneben dazu passende Ohrringe und ein wundervoller Onyx- und Elfenbeinring lagen. Sie legte den ganzen Satz an und betrachtete sich im Spiegel. Es paßte alles vollkommen, sogar der schwarz-weiße Ring. »Alex, du bist derjenige, der wahnsinnig ist! Wie konntest du?« Aber die Schmuckstücke waren so entzückend, daß sie ihm für das kostspielige Geschenk schwerlich Vorwürfe machen konnte. »Liebling, ich bin überwältigt.« Sie küßte ihn lange und fest auf den Mund, während Amanda lächelnd die kleine Eisenbahn startete.

»Hast du dir die Innenseite des Ringes angesehen?« Sie schüttelte ihren Kopf und zog den Ring von ihrer rechten Hand. »Dort steht etwas.« Rasch hielt sie den Ring hoch und sah auf die Eingravierung des schmalen Goldbandes, mit dem er eingefaßt war. Mit Tränen in den Augen sah sie zu ihm auf. Es stand geschrieben: ›Eines Tages‹. Nur dies. Nur diese beiden Worte. Seine Augen senkten sich jetzt in die ihren, stumm und bedeutungsvoll. Es hieß, daß sie eines Tages zusammensein würden, für immer. Eines Tages würde sie ihm gehören, und er würde der Ihre sein.

Sie blieb bis drei Uhr morgens, eine Stunde nachdem Amanda endlich zu Bett gegangen war. Es war ein herrlicher Abend gewesen, ein wundervolles Christfest, und als Alex und Raphaella Seite an Seite auf dem Bett lagen, in das Feuer starrend, sah er sie an und flüsterte es wieder. »Eines Tages, Raphaella, eines Tages.« Das Echo seiner Worte klang noch in ihrem Kopf, als sie den letzten Häuserblock entlangging und durch die Gartentür verschwand.

19

»Also, Kinder, wenn mich mein hohes Alter nicht umbringt, wird es zweifellos meine eigene Gefräßigkeit tun. Ich muß für zehn gegessen haben.« Charlotte Brandon blickte mit dem Ausdruck glücklicher Erschöpfung um den Tisch, und die anderen sahen genauso aus. Sie hatten zum Abendessen einen Berg voll krosser Krabben verzehrt, Raphaella servierte Espresso in kleinen gold-weißen Tassen. Sie gehörten noch zu den wenigen Sachen, die Rachel vergessen hatte, als sie nach New York zog.

Raphaella und Alexanders Mutter tauschten ein Lächeln. Zwischen ihnen herrschte ein stilles Einvernehmen.

»Ich hasse es zu fragen, Mutter, doch was macht Kay?« Alex blickte leicht gespannt, als er sich erkundigte. Doch Charlotte blickte freimütig zunächst auf ihn, dann auf ihr einziges Enkelkind.

»Ich denke, sie ist noch immer sehr aufgebracht, daß Amanda hier draußen ist. Und ich glaube nicht, daß sie die Hoffnung aufgegeben hat, daß Amanda zurückkommen wird.« Als Charlotte die erschreckten Gesichter der drei bemerkte, beeilte sie sich, sie in dieser Hinsicht zu beruhigen. »Ich glaube nicht, daß sie etwas unternehmen wird, doch ich denke, sie merkt jetzt, was sie verloren hat.« Amanda hatte in den vier Wochen, seit sie New York verlassen hatte, nichts von ihrer Mutter gehört. »Und ich glaube wirklich nicht, daß sie Zeit hat, sich darum zu kümmern. Die Wahlkampagne läuft jetzt auf vollen Touren.« Alex nickte, einen Blick auf Raphaella werfend, die ein verkrampftes Lächeln zeigte.

»Blick nicht so nervös, hübsche Lady.« Er sprach besänftigend zu ihr. »Die böse Hexe aus dem Osten tut dir nicht weh.«

»O Alex.« Alle vier lachten, doch Raphaella war ihretwegen nie ganz sicher. Sie hatte das merkwürdige Gefühl, daß Kay alles, was sie vom Leben verlangte, bekam, wenn sie es darauf anlegte. Und falls es ihr Wunsch war, Alex von Raphaella zu trennen, würde sie vielleicht einen Weg finden, genau das zu tun. Deshalb mußten sie sicher sein, daß sie nichts über sie wußte, und führten ein völlig verborgenes Leben. Sie zeigten sich niemals in der Öffentlichkeit. Sie trafen sich nur in dem

Haus. Außer Charlotte und Amanda gab es niemanden, der über sie Bescheid wußte.

»Meinst du, sie wird die Wahl gewinnen, Mutter?« Alex schaute forschend zu seiner Mutter, während er sich eine Zigarre ansteckte. Er rauchte selten und nur Havannas, wenn er sie bekommen konnte, lange, schmale, beißende, aromatische Wunder, die er von einem Freund erhielt, der hin und wieder in die Schweiz flog und die Zigarren bei einem anderen alten Freund kaufte.

»Nein, Alex, ich glaube nicht. Ich glaube, diesmal hat Kay sich in mehr verbissen, als sie kauen kann. Der Kampfgegner ist sehr viel stärker als sie. Aber bestimmt versucht sie es zu schaffen, mit einer Menge harter Arbeit und einer großen Zahl harter Wahlkampfreden. Sie kämpft auch um die Unterstützung jedes mächtigen Politikers, den sie auftreiben kann.«

Alex blickte seine Mutter hintergründig an. »Inklusive meines Ex-Schwiegervaters?«

»Selbstverständlich.«

»Gott segne sie. Sie ist unglaublich. Sie hat mehr gottverdammte Nerven als sonstwer, den ich kenne.« Er wandte sich an Raphaella. »Er ist ein mächtiger Mann in der Politik, und er ist einer der Gründe, warum Kay sich so geärgert hat, als ich von Rachel geschieden wurde. Sie hatte Angst, der alte Mann würde ausflippen. Und er tat es.« Er grinste belustigt zu Raphaella. »Bestimmt tat er es über die Maßen.« Dann sah er seine Mutter wieder an. »Sieht sie Rachel noch?«

»Höchstwahrscheinlich.« Charlotte seufzte. Ihre Tochter würde vor nichts haltmachen, um zu bekommen, was sie wollte. Sie hatte es nie getan.

Alex wandte sich wieder an Raphaella und nahm ihre Hand in die seine. »Schau, aus was für einer interessanten Familie ich komme. Und du denkst, dein Vater sei eigenartig. Du solltest nur einige meiner Vettern und Onkel kennen. Jesses, mindestens die Hälfte von ihnen ist verrückt.«

Selbst Charlotte lachte erheitert. Amanda schlüpfte in die Küche und fing an aufzuräumen. Alex bemerkte es einen Augenblick später und hob eine Augenbraue in Raphaellas Richtung. »Ist irgend etwas?«

Sie flüsterte: »Ich glaube, es regt sie auf, wenn wir über ihre Mutter sprechen. Es ruft ein paar schwere Erinnerungen zurück.« Charlotte Brandon blickte einen Augenblick verwirrt. Dann teilte sie ihnen beiden die Neuigkeiten mit. »Es widerstrebt mir, es euch beizubringen, Kinder, aber Kay sagte, sie würde versuchen, gegen Ende der Woche hierzusein. Sie wollte Amanda um Weihnachten herum sehen.«

»Oh, Mist.« Alex ließ sich mit einem Stöhnen in seinem Stuhl zurückfallen. »Warum jetzt? Was, zum Teufel, will sie?«

Seine Mutter sah in stumpf an. »Amanda. Was denkst du sonst? Sie denkt, es schadet ihr politisch, Amanda hier draußen zu haben. Sie fürchtet, die Leute könnten denken, da wär' ein Geheimnis, das Mädchen sei womöglich schwanger oder mache eine Drogenentziehungskur.«

»Oh, Herrgott noch mal.« Als er es sagte, verschwand Raphaella in die Küche, um mit Mandy zu plaudern. Sie konnte sehen, daß das Kind durch die Unterhaltung aufgewühlt war, legte ihr schließlich einen Arm um die Schultern und entschied, es ihr mitzuteilen, so daß sie gleichfalls darauf vorbereitet war.

»Amanda, deine Mutter kommt hierher.«

»Was?« Das Mädchen riß die Augen auf. »Warum? Sie kann mich nicht mit zurücknehmen. Ich will nicht weg... ich will... sie kann nicht...« Ihre Augen füllten sich mit Tränen, und sie klammerte sich an Raphaella.

»Du brauchst nirgendwohin zu gehen, aber du solltest sie sehen.«

»Ich will es nicht.«

»Sie ist deine Mutter.«

»Nein, sie ist es nicht.« Raphaella sah entsetzt, wie kalt Amandas Augen wurden.

»Amanda!«

»Ich meine es so. Ein Baby zur Welt bringen macht aus einer Frau noch keine Mutter. Das Kind lieben und umsorgen und bei ihm sitzen, wenn es krank ist, es glücklich machen und sein Freund sein, das ist es, was eine Frau zur Mutter macht. Nicht Stimmen sammeln und Wahlen gewinnen. Herrgott, du bist mehr meine Mutter, als sie es jemals war.« Raphaella war gerührt, doch sie wünschte nicht, sich zwischen sie zu stellen. Sie konnte nicht mehr als ein unsichtbarer Teilhaber in ihrer beider Leben sein, sowohl in ihrem als in Alexanders. Sie hatte kein Recht, den Platz von Kay einzunehmen.

»Vielleicht bist du nicht ganz fair zu ihr, Amanda.«

»Nein? Hast du eine Ahnung, wie oft ich sie sehe? Weißt du, wann ich sie sehe, Raphaella? Wenn einige Zeitungen Aufnahmen von ihr zu Hause machen wollen, wenn sie zu irgend welchen gottverfluchten Jugendgruppen geht und mich als Stütze braucht, wenn ich ihr helfe, irgendwo guten Eindruck zu machen, dann sehe ich sie.« Und dann die letzte Verdammung. »Hat sie mich hier angerufen?«

Doch Raphaella wußte es besser. »Hättest du gewünscht, daß sie es tut?«

Amanda war ehrlich. »Nein, hätt' ich nicht.«

»Vielleicht hat sie das gefühlt.«

»Nur wenn es ihren Zwecken dient.« Und dann, mit einem Kopfschütteln, wandte sie sich ab, plötzlich nicht mehr eine ansprechbare, zornige junge Frau, sondern wieder ein Kind. »Du verstehst das nicht.«

»Doch, das tue ich.« Mehr, als sie Amanda zugeben wollte. »Ich bin überzeugt, sie ist keine einfache Frau, Liebes, aber –«

»Das ist es nicht.« Amanda drehte ihr das Gesicht zu, mit Tränen in den Augen. »Es ist nicht, daß sie schwierig ist. Es ist, daß sie sich keinen Pfifferling aus mir macht. Sie hat es nie getan.«

»Du weißt das nicht.« Raphaellas Stimme war weich. »Du wirst niemals wissen, was in ihrem Kopf vorgeht. Sie mag eine Menge mehr empfinden, als du denkst.«

»Das glaube ich nicht.« Die Augen das jungen Mädchens waren freudlos, und Raphaella teilte ihren Schmerz. Sie ging auf sie zu und umarmte sie fest für einen langen Augenblick.

»Ich habe dich lieb, Schätzchen. Und Alex und deine Großmama genauso. Du hast uns alle.«

Amanda nickte, kämpfte die Tränen zurück. »Ich wünsch' mir, sie käme nicht.«

»Warum? Sie kann dir nicht weh tun. Du bist hier vollkommen sicher.«

»Das bedeutet nichts. Sie macht mir angst. Sie wird versuchen, mich wegzuholen.«

»Nicht, wenn du nicht mitgehen willst. Du bist zu alt, um gezwungen zu werden, irgenwohin zu gehen. Und nebenbei, Alex würde es nicht zulassen.«

Amanda nickte traurig, doch als sie allein in ihrem Schlafzimmer lag, schluchzte sie zwei Stunden lang. Die Aussicht, ihre Mutter wiederzusehen, erfüllte sie mit Furcht.

Nachdem Alex am nächsten Morgen in die Praxis gefahren war, saß sie am Fenster und starrte voller Trauer hinaus auf den Nebel, der über der Bucht hing. Er wirkte wie ein Omen auf nahende schreckliche Dinge. Plötzlich wußte sie, daß sie etwas zu tun hatte, bevor ihre Mutter kam.

Es kostete sie eine halbe Stunde, ihre Mutter ausfindig zu machen. »Welchem Umstand verdanke ich diese Ehre, Amanda? Seit einem Monat habe ich nichts von dir gehört.«

Sie erinnerte ihre Mutter nicht daran, daß auch sie weder angerufen noch geschrieben hatte. »Großmama sagte, du kämst her.«

»Das ist richtig.«

»Warum?« Amandas Stimme zitterte. »Ich meine –«

»Was, präzise, meinst du, Amanda?« Kays Stimme war wie Eis. »Ist da irgendein Grund, warum du nicht wünschst, daß ich dorthin komme?«

»Es ist nicht nötig. Hier ist alles prima.«

»Gut. Es wird mich freuen, das festzustellen.«

»Warum? Verdammt, warum?« Ohne es zu wollen, begann Amanda zu weinen. »Ich will nicht, daß du hierherkommst.«

»Wie rührend, Amanda. Es ist nett, zu wissen, wie begeistert du bist.«

»Das ist es nicht, es ist nur –«

»Was?«

»Ich weiß nicht.« Amandas Stimme war kaum mehr als ein Flüstern. »Es wird mich nur an New York erinnern.« An ihre Einsamkeit dort, an die dauernde Leere der Wohnung, an den Erntedankfesttag, den sie allein verbrachte... und an dem sie vergewaltigt wurde.

»Sei nicht kindisch. Ich ersuche dich nicht herzukommen. Ich komme, um dich dort draußen zu besuchen. Warum sollte dich das an New York erinnern?«

»Ich weiß es nicht. Aber es wird mich daran erinnern.«

»Das ist Unsinn. Und ich will selber sehen, wie es dir geht. Dein Onkel ist kaum aus sich herausgegangen, als ich mich nach dir erkundigte.«

»Er arbeitet.«

»Oh, wirklich? Seit wann?« Ihre Stimme schwang voller Verachtung. Amanda wurde bei ihren Worten auf der Stelle zornig.

»Er hat immer gearbeitet.«

»Nicht, seitdem er Rachel verloren hat, Liebling, nicht Alex. Was hat er denn Wichtiges zu tun?«

»Sei nicht biestig, Mutter.«

»Halt den Mund, Amanda. So darfst du nicht mit mir sprechen. Wie sich herausstellt, bist du deinem Onkel gegenüber so blind, daß du seine Mängel nicht bemerken würdest. Kein Wunder, daß er dich um sich haben möchte. Was hätte er schließlich auch sonst zu tun! Rachel sagte mir, er sei in sich selbst verschossen, er hat keine Freunde. Außer jetzt natürlich, da er dich hat.«

»Wie widerlich, das zu sagen.« Wie immer, wenn sie sich ihrer Mutter konfrontiert sah, begann sie vor Wut zu kochen. »Er hat eine verdammt gute Anwaltspraxis, er arbeitet sehr hart, und er hat eine Menge Dinge in seinem Leben.«

»Und woher willst du das wissen, Amanda?« Aus ihren Worten klang eine Unterstellung, die Amanda den Atem stocken ließ.

»Mutter!« Sie hörte sich sehr jung und schockiert an.

»Nun?« Kay preßte den Finger auf die tödliche Wunde. »Es ist wahr, nicht wahr? Kommst du mit mir zurück, wird er wieder alleine sein. Kein Wunder, daß er so fest an dir hängt.«

»Du machst mich krank. Zufällig ist er mit einer einzigartig wundervollen Frau verbunden, die zehnmal mehr wert ist als du und die eine bessere Mutter für mich ist, als du es jemals warst oder jemals sein wirst.«

»Tatsächlich?« Kay begann neugierig zu klingen, und plötzlich raste Mandys Herz. Sie wußte, sie hätte es ihr nicht erzählen dürfen, aber sie konnte sich gegen die Unterstellung ihrer Mutter nicht anders wehren. Es war einfach zuviel gewesen. »Und wer ist sie?«

»Das geht dich nichts an.«

»Ach, denkst du? Ich fürchte, da kann ich dir nicht zustimmen, meine Liebe. Lebt sie mit euch beiden zusammen?«

»Nein.« Amanda hörte sich nervös an. »Nein, tut sie nicht.« O Gott, was hatte sie getan? Instinktiv fühlte sie, daß sie etwas Schreckliches angerichtet hatte, es ihrer Mutter zu erzählen, und sie fürchtete plötzlich um Raphaella und Alex genausosehr wie um sich selbst. »Es ist unwichtig. Ich hätte nichts sagen sollen.«

»Warum nicht? Ist es ein Geheimnis?«

»Nein, natürlich nicht. Um Gottes willen, Mutter, frag Alex. Quetsch mich nicht aus.«

»Das werde ich. Natürlich kümmere ich mich selbst darum, wenn ich dort bin.«

Und das tat sie.

Am folgenden Abend, um neun Uhr dreißig, ohne Vorwarnung, läutete die Türglocke. Alex konnte sich nicht vorstellen, wer es so spät am Abend sein könnte. Raphaella war in der Küche und schwatzte bei Tee und Plätzchen mit Amanda und seiner Mutter. Sie waren in keiner Weise auf die Erscheinung vorbereitet, die einen Moment später durch die Tür trat. Kay sah ihnen mit sichtlichem Interesse entgegen, ihr rotes Haar frisch frisiert, in einer dunkelgrauen Mohairjacke zum passenden Rock. Es war die perfekte Ausrüstung für eine Politikerin. Es wirkte seriös und gab ihr gleichzeitig ein sachkundiges und feminines Aussehen. Aber es waren ihre Augen, die Raphaella irritierten, als sie ihr gegenüberstand.

»Guten Abend, Mrs. Willard. Wie geht es dir?« Kay begrüßte ihre Mutter kurz mit einem Schmatz auf die Wange, bevor sie die dargebotene Hand Raphaellas ergriff und sie kräftig schüttelte. Das vollkommen geschnittene, kameengleiche Antlitz war ihr irgendwie vertraut. Dennoch war es kein Gesicht, dem sie zuvor begegnet war, zumindest nahm sie das an. Hatte sie sie irgendwo schon mal gesehen? Es beschäftigte sie, als sie zu ihrer Tochter ging. Amanda war ihr nicht entgegengekommen. Sie hatte nicht das Herz gehabt, es irgend jemandem zuzugeben, daß sie ihre Mutter am Tag zuvor angerufen und Raphaellas Geheimnis verraten hatte.

»Amanda?« Kay sah ihre Tochter fragend an, als ob sie darauf warte, von Amanda begrüßt zu werden.

»Hallo, Mutter.« Widerwillig zwang sie sich, sich ihr zu nähern, und stand dann unbehaglich und unglücklich blickend nur einen Fuß von ihr entfernt.

»Du siehst sehr gut aus.« Sie gab ihr einen oberflächlichen Kuß auf die Stirn und blickte über ihre Schulter. Es war augenfällig, daß ihr Interesse an Raphaella größer war als an irgend jemand anderem der Anwesenden. Um Raphaella war ein Fluidum von Vornehmheit und Eleganz, das Alexanders ältere Schwester überaus interessierte.

»Möchtest du Kaffee?« Alex schenkte ihr eine Tasse ein, und Raphaella zwang sich, sich nicht zu rühren. Sie hatte sich zunehmend daran gewöhnt, im vergangenen Monat die Dame des Hauses zu spielen, so daß sie sich jetzt ermahnen mußte, nicht etwas zu tun, was sie verraten könnte. Wie jeder andere Gast saß sie gelassen am Tisch.

Die Unterhaltung zog sich fade für eine halbe Stunde hin. Schließlich entschuldigte Raphaella sich und ging mit der Erklärung, daß es spät geworden sei. Es war kurz nach zehn. Sowie sich die Tür hinter ihr geschlossen hatte, fielen Kays verengte Augen auf ihren Bruder, und sie zeigte ein dünnes kleines Lächeln.

»Sehr interessant, Alex. Wer ist sie?«

»Eine Freundin. Ich stellte sie dir vor.« Er schaute bewußt gleichgültig und sah nicht, wie Amanda errötete.

»Nicht richtig. Alles, was du mir nanntest, war ihr Vorname. Wie ist ihr Nachname? Ist sie jemand Bedeutendes?«

»Warum? Wirbst du hier draußen um Wahlkampfgelder? Sie übt in diesem Land kein Stimmrecht aus. Heb dir also deine Energien für andere auf.« Seine Mutter blickte amüsiert und hüstelte über ihrer Teetasse.

»Irgendwas sagt mir, daß mit ihr etwas nicht koscher ist.« Schon die Art, wie sie es sagte, ärgerte Alex. Er fühlte sich auch unbehaglich, weil er Raphaella nicht zu ihrem Haus begleitet hatte, doch er stimmte mit Raphaella überein, vor seiner Schwester keine große Schau wegen ihrer Beziehung abzuziehen. Je weniger sie wußte, desto besser für sie alle.

»Es ist Blödsinn, so etwas zu sagen, Kay.«

»Ist es das?« Mein Gott, sie war noch keine Stunde im Haus und trieb ihn bereits auf die Palme. Er versuchte, es sich nicht anmerken zu lassen, doch er tat es. »Also, was ist das für ein großes Geheimnis um sie? Wie ist ihr Name?«

»Phillips. Ihr Ex-Ehemann war Amerikaner.«

»Sie ist geschieden?«

»Ja«, log er. »Sonst noch etwas, was du wissen möchtest? Ihr Vorstrafenregister, Berufszeugnisse, Examenabschlüsse?«

»Hat sie irgendwelche?«

»Ist das wichtig?« Als ihre Augen sich trafen, wußten sie, daß sie noch im Kriegszustand waren. Was Kay dabei wunderte, war das Warum. Der Zweck ihrer Reise und ihr angebliches Interesse für ihre Tochter waren vergessen, als sie über die interessante Freundin ihres Bruders Informationen herauszulocken versuchte. »Und noch wichtiger, Kay: Geht es dich irgend etwas an?«

»Ich denke doch. Wenn sie hier um meine Tochter herumturtelt, würde ich gern wissen, wer und was sie ist.« Die perfekte Entschuldigung. Die Tugenden der Mutterschaft. Alex grinste höhnisch.

»Du änderst dich nie, nicht wahr, Kay?«

»Du ebensowenig.« Es war beiderseits nicht als Kompliment gedacht. »Sie wirkte hohl auf mich.« Er kämpfte mit sich, nicht zu reagieren. »Ist sie berufstätig?»

»Nein.« Aber er hätte sich augenblicklich für die Antwort ohrfeigen können. Was ging es sie an, verflucht? Es ging sie nichts an, und sie hatte kein Recht zu fragen.

»Ich nehme an, du hältst das für schrecklich weiblich. Nicht zu arbeiten, meine ich.«

»Ich denke darüber weder so noch so. Es ist ihre Sache. Nicht meine. Oder deine.« Und damit erhob er sich mit seiner Kaffeetasse und blickte entschlossen auf die drei Frauen im Raum. »Ich nehme an, daß du gekommen bist, um deine Tochter zu besuchen, Kay, also werde ich dich jetzt, so leid es mir tut, mit deinem Kind allein lassen. Mutter, möchtest du mit deiner Teetasse nach oben kommen?« Charlotte Brandon nickte ruhig, sah fragend auf ihre Tochter, dann auf ihr Enkelkind und folgte dem Sohn aus dem Raum. Kaum waren sie oben, sah sie, wie er sich wieder entspannte. »Mein Gott, Mutter, was, zum Kuckuck, glaubt sie mit dieser Inquisition über sie zu erreichen?«

»Ärgere dich nicht darüber. Sie will dich nur aushorchen.«

»Himmel, sie ist unerträglich.« Charlotte Brandon gab keine Antwort darauf, doch sie war sichtlich erregt.

»Ich hoffe, sie ist nicht zu hart zu Mandy. Sie kam mir schrecklich aufgeregt vor, als Kay auf der Bildfläche erschien.«

»Waren wir's nicht alle?« Mit einem zerstreuten Blick starrte er ins Feuer. Er dachte an Raphaella und wünschte, sie wäre nicht gegangen.

Es war eine ganze Stunde später, als Amanda an die Tür der Junggesellenklause ihres Onkels klopfte. Ihre Augen waren trübe, und sie wirkte erschöpft, als sie sich schwer in einen Sessel fallen ließ.

»Wie ist's gegangen, Herzchen?« Er tätschelte ihre Hand, und ihre Augen füllten sich mit Tränen.

»So wie es immer mit ihr geht. Beschissen.« Und dann, nach einem weiteren verzweifelten Seufzer: »Sie ist gerade gegangen. Sie sagte, sie würde uns morgen anrufen.«

»Ich kann's kaum erwarten.« Alex sah bekümmert aus und fuhr seiner Nichte über das Haar. »Laß dich von ihr nicht unterkriegen, Liebes. Du weißt, wie sie ist, und da ist nicht das geringste, was sie dir hier tun kann.«

»Ach, nein?« Amanda blickte plötzlich zornig. »Sie hat mir gesagt, falls ich Anfang März nicht nach Hause komme, wird sie mich in sowas wie eine Anstalt geben und behaupten, ich sei nicht bei Verstand und sei ausgerissen.«

»Was ist los im März?« Alex sah beunruhigt aus, aber nicht so stark, wie er nach Ansicht seiner Nichte hätte sein sollen.

»Danach startet sie zu einer Wahlkampftour rund um die Universitäten. Sie will, daß ich mitkomme. Sie meint, wenn sie denken, daß sie mit einem siebzehnjährigen Mädchen verwandt ist, könnte sie auch mit ihnen verwandt sein. Die sollten nur wissen! Jesses, da wäre ich lieber in einer Anstalt eingesperrt.« Aber als sie sich an Alex wandte, hatte sie wieder die Augen einer Zehnjährigen. »Glaubst du wirklich, sie würde das tun, Alex?«

»Natürlich nicht.« Er lächelte seine Nichte an. »Was glaubst du, wie sich das in den Zeitungen ausnehmen würde? Es sieht viel besser aus, dich hier draußen zu haben.«

»Daran habe ich nicht gedacht.«

»Das ist das, womit sie rechnet. Sie versucht nur, dich einzuschüchtern.«

»Nun, das ist ihr gelungen.« Sie überlegte, ob sie Alex erzählen sollte, was sie ihrer Mutter am Telefon über Raphaella gesagt hatte, doch aus irgendeinem Grund konnte sie es nicht über sich bringen, das Thema anzuschneiden. Vielleicht war die Tatsache, daß sie Raphaella ihrer Mutter zwischen die Zähne geworfen hatte, letztlich nicht ganz so schlimm.

Am nächsten Morgen um fünf Uhr erwachte Kay in ihrem Bett im Fairmont Hotel. Nach östlicher Zeit war es acht Uhr morgens, und sie wachte wie immer zu gewohnter Zeit auf. Sie lag ruhig da, dachte an Amanda und ihren Bruder und an Raphaella... die dunklen Augen... das schwarze Haar... dieses Gesicht. Und plötzlich, als hätte jemand ihr ein Foto vorgehalten, erinnerte sie sich an das Gesicht, das sie am Abend zuvor gesehen hatte. »Mein Gott«, sagte sie laut und setzte sich abrupt auf, starrte auf die ferne Wand und legte sich wieder hin, ihre Augen schmal. Konnte es... konnte es nicht... aber es konnte. Ihr Gatte war gekommen, um zu einigen Sonderkongreßmitgliedern zu sprechen. Das war vor Jahren gewesen, und er war damals schon ein sehr alter Mann, aber einer der respektiertesten Finanziers des Landes, und sie erinnerte sich jetzt deutlich, daß er San Francisco zu seinem Heimatsitz machte. Sie hatte nur kurz mit ihm gesprochen und war seiner auffallend schönen jungen Frau nur flüchtig vorgestellt worden. Sie war damals kaum mehr als eine kindliche Braut, und Kay war selbst noch ziemlich jung gewesen. Sie war nicht sonderlich beeindruckt von der dunkelhaarigen jungen Schönheit, doch sie war überwältigt von der kraftvollen Persönlichkeit des Mannes. John Henry Phillips... Phillips... Raphaella Phillips, hatte Alex ihr gesagt... ihr Ex-Ehemann, hatte er gesagt. Und falls es der Fall war, war das Mädchen vermutlich eine Stange wert. Sofern sie von John Henry Phillips geschieden war, konnte sie Millionen wert sein. Konnte sie das? War sie von ihm geschieden? Kay sah sich plötzlich stutzen. Sie hatte nichts über eine Scheidung gehört. Dann wartete sie eine Stunde und rief ihre Sekretärin in Washington an.

Es würde ein leichtes sein, die Auskunft zu erhalten, kalkulierte sie. Und sie hatte recht. Ihre Sekretärin rief sie eine halbe Stunde später zurück. Soweit bekannt – und sie hatte mit mehreren Leuten gesprochen, die darüber informiert sein mußten –, lebte John Henry Phillips noch und war niemals geschieden worden. Er war etliche Jahre Witwer und jetzt mit einer Französin verheiratet, namens Raphaella, Tochter eines bedeutenden französischen Bankiers namens Antoine de Mornay-Malle. Sie wurde für Anfang Dreißig gehalten. Das Paar lebte völlig zurückgezogen an der Westküste. Mr. Phillips war seit mehreren Jahren sehr krank. War sehr krank, echote Kay, als sie den Hörer in ihrem verdunkelten Hotelzimmer in San Francisco auflegte.

20

»Bist du total von Verstand, du hirnverbrannter Esel?« Kurz nachdem er selber eingetroffen war, kam Kay in sein Büro gefegt.

»Ei, ei, was sind wir heute morgen charmant.« Er war nicht in Stimmung für seine Schwester und speziell nicht für die Vorstellung, die sie ihm lieferte. »Darf ich fragen, worauf du dich beziehst?«

»Auf die verheiratete Frau, mit der du liiert bist, Alex. Das ist es, worauf ich mich beziehe.«

»Ich würde sagen, du stellst da zwei kühne Behauptungen auf. Glaubst du nicht?« Er wirkte kühl, doch ärgerlich, wie er da saß und beobachtete, wie sie durch den Raum stürmte und schließlich stehenblieb, um ihn über den Schreibtisch hinweg anzusehen.

»Ist das richtig? Willst du mir erzählen, es sei nicht Mrs. John Phillips gewesen, die ich gestern abend traf? Und daß du nicht mit ihr liiert bist?«

»Ich habe dir, verdammt noch eins, überhaupt nichts zu sagen.« Aber er war überrascht von der Genauigkeit der Auskunft seiner Schwester.

»Hast du nicht? Und du hast ihrem Gatten auch nichts zu sagen?«

»Ihr Gatte und sie und ich sind nicht deine gottverfluchte Angelegenheit, Kay. Die einzige Sache hier draußen, die dich etwas anzugehen hat, ist deine Tochter, und das wär's!« Er erhob sich und stand ihr jetzt gegenüber. Aber er wußte, daß sie eine Rechnung zu begleichen hatte. Sie hatte ihre Tochter an ihn verloren, wahrscheinlich für immer, und er hatte gedroht, ihre Mängel publik zu machen. Das war nicht dazu angetan, nun ihre Freundschaft zu gewinnen. Doch es scherte ihn keinen Sechser. Er wollte ihre Freundschaft nicht. Aber er wollte wissen, was sie über Raphaella wußte und wie sie es herausgefunden hatte.

»Woher beziehst du dies alles?«

»Ich beziehe mich auf die Tatsache, daß meine Tochter mir erzählte, daß da eine Frau in deinem Leben ist, die ›zehnmal soviel wert ist wie ich‹, wie sie es nennt, und ich herausfand, daß sie die Frau eines anderen Mannes ist. Ich habe ein Recht zu erfahren, wer mit meiner Tochter umgeht, Alex. Ich bin ihre Mutter, egal, was du von mir denkst. Und George ist auch nicht damit einverstanden, daß du sie hier für immer behältst, insbesondere mit deiner gegenwärtigen kleinen Affäre. Sie ist auch seine Tochter.«

»Ich bin überrascht, zu hören, daß er sich daran erinnert.«

»Oh, hör auf, um Himmels willen. Du und deine Barmherzigen-Samariter-Kommentare. Es ist leicht für dich, daherzukommen und die Scherben aufzusammeln. Du hast dich nicht siebzehn Jahre lang um sie zu kümmern brauchen.«

»Du auch nicht.«

»Quatsch. Der Punkt ist, Alex, wen du hier exakt mit ihr verkehren läßt. Das war etwas, was ich wissen wollte, als ich herkam.«

»Und du fandest Mrs. Phillips unangemessen?« Er hätte seiner Schwester fast ins Gesicht gelacht.

»Das ist auch nicht der Punkt. Der Punkt, mein Lieber, ist, daß du mit der Frau eines der einflußreichsten Männer dieses Landes zusammenzuhausen scheinst. Falls man das herausfindet, bin ich politisch tot. Nicht, weil ich irgendwas getan habe, sondern weil ich mit dir und deinem lausigen Skandal in Verbindung stehe. Ich habe nicht die Absicht, mich von dir wegen einer lausigen Eselei politisch ruinieren zu lassen.«

Was sie gerade gesagt hatte, war zuviel für Alex. Ohne nachzudenken, beugte er sich über den Schreibtisch und packte ihren Arm. »Nun hör her, du lausige politische Schlampe. Jene Frau ist nicht zehnmal, sondern zehntausendmal mehr wert als du. Sie ist eine Dame vom Scheitel bis zu Sohle, und meine Beziehung zu ihr geht dich gottsverdammt nichts an. Was dein Kind betrifft, so ist sie wundervoll zu ihr, und was mich betrifft, so werde ich das tun, was mir gefällt. Ich gebe keinen Heller auf deine politische Karriere und habe es nie getan. Dir hätte es natürlich höllisch in den Kram gepaßt, wenn ich mit Rachel verheiratet geblieben wäre und dir was Gutes getan hätte. Nun, Pustekuchen, große Schwester, Pustekuchen. Ich bin nicht mit ihr verheiratet geblieben, und ich gehe nie zu ihr zurück, denn sie ist fast so eine große Hure wie du, meine Liebe. Aber die Frau, mit der ich gegenwärtig verbunden bin, ist ein außergewöhnliches Menschenwesen, deren Los es ist, mit einem bettlägerigen alten Mann, der verdammt nah an die achtzig ist, verheiratet zu sein. Jeden Tag kann er sterben, und ich heirate die Frau, die du gestern abend getroffen hast, und falls dir das nicht paßt, altes Mädchen, kannst du verdammt gerne verschwinden.«

»Wie anbetungswürdig, Alex, und wie geschliffen.« Sie versuchte, ihren Arm freizuschrauben, doch er ließ sie nicht gehen. Er verstärkte nur seinen Griff, und seine Augen verhärteten sich noch mehr. »Tatsache ist, mein Lieber, daß der alte Knabe noch nicht tot ist, und wenn jemand herausfindet, was du treibst, gibt es den größten Skandal im Land.«

»Das bezweifle ich. Und ich gebe wirklich keinen Furz darauf, Kay, ausgenommen für Raphaella.«

»Dann solltest du lieber beginnen nachzudenken.« Ihre Augen glitzerten ihn bösartig an. »Weil ich die Sache sonst selbst in die Hand nehmen könnte.«

»Und politischen Selbstmord begehst?« Er lachte ihr bitter ins Gesicht und ließ ihren Arm los. »Darüber mach' ich mir keine Sorgen.«

»Vielleicht solltest du es, Alex. Vielleicht erzähle ich es dem alten Mann selbst.«

»Du könntest nicht an ihn herankommen.«

»Sei dir nicht so sicher. Falls ich es will, komme ich an ihn heran. Oder an sie.« Da stand sie, ihrem Bruder die Stirn bietend, und er mußte an sich halten, ihr nicht ins Gesicht zu schlagen.

»Verlasse mein Büro.«

»Mit Vergnügen.« Sie ging zur Tür. »Aber wäre ich du, würde ich zweimal überlegen, was ich tue. Du spielst ein großes Spiel mit hohen Einsätzen, aber diesmal wirst du nicht gewinnen, Alex, nicht, wenn es mich den Arsch kosten könnte. Ich habe zu viel in diese nächste Wahl investiert, um dich wegen einer kleinen französischen Nutte mit Dynamit spielen zu lassen.«

»Raus aus meinem Büro!« Diesmal brüllte er sie an, und sie wich zurück, als er wieder ihren Arm packte, sie fast zur Tür schleifte und diese aufriß. »Und bleib draußen, bleib uns allen vom Hals, verflucht! Du bist nicht besser als Dreck!«

»Adieu, Alex.« Sie stand im Eingang und sah ihm unzweideutig in die Augen. »Denk daran, was ich dir sagte. Ich komme an ihn ran, wenn es sein muß. Denk daran.«

»Raus!« Diesmal hatte er seine Stimme gesenkt, sie drehte sich auf dem Absatz um und ging. Und er fühlte, daß er heftig zitterte, als er sich an seinen Schreibtisch setzte. Das erste Mal in seinem Leben hatte er wahrhaftig gewünscht, jemanden umzubringen. Er hätte sie für jedes lausige Wort, das sie sagte, erwürgen mögen. Es machte ihn krank, daran zu denken, daß sie seine Schwester war. Und als er da saß, begann er sich wegen Amanda zu sorgen, dachte, daß Kay vielleicht versuchen würde, sie gewaltsam zu zwingen, mit ihr nach New York zurückzukehren. Nach einer halben Stunde intensiven Nachdenkens teilte er seiner Sekretärin mit, er würde den Tag über fortbleiben. Und gerade als er seine Praxis verließ, nahm Raphaella in ihrem Haus den Telefonhörer ab. Es war Alexanders Schwester. Raphaella runzelte die Stirn, als sie das Gespräch entgegennahm.

»Nein, nichts ist passiert. Ich dachte, wir könnten uns eventuell auf einen Kaffee treffen. Könnte ich vielleicht auf meinem Weg zu Mandy kurz bei Ihnen hereinschauen –?« Raphaella erbleichte.

»Ich fürchte nein, mein –« Beinahe hätte sie gesagt, ihr Mann sei krank. »Meine Mutter fühlt sich nicht wohl. Sie ist jetzt gerade bei mir.« Und woher hatte sie die Nummer bekommen? Von Alex? Von Mandy? Von Charlotte? Die Falte auf Raphaellas Stirn vertiefte sich.

»Ach so. Könnten wir uns dann irgendwo treffen?«

Raphaella schlug die Bar im Fairmont vor und traf Kay dort kurz vor dem Lunch. Ohne lange zu fackeln, kam Kay gleich zur Sache.

»Ich wünsche, daß Sie aufhören, meinen Bruder zu sehen, Mrs. Phillips.«

Raphaella saß wie betäubt auf ihrem Stuhl, betroffen von der nackten Unverfrorenheit der Frau. »Darf ich fragen, warum?«

»Müssen Sie das wirklich noch? Sie sind verheiratet, du meine Güte, und mit einem sehr bedeutenden Mann. Würde Ihre Verbindung mit Alex bekannt, wäre es für alle von uns ein Skandal, oder nicht?« Es war Raphaellas erste Kostprobe mit dem wahrhaft Bösen in den Augen der Frau. Sie war bis zum Grund ihrer Seele voller Haß.

»Ich denke mir, es wäre zunächst ein Skandal für Sie. Das ist es, nicht wahr?« Sie sprach höflich und mit einem feinen Lächeln.

Kay lächelte ebenfalls, als sie antwortete. »Ich würde meinen, der größte Skandal wäre es für Sie. Ich kann mir nicht vorstellen, daß Ihr Gatte oder Ihre Familie in Europa über die Berichte schrecklich froh wären.«

Raphaella versuchte sich zu fangen, als die Getränke erschienen und der Kellner wieder verschwand. »Nein, das wäre mir nicht angenehm, Mrs. Willard.« Ihre Augen suchten jetzt Kays so, wie eine Frau die andere zu erreichen versucht. »Ich bin in diese Situation nicht leicht hineingeraten. Ich wollte mich nicht mit Alex verbinden, sowohl um seinet- als um meinetwillen. Es ist sehr wenig, was ich ihm geben kann. Mein Leben gehört vollständig meinem Mann, und er ist sehr krank.« Als sie sprach, war ihre Stimme, waren ihre Augen voller Trauer. »Aber ich liebe Ihren Bruder. Ich liebe ihn sehr. Ich liebe auch meinen Mann, aber –« Sie seufzte und sah unendlich europäisch und schöner denn je aus, stark und gleichsam sehr zerbrechlich. Kay haßte alles an ihr. Denn sie war alles, was Kay niemals sein würde. »Ich kann nicht erklären, was mit Alex geschah oder warum es geschah. Es ist eben geschehen. Und wir versuchen, so gut es geht damit umzugehen. Ich kann Ihnen versichern, Mrs. Willard, daß wir über alle Maßen diskret sind. Niemand wird es je erfahren.«

»Das ist Unsinn. Meine Mutter weiß es. Mandy weiß es. Andere Leute wissen es oder werden es herausfinden. Sie können das nicht kontrollieren. Und Sie spielen nicht mit Feuer. Sie spielen mit der Atombombe. Wenigstens soweit es mich betrifft.«

»Sie erwarten also von uns, es zu beenden?« Raphaella blickte müde und gequält. Was war sie für eine furchtbare, selbstsüchtige Frau. Amanda hatte recht. Sie dachte nur an sich.

»Ja, das tue ich. Und falls er nicht stark genug ist, dann seien Sie es. Nicht nur meinetwegen, sondern auch in Ihrem Interesse. Sie können es sich nicht leisten, es bekanntwerden zu lassen, und falls ich es muß, werde ich es Ihrem Gatten erzählen.« Raphaella sah sie entgeistert an.

»Sind Sie wahnsinnig? Er ist gelähmt, bettlägerig, von Pflegerinnen umsorgt, und Sie würden ihm so etwas erzählen? Sie würden ihn töten!« Sie war empört, daß Kay es wagte, eine derartige Drohung auszusprechen, und sie sah aus wie eine Frau, die es wahrmachte.

»Dann sollten Sie besser daran denken. Falls es ihn töten würde, würde er in Wahrheit durch Ihre Hand sterben. Es steht in Ihrer Macht, dies jetzt zu beenden, bevor es jemand herausfindet. Außerdem bedenken Sie, was Sie meinem Bruder antun. Er wünscht sich Kinder, er braucht eine Frau, er ist einsam. Was können Sie ihm geben? Hin und wieder ein paar Stunden? Ein kurzer Beischlaf? Lady, Ihr Gatte könnte noch weitere zehn oder fünfzehn Jahre leben. Ist es das, was Sie Alex bieten? Eine unerlaubte Affäre für die nächsten zehn Jahre? Und Sie behaupten, daß Sie ihn lieben? Wenn Sie ihn liebten, würden Sie ihn gehen lassen. Sie haben kein Recht, an ihm zu hängen und sein Leben zu ruinieren.« Was sie sagte, schnitt Raphaella ins lebendige Fleisch. Es entging ihr im gegenwärtigen Moment, daß Kay Willards Interesse nicht dem Leben Alexanders, sondern ihrem eigenen Leben galt.

»Ich weiß nicht, was ich Ihnen sagen soll, Mrs. Willard. Es ist niemals meine Absicht gewesen, Ihrem Bruder zu schaden.«

»Dann unterlassen Sie es.« Raphaella nickte sprachlos, und Kay griff nach der Rechnung, zeichnete mit ihrem Namen und ihrer Zimmernummer und stand auf. »Ich denke, wir haben unser Geschäft damit gegenseitig geregelt. Einverstanden?« Raphaella nickte wieder, und ohne ein weiteres Wort zu sagen, ging sie davon, eilte an dem Portier vorbei, während ihr die Tränen über das Gesicht strömten.

Kay machte sich auf den Weg, um Mandy zu sehen. Alex war schon aus der Kanzlei zurück und saß mit Mandy gelassen in der Junggesellenklause, als sie eintraf. Sie sah jetzt keine Möglichkeit, Mandy mitzunehmen, ihr Interesse an ihrer Tochter hatte sich auch schon verflüchtigt. Sie hatte beschlossen, nach Washington zurückzukehren. Kay ermahnte ihre Tochter lediglich, an den März zu denken, sagte Alex steif Lebwohl und unterrichtete ihre Mutter, daß sie sie in New York sehen würde. Charlotte wollte am nächsten Nachmittag abreisen.

Es war deutlich spürbar, daß im Hause ein Gefühl der Erleichterung herrschte, als Kay in ihrer gemieteten Limousine abgezogen war. Erst als die Erleichterung abzuebben begann, wurde Alex gewahr, daß Raphaella den ganzen Nachmittag nicht angerufen hatte. Plötzlich begriff er, was geschehen war, und rief statt dessen in ihrem Haus an.

»Ich – ich bedaure... ich war beschäftigt... ich konnte nicht anrufen... ich...« Nun wußte er es mit Sicherheit. Er hatte es am Klang ihrer Stimme erkannt.

»Ich muß dich unverzüglich sehen.«

»Ich fürchte, ich –« Tränen flossen über ihre Wangen, als sie darum kämpfte, ihre Stimme normal klingen zu lassen.

»Es tut mir leid, Raphaella. Ich muß dich sehen... es geht um Mandy...«

»O mein Gott... was ist passiert?«

»Ich kann's nicht erklären, bis ich dich gesehen habe.«

Zwanzig Minuten später war sie bei ihm. Er entschuldigte sich wortreich für die Täuschung und erzählte ihr ehrlich, was sich mit seiner Schwester abgespielt hatte. Anschließend drängte er sie, ihm ihre Begegnung mit Kay in der Fairmont-Bar zu beschreiben.

»Und du glaubst ihr? Du denkst wirklich, du entziehst mir etwas? Zum Teufel, Liebling, ich bin seit Jahren nicht so glücklich gewesen, noch nie in meinem ganzen Leben, aufrichtig gesagt.«

»Aber denkst du, sie würde?« Sie war noch beunruhigt wegen der Drohung, sich an John Henry zu wenden.

»Nein, denk' ich nicht. Sie ist ein Aas. Aber sie ist nicht komplett verrückt. Es gibt keine Möglichkeit für sie, an ihn heranzukommen.«

»Sie könnte, weißt du. Ich habe, zum Beispiel, keine Kontrolle über seine Post. Seine Sekretäre bringen sie ins Haus und übergeben sie ihm direkt.«

»Sie wird etwas Derartiges nicht in einem Brief festhalten, um Gottes willen. Sie ist zu besorgt um ihren eigenen Hals.«

»Ich glaube es auch.« Raphaella stieß einen langen Seufzer aus und ließ sich in seine Arme fallen. »Mein Gott, was ist sie für eine unglaubliche Frau.«

»Nein«, sagte er weich, »was bist du für eine unglaubliche Frau.« Er sah sie fast beschwörend an. »Wollen wir einen Teil der letzten beiden Tage für immer vergessen?«

»Ich würde es gerne, Alex. Aber sollten wir das? Wie können wir wissen, daß alle ihre Drohungen nichtig sind?«

»Weil es nur eine Sache gibt, die meine Schwester interessiert, Raphaella, und das ist ihre Karriere. Es ist letztlich das einzige, was ihr wichtig ist. Vergreift sie sich an uns, würde sie sie aufs Spiel setzen, und das wird sie nicht tun. Glaube mir, Liebling. Ich weiß, sie wird es nicht tun.« Aber Raphaella war dessen nicht ganz sicher. Sie und Alex und Amanda setzten ihr Leben fort, aber die Drohungen von Kay Willard schienen in Raphaellas Ohren für Monate wie ein Echo nachzuklingen. Sie konnte nur hoffen, daß Alex in seinem Glauben recht behielt, daß Kays Worte leere Drohungen waren.

21

»Amanda?« rief Raphaella, nachdem sie die Haustür hinter sich geschlossen hatte. Es war vier Uhr, und sie wußte, daß Amanda um diese Zeit aus der Schule kam. In den Monaten, seit Amanda mit Alex zusammenlebte, hatte Raphaella es eingerichtet, an den Nachmittagen vorbeizukommen. Manchmal war sie da, bevor Mandy aus der Schule kam, um das Haus aufzuräumen, einen Imbiß für sie zu richten und friedlich im Sonnenschein im Garten sitzend auf die Heimkehr des jungen Mädchens zu warten. Über alles, was ihnen wichtig erschien, würden sie ausgiebig reden. Raphaella hatte Amanda die Entwürfe zu dem Kinderbuch gezeigt, an dem sie nach Weihnachten zu schreiben begonnen hatte. Sie arbeitete jetzt fünf Monate daran und hoffte, das endgültige Konzept fertig zu haben, wenn sie im Juli nach Spanien reiste.

Heute aber war es nicht ihr Manuskript, das sie mitgebracht hatte, sondern eine Ausgabe des ›Time‹ Magazins. Auf der Titelseite war eine Fotografie von Kay Willard, und darunter stand als Schlagzeile: DAS WEISSE HAUS im Jahre 1992...96...2000? Raphaella hatte den Artikel sorgfältig gelesen.

»Amanda?« Einen langen Augenblick stand Raphaella ruhig da. Sie trug ein exquisit geschnittenes, cremefarbenes Leinenkostüm, und ihr dunkles Haar war mit einem geschmackvollen kleinen Strohhut bedeckt. »Mandy?« Sie glaubte ein Geräusch gehört zu haben, als sie langsam nach oben stieg.

Im dritten Stock fand Raphaella sie, auf einem der Korbstühle ihres Schlafzimmers sitzend, die Beine angewinkelt, das Kinn auf den Knien, während sie finster aus dem Fenster starrte.

»Amanda?... Liebes?« Raphaella setzte sich auf das Bett, das Magazin und die beigefarbene Eidechshandtasche unter ihrem Arm. »Ist etwas in der Schule passiert?« Von der Bettkante her streckte sie dem Mädchen die Hand entgegen. Langsam drehte Amanda ihr das Gesicht zu, ihr Blick fiel sofort auf das Magazin unter Raphaellas Arm.

»Ich sehe, daß du es auch gelesen hast.«

»Was? Den Artikel über deine Mutter?« Die hübsche Siebzehnjährige nickte. »Bist du deshalb aufgeregt?« Es war extrem ungewöhnlich für Mandy, Raphaella nicht entgegenzuspringen, lachend und lächelnd und erfüllt von Geschichten, die in der Schule passierten. Aber das Mädchen nickte nur wieder. »Ich denke, es ist kein schlechter Artikel.«

»Außer der Tatsache, daß kein Wort davon wahr ist. Herrjeh, hast du den Teil gelesen, wonach ich im letzten Winter einen schrecklichen Autounfall hatte und mich an der sonnigen Westküste bei meinem Onkel langsam davon erhole, während meine Mutter jeden Augenblick, den sie erübrigen kann, herauskommt, um nach mir zu sehen?« Unglücklich starrte sie Raphaella an. »Scheiße, ich bin nur froh, daß sie seit Weihnachten nicht wiedergekommen ist.« In den ersten paar Monaten hatte sie nicht einmal angerufen. »Jesses, Raphaella, sie ist ein solches Biest, und ich hasse sie!«

»Nein, das tust du nicht. Vielleicht kommt die Zeit, in der ihr euch besser verstehen werdet.« Raphaella wußte nicht, was sie sonst hätte sagen sollen. Einige Minuten saß sie friedlich mit ihr da und berührte sanft ihre Hand. »Hättest du Lust zu einem Spaziergang?«

»Nicht besonders.«

»Warum nicht?«

Sie zuckte die Schultern, sichtlich deprimiert, und Raphaella verstand. Sie hatte ihre eigenen Ängste in bezug auf Kay Willard. Zwischen ihnen war nichts mehr vorgefallen, doch Raphaella war sich jederzeit bewußt, daß es noch passieren konnte. Kays letzte Unterhaltung mit Alex war sehr bissig gewesen. Kay war jedoch einverstanden, daß Amanda noch in San Francisco blieb.

Eine halbe Stunde später gelang es Raphaella doch, Amanda in den strahlenden Maisonnenschein zu bewegen. Sie spazierten Arm in Arm die Union Street hinunter, marschierten in allen Läden aus und ein und landeten schließlich auf einen Eis-Cappuccino im Café Cantata, die Sitze neben sich beladen mit Paketen, die allerlei Krimskrams enthielten.

»Meinst du, Alex mag das Poster leiden?« Amanda blickte über ihren Eiskaffee hinweg zu Raphaella, und beide lachten.

»Er wird begeistert sein. Wir hängen es in seinem Arbeitszimmer auf, bevor er heimkommt.« Es war ein großes Poster von einer Frau auf einem Surfbrett in Hawaii, welches nur einem Teenager gefallen konnte. Doch das einzig Wichtige war, daß Amandas Gedanken während ihrer Einkäufe vollständig von ihrer Mutter abgelenkt wurden. Nachdem sie erst nach halb sechs nach Hause zurückgekehrt waren, verabschiedete sich Raphaella hastig von Amanda und versprach, wie immer später am Abend wiederzukommen. Auf dem Weg zu ihrem eigenen Haus ging es ihr durch den Kopf, wie völlig sich ihr Leben während der letzten sechs Monate mit Mandy und Alex verflochten hatte. Es war ein milder, wunderschöner Abend, und die Sonne schickte ihre goldenen Strahlen in alle Fenster, als der späte Nachmittagshimmel in sanfter Glut zu versinken begann. Sie war fast schon daheim, als sie hinter sich ein Hupen hörte. Sie drehte sich um, überrascht, einen schwarzen Porsche zu sehen, erkannte dann aber Alex am Steuer.

Ihre Augen begegneten sich und hielten sich fest, als sähen sie einander das erste Mal. Langsam brachte er den Wagen neben ihr zum Stehen und lehnte sich mit einem Lächeln in dem roten Ledersitz zurück. »Kleine Ausfahrt gefällig, Lady?«

»Ich unterhalte mich nie mit Fremden.«

Sie lächelten sich an, keiner von ihnen sagte ein Wort. Dann hob er ein wenig seine Augenbraue. »Wie geht's Mandy?« Es war, als ob sie eine eigene Tochter hätten. Auch wenn sie alleine waren, nistete sie in ihren Gedanken. »Hast du den Artikel in der ›Time‹ gesehen?« Raphaella nickte langsam, ihr Gesicht wurde ernst, als sie an den Wagen herantrat.

»Sie kam heute vormittag aus der Schule, Alex. Ich wußte nicht, was ich ihr erzählen sollte. Sie reagiert zunehmend heftiger auf ihre Mutter.« Und dann, nachdem sie die Stirn gekraust und er genickt hatte, sah sie ihn besorgt an. »Was werden wir ihr über den Juli sagen?«

»Noch nichts. Wir können es ihr später erzählen.«

»Wieviel später?«

»Wir werden es ihr im Juni sagen.« Doch er blickte gleichfalls sorgenvoll.

»Was, wenn sie nicht gehen will?«

»Sie muß. Zumindest dieses Mal.« Dann seufzte er. »Nur noch ein Jahr, bis sie achtzehn ist. Wir müssen Kay auch ein wenig bei Laune halten. Eine gerichtliche Auseinandersetzung würde jedem schaden. Wenn Mandy nur diesen einen Besuch durchstehen kann, würde es den Frieden erhalten helfen. Du weißt, angesichts der Tatsache, daß dies ein Wahljahr für sie ist und daß sie glaubt, Amanda sei wichtig für sie, um die Wahl zu gewinnen, ist es ein gottverdammtes Wunder, daß sie sie nicht entführt und heimgebracht hat. Ich schätze, wir sollten für kleine Dinge dankbar sein.«

Raphaella sah ihn aufrichtig an. »Mandy würde nicht bei ihrer Mutter geblieben sein, wenn sie sie gezwungen hätte, nach Haus zu kommen.«

»Das ist vermutlich der Grund, warum sie es nicht versuchte. Es gibt aber nichts, was wir diesen Sommer über tun können. Sie hat einfach zu gehen.« Als Antwort nickte Raphaella nur. Amanda würde vor dem vierten Juli-Wochenende zu ihrer Mutter heimfahren, um einen Monat mit ihr in ihrem Sommerhaus auf Long Island zu verbringen. Dann würde sie im August für einen Monat mit ihrer Großmutter nach Europa reisen, bevor sie für das nächste Schuljahr nach San Francisco zurückkehrte.

Alex hatte es für einen bedeutenden Sieg gehalten, Kay die Zustimmung abzuringen, sie wieder nach San Francisco zurückkommen zu lassen, aber er wußte, daß seine Nichte bei der Aussicht, heimfahren zu müssen, sehr aufgebracht sein würde. Er hatte ihren Psychiater angerufen, der der Ansicht war, daß sie die Konfrontation mit ihrer Mutter durchstehen würde und daß sie den psychologischen Schaden von der Vergewaltigung gleichfalls überstanden hatte. Raphaella plante, mit ihr in den Osten zu fliegen und sie in New York abzusetzen, bevor sie für eine Woche nach Paris und dann nach Spanien für zwei weitere Wochen flog. Es war ihre jährliche Pilgerreise, um ihre Eltern zu sehen und eine kleine Weile auf Santa Eugenia zu bleiben. Und in diesem Jahr bedeutete es sogar noch etwas mehr für sie als vorher. Sie wollte den endgültigen Entwurf ihres Kinderbuches an ihren kleinen Nichten und Neffen ausprobieren. Sie konnte es kaum erwarten, zu sehen, wie sie reagieren würden. Sie brauchte die Geschichten nur ins Spanische zu übersetzen, wenn sie ihnen vorlas. Das hatte sie früher schon getan, wenn sie ihnen Bücher aus den Staaten mitbrachte. In diesem Jahr war es jedoch bedeutsamer, denn es waren ihre eigenen Geschichten, und falls die Kinder sie mochten, sandte sie die Sammlung an Charlottes Agenten, um festzustellen, ob irgend jemand sie gegebenenfalls kaufen würde.

Als Raphaella ihn ansah, grinste er sie an. »Was ist so lustig, Alex?«

»Wir sind's.« Er lächelte sie jetzt liebevoll an, ein warmes Licht schimmerte in seinen Augen. »Uns zu hören, wie wir über unsere Teenagertochter diskutieren.« Er zögerte und zeigte auf den leeren Sitz neben sich. »Willst du für eine Minute einsteigen?« Sie zauderte nur kurz und warf einen flüchtigen Blick um sich, ob irgend jemand, den sie kannte, in der Nähe war.

»Ich sollte wirklich nach Haus...« Sie wollte bei John Henry sein, wenn sie ihm um sechs Uhr das Servierbrett brachten.

»Ich will dich nicht überreden.« Aber seine Augen waren so lieb, sein Gesicht so hübsch, und sie hatten schon so lange keinen Moment für sich gehabt. Es schien, als sei Amanda immer mit ihnen. Und wenn sie um Mitternacht nach oben gingen, hatten sie so wenig Zeit, bis Raphaella nach Hause mußte.

Nun lächelte sie und nickte. »Ich würde schrecklich gern.«

»Bleibt uns Zeit für eine rasche Fahrt?«

Sie nickte, sich mutwillig und eigensinnig fühlend, und er startete rasch den Wagen und schoß davon. Sie fuhren in die waldige Abgeschiedenheit des Presidio, der sich bis zur Bucht hinab erstreckte, bis sie in der Nähe der kleinen Festung unterhalb der Golden Gate Brücke am Fort Point landeten. Über ihnen flutete der Verkehr über die Brücke nach Marin County. Segelboote tummelten sich auf dem Wasser, eine Fähre und etliche kleine Schnellboote. Eine frische Brise riß an Raphaellas Haar, als sie den Strohhut abgenommen hatte.

Sie stiegen aus dem Wagen und hielten sich an den Händen. Zwei dunkelhaarige, hochgewachsene, schöne Menschen schauten über die Bucht. Als sie dort standen, fühlte Raphaella sich für eine Weile sehr jung. Sie waren so eng zusammengewachsen und hatten so viele Nächte gemeinsam verbracht, flüsternd, plaudernd, am Feuer sitzend, sich liebend, um zwei Uhr morgens in die Küche hinunterrennend, um Omelettes, Sandwiches oder Milchmixgetränke zu bereiten. Sie hatten so viel und doch so wenig... so viele Träume... so wenig Zeit... und so endlose Hoffnungen. Wie sie Seite an Seite stehend auf das letzte Sonnenlicht, das auf den Booten schimmerte, schauten, richtete Raphaella den Blick auf Alexander und fragte sich, ob sie jemals mehr haben würden. Ein paar Minuten, eine Stunde, die Stunden vor Sonnenaufgang, gestohlene Augenblicke und niemals mehr als das. Selbst das Kind, das sie miteinander teilten, war geliehen und würde im Jahr darauf von ihnen gegangen sein. Sie dachte schon darüber nach, welches College sie belegen sollte. Raphaella und Alex fühlten jetzt schon den Verlust und wünschten, sie noch viele weitere Jahre bei sich zu behalten.

»Woran dachtest du gerade, Raphaella?« Er blickte zärtlich zu ihr herunter und strich ihr mit einer behutsamen Hand das Haar aus den Augen.

»An Amanda.« Sie zögerte und küßte seine Hand, als sie an ihren Lippen vorüberstreifte. »Ich wünschte, sie gehörte uns.«

Er nickte still. »Ich auch.« Er hätte ihr gerne gesagt, daß andere da sein würden, eines Tages, in einigen Jahren, ihre eigenen Kinder. Aber er sagte es nicht, wissend, wie sehr es sie schmerzte, keine Kinder zu haben. Es war jedoch ein ständig wiederkehrendes Thema zwischen ihnen, ihre Schuld, ihn von der Heirat mit jemand anderem abzuhalten und eigene Kinder zu haben.

»Ich hoffe, sie fühlt sich in diesem Sommer wohl.« Sie begannen, langsam am Rand des Weges entlangzugehen, als das Spritzwasser zu ihnen hochsprühte und erst kurz vor ihnen stoppte.

Er wandte sich zu ihr. »Ich hoffe, du wirst dich auch wohl fühlen.« Sie hatten nicht viel darüber gesprochen, doch in sechs Wochen reiste sie nach Spanien.

»Ich werde.« Sie hörte auf zu gehen und hielt seine Hand fest. »Ich werde dich furchtbar vermissen, Alex.«

Er zog sie an sich. »Ich werde dich auch vermissen. Gott...« Er dachte einen Augenblick nach. »Ich weiß nicht, was ich ohne dich mache.« Er war so sehr daran gewöhnt, sie jede Nacht zu sehen, und konnte sich ein Leben ohne sie nicht vorstellen.

»Ich werde nicht länger als drei Wochen fortbleiben.«

»Das wird wie eine Ewigkeit sein, insbesondere da Mandy ebenfalls fort ist.«

»Vielleicht wirst du zur Abwechslung etwas Arbeit bekommen.« Sie liefen noch eine halbe Stunde und mußten dann an die Rückfahrt denken. Es war der freundliche Abschluß eines goldenen Nachmittags. Als er sie zwei Häuserblöcke von ihrem Haus entfernt absetzte, berührte sie mit den Fingerspitzen zart seine Lippen und hauchte ihm einen Kuß zu, bevor sie das Auto verließ.

Sie sah ihn davonfahren und lächelte in sich hinein, als sie zu ihrem Haus ging. Es war außergewöhnlich, wie sehr sich ihr Leben in den letzten sieben Monaten, seitdem sie Alex begegnete, verändert hatte. Es hatte sich leise vollzogen, doch es hatte eine Menge verändert. Sie war die Geliebte eines wundervollen, hübschen, charmanten jungen Rechtsanwalts; die ›Tochter der Liebe‹, wie Charlotte sie nannte, nach einem Romancier, den sie stets bewundert hatte; sie war die Ersatzmutter eines bezaubernden siebzehnjährigen Mädchens; und sie fühlte sich, als habe sie ein Heim in dem Haus am Vallejo mit dem komischen kleinen überwucherten Garten und der Kachelküche voller Kupfertöpfe. Und dennoch war sie gleichzeitig das, was sie immer gewesen war, Mrs. John Henry Phillips, die französischblütige Gattin eines berühmten Finanzmannes, Tochter des französischen Bankiers Antoine de Mornay-Malle. Sie reiste, wie sie es immer getan, nach Santa Eugenia, um ihre Mutter zu sehen; sie tat alles, wie sie es stets zuvor getan. Und doch war da jetzt so viel mehr in ihrem Leben, es war so viel reicher, so erfüllter, so anders, so glücklich. Sie lächelte noch, als sie um die letzte Ecke bog, bevor sie ihr Haus erreichte. Was sie hatte, schadete John Henry nicht, versicherte sie sich standhaft, als sie ihren Schlüssel in die Haustür steckte. Sie verbrachte nach wie vor mehrere Stunden des Morgens mit ihm, gab acht, daß die Pflegerinnen aufmerksam und gewissenhaft waren, daß er die Mahlzeiten, die er mochte, bekam, und sie las ihm jeden Tag mindestens eine Stunde lang vor. Aber der Unterschied war, daß da jetzt so viel mehr in ihrem Leben war.

Nach ihren Morgen mit John Henry verbrachte sie zwei oder drei Stunden in ihrem Zimmer, um an ihrem Kinderbuch zu arbeiten. Und jeden Nachmittag gegen vier Uhr, während John Henry sein Schläfchen hielt, spazierte sie gemächlich zum Vallejo hin. Sie brachte es fast immer fertig, vor Amanda am Haus zu sein, so daß das Mädchen zu jemandem heimkam, der sie liebte, und nicht alleine zu Haus zu sein brauchte. Und oft kam Alex heim, kurz bevor Raphaella zu ihrem eigenen Haus aufbrach. Sie küßten und begrüßten sich wie andere verheiratete Leute. Der einzige Unterschied war, daß Raphaella dann forteilen mußte, um die folgenden zwei Stunden mit John Henry zu verbringen, zu plaudern, wenn ihm nach Sprechen zumute war, ihm ein paar amüsante Geschichten zu erzählen oder seinen Rollstuhl so zu drehen, daß er die Boote in der Bucht sehen konnte. Das Abendessen nahmen sie stets gemeinsam ein, nur daß sie jetzt nie mehr das Speisezimmer benutzten. John Henry aß im Bett, von einem Servierbrett. Sobald sie sich vergewissert hatte, daß er bequem gebettet war, und die Pflegerin die Wache übernahm, wartete sie eine weitere halbe Stunde in ihrem Zimmer und ging dann aus.

Sie war sich sicher, daß die Dienstboten einen Verdacht hegten, doch niemand hätte es je gewagt, ihr nächtliches Verschwinden zu erwähnen, und das Geräusch einer schließenden Tür um vier oder fünf Uhr morgens war etwas, wonach niemand jemals fragte. Raphaella hatte endlich ein Leben gefunden, mit dem sie leben konnte – nach acht Jahren unerträglicher Einsamkeit und Qual. Niemand litt, niemand wurde verletzt. John Henry würde niemals von Alex erfahren, und sie und Alex hatten etwas, das beiden sehr viel bedeutete. Die einzige Sache, die sie gelegentlich beunruhigte, war der Vorwurf Kays, daß sie Alex von jemandem fernhielt, der ihm mehr geben konnte. Aber Alex beteuerte, daß sie das sei, was er wolle. Inzwischen wußte Raphaella auch, daß sie ihn zu sehr liebte, um ihn aufzugeben.

Als sie die Stufen zu ihrem Schlafzimmer hinauflief, bereitete sie im Geiste vor, was sie anziehen würde. Sie hatte gerade bei I. Magnin's ein türkisfarbenes Seidenkleid gekauft. Zusammen mit den Diamanten- und Türkisohrringen bildete es zu ihrer cremeweißen Haut und ihrem schwarzen Haar ein hinreißendes Farbenspiel.

Sie war nur zehn Minuten zu spät, als sie an die Tür klopfte. John Henry saß gegen die Kissen gestützt in seinem Bett, mit seinen tief in die Höhlen gefallenen brennenden Augen, das Gesicht zerfurcht, die eine Seite des Gesichts kläglich herunterhängend, ein Auge weggesunken, der lange Körper und die mageren Arme so hinfällig und zerbrechlich. Es war, als hätte sie ihn eine sehr lange Zeit nicht gesehen. Er sah aus, als habe er langsam begonnen, den dürftigen Griff nach dem Leben, an welches er sich fast acht Jahre geklammert hatte, zu verlieren.

»Raphaella?« Er sah sie sonderbar an, als er das Wort in der schleppenden Sprechweise, die er in den letzten acht Jahren gebrauchte, aussprach. Raphaella sah ihn fast mit Erstaunen an, als müsse sie sich erneut daran erinnern, mit wem sie verheiratet war, was ihre Pflichten waren und wie weit sie davon entfernt war, jemals Alexanders Frau zu sein.

22

Um fünf Uhr morgens sagte Raphaella Alex Lebewohl. Sie hatte ihre Koffer schon am Abend zuvor gepackt, und nun war alles, was sie noch zu tun hatte, heimzugehen, einige Notizen für die Dienstboten zu hinterlassen und John Henry adieu zu sagen, bevor sie abreiste. Ihr Abschied würde schlicht und förmlich sein, ein Kuß auf die Wange, ein letzter Blick, ein Streichen über seine Hand und stets das vage Schuldgefühl, daß sie nicht gehen sollte, daß sie bei ihm bleiben und nicht nach Spanien reisen sollte. Aber es war ein Ritual, das sie beide gewohnt waren, und es war etwas, was sie fünfzehn Jahre lang jedes Jahr getan hatte. Alex zu verlassen war um so vieles schmerzlicher gewesen. Es war schon herzzerreißend, zu wissen, ihn auch nur einen Tag nicht zu sehen. Aber die nächsten Wochen schienen schier unerträglich, als sie sich im ersten Licht der Morgendämmerung aneinanderklammerten. Es war fast so, als fürchteten sie, irgend etwas käme für immer zwischen sie, als würden sie sich niemals wiederfinden. Raphaella hing wie eine zweite Haut an ihm und machte keine Bewegung, ihn loszulassen, als sie dort am Fuß der Treppe standen. Dann sah sie ihn kummervoll an, und ihre Augen füllten sich mit Tränen. Sie schüttelte den Kopf mit einem kleinen mädchenhaften Lächeln.

»Ich bringe es nicht fertig, dich zu verlassen.«

Er lächelte und zog sie noch enger an sich. »Du verläßt mich nie, Raphaella. Ich bin immer mit dir, wohin immer du gehst.«

»Ich wünschte, du würdest mit mir nach Spanien kommen.«

»Vielleicht eines Tages.«

Immer eines Tages... eines Tages... aber wann? Es war eine Gedankenreihe, die sie niemals gern verfolgte, weil es sie immer denken ließ, daß, wenn ihr ›eines Tages‹ kam, John Henry tot sein würde. Es war fast wie ihn zu töten, wenn sie daran dachte, also tat sie es nicht und lebte dafür lieber in der Gegenwart.

»Vielleicht werde ich dir schreiben.«

»Darf ich dir schreiben?« Ihre Antwort war ein Kopfnicken.

»Vergiß nicht, Mandy an ihren Extrakoffer und ihren Tennisschläger zu erinnern.«

Er schmunzelte. »Ja, kleine Mutti. Ich sag's ihr. Wann muß ich sie wecken?«

»Um sechs Uhr dreißig. Das Flugzeug startet um neun.« Er brachte Mandy zum Flughafen, doch es war unwahrscheinlich, daß er Raphaella sehen würde, wenn sie dort eintrafen. Sie wurde wie gewöhnlich vom Chauffeur abgesetzt und in die Maschine gezaubert. Aber sie hatten Mandys Ticket für den gleichen Flug gebucht, und in New York wollte Raphaella Mandy in ihrer Mietslimousine ins Carlyle mitnehmen. Dort würde Charlotte sie in Empfang nehmen, um sie zu Kays Appartement zu begleiten. Amanda hatte glatt darauf bestanden, ihrer Mutter nicht alleine begegnen zu müssen. Seit ihrem explosiven Austausch nach Heiligabend hatten sie sich nicht gesehen, und es widerstrebte ihr heftig, überhaupt nach Haus zurückzukehren. Typisch, ihr Vater war auf einer Ärzteversammlung in Atlanta und würde nicht zur Stelle sein, um den Schlag aufzufangen. »Alex.« Raphaella sah ihn ein letztes Mal sehnsüchtig an. »Ich liebe dich.«

»Ich dich auch, Baby.« Er hielt sie eng an sich. »Es wird alles gut werden.« Sie nickte stumm.

Am Flughafen sah sie ihn nicht, doch es war fast wie ein Stück von daheim, als sie Mandy das Flugzeug besteigen sah. Die kleine Dame trug einen breitrandigen Strohhut, ein weißes Baumwollkleid und weiße Sandalen, die sie zusammen eingekauft hatten. Und sie hielt den Tennisschläger, von dem Raphaella gefürchtet hatte, sie würde ihn vergessen.

»Hei, Ma.« Mandy grinste sie an, und Raphaella lachte dem hübschen jungen Mädchen zu.

»Es ist richtig gut, dich zu sehen. Ich fing schon an, mich einsam zu fühlen.«

»Genau wie Alex. Er hat die Eier verbrannt, den Kaffee verschüttet, den Toast vergessen und fuhr fast mit leerem Tank zum Flughafen. Ich glaube, er wußte weder, was er tat, noch, was er sagte.« Die beiden tauschten ein Lächeln, es war tröstlich für Raphaella, wenigstens etwas von Alex zu hören, als brächte es ihn ihr ein bißchen näher, während sie das Land nach New York überquerten.

Fünf Stunden später kamen sie in dem hektischen, schwülen New

York an. Es war, als habe San Francisco niemals existiert und als würden sie nie den Weg dorthin zurückfinden. Raphaella und Amanda sahen sich voller Erschöpfung und Sehnsucht nach zu Hause an.

»Ich vergesse immer, wie es hier ist.«

Mandy sah sich staunend im Flughafen um. »Jesses, mir geht's genauso. Gott, ist das gräßlich.« Aber schon einige Minuten später saßen sie geborgen im Fond der klimatisierten Limousine. »Vielleicht ist es doch nicht so schlimm.« Amanda lächelte Raphaella an.

Raphaella würde alles hergegeben haben, um mit Alex im Porsche zu fahren, statt im Fond einer Limousine in New York zu sitzen. Seit Monaten verdroß sie die Prunkfassade ihres Lebens mit John Henry, die Dienerschaft, der Schutzwall, das riesige Haus. Sie wünschte sich etwas so viel Simpleres, wie das kleine Haus am Vallejo und ihr Leben mit Amanda und ihm.

Als sie das Carlyle erreichten, lag dort eine Nachricht von Charlotte, daß sie bei einem Treffen mit einem Verleger aufgehalten würde und sich verspätete. Amanda und Raphaella fuhren zu der Suite hinauf, zogen ihre Schuhe aus und setzten ihre Hüte ab, ließen sich auf dem Sofa nieder und bestellten Limonade.

»Was meinst du, wie heiß es draußen ist?« Mandy sah sie kläglich an, und Raphaella lächelte beschwichtigend. Amanda fand schon jeden Grund, New York zu hassen.

»Auf Long Island wird es nicht so schlimm sein. Du wirst jeden Tag schwimmen gehen können.« Es war, wie wenn man ein Kind mit der Aussicht auf ein Zeltlager versöhnen wollte.

Die Türglocke der Suite läutete. »Das müssen unsere Limonaden sein.«

Mit ihrer Handtasche in der Hand ging Raphaella rasch zur Tür, das leuchtend rote Seidenkleid, das sie während des Fluges getragen hatte, nur leicht zerknittert. Sie sah sehr schön aus in dem flammenden Rot zu der weißen Haut und dem schwarzen Haar. Es machte Amanda immer betroffen, wie schön Raphaella war. Es war etwas, an das man sich niemals ganz gewöhnen konnte, dieses atemberaubende Antlitz und die riesigen schwarzen Augen. Alex nahm es auch niemals für selbstverständlich hin, hatte sie beobachtet. Er wirkte nicht minder geblendet, wenn sie zur Tür hereinkam. Und sie war immer so herrlich zurechtgemacht, so unvergleichlich schick.

Raphaella öffnete die Tür. Amandas Mutter stand im Eingang in einem häßlich grünen Leinenkostüm, erhitzt und zerknittert aussehend. Sie grinste sonderbar und selbstzufrieden. Als ob sie gewonnen hätte. Amanda spürte, wie sie ein Schauer der Angst durchrann, und Raphaella blickte höflich, aber angespannt. Das letzte Mal waren sie einander vor sechs Monaten in der Fairmont-Bar begegnet. Damals hatte sie ihr gedroht, John Henry ihre Affäre mit Alex zu verraten.

»Meine Mutter konnte es nicht schaffen, und so dachte ich, ich könnte Mandy an ihrer Stelle abholen.« Sie starrte einen Moment auf Raphaella und ging dann auf ihre Tochter zu.

Amanda sah ihr nervös entgegen und sagte kein Wort.

»Hallo, Mandy.« Kay sprach zuerst, als sie vor ihr stand, aber Amanda reagierte immer noch nicht. Raphaella stellte fest, daß sie mehr denn je wie ein erschrockenes Kind aussah. Sie blickte verzweifelt unglücklich, als sie dort stand und die lange Rothaarige auf sie zukam. Raphaella lud Kay zum Hinsetzen ein, als es wieder läutete und die Limonaden erschienen. Sie bot Kay eine davon an und händigte die andere dem Mädchen aus, die sie stumm entgegennahm. Amanda sah Raphaella flehend an und hielt das Glas auf dem Schoß, nachdem sie von dem Getränk genippt hatte. Es war ein seltsamer, peinlicher Augenblick, und Raphaella beeilte sich, die Lücke mit einer kleinen Unterhaltung über die Reise zu füllen. Nichtsdestoweniger war es eine fatale halbe Stunde. Raphaella war erleichtert, als Kay sich erhob, um zu gehen.

»Werden Sie direkt nach Long Island fahren?« fragte Raphaella in der Absicht, Mandy zu trösten.

»Nein. Es ist beschlossen, daß Mandy und ich eine kleine Reise machen.« Amanda schreckte auf und sah ihre Mutter mit feindseligen Augen an.

»Oh, wirklich? Wohin?« fragte Raphaella.

»Nach Minnesota.«

»Hat es was mit deiner Wahlkampagne zu tun, Mutter?« Es waren die ersten Worte, die Amanda an ihre Mutter richtete. Der Ton der Verachtung war nicht zu überhören.

»Mehr oder weniger. Es ist nur eine Provinzmesse, doch sind da ein paar Dinge, die ich machen sollte. Ich dachte, es würde dich freuen.« Ihr Gesicht verriet, daß sie ärgerlich war, doch sie wagte nicht, es in Worten zu äußern. Raphaella warf einen Blick auf Amanda und stellte fest, daß sie müde und elend aussah. Alles, was das Kind wollte, war, wieder in San Francisco bei Alex zu sein, und Raphaella mußte sich eingestehen, daß sie sich auch danach sehnte.

Amanda hob ihren einzigen Koffer und ihren Tennisschläger auf und sah Raphaella an. Nur einen Augenblick blieben sie so stehen, dann schloß Raphaella sie rasch in die Arme. Sie hätte ihr gerne gesagt, sie solle geduldig und freundlich sein, aber dennoch stark bleiben und sich nicht von ihrer Mutter tyrannisieren lassen. Sie hätte ihr gerne tausend Dinge gesagt, doch hier war nicht der Ort und die Zeit dafür. »Laß es dir gutgehen, Herzchen.« Und etwas gedämpfter: »Ich werde dich vermissen.«

Amanda aber sagte deutlich, mit Tränen in den Augen: »Ich werde dich auch vermissen.« Sie weinte lautlos, als sie in den Gang des Carlyle hinausfloh. Kay blieb kurz im Eingang stehen und schien jeden Zoll von Raphaellas Antlitz in sich aufzunehmen.

»Danke, daß Sie sie vom Flughafen hergebracht haben.«

Keine Erwähnung all dessen, was Raphaella sonst noch für sie getan hatte, sechs Monate liebevoller und mütterlicher Pflege, die sie Alexanders Nichte angedeihen ließ, dem Kinde, das sie beide so liebgewonnen hatten. Aber Raphaella wollte keinen Dank von dieser Frau. Alles, was sie wollte, war ihr Versprechen, daß sie dem Mädchen nicht weh tun würde. Doch es gab keinen Weg, dies zu erhalten, keinen Weg, Kay zu ermahnen, zu ihrem eigenen Kinde gut zu sein.

»Ich hoffe, es wird ein guter Monat für Sie beide.«

»Das wird es.« Kay sagte es mit einem seltsamen kleinen Lächeln und fixierte Raphaella. Und dann, über die Schulter hinweg, fast feixend, rief sie der schwarzhaarigen Schönheit zu: »Viel Spaß in Spanien!« Hiermit verschwand sie mit Amanda im Fahrstuhl, und Raphaella, sich plötzlich leer und allein fühlend, fragte sich, woher Kay wußte, daß sie nach Spanien reiste.

23

Als Raphaella am nächsten Morgen das Flugzeug nach Paris bestieg, verspürte sie nicht einmal Sehnsucht, ihre Neffen und Nichten wiederzusehen. Alles, wonach sie sich sehnte, war heimzufahren. Diese Etappe der Reise trug sie nur noch weiter fort von jenem Ort, wo ihr Herz war, und sie fühlte sich müde und einsam. Sie schloß die Augen und versuchte sich vorzutäuschen, sie sei auf dem Weg nach Kalifornien und nicht nach Frankreich. Aus purer Langeweile schlief sie den halben Weg über den Atlantik. Sie las ein bißchen, aß zu Mittag und zu Abend und gedachte mit leisem Lächeln des Fluges nach New York, als sie Alex zum ersten Mal begegnet war. Es erschien ihr heute unbegreiflich, wie sie zu einem Fremden hatte sprechen können, genauso unbegreiflich, wie es ihr damals vorgekommen war. Sie mußte noch immer lächeln, als sie sich zur Landung in Paris vorbereitete. Natürlich war er jetzt kein Fremder mehr für sie. »Und wie habt ihr zwei euch kennengelernt?« hörte sie im Geiste ihren Vater fragen. »In einem Flugzeug, Papa. Er hat mich angesprochen.« – »Er hat was?« Sie lachte fast, als sie ihren Sitzgurt befestigte und sich auf die Landung einstellte. Der Gedanke amüsierte sie noch, als sie vor den anderen aus dem Flugzeug entlassen und durch den Zoll gelotst wurde. Doch sie wirkte keineswegs mehr amüsiert, als sie die Schranke erreichte und das Gesicht ihres Vaters sah. Er blickte ernst, fast grimmig und reagierte gar nicht auf ihre Aufmachung, die in jedes Männerauge ein anerkennendes Lächeln gezaubert hätte. Sie trug ein schwarzes Kostüm mit einer weißen Seidenbluse und einen kleinen Hut mit einem schwarzen Schleier. Als sie ihn sah, begann ihr Herz zu flattern. Es war offenkundig, daß etwas geschehen sein mußte. Er hatte schlechte Neuigkeiten für sie... vielleicht ihre Mutter... oder John Henry... oder eine Cousine... oder...

»Bonjour, Papa.« Er neigte kaum das Haupt, als sie sich emporreckte, um ihn zu küssen. Seine kräftige Erscheinung schien starrer als ein Fels. Sein Gesicht war alt und durchfurcht, und seine Augen sahen sie kalt an, als sie mit angstvollem Ausdruck in seine eisblauen Augen sah. »Ist irgend etwas passiert?«

»Wir werden zu Hause darüber sprechen.« O Gott... es war John

Henry. Und er wollte es ihr hier nicht sagen. Plötzlich wichen alle Gedanken an Alex aus ihrem Kopf. Alles, woran sie denken konnte, war der ältere Mann, den sie in San Francisco zurückgelassen hatte, und wie stets machte sie sich Selbstvorwürfe, ihn überhaupt verlassen zu haben.

»Papa... bitte...« Sie standen auf dem Flughafen und sahen sich an. »Ist es – ist es« – ihre Stimme sank zu einem Flüstern herab – »John Henry?« Er schüttelte nur den Kopf und sagte nichts.

Während der ganzen Autofahrt nach Paris saß Raphaella wie erstarrt vor Angst, ihre Hand zitterte, als sie schließlich vor dem Hause hielten. Der Chauffeur hielt ihnen die Tür offen, seine schwarze Uniform paßte zur Miene ihres Vaters und Raphaellas Gemütsverfassung. Sie hatte ein eigenartiges Gefühl, als sie die gigantische Eingangshalle, angefüllt mit vergoldeten Spiegeln und marmorgedeckten Louis-Quinze-Tischen, durchmaß. An einer Wand hing ein prachtvoller Aubusson-Gobelin, und durch die hohen französischen Fenster sah man in den Garten hinaus. Ihr Vater warf einen mißbilligenden Blick auf sie und winkte sie über eine lange Flucht von Marmorstufen in sein Arbeitszimmer hinauf. Es war auf einmal, als wäre sie wieder ein Kind und hätte irgend etwas angestellt.

Vielleicht hatte die Erregung ihres Vaters letztlich doch etwas mit John Henry zu tun. Während Raphaella eilends die Stufen hinaufstieg, konnte sie sich nicht vorstellen, was es sein mochte, es sei denn, es müßte sich ereignet haben, als sie in New York war. Vielleicht ein neuer Infarkt? Doch es schien nicht nach schlechten Neuigkeiten auszusehen, die er ihr mitteilen wollte. Vielmehr deutete alles auf einen schrecklichen Verweis wegen irgend etwas, was sie getan hatte. Sie kannte diesen besonderen Ausdruck auf seinem Gesicht aus ihrer Kindheit.

Er marschierte steif in sein Arbeitszimmer, und Raphaella folgte ihm. Es war ein Raum mit ungeheuer hohen Decken, Holztäfelung, mit Bücherschränken bedeckten Wänden und einem Schreibtisch, der groß genug für einen Präsidenten oder König war. Es war ein stattliches Exemplar im Louis-Quinze-Stil, triefend vor Gold und äußerst eindrucksvoll. Ihr Vater nahm seinen Platz hinter dem Schreibtisch ein.

»Alors...« Er sah sie flüchtig an und winkte sie zu einem Stuhl auf der anderen Seite des Tisches. Obgleich ihr Vater kein warmherziger Mann war oder zu übermäßigen Gefühlsäußerungen neigte, war er selbst für seine Verhältnisse übertrieben streng und hart.

»Papa, was ist es?« Während der langen Fahrt vom Flughafen hierher war ihr Gesicht sehr weiß geworden und erschien jetzt noch bleicher.

»Was ist es?« Seine Augenbrauen zogen sich zusammen, und sein Gesicht sah grimmig aus, als er zunächst auf den Schreibtisch und dann auf sie starrte. »Müssen wir Spiele spielen?«

»Aber, Papa, ich habe keine Ahnung.«

»In diesem Falle« – fast bellte er die Worte seiner Tochter zu – »bist du total ohne Gewissen. Oder vielleicht sehr naiv, falls du denkst, du kannst machen, was du willst, in irgendeiner Ecke der Welt und ohne daß es bekannt wird.« Er ließ die Worte einen Augenblick auf sie einwirken, und Raphaelles Herz begann zu rasen. »Verstehst du mich?« Er senkte seine Stimme und sah sie scharf an, als sie den Kopf schüttelte. »Nein? Dann sollte ich vielleicht ehrlicher zu dir sein, als du zu mir oder zu deinem armen Mann, der krank zu Hause in seinem Bett liegt.« Seine Stimme war voller Vorwurf und Verachtung für seine einzige Tochter, und plötzlich, wie ein Kind, das bei einem schrecklichen Vergehen ertappt wurde, fühlte sie sich von Scham überflutet. Die bleichen Wangen waren jäh von Röte übergossen, und Antoine de Mornay-Malle nickte mit dem Kopf. »Vielleicht hat du mich jetzt verstanden.«

Jedoch ihre Stimme klang klar, als sie erwiderte: »Nein, das habe ich nicht.«

»Dann bist du sowohl eine Lügnerin als auch eine Betrügerin!« Die Worte läuteten wie Sturmglocken in dem weiten strengen Raum. »Ich erhielt«, sprach er wohlüberlegt, als richte er sich an das Parlament und nicht an sein einziges überlebendes Kind, »vor einigen Wochen einen Brief. Von einer amerikanischen Kongreßabgeordneten, Madame Kay Willard.« Forschend sah er Raphaella ins Gesicht, und sie fühlte ihren Herzschlag stocken.

Kaum fähig zu atmen wartete Raphaella. »Es war, das muß ich dir sagen, ein sehr schmerzvoller Brief, den ich zu lesen bekam. Schmerzvoll aus einer Anzahl von Gründen. Aber am meisten vor allem, weil ich Dinge über dich erfuhr, meine Tochter, die ich nie für möglich gehalten hatte. Soll ich fortfahren?« Raphaella hätte ihm am liebsten nein gesagt, doch sie wagte es nicht. Er würde ohnehin fortfahren, wie sie wußte. »Sie erklärte mir nicht allein, daß du deinen Gatten betrügst. Ein Mann, darf ich dich daran erinnern, Raphaella, der nur Gutes für dich tat, seit du kaum mehr als ein Kind gewesen bist. Ein Mann, der dir vertraut, der dich liebt, der dich jeden wachen Moment über braucht, jeden deiner Gedanken, jeden Atemzug, um ihn am Leben zu halten. Gibst du ihm weniger als das, wirst du ihn töten, und ich bin ganz sicher, daß du dir dessen bewußt bist. Doch du zerstörst nicht allein diesen Mann, der dich liebt und der mein ältester und teuerster Freund ist, sondern du zerstörst anscheinend noch das Leben mehrerer anderer Menschen – einen Mann, der scheinbar eine Frau hatte, die ihn liebte, und den du ihr entfremdet hast. Du hinderst ihn daran, Kinder zu haben, was offenbar etwas ist, was ihm sehr am Herzen liegt. Außerdem erfahre ich von Madame Willard, daß ihre Tochter nach einem schweren Unfall zur Genesung nach Kalifornien reiste und mit diesem Mann, dem du die Frau gestohlen hast, zusammenlebt. Anscheinend verdirbst du auch dieses Kind mit deinem schockierenden Verhalten. Außerdem ist Madame Willard im Kongreß, und nach allem, was sie mir mitteilt, wird sie alle Chancen verlieren, ihr Lebenswerk fortzusetzen, wenn der Skandal ruchbar wird. In der Tat teilt sie mir mit, daß sie unverzüglich zurücktreten will, falls du und ihr Bruder nicht Schluß machen, weil sie der Schande, die ein solcher Skandal über sie, ihren Ehemann, ihre betagte Mutter und ihr Kind brächte, nicht ins Auge sehen könnte. Ich sollte ebenso hinzufügen, daß, wenn solch eine Sache bekannt würde, du auch über mich und das Bankhaus Malle Schande bringen würdest, ganz zu schweigen, wie dein Betragen aus spanischer Sicht beurteilt würde. Ich brauche nicht zu erwähnen, was die Presse aus dir machen würde.«

Raphaella fühlte sich, als sei sie gekreuzigt worden. Die Ungeheuerlichkeit des Geschehenen, die Beschuldigungen, die Machenschaften Kays und die bitteren Vorwürfe ihres Vaters überstiegen fast jedes Maß des Erträglichen. Was konnte sie ihm sagen? Wo sollte sie beginnen? Die Wahrheit war, daß Kay eine bösartige, ehrgeizzerfressene Politikerin war, die vor nichts haltmachte, um ihre Ziele zu erreichen; daß sie nicht an Rücktritt dachte, sondern sich erneut zur Wahl aufstellen ließ, diesmal als Senator. Daß Amanda von ihr und Alex nicht ›verdorben‹, sondern tief geliebt wurde; daß er nicht mit Rachel verheiratet gewesen war, als sie ihm begegnete, und daß er nicht zu Rachel zurück wollte und daß sie selbst noch immer alles gab, was sie John Henry geben konnte, aber daß sie Alex auch liebte. Ihr Vater saß jedoch nur da und starrte sie mit Verachtung und Zorn in den Augen an. Als sie ihn ansah, fühlte sie sich machtlos vor ihm, Tränen stürzten aus ihren Augen und rannen ihr über die Wangen.

»Ich muß dir auch noch sagen«, fuhr er nach einer Pause fort, »daß es nicht meine Art ist, dem Wort einer völlig Fremden zu glauben. Mit erheblichen Unannehmlichkeiten und großen Ausgaben engagierte ich einen Detektiv, der deine Aktivitäten in den vergangenen zehn Tagen chronologisch aufgezeichnet hat, die zu bestätigen scheinen, was diese Frau sagt. Jede einzelne Nacht«, – er blitzte sie zornig an, – »kamst du nicht früher als um fünf Uhr morgens heim. Falls es dich nicht kümmert, was du jenen antust, die um dich herum sind, Raphaella, so würde ich meinen, daß deine eigene Reputation dir etwas mehr bedeuten sollte! Deine Dienstboten müssen dich für eine Schlampe, eine Hure, ein Stück Dreck halten!« Er brüllte sie an und verließ seinen Platz, um den Raum zu durchqueren. Sie hatte noch nicht ein Wort gesagt. »Wie kannst du so etwas machen? Wie kannst du so ehrlos, so ekelhaft, so billig sein?« Er wandte ihr das Gesicht zu, und sie schüttelte nur stumm den Kopf und barg ihr Gesicht in den Händen. Nach einer Weile holte sie tief Luft und sah ihren Vater quer durch das Zimmer an.

»Papa, diese Frau haßt mich... was sie gesagt hat –«

»Ist alles wahr. Die Berichte von dem Mann, den ich engagierte, sagen es.«

»Nein.« Sie schüttelte vehement ihr Haupt und stand gleichfalls auf. »Nein, das einzig Wahre ist, daß ich ihren Bruder liebe. Aber er ist nicht verheiratet. Er war geschieden, als ich ihn kennenlernte –« Er schnitt ihr brüsk das Wort ab.

»Und du bist eine Katholikin, oder hast du das vergessen? Und eine verheiratete Frau, oder hast du das auch vergessen? Es schert mich nicht, ob es ein Priester oder ein Zulu war, Tatsache ist, daß du mit John Henry verheiratet bist, und du bist nicht frei, herumzuhuren, wo es dir paßt. Nach dem, was du hier getan hast, kann ich ihm nicht wieder unter die Augen treten. Ich kann meinem ältesten Freund nicht ins Gesicht sehen, weil die Tochter, die ich ihm gab, eine Hure ist!«

»Ich bin keine Hure!« Mit Schluchzern in der Kehle schrie sie ihm die Worte zu. »Und du hast mich ihm nicht gegeben. Ich heiratete ihn, weil ich ihn wollte... ich liebte ihn...« Sie sprach nicht weiter.

»Ich wünsche, deinen Unsinn nicht zu hören, Raphaella. Ich wünsche nur eins von dir zu hören. Daß du diesen Mann nicht wiedersehen wirst.« Er blitzte sie zornig an und kam langsam auf sie zu. »Und bevor du das nicht tust und mir dein feierliches Versprechen gibst, bist du in meinem Hause nicht willkommen. Genau gesagt«, – er warf einen Blick auf seine Uhr – »geht dein Flugzeug nach Madrid in zwei Stunden. Ich möchte, daß du dich dorthin begibst, um hierüber nachzudenken, und ich werde in einigen Tagen kommen. Dann wünsche ich zu hören, daß du diesem Mann geschrieben und ihm mitgeteilt hast, daß es aus ist. Und um sicher zu sein, daß du dein Versprechen hältst, beabsichtige ich, auf unbestimmte Zeit deine Überwachung zu veranlassen.«

»Aber warum, um Gottes willen, warum?«

»Weil, falls du schon keine Ehre hast, Raphaella, ich sie habe. Du brichst jedes Versprechen, das du je gegeben hast, als du John Henry heiratetest. Du entehrst mich sowohl als dich. Und ich will keine Hure als Tochter haben. Und falls du dich weigerst, in meine Forderung einzuwilligen, erkläre ich dir schlicht, daß du mir keine andere Wahl läßt, als John Henry zu erzählen, was du getan hast.«

»Um Gottes willen, Papa... bitte...« Sie schluchzte jetzt fast hysterisch. »Dies ist mein Leben... du wirst ihn töten... Papa... bitte...«

»Du bist ein Schandfleck auf meinem Namen, Raphaella.« Er starrte sie an, ohne näher zu kommen.

Sie sah ihn an, begriff den Horror dessen, was geschehen war, und zum ersten Mal in ihrem Leben haßte sie jemanden, wie sie es nie zuvor getan hatte. Wenn Kay in diesem Moment im gleichen Zimmer mit ihr gestanden hätte, sie würde sie mit Freuden getötet haben, und zwar mit bloßen Händen. So aber wandte sie sich mit einem Blick der Verzweiflung an ihren Vater.

»Aber, Papa... warum – warum mußt du dies tun? Ich bin eine erwachsene Frau... du hast kein Recht –«

»Ich habe jedes Recht. Du bist offenbar zu lange in Amerika gewesen, meine Liebe. Und vielleicht hast du auch zu lange am losen Zügel gehangen, während dein Gatte krank war. Madame Willard teilt mir mit, daß sie versucht hat, dich zur Vernunft zu bringen, aber du und dieser Mann seien hartnäckig. Sie teilt mir mit, wenn du nicht wärst, würde er zu seiner Frau zurückgehen, wenn du nicht wärst, könnte er eine Familie gründen und Kinder haben.« Er sah sie vorwurfsvoll an. »Wie kannst du das jemandem antun, den du liebst?« Seine Worte und seine Miene waren wie ein Messer, das sie durchschnitt, und sein starrer Blick sog sich an ihren Augen fest. »Doch mein Interesse gilt nicht diesem Mann, es gilt deinem Gatten. Ihm gegenüber solltest du die strengste Loyalität empfinden. Und ich meine es ernst, Raphaella: Ich werde es ihm sagen.«

»Es wird ihn töten.« Sie sprach sehr ruhig, aus ihren Augen ergossen sich Tränen über ihr Gesicht.

»Ja«, sagte ihr Vater knapp. »Es wird ihn töten. Und sein Blut wird an deinen Händen sein. Ich wünsche, daß du in Santa Eugenia darüber nachdenkst. Und ich möchte, daß du weißt, warum ich Vorkehrungen für dich getroffen habe, heute abend abzureisen. Ich will keine Hure unter meinem Dach, Raphaella, nicht einmal für eine Nacht.« Hierauf schritt er zur Tür seines Arbeitszimmers, öffnete sie, verbeugte sich leicht und winkte sie hinaus. Einen endlosen Moment starrte er sie lang und hart an, so daß es sie durchschauerte. Wie verwüstet blickte sie auf das, was sich zwischen ihnen zugetragen hatte. Er schüttelte den Kopf und sagte nur zwei Worte zu ihr. »Guten Abend.« Dann schloß er fest die Tür hinter ihr. Sie mußte zum nächsten Sessel gehen und sich setzen.

Sie fühlte sich so elend und zittrig, daß sie glaubte, jeden Augenblick in Ohnmacht zu fallen. Aber sie saß nur da, benommen, entsetzt, verletzt, verwirrt, zornig. Wie konnte er ihr dieses antun? Und hatte Kay gewußt, was sie tat? Konnte sie vielleicht ahnen, welch katastrophale Wirkung ihr Brief haben würde? Mehr als eine halbe Stunde saß Raphaella wie betäubt, und dann, nach einem Blick auf ihre Uhr, stellte sie fest, daß, falls ihr Vater ihren Flug umgebucht hatte, sie jetzt und geradewegs das Haus verlassen mußte.

Langsam ging sie auf die Treppe zu, warf noch einen Blick zurück auf das Arbeitszimmer ihres Vaters. Sie hatte kein Verlangen, ihm jetzt adieu zu sagen. Er hatte alles gesagt, was er zu sagen hatte, und sie wußte, daß er in Santa Eugenia erscheinen würde. Aber sie gab keinen Pfifferling auf das, was er tat oder drohte oder sagte. Er hatte kein Recht, sich in ihr Leben mit Alex einzumischen. Und sie gab auch keinen Pfifferling auf das, was er angedroht hatte, ihr anzutun. Sie würde Alex nicht aufgeben. Sie marschierte die Stufen zur Eingangshalle hinunter, setzte ihren kleinen Strohhut mit dem Schleier auf und hob ihre Reisetasche auf. Jetzt stellte sie fest, daß ihr großes Gepäck gar nicht aus dem Citroën ausgeladen worden war und der Chauffeur noch immer draußen vor der Tür stand. Sie war in der Tat aus dem Hause ihres Vaters verbannt worden, aber sie war so zornig, daß es sie nicht berührte. Er hatte sie ihr ganzes Leben lang wie einen Gegenstand behandelt, ein Möbelstück, eine Art von Guthaben, und sie würde nicht zulassen, daß er dies weiterhin tat.

24

In San Francisco, um die gleiche Zeit, in der Raphaella zum Flughafen außerhalb Paris zurückgefahren wurde, hatte Alex gerade einen höchst ungewöhnlichen Telefonanruf erhalten. Er saß an seinem Schreibtisch, starrte auf seine gefalteten Hände und fragte sich, warum er diesen Anruf erhalten hatte. Höchstwahrscheinlich hatte er etwas mit Raphaella zu tun, aber mehr als das wußte er nicht. Er hatte das Gefühl einer seltsamen und schrecklichen Schwere, während er auf die verabredete Stunde wartete. Fünf Minuten nach neun an jenem Morgen hatte er von einem der Sekretäre John Henrys einen Anruf erhalten und war gebeten worden, falls er könnte, am selben Morgen zum Hause zu kommen. Er hatte ihm nur gesagt, daß Mr. Phillips ihn in einer persönlichen Angelegenheit von bedeutender Wichtigkeit zu sehen wünsche. Weitere Erklärungen wurden nicht geboten, und er wagte nicht, danach zu fragen. Nachdem er aufgehängt hatte, rief er gleich seine Schwester an, doch die Kongreßabgeordnete Willard war an diesem Morgen nicht greifbar. Er mußte warten, bis er John Henry in zwei Stunden sah. Vielleicht hatte

John Henry schon mit Raphaella gesprochen, und sie hatte es Alex nicht gesagt. Vielleicht hatte er schon mit ihrer Familie arrangiert, sie in Spanien zu behalten. Gleichwohl spürte er, daß sich etwas Schreckliches zusammenbraute, aber mit Rücksicht auf John Henrys vorgeschrittenes Alter und den offenkundigen Ernst der Situation konnte er sich nicht weigern, hinzugehen und ihn zu sehen. Er würde es gerne getan haben, dachte er, als er seinen Wagen an der gegenüberliegenden Straßenseite des Hauses parkte.

Langsam ging er auf die mächtige Eichentür, die er so oft gesehen hatte, zu. Er läutete und wartete, und einen Moment später erschien ein ernstblickender Butler. Für eine Sekunde hatte Alex das Gefühl, als ob jedes Mitglied dieses Hauses sein Verbrechen kannte und im Begriff war, Gericht über ihn zu halten. Er war ein kleiner Junge, der wegen gestohlener Äpfel gescholten werden sollte – doch nein, dies hier war schlimmer, sehr viel schlimmer. Hätte er es sich gestattet, hätte er jetzt echte Angst gehabt. Doch er fühlte, daß dies ein Augenblick war, der ihm absolut keine Wahl ließ. Er schuldete es John Henry, vor ihm zu erscheinen, gleichgültig, was der alte Mann zu tun oder zu sagen beabsichtigte.

Der Butler führte ihn in die Hauptempfangshalle. Von dort eskortierte ihn ein Dienstmädchen nach oben. Vor der Zimmerflucht John Henrys kam ein älterer Mann auf ihn zu, lächelte entgegenkommend und dankte ihm, nach so kurzfristiger Benachrichtigung gekommen zu sein, um Mr. Phillips zu sehen. Er wies sich als Mr. Phillips' Sekretär aus, und Alex erkannte die Stimme, die er am Telefon gehört hatte, wieder.

»Sehr freundlich von Ihnen, so rasch zu kommen. Dies ist höchst ungewöhnlich für Mr. Henry. Er hat seit mehreren Jahren niemand mehr gebeten herzukommen. Ich nehme aber an, es ist irgendeine dringende persönliche Sache, und er dachte, Sie könnten in der Lage sein, ihm zu helfen.« Wieder spürte Alex tiefe Besorgnis.

»Sicherlich.« Er hörte sich zu dem ältlichen Sekretär Belanglosigkeiten murmeln. Sie warteten darauf, von der Pflegerin hereingeführt zu werden. »Ist er sehr krank?« Er wußte, es war eine bornierte Frage, als der Mann nickte, denn ihm war ja von Raphaella bekannt, wie krank John Henry war. Er war jedoch völlig entnervt alleine dadurch, hier draußen vor John Henrys Schlafzimmer in ›ihrem‹ Heim zu stehen. Dies waren die Gänge, durch die sie jeden Tag ging. Dies war das Haus, in dem sie jeden Morgen frühstückte, in welches sie kam, nachdem sie ihn verlassen hatte, nachdem sie sich geliebt hatten.

»Mr. Hale…« Die Pflegerin hatte die Tür geöffnet, und der Sekretär verbeugte sich. Eine Sekunde schien Alex zu zaudern, dann ging er auf den Eingang zu, sich fühlend wie ein Mann, der zu seiner eigenen Exekution schreitet, doch wenigstens tat er es mit Stil. Er würde ihr keine Unehre erweisen, weder indem er sich durch Weigerung seines Erscheinens als Feigling erwies, noch durch einen unpassenden Aufzug. Er war zu Hause vorbeigefahren, um die Kleidung zu wechseln gegen einen schwarzen Nadelstreifenanzug, den er in London gekauft hatte, mit weißem Hemd und Dior-Krawatte, doch selbst dies half nichts, als er die Türschwelle überschritt und die zusammengeschrumpfte Gestalt in dem massiven antiken Bett erblickte.

»Mr. Phillips?« Alexanders Stimme war kaum mehr als ein Flüstern, als hinter ihm beide, der Sekretär und die Pflegerin, verschwanden. Sie waren nun allein, die zwei Männer, die Raphaella liebten, der eine so geschlagen, so alt und zerbrochen, der andere so jung und hochgewachsen, wie er dort stand und auf den Mann, den Raphaella vor fünfzehn Jahren geheiratet hatte, schaute.

»Bitte, kommen Sie näher.« Seine Sprechweise war verstümmelt und schwierig zu verstehen, doch es war, als ob Alex seine Worte erspürte, so sehr war er auf das Kommende eingestellt. John Henry winkte schwach zu einem Stuhl neben seinem Bett und bat Alex, darauf Platz zu nehmen, doch es war keine Schwäche in den scharfen blauen Augen, die ihn beobachteten, ihm Maß nahmen, Zoll für Zoll, Haar für Haar. Alex setzte sich vorsichtig auf den Stuhl und wünschte, er würde in seinem Bett aufwachen, um festzustellen, daß dies nur ein Alptraum war. Es war einer jener Augenblicke im Leben, in denen man sich weit weg wünscht.

»Ich möchte…« Er mühte sich mit der Sprache, aber seine Augen ließen Alex dabei niemals los, und selbst jetzt war um ihn die Aura eines stolzen Herrschers. Es war nichts Anmaßendes an ihm, nur eine Art von ruhiger Stärke, sogar in diesem gebrochenen Zustand; man spürte, daß dies einst ein großer Mann gewesen war. Es war jetzt leichter zu verstehen, was er Raphaella einmal bedeutet haben mochte und warum sie ihn jetzt noch liebte. Für einen Moment verspürte Alex Scham für das, was sie getan hatten. »Ich möchte...«, stammelte John Henry weiter, mit der einen Seite des Mundes, die sich nicht mehr bewegen konnte, kämpfend, »Ihnen danken... für Ihr Kommen.« Jetzt entdeckte Alex, daß seine Augen nicht nur durchdringend, sondern auch gütig waren. Alex nickte ihm zu, nicht ganz sicher, was zu sagen war. »Ja, Sir«, würde passend gewesen sein. Er empfand Ehrfurcht für diesen Mann.

»Ja. Ihr Sekretär sagte, daß es wichtig sei.« Sie wußten beide, daß dies eine Untertreibung war. Trotz des verkrüppelten Mundes versuchte John Henry zu lächeln.

»In der Tat, Mr. Hale... in der Tat.« Und dann nach einer kurzen Pause: »Ich hoffe... ich habe Sie nicht... erschreckt... Sie zu bitten...« Er schien kaum fähig, den Satz zu beenden, jedoch entschlossen, es zu tun. Es war eine harte Leistung für beide. »...herzukommen. Es ist sehr wichtig«, sagte er deutlicher, »für alle drei... von uns... Ich brauche es nicht zu erklären.«

»Ich –« Sollte er es leugnen? Alex überlegte. John Henry hatte nicht in einem anklagenden Ton gesprochen. Er hatte die Wahrheit gesagt. »Ich verstehe.«

»Gut.« John Henry nickte, erfreut blickend. »Ich liebe meine Frau sehr, Mr. Hale...« Die Augen waren seltsam leuchtend. »So sehr, daß es mich schmerzte... schrecklich... sie hier gefangenzuhalten, während ich... ich ein Gefangener dieses nutzlosen zerstörten Körpers bin... und sie weiterhin an... mich gekettet ist...« Er blickte gramzerfressen, als seine Augen Alex erreichten – »...wie es jetzt ist. Es ist kein Leben für eine... junge Frau... dennoch... sie ist sehr gut zu mir.«

Alex sah sich gezwungen, hierauf zu antworten. Seine Stimme klang rauh, als er sprach. »Sie liebt Sie sehr.« Er fühlte sich immer mehr als Eindringling. Sie waren die Liebenden. Er war der Störenfried. Es war das erste Mal, daß er wahrhaft begriff. Sie war dieses Mannes Frau, nicht seine. Und bei aller Zuneigung, die sie füreinander empfanden, sie gehörte hierher. Und dennoch, konnte er das wirklich glauben? John Henry war ein sehr alter Mann, sich mit unendlich kleinen Schritten dem Tode nähernd. Wie er selbst zu wissen schien, war es eine grausame Existenz für sie. Er sah Alex jetzt hilflos an.

»Es war eine schreckliche Sache, ihr... dies anzutun.«

»Sie haben es nicht gewollt.«

Da war die Spur eines Lächelns. »Nein... das habe ich nicht... aber... es geschah... und noch... lebe ich weiter... und ich quäle sie.«

»Das ist nicht wahr.« Sie saßen da wie zwei alte Freunde, jeder die Existenz und Bedeutung des anderen anerkennend, es war ein seltsamer Moment im Leben beider Männer. »Sie bedauert keinen Augenblick ihrer Zeit mit Ihnen.« Wieder mußte er sich zwingen, nicht hinzuzufügen »Sir«.

»Doch, sie sollte... es bedauern.« Er schloß kurz die Augen. »Ich tue es.« Als er die Augen wieder öffnete, waren sie so scharf wie zuvor. »Ich bedaure es... für sie... und für mich... Aber ich habe Sie nicht hergebeten, um Ihnen von meinem Bedauern zu erzählen... und meinen Sorgen... Ich rief Sie her, um Sie... über sich zu befragen.«

Alexanders Herz hämmerte, und er beschloß, den Stier bei den Hörnern zu packen. »Darf ich Sie fragen, wie Sie von mir erfahren haben?« Hatte er es die ganze Zeit gewußt? Ließ er sie routinemäßig von Dienstboten überwachen?

»Ich erhielt... einen Brief.«

Alex fühlte, wie in seinem Inneren ein flammender Zorn aufstieg. »Darf ich fragen, von wem?«

»Ich... weiß es nicht.«

»Er war anonym?«

John Henry nickte. »Es wurde mir nur mitgeteilt... daß... Sie und...« Er schien ihren Namen in Alexanders Gegenwart nicht nennen zu wollen, es war genug, daß sie hier zusammensaßen und die Wahrheit sprachen. »Daß Sie und sie in Verbindung sind seit... fast einem Jahr.« Er begann leise zu husten, und Alex war besorgt, doch John Henry winkte mit der Hand, um anzuzeigen, daß alles in Ordnung sei, und fuhr nach kurzer Pause fort: »Es wurde mir Ihre Adresse und Telefonnummer gegeben und erklärt, daß Sie... Rechtsanwalt sind... und deutlich zum Ausdruck gebracht... daß es weise sein würde... dem Verhältnis Einhalt zu gebieten.« Er sah Alexander neugierig an. »Warum ist das so?

War der Brief… von Ihrer Frau?« Er schien beunruhigt, doch Alex schüttelte den Kopf.

»Ich habe keine Frau. Ich wurde vor mehreren Jahren geschieden.«

»Ist sie… noch… eifersüchtig?«

»Nein. Ich glaube, der Brief, den Sie erhielten, war von meiner Schwester. Sie ist Politikerin. Kongreßabgeordnete, genau gesagt. Sie ist eine furchtbare, selbstsüchtige, bösartige Frau. Sie denkt, falls irgendein Wort von dieser – meiner… äh… unserer Verbindung bekannt wird, würde es ihr politisch schaden, wegen des Skandals.«

»Sie hat vermutlich… recht.« John Henry nickte mit dem Kopf. »Aber weiß jemand was?« Er konnte es schwerlich glauben. Raphaella würde immer diskret sein.

»Nein.« Alex war steinhart. »Niemand. Nur meine Nichte, und sie vergöttert Raphaella und ist durchaus in der Lage, ein Geheimnis zu wahren.«

»Ist sie ein kleines Kind?« John Henry schien zu lächeln.

»Sie ist siebzehn und die Tochter besagter Schwester. Amanda, meine Nichte, hat in den letzten Monaten bei mir gelebt. Sie wurde am Erntedankfesttag schwer verletzt, und während ihre Mutter höchst rücksichtslos zu ihr war, hat Ihre – äh – Raphaella« – er beschloß, völlig aufrichtig zu sein – »sich wundervoll verhalten.« Seine Augen leuchteten bei diesen Worten warm auf, und John Henry lächelte erneut.

»Sie würde immer wundervoll sein… in solch einem Fall. Sie ist eine höchst… ungewöhnliche… Person.« Hierin stimmten beide überein. John Henry wurde wieder traurig. »Sie hätte… Kinder haben sollen.« Und dann: »Vielleicht… eines Tages… wird sie.« Alex sagte nichts. Endlich fuhr Henry fort. »Also, Sie meinen, es ist… Ihre Schwester?«

»Ja. Hat sie Ihnen in irgendeiner Weise in dem Brief gedroht?«

»Nein.« Er blickte schockiert. »Sie appellierte nur… an… meine… Fähigkeit, es zu… beenden.« Plötzlich sah er amüsiert aus und winkte auf seine nutzlosen Glieder unter den Laken. »Welch ein Vertrauen setzt man… in einen sehr alten Mann.« Aber geistig schien er nicht so alt, als seine Augen Alex begegneten. »Erzählen Sie mir… darf ich fragen… wie es begonnen hat?«

»Wir lernten uns letztes Jahr in einem Flugzeug kennen. Nein, das ist nicht richtig.« Alex krauste die Stirn und schloß für einen Moment die Augen, sich an das erste Mal erinnernd, als er sie auf den Stufen sitzen sah. »Ich sah sie eines Nachts... auf den Treppenstufen sitzen und über die Bucht hinausschauen.« Ihm wurde bewußt, daß er John Henry nicht erzählen wollte, daß sie geweint hatte. »Ich fand sie unwahrscheinlich schön, aber das war alles. Ich erwartete niemals, sie wiederzusehen.«

»Doch Sie taten es?« John Henry blickte neugierig.

»Ja. In dem Flugzeug, das ich erwähnte. Ich sah sie flüchtig im Flughafen, aber sie verschwand.«

John Henry lächelte ihn gütig an. »Sie müssen... ein Romantiker sein.«

Alex errötete leicht und lächelte einfältig. »Ich bin es.«

»Sie ist es auch.« Er sprach jetzt wie ihr Vater und gab die Tatsache nicht preis, daß er auch ein Romantiker gewesen war. »Und dann?«

»Wir unterhielten uns. Ich erwähnte meine Mutter. Sie las eins ihrer Bücher.«

»Ihre Mutter... schreibt?« Sein Interesse schien zu wachsen.

»Charlotte Brandon.«

»Äußerst... beeindruckend... Ich las einige ihrer früheren... Bücher... Ich würde sie gerne kennengelernt haben.« Alex hätte ihm gerne gesagt, daß er es könne, doch sie wußten beide, daß dies nie geschehen würde. »Und Ihre Schwester ist... eine Kongreßabgeordnete...« Er nickte Alex wohlwollend zu.

»Ich lud sie mit meiner Mutter zum Mittagessen in New York ein und –« Er zögerte für den Bruchteil einer Sekunde. »Ich wußte da noch nicht, wer sie war. Meine Mutter erzählte es mir nach dem Essen.«

»Sie wußte es?«

»Sie hat sie wiedererkannt.«

»Ich bin... überrascht... Wenige Leute kennen sie... Ich hielt sie gut verborgen vor... der Presse.« Alex nickte. »Sie hatte es Ihnen... nicht... selbst gesagt?«

»Nein. Das nächste Mal, als ich sie sah, sagte sie mir nur, daß sie verheiratet sei und sich nicht binden könne.« John Henry nickte, sichtlich erfreut. »Sie war sehr entschieden, und ich muß gestehen, daß ich – ich sie bedrängte.«

»Warum?« John Henrys Stimme war plötzlich grell in dem stillen Zimmer.

»Es tut mir leid. Ich konnte nicht anders. Ich... wie Sie schon sagten, ich bin ein Romantiker. Ich war ihr in Liebe verfallen.«

»So rasch?« Er sah ihn skeptisch an, doch Alex hielt stand.

»Ja.« Er tat einen tiefen Atemzug. Es war schwer, John Henry dies alles zu erzählen. Und warum? Warum wollte der alte Mann das alles wissen? »Ich sah sie wieder, und ich glaubte, sie fühlte sich auch zu mir hingezogen.« Es ging ihn nichts an, daß sie in New York miteinander ins Bett gegangen waren. Sie hatten auch ein Recht auf ihre Privatsphäre. Sie gehörte nicht nur ihm, sondern ebenso Alexander. »Wir flogen im selben Flugzeug zurück, aber hier sah ich sie nur einmal. Sie kam, um mir zu sagen, daß sie mich nicht wiedersehen könnte. Sie wollte Ihnen gegenüber nicht unredlich sein.«

John Henry blickte verdutzt. »Sie ist eine... erstaunliche... Frau.« Alex stimmte ihm offen zu. »Und dann? Sie bedrängten sie erneut?« Es war keine Anklage, nur eine Frage.

»Nein. Ich ließ sie allein. Zwei Monate später rief sie mich an. Und ich denke, wir waren beide gleichermaßen unglücklich.«

»Damals begann es?« Alex nickte. »Verstehe. Und wie lange ist das jetzt her?«

»Fast acht Monate.«

John Henry nickte langsam. »Ich pflegte... mir zu wünschen... sie möge irgend jemanden finden. Sie ist so einsam gewesen..., und ich konnte nichts tun... deswegen. Nach einer Zeit hörte ich auf, darüber nachzudenken... Sie schien sich mit ihrem Leben abgefunden zu haben... so wie es war.« Er sah Alex wieder ohne Vorwurf an.

»Gibt es irgendeinen Grund, warum ich es... beenden sollte? Ist sie... unglücklich?« Alex schüttelte langsam den Kopf. »Sind Sie es?«

»Nein.« Alex seufzte leise. »Ich liebe sie unendlich. Es tut mir nur leid, daß dies zu Ihrer Kenntnis gelangt ist. Wir hatten nie die Absicht, Sie zu kränken. Vor allem sie hätte das nicht ertragen.«

»Ich weiß.« John Henry sah ihn gütig an. »Ich weiß... und Sie... haben mich nicht... gekränkt. Sie haben mir nichts genommen. Sie ist so sehr meine Frau, wie sie es immer gewesen ist... sosehr sie es sein kann... jetzt. Sie ist so gut wie immer zu mir... so freundlich... so liebevoll. Und falls Sie ihr etwas mehr geben können, etwas Sonnenschein... etwas Freude... etwas Freundlichkeit... etwas Liebe... wie könnte ich ihr das mißgönnen? Es ist nicht recht... für einen Mann meines Alters... eine schöne junge Frau in einer Falle gefangenzuhalten... Nein!« Seine Stimme hallte machtvoll im Raum wider. »Nein... ich will sie nicht zurückhalten!« Dann milderte sich seine Stimme wieder. »Sie hat ein Recht auf ein Glück mit Ihnen... genauso wie sie einst ein Recht auf Glück mit mir besaß. Leben ist eine Folge wechselnder Jahreszeiten... wechselnder Schauplätze... wechselnder Träume... wir müssen uns dem anpassen. In der Vergangenheit eingesperrt zu bleiben würde sie zu demselben Schicksal wie dem meinen verdammen. Es wäre unmoralisch, ihr zu erlauben, das zu tun... *Das* wäre der Skandal« – er sah Alex mit feinem Lächeln an – »nicht das, was sie mit Ihnen teilt.« Und dann, fast in einem Flüstern: »Ich bin Ihnen dankbar... wenn Sie sie glücklich machten, und ich glaube, Sie haben es getan.« Er machte eine lange Pause. »Und nun? Was planen Sie mit ihr oder haben Sie vor?« Er blickte erneut besorgt, als versuche er die Zukunft für sein geliebtes Kind zu regeln.

Alex war nicht sicher, was er ihm sagen sollte. »Wir sprechen selten darüber.«

»Aber Sie denken... darüber nach?«

»Ich tue es.« Alex war ehrlich mit ihm.

»Werden Sie« – bei diesen Worten stiegen Tränen in seine Augen – »für sie sorgen... an meiner Statt?«

»Wenn sie es mir erlaubt.«

John Henry schüttelte seinen Kopf. »Wenn *sie*... es Ihnen erlauben. Falls mir etwas zustößt, wird ihre Familie kommen und sie holen... und sie wegbringen.« Er seufzte leise. »Sie braucht Sie... wenn Sie gut zu ihr sind, sie braucht Sie so sehr... wie sie mich... einst brauchte.«

Alexanders Augen waren jetzt ebenfalls feucht. »Ich verspreche es Ihnen. Ich werde für sie sorgen. Und ich werde sie niemals, niemals von Ihnen wegziehen. Nicht jetzt, nicht später, nicht in fünfzig Jahren oder zehn Jahren oder zwei. Ich möchte, daß Sie das wissen.« Er griff nach John Henrys zerbrechlicher Hand und umschloß sie mit seiner eigenen.

»Sie ist Ihre Frau, und ich respektiere das. Ich habe es immer getan. Ich werde es immer tun.«

»Und eines Tages machen Sie sie zu der... Ihren?« Ihre Augen trafen sich und hielten sich fest.

»Wenn sie es mir erlaubt.«

»Sehen Sie zu... daß sie es tut.« Er drückte fest Alexanders Hand, dann schloß er die Augen, als sei er erschöpft. Einen Moment später öffnete er sie mit einem kleinen Lächeln. »Sie sind ein guter Mann, Alexander.«

»Danke, Sir.« Endlich hatte er es gesagt. Und er fühlte sich besser. Es war, als wären sie Vater und Sohn.

»Sie waren tapfer herzukommen.«

»Ich mußte es.«

»Und Ihre Schwester?« Seine Augen befragten Alex, doch Alex zuckte nur die Achseln.

»Sie kann keinen echten Schaden zwischen uns stiften.« Er sah John Henry an. »Was kann sie sonst noch tun? Sie hat es Ihnen mitgeteilt. Sie kann es nicht publik machen, dann würden die Wähler es erfahren.« Er lächelte. »Sie hat überhaupt keine Macht.«

Aber John Henry blickte besorgt. »Sie könnte... Raphaella weh tun.« Er sagte es so gedämpft, daß es fast ein Flüstern war. Doch endlich hatte er ihren Namen genannt.

»Ich würde es ihr nicht erlauben.« Und Alex' Stimme tönte so entschlossen, daß John Henry sehr beruhigt aussah.

»Gut.« Und dann nach einem Augenblick. »Mit Ihnen wird sie sicher sein.«

»Immer.«

Er sah Alex lange an, dann streckte er ihm erneut die Hand entgegen. Alex nahm sie in die seine, John Henry preßte sie und flüsterte: »Sie haben meinen Segen, Alexander... sagen Sie ihr das... wenn die Zeit gekommen ist.«

In Alexanders Augen waren Tränen, als er die zerbrechliche Hand, die er hielt, küßte, und einige Minuten später verließ er den alten Mann, um ihm Erholung zu gönnen.

Er verließ das stattliche Herrenhaus mit einem Gefühl des Friedens, das er niemals vorher kannte. Ohne es zu wollen, hatte seine Schwester ihn mit einem unendlich kostbaren Geschenk bedacht. Anstatt die Affäre mit Raphaella zu beenden, hatte sie ihnen den Schlüssel zu ihrer Zukunft geliefert. In einer merkwürdigen, altmodischen Form, im Ritual eines verliehenen Segens. John Henry Phillips hatte Raphaella an Alexander Hale weitergegeben, nicht als ein Besitztum oder eine Last, sondern als einen kostbaren Schatz, den jeder, in seiner eigenen Zeit, zu lieben und zu beschützen gelobt hatte.

25

»Raphaella, Liebling.« Ihre Mutter schlang die Arme um sie, als Raphaella in Madrid aus dem Flugzeug stieg. »Aber was ist das für ein Wahnsinn? Warum bist du die Nacht über nicht in Paris geblieben? Als dein Vater mir sagte, du würdest auf direktem Wege herkommen, habe ich ihm erklärt, das sei total verrückt.« Alejandra de Mornay-Malle sah die dunklen Ringe, die sich unter den Augen ihrer Tochter gebildet hatten, und schalt sie liebevoll aus, doch die Art und Weise, wie sie es tat, verriet Raphaella, daß sie keine Ahnung hatte, warum ihre Pläne geändert wurden. Offenbar hatte ihr Vater nichts über den Brief von Madame Willard oder die Affäre mit Alex oder daß sie in Ungnade war, gesagt.

Raphaella lächelte ihrer Mutter müde zu und wünschte, sich glücklich zu fühlen, sie zu sehen, ein Gefühl des Heimkommens zu haben, einen Hafen zu finden vor ihres Vaters Zorn. Indessen, alles, was sie fühlte, war Erschöpfung, und alles, was sie hören konnte, war das Echo der Worte ihres Vaters. ›Ich will keine Hure unter meinem Dach, Raphaella, nicht einmal für eine Nacht.‹

»Liebling, du siehst erschöpft aus, bist du sicher, daß dir nichts fehlt?« Die auffallende flachsblonde Schönheit, die Alejandra de Santos y Quadral als junges Mädchen berühmt gemacht hatte, war mit Beginn der mittleren Jahre nur leicht verblaßt. Sie war noch immer eine bemerkenswert schöne Frau. Ihre Schönheit wurde nur beeinträchtigt durch den Umstand, daß sie kurzsichtig war und ihre strahlenden grünen Augen kein grelles Licht vertrugen. Sie besaß aber nichts von Raphaellas geheimnisvoller Schönheit oder dem starken Kontrast des jettschwarzen Haares zu dem Elfenbeinteint. In ihrer Mutter war nichts von Raphaellas Tiefe, nichts von ihrer Intelligenz, ihrem Esprit oder ihrer Faszination. Alejandra war nur eine sehr elegante Frau mit einem sehr reizvollen Gesicht, einem guten Herzen, exzellenter Erziehung, guten Manieren und einer leichten, graziösen Lebensart.

»Es geht mir gut, Mutter. Ich bin nur sehr müde. Aber ich wollte in Paris keine Zeit vergeuden, da ich nicht sehr lange bleiben kann.«

»Kannst du nicht?« Ihre Mutter blickte bestürzt bei der Aussicht auf einen kurzen Besuch. »Aber warum nicht? Ist John Henry wieder krank, Liebling?« Raphaella schüttelte den Kopf, als sie ihren Weg vom Flughafen nach Madrid nahmen. »Nein, ich möchte ihn nur nicht sehr lange allein lassen.« Doch es lag ein Zug von innerer Anspannung und Seelenpein auf dem Gesicht ihrer Tochter, der Alejandra erneut auffiel, als sie am Tage darauf nach Santa Eugenia aufbrachen.

Am Abend zuvor hatte sie sich frühzeitig entschuldigt und gesagt, alles, was sie brauche, sei eine ruhige Nacht, um wieder fit zu sein. Ihre Mutter hatte aber eine Reserve gespürt, fast eine Widerspenstigkeit, die ihr Sorgen bereitete, und auf der Fahrt nach Santa Eugenia tags darauf hatte Raphaella nicht ein Wort gesprochen. Nun bekam Alejandra Angst und rief ihren Mann in Paris an.

»Also, Antoine, was ist los? Das Mädchen ist entschieden über irgend etwas bekümmert. Ich verstehe es nicht, aber es ist alles so unklar. Bist du sicher, es hat nichts mit John Henry zu tun?« Nach acht Jahren erschien es seltsam, daß Raphaella seine Krankheit noch so stark empfinden sollte. Jetzt klärte Antoine sie mit einem Seufzer des Bedauerns auf, und Alejandra lauschte voller Bestürzung. »Armes Kind.«

»Nein, Alejandra, nein. Hier ist kein Mitleid am Platze. Sie hat sich abscheulich betragen, und es wird sehr rasch bekanntwerden. Wie würdest du es aufnehmen, wenn du darüber in den Klatschspalten liest oder wenn du irgendwo in den Zeitungen ein Foto von ihr siehst, auf dem sie mit einem fremden Mann auf einer Party tanzt?« Er tönte sehr alt und sehr verärgert, und am anderen Ende der Leitung lächelte Alejandra nur.

»Das hört sich nicht nach Raphaella an. Vermutest du, sie liebt ihn wirklich?«

»Ich bezweifle es. Es spielt auch wirklich keine Rolle. Ich habe mich ihr gegenüber sehr klar ausgedrückt. Sie hat absolut keine Wahl.« Alejandra nickte wieder, wunderte sich und zuckte dann die Schultern. Wahrscheinlich hatte Antoine recht. Er hatte fast immer recht, so wie ihre Brüder, wenigstens meistens.

Später am Abend schnitt sie das Thema bei Raphaella an, die einen langen ruhigen Spaziergang über die kunstvoll angelegten Grünanlagen unternommen hatte. Dort standen Palmbäume, hohe dunkle Zypressen, Blumengärten und Fontänen sowie in Vogelform geschnittene Hecken, doch Raphaella sah nichts davon, als sie, an Alex denkend, dort entlangging. Alles, woran sie denken konnte, war der Brief, den Kay an ihren Vater gesandt hatte. Sie würde seinen Drohungen nicht nachgeben, einerlei, wie glashart er war. Letzten Endes war sie eine erwachsene Frau. Sie lebte in San Francisco, war verheiratet und führte ihr eigenes Leben. Doch wie stark ihre Familie sie in Wahrheit noch kontrollierte, kam ihr wieder und wieder zu Bewußtsein, wenn sie über die Worte ihres Vaters nachdachte.

»Raphaella?« Sie fuhr zusammen, als sie ihren Namen hörte, und sah ihre Mutter, die ein langes weißes Abendkleid und eine endlos lange Kette vollendet passender Perlen trug. »Habe ich dich erschreckt? Das tut mir leid.« Sie lächelte und drückte zärtlich den Arm ihrer Tochter. Sie war eine gute Trösterin und Beraterin anderer Frauen, sie hatte es ihr Leben lang in Spanien getan. »An was dachtest du beim Spazierengehen?«

»Oh...«, atmete Raphaella langsam aus. »An nichts Besonderes... einige Dinge in San Francisco.« Sie lächelte ihre Mutter an, doch ihre Augen blieben müde und traurig.

»An deinen Freund?« Jäh blieb Raphaella stehen, und ihre Mutter schlang den Arm um ihre Schultern. »Werde nicht böse. Ich sprach heute abend mit deinem Vater. Ich war sehr beunruhigt... du sahst so verwirrt aus.« Es lag aber kein Vorwurf in ihrer Stimme, nur Anteilnahme, und sie geleitete Raphaella liebevoll den gewundenen Pfad entlang. »Es tut mir leid, daß etwas dergleichen geschehen ist.«

Raphaella sagte eine lange Zeit nichts, und dann nickte sie. »Mir auch.« Sie war nicht um sich bekümmert, sondern es tat ihr mehr für Alex leid. Sie hatte von Anfang an recht gehabt. »Er ist ein wundervoller Mann. Er verdient viel mehr, als ich ihm geben kann.«

»Darüber solltest du nachdenken, Raphaella. Wäge es in deinem Gewissen. Dein Vater fürchtet die Schande, doch ich denke, das ist nicht das wirklich Wesentliche. Ich glaube, du solltest bedenken, ob du jemandes Leben ruinierst. Zerstörst du diesen Mann? Du weißt« – sie lächelte innig und drückte wiederum Raphaellas Schultern – »jeder begeht ein- oder zweimal im Leben eine Unbesonnenheit. Wichtig ist aber, daß dabei niemand zu Schaden kommt. Jemand, den du gewöhnlich gut kennst, kommt schneller zur Vernunft, manchmal sogar ein Cousin oder vielleicht jemand anders, der ebenfalls ein verheirateter Mann ist. Aber mit Menschen zu spielen, die frei sind und mehr von dir erwarten, die Hoffnungen auf etwas haben, was du ihnen nicht geben kannst, ist Grausamkeit, Raphaella. Mehr noch, es ist unverantwortlich. Falls es das ist, was du tust, dann ist es unrecht von dir, diesen Mann zu lieben.«

Ihre Mutter hatte dem schweren Gewicht, das sie niederdrückte, seit sie hier eingetroffen war, soeben eine weitere Last hinzugefügt. Nachdem sie sich von dem Zorn über die Worte ihres Vaters erholt hatte, wurde sie angesichts der Wahrheit zumindest einer seiner Anklagen von überwältigender Niedergeschlagenheit heimgesucht. Die Tatsache, daß sie John Henry etwas vorenthalten könnte in Form von Zeit, Lebensmut, Ergebenheit oder selbst den Bruchteil eines Gefühls, hatte sie immerzu gequält, und die Tatsache, sie könnte Alex von etwas Produktiverem abhalten, war seit Beginn ihrer Beziehung ihr anderer Kummer gewesen.

Nun erzählte ihr ihre Mutter, eine Affäre mit einem Cousin oder jemandem, der ebenfalls verheiratet war, sei nicht dasselbe wie ein Verhältnis mit Alex. Sie erzählte ihr, daß es grausam sei, Alex zu lieben. Und plötzlich, als die Gefühle über ihr zusammenschlugen, konnte Raphaella es keine Sekunde länger ertragen. Sie schüttelte den Kopf, drückte den Arm ihrer Mutter und rannte den ganzen Pfad entlang zum Haus zurück. Ihre Mutter folgte langsamer, mit Tränen in den Augen angesichts der Seelenqual, die sie im Antlitz ihrer Tochter gesehen hatte.

26

Die Tage, die Raphaella in diesem Sommer auf Santa Eugenia verbrachte, gehörten zu den unglücklichsten, die sie dort je erlebte. Jeder Tag lastete auf ihr wie eiserne Gewichte, die sie um den Hals trug. Sogar die Kinder entzückten sie nicht in diesem Jahr. Sie waren laut und unfolgsam, spielten den Erwachsenen unentwegt Streiche und belästigten Raphaella auf jede erdenkliche Weise. Der einzige Lichtblick war, daß sie ihre Geschichten mochten, doch selbst dies schien ihr nicht mehr sehr viel auszumachen. Nach ihren ersten Tagen dort packte sie die Manuskriptseiten wieder in ihren Koffer und weigerte sich, ihnen während des restlichen Aufenthalts weitere Geschichten zu erzählen. Sie schrieb zwei bis drei Briefe an Alex, doch plötzlich wirkten sie alle gestelzt und unbeholfen. Es war unmöglich, ihm nicht mitzuteilen, was geschehen war, und sie wollte es nicht tun, bevor nicht alle Zweifel in ihr behoben waren. Jedesmal, wenn sie versuchte, ihm zu schreiben, fühlte sie sich schuldiger, jeden Tag fühlte sie sich mehr von den Worten ihres Vaters und ihrer Mutter niedergedrückt.

Es war fast eine Erleichterung, als nach der ersten Woche ihr Vater für das Wochenende kam und nach dem Frühstück Raphaella mitteilte, daß er sie in dem kleinen Solarium, das mit seinem Zimmer verbunden war, zu sehen wünsche. Als sie ihn dort aufsuchte, blickte er genauso grausam, wie er es in Paris getan, und sie nahm unbewußt auf dem grünweißgestreiften Sessel Platz, wie sie es als Kind getan haben würde.

»Nun, bist du zu Verstand gekommen?« Er kam direkt zur Sache, und sie mußte sich zusammennehmen, um bei seinen Worten nicht zu zittern. Es war lächerlich, daß er sie in ihrem Alter noch beeindrucken sollte, doch sie hatte zu viele Jahre damit verbracht, seine Befehle entgegenzunehmen, um durch die Macht, die er ausübte, nicht beeindruckt zu sein. Er war ihr Vater, und er war ein Mann. »Bist du?«

»Ich weiß nicht recht, was du meinst, Vater. Ich stimme noch immer nicht mit deinem Standpunkt überein. Was ich getan habe, hat John Henry nicht geschadet, wie sehr du es auch mißbilligen magst.«

»Tatsächlich? Und wie steht's um seine Gesundheit, Raphaella? Wenn ich recht verstanden habe, geht es ihm nicht sehr gut!«

»Es geht ihm nicht schlecht.« Ihre Stimme stockte, dann stand sie vom Sessel auf, ging um den Raum herum, blieb schließlich stehen, um ihren Vater mit dem, was die Wahrheit war, zu konfrontieren. »Er ist siebenundsiebzig Jahre alt, Papa. Seit fast acht Jahren war er mehr oder weniger bettlägerig. Er hat eine Anzahl von Schlaganfällen gehabt, und er hat sehr wenig Verlangen, mit dieser Art von Leben fortzufahren. Kannst du mir wirklich die Schuld dafür zuschieben?«

»Wenn er so wenig den Wunsch zum Weiterleben hat, kannst du es wagen, ihm die Chance dieses kleinen Wunsches, der ihm geblieben ist, zu nehmen? Kannst du das Risiko auf dich nehmen, daß es ihm jemand erzählt und ihm so den allerletzten Strohhalm nimmt? Du mußt eine sehr kaltblütige Frau sein, Raphaella. An deiner Stelle würde ich dieses Risiko nicht auf mich nehmen. Sei es nur, weil ich nicht sicher sein würde, ob ich mit mir weiterleben könnte, wenn ich ihn getötet hätte... Oder hat dich dieser Gedanke nie beschäftigt?«

»Er hat es. Oft.« Sie seufzte leise. »Aber, Papa... ich liebe... diesen Mann.«

»Wenngleich nicht genug, um das zu tun, was für ihn das beste wäre. Das betrübt mich. Ich dachte, da wäre mehr in dir als das.«

Sie musterte ihn traurig. »Muß ich so vollkommen sein, Papa? Muß ich so ungemein stark sein? Acht Jahre bin ich stark gewesen... für acht –« Aber sie konnte nicht fortfahren, sie weinte wieder, und dann sah sie zitternd zu ihm hoch. »Jetzt ist er alles, was ich habe.«

»Nein.« Er sprach bestimmt. »Du hast John Henry. Du hast kein Recht auf mehr als das. Eines Tages, wenn er nicht mehr da ist, kannst du andere Möglichkeiten in Erwägung ziehen. Aber jene Türen sind jetzt nicht offen für dich.« Er sah sie streng an. »Und ich hoffe zu John Henrys Gunsten, daß sie für eine lange Zeit für dich nicht offen sind.« Sie senkte für einen Augenblick den Kopf, dann sah sie hoch und ging zur Tür des kleinen Raums.

»Ich danke dir, Papa.« Sie sagte die Worte sehr leise und ging hinaus.

Am nächsten Tag reiste ihr Vater nach Paris ab, aber ihm wie auch ihrer Mutter fiel deutlich auf, daß einiges von dem, was sie Raphaella gesagt hatten, haften geblieben zu sein schien. Viel von ihrem Kampfgeist war von ihr gewichen. Schließlich, nach vier weiteren Tagen auf Santa Eugenia und fünf weiteren schlaflosen Nächten, stand sie eines Morgens um fünf Uhr auf, ging zum Schreibtisch in ihrem Zimmer und holte ein Blatt Papier und eine Feder heraus. Es war nicht so, daß sie ihren Eltern nicht länger widerstehen konnte. Sie konnte aber nicht länger gegen die eigene innere Stimme, an die sie appelliert hatten, ankämpfen. Wie konnte sie wissen, daß das, was sie tat, John Henry nicht schadete? Und was sie von Alex sagten, war gleichfalls wahr. Er hatte ein Recht auf mehr, als sie ihm geben konnte, und vielleicht würde sie noch viele Jahre nicht frei sein, ihm mehr zu geben.

Sie saß an ihrem Schreibtisch, starrte auf den leeren Bogen vor sich und wußte, was sie zu schreiben hatte. Nicht ihres Vaters, ihrer Mutter oder Kay Willards wegen, sagte sie zu sich selbst, sondern wegen John Henry und Alex und dessentwegen, was sie ihnen schuldig war. Es kostete sie zwei Stunden, den Brief aufzusetzen, den sie kaum sehen konnte, als sie ihn mit einem letzten Federstrich endlich unterschrieb. Die Tränen strömten so reichlich über ihr Gesicht, daß nur noch ein Schleier vor ihr wogte, doch die Bedeutung ihrer Worte an ihn war keineswegs verschleiert. Sie hatte ihm mitgeteilt, daß sie ihr Verhältnis nicht fortsetzen wolle, daß sie während ihrer Ferien in Spanien ausgiebig und intensiv darüber nachgedacht habe und daß das Weiterschleppen einer Liebesaffäre ohne Zukunft sinnlos sei. Sie habe erkannt, daß er weder zu ihr passe noch zu dem Leben, das sie führen würde, wenn sie eines Tages frei sei. Sie teilte ihm mit, daß sie sich glücklicher bei ihrer Familie in Spanien fühle, daß dies der Platz sei, wo sie hingehöre, und da er geschieden und sie Katholikin sei, könnten sie ohnehin nie heiraten. Sie zog jede Lüge, Entschuldigung und Beleidigung, deren sie habhaft werden konnte, heran, aber sie wollte ihm nicht den leisesten Zweifel an der Beendigung ihrer Beziehung lassen. Sie wollte ihn so komplett freigeben, daß er eine andere Frau finden konnte und nicht mehr auf sie wartete. Sie wollte ihn wissen lassen, daß sie ihm das endgültige Geschenk der Freiheit gegeben hatte. Es war ihr letztes Geschenk an ihn.

Aber der zweite Brief, den sie schrieb, war noch schwerer. Es war ein Schreiben an Mandy, das sie an Charlottes Adresse in New York sandte.

Sie erklärte, daß sich die Dinge zwischen ihr und Alex gewandelt hätten und daß sie nicht fortfahren würden, einander zu sehen, wenn sie wieder in San Francisco war, daß sie Mandy aber immer liebhaben und die Monate, die sie miteinander geteilt hatten, als kostbare Erinnerung bewahren würde.

Mittlerweile war es acht Uhr morgens, als sie die beiden Briefe beendet hatte. Raphaella hatte das Gefühl, als sei sie von Mitternacht bis zum Morgengrauen geschlagen worden. Sie zog ein dickes Frotteekleid an und lief leise zur Haupthalle hinunter, wo sie die beiden Briefe auf einer Silberplatte hinterlegte. Langsam ging sie ins Freie und überquerte das Gelände zu einer abgelegenen Stelle am Strand, die sie als Kind entdeckte. Sie streifte das Kleid und das Nachthemd darunter ab, stieß die Sandalen weg, die sie getragen hatte, und warf ihren Körper mit aller Kraft ins Wasser. Sie schwamm so ausdauernd und so weit sie konnte. Sie hatte soeben auf die einzige Sache, für die sie lebte, verzichtet, und nun war es ihr verdammt egal, ob sie weiter existierte oder starb. Sie hatte John Henry für einen weiteren Tag oder ein Jahr, ein Jahrzehnt oder sogar zwei gerettet, hatte Alex freigegeben, damit er heiraten und Babys haben konnte, und ihr blieb nichts außer der Leere, die sie in den letzten einsamen acht Jahren verzehrt hatte.

Sie schwamm so weit hinaus, wie sie es schaffen konnte, und schwamm mit großer Anstrengung zurück. Langsam watete sie aus dem Wasser und legte sich in den Sand. Ihre langen, schlanken nackten Glieder schimmerten im morgendlichen Sonnenlicht. Ihre Schultern schüttelten sich, als sie haltlos schluchzte. Fast eine ganze Stunde lag sie da, und als sie zum Hause zurückkam, sah sie, daß die Dienstboten ihre beiden Briefe von der gigantischen Silberplatte fortgeräumt und sie in die Stadt zur Post mitgenommen hatten. Es war vollbracht.

27

Als sie Spanien verlassen und nach San Francisco zurückgekehrt war, wollten Raphaella die Tage endlos scheinen. Jeden Tag saß sie stundenlang bei John Henry, lesend, denkend, manchmal plaudernd. Sie las ihm Abschnitte aus den Zeitungen vor, versuchte Bücher aufzustöbern, die ihm einst gefielen, saß mit ihm im Garten und las für sich selbst Bücher, während er öfter und öfter einnickte. Aber jede Stunde, jeder Tag, jeder Augenblick schleppte sich mit Bleigewichten behaftet hinter ihr her. Jeden Morgen schien es ihr, als würde sie keinen weiteren Tag durchhalten. Und bei Anbruch der Nacht war sie von der Anstrengung erschöpft, nur dazusitzen, sich kaum zu bewegen und ihre eigene Stimme in den Ohren dröhnen zu hören.

Es war das Leben einer langsamen Tortur, zu welcher sie jetzt verdammt war. Es war anders als zu der Zeit, bevor sie Alex begegnet war. Damals hatte sie nichts anderes gekannt, sie hatte nicht die Freude gehabt, Mandys Zimmer aufzuräumen, hatte kein Brot gebacken oder im Garten gewerkelt oder ungeduldig auf sein Heimkommen gewartet. Sie war nicht lachend neben Mandy die Stufen hinaufgerast oder hatte mit Alex in der Abenddämmerung dagestanden und auf die Aussicht geschaut. Jetzt war da nichts außer endlos öden Tagen während eines warmen Sommers. Sie konnte nichts anderes tun, als im Garten sitzen und beobachten, wie die großen weißen Wolken über ihrem Kopf hinwegschwebten, oder spät in der Nacht in ihrem Zimmer dem Blöken der Nebelhörner über dem Wasser lauschen.

Manchmal wurde sie an die früheren Sommer auf Santa Eugenia erinnert oder gar an die Sommer, die sie mit John Henry vor einigen zehn Jahren irgendwo verbrachte. Aber nun gab es kein Schwimmen, kein Lachen, kein Laufen am Strand mit dem Wind in ihrem Haar. Da war nichts und niemand, nur John Henry, und auch er war verändert seit dem vorigen Jahr. Er war so viel müder, richtig verbraucht und introvertiert, so viel weniger interessiert an der Welt außerhalb seines Bettes. Er kümmerte sich nicht mehr um Politik, um große Ölhandelsgeschäfte mit den Arabern oder eventuelle Katastrophen, die ihn in seinem früheren Leben so beschäftigt hatten. Es scherte ihn keinen Deut, was seine alte Firma oder einer seiner Partner machte. Es bewegte ihn absolut nichts, und wenn die kleinste Kleinigkeit nicht funktionierte, wurde er sofort quengelig. Es war, als grolle er allem und jedem. Er war des langsamen Sterbens müde, wie er Raphaella eines Morgens sagte. »Wenn ich früher oder später ohnehin sterbe, dann könnte ich es ebensogut gleich tun.«

Er sprach nun ständig davon, daß er wünschte, es wäre vorüber, daß er die Pflegerinnen haßte, daß er nicht im Rollstuhl herumgeschoben werden mochte. Er wollte von niemandem belästigt werden. Nur mit Raphaella gab er sich die äußerste Mühe, als wollte er sie nicht bestrafen für das, was er empfand. Aber es war augenfällig für jedermann, der ihn sah, daß er verzweifelt unglücklich war, und das verfehlte nie, Raphaella an die Worte ihres Vaters zu erinnern. Vielleicht hatte er letztlich doch recht, daß John Henry ihre ungeteilte Aufmerksamkeit benötigte. Es war, als habe sie sich eine letzte Verpflichtung auferlegt, ihr ganzes Leben für diesen Mann hinzugeben. Und zur gleichen Zeit war es, als habe John Henry endgültig seinen Lebenswillen aufgegeben. Raphaella fühlte diesen Gewissensdruck nun noch mehr auf sich lasten. Wenn er lebensmüde war, was konnte sie tun, ihn wünschen zu machen, am Leben zu bleiben? Ihm ihre Jugend einflößen mit ihrer eigenen Vitalität, mit ihrem eigenen Willen zum Leben? Ihr Leben war aber nicht glücklicher als das von John Henry. Es gab Tage, an denen sie dachte, es nicht länger ertragen zu können. Sie ging fast nie mehr aus, und wenn sie es tat, hatte sie den Chauffeur, der sie an irgendeinen Ort fuhr, von dem aus sie einen langen Spaziergang machen konnte. Seitdem sie aus Spanien zurück war, war sie nicht mehr im Einkaufszentrum gewesen, und sie vermied es, in der Nachbarschaft herumzulaufen, sogar abends, aus Angst, sie könnte irgendwo auf Alex stoßen. Am Tage bevor sie Santa Eugenia verließ, hatte er ihren Brief erhalten, und sie hatte einen langen Augenblick schrecklich still gesessen, als der Butler ihr meldete, da sei ein Anruf aus Amerika. Sie hatte es nicht gewagt, den Anruf abzulehnen, aus Angst, es könnte etwas mit John Henry sein.

So ging sie mit klopfendem Herzen und zitternden Händen an den Apparat. Als sie seine Stimme am anderen Ende hörte, hatte sie fest die

Augen geschlossen und die Tränen zurückzudrängen versucht. Sie erklärte ihm sehr ruhig und gefaßt, daß sie hier in Santa Eugenia zur Besinnung gekommen sei und daß es nichts mehr zu sagen gäbe, was sie nicht bereits in ihrem Brief, den er gerade erhalten habe, gesagt hätte. Er hatte sie beschuldigt, verrückt zu sein, behauptet, jemand müsse sie dazu gezwungen haben, sie gefragt, ob es etwas mit dem zu tun habe, was Kay in New York gesagt haben könnte. Sie versicherte ihm, daß es nichts dergleichen sei und daß es ihre eigene Entscheidung sei. Nachdem sie aufgehängt hatte, hatte sie stundenlang geweint. Es war die schmerzlichste Entscheidung ihres Lebens. Am Ende hatten ihr Vater und Kay gewonnen. Und nun mußte Raphaella für den Rest ihrer Tage mit dem weiterleben, was ihr geblieben war. Gegen Ende des Sommers sah sie die Jahre vor sich wie eine Folge kahler, öder Räume.

Im September, als John Henry begann, mehrere Stunden am Morgen zu schlafen, holte sie, nur um sich zu beschäftigen, die Manuskripte ihres Kinderbuchs wieder hervor. Sie wählte das, was ihr am besten gefiel, tippte es schließlich ab und schickte die endgültige Version an einen Kinderbuchverleger in New York. Es war eine Idee, die Charlotte Brandon ihr eingegeben hatte. Es schien närrisch, es überhaupt zu tun, aber sie hatte nichts zu verlieren und noch weniger zu tun.

Mit dem abgeschlossenen Buch wurde Raphaella erneut von ihren Erinnerungen des letzten Sommers heimgesucht. Es gab Zeiten, in denen sie ihrem Vater schrecklich grollte, und sie bezweifelte, daß sie ihm die Dinge, die er gesagt hatte, je vergeben konnte. Er hatte sich nur geringfügig milder gezeigt, als sie ihm am Telefon aus Santa Eugenia mitteilte, daß sie alle Dinge in San Francisco geregelt habe. Er hatte ihr erwidert, dies sei nichts, wofür sie zu preisen wäre, daß es nur ihre Pflicht sei und daß es ihn geschmerzt habe, einen solchen Zwang ausüben zu müssen, um einen Kurs zu ändern, den sie von sich aus schon lange hätte ändern müssen. Er gab zu verstehen, sie hätte ihn herb enttäuscht. Selbst die freundlicheren Worte ihrer Mutter ließen sie letztlich mit einem Gefühl, versagt zu haben, zurück.

Dieses Gefühl hatte sich in ihr eingenistet und ließ sie das Angebot ihrer Mutter, sie auf der Durchreise nach Brasilien für einige Tage in New York mit der gewohnten Horde zu treffen, ausschlagen. Raphaella fand nicht mehr, daß sie Dinge tun sollte, wie nach New York zu reisen und ihre Mutter zu treffen. Ihr Platz war bei John Henry, und sie würde ihn nicht mehr verlassen bis zu dem Tage, an dem er starb. Wer wußte, ob ihre Monate des Pendelns zwischen ihrem und Alexanders Haus nicht in gewisser Weise John Henry schon dem Tode näher gerückt hatten. Natürlich wäre es nutzlos gewesen, ihr zu erzählen, daß jede Beschleunigung in jener Richtung niemandem willkommener gewesen wäre als John Henry selbst. Sie verließ ihn jetzt fast nie mehr, außer für gelegentliche Spaziergänge.

Ihre Mutter war leicht beunruhigt gewesen über Raphaellas Weigerung, sie im Carlyle zu treffen, und hatte sich kurz gefragt, ob sie ihrem Vater für das, was im Juli geschah, noch böse sei. Raphaellas Absagebrief klang aber nicht so, als ob sie schmollte. Er klang vielmehr, als hielte sie sich sonderbar zurück. Ihre Mutter nahm sich vor, sie von New York aus anzurufen, um sich zu vergewissern, daß nichts sei, doch nach all dem Trubel und den Einkäufen mit ihren Schwestern, Cousinen und Nichten reiste sie nach Buenos Aires ab, ohne die Gelegenheit zu einem Anruf gefunden zu haben.

Es hätte Raphaella ohnehin nicht berührt. Sie hatte kein Bedürfnis, mit ihrem Vater oder ihrer Mutter zu sprechen, und hatte in jenem Sommer beschlossen, nicht nach Europa zurückzukehren, bis John Henrys Ende gekommen war. Er schien in einem Zustand des Scheintodes zu leben, schlief die meiste Zeit, war niedergeschlagen, wenn er wach war, weigerte sich zu essen und schien alle verbliebenen geistigen Anlagen zu verlieren. Der Arzt sagte ihr, dies sei alles normal für einen Mann seines Alters, mit den Schocks, die er bei den Schlaganfällen erlitten hatte. Es sei nur erstaunlich, daß seine geistige Verfassung nicht schon früher viel stärker beeinträchtigt gewesen sei. Für Raphaella schien es voll Ironie, daß es ihm ausgerechnet jetzt, da sie sich ihm so völlig ergeben hatte, scheinbar am schlechtesten ging. Der Arzt sagte ihr jedoch, daß er sich wieder etwas bessern könnte, daß er möglicherweise nach Monaten der Lethargie wieder zu Kräften kommen würde. Es war augenfällig, daß Raphaella alles tat, ihn zu unterhalten, und nun hatte sie sogar begonnen, ihm kleine Leckerbissen zu kochen, die seine Zunge reizen und ihn zum Essen animieren sollten. Es war ein Leben, von dem die meisten

Leute Alpträume bekommen hätten, aber Raphaella schien es nicht einmal wahrzunehmen.

Der November ging dahin wie die Monate davor. Im Dezember erhielt sie einen Brief von dem Verlagshaus in New York. Sie waren entzückt über das Manuskript, das sie ihnen gesandt hatte, überrascht, daß sie keinen Agenten besaß, und wollten ihr zweitausend Dollar Vorschuß auf das Buch zahlen, das sie illustrieren würden und im folgenden Sommer herauszubringen hofften. Sie starrte einen Augenblick verblüfft auf das Schreiben, und dann, zum ersten Mal nach langer Zeit, begann sie strahlend zu lächeln. Fast wie ein Schulmädchen raste sie mit dem Brief hinauf, um ihn John Henry zu zeigen. Als sie dort ankam, fand sie ihn in seinem Rollstuhl schlafend, den Mund geöffnet, das Kinn auf der Brust. Eine Zeitlang stand sie da, betrachtete ihn und fühlte sich plötzlich verzweifelt einsam. Sie hätte ihm gerne so viel gesagt, denn sonst war niemand da, dem sie es sagen konnte. Wiederum spürte sie ein schmerzliches Sehnen nach Alex, verbannte den Gedanken aber augenblicklich, redete sich ein, daß er inzwischen jemanden gefunden hatte, sie zu ersetzen, daß Mandy glücklich sei und daß Alex womöglich schon verheiratet oder verlobt war. Im nächsten Jahr mochte er sogar schon Kinder haben. Sie fühlte, daß sie vielleicht wirklich für alle Beteiligten das Richtige getan hatte.

Sie faltete den Brief zusammen und ging wieder nach unten. Ihr wurde auch bewußt, daß John Henry von den Geschichten, die sie für die Kinder ersonnen hatte, nichts gewußt hatte und es sehr seltsam gefunden hätte, wenn sie ihm jetzt die Neuigkeiten über das Buch überbrachte. Es war besser, nichts zu sagen. Und natürlich würde ihre Mutter nicht interessiert sein, und sie hatte kein Verlangen, es ihrem Vater brieflich mitzuteilen. Am Ende gab es niemand, dem man es erzählen konnte. So setzte sie sich hin und beantwortete das Schreiben, dankte für den Vorschuß, den sie akzeptierte, und wunderte sich dann später, warum sie es getan hatte. Es war ein selbstsüchtiger Impuls, der ihr plötzlich töricht erschien, und nachdem sie den Brief dem Chauffeur zur Beförderung gegeben hatte, bedauerte sie, es getan zu haben. Sie war so sehr gewöhnt, sich in allem, was sie wünschte, selbst zu verleugnen, daß ihr sogar dieses kleine Vergnügen unangebracht vorkam.

Ärgerlich mit sich, etwas so Albernes getan zu haben, bat sie später den Chauffeur, sie zum Strand hinauszufahren, während John Henry den Nachmittag durchschlief. Sie wollte nur in der frischen Luft gehen, Hunde und Kinder sehen, den Wind auf ihrem Gesicht spüren und aus der abgestandenen Luft des Hauses wegkommen. Sie mußte sich daran erinnern, daß es fast Weihnachten war, doch es war in diesem Jahr völlig ohne Belang. John Henry war zu müde, um zu merken, ob sie es feierten oder nicht. Flüchtig verweilte sie bei dem Christfest, das sie mit Alex und Mandy geteilt hatte, aber dann verdrängte sie die Erinnerungen wieder aus ihrem Gedächtnis. Selbst dies gestattete sie sich nur noch höchst selten.

Es war fast vier Uhr, als der Chauffeur den Wagen längsseits von Möbeltransportern, Lieferwagen und alten Klapperkisten einparkte. Sie lächelte angesichts der Widersprüchlichkeit des Erscheinungsbildes, das sie repräsentierte, schlüpfte in ein Paar Sportschuhe, die sie häufig auf Santa Eugenia trug, und glitt aus dem Wagen in die steife Brise. Sie trug eine knappsitzende gelockte Lammfelljacke, einen roten Rollkragenpulli und ein Paar graue Hosen. Sie kleidete sich jetzt nicht mehr so sorgfältig, wie sie es gewohnt war. Es schien nicht viel Sinn darin zu bestehen, sich besonders schick anzuziehen, um neben John Henry zu sitzen, während er schlief oder in seinem Zimmer von einem Servierbrett aß und dabei blicklos in die Fernsehnachrichten starrte.

Tom, der Chauffeur, beobachtete, wie Raphaella die Stufen hinabstieg und auf dem langen Sandstrand verschwand. Dann sah er sie wiederauftauchen, als sie neben den Brandungsbrechern entlangwanderte. Schließlich konnte er sie von den anderen nicht mehr unterscheiden, kletterte in den Wagen zurück, drehte das Radio an und steckte sich eine Zigarette an. Unterdes war Raphaella weit unten am Strand, beobachtete drei Hirtenhunde, die sich gegenseitig in und aus dem Wasser jagten, und eine Gruppe junger Leute, die Wolldecken und Bluejeans trugen, Wein tranken und auf ihren Gitarren spielten.

Der Klang ihrer Gesänge folgte ihr, als sie weiter den Strand entlangwanderte. Zuletzt ließ sie sich auf einem Baumstamm nieder und nahm einen tiefen Atemzug der Salzluft. Es tat gut, hier einige Augenblicke draußen in der Welt zu sein und zumindest andere leben zu sehen, selbst wenn sie für ihr eigenes Leben nicht viel tun konnte. Sie saß nur da und sah die Leute vorübergehen, Arm in Arm, küssend, Seite an Seite, sprechend und lachend oder hintereinander herjoggend. Alle schienen bestrebt, irgendwohin zu gehen, und sie fragte sich, wohin sie alle gegangen waren, wenn die Sonne untergegangen war.

In diesem Augenblick ertappte sie sich dabei, wie sie einen laufenden Mann beobachtete. Er kam auf direktem Wege aus weiter Ferne herunter zum Strand, rannte fast wie eine Maschine, ohne anzuhalten. Sich noch mit der Biegsamkeit eines Tänzers bewegend, verlangsamte er seine Gangart, als er den Strand erreichte. Das Fließende seiner Bewegungen hatte in der Ferne ihre Aufmerksamkeit erregt, und als er näher kam, blieben ihre Augen für eine längere Weile auf ihm ruhen. Sie wurde durch eine Kindergruppe abgelenkt. Als sie ihn erneut erblickte, sah sie, daß er eine rote Jacke trug und sehr lang war, doch seine Gesichtszüge blieben undeutlich, bis er näher herankam. Plötzlich zog sie scharf den Atem ein. Sie saß nur da und erstarrte, unfähig, sich zu bewegen oder sich abzuwenden, damit er ihr Gesicht nicht sah. Sie saß nur da und beobachtete, wie Alex näher kam und stehenblieb, als seine Augen auf sie fielen. Lange Zeit bewegte er sich nicht und ging dann langsam, bedächtig dorthin, wo sie saß. Sie wollte wegrennen, ohnmächtig werden, doch nachdem sie ihn beim Strandlaufen beobachtet hatte, wußte sie, daß sie keine Chance hatte, und sie hatte sich weit weg gewagt von dort, wo sie den Wagen zurückgelassen hatte. Das Gesicht auf sie gerichtet, kam er jetzt unausweichlich auf sie zu und blickte zu dem Baumstamm hinunter, auf dem sie saß.

Lange Zeit sagte keiner von ihnen ein Wort, und dann, wie gegen seine Absicht, lächelte er. »Hallo. Wie geht es dir?« Es war schwer zu glauben, daß sie sich fünf Monate nicht gesehen hatten. Als Raphaella zu dem Gesicht, das sie im Geiste häufig so deutlich gesehen, emporsah, war es, als wären sie den Tag davor zusammengewesen.

»Es geht mir gut. Und dir?«

Er seufzte und antwortete nicht. »Geht's dir gut, Raphaella? Ich meine, wirklich...« Diesmal nickte sie, sich wundernd, warum er nicht geantwortet hatte, als sie ihn fragte, wie es ihm ginge. War er nicht glücklicher? Hatte er nicht jemanden gefunden, der sie ersetzte? Hatte sie nicht aus diesem Grunde auf ihn verzichtet? Sicher hatte ihr Opfer unverzüglich Frucht getragen. »Ich verstehe immer noch nicht, warum du's getan hast.« Er sah sie unverwandt an, keinerlei Neigung zum Gehen zeigend. Fünf Monate hatte er darauf gewartet, ihr gegenüberzustehen.

»Ich sagte es dir. Wir sind zu verschieden.«

»Sind wir? Zwei verschiedene Welten, ist es das?« Er hörte sich verbittert an. »Wer hat dir das erzählt? Dein Vater? Oder jemand anders? Einer deiner Vettern in Spanien?«

›Nein‹, hätte sie ihm am liebsten erwidert, ›deine Schwester hat es für uns arrangiert. Deine Schwester und mein Vater mit seiner gottverfluchten Überwachung und seinen Drohungen, es John Henry zu verraten, ob es ihn umbringt oder nicht... das und mein Gewissen. Ich wollte, daß du Babys hast, die ich niemals haben werde...‹

»Nein. Niemand hat es mir erzählt. Ich wußte nur, daß es das Richtige war.«

»Oh, wirklich? Denkst du nicht, wir hätten es diskutieren sollen? Du weißt, wie Erwachsene. Dort, wo ich herkomme, diskutieren Leute Dinge, die das Leben anderer Menschen berühren, bevor sie große Entscheidungen treffen.«

Sie zwang sich, ihn kühl anzusehen. »Es fing an, meinen Mann zu berühren, Alex.«

»War es so? Seltsam, daß dir das erst auffiel, als du sechstausend Meilen von ihm entfernt in Spanien warst.«

Sie sah ihn flehentlich an, die Qual der vergangenen fünf Monate begann sich in ihren Augen zu zeigen. Er hatte schon bemerkt, wieviel schmaler ihr Gesicht war, wie dunkel die Ringe unter ihren Augen waren, wie zerbrechlich ihre Hände. »Warum tun wir das jetzt, Alex?«

»Weil du mir niemals eine Chance im Juli gegeben hast.« Er hatte sie vier- oder fünfmal in San Francisco angerufen, und sie hatte sich geweigert, die Anrufe entgegenzunehmen. »Hast du nicht gewußt, was dein Brief mir antun würde? Hast du darüber überhaupt nachgedacht?« Und plötzlich, als sie sein Gesicht sah, verstand sie besser. Zuerst hatte Rachel ihn verlassen, ihm keine Chance gebend, gegen einen unsichtbaren Rivalen zu kämpfen, gegen einen Hunderttausend-Dollar-Job in New

York. Und dann hatte Raphaella fast das gleiche getan, John Henry und ihre ›Unterschiede‹ als Entschuldigung zum Aussteigen benutzend. Plötzlich sah sie alles anders, und es schmerzte sie, was sie in seinen Augen sah. Unter seinem durchbohrenden Blick senkte sie jetzt die Augen und berührte den Sand mit einer langen, dünnen Hand.

»Es tut mir leid... o Gott... es tut mir so leid...« Sie sah zu ihm hoch, und Tränen waren in ihren Augen. Und die Qual, die er darin sah, brachte ihn dazu, vor ihr auf die Knie in den Sand zu sinken.

»Hast du eine Ahnung, wie sehr ich dich liebe?«

Sie wandte den Kopf ab und hob eine Hand, als wolle sie ihn am Weitersprechen hindern, murmelte erstickt: »Alex, bitte nicht...« Aber er nahm ihre Hand in die seine und bog mit der anderen ihren Kopf zurück, bis sie ihn wieder ansah.

»Hast du mich gehört? Ich liebe dich. Ich liebte dich damals und liebe dich heute und werde es immer tun. Und vielleicht verstehe ich dich nicht, vielleicht gibt es Unterschiede zwischen uns, aber ich kann lernen, diese Unterschiede besser zu verstehen, Raphaella. Ich kann es, wenn du mir die Chance gibst.«

»Aber warum? Warum ein halbes Leben mit mir, wenn du ein ganzes mit jemand anderem haben kannst?«

»Hast du es deshalb getan?« Manchmal hatte er es gedacht, doch er war niemals fähig, zu verstehen, warum sie das Band so rasch, so grob zerrissen hatte.

»Teils.« Sie antwortete ihm jetzt aufrichtig, ihre Augen sahen ihn an. »Ich wünschte dir mehr.«

»Alles, was ich wünschte, warst du.« Er sprach nun sanfter. »Es ist alles, was ich jetzt wünsche.« Sie schüttelte als Antwort jedoch nur langsam den Kopf.

»Du kannst es nicht haben.« Und dann, nach einer langen Pause: »Es ist nicht recht.«

»Warum nicht, verdammt noch mal?« Seine Augen loderten, als er die Frage stellte. »Warum? Wegen deines Mannes? Wie kannst du all das für einen Mann aufgeben, der fast tot ist, für einen Mann, der immer nur dein Glück wollte, wie du mir selber sagtest, und der dich wahrscheinlich genügend liebt, dich freizugeben, wenn er könnte?«

Alex wußte, daß John Henry Raphaella in gewissem Sinne schon freigegeben hatte. Aber er konnte Raphaella von jener Begegnung nichts erzählen. Ihr Gesicht zeigte offen den schrecklichen Druck, unter dem sie litt. Ihn zu erschweren, indem er ihr erzählte, daß John Henry von ihrer Beziehung wisse, war undenkbar.

Aber Raphaella wollte nichts hören. »Das war nicht das Gelübde, das ich abgelegt habe. Im Guten oder Bösen ... in Krankheit und Gesundheit ... bis daß der Tod uns scheide. Kein Stumpfsinn, keine Schlaganfälle, kein Alex ... nichts davon darf mich an meinen Verpflichtungen hindern.«

»Scheiß auf deine Verpflichtungen!« explodierte er. Raphaella blickte schockiert und schüttelte den Kopf.

»Nein, wenn ich nicht achte, was ich ihm schulde, wird er sterben. Ich weiß das jetzt. Mein Vater sagte es mir im Sommer, und er hatte recht. Er hängt jetzt kaum noch am Leben, leider Gottes.«

»Aber das hat nichts mit dir zu tun, verdammt, siehst du das nicht? Läßt du deinen Vater jetzt ebenfalls dein Leben bestimmen? Läßt du dich von deinen ›Pflichten‹ und ›Verpflichtungen‹ und deinem Sinn für ›noblesse oblige‹ herumkommandieren? Was ist mit *dir*, Raphaella? Was ist mit dem, was *du* willst? Erlaubst du dir jemals, darüber nachzudenken?« Die Wahrheit war, daß sie versucht hatte, nicht daran zu denken. Nicht mehr.

»Du verstehst das nicht, Alex.« Sie sprach so leise, daß er sie bei dem Wind kaum verstehen konnte. Er saß jetzt neben ihr auf dem Baumstamm, ihre Körper so nahe, daß Raphaella erschauerte. »Möchtest du meine Jacke?« Sie schüttelte den Kopf. Und dann fuhr er fort: »Ich verstehe es. Ich meine, du hast in diesem Sommer etwas Unsinniges getan. Du hast ein gigantisches Opfer für etwas gebracht, was du für eine gigantische Sünde hältst.«

Doch wieder schüttelte sie den Kopf. »Ich kann es John Henry nicht antun.« Alex konnte ihr nicht sagen, auch wenn er sich versucht fühlte, daß das einzig Beständige in ihrem Leben – die Beziehung zu ihrem Gatten – bereits eine Änderung erfahren hatte.

»Was antun, um Gottes willen? Ein paar Stunden außer Haus verbringen? Hast du dich an seinen Bettpfosten zu ketten?«

Sie nickte langsam. »Für den Augenblick, ja.« Und dann, als sei sie ihm schuldig, es zu sagen, fuhr sie fort: »Mein Vater hat mich beobachten lassen, Alex. Er drohte, es John Henry zu sagen. Und das hätte ihn getötet. Mir blieb keine Wahl.«

»O mein Gott.« Er starrte sie entgeistert an. Was sie ihm nicht sagte, war, daß die Überwachung die Folge eines Briefes seiner Schwester Kay war. »Warum sollte er etwas Derartiges tun?«

»Es John Henry erzählen? Ich bin nicht sicher, ob er es tun würde. Aber ich konnte das Risiko nicht eingehen. Er sagte, er würde es tun, und so hatte ich zu tun, was ich tat.«

»Aber wie kommt er dazu, dich beobachten zu lassen?« Sie zuckte die Schultern und sah ihn an.

»Es ist wirklich nicht wichtig. Er hat es eben getan.«

»Und nun sitzt du da und wartest.«

Sie schloß die Augen. »Sage so etwas nicht. Ich warte nicht. Es hört sich bei dir an, als wartete ich darauf, daß er stirbt, und das tue ich nicht. Ich bin einfach das, was ich seit fünfzehn Jahren gewesen bin – seine Frau.«

»Meinst du nicht, die Umstände berechtigen diesmal ein kleines Abweichen von den Regeln, Raphaella?« Seine Augen flehten sie an, doch sie schüttelte abermals den Kopf. »Ist gut, ich will dich nicht bedrängen.« Wieder konstatierte er, wie stark der Druck gewesen sein mußte, dem sie in Spanien ausgesetzt war. Es war kaum vorstellbar, daß ihr Vater sie beobachten ließ und ihrem Mann zu erzählen drohte, daß sie eine Affäre hatte.

Alex erwog mit wohlverstecktem Zorn, was er am liebsten mit ihrem Vater gemacht hätte, dann sah er ihr ins Auge. »Eins möchte ich ganz offen klarstellen: Ich liebe dich... ich will dich... zu allen Bedingungen, die du stellst... wann immer du kannst. Sei es morgen, sei es in zehn Jahren. Komm und klopf an meine Tür, und ich werde dasein. Hast du das verstanden, Raphaella? Weißt du, daß ich meine, was ich sage?«

»Ja. Aber es ist verrückt von dir, das zu tun. Du hast ein Leben zu führen.«

»Und du hast es nicht?«

»Das ist etwas anderes, Alex. Du bist nicht verheiratet, ich bin es.«

Eine Weile saßen sie schweigend auf dem Baumstamm, schauten hinaus auf die See. Es tat gut, nach so langer Zeit nur beieinander zu sein. Raphaella hätte den Augenblick gerne verlängert, aber das Licht wurde schon trübe, und der Nebel begann zu steigen.

»Läßt er dich noch beobachten?«

»Ich glaube nicht. Jetzt gibt es keinen Grund mehr.« Sie lächelte Alex zärtlich an und wünschte, nur seine Wange berühren zu dürfen. Sie wußte aber, sie konnte sich nicht erlauben, es zu tun. Niemals wieder. Und was er sagte, war Wahnsinn. Er konnte nicht den Rest seines Lebens dasitzen und auf sie warten.

»Komm.« Er stand auf und streckte ihr die Hand entgegen. »Ich bringe dich zum Wagen zurück.« Und dann lächelte er sie an. »Oder ist das keine so großartige Idee?«

»Ist es nicht«, gab sie lächelnd zurück. »Du kannst mich aber ein Stück begleiten.« Es dunkelte jetzt ziemlich schnell, und es war kein erhebender Gedanke, alleine zum Auto zurückzugehen. Sie sah ihn mit freundlich fragendem Ausdruck an, die Augenbrauen zusammengezogen – ihre Augen schienen jetzt noch größer, nachdem ihr Gesicht so viel schmaler geworden war. »Wie geht es Amanda?«

Alex sah Raphaella mit einem zärtlichen Lächeln an. »Sie vermißt dich… fast so sehr wie ich…«

Raphaella antwortete nicht. »Wie ist es im Sommer gelaufen?«

»Sie blieb genau fünf Tage bei Kay. Meine Herzensschwester hatte den ganzen Monat geplant, um Mandy jeden Augenblick bei ihren Wählern vorzeigen zu können. Mandy hat ihr einen Strich durch die Rechnung gemacht und ihr gesagt, sie würde abhauen.«

»Fuhr sie nach Haus?«

»Nein, meine Mutter nahm sie vorzeitig nach Europa mit.« Er zuckte die Schultern. »Ich glaube, sie hatten eine nette Zeit.«

»Hat sie's dir nicht erzählt?«

Er sah ausgiebig und hart in ihr Gesicht. »Ich glaube, bis November habe ich nichts und niemanden gehört.« Sie nickte, und sie gingen weiter. Endlich blieb sie stehen.

»Von hier an sollte ich alleine gehen.«

»Raphaella –« Er zögerte, doch dann entschloß er sich, sie zu fragen.

»Kann ich dich zuweilen sehen? Nur zum Essen... oder auf einen Drink...?«

Sie schüttelte jedoch den Kopf. »Ich könnte es nicht tun.«

»Und warum nicht?«

»Weil wir beide mehr als das wollen, und du weißt das. Es muß so bleiben, wie es jetzt ist, Alex.«

»Warum? Mit mir, der sich so sehr nach dir sehnt, daß er nicht geradeausblicken kann, und dir, die dahinsiecht? Hat es so zu sein? War das der Grund, warum dein Vater dir drohte, es John Henry zu erzählen? Um sich zu vergewissern, daß wir beide so wie jetzt leben? Willst du nicht mehr, Raphaella?« Und dann, außerstande, sich zurückzuhalten, nahm er sie und zog sie zärtlich in die Arme. »Weißt du nicht mehr, wie es war?«

Ihre Augen füllten sich mit Tränen, sie vergrub ihr Gesicht an seiner Schulter, nickte, wollte aber ihr Gesicht nicht sehen lassen. »Ja... ja... ich weiß... doch das ist vorbei...«

»Nein, ist es nicht. Ich liebe dich noch immer. Ich werde dich ewig lieben.«

»Das darfst du nicht.« Endlich sah sie ihn an, mit qualerfüllten Augen. »Du mußt das alles vergessen, Alex. Du mußt es.«

Alex sagte nichts und schüttelte nur den Kopf. »Was machst du zu Weihnachten?« Es war eine seltsame Frage. Raphaella sah ihn verwirrt an, verstand nicht, was er meinte.

»Nichts. Warum?«

»Meine Mutter nimmt Amanda mit nach Hawaii. Sie reisen Heiligabend fünf Uhr nachmittags. Warum kommst du abends nicht auf eine Tasse Kaffee herüber? Ich verspreche, dich weder anzurühren noch zu bedrängen, noch um irgendwelche Versprechungen zu bitten. Ich möchte dich nur sehen. Es würde mir viel bedeuten. Bitte, Raphaella...« Seine Stimme verwehte, sie stand ganz still. Und schließlich, gepeinigt, gequält, zwang sie sich, den Kopf zu schütteln.

»Nein.« Es war kaum mehr als ein Flüstern. »Nein.«

»Ich nehme dies nicht von dir hin. Ich werde dasein. Allein. Auf meinem Platz am Heiligabend. Denk daran. Ich warte.«

»Nein, Alex... bitte.«

»Macht nichts. Wenn du nicht kommst, ist es auch recht.«

»Aber ich will nicht, daß du dasitzt. Und ich werde nicht kommen.«

Er sagte nichts, doch in seinen Augen war ein hoffnungsvoller Schimmer. »Ich werde dasein.« Er lächelte. »Und jetzt auf Wiedersehen.« Er küßte sie ins Haar und preßte sie mit seinen großen Händen. »Gib acht auf dich, Baby.« Da stand er, und sie sagte nichts, dann drehte sie sich langsam um und ging.

Nur einmal sah sie sich nach ihm um, sah ihn dort in seinem roten Parka stehen, mit dem Wind in seinem dunklen Haar. »Ich werde nicht kommen, Alex.«

»Macht nichts. Ich möchte dasein. Falls du kommst.« Und als er sie auf die Treppe zugehen sah, die nach oben zu ihrem Wagen führte, rief er ihr nach: »Ich seh' dich Heiligabend.«

Er beobachtete, wie sie die Stufen hochkletterte, und dachte an ihre Ergebenheit für John Henry, für ihn, für all ihre Verpflichtungen. Er würde sie ihre eigene Entscheidung fällen lassen.

Jedoch er konnte nicht aufhören, sie zu lieben.

28

Der kleine Baum, den sie schräg gegenüber auf dem Kartentisch im Zimmer aufgestellt hatten, glitzerte fröhlich zu Raphaella und John Henry, als sie ihren Truthahn von den allzu gewohnten Servierbrettern verzehrten. Er schien ruhiger als gewöhnlich, und Raphaella fragte sich, ob der Feiertag ihn deprimiere, ob er ihn an Skiferien in seiner Jugend erinnere oder an Reisen, die er mit Raphaella unternommen hatte, oder an die Jahre, als sein Sohn noch ein Junge war und unten in der Halle ein gigantischer Weihnachtsbaum gestanden hatte.

»John Henry... Liebling... fühlst du dich wohl?«

Sie beugte sich vor, sprach liebevoll zu ihm, und er nickte, aber antwortete nicht. Er dachte an Alex und ihre Unterhaltung. Irgend etwas stimmte nicht, aber er war die letzten Monate so niedergeschlagen gewesen, daß ihm Raphaellas Verfassung nicht aufgefallen war. Für gewöhnlich alberte sie mit ihm herum, hielt seine Lebensgeister mit ungewöhnlicher Courage wach, ihren eigenen Schmerz kaschierend.

»Ich bin des Ganzen so müde, Raphaella.«

»Wessen? Weihnachten?« Sie blickte überrascht. Das einzige Zeichen war der kleine Baum in seinem Schlafzimmer, doch vielleicht tat das Licht seinen Augen weh.

»Nein, all dieses hier. Leben... Mahlzeiten essen... Nachrichten verfolgen, wenn nichts davon je neu ist... sprechen... schlafen...« Er sah sie trübsinnig an, und es war nicht die entfernteste Spur von Glück in seinen Augen.

»Aber meiner bist du nicht müde, nein?« Sie lächelte ihn innig an und machte eine Bewegung, seine Wange zu küssen, doch er drehte sich weg.

»Tu... das nicht.« Seine Stimme war sanft und traurig und wurde von den Kissen verschluckt.

»John Henry... was ist los?« Erstaunt und verletzt sah sie ihn an, und er kehrte ihr wieder langsam das Gesicht zu.

»Wie kannst du das fragen? Wie kannst du... so wie jetzt weiterleben? Wie kannst du es ertragen? Manchmal denke ich... an die alten Männer... die in Indien starben... wo sie ihre jungen Frauen... bei der Begräbnisfeier verbrannten. Ich bin nicht besser als jene, Raphaella.«

»Sag so was nicht. Sei nicht albern... ich liebe dich...«

»Dann bist du verrückt.« Es klang nicht amüsiert, sondern erzürnt. »Und falls du es bist, ich bin es nicht. Warum gehst du nicht irgendwohin? Nimm einen Urlaub... tu etwas, um Gottes willen... aber sitz hier nicht nur und vergeude dein Leben. Das meine ist vorbei, Raphaella...« Seine Stimme sank zu einem Flüstern herab. »Meins ist vergangen. Schon seit Jahren.«

»Das ist nicht wahr.« Tränen sprangen in ihre Augen, als sie ihn zu trösten versuchte. Der Ausdruck auf seinem Gesicht brach ihr das Herz.

»Es ist wahr... und du mußt... dem ins Auge sehen. Ich bin tot... seit Jahren. Aber das Schlimmste daran ist... ich habe dich auch getötet. Warum reist du nicht für eine Weile heim nach Paris?« Wieder fragte er sich, was zwischen ihr und Alex vorgefallen sein mochte, wollte aber nicht danach fragen. Er wollte sie nicht wissen lassen, daß er es wußte.

»Warum?« Sie schaute erstaunt. »Warum Paris?« Zu ihrem Vater?

Nach dem, was im Sommer passiert war? Allein der Gedanke machte sie krank. Aber John Henry sah sie glasklar von seinem Bett her an.

»Ich wünsche... daß du weggehst... für eine Weile.«

Sie schüttelte bestimmt den Kopf. »Ich werde nicht gehen.«

»Doch, du wirst.« Sie zankten sich wie die Kinder, doch keiner war erheitert, keiner von beiden lächelte.

»Nein, ich werde nicht.«

»Verdammt, ich will, daß du es machst!«

»Fein, dann werde ich einen Spaziergang machen. Aber dies ist auch mein Heim, und du kannst mich nicht wegschicken.« Sie nahm das Servierbrett von ihm weg und setzte es auf den Fußboden. »Ich glaube, du bist meiner nur überdrüssig, John Henry.« Sie versuchte, ihn zu necken, doch sein Auge nahm den Funken Übermut in den ihren nicht wahr. »Vielleicht ist das, was du brauchst, eine neue sexy Pflegerin.« Aber er war nicht amüsiert. Er lag nur verdrossen da.

»Hör auf, Unsinn zu reden.«

»Ich rede keinen Unsinn.« Sie sprach liebevoll auf ihn ein, sich mit ernsthaftem Eifer in ihrem Sessel vorbeugend. »Ich liebe dich, und ich möchte nicht weggehen.«

»Nun, ich möchte, daß du weggehst.«

Eine Weile saß sie schweigend zurückgelehnt, während er sie ansah, und plötzlich sprach er leise in das stille Zimmer: »Ich möchte sterben, Raphaella.« Er schloß die Augen, als er fortfuhr zu sprechen. »Das ist alles, was ich möchte. Und warum tu' ich's nicht... Herrgott, warum tu' ich's nicht?« Er öffnete die Augen und sah sie wieder an. »Sag mir das. Wo, zur Hölle, ist Gerechtigkeit?« Er sah sie anklagend an. »Warum bin ich noch am Leben?«

»Weil ich dich brauche«, erwiderte sie sanft. Er schüttelte den Kopf und drehte wieder das Gesicht weg. Dann sagte er lange Zeit nichts, und als sie sich vorsichtig dem Bett näherte, sah sie, daß er eingeschlafen war. Es machte sie traurig, festzustellen, wie unglücklich er war. Es war, als habe sie nicht genügend für ihn getan.

Die Pflegerin kam auf Zehenspitzen herein, und Raphaella machte ihr durch Zeichen deutlich, daß John Henry eingeschlafen war. Sie gingen hinaus und stimmten überein, daß er vermutlich die Nacht durchschlafen würde. Er hatte einen langen, schweren Tag gehabt, und Weihnachten hatte da keinen Unterschied gemacht. Er war es alles leid.

»Ich bin in meinem Zimmer, falls Sie mich brauchen«, raunte sie der Pflegerin zu und ging dann nachdenklich den Gang entlang. Armer John Henry, welch eine zerstörte Existenz. Und Raphaellas Meinung nach lag die Ungerechtigkeit nicht darin, daß er noch lebte, sondern daß er überhaupt die Infarkte erlitten hatte. Ohne sie hätte er in seinem Alter noch sehr vital sein können. Vielleicht langsamer als mit fünfzig oder sechzig und ein wenig müder, aber glücklich und geschäftig und lebendig. So aber, wie es war, hatte er nichts. Er war kaum mehr am Leben.

Langsam ging sie in ihr kleines Arbeitszimmer und ließ ihre Gedanken zu anderen Dingen schweifen. Zu ihrer Familie, die das Weihnachtsfest auf Santa Eugenia feierte, zu ihrem Vater und dann unvermeidlich zu dem Christfest, das sie vergangenes Jahr mit Alexander und Amanda gemeinsam beging. Und endlich, zum hundertsten Mal seit jenem Morgen, erinnerte sie sich an das, was er ihr vor drei Wochen am Strand gesagt hatte. »Ich warte... ich werde dasein...« Sie konnte noch hören, wie er es sagte. Und als sie allein in ihrem Arbeitszimmer saß, fragte sie sich wieder, ob er wirklich da sei. Es war erst sieben Uhr dreißig, eine respektable Zeit, und sie konnte leicht zu einem Spaziergang fortgegangen sein. Was würde geschehen, wenn sie zu ihm ging. War es klug, war es weise? Sie wußte, es war es nicht, wußte, daß ihr Platz in John Henrys riesigem leerem Haus war. Als die Stunden langsam verrannen, spürte sie plötzlich, daß sie dort hingehen mußte, nur für einen Augenblick, für eine halbe Stunde, nur, um ihn zu sehen. Es war Wahnsinn, und sie wußte es, aber um neun Uhr dreißig schnellte sie aus ihrem Sessel, unfähig, eine Minute länger im Hause zu bleiben. Sie mußte gehen.

Rasch schlüpfte sie in einen roten Wollmantel. Darunter trug sie ihr schlichtes schwarzes Kleid von heute abend. Sie zog enge schwarze Lederstiefel an, warf sich eine schwarze Lederhängetasche über die Schulter und fuhr mit dem Kamm durch ihr Haar. Bei der Aussicht, ihn zu sehen, fühlte sie ihr Herz flattern, machte sich Selbstvorwürfe, weil sie ging, und lächelte plötzlich bei dem Gedanken, ihn die Tür öffnen zu sehen. Sie hinterließ eine Nachricht in ihrem Zimmer, daß sie zu einem

Spaziergang fortginge und bei einer Freundin hereinschauen würde. Und ihre Füße flogen leicht, als sie die wenigen Häuserblocks entlangeilte, hin zu dem kleinen Haus, das sie seit fünfeinhalb Monaten nicht gesehen hatte.

Als sie das Haus erblickte, blieb sie einfach stehen, schaute es an und seufzte leicht. Ihr war, als hätte sie fast ein halbes Jahr verloren und endlich heimgefunden. Sie vermochte das Lächeln nicht zu unterdrücken, als sie die Straße überquerte, an der Tür klingelte und plötzlich das rasche Stampfen seiner Fußtritte auf der Treppe hörte. Nach einer kurzen Pause öffnete sich die Tür. Und da stand er, unfähig, zu glauben, was er sah, bis das Lächeln in ihren Augen von ihm erwidert wurde.

»Fröhliche Weihnachten!« Sie sagten es gleichzeitig und brachen beide in Gelächter aus, als er mit einer Verbeugung beiseite trat und ihr beim Hochschauen mit einem warmen Lächeln begegnete. »Willkommen daheim, Raphaella.« Ohne ein Wort zu sagen, trat sie ein.

Im Wohnzimmer standen jetzt Möbel. Er und Mandy hatten sie zusammengestellt, waren zu Auktionen und Zwangsversteigerungen gegangen, hatten Kaufhausabteilungen, Kunstgalerien und Trödelläden besucht. Was sie zusammengetragen hatten, war eine Mischung aus französischer Provence und frühem Amerikanisch. Der Raum war mit einem hübschen Bodenbelag, gedämpften Gemälden französischer Impressionisten, einer Menge Silbergeschirr, einigen Zinngeräten und hübschen alten Büchern ausgestattet. Auf den Tischen standen blumengefüllte große Krüge, in jeder Ecke waren Pflanzen, Schlinggewächse krochen über den kleinen marmornen Kaminsims des Doppelzimmers. Das Sofa war gebrochen weiß, die kleinen Knautschkissen hatten Fell- und Gobelinbezüge.

Seit Raphaellas Fortgang hatte Amanda sich noch enger an ihren Onkel angeschlossen und fühlte sich verpflichtet, sich um ihn zu kümmern, da nun keiner da war, der es sonst tun würde. Sie paßte auf, daß er die richtige Nahrung aß, seine Vitamine nahm, und bekrittelte, daß er zu spät schlafen ging, zu schnell fuhr, zu hart arbeitete und den Garten nicht jätete. Er hingegen machte sich über ihre Freunde, ihre Kocherei, ihr Make-up, ihre Garderobe lustig und brachte es dennoch fertig, daß sie sich fühlte, als sei sie das hübscheste Mädchen der Welt. Gemeinsam meisterten sie den patenten kleinen Haushalt, und als Raphaella die Schwelle überschritt, konnte sie ihre Liebe zueinander fühlen, die ihr aus jeder Ecke des Raumes entgegenatmete.

»Alex, es ist entzückend.«

»Nicht wahr? Mandy hat das meiste nach der Schule getan.«

Alex führte Raphaella ins Wohnzimmer. Sie war etwas nervös gewesen, daß er sie ins Schlafzimmer hinaufnehmen würde, um mit ihr vor dem Kamin zu sitzen, oder in sein Arbeitszimmer oder selbst in die Küche unten. Dies war vollkommen, weil es warm und hübsch war, und es war neu. Er bot ihr Kaffee und Kognak an. Ersteres nahm sie an, letzteres schlug sie aus, setzte sich auf das hübsche kleine Sofa, um erneut die Einzelheiten des Zimmers zu bewundern. Er war in einer Minute mit dem Kaffee zurück. Als er die Kanne absetzte, sah sie, daß seine Hände genauso stark wie die ihren zitterten.

»Ich wußte wirklich nicht, ob du hiersein würdest«, begann sie nervös, »aber ich entschied, es darauf ankommen zu lassen.«

Er betrachtete sie ernst von einem Sessel in der Nähe des Sofas. »Ich sagte dir, ich würde dasein. Und ich meinte es so, Raphaella. Du solltest das langsam wissen.« Sie nickte und nippte an dem heißen Espresso.

»Wie war Heiligabend?«

»Alles bestens.« Er lächelte und zuckte die Schultern. »Es war ein großes Ereignis für Mandy. Meine Mutter kam gestern abend angeflogen, um sie nach Hawaii mitzunehmen. Sie hatte ihr die Reise seit Jahren versprochen, und diesmal schien es ein sehr gelegener Zeitpunkt. Sie hat soeben ein Buch beendet und konnte den Urlaub ebenfalls gebrauchen. Wie es so schön heißt, wird sie auch nicht jünger.«

»Deine Mutter?« Raphaella blickte gleichermaßen bestürzt und amüsiert. »Sie wird niemals alt sein.« Und dann erinnerte sie sich an etwas, was sie ihm zu erzählen vergessen hatte, als sie sich am Strand trafen. »Ich habe ebenfalls ein Buch veröffentlicht.« Sie wurde rot und lachte leise. »Obgleich nicht etwas so Bedeutendes wie ein Roman.«

»Dein Kinderbuch?« Seine Augen leuchteten freudig auf.

»Sie haben es mir gerade vor einigen Wochen mitgeteilt.«

»Hattest du einen Agenten?« Sie schüttelte den Kopf.

»Nein. Nur Anfängerglück, vermute ich.« Sie lächelten sich einen langen Augenblick an.

»Ich bin froh, daß du hier bist, Raphaella. Ich wollte dir dieses Zimmer schon so lange zeigen.«

»Und ich wollte dir von dem Buch erzählen.« Sie sah ihn liebevoll an. Es war, als hätten beide einen Freund wiedergefunden. Aber was wollten sie jetzt tun? Sie konnten nicht dort anknüpfen, wo sie aufgehört hatten. Raphaella wußte das. Es würde das Boot zu stark erschüttern, mit Kay, ihrem Vater, ihrer Mutter, John Henry. Sie wünschte, sie hätte ihm erzählen können, wie der vergangene Sommer für sie gewesen war, welche Art von Alptraum er für sie bedeutet hatte.

»Woran hast du gerade gedacht?« Ihr Gesicht wirkte verwüstet, als sie in das Kaminfeuer starrte.

Sie hob den Kopf und sah ihn ehrlich an. »An den letzten Sommer.« Sie seufzte leise. »Es war solch eine schreckliche Zeit.«

Er nickte, gleichfalls nachdenklich blickend, und dann seufzte er mit einem kleinen Lächeln. »Ich bin nur froh, daß du überhaupt zurückgekommen bist und daß wir sprechen können. Das war das härteste für mich, nicht mehr in der Lage sein, mit dir zu sprechen... oder dich zu sehen... zu wissen, daß du nicht hiersein würdest, wenn ich heimkomme. Mandy sagte, das sei auch für sie das schlimmste gewesen.« Seine Worte drehten Raphaella das Messer im Herzen um, und sie schaute weg von ihm, damit er nicht die Qual in ihren Augen lesen konnte. »Was tust du jetzt, Raphaella?« Seine Stimme war sanft, und sie starrte nachdenklich ins Feuer.

»Die meiste Zeit bin ich mit John Henry zusammen. In den letzten Monaten ging es ihm nicht gut.«

»Es muß für euch beide hart sein.«

»Hauptsächlich für ihn.«

»Und du?« Er betrachtete sie aufmerksam, und sie gab keine Antwort. Aber dann, ohne etwas zu sagen, beugte er sich zu ihr vor und küßte sie sanft auf die Lippen. Sie hielt ihn nicht auf, sie dachte nicht nach über das, was sie taten. Sie küßte ihn nur, zart zuerst und dann mit Leidenschaft und dem Kummer und der Einsamkeit und der Sehnsucht nach ihm, die sie seit dem vergangenen Sommer mit sich getragen hatte.

Es war, als schwemme dieser erste Kuß alles hinweg. Sie konnte fühlen, wie er gleichfalls gegen seine eigenen Leidenschaften kämpfte.

»Alex... ich kann nicht...« Nicht wieder. Sie konnte nicht erneut hiermit beginnen. Er nickte.

»Ich weiß. Es ist schon gut.« Eine Weile saßen sie da, redeten, blickten ins Feuer, sprachen über sich, über das, was ihnen geschehen war und was sie empfunden hatten. Schließlich sprachen sie über andere Sachen, über Menschen, über Dinge, die sie amüsierten, über drollige Momente, als ob sie sechs Monate alles aufgespeichert hätten. Es war drei Uhr morgens, als Raphaella sich an der Ecke vor ihrem Haus verabschiedete. Er hatte darauf bestanden, sie heimzubegleiten. Und dann, wie ein Schuljunge, zögerte er kurz und entschied, den Sprung zu wagen. »Kann ich dich wiedersehen, Raphaella? Nur so wie heute...?« Er wollte sie nicht erneut verscheuchen, und er hatte genau die Drangsal wahrgenommen, mit der sie lebte, sowohl die echte wie die in ihrer Vorstellungswelt. Sie schien darüber nachzudenken, jedoch nur kurz, und sie nickte.

»Vielleicht könnten wir einen Spaziergang am Strand machen?«

»Morgen?«

Sie lachte über die Frage und nickte. »Sehr gut.«

»Ich hole dich hier mit meinem Wagen ab.« Morgen war Samstag, und er war frei. »Zwölf Uhr?«

»Ist gut.« Sich sehr jung und mädchenhaft fühlend, lächelte sie ihn an und winkte. Auf dem ganzen Weg nach Hause lächelte sie vor sich hin. Sie dachte nicht an John Henry, oder ihren Vater oder Kay Willard oder sonst jemand. Sie dachte nur an Alexander... Alex... und daß sie ihn am nächsten Tag um zwölf Uhr mittags wiedersah und zum Strand ging.

29

In der folgenden Woche trafen Alex und Raphaella sich an jedem Nachmittag, entweder zu einem Spaziergang am Strand oder um träge vor dem Kaminfeuer zu sitzen, Espresso zu trinken und über das Leben zu diskutieren. Sie zeigte ihm den Vertrag für das Buch, als er aus New York eintraf, und er erzählte ihr von seinen letzten Fällen. Sie teilten die Nachmittagsstunden, wenn er nicht zu arbeiten hatte, und ein paar Stunden am Abend, nachdem John Henry zu Bett gegangen war. Da gab es immer Stunden, in denen sie nicht mit John Henry zusammensein konnte, weil er schlief, so daß sie nicht das Gefühl hatte, ihm auch nur einen einzigen, kostbaren, lebensspendenden Augenblick gestohlen zu haben. Sie gab Alex die Zeit, die ihr gehörte, eine halbe Stunde hier, eine Stunde da, ein karger Augenblick zum Gehen und Atmen und Denken und Existieren. Es waren glückselige Stunden, die sie gemeinsam verbrachten, Stunden, in denen sie einander neu entdeckten. Nur entdeckten sie diesmal mehr als ein Jahr früher, oder vielleicht waren sie in der Zeit, in der sie alleine waren, so viel reifer geworden. Das Gefühl des Verlustes hatte sie aus der Bahn geworfen, dennoch hatte es beide von ihnen auf verschiedene Weise angespornt. Aber die Beziehung zwischen ihnen war noch sehr zart, alles war sehr neu, und sie hatten beide Angst. Raphaella wurde von dem Gedanken heimgesucht, das gleiche katastrophale Unheil heraufzubeschwören wie schon einmal, den Zorn seiner Schwester oder ihres Vaters erregend. Auch das Problem, Alex von einer vollwertigen Beziehung mit jemand anderem abzuhalten, blieb weiterhin bestehen. Aber Alex fürchtete nur, sie erneut zu verscheuchen. Er hatte letztlich John Henrys Segen, mithin überhaupt kein Schuldgefühl. Sie gingen behutsam vor, schrittweise langsam aufeinander zukommend, bis zum Tag nach Neujahr, als sie um zwei Uhr nachmittags herüberkam. John Henry hatte erklärt, den ganzen Tag über schlafen zu wollen.

Raphaella kam herübergewandert, Alex zu sehen. Sie läutete an der Tür, nicht einmal sicher, ob er zu Haus war. Er öffnete ihr in Jeans und einem bequemen alten Rollkragenpullover und blickte unendlich erfreut, sie vor der Tür stehen zu sehen.

»Welch eine hübsche Überraschung. Was tust du hier?«

»Ich dachte, ich könnte dich besuchen. Störe ich dich?« Errötend wurde sie sich plötzlich bewußt, daß sie eine Menge für selbstverständlich hingenommen hatte. Er konnte oben in seinem Zimmer eine Frau haben. Er las es ihr augenblicklich vom Gesicht ab und gluckste.

»Nein, Madame. Sie ›stören‹ mich ganz und gar nicht. Möchtest du eine Tasse Kaffee?« Sie nickte und folgte ihm hinunter in die Küche.

»Wer hat das da getan?« Sie winkte mit der Hand zu den glänzenden Kupfertöpfen, nachdem sie auf einem Küchenstuhl Platz genommen hatte.

»Habe ich gemacht.«

»Tatsächlich du?«

»Natürlich.« Und dann lächelte er sie an. »Ich habe viele Talente, die du noch nicht kennst.«

»Wirklich? Und welche?«

»Ich bin mir nicht sicher, ob ich meine Geheimnisse auf einmal preisgeben sollte.«

Sie saßen eine Zeitlang friedlich beieinander, nippten an ihrem Kaffee, genossen gegenseitig ihre Gesellschaft und begannen, wie stets, über ein Dutzend verschiedene Dinge zu reden. Ihre gemeinsame Zeit schien immer so schnell zu vergehen. Dann erinnerte er sich plötzlich an das Manuskript zu dem Buch seiner Mutter.

»O Alex, darf ich es lesen?« Raphaellas Augen leuchteten.

»Sicher. Ich hab' es oben. Es liegt alles auf meinem Schreibtisch.«

Bei der Aussicht funkelten ihre Augen vor Vergnügen. Sie ließen ihren Kaffee im Stich und eilten nach oben. Sie überflog einige Seiten, war entzückt über das, was sie las, und lächelte zu Alex hoch. Plötzlich stellte sie fest, daß sie das erste Mal wieder in seinem Zimmer war. Vorsichtig spähte sie durch den Gang zu seinem Schlafzimmer. Ihre Augen begegneten sich stumm und hielten sich fest. Er küßte sie, langsam, bewußt, hungrig. Ihr Rücken begann vor Wonne zu schmerzen, als er sie in seinen Armen hielt. Er wartete, daß sie ihm Einhalt gebot, aber sie tat es nicht, und er begann, seine Hände umherstreifen zu lassen. Wie in schweigendem Einverständnis durchschritten sie langsam den Gang nach nebenan.

Zum ersten Mal in seinem Erwachsenendasein fürchtete er sich vor seinem Handeln, vor den Konsequenzen, nachdem sie sich gerade wiedergefunden hatten. Er fürchtete sich so verzweifelt, sie zu verlieren, doch es war Raphaella, die ihm zuraunte: »Es ist alles gut, Alex.« Und dann, als er ihr den Pullover auszog: »Ich liebe dich so sehr.« Es war wie ein zärtlicher Tanz, als er sie langsam entkleidete und sie ihm ebenfalls die Sachen auszog. Sie tasteten, fühlten, hielten, liebkosten, verweilten, und es schien den ganzen Nachmittag zu dauern, sich zu lieben. Als sie endlich mit gesättigten Körpern, übervollen Herzen und Sinnen beieinanderlagen, blickten sie beide glücklicher, als sie jemals miteinander gewesen waren. Mit einem Lächeln, das sie nie zuvor an ihm gesehen hatte, schaute er sie an.

»Weißt du, wie glücklich es mich macht, dich hier zu sehen?«

Sie lächelte zärtlich. »Ich habe dich so sehr vermißt, Alex... auf jede erdenkliche Weise.« Er nickte und rückte an ihre Seite, sein Mund war hungrig, seine Lenden begannen zu prickeln, und er spürte, daß er sie erneut begehrte. Es war, als ob er nicht genug von ihr bekommen könnte, als ob sie ihn verlassen könnte und niemals wieder dasein würde. Sie liebten sich wieder und wieder und wieder bis in den Abend hinein. Später nahmen sie zusammen ein warmes Bad, und Raphaella saß mit geschlossenen Augen träumend da.

»Liebling, du bist exquisit.«

»Und sehr schläfrig.« Sie öffnete ein Auge und lächelte. »Ich muß aufwachen und heimgehen.« Aber es erschien seltsam, irgendwohin zu gehen, noch seltsamer, das andere Haus ein Heim zu nennen. Hier war wieder ihr Heim, hier, wo Alex war, wo sie ihr Leben und ihre Seelen, ihre Körper und ihre Liebe teilten. Und sie kehrte sich den Teufel drum, was ihr Vater diesmal drohen mochte. Sie würde nie von Alex lassen. Mochte Kay ihm einen anderen verfluchten Brief schreiben. Mochten sie alle zur Hölle gehen. Sie brauchte diesen Mann. Und sie hatte nach alledem ein Recht darauf.

Er küßte sie wieder, als sie dort saßen und sich durchweichen ließen, und sie neckte ihn, daß sie die Polizei rufen würde, falls er sie noch einmal anrühren sollte. Aber er war so müde wie sie, und als er sie nach Hause fuhr, gähnte er herzhaft, küßte sie noch einmal und ließ sie dann, wie stets, das letzte Stück alleine gehen.

Als sie in das Haus kam, umfing sie eine eigenartige Stille, als ständen alle vorhandenen Uhren still, als sei jedes Geräusch, das in dem riesigen Herrenhaus unterschwellig existierte, verstummt. Sie glaubte, daß es nur ihrer Einbildung und ihrer völligen Erschöpfung entsprang, und ging gähnend die Stufen hinauf. Aber als sie den ersten Absatz erreichte, sah sie plötzlich zwei von den Dienstmädchen und zwei der Pflegerinnen in einer kleinen Gruppe vor John Henrys Schlafzimmer zusammenstehen. Für eine Sekunde tat ihr Herz einen Sprung. Sie stoppte am oberen Ende der Treppe, als sie sie sahen.

»Ist etwas passiert?«

»Es ist –« Die Pflegerin hatte rote Augen, als sie Raphaella ansah. »Es ist Ihr Gatte, Mrs. Phillips.«

»O mein Gott«, murmelte sie erstickt. Als sie die Mienen ihrer Gesichter sah, wußte sie, daß kein Irrtum vorlag.

»Ist er –« Sie konnte den Satz nicht beenden, und die Pflegerin nickte.

»Er ist verschieden.« Doch dann, überwältigt von ihren eigenen Gefühlen, brach sie in Tränen aus und wurde sogleich von der anderen Pflegerin in den Arm genommen.

»Wie ist es geschehen?« Raphaella näherte sich ihnen langsam, ihr Rücken sehr aufrecht, ihre Stimme sehr leise. Ihre Augen blickten übergroß. John Henry war gestorben, während sie mit Alex im Bett lag, spielend, sich aufbäumend, Liebe machend. Die Unanständigkeit traf sie wie ein Schlag ins Gesicht und erinnerte sie in einer einzigen Sekunde an den Zusammenstoß mit den Worten ihres Vaters vom vergangenen Sommer. Er hatte sie eine Hure genannt. »Hatte er einen neuen Infarkt?«

Die Pflegerin begann lauter zu weinen, und die beiden Dienstmädchen schienen im Nu wie in Luft aufgelöst. Jetzt sah die zweite Pflegerin Raphaella an, und sie wußte, daß sich während ihrer Abwesenheit etwas sehr Schlimmes zugetragen hatte.

»Der Doktor möchte Sie sprechen, Mrs. Phillips. Er wartet seit zwei Stunden. Wir wußten nicht, wo Sie sind, aber wir fanden eine Nachricht in Ihrem Zimmer und nahmen an, Sie würden bald zurück sein.« Raphaella fühlte sich elend, als sie dort stand.

»Ist der Arzt noch hier?«

»Er ist in Mr. Phillips' Zimmer, bei dem Leichnam. Aber sie werden bald kommen, ihn wegzubringen. Er wünscht eine Obduktion, nur um sicher zu sein.« Raphaella starrte sie sprachlos an und eilte in John Henrys Zimmer. Sie stand sehr still, als sie an das Bett herantrat und ihn dort liegen sah. Er sah aus, als schliefe er, und einmal glaubte sie, seine Hand sich bewegen zu sehen. Während sie dort stand, sah sie nicht einmal den Arzt. Alles, was sie sehen konnte, war John Henry, so müde, so zusammengeschrumpft, so alt.

»Mrs. Phillips...? Raphaella?«

Als sie die Stimme hörte, wirbelte Raphaella herum und seufzte, als sie erkannte, wer es war. »Hallo, Ralph.« Doch dann, wie durch einen Magneten angezogen, glitten ihre Augen zu dem Gesicht des Mannes zurück, den sie vor fünfzehn Jahren geheiratet hatte. Noch war sie nicht ganz sicher, was sie empfand. Kummer, Leere, Bedauern, Trauer, irgend etwas, doch sie war nicht sicher, was. Sie hatte noch nicht richtig begriffen, daß er gestorben war. Nur wenige Stunden zuvor hatte er gesagt, er sei müde.

»Raphaella, lassen Sie uns ins Nebenzimmer gehen.« Sie folgte dem Arzt in den Ankleideraum, den die Pflegerinnen so oft benutzt hatten. Dort standen sie zusammen wie zwei Verschwörer. Der Arzt blickte unglücklich, als er Raphaella anschaute.

»Was ist es? Was ist es, was niemand mir sagt? Es war kein Schlaganfall, nicht wahr?« Plötzlich wußte sie es instinktiv. Der Arzt schüttelte den Kopf und bestätigte ihre schlimmsten Befürchtungen.

»Nein, das war es nicht. Es war ein entsetzlicher Unglücksfall. Ein furchtbarer Fehler, eine fast unverzeihliche Sache, außer, daß sie nicht vorsätzlich geschah und keiner wissen konnte, was er empfand.«

»Was versuchen Sie mir zu sagen?« Ihre Stimme hatte sich erhoben, und sie spürte, daß in ihrem Kopf irgend etwas zu explodieren drohte.

»Daß Ihr Gatte... John Henry... die Pflegerin gab ihm eine Schlaftablette, und sie ließ die Flasche auf dem Nachttisch stehen...« Sie starrte ihn entsetzt an. »Er nahm die Pillen, Raphaella. Die ganze Flasche. Er beging Selbstmord. Ich weiß nicht, wie ich es Ihnen anders sagen soll. Aber das ist geschehen.« Seine Stimme stockte, und Raphaella überfiel der Wunsch zu schreien. Er hatte sich getötet… John Henry hatte sich selbst getötet, während sie sich außerhalb mit Alex verlustierte… Sie hatte ihn getötet… ihn getötet, als ob sie es mit ihren bloßen Händen getan hätte. Hatte er von Alex gewußt? Hatte er etwas gespürt? Hätte sie ihn hindern können, wenn sie dagewesen wäre? Konnte es… würde es… was, wenn… ihre Gedanken rasten, und ihre Augen weiteten sich bei dem, was sie dachte, doch sie konnte keinen Ton herausbringen. Sie konnte nichts sagen. Ihr Vater hatte recht gehabt. Sie hatte ihn getötet. John Henry hatte Selbstmord begangen. Endlich brachte sie es über sich, den Arzt anzusehen.

»Hat er mir eine Nachricht hinterlassen?« Er schüttelte verneinend den Kopf.

»Nichts.«

»O mein Gott.« Sie sagte es mehr zu sich selbst. Dann sank sie vor seinen Füßen zu Boden, in eine tödliche Ohnmacht.

30

Antoine de Mornay-Malle traf am nächsten Abend um sechs Uhr ein. Er fand Raphaella sitzend und über die Bucht hinausschauend vor. Als sie hinter sich seine Stimme vernahm, erhob sie sich aus ihrem Sessel und drehte sich um, ihn zu begrüßen. Er sah, daß ihre Augen fast glasig waren. Sie war die Nacht zuvor nicht schlafen gegangen, und trotz der Angebote des Arztes hatte sie ein Beruhigungsmittel abgelehnt. Ihr Haar war streng zurückgekämmt, ihre Augen riesig und fast hohl in dem geisterhaft bleichen Antlitz. Als er einen Blick auf ihre Beine warf, sah er, daß sie als Zeichen der Trauer schwarze Strümpfe trug. Sie war ohne jeden Schmuck, außer dem diamantbesetzten Goldreif, den sie seit fünfzehn Jahren an der linken Hand trug.

»Papa…« Sie kam ihm langsam entgegen, als er sich näherte und seine Augen ihr Gesicht erforschten. Als sie ihn anrief, hatte er am Klang ihrer Stimme erkannt, daß es irgend etwas verzweifelt Schlimmes gab, schlimmer noch als der Tod ihres Gatten. Es gab da etwas, das sie noch nicht enthüllt hatte.

»Raphaella, ich bin sehr betrübt.« Er verneigte sich ein wenig und ließ sich in einem Sessel nahe dem ihren nieder. »War es – ging es schnell?«

Sie sagte absolut nichts, starrte hinaus auf die Bucht und hielt sich aufrecht sitzend für ihn bereit. »Ich weiß es nicht... Ich denke, ja...«

»Du warst nicht bei ihm?« Er starrte ihr ins Gesicht und begann die Stirn zu runzeln. »Wo warst du?« Seine Stimme war plötzlich voller Argwohn, und sie konnte es nicht ertragen, ihm ins Auge zu sehen.

»Ich war für eine Weile aus.«

Ihr Vater nickte. »Es war ein neuer Infarkt... oder setzte sein Herz plötzlich aus?« Wie viele Leute seines Alters wollte er genau wissen, wie das Ende gekommen sei. Möglicherweise, um zu wissen, was ihn erwartete, wenn die Reihe an ihn gekommen war. Aber er fand noch etwas Sonderbares im Gesichtsausdruck seiner Tochter. Während sie dort saß, dachte sie ernsthaft daran, es ihm nicht zu erzählen, aber sie wußte auch, daß es sinnlos war, ihn anzulügen. Sie kannte ihren Vater und war überzeugt, daß er mit jedermann, den Dienstboten, den Pflegerinnen, dem Doktor, eine Unterhaltung führen würde. Zufällig oder mit Absicht würde er die Wahrheit entdecken. Jeder im Haushalt kannte sie schon. Der Arzt war mit ihr übereingekommen, nichts über die Umstände von John Henrys Ableben verlautbaren zu lassen, aber die Pflegerinnen erzählten es den Dienstmädchen, die es dem Butler gegenüber erwähnten, der die Neuigkeiten mit einem Blick des Erstaunens und der Bestürzung an den Chauffeur weitergab. Und es würde nicht lange dauern, bis einer von ihnen es einem Freund in einem der anderen Häuser erzählte, und möglicherweise sprach sich das Wort in der ganzen Stadt herum. John Henry Phillips hatte Selbstmord begangen. Und irgendwie wußte Raphaella, daß ihr Vater es auch herausbekommen würde.

»Papa...« Langsam wandte sie ihm das Gesicht zu, und endlich begegneten sich ihre Augen. »Es war kein Schlaganfall...« Sie schloß für eine Sekunde fest die Augen, griff nach ihrer Sessellehne, öffnete die Augen wieder und fuhr fort: »Es war... er nahm Pillen, Papa...« Ihre Stimme war kaum hörbar, als er sie ansah und nicht verstand, was sie ihm zu sagen versuchte. »Ich... er... er ist zuletzt so deprimiert gewesen... er haßte es, krank zu sein... er war –« Sie stockte. Tränen stiegen ihr in die Augen, und ein Seufzer drang aus ihrer Kehle.

»Was versuchst du mir zu sagen?« Er starrte sie an, bewegte sich nicht in seinem Sessel.

»Ich sage dir, daß –« Sie tat einen tiefen Atemzug. »Die Pflegerin ließ die Schlaftabletten auf dem Tisch neben ihm... und er nahm sie... nahm sie alle.« Jetzt hatte sie es deutlich gesagt.

»Er tötete sich selbst?« Ihr Vater blickte entsetzt, doch sie nickte schwerfällig. »Mein Gott, wo warst du? Warum hast du nicht aufgepaßt, daß die Pflegerin das Medikament fortnimmt? Warum warst du nicht hier?«

»Ich weiß es nicht, Papa... aber niemand wußte, daß er sterben wollte. Ich meine, ich wußte es... er war so müde, und letzthin war er so traurig, so lange krank zu sein. Aber niemand dachte... ich dachte nicht... ich dachte nie, er würde –«

»Mein Gott, bist du wahnsinnig? Warum konntest du nicht achtsamer sein? Warum konntest du nicht alles überwachen, was die Pflegerinnen taten? Es war deine Verantwortung... deine Pflicht...« Er schickte sich an fortzufahren, doch Raphaella sprang von ihrem Sitz, sah aus, als ob sie schreien würde.

»Hör auf, Papa! Hör auf! Ich konnte nichts dafür... Niemand konnte es! Keiner hat Schuld... es war –«

»Du wirst Strafantrag gegen die Pflegerin stellen, nicht wahr?« Er blickte geschäftsmäßig, als er sie von seinem Sessel aus beobachtete. Aber Raphaella schüttelte den Kopf, erneut gebrochen und ausgehöhlt aussehend.

»Natürlich nicht. Sie konnte nicht wissen... es war ein Unfall, Papa.«

»Ein Unfall, der deinen Gatten tötete.« Ihre Augen trafen sich, und sie sahen sich lange an. Als ob er etwas spürte, was sie ihm nicht erzählt hatte, verengten sich seine Augen, sie weiterhin anblickend. »Ist da noch mehr, Raphaella? Etwas, das du mir nicht gesagt hast?« Und dann, als sei es ihm klargeworden, nicht als Vermutung, sondern als Gewißheit ihrer Schuld, richtete er sich steil in seinem Sessel auf und starrte auf seine Tochter. »Wo warst du, als er dies tat, Raphaella?« Elend schaute sie zu ihrem Vater, sich nicht wie eine Frau, sondern mehr wie ein Kind vorkommend. »Wo warst du?« Er legte eine schreckliche Betonung auf die Worte, als er die Fragen stellte, und da war nichts, was sie ihm sagen konnte.

»Ich war aus.«

»Mit wem?«

»Niemandem.« Doch es war zwecklos. Er hatte es schon erahnt, und sie wußte, daß er es wußte. Sie sah ihn jetzt an, ihr Gesicht eine Qual der Selbstbeschuldigung, die für sich selber sprach.

»Du warst bei ihm, ist es so, Raphaella? Warst du es?« Seine Stimme erhob sich unheilvoll, und außerstande, ihren Weg klar vor sich zu sehen, nickte sie einfach mit dem Kopf. »Mein Gott, dann... hast du ihn getötet. Begreifst du das? Weißt du, warum er jene Pillen nahm?« Ihr Vater sah sie deutlich verändert an, doch wieder schüttelte Raphaella den Kopf.

»Er hat nichts davon gewußt, Papa. Dessen bin ich sicher.«

»Wie kannst du das sein? Die Dienstboten müssen es gewußt haben, sie müssen es ihm erzählt haben.«

»Das würden sie ihm nicht angetan haben, und ich glaube nicht, daß sie es wußten.« Sie schritt teilnahmslos zum Fenster. Das Schlimmste war nun vorüber. Er kannte die Wahrheit. Er konnte nichts mehr sagen. Es lag alles auf dem Tisch, ihre Treulosigkeit, ihr Verrat, ihr Versagen gegenüber John Henry, dessen Leben mit seinem Tablettentod endete anstatt durch die Hand Gottes.

»Dann hast du mich belogen, als du mir sagtest, du würdest ihn nicht wiedersehen.«

»Nein, ich sagte dir die Wahrheit.« Sie kehrte ihm wieder das Gesicht zu. »Ich habe ihn nicht wiedergesehen bis vor etwa zwei Wochen. Wir trafen uns zufällig.«

»Und du stiegst natürlich gleich wieder in sein Bett.«

»Papa... bitte...«

»Bist du nicht? Ist es nicht das, was deinen Gatten tötete? Denk darüber nach. Kannst du wirklich damit leben? Kannst du?«

Wieder stiegen ihr die Tränen in die Augen, und sie schüttelte den Kopf. »Nein, ich kann nicht.«

»Du bist eine Mörderin, Raphaella.« Schlangengleich zischten die

Worte aus seinem Mund, ihr ekelhaftes Gift verspritzend. »Sowohl eine Mörderin wie eine Hure.« Und dann, sich zu voller Höhe hochziehend, bot er ihr die Stirn. »Du hast mich entehrt, und ich verbanne dich aus meinem Herzen, doch um meinetwillen und deiner Mutter wegen werde ich nicht zulassen, daß du mich erneut entehrst. Ich habe keine Ahnung, was du mit deinem Liebhaber zu planen gedenkst. Ich bin überzeugt, du würdest nichts lieber tun, als in der Minute, in der sie John Henry in die Erde versenken, mit ihm wegzulaufen. Aber das, mein liebes Mädchen, wird nicht geschehen. Nicht in diesem Augenblick. Was du später tust, geht mich nichts an, und wie du schon erwähntest, bist du eine erwachsene Frau. Eine widerwärtige, eine unmoralische, aber erwachsen bist du gewiß. Also in einem Jahr, nach einer angemessenen Periode der Trauerzeit, steht es dir frei, deine Hurerei wiederaufzunehmen. Doch in der Zwischenzeit, für ein Jahr, wirst du anständig sein, zu mir, zu deiner Mutter und im Gedenken an einen Mann, der dich über alles liebte, selbst wenn du's nicht tatest. Nach dem Begräbnis wirst du mit deiner Mutter nach Spanien fliegen. Dort wirst du ein Jahr lang bleiben. Ich werde alle geschäftlichen Angelegenheiten, die mit dem Nachlaß in Zusammenhang stehen, erledigen, und es wird fast ein Jahr dauern, bis alles geregelt ist. Nach einem Jahr kannst du dann hierher zurückkommen und tun, was immer du willst. Aber ein Jahr, ein Jahr schuldest du dem Mann, den du ermordet hast. Falls du ins Gefängnis gingest, würde es für den Rest deines Lebens sein. Und Tatsache ist, junge Frau, daß du mit dem, was du getan hast, für den Rest deiner Tage wirst leben müssen.« Er schritt steif zur Tür und drehte sich um. »Bereite dich für den Tag des Begräbnisses auf deine Abreise vor. Ich wünsche mit dir nicht weiter darüber zu diskutieren. Ein Jahr der angemessenen Trauer für einen Mann, den du zum Selbstmord getrieben hast, ist ein gering bezahlter Preis.« Als sie dastand und ihn den Raum verlassen sah, flossen ihr die Tränen langsam über das Gesicht.

Erst am nächsten Morgen hörte sie etwas von Alex. Sie hatten die Todesnachricht einen Tag lang aus den Zeitungen ferngehalten, doch am folgenden Morgen stand es dort auf der ersten Seite. John Henry Phillips war tot. Dem Bericht nach war er seit seiner ersten Erkrankung bettlägerig gewesen, hatte mehrere Infarkte erlitten und war acht Jahre nicht mehr aktionsfähig gewesen. Der Artikel erwähnte Raphaella kaum, außer, daß er keine Kinder, sondern nur seine zweite Frau hinterließ, die frühere Raphaella de Mornay-Malle y de Santos y Quadral. Danach wurden die Gesellschaften, die er gegründet hatte, aufgezählt, das Vermögen, das er hinterließ, die bedeutenden internationalen Transaktionen, die er über Jahre hinweg getätigt hatte. Doch es war nicht das, was Alex interessierte.

Verblüfft hatte er auf die Zeitung gestarrt, die er auf dem Weg zur Arbeit vor der Tür aufgehoben hatte. Etliche Minuten hatte er reglos dagestanden und die Zeilen gelesen. Dann war er in das Haus zurückgekehrt, um Raphaella anzurufen. Er hatte sich gewundert, warum sie die Nacht zuvor nicht gekommen war, und war in Angst gewesen, die Nacht davor hätte Schuldgefühle in ihr ausgelöst und sie erneut von ihm entfernt. Nun fragte er sich, was es für sie bedeuten würde, daß John Henry gestorben war, während sie mit ihm zusammen war. Er konnte es sich gut ausrechnen, nach dem, was er gelesen hatte. Es wurde die Nacht erwähnt, in der er gestorben war, und Alex wußte, daß er entweder gestorben war, während Raphaella aus war, oder kurz nachdem sie heimgekommen war. Er versuchte sich die Szene vorzustellen, die sie angetroffen hatte, als sie von ihren gemeinsamen Stunden zurückkehrte, und es durchschauerte ihn, als er die Telefonnummer wählte.

Als Raphaella den Hörer aufnahm und Alexanders Stimme hörte, spürte sie, wie sie ein Zittern durchlief. Es war wie eine brutale Erinnerung an das, was sie getan hatte, während ihr Mann die tödlichen Pillen nahm.

»Raphaella?« Seine Stimme klang weich, und es war zu merken, daß er beunruhigt war. »Ich habe gerade die Zeitung gelesen. Es tut mir so leid...« Und nach einer kurzen Pause: »Geht es dir gut?« Sie hatte bis jetzt nichts gesagt außer hallo.

»Ja.« Sie sprach sehr langsam. »Mir geht's gut.« Und dann: »Ich bedaure... ich war gerade beschäftigt, als du anriefst.« Sie hatte den Anzug herausgesucht, den sie John Henry anlegen würden, und ihr Vater hatte mit einer Miene danebengestanden, die eine Mischung aus Anklage und Trauer um den verlorenen Freund war. »Das Begräbnis ist morgen.« Was sie ihm sagte, klang tonlos und unzusammenhängend, und er saß mit dem Hörer in der Hand auf den Stufen und schloß die Augen. Es war klar erkennbar, was geschehen war. Sie war über den Tod ihres Mannes von Schuldgefühlen verzehrt. Er mußte sie sehen. Er mußte sie sprechen, mußte herausfinden, wie es ihr wirklich ging.

»Kann ich dich nach dem Begräbnis sehen, Raphaella? Nur für eine Minute. Ich möchte nur wissen, ob es dir gutgeht.«

»Danke, Alex. Mir geht es gut.« Sie klang wie eine Geisterstimme, und er hatte plötzlich Angst. Es hörte sich an, als stünde sie unter Beruhigungsmitteln oder, schlimmer noch, als wäre sie in einem Schockzustand.

»Kann ich dich sehen?«

»Ich reise morgen nach Spanien ab.«

»Morgen? Warum?«

»Ich reise mit meinen Eltern zurück. Mein Vater meint, ich sollte die Trauerperiode dort verbringen.«

O Heiland. Alex schüttelte den Kopf. Was war passiert? Was hatten sie mit ihr gemacht? Was hatten sie zu ihr gesagt? »Wie lang ist die Trauerperiode?«

Sie antwortete ihm ausdruckslos: »Ein Jahr.«

Er starrte betäubt zu Boden. Sie ging fort für ein Jahr? Er hatte sie erneut verloren, und er wußte es, und er wußte auch, daß es diesmal für immer war. Wenn sie John Henrys Tod mit ihrer Wiedervereinigung verband, dann würde ihre Affäre für immer ein häßlicher Augenblick bleiben, den sie zu vergessen wünschte. Alles, was er wußte, war, daß er sie sehen mußte. Für eine Minute, zehn Sekunden, irgendwas, um sie in die Wirklichkeit zurückzuholen, sie daran zu erinnern, daß er sie aufrichtig liebte, daß sie nichts Schlechtes getan hatten und daß sie John Henrys Tod nicht verursacht hatten. »Raphaella, ich muß dich sehen.«

»Ich glaube nicht, daß ich kann.« Sie warf einen Blick über die Schulter und konnte ihren Vater im Nebenraum sehen.

»Ja, du kannst.« Dann fiel Alex etwas ein. »Auf den Stufen, wo ich dich das erstemal sah, draußen vor eurem Garten. Geh jetzt gleich hinunter. Fünf Minuten, Raphaella... das ist alles... bitte!«

Es war ein so flehentlicher Ton in seiner Stimme, daß er ihr leid tat, doch sie fühlte nichts mehr, für niemanden. Weder für sich selbst noch für Alex, vielleicht nicht einmal für John Henry. Sie war jetzt eine Mörderin. Eine schlechte Frau. Sie war taub. Aber es war nicht Alex, der John Henry tötete. Sie hatte es getan. Es gab keinen Grund, ihn zu strafen.

»Warum willst du mich sehen?«

»Um zu dir zu sprechen.«

»Was, wenn uns jemand sieht?« Doch was machte es aus? Sie hatte schon die letzte Sünde begangen. Und ihr Vater wußte von Alex, wußte, daß sie bei ihm gewesen war, als John Henry die tödlichen Pillen genommen hatte. Welchen Unterschied machte es also jetzt, wenn es die Dinge für Alex erleichterte? Am nächsten Tage reiste sie nach Spanien ab.

»Sie werden uns nicht sehen. Und ich würde nicht länger als einige Minuten bleiben. Wirst du mich treffen?«

Sie nickte langsam. »Ja.«

»Zehn Minuten. Ich werde dort sein.«

Sie hängten auf, und zehn Minuten später wartete er nervös am Fuß der Stufen, wo er sie das erstemal gesehen hatte, die Silhouette ihres Gesichts im Laternenlicht, eingehüllt in die Weichheit ihres Luchsmantels. Er war jedoch in keiner Weise auf die Erscheinung vorbereitet, die jetzt auf ihn zukam, als sie sich der Stufenflucht näherte. Alles an ihr war herb und dunkel und bedrückend. Sie trug ein strenges schwarzes Kleid, kein Make-up, schwarze Strümpfe, schwarze Schuhe, und der Ausdruck in ihren Augen erschreckte ihn bis in die tiefste Seele. Er wagte nicht einmal, sich ihr zu nähern. Er stand einfach da und wartete, als sie auf ihn zukam, mit dem verstörten Blick der Qual in ihren schwarzen Augen.

»Hallo, Alex.« Es war fast, als sei sie auch schon tot. Oder als ob jemand sie getötet hätte, was ihr Vater im Endeffekt getan hatte.

»Raphaella... o Baby...« Er hätte sie gerne in die Arme genommen, wagte es aber nicht und stand nur da und sah sie an mit einem schmerzlichen Blick in den eigenen Augen. »Setzen wir uns hin.« Er ließ sich auf den Stufen nieder und winkte sie neben sich. Sie gehorchte und zog die Knie an die Brust in der frostigen Luft auf den kalten Stufen. »Ich möchte, daß du mir sagst, wie du dich fühlst. Du siehst so mitgenommen aus, daß es mir Angst macht, und ich glaube, du beschuldigst dich für etwas, mit dem du nichts zu tun hast. John Henry war alt, Raphaella, und krank und sehr müde. Du hast es mir selbst gesagt. Er war des Lebens müde, und er wünschte zu sterben. Der Zeitpunkt war rein zufällig.«

Raphaella lächelte freudlos und schüttelte den Kopf, als täte er ihr leid, ein solcher Narr zu sein. »Nein, nicht zufällig, Alex. Ich tötete ihn. Er starb nicht im Schlaf, wie es in den Zeitungen stand. Oder ja, er tat es, aber es war kein natürlicher Schlaf. Er nahm eine Flasche Schlaftabletten.« Sie wartete, bis das Gesagte eingedrungen war, und beobachtete ihn mit ihren eigenen leblosen Augen. »Er beging Selbstmord.«

»O mein Gott.« Er blickte entsetzt, als hätte ihn jemand geschlagen, aber nun verstand er, was er in ihrer Stimme gehört hatte und was er nun in ihrem Gesicht sah. »Aber weißt du das bestimmt, Raphaella? Hinterließ er dir eine Nachricht?«

»Nein, er brauchte es nicht. Er hat es nur getan. Aber mein Vater ist überzeugt, daß er von uns wußte, und so habe ich ihn im Endeffekt getötet. Das ist das, was mein Vater sagte, und er hat recht.« Eine Sekunde lang wünschte Alex, ihren Vater zu töten, doch er sagte nichts zu ihr.

»Wie will er das wissen?«

»Warum sonst würde John Henry es tun?«

»Weil er es so verdammt leid war, wie ein toter Mann zu leben, Raphaella. Wie oft hat er das selbst zu dir gesagt.« Doch sie schüttelte nur den Kopf. Sie wollte nichts hören. Alex erklärte ihre Unschuld, während sie nur zu gut das Ausmaß ihrer Schuld kannte. Und falls nicht die seine, dann mit Sicherheit die ihre. »Du glaubst mir nicht, stimmt's?«

Sie schüttelte langsam den Kopf. »Nein, ich denke, mein Vater hat recht. Irgend jemand muß uns gesehen und es ihm weitergesagt haben. Vielleicht einer der Dienstboten, vielleicht ein Nachbar, der mich eines Nachts hat heimkommen sehen.«

»Nein, Raphaella, du täuschst dich. Die Dienstboten haben es ihm nicht berichtet.« Er sah sie ernst an. »Meine Schwester tat es, als du letzten Sommer in Europa warst.«

»O mein Gott.« Raphaella sah aus, als würde sie ohnmächtig werden. Alex neigte sich vor und nahm ihre Hand.

»Es war nicht, wie du glaubst. Kay hat es bezweckt, doch es kam anders. Einer seiner Sekretäre rief mich an und bat mich, ins Haus zu kommen.«

»Und du hast es getan?« Sie blickte entgeistert.

»Ja. Er war ein wunderbarer Mann, Raphaella.« Tränen waren jetzt sowohl in seinen wie in ihren Augen.

»Was geschah?«

»Wir haben uns lange unterhalten. Über dich. Über mich. Über uns. Er gab mir seinen Segen, Raphaella.« Tränen schossen aus Alexanders Augen. »Er trug mir auf, für dich zu sorgen, danach...« Er wollte sie an sich ziehen, doch sie wich zurück. Der Segen zählte jetzt nichts mehr. Selbst Alex wußte es. Es war dafür zu spät. »Raphaella, Liebling, laß dir nicht von ihnen weh tun. Laß sie nicht etwas fortnehmen, das wir beide wollen, was sogar John Henry respektierte, etwas, das so richtig ist.«

»Wir taten nicht recht. Wir taten etwas sehr, sehr Unrechtes!«

»Taten wir das?« Er sah sie jetzt sehr gerade an, als sie dort saß. »Glaubst du das wirklich?«

»Welche Wahl bleibt mir sonst, Alex? Wie kann ich etwas anderes glauben? Was ich tat, tötete meinen Mann, trieb ihn zum Selbstmord. Willst du mir wirklich einreden, ich hätte nichts Unrechtes getan?«

»Ja, und das würde jeder, der die Geschichte kennt. Du bist unschuldig, Raphaella. Egal, was dein Vater sagt. Würde John Henry noch leben, würde er dir das gleiche sagen, dessen bin ich sicher. Weißt du bestimmt, daß er dir keinen Brief hinterlassen hat?« Er suchte in ihren Augen, als er sie fragte. Es erschien ihm sonderbar, daß John Henry nichts hinterlassen hatte. Sie schüttelte aber nur erneut den Kopf.

»Nichts. Der Arzt hat alles durchgesehen, als er dort war, und auch die Pflegerinnen. Da war nichts.«

»Bist du überzeugt?« Wieder nickte sie. »Also was jetzt? Du reist mit deiner Mutter nach Spanien, um für deine Sünde zu büßen?« Wieder ein Kopfnicken. »Und danach? Kommst du hierher zurück?« Im Geiste fand er sich mit einem langen einsamen Jahr ab.

»Ich weiß es nicht. Ich muß zurückkommen, um Dinge zu ordnen. Ich werde das Haus zum Verkauf anbieten, nachdem der Nachlaß geregelt ist. Und dann –« Sie stockte und starrte auf ihre Füße, als sie mit monotoner Stimme weitersprach. »Ich kehre vermutlich nach Paris zurück, oder vielleicht nach Spanien.«

»Raphaella, das ist Wahnsinn.« Er konnte seine Hände nicht länger von ihr lassen. Er nahm ihre langen schlanken Finger in die seinen. »Ich liebe dich. Ich möchte dich heiraten. Es besteht kein Grund für uns, es nicht zu tun. Wir haben nichts Unrechtes getan.«

»Doch, Alex.« Sie zog sich sehr langsam zurück, entwand ihm ihre Finger. »Doch, wir haben. Ich habe etwas sehr Unrechtes getan.«

»Und für den Rest der Tage willst du diese Bürde tragen. Ist es so?« Doch im Grund wußte er, daß er sie für den Rest des Lebens immer an etwas erinnern würde, was sie für eine große Sünde hielt. Er hatte sie verloren. An einen Witz des Schicksals, des Zeitpunkts, an die Wahnsinnstat eines müden, alten Mannes, an die bösartigen Auslegungen ihres Vaters. Er hatte sie verloren. Und dann, als ahne sie, was er dachte, nickte sie und stand auf. Sie stand da und sah ihn einen langen Augenblick an und murmelte leise: »Lebe wohl.« Sie faßte ihn weder an noch küßte sie ihn. Sie drehte sich einfach um und ging langsam die Stufen hinunter, als Alex ihr mit den Augen folgte, erschüttert von dem, was er verlor, von dem, was sie tat. In ihrer erbarmungslosen schwarzen Tracht sah sie wie eine Nonne aus. Dies war das drittemal, daß er sie verloren hatte. Aber diesmal wußte er, daß es für immer war. Als sie die wohlverborgene Gartentür erreichte, stieß sie sie auf und schloß sie hinter sich. Sie blickte nicht zu Alex zurück.

31

Das Begräbnis war so privat, wie sie es arrangieren konnten, aber dennoch saßen mehr als hundert Menschen im Gestühl der kleinen Kirche. Raphaella saß mit ihrem Vater und ihrer Mutter in der vordersten Reihe. Tränen rannen über die Wangen ihres Vaters, und ihre Mutter schluchzte ungehemmt um einen Mann, den sie kaum gekannt hatte. In der Reihe direkt hinter ihnen waren ein halbes Dutzend Verwandte, die ihre Mutter von Spanien hierherbegleitet hatten. Alejandras Bruder, zwei ihrer Schwestern, eine Cousine mit Tochter und Sohn. Die Gruppe war angeblich erschienen, um sowohl Raphaella als auch Alejandra zu unterstützen, doch Raphaella empfand sie mehr wie Gefängnisaufseher, die gekommen waren, um sie nach Spanien zurückzubefördern.

Sie war es, die während der Trauerzeremonie trockenen Auges dasaß und blind auf den mit Rosen bedeckten Sarkophag starrte. Ihre Mutter hatte für die Blumen gesorgt, ihr Vater hatte sich um die übrigen Arrangements gekümmert. Raphaella hatte nichts zu tun, außer in ihrem Zimmer zu sitzen und darüber nachzudenken, was sie getan hatte. Hin und wieder dachte sie an Alex, an sein Gesicht, wie sie ihn zuletzt gesehen, an das, was er ihr gesagt hatte. Sie wußte jedoch, daß er irrte in dem, was er dachte. Es war alles so deutlich ihre Schuld, wie ihr Vater es gesagt hatte, und Alex versuchte nur, ihre Schuld zu mildern. Es war seltsam, festzustellen, daß sie beide Männer gleichzeitig verloren hatte. Sie hatte Alex so sehr verloren wie John Henry, und sie wußte, als sie dort steif saß und auf die Musik lauschte, daß sie keinen von ihnen wiedersehen würde. Da erst begannen die Tränen zu fließen, rollten unbarmherzig über ihre Wangen hinter dem dichten schwarzen Schleier, bis sie lautlos auf ihre im Schoß gefalteten Hände fielen. Sie bewegte sich während der Dauer der Zeremonie kein einzigesmal. Sie saß nur da, wie eine Angeklagte vor Gericht, die nichts zu ihrer eigenen Verteidigung zu sagen hatte. Für einen kurzen wahnwitzigen Moment wollte sie aufspringen und ihnen sagen, daß sie ihn nicht mit Vorsatz getötet hätte, daß sie unschuldig sei, daß alles ein Irrtum war. Aber sie war nicht unschuldig, erinnerte sie sich stumm. Sie war schuldig. Und nun würde sie zu bezahlen haben.

Als es vorbei war, fuhren sie in Stillschweigen zum Friedhof. John Henry wurde neben seiner ersten Frau und ihrem Sohn beigesetzt, und Raphaella wußte, als sie auf den grasigen Erdhügel sah, unter dem sie begraben lagen, daß sie niemals dort neben ihm ruhen würde. Es war unwahrscheinlich, daß sie jemals wieder in Kalifornien leben würde. In einem Jahr würde sie für einige Wochen herkommen, ihre Sachen einpakken und das Haus verkaufen. Eines Tages würde sie sterben und in Europa begraben werden. Es schien irgendwie passender. Sie hatte kein Recht, hier mit ihm zu liegen. Sie war die Frau, die ihn getötet hatte, seine Mörderin. Es wäre Gotteslästerung gewesen, sie in seiner Grabstätte zu beerdigen. Und am Ende des Gebets, das der Priester am Kopfende des Grabes sprach, warf ihr Vater ihr einen Blick zu, als wollte er ihr dasselbe sagen.

Sie fuhren zum Haus zurück, wiederum in Stillschweigen, und Raphaella begab sich wieder auf ihr Zimmer. Das Kofferpacken war fast getan. Sie hatte nichts zu tun und wollte niemanden sehen oder sprechen. Es schien keiner sonderlich bemüht, mit ihr zu sprechen. Die ganze Familie wußte, was geschehen war. Ihre Tanten und Onkel und Cousinen wußten nichts von ihrer Affäre, aber sie wußten, daß John Henry Selbstmord begangen hatte, und ihre Augen schienen Raphaella anzuklagen, als wollten sie ihr wieder und wieder sagen, daß es ihre Schuld sei. Es war leichter für sie, sie nicht zu sehen, weder ihre Gesichter noch ihre Augen. Nun saß sie in ihrem Zimmer wie eine Gefangene, wartete und beneidete John Henry um seinen Mut. Hätte sie die gleiche Flasche Schlaftabletten gehabt, sie würde sie auch genommen haben. Ihr war nichts zum Leben geblieben, und sie würde dankbar gestorben sein. Sie wußte aber auch, daß sie bestraft werden mußte, und Sterben wäre zu leicht gewesen. Sie würde weiterzuleben haben, wissend, was sie in San Francisco getan hatte. Nach vierzig oder fünfzig Jahren würde man noch über die Geschichte sprechen und dabei argwöhnen, daß es noch etwas gab, was man nicht wußte. Bis dahin würde Alexanders Existenz vielleicht den Rest der Geschichte begleiten. Leute würden über Donna Raphaella tratschen, die ihren Ehemann betrog... erinnert ihr euch, er beging Selbstmord... ich weiß nicht, wie alt sie war... vielleicht dreißig... wißt ihr, sie war in Wirklichkeit diejenige, die ihn tötete.

Als sie die Worte in ihrem Kopf hörte, barg sie ihr Gesicht in den Händen und begann zu weinen. Sie weinte für die Kinder, die sie niemals kennen würden oder die Wahrheit kannten über das, was ihr zugestoßen war, sie weinte für Alex und was beinahe gewesen wäre, für Mandy, die sie niemals wiedersehen würde, und zuletzt für John Henry... für das, was er getan hatte... für das, was er einst gewesen war... für den Mann, der sie vor so langer Zeit geliebt hatte und ihr einen Heiratsantrag machte, als sie an der Seine entlanggingen. Sie saß allein in ihrem Zimmer und weinte stundenlang. Dann ging sie still in sein Schlafzimmer und schaute sich dort ein letztesmal um.

Um neun Uhr kam ihre Mutter herauf, ihr zu sagen, daß es Zeit sei, das Haus zu verlassen, um ihr Flugzeug zu erreichen.

Sie hatte eine lange Reise vor sich und ein sehr langes Jahr. Als der Mann, der die schweren Reinigungsarbeiten besorgte, ihre beiden Koffer aufnahm und sie nach unten brachte, ging sie langsam die Haupttreppe hinunter. Sie wußte, daß sie hier niemals wieder leben würde. Ihre Tage in San Francisco waren vorüber. Ihr Leben mit John Henry war jetzt vergangen. Ihre Augenblicke mit Alex endeten in einer Katastrophe. Ihr Leben war gewissermaßen zu Ende.

»Fertig?« Ihre Mutter blickte sie freundlich an. Raphaella sah mit jenen leeren Augen, die Alex am Morgen gesehen hatte, zurück, nickte und schritt zur Tür hinaus.

32

Im Frühling erhielt sie via San Francisco ein Belegexemplar ihres Kinderbuchs, das etwas später im Juli erscheinen sollte. Sie betrachtete es ruhig, mit einem Gefühl des Abstands. Tausend Jahre schienen vergangen, seit sie das Projekt gestartet hatte, und es erschien jetzt so unwichtig. Sie empfand überhaupt nichts dafür. So wenig, wie sie jetzt für die Kinder, für ihre Eltern, für ihre Vettern und Cousinen oder gar für sich selbst empfand. Sie empfand für nichts und niemand etwas. Fünf Monate hatte sie sich wie ein Automat bewegt, stand morgens auf, zog ihre schwarzen Trauerkleider an, ging frühstücken, kehrte in ihr Schlafzimmer zurück, antwortete auf Berge von Briefen, die ihr immer noch aus San Francisco nachgesandt wurden. Es waren alles Kondolenzschreiben, die sie auf festem, schwarzumrandeten Schreibpapier, das dem Anlaß angemessen war, beantwortete. Um die Mittagszeit tauchte sie wieder aus ihrem Schlafzimmer auf. Hin und wieder machte sie einen einsamen Spaziergang vor dem Abendessen, war aber stets darauf bedacht, sich zu entschuldigen, wenn jemand sie begleiten wollte.

Es war klar, daß Raphaella niemanden zu sehen wünschte und daß sie ihr Trauerjahr mit ganzem Herzen wahrnahm. Sie hatte sogar sofort nach ihrer Ankunft kundgetan, daß sie kein Verlangen habe, in Madrid zu bleiben. Sie wollte sich nach Santa Eugenia zurückziehen, um allein zu sein. Ihre Eltern hatten zugestimmt. In Spanien waren ihre Mutter und der Rest der Familie an die Gepflogenheiten der Trauerzeit gewöhnt. Sie dauerte ein Jahr, und die Witwen und Kinder der Toten trugen immer tiefes Schwarz. Und selbst in Paris war es keine völlig ungewöhnliche Sache. Aber der Eifer, mit dem Raphaella sich in die Trauer stürzte, kam jedermann seltsam vor. Es war, als ob sie sich selber strafen und für unzählige unausgesprochene Sünden büßen wollte. Nach den ersten drei Monaten schlug ihre Mutter ihr vor, nach Paris zu reisen, doch der Vorschlag stieß auf sofortige Ablehnung. Sie wollte auf Santa Eugenia bleiben und hatte kein Verlangen, anderswohin zu gehen. Sie mied jedermanns Begleitung, sogar die ihrer Mutter.

Unter den Briefen, die nach ihrer Ankunft eintrafen, war ein langer und tief empfundener von Charlotte Brandon. Sie schrieb ihr offen, aber freundlich, daß Alex ihr die Umstände des Ablebens von John Henry mitgeteilt habe und daß sie hoffe, Raphaella würde weise genug sein, sich nicht selbst zu beschuldigen. In einem langen philosophischen Abschnitt schrieb sie, sie habe gewußt, wie er als junger Mann gewesen sei, und habe daraus den Schluß gezogen, daß sein jahrelanges Siechtum zu einer geistigen Kurzschlußhandlung geführt haben müsse; daß ihm das Leben im Scheine dessen, was er einmal gewesen und was aus ihm geworden war, sowie im Hinblick auf seine Zuneigung für Raphaella wie ein Gefängnis vorgekommen sein müsse, dem er zu entfliehen trachtete. Was er getan hatte, war für diejenigen, die ihn überlebten, sicher schwer zu verstehen, mochte aber gleichwohl der letzte Segen für ihn gewesen sein. ›Wenngleich ein selbstsüchtiger Akt‹, schrieb Charlotte an Raphaella, ›so doch einer, von dem ich hoffe, daß Sie ihn akzeptieren und verstehen, ohne die Egozentrik der Selbstanklage und Selbstgeißelung.‹ Sie empfahl Raphaella dringend, es einfach zu akzeptieren, ihm ein freundliches Gedenken zu bewahren und freundlich zu sich selbst zu sein. Es war ein Appell an Raphaella, gut zu sich selbst zu sein, was immer man darunter verstehen mochte.

Es war der einzige Brief, den Raphaella nicht sofort beantwortete, als sie endlose Stunden in ihrem Elfenbeinturm saß. Wochenlang schmorte Charlottes Brief unbeantwortet auf ihrem Schreibtisch. Raphaella wußte einfach nicht, was darauf zu sagen war. Am Ende antwortete sie schlicht, drückte ihre Dankbarkeit für die freundlichen Worte und Gedanken der Frau aus und hoffte, daß sie einen Abstecher nach Santa Eugenia machen und hallo sagen würde, wenn sie sich in Europa befinde. Wie schmerzlich für Raphaella die geistige Verbindung von Charlotte und Alex auch immer war, so hatte sie Charlotte unabhängig davon sehr gern und hätte sich gefreut, sie bei Gelegenheit wiederzusehen. Aber als sie diese Anregung gab, sah sie nicht die Nachricht von Charlotte im späten Juni voraus. Sie und Mandy waren gerade nach London geflogen, wo Charlotte wie immer ihr jüngstes Buch vorstellte. Hiermit war auch eine Filmverpflichtung verbunden, so daß sie sehr beschäftigt war. Sie hatte termingemäß nach Paris und dann nach Berlin zu fliegen, aber sie plante, nach Madrid zu fliegen, um einige Freunde zu sehen. Sie und Mandy sehnten sich danach, Raphaella wiederzusehen, und fragten jetzt an, ob sie sie nach Madrid locken könnten oder nach Santa Eugenia fahren sollten, um sie dort für einen Nachmittag zu sehen. Sie waren bereit, den Abstecher zu unternehmen, um sie zu besuchen. Raphaella war tief gerührt. Sie wagte es nicht, ihnen abzusagen, versuchte aber, sie mit freundlichen Worten zu entmutigen. Sie erklärte, sie könne Santa Eugenia nicht verlassen, da ihre Hilfe benötigt würde, um ein Auge auf die Kinder zu haben und dafür zu sorgen, daß die Dinge reibungslos für die zahllosen Gäste ihrer Mutter verliefen, wovon natürlich kein Wort stimmte. Seit der Rest der Familie begonnen hatte, für den Sommer einzutreffen, war Raphaella noch weniger sichtbar als zuvor, und oftmals nahm sie die Mahlzeiten auf einem Tablett in ihrem Zimmer ein. Für die gefühlsbetonten Spanier um sie herum schien dies kein ungewöhnliches Verhalten während der Trauerzeit zu sein, aber ihre Mutter begann sich nichtsdestotrotz zunehmende Sorgen zu machen.

Der Brief, den Raphaella an Charlotte in Paris adressierte, wurde auf dieselbe Silberplatte gelegt, auf der die Familie alle abgehende Post hinterließ. An dem Tag, als Raphaella ihr Schreiben dort deponierte, stopfte eines der Kinder alle Briefe in seinen Rucksack, um sie in der

Stadt, wohin es mit seinen Geschwistern Süßigkeiten kaufen ging, auf die Post zu geben. Der Brief an Charlotte mußte ihm aus der Hand geglitten sein, bevor es den Briefkasten erreichte. Wenigstens war dies die einzige Erklärung, die Raphaella dafür finden konnte, als Charlotte drei Wochen später, im Juli, bei ihr anrief und bislang kein Wort von ihr gehört hatte.

»Dürfen wir kommen, um Sie zu sehen?« Raphaella zögerte einen längeren Moment und fühlte sich unhöflich und gleichsam bedrängt.

»Ich... es ist so heiß hier, Sie würden es schrecklich finden, und es ist so umständlich hierherzukommen. Es ist mir gräßlich, Sie solcher Mühe auszusetzen.«

»Dann kommen Sie nach Madrid.« Charlottes Stimme war von guter Laune erfüllt.

»Ich kann hier wirklich nicht abkommen, so wahnsinnig gern ich es täte.« Es war eine himmelschreiende Lüge.

»Gut, dann sieht's so aus, als bliebe uns keine Wahl, nicht wahr? Wie ist es mit morgen? Wir können einen Wagen mieten und kommen nach dem Frühstück herüber. Wie hört sich das an?«

»Eine Drei-Stunden-Fahrt, nur um mich zu sehen? O Charlotte... das ist mir unangenehm...«

»Braucht es nicht. Wir machen das gern. Ist es Ihnen so recht?« Einen Moment war sie unsicher, ob Raphaella sie wirklich sehen wollte. Sie fragte sich plötzlich, ob Raphaella sie überhaupt sehen wollte. Vielleicht war die Verkettung mit Alex noch zu schmerzlich für sie. Aber ihre Stimme hatte in Charlottes Ohren fröhlich geklungen, und als sie jetzt antwortete, hörte es sich an, als freue sie sich, sie wiederzusehen.

»Es wird wundervoll sein, euch beide hier zu haben.«

»Ich kann es kaum erwarten, Sie zu sehen, Raphaella. Und Sie werden Mandy kaum wiedererkennen. Wußten Sie schon, daß sie im Herbst nach Stanford geht?«

Am Ende der Unterhaltung lächelte Raphaella weich. Mandy... ihre Amanda... es freute sie, zu wissen, daß sie noch bei Alex lebte. Er brauchte sie so sehr wie sie ihn. »Das freut mich.« Und dann konnte sie nicht umhin zu fragen: »Und Kay?«

»Sie verlor die Wahl, wie Sie wissen. Doch das müssen Sie noch erfahren haben, bevor Sie abreisten. Das war letztes Jahr.« Sie hatte es in den Zeitungen gelesen, aber Alex hatte sich geweigert, während der kurzen Wiederbelebung ihrer Beziehung über seine Schwester zu diskutieren. Für ihn war es ein irreparabler Bruch gewesen, der Amandas wegen zwischen ihnen entstanden war, und Raphaella hatte sich oft gefragt, was er wohl getan hätte, hätte er von Kays Brief an ihren Vater gewußt. Vermutlich würde er sie umgebracht haben. Raphaella hatte es ihm aber nie erzählt. Und nun war sie darüber ganz froh. Was hätte es gebracht? Ihr gemeinsames Leben war zu Ende, und Kay war schließlich seine Schwester. »Liebes, darüber werden wir morgen ausgiebig plaudern. Können wir Ihnen irgend etwas von Madrid mitbringen?«

»Nur euch selbst.« Raphaella hängte lächelnd ein, aber für den Rest des Tages schritt sie nervös in ihrem Zimmer auf und ab. Warum hatte sie sich dazu überreden lassen? Sie wollte Charlotte und Amanda nicht sehen, wollte an ihr vergangenes Leben nicht erinnert werden. Sie führte jetzt ein neues Leben auf Santa Eugenia. Es war das einzige, was sie sich selbst gestattete. Was für einen Sinn hatte es, mit der Vergangenheit in Berührung zu bleiben?

Als sie an jenem Abend zum Abendessen hinunterkam, registrierte ihre Mutter das nervöse Zittern ihrer Hände und nahm sich vor, mit Antoine zu sprechen. Sie fand, daß Raphaella einen Arzt aufsuchen sollte. Sie sah seit Monaten erschreckend aus. Trotz strahlendem Sommersonnenschein hielt sie sich in ihrem Zimmer auf und blieb geisterhaft blaß; seit sie aus San Francisco eingetroffen war, hatte sie fünfzehn bis zwanzig Pfund verloren, und verglichen mit dem Rest der Familie sah sie ungesund aus mit ihren übergroßen dunklen, unglücklichen Augen in dem erbarmungswürdig hageren, verloren wirkenden Gesicht.

Gleichwohl erwähnte sie gegenüber ihrer Mutter im Vorübergehen, daß sie am nächsten Tage zwei Gäste aus Madrid erwarte. »Nun, eigentlich kommen sie aus den Staaten.«

»Oh?« Ihre Mutter sah sie warmherzig an. Es war eine Erleichterung, daß sie jemanden sah. Sie hatte nicht einmal ihre alten Bekannten in Spanien sehen wollen. Es war die strengste Trauerperiode, die Alejandra je erlebt hatte. »Wer sind sie, Liebes?«

»Charlotte Brandon und ihre Enkeltochter.«

»Die Schriftstellerin?« Ihre Mutter blickte überrascht. Sie hatte einige ihrer ins Spanische übersetzten Bücher gelesen und wußte, daß Raphaella sie alle gelesen hatte. »Würdest du es gern haben, wenn sie über Nacht blieben?« Raphaella schüttelte abwesend den Kopf und ging nach oben auf ihr Zimmer zurück.

Sie war noch immer spät am nächsten Morgen dort, als eines der Dienstmädchen heraufkam und leise an die Tür klopfte. »Donna Raphaella... Sie haben Gäste.« Sie hatte es kaum gewagt, Raphaella zu stören.

»Ich danke dir.« Raphaella lächelte und ging zur Treppe. Sie war so nervös, daß sie ihre Beine wie hölzerne Pfähle unter sich spürte. Es war seltsam, doch sie hatte so lange keine Freunde gesehen, daß sie nicht wußte, was zu sagen war. Ernst und ein wenig ängstlich blickend, in einem der eleganten schwarzen Sommerkleider, die ihre Mutter ihr in Madrid gekauft hatte, noch immer schwarze Strümpfe tragend, schritt sie, erschreckend blaß, die Stufen hinab.

Am Fuß der Treppe wartete Charlotte und zuckte unwillkürlich zusammen, als sie Raphaella sah. Sie hatte niemals jemanden gesehen, der so gequält und unglücklich wirkte. Sie bot ein Bild der Trauer in ihrem schwarzen Gewand und ihren riesengroßen, vom Kummer heimgesuchten Augen. Sie lächelte Charlotte an, doch es war mehr der traurige Versuch, eine unüberbrückbare Kluft zu überwinden. Es war, wie wenn sie in eine andere Welt geschlüpft sei, seit sie sie zuletzt gesehen hatte. Als sie sie anschaute, fühlte Charlotte den fast unwiderstehlichen Drang zu weinen. Irgendwie gelang es ihr, sich zu bezwingen. Sie nahm die junge Frau mit einer warmen, herzlichen Geste in die Arme. Amanda stellte fest, daß Raphaella in ihrer strengen, hageren Schönheit fast noch eindrucksvoller wirkte als vorher, doch es war die Art von Schönheit, die man nur betrachtet, die man nie berührt und die man niemals wirklich kennenlernt. Während der Dauer ihres Besuches war sie gastfreundlich, gütig und charmant zu ihnen beiden, als sie ihnen das Haus und die Gärten zeigte, die historische Kapelle, die ihr Großvater erbauen ließ. Es war ein außergewöhnlicher Platz für einen Sommeraufenthalt, dachte Charlotte bei sich, und es war ein Relikt aus einer anderen Zeit, einer anderen Welt, jedoch kein Ort für eine junge Frau wie

Raphaella, sich hier zu begraben. Es erschreckte sie, als Raphaella ihr erzählte, daß sie plane hierzubleiben.

»Möchten Sie nicht nach San Francisco zurückgehen?« Charlotte blickte beunruhigt.

Raphaella schüttelte rasch den Kopf. »Nein. Eventuell muß ich noch einmal zurück, um das Haus zu schließen, doch ich könnte es ebensogut von hier aus tun.«

»Dann wollen Sie nicht nach Paris oder Madrid übersiedeln?«

»Nein«, sagte sie entschieden, dann lächelte sie Amanda an, aber Amanda hatte fast nichts gesagt. Die meiste Zeit, seitdem sie eingetroffen waren, hatte sie Raphaella nur angeschaut. Es war, wie den Geist von jemandem zu sehen, den man einmal gekannt hatte. Dies war nicht Raphaella. Es war eine Art von zerbrochenem Traum. Genau wie Charlotte brachte Mandy den Nachmittag damit zu, das Weinen zu unterdrücken. Alles, woran sie denken konnte, waren die Zeiten mit Alex, als er und Raphaella noch so glücklich gewesen waren. Doch jetzt, als sie diese Frau ansah, sah sie eine Fremde, anders und unbekannt. Es war eine Erlösung, als Raphaella zuletzt vorschlug, sie solle schwimmen gehen. Hierdurch bekam Charlotte Gelegenheit, alleine mit Raphaella zu sein, etwas, wonach sie sich schon den ganzen Tag gesehnt hatte. Als sie jetzt in einer abgelegenen Ecke des Gartens in bequemen Stühlen nebeneinandersaßen, sah Charlotte sie mit einem warmherzigen Lächeln an.

»Raphaella... darf ich zu Ihnen wie eine alte Freundin sprechen?«

»Jederzeit.« Aber ihre Augen bekamen den Ausdruck eines erschrokkenen Rehs. Sie wollte ihre Entscheidungen nicht erklären. Dies war jetzt ihr Leben. Und außer vor sich selbst wollte sie es vor niemandem zur Schau stellen.

»Ich glaube, Sie martern sich für irgend etwas, das niemand sich vorstellen kann. Ich sehe es an Ihrem Gesicht, in dem gequälten Blick Ihrer Augen, in der Art, wie Sie sprechen... Raphaella... was kann irgend jemand sagen, um Sie zu befreien?« Sie war in einer einzigen Minute direkt zum Kern der Sache gestoßen, und Raphaella drehte den Kopf weg, so daß die ältere Frau nicht den Tränenschimmer in ihren Augen sehen konnte. Es schien, als blicke sie auf den Garten, doch langsam, traurig schüttelte sie ihr Haupt.

»Ich werde niemals wieder frei sein, Charlotte.«

»Aber Sie kerkern sich selbst in dieses Leben ein. Sie sind eingehüllt in Schuld für etwas, was Sie meiner Meinung nach nie begangen haben. Niemals. Ich werde immer überzeugt sein, daß Ihr Gatte lebensmüde war, und wenn Sie es nur sich selbst gegenüber zuließen, würden Sie davon ebenso überzeugt sein, denke ich.«

»Das weiß ich nicht. Ich werde es niemals wissen. Es ist ohnehin unwichtig. Ich hatte ein erfülltes Leben. Ich war fünfzehn Jahre verheiratet. Ich wünsche nicht mehr. Ich bin jetzt hier. Ich bin heimgekehrt.«

»Außer, daß es für Sie kein Heim mehr ist, Raphaella. Und Sie reden wie eine alte Frau.«

Raphaella lächelte. »So fühle ich mich.«

»Das ist Wahnsinn.« Und dann, aus einem jähen Impuls heraus, sah sie Raphaella ins Auge. »Warum kommen Sie nicht mit uns nach Paris?«

»Jetzt?« Raphaella blickte bestürzt.

»Wir fahren heute abend nach Madrid zurück und fliegen morgen nach Paris. Nun, wie hört sich das an?«

»Leicht verrückt.« Raphaella lächelte liebenswürdig. Es sagte ihr ganz und gar nicht zu. Sie war nun ein Jahr nicht mehr in Paris gewesen und hatte absolut kein Verlangen, dorthin zu reisen.

»Werden Sie sich's überlegen?« Raphaella schüttelte traurig den Kopf.

»Nein, Charlotte. Ich möchte hierbleiben.«

»Aber warum? Warum müssen Sie dies tun? Es ist nicht richtig für Sie.«

»Doch«, sagte sie, langsam nickend, »das ist es.« Und endlich wagte sie die Frage zu stellen, die ihr den ganzen Tag im Kopf herumging. »Wie geht es Alex? Geht es ihm jetzt gut?« Er hatte ihr zweimal geschrieben, und sie hatte nicht geantwortet, doch sie hatte seinen Briefen entnommen, wie verstört er war über das, was geschehen war.

Charlotte nickte langsam. »Er wird damit fertig.« Es war härter als die Trennung von Rachel, und Charlotte wußte auch nicht mit letzter Gewißheit, ob er jemals wieder derselbe sein würde. Sie war nicht sicher, ob sie es Raphaella sagen sollte. Sie wußte nicht, ob Raphaella noch mehr Schuld, als sie schon mit sich trug, auf sich laden konnte. »Sie haben ihm nie geschrieben, nicht wahr?«

»Nein.« Sie sah Charlotte offen an. »Ich dachte, es würde besser für ihn sein, wenn ich das Band sofort zerschneide.«

»Das dachten Sie davor schon einmal, war es nicht so? Und Sie haben sich damals auch geirrt.«

»Da war es anders.« Raphaella blickte verschleiert, sich der Szene mit ihrem Vater in Paris nur ein Jahr früher erinnernd. Wie leidenschaftlich alles gewesen war, wie wichtig, und nun hatte sich alles gewandelt, und nichts davon zählte mehr. Kay hatte ihre kostbare Wahl verloren, sie hatte Alex verloren, John Henry war tot... Raphaella warf jetzt einen Blick zu Charlotte. »Kay schrieb meinem Vater einen Brief, berichtete ihm von der Affäre mit Alex, ersuchte ihn, uns zu stoppen, was er tat.« Sie merkte, wie schockiert Charlotte über diese Enthüllung war, und beschloß, die Information über den Brief an John Henry nicht hinzuzufügen, der ja ein weit grausamerer Akt gewesen war. Sie lächelte Alexanders Mutter an. »Er drohte, es meinem Mann zu erzählen, und ließ mich beobachten. Er hielt mir auch eindeutig vor Augen, daß ich selbstsüchtig sei und Alexanders Leben zerstöre, indem ich ihn am Heiraten und Kinderhaben hindere.« Sie seufzte leise. »Damals glaubte ich wirklich, keine andere Wahl zu haben.«

»Und dieses Mal?«

»Mein Vater wünschte, daß ich ein Jahr herkomme. Er dachte, es sei das mindeste, was ich tun könnte«, – ihre Stimme erstarb zu einem kaum wahrnehmbaren Flüstern – »nachdem ich John Henry getötet habe.«

»Aber Sie haben ihn nicht getötet.« Ein Augenblick verstrich zwischen ihnen, und dann: »Was geschieht nach dem Jahr? Wird Ihre Familie unglücklich sein, wenn Sie sie hier verlassen?«

»Ich weiß es nicht. Es würde ohnehin nichts ändern, Charlotte. Ich will nicht weg. Hier gehöre ich her. Hier werde ich bleiben.«

»Warum gehören Sie hierher?«

»Ich möchte nicht darüber diskutieren.«

»Hören Sie auf, sich selbst zu kasteien, verdammt!« Sie lehnte sich vor und nahm Raphaellas Hände in die ihren. »Sie sind eine schöne junge Frau mit einem feinen Verstand und einem guten Herzen. Sie verdienen ein erfülltes, glückliches Leben, einen Ehemann, Kinder... mit Alex oder mit jemand anderem, das liegt bei Ihnen, aber Sie können sich hier nicht selbst begraben, Raphaella.«

Sanft zog Raphaella ihre Hände aus jenen Charlottes. »Ja, ich kann. Mit dem, was ich getan habe, kann ich nirgendwo anders leben. Mit wem ich in Berührung käme, wen ich auch liebte, wen ich auch heiratete, ich würde immer an John Henry und Alex denken. Den einen Mann habe ich getötet, den anderen fast zerstört. Welches Recht besitze ich, das Leben irgendeines Menschen zu berühren?«

»Weil Sie weder jemanden getötet noch zerstört haben. Gott, ich wünschte, ich könnte es Ihnen eintrichtern.« Sie wußte aber, daß es nahezu hoffnungslos war. Raphaella hatte sich in ihren eigenen Kerker eingesperrt und hörte kaum, was man zu ihr sagte. »Dann kommen Sie also nicht mit nach Paris?«

»Nein.« Sie lächelte freundlich. »Aber ich danke Ihnen für die Einladung. Und Mandy sieht großartig aus.« Es war das Zeichen, daß Raphaella nicht länger über sich zu sprechen wünschte. Sie war nicht länger gewillt, ihre Entscheidungen zu diskutieren. Statt dessen schlug sie vor, den Rosengarten am äußersten Ende des Besitztums zu besichtigen. Danach trafen sie wieder mit Amanda zusammen. Eine kleine Weile später wurde es für beide Zeit zum Gehen. Raphaella sah die beiden mit einem Blick des Bedauerns scheiden. Dann ging sie gemächlich in das große Haus zurück, durchquerte die rosa Marmorhalle und nahm langsam ihren Weg über die Treppenstufen hinauf zu ihrem Zimmer.

Als Charlotte den gemieteten Wagen durch das Haupttor von Santa Eugenia lenkte, brach Amanda in Tränen aus. »Aber warum wollte sie nicht mit nach Paris kommen?«

In Charlottes Augen standen gleichfalls Tränen. »Weil sie nicht will, Mandy. Sie will sich hier lebendig begraben.«

»Konntest du nicht mit ihr reden?« Mandy putzte sich die Nase und betupfte sich die Augen. »Gott, sah sie furchtbar aus. Sie sah aus, als sei sie gestorben und nicht er.«

»In gewisser Weise, glaube ich, ist sie es.« Charlotte ließ die Tränen über ihre Wangen rollen und wendete den Wagen auf die Landstraße nach Madrid.

33

Es war im September, als Alejandra Raphaella zu drängen begann. Der Rest der Familie war nach Barcelona und Madrid zurückgekehrt, und Raphaella war entschlossen, den Winter über auf Santa Eugenia zu bleiben. Sie behauptete, ein weiteres Kinderbuch schreiben zu wollen, doch das war eine lahme Entschuldigung. Sie hatte kein Interesse, jemals wieder etwas zu schreiben, und wußte es. Ihre Mutter bestand jedoch darauf, daß Raphaella mit ihr nach Madrid zurückkehrte.

»Ich möchte nicht, Mutter.«

»Unsinn. Es wird dir guttun.«

»Inwiefern? Ich kann weder ins Theater noch in die Oper, noch auf eine Abendgesellschaft gehen.«

Ihre Mutter blickte nachdenklich, als sie das fahle, müde Gesicht vor sich sah. »Es sind jetzt genau neun Monate vergangen, Raphaella. Du könntest in Kürze einmal mit mir ausgehen.«

»Danke...« Sie sah ihre Mutter freudlos an. »Aber ich möchte hierbleiben.« Die Diskussion hatte sich über eine Stunde hingezogen, und anschließend verschwand Raphaella wie gewöhnlich auf ihr Zimmer. Sie würde dort für Stunden sitzen, über die Gärten schauen, sinnen, träumen. Es waren jetzt weniger Briefe zu beantworten. Und sie las auch keine Bücher mehr. Sie saß nur da und dachte, manchmal an John Henry, manchmal an Alex und an die Augenblicke, die sie teilten. Dann würde sie an die Reise nach Paris denken, als ihr Vater sie aus dem Haus geworfen und eine Hure genannt hatte. Und später an die Szene, die sie vorgefunden, als sie in jener Nacht nach Hause kam, nachdem John Henry... und hierauf an die Ankunft ihres Vaters, der sie eine Mörderin schimpfte. Sie würde einfach dasitzen, in ihren Erinnerungen leben und hinausstarren – nichts sehen, nirgendwohin gehen, nichts tun und langsam dahinschwinden. Selbst ihre Mutter hatte jetzt Befürchtungen, Santa Eugenia zu verlassen. Es lag etwas Beängstigendes in Raphaellas Verhalten. Sie war so entrückt, so zerstreut, so reserviert, so gleichgültig. Sie schien kaum noch etwas zu essen, niemals zu jemandem zu sprechen, wenn es nicht unbedingt erforderlich war, ließ sich auf keine Scherze oder Diskussionen oder fröhliche Augenblicke ein. Es war gespenstisch, ihr zuzuschauen. Aber Ende September bestand ihre Mutter endlich auf der Abreise.

»Es ist mir einerlei, was du sagst, Raphaella. Ich nehme dich mit nach Madrid zurück. Du kannst dich hier oben nicht einschließen.«

Sie war, nebenbei gesagt, des öden Herbstes auf dem Lande müde. Sie hungerte selbst nach Vergnügungen und konnte nicht begreifen, wie eine junge Frau das Leben, das sie führte, ertrug. So packte Raphaella ihre Koffer und fuhr mit ihr ab, sagte während der Fahrt kein Wort und ging nach der Ankunft hinauf in die weite Zimmerflucht, die sie im Hause ihrer Mutter immer bewohnte. Niemand schien von ihr Notiz zu nehmen, als sie sich unter den anderen dahintreiben ließ. Die Tanten, die Cousinen, die Brüder oder Onkel. Sie hatten sie schlicht zu akzeptieren, so wie sie jetzt war.

Ihre Mutter eröffnete die Saison mit einer Anzahl von Festen. Sie veranstaltete etliche Wohltätigkeitsfeste und führte große Gruppen in die Oper, gab permanent große und kleine Essen und schien ununterbrochen eine Armee von Freunden zu unterhalten. Um den ersten Dezember konnte Raphaella es nicht mehr ertragen. Es schien, als ob jedesmal, wenn sie herunterkam, dort vierzig Leute in feierlichen Abendroben und schwarzen Krawatten warteten. Und ihre Mutter hatte sich glatt geweigert, ihr zu erlauben, weiter in ihren Räumen zu essen. Sie beharrte darauf, daß es ungesund sei, und obgleich sie in Trauer sei, könne sie wenigstens mit den Gästen ihrer Mutter speisen. Nebenbei, es tat ihr gut, Leute zu sehen, behauptete ihre Mutter, doch Raphaella stimmte nicht zu. Am Ende der ersten Dezemberwoche beschloß sie abzureisen und nahm den Telefonhörer ab. Sie reservierte einen Flug nach Paris und stellte sich vor, daß es eine echte Erleichterung sein würde, ein paar Tage in der feierlichen Residenz ihres Vaters zu verbringen. Sie hatte sich immer gewundert, wie die beiden sich ertragen hatten, ihre Mutter so gesellig, leichtlebig, betriebsam, ihr Vater so ernst und so streng. Die Antwort war natürlich, daß ihre Mutter in Madrid gelebt hatte, während ihr Vater in Paris geblieben war. Heutzutage kam er nur sehr selten nach Spanien. Er fand, er sei zu alt für Alejandras oberflächliche Vergnügungen, und Raphaella mußte zugeben, daß sie es ihrerseits genauso empfand.

Sie rief ihren Vater an, um ihm mitzuteilen, daß sie käme, setzte aber voraus, daß es kein besonderes Problem für ihn darstellen würde. Sie hatte in seinem Hause gleichfalls ein Zimmer. Er war nicht daheim, als sie seine Nummer anrief, aber es meldete sich ein neues Dienstmädchen. Da beschloß sie, ihn zu überraschen, und erinnerte sich daran, daß sie seit dem vorigen Jahr nicht in dem Haus gewesen war, als er ihr wegen der Affäre mit Alex gegenübertrat. Nun aber hatte sie neun Monate zumindest einige ihrer Sünden gebüßt mit ihrem selbstquälerisch klösterlichen Leben in Spanien. Sie wußte, daß ihr Vater anerkannte, was sie tat, und nach der Grausamkeit seiner Beschuldigungen würde es eine Erleichterung sein zu erfahren, ob er sie jetzt wieder ein wenig mehr schätzte.

Das Flugzeug nach Paris war halb leer. Als sie aus dem Taxi vor dem väterlichen Hause stieg, hielt sie für einen Moment inne. Irgendwie war es immer seltsam, wieder hierzusein. Dies war das Haus, in dem sie als Kind gelebt hatte. Sie konnte niemals zurückkehren, ganz ohne das Gefühl zu haben, keine erwachsene Frau, sondern wieder jenes kleine Kind zu sein. Das Haus erinnerte sie auch an John Henry, seine ersten Reisen nach Paris, ihre langen Spaziergänge im Jardin du Luxembourg, ihr Schlendern an der Seine entlang.

Sie läutete die Türglocke. Die Tür wurde geöffnet, wieder von einem unbekannten Gesicht. Es war ein Dienstmädchen in einer gestärkten Tracht mit einem sauren Gesicht und dicken schwarzen Augenbrauen, das sie fragend anblickte, als der Taxifahrer ihre Koffer hereinbrachte.

»Ja?«

»Ich bin Madame Phillips, Monsieur de Mornay-Malles Tochter.« Das kleine Dienstmädchen nickte ihr zu, weder beeindruckt noch an ihrer Ankunft sonderlich interessiert. Raphaella lächelte. »Ist mein Vater zu Haus?«

Die junge Frau nickte mit einem seltsamen Ausdruck in den Augen. »Er ist... oben.« Es war acht Uhr abends, und Raphaella war nicht ganz sicher gewesen, ob sie ihren Vater zu Hause antreffen würde. Aber sie wußte, daß er entweder dasein und alleine dinieren würde oder für den Abend ausgegangen war. Sie lief kein Risiko, eine Gesellschaft wie bei ihrer Mutter anzutreffen, mit tanzenden, lachenden Paaren, die durch die Gänge wirbelten. Ihr Vater war ein erhebliches Teil weniger gesellig und zog es vor, Leute in Restaurants statt zu Hause zu treffen.

Raphaella nickte der Frau wieder freundlich zu. »Ich gehe hinauf, um ihn zu begrüßen. Würden Sie so freundlich sein, in einer Weile von einem der Männer die Koffer auf mein Zimmer bringen zu lassen?« Und dann, gewahr werdend, daß die Frau scheinbar nicht wußte, welches es war: »Das große blaue Schlafzimmer im zweiten Stock.«

»Oh«, sagte das Dienstmädchen und klappte plötzlich den Mund zu, als könnte sie es nicht über sich bringen, mehr zu sagen. »Ja, Madame«, murmelte sie, nickte in Raphaellas Richtung und hastete in die Küche zurück, während Raphaella langsam die Stufen hochstieg. Es war kein besonderes Vergnügen für sie, hierher zurückzukommen, doch wenigstens war es hier friedlich und eine Erlösung nach der Betriebsamkeit in dem Haus in Spanien. Als sie den zweiten Treppenabsatz erreichte, ging es ihr durch den Kopf, daß sie sich nach dem Verkauf des Hauses in San Francisco nach einem eigenen Wohnsitz würde umsehen müssen. Sie gedachte, ein kleines Stück Land in Santa Eugenia zu kaufen und ein kleines Haus darauf zu setzen, das an den Familiensitz angrenzte. Solange es im Bau war, konnte sie friedlich auf Santa Eugenia leben. Es würde ihr eine perfekte Entschuldigung liefern, nicht in der Stadt zu sein. All dies war ein Teil dessen, was sie mit ihrem Vater besprechen wollte. Seit sie San Francisco verlassen hatte, hatte er das Vermögen für sie verwaltet, und nun wollte sie wissen, wie die Dinge standen. In einigen Monaten wollte sie dann nach Kalifornien zurückkehren, um das Haus für immer zu schließen.

Sie zögerte einen Augenblick vor dem Arbeitszimmer ihres Vaters, blickte auf die kunstvoll geschnitzten Doppeltüren und ging dann ruhig weiter zu ihrem eigenen Zimmer, um den Mantel abzulegen, ihre Hände zu waschen und ihr Haar zu kämmen. Es war keine Spur von ihrem Vater zu sehen. Sie nahm an, daß er sich wahrscheinlich in seiner Bibliothek aufhielt und las.

Ohne lange darüber nachzudenken, was sie tat, drehte sie den großen Messingknauf und betrat den Vorraum ihres alten Zimmers. Zwei Paar Doppeltüren teilten den Eingang ab. Sie passierte die beiden ersten, öffnete wie beiläufig die zweiten und ging in das Zimmer. Doch plötzlich hatte sie das bestürzende Gefühl, in das falsche Appartement geraten zu sein.

Eine große, vollbusige, blonde Frau saß an ihrem Frisiertisch, bekleidet mit einem blauen Spitzenfrisiermantel und einer weichen Federboa um den Hals. Als sie aufstand, um Raphaella mit anmaßend fragendem Blick gegenüberzutreten, sah Raphaella, daß sie zu der Robe passend blaue Seidenpantoffel trug. Einen endlosen Moment lang stand Raphaella lediglich da und fragte sich vergeblich, wer diese Frau wohl sei.

»Ja?« Mit einem Anflug von Autorität starrte sie Raphaella an. Raphaella wurde es bewußt, daß ihr Vater offenbar Hausgäste hatte und sie hier völlig unangemeldet eingetroffen war. Doch das war wirklich kein Problem. Sie konnte in dem großen goldgelben Gästezimmer im dritten Stock schlafen. Es fiel ihr im Moment nicht auf, daß die Hausgäste ihres Vaters anstatt in ihrem Zimmer nicht dort untergebracht worden waren.

»Es tut mir schrecklich leid... ich dachte –« Sie wußte nicht, ob sie fortfahren und sich vorstellen oder sich lieber wortlos zurückziehen sollte.

»Wer ließ Sie hier herein?«

»Ich weiß es nicht genau. Es schien ein neues Mädchen zu sein.« Sie lächelte liebenswürdig, und die Frau kam ärgerlich auf sie zu. Sekundenlang gewann Raphaella den Eindruck, als wäre dies das Haus der vollbusigen Frau. »Wer sind Sie?«

»Raphaella Phillips.« Sie errötete leicht, und die Frau verhielt ihren Schritt. Und als Raphaella sie betrachtete, hatte sie das Gefühl, dieser Frau irgendwo vorher begegnet zu sein. Da war etwas unbestimmt Vertrautes um den stark lackierten Blondhelm, den Augenschnitt, irgend etwas an ihr, doch Raphaella konnte es nicht unterbringen. Plötzlich kam ihr Vater durch die Boudoirtür. Er trug einen dunkelroten seidenen Bademantel, sah pomadisiert und sauber und perfekt gepflegt aus, aber alles, was er anhatte, war der Bademantel, leicht offenstehend, seine Beine und Füße nackt, und die grauen Haarbüschel auf seiner Brust lugten durch die offene Robe. »Oh...«, Raphaella ging rückwärts zur Tür, als sei sie in einen Raum gekommen, den sie niemals hätte betreten dürfen. Sie war in ein Stelldichein hineingeraten, und als sie dessen gewahr wurde, traf sie die Identität der Frau mit voller Wucht. »O mein Gott.« Und dann stand Raphaella nur da, starrte auf ihren Vater und die blonde Frau, die die Gattin des wichtigsten Kabinettsministers von Frankreich war.

»Bitte, laß uns allein, Georgette.« Sein Ton war scharf, doch sein Gesicht wirkte nervös, die Frau wurde rot und wandte sich ab. »Georgette...« Er sprach leise zu ihr, nickte zum Boudoir hinüber, und sie verschwand. Er blickte seine Tochter an und zog den Bademantel fest zu. »Darf ich fragen, was du hier tust, unangemeldet und in diesem Zimmer?«

Sie sah ihn eine Zeitlang an, bevor sie antwortete, und plötzlich überschwemmte sie der Zorn, den sie ein Jahr früher hätte empfinden sollen, mit einer solchen Macht, daß sie ihn weder aufhalten noch ihm widerstehen konnte. Schritt für Schritt kam sie auf ihn zu, mit einem Feuer in den Augen, das er nie zuvor darin erblickte. Instinktiv griff seine Hand zu der Rückenlehne des Sessels neben ihm, und irgend etwas in seinem Inneren erbebte, als er das Gesicht seines Kindes sah.

»Was ich hier tue, Papa? Ich kam, dich zu besuchen. Ich dachte, ich würde kommen, meinen Vater in Paris zu sehen. Ist das überraschend? Vielleicht hätte ich anrufen sollen und Madame die Peinlichkeit, erkannt zu werden, ersparen sollen, aber ich dachte, es dürfte amüsanter sein, als Überraschung zu kommen. Und der Grund, warum ich in diesem Zimmer stehe, Vater, ist, weil ich es gewohnt war, es als das meinige anzusehen. Doch ich denke, es wäre weit aufschlußreicher, was du in diesem Zimmer tust, Vater. Du mit deinen geheiligten Moralvorstellungen und endlosen Predigten. Du, der mich vor einem Jahr aus diesem Haus geworfen und eine Hure genannt hast. Du, der mich eine Mörderin nannte, weil ich meinen siebenundsiebzigjährigen Mann, der seit neun Jahren fast tot gewesen ist, ›tötete‹. Und was, wenn der Herr Minister morgen einen Schlaganfall bekommt, Papa? Dann wirst du auch ein Mörder sein. Was, wenn er eine Herzattacke hat? Was, wenn er feststellt, daß er Krebs hat, und sich tötet, weil er es nicht ertragen kann? Wirst du dann die Schuld auf dich nehmen und dich selber strafen, so wie du mich gestraft hast? Was, wenn deine Affäre mit seiner Frau seine politische Karriere beendet? Und was wird aus ihr, Papa? Was wird aus ihr? Was entziehst du ihr? Welches Recht hast du hierzu, während meine Mutter in Madrid sitzt? Welches Recht besitzt du, das ich nicht hatte, mit dem Mann, den ich liebte vergangenes Jahr? Welches Recht...? Wie kannst du es wagen! Wie kannst du es wagen!« Zitternd stand sie vor ihm und schrie ihm ins Gesicht.

»Wie konntest du wagen, mir anzutun, was du mir letztes Jahr angetan hast? Du warfst mich aus diesem Haus und schicktest mich in jener Nacht nach Spanien, weil du keine Hure unter deinem Dach haben wolltest, wie du sagtest. Nun, du hast eine Hure unter deinem Dach, Papa.« Sie zeigte hysterisch zum Boudoir, und bevor er sie aufhalten konnte, stürmte sie zu der Tür, hinter der sie die Gattin des Ministers auf der Kante eines Louis-Seize-Sessels sitzend und leise in ein Taschentuch weinend fand, als Raphaella auf sie hinuntersah. »Guten Tag, Madame.«

Dann drehte sie sich zu ihrem Vater um. »Und adieu. Ich will auch nicht eine Nacht mit einer Hure unter demselben Dach verbringen, und du, Papa, bist die Hure, nicht Madame hier und nicht ich. Du bist... du bist...« Sie begann hysterisch zu schluchzen. »Was du letztes Jahr zu mir sagtest, hat mich fast getötet... für fast ein Jahr habe ich mich selbst gegeißelt für das, was John Henry tat, während alle anderen mir erzählten, daß ich unschuldig sei, daß er es tat, weil er so alt und so krank und so elend war. Nur du beschuldigtest mich, ihn getötet zu haben, und nanntest mich eine Hure. Du sagtest, daß ich dich entehrt hätte, daß ich einen Skandal riskiert hätte, der deinen guten Namen zerstören würde. Und was ist mit dir, verflucht? Was ist mit ihr?« Sie winkte flüchtig zu der Frau im blauen Frisiermantel. »Denkst du nicht, dies würde der Topskandal aller Skandale sein? Was ist mit deinen Dienstboten? Was mit dem Herrn Minister? Was mit den Wählern? Was mit deinen Kunden in der Bank? Kümmern die dich nichts? Oder ist es so, daß ich die einzige bin, die unehrenhaft sein kann? Mein Gott, was ich tat, war so viel weniger als dies. Und du hast ein Recht hierzu, falls es das ist, was du willst. Wer bin ich, dir zu sagen, was du kannst und was du nicht kannst, was unrecht ist und was nicht? Aber wie kannst du wagen, mir Schimpfnamen zu geben? Wie kannst du wagen, mir anzutun, was du tatest?« Sie ließ ihren Kopf einen Moment lang hängen, schluchzte, und dann starrte sie ihn wieder wild an. »Ich werde dir nie verzeihen, Papa... nie...«

Er sah aus wie ein gebrochener Mann, als er sie anstarrte, sein alternder Körper hing schlaff im Bademantel, sein Gesicht zeigte den Schmerz, den er bei ihren Worten empfand. »Raphaella... ich war im Unrecht... ich war um Unrecht... Dies geschah danach. Ich schwöre es. Es begann diesen Sommer...«

»Es schert mich verflucht nichts, wann es begann.« Sie feuerte die Worte auf ihn ab, während er dastand und sie ansah und seine Geliebte in ihrem Sessel weinte. »Als ich es tat, nanntest du mich eine Mörderin. Nun bist du es, das ist richtig. Ich würde den Rest meines Lebens auf Santa Eugenia verbracht und meine Seele verzehrt haben. Und weißt du, warum? Wegen deiner anklagenden Worte. Weil ich dir glaubte. Weil ich mich so verzweifelt schuldig fühlte, daß ich alles Elend, das du auf mein Haupt häuftest, akzeptierte.« Dann schüttelte sie den Kopf und ging aus dem Boudoir zur Tür des Hauptraums. Er folgte ihr, blickte hilflos hinter ihr her. Sie blieb nur einen Augenblick an der Tür stehen, um mit einem Ausdruck der Verachtung zu ihm zurückzublicken.

»Raphaella... es tut mir leid...«

»Was tut dir leid, Vater? Daß ich es herausgefunden habe? Würdest du gekommen sein, es mir zu erzählen? Würdest du mir gesagt haben, daß du deine Meinung geändert hast, daß ich meinen Mann nicht getötet habe? Hättest du mich wissen lassen, daß du die Dinge überdacht hast und vielleicht im Unrecht warst? Und genau wann hättest du es mir gesagt? Wäre ich hier nicht über dich gestolpert, genau wann wärst du zu mir gekommen und hättest es gesagt? Wann?«

»Ich weiß es nicht.« Seine Stimme war ein heiseres Krächzen. »Zum geeigneten Zeitpunkt... hätte ich es getan...«

»Hättest du?« Sie schüttelte entschieden den Kopf. »Ich glaube dir nicht. Du hättest es nie getan. Und während du dich hier mit deiner Geliebten amüsierst, hätte ich mich selbst in Spanien begraben. Kannst du mit diesem Wissen weiterleben? Kannst du es? Der einzige, der irgend jemandes Leben zerstört hat, bist du, Vater. Du hast fast das meinige zerstört.«

Und damit schlug sie die Tür zu. Im Fluge war sie die Stufen hinunter und sah ihre Koffer noch immer in der Halle stehen. Mit zitternden Fingern nahm sie je einen Koffer zur Hand, warf die Handtasche über ihre Schulter und marschierte aus dem Haus, um den nächsten Taxistand aufzusuchen. Sie wußte, es befand sich einer um die Ecke herum, und es hätte sie verdammt nichts geschert, hätte sie zu Fuß zum Flughafen laufen müssen. Sie wollte nach Spanien zurückreisen. Sie zitterte und bebte noch immer, als sie endlich ein Taxi fand. Nachdem sie dem Fahrer gesagt hatte, er solle sie nach Orly hinausfahren, lehnte sie den Kopf gegen das Rückpolster, schloß die Augen und wischte sich verstohlen die Tränen von den Wangen.

Jäh war sie voller Haß und Zorn auf ihren Vater. Dieser Bastard! Dieser Heuchler! Und wie stand es mit ihrer Mutter? Wie stand es mit allen Beschuldigungen, die er vorgebracht hatte? Mit all den Dingen, die er zu ihr gesagt hatte? Doch während sie auf dem Weg zum Flughafen stumm vor sich hin wütete, sah sie sich schließlich bei dem Gedanken landen, daß er in Wahrheit nur menschlich war, so menschlich, wie es sicher ihre Mutter war, so menschlich, wie sie selbst gewesen war, vielleicht so menschlich, wie es John Henry selbst einmal gewesen war. Vielleicht hatte sie John Henry gar nicht wirklich getötet. Vielleicht hatte er wahrhaftig einfach nicht weiterleben wollen.

Als sie nach Madrid heimflog, starrte sie in den nächtlichen Himmel, überlegte hin und her, und zum erstenmal seit nahezu einem Jahr fühlte sie sich frei von dem quälenden Gewicht der eigenen Lasten von Schuld und Gewissensqualen. Sie entdeckte, daß ihr Vater ihr leid tat, und plötzlich lachte sie leise in sich hinein bei der Vorstellung an ihn in seiner roten Robe und der vollbusigen mittelalterlichen Geliebten in dem Frisiermantel mit den Federn um den fetten Hals. Als das Flugzeug in Madrid landete, lachte sie leise, und sie lachte noch immer, als sie aus der Maschine stieg.

34

Am nächsten Morgen kam Raphaella zum Frühstück herunter, und obgleich ihr Gesicht noch immer blaß und hager war, glänzte da ein neues Licht in ihren Augen. Während sie ihren Kaffee trank, antwortete sie leichtherzig auf die Fragen ihrer Mutter, daß sie alles Geschäftliche mit ihrem Vater diskutiert und danach beschlossen habe heimzufliegen.

»Aber warum hast du ihn in diesem Fall nicht einfach angerufen?«

»Weil ich dachte, es würde länger dauern, als es tat.«

»Aber das ist töricht. Warum bist du nicht dort geblieben und hast deinen Vater besucht?«

Raphaella setzte ihre Kaffeetasse ruhig ab. »Weil ich so schnell ich konnte hierher zurückkehren wollte, Mutter.«

»Oh?« Alejandra spürte, daß sich etwas zusammenbraute, und beobachtete aufmerksam die Augen ihrer Tochter. »Warum?«

»Ich reise heim.«

»Nach Santa Eugenia?« Alejandra blickte verdrießlich. »Oh, nicht schon wieder, um des Himmels willen. Bleibe wenigstens noch bis Weihnachten in Madrid, und dann werden wir dort alle zusammensein. Aber ich möchte nicht, daß du jetzt dort bist. Es ist viel zu öde um diese Jahreszeit.«

»Das weiß ich, und dort reise ich auch nicht hin. Ich meinte San Francisco.«

»Was?« Ihre Mutter blickte verblüfft. »War es das, worüber du mit deinem Vater diskutiertest? Was hat er gesagt?«

»Nichts.« Raphaella hätte fast gelächelt in der Erinnerung an den roten Bademantel. »Es ist meine Entscheidung.« Was sie über ihren Vater erfahren hatte, hatte sie endlich befreit. »Ich möchte heim.«

»Mach dich nicht lächerlich. Dies ist dein Heim, Raphaella.« Sie wies mit ausladender Geste auf das kultivierte Haus, das seit hundertfünfzig Jahren im Familienbesitz war.

»Ja, teils. Aber ich habe dort auch ein Heim. Ich möchte dorthin zurück.«

»Und was tun?« Ihre Mutter blickte unglücklich. Zuerst hatte sie sich wie ein verwundetes Tier auf Santa Eugenia versteckt, und nun wollte sie fliehen. Aber sie mußte zugeben, daß da irgend etwas Lebendiges war. Es war nur eine Spur... ein Schimmer.... doch es erinnerte an die Frau, die Raphaella einst gewesen war. Sie war noch merkwürdig still, seltsam reserviert, selbst jetzt würde sie nicht sagen, was sie vorhatte. Alejandra überlegte, ob sie wieder etwas von diesem Mann gehört hatte, ob es das war, warum sie abreisen wollte, und falls es das war, war sie nicht sonderlich erfreut. Schließlich war es noch kein ganzes Jahr seit dem Tod ihres Mannes. »Warum wartest du nicht bis zum Frühling?«

Raphaella schüttelte den Kopf. »Nein, ich reise jetzt.«

»Wann?«

»Morgen.« Sie entschied sich, als sie es sagte, stellte ihre Kaffeetasse hin und sah ihre Mutter an. »Und ich weiß noch nicht, wie lange ich bleiben werde oder wann ich zurückkommen werde. Ich verkaufe dort vielleicht das Haus, vielleicht auch nicht. Ich weiß es jetzt noch nicht. Das einzige, was ich weiß, ist, daß ich dort in einem Schockzustand war, als ich aus allem ausgestiegen bin.« Ihre Mutter wußte, daß es stimmte. Sie hatte aber Angst, sie zu verlieren. Sie wollte nicht, daß Raphaella in den Staaten blieb. Sie gehörte nach Spanien.

»Warum läßt du nicht alles deinen Vater für dich erledigen?« Es war das, was Alejandra ihrerseits getan hätte.

»Nein.« Raphaella sah sie fest an. »Ich bin kein Kind mehr.«

»Willst du nicht eine deiner Cousinen mitnehmen?«

Raphaella lächelte. »Nein, Mutter. Ich werde gut zurechtkommen.«

Sie versuchte mehrfach, es mit Raphaella zu diskutieren, doch ohne Erfolg, und es war zu spät, als Antoine ihre Botschaft erhielt. Am nächsten Tag nahm er mit zitternden Händen den Hörer ab und rief Spanien an. Er dachte, daß Raphaella ihrer Mutter vielleicht alles erzählt hatte und daß seine eigene Ehe nun im Begriff war, in einem Flammenmeer zu explodieren. Doch dann erfuhr er lediglich, daß Raphaella an diesem Morgen nach Kalifornien zurückgeflogen war. Es war zu spät, sie aufzuhalten, doch Alejandra wünschte, daß er sie anriefe, um ihr zu sagen, sie solle heimkommen.

»Ich glaube nicht, daß sie auf mich hören wird, Alejandra.«

»Sie wird auf dich hören, Antoine.« Er schüttelte nur den Kopf.

»Nein, sie wird nicht auf mich hören, Alejandra. Nicht mehr.«

35

An einem leuchtend klaren Dezembertag landete das Flugzeug auf dem Internationalen Flughafen von San Francisco. Die Sonne schien strahlend, die Luft war warm und der Wind frisch. Raphaella tat einen tiefen Atemzug und wunderte sich, wie sie ohne diese Luft hatte überleben können. Nur dazusein tat ihrer Seele gut, und als sie ihre Koffer selbst vom Zoll kontrollieren ließ, fühlte sie sich stark und frei und unabhängig, schob die Gepäckkarre nach draußen und mietete ein Taxi. Diesmal wartete dort keine Limousine auf sie, hatte es keinen Sonderausstieg vom Flugzeug gegeben. Sie hatte nicht gebeten, durch die Zollabfertigung begleitet zu werden. Sie war genauso durchgekommen wie jedermann sonst, und das war ein gutes Gefühl. Sie war es leid, verborgen und beschützt zu werden. Sie wußte, daß es an der Zeit war, sich um sich selbst zu kümmern. Sie hatte vorweg angerufen, um John Henrys Dienstbotenstab mitzuteilen, daß sie käme. Es waren jetzt ohnehin nur noch wenige Leute im Haus. Die meisten waren von ihrem Vater entlassen worden, einige mit Pensionen, einige mit kleinen Summen, die John Henry ihnen hinterlassen hatte, doch alle mit Bedauern, eine Ära zu Ende gehen zu sehen. Sie alle glaubten, daß Raphaella nie zurückkehren würde, und hörten es mit Erstaunen, daß sie kommen wollte.

Als das Taxi vor dem Herrenhaus vorfuhr und sie geläutet hatte, wurde sie mit Herzlichkeit und freundlichen Mienen begrüßt. Alle waren froh, sie zu sehen, glücklich, daß außer ihnen wieder jemand im Hause war, obgleich sie alle ahnten, daß ihre Rückkehr ein Omen für weitere Veränderung war. Sie bereiteten ihr an jenem Abend ein feines Dinner mit Truthahn und Füllung, süßen Kartoffeln und Spargel und einer wundervollen Apfeltorte. In der Küche kommentierten sie alle, wie grauenhaft dünn sie geworden sei und wie unglücklich sie aussähe, wie müde und daß sie niemals solche traurigen Augen gesehen hätten. Nach dem Essen wanderte sie langsam durch das Haus. Es sah irgendwie trostlos aus, leer, ungeliebt, ein Relikt aus einer vergangenen Zeit. Als sie sich umschaute, wußte sie, daß es Zeit war, es endgültig zu schließen. Falls sie in San Francisco blieb, was für sie überhaupt noch nicht feststand, würde sie keinen Bedarf für ein Haus wie dieses haben. Als sie langsam die Treppen hinaufstieg, wußte sie, daß es sie immer deprimieren würde. Sie würde hier immer an John Henry erinnert, an den zusammengefallenen Mann, der er in den letzten Jahren gewesen war.

Es lockte sie, in San Francisco zu bleiben, aber falls sie es tat, würde sie ein viel kleineres Haus brauchen... eines wie Alexanders Haus am Vallejo... Trotz all ihrer Mühe, es nicht zuzulassen, schweiften ihre Gedanken wieder einmal zu ihm zurück. Es war unmöglich, in ihr Schlafzimmer zu gehen und nicht an all die Nächte zu denken, in denen sie ungeduldig wartete, zu ihm zu gehen. Daran dachte sie jetzt, als sie dort stand und sich umsah. Sie fragte sich, wie es ihm gehen mochte, was geschehen war, was er im letzten Jahr mit seinem Leben angefangen hatte. Sie hatte niemals wieder von Amanda oder Charlotte gehört, und sie ahnte, es würde nie wieder sein. Sie plante auch nicht, Kontakt mit ihnen aufzunehmen... oder mit Alex. Sie hatte nicht die Absicht, ihn anzurufen, um ihm mitzuteilen, daß sie zurück sei. Sie war gekommen, um den Erinnerungen an John Henry zu begegnen, das Haus zu schließen, seine Habe einzupacken, sich selbst zu stellen. Sie fühlte sich nicht mehr als Mörderin, aber falls sie mit dem, was geschehen war, weiterleben wollte, wußte sie, daß sie sich damit auseinanderzusetzen hatte; dort, wo es passiert war. Sie mußte allem redlich ins Auge sehen, bevor sie weitermachte, ob in San Francisco oder in Spanien. Wo sie blieb, war nicht mehr wichtig. Aber wie sie das, was geschehen war, empfand, würde den ganzen Kurs ihres Lebens bestimmen. Das wußte sie nur allzugut, und so streifte sie jetzt ruhelos von Raum zu Raum, versuchte, nicht an Alex zu denken, ihren Geist nicht abschweifen zu lassen oder gar sich zu erlauben, sich erneut für die Art, wie John Henry gestorben war, schuldig zu fühlen.

Es war fast Mitternacht, als sie endlich den Mut fand, in sein Schlafzimmer hineinzugehen. Einen langen Augenblick stand sie dort, erinnerte sich an die Stunden, die sie mit ihm verbracht hatte, ihm vorgelesen, zu ihm gesprochen, ihm zugehört, Mahlzeiten von Servierbrettern gegessen hatte. Und dann, aus irgendeinem Grund, erinnerte sie sich plötzlich an die Gedichte, die er so gern hatte. Und so, als hätte sie es schon immer vorgehabt, ging sie langsam zu dem Bücherbord und begann über die Bücherreihen zu schauen. Sie fand den schmalen Band auf dem untersten Regal, wo jemand ihn hingestellt hatte. Die meiste Zeit hatte er ihn auf dem Nachttisch neben seinem Bett behalten. Sie erinnerte sich jetzt, daß sie ihn dort am nächsten Morgen gesehen hätte... nach der Nacht... Sie dachte darüber nach, ob er ihn gelesen hatte, als er starb. Es war eine seltsame, romantische Regung, die ganz sicher mit der Wahrheit nicht viel zu tun hatte, doch sie fühlte sich ihm wieder nahe, als sie sich neben das Bett setzte, den schmalen Gedichtband hielt und sich an die erste Zeit erinnerte, als sie ihn zusammen gelesen hatten, in ihren Flitterwochen in Südfrankreich. Dies war derselbe Band, den er gekauft hatte, als er noch ein sehr junger Mann war. Nun begann sie ihn mit einem weichen Lächeln durchzublättern und hielt plötzlich an einer bekannten Passage inne, wo er das Buch mit einer einzelnen blauen Seite markiert hatte. Als sie das Buch dort, wo das Papier eingefügt worden war, öffnete, tat ihr Herz plötzlich einen seltsamen Sprung, weil sie feststellte, daß das einzelne Blatt mit dem zittrigen Gekritzel, das John Henry in seinen letzten Jahren zustande brachte, beschrieben war. Es war, als ob er ihr etwas hinterlassen wollte, eine Botschaft, ein paar letzte Worte... Auf das Fußende des Bettes blickend, füllten ihre Augen sich mit Tränen.

›Mein Liebling Raphaella,
es ist ein endloser Abend, am Abschluß eines endlosen Lebens. Eines reichen Lebens. Eines reicheren, weil es Dich gab. Welch ein unschätzbares Geschenk bist Du gewesen, mein Liebling. Ein vollkommener, makelloser Diamant. Du hast nie aufgehört, mich mit Ehrfurcht zu erfüllen, mich zu beglücken, mir Freude zu schenken. Jetzt kann ich Dich nur bitten, mir zu verzeihen. Ich habe so lange hieran gedacht. Ich habe solch eine lange Zeit gewünscht, frei zu sein. Ich gehe nun, ohne Deine Erlaubnis, aber ich hoffe, mit Deinem Segen. Verzeih mir, mein Liebling. Ich lasse Dich mit aller Liebe, die ich je zu geben hatte, zurück. Und denke nicht, ich sei gestorben, sondern frei.

Mit meinem ganzen Herzen
John Henry.‹

Sie las die Worte wieder und wieder. ›Denke nicht, ich sei gestorben, sondern frei.‹ Er hatte ihr also letztlich doch einen Brief hinterlassen. Die Erleichterung war so überwältigend, daß sie sich kaum rühren konnte. Er hatte sie gebeten, ihm zu verzeihen. Wie absurd das alles war. Und wie sie sich getäuscht hatte. Nicht gestorben... sondern frei. Sie sah ihn in einem ganz neuen Licht, und sie segnete ihn, wie er sie ein Jahr zuvor gebeten hatte. Und der Segen wurde erwidert. Denn plötzlich, das erstemal in einem Jahr, fühlte Raphaella sich ebenfalls frei. Sie ging langsam durch das Haus, wissend, daß sie beide frei waren. Sie und John Henry. Er hatte sich auf den Heimweg begeben, wie er es sich so sehr ersehnte. Er hatte den Pfad gewählt, der richtig für ihn war. Und nun war sie frei, dasselbe zu tun. Sie war frei, sich zu verabschieden... sich zu bewegen... Sie war wieder ganz. Und plötzlich wünschte sie, Alex anzurufen, ihm von dem Brief zu erzählen, aber sie wußte, daß sie es nicht konnte.

Es wäre eine Grausamkeit jenseits aller Worte gewesen, nach dieser ganzen Zeit wieder in sein Leben zu treten. Doch sie wünschte so sehr, es ihm zu sagen. Sie hatten John Henry letztlich nicht getötet. Er hatte sich einfach hinwegbegeben.

Als sie an jenem Morgen um drei Uhr langsam in ihr Schlafzimmer zurückging, gedachte sie beider Männer, zärtlich, liebend. Sie liebte sie beide mehr, als sie es in einer langen Zeit getan. Sie waren jetzt alle frei... sie alle drei. Endlich.

Am nächsten Morgen rief sie den Immobilienmakler an, listete das Haus auf, rief verschiedene Museen, die Bibliotheken beider Universitäten von Kalifornien und Stanford sowie eine Umzugsgesellschaft an, die ihr mehrere Männer nebst Kisten und Packpapier herschicken sollte. Es war jetzt Zeit zu gehen. Sie hatte sich nunmehr entschlossen. Sie war nicht sicher, wohin sie ging und was sie tun würde, doch es war an der Zeit, aus dem Haus zu kommen, das immer John Henrys Haus und niemals das ihre gewesen war.

Vielleicht war es sogar Zeit, nach Europa zurückzugehen, doch dessen war sie noch nicht sicher. Mit John Henrys Brief war sie von ihrer ›Sünde‹ losgesprochen. Sie faltete ihn sorgfältig und tat ihn in ihre

Handtasche hinein. Sie wollte ihn in den Banksafe zusammen mit einigen ihrer wichtigen Papiere geben. Es war das wichtigste Stück Papier, das sie je besessen hatte.

Gegen Ende der Woche hatte sie ihre Stiftungen den Museen vermacht, und die beiden Universitäten, die sie angerufen hatte, hatten die Bücher aufgeteilt. Sie nahm nur einige von jenen mit, die sie mit John Henry zusammen besessen hatte, und natürlich den Gedichtband, in dem er ihr den letzten Brief – in der Nacht, als er starb – hinterließ.

Sie hatte schon einen Telefonanruf von ihrem Vater erhalten und hatte ihm von dem Brief erzählt. Er hatte lange geschwiegen, und als er wieder zu ihr sprach, klang seine Stimme rauh, als er sich für alles, was er gesagt hatte, entschuldigte. Sie versicherte ihm, daß sie ihm nichts Böses nachtrage, doch als sie aufhängten, fragte sich jeder von ihnen, wie man ein ganzes Jahr zurückgewinnen, wie man Balsam auf Wunden tun konnte, die niemals heilen mochten. Aber es war John Henry, der Raphaellas Seelenschmerz linderte, der ihr das nobelste Geschenk mit seinem Brief gegeben hatte – die Wahrheit.

Es schien alles gleich einem Traum, als Raphaella und die Dienstboten die letzten Kisten verpackten. Sie hatten etwas weniger als zwei Wochen dazu gebraucht, und in der folgenden Woche, gegen Weihnachten, plante Raphaella nach Spanien zurückzukehren. Es bestand wirklich kein Grund für sie hierzubleiben. Das Haus war so gut wie verkauft an eine Frau, die ganz närrisch danach war, aber deren Gatte noch etwas mehr Zeit benötigte, um sich für das letzte Gebot zu entscheiden. Die Möbel gingen alle zur Versteigerung außer ein paar wenigen Teilen, die sie ihrer Mutter nach Spanien schickte. In wenigen Tagen wollte Raphaella in ein Hotel ziehen, um dort die letzten Nächte in San Francisco zu verbringen. Nur die Erinnerungen waren jetzt geblieben und strichen durch das Haus wie alte Geister. Erinnerungen an Dinners im Eßzimmer mit John Henry, an Abende vor dem Kaminfeuer... an die erste Zeit, seit sie das Haus gesehen hatte. Sie würde ihre Erinnerungen mit sich nehmen müssen, sagte sie zu sich selbst, als sie das Packen beendet hatten, genau eine Woche vor Weihnachten, um sechs Uhr. Es war schon dunkel draußen, und der Koch hatte ihr eine Mahlzeit aus Eiern und Schinken bereitet. Es war genau das, was sie wollte. Sie reckte die Arme und sah sich mit einem Seufzer in John Henrys Herrenhaus um, während sie in einem Paar alter Khakihosen auf dem Fußboden saß. Alles stand bereit für die Möbelträger, die die Sachen zu den Auktionshäusern und zu der Speditionsgesellschaft befördern sollten, welche die wenigen Dinge, die sie behalten wollte, nach Spanien sandten. Doch als sie den Rest ihrer Eier mit Schinken verzehrte, schweiften ihre Gedanken wieder zu Alex und zu dem Tag, an dem sie sich erneut am Strand begegnet waren, genau ein Jahr zuvor. Sie fragte sich, ob sie ihn abermals wiedersehen würde, wenn sie dorthin ginge, mußte aber über die Unwahrscheinlichkeit eines solchen Zufalls lächeln. Dieser Traum war nun auch zu Ende.

Sobald sie die Eier verzehrt hatte, trug sie ihren Teller in die Küche zurück. Die letzte Hilfskraft ging in einigen Tagen, und es war angenehm, in dem seltsam ausgeräumten Haus für ihre eigenen Bedürfnisse zu sorgen. Nun waren aber keine Bücher mehr zum Lesen da, keine Briefe mehr zum Schreiben, kein Fernseher zum Schauen. Zum erstenmal dachte sie daran, in ein Kino zu gehen, entschied sich aber statt dessen für einen kurzen Spaziergang und danach für frühzeitiges Schlafengehen. Sie hatte am nächsten Morgen noch einige Dinge zu erledigen und mußte in die Stadt zum Reisebüro, um ihr Rückticket nach Spanien abzuholen.

Dann und wann einen Blick auf die Aussicht werfend, wanderte sie langsam den Broadway entlang, blickte auf die stillen schönen Häuser und wußte, daß sie sie vermissen würde, wenn sie fort war. Das Haus, das sie so heftig vermißt hatte, war viel kleiner, viel schlichter, und im Frühling wuchsen leuchtende Blumen im Vorgarten. Fast, als wüßten ihre Füße, was ihr Kopf dachte, sah sie sich in jene Richtung gehen, bis sie um die Ecke bog und merkte, daß sie nur noch einen Häuserblock entfernt war. Sie wollte es wirklich nicht sehen. Dennoch wußte sie irgendwie, daß sie noch einmal dort sein wollte, um einmal noch die Liebe zu spüren, die sie dort erfahren hatte. Sie hatte dem Haus, das sie mit John Henry bewohnt hatte, zuletzt Lebewohl gesagt, nun war es, als müßte sie auch zu der Stelle gehen, wo sie Alex erlebt hatte. Und vielleicht war sie dann frei, ein anderes Heim zu finden, diesmal einen Platz für sich selbst, und vielleicht konnte sie eines Tages einen Mann lieben, so wie sie Alex geliebt hatte und John Henry vordem.

Sie kam sich fast unsichtbar vor, als sie dorthin ging, angezogen von einer mächtigen Verlockung, die sie sich nicht erklären konnte. Es war, als ob sie die ganze Woche darauf gewartet hätte herzukommen, es wiederzusehen, sich all das zu bestätigen, was es ihr bedeutet hatte, und Lebewohl zu sagen, nicht den Menschen, sondern dem Platz. Das Haus war dunkel, als sie dort ankam, und sie wußte, daß niemand drinnen war. Sie fragte sich sogar, ob er weg sei, vielleicht in New York, und dann erinnerte sie sich, daß Mandy auf dem College war. Möglicherweise war sie für die Weihnachtsferien schon nach Hause gereist, zu Kay oder wieder nach Hawaii, mit Charlotte. All jene Menschen schienen Raphaellas Leben plötzlich so fern, und sie stand eine lange Zeit dort, schaute zu den Fenstern hoch, erinnerte sich, fühlte alles, was sie dort empfunden hatte, wünschte Alex Gutes, wo immer er sein mochte. Was sie nicht bemerkte, als sie dort stand, war, daß das Garagentor sich geöffnet hatte und der schwarze Porsche an der Ecke stoppte, der große, dunkelhaarige Mann am Steuer saß und zu ihr hinstarrte. Er war fast sicher, daß es Raphaella war, die auf der anderen Straßenseite seines Hauses stand und zu den Fenstern hochschaute. Er wußte jedoch, es war unmöglich. Es war eine Illusion, ein Traum. Die Frau, die dort stand und träumerisch starrte, schien größer und viel dünner und trug alte Khakihosen und einen dicken weißen Pullover, das Haar zu einem vertrauten Knoten aufgesteckt.

Die Silhouette ähnelte jener Raphaellas, auch war da Ähnlichkeit im Ausdruck, soweit er das aus dieser Entfernung erkennen konnte. Er wußte aber, Raphaella war in Spanien, und laut seiner Mutter hatte sie ihr Leben völlig aufgegeben. Er hatte die Hoffnung aufgegeben, jemals in der Lage zu sein, sie zu erreichen. Sie hatte seine Briefe niemals beantwortet, und nach den Worten seiner Mutter war sie jenseits aller Hoffnung. Sie hatte sich von allem abgeschnitten, was sie je bewegte, hatte ihre Träume, ihre Existenz, ihre Gefühle aufgegeben. Ein Jahr lang hatte es ihn fast umgebracht, doch nun hatte er seinen Frieden gemacht mit dem, was war. Genau wie er gelernt hatte, daß er sich Rachels wegen nicht selber martern durfte, so hatte er gelernt, daß er nicht länger an

Raphaella hängen konnte. Sie wollte ihn nicht. Er hatte das sehr wohl verstanden und nach einem Jahr des Leidens aufgegeben. Aber er würde sich immer an sie erinnern... immer. Niemals hatte er eine Frau so sehr geliebt wie sie.

Und dann, zu dem Schluß gelangt, daß die Frau vor seinem Haus nicht Raphaella sein konnte, startete er erneut den Wagen und fuhr ihn in die Garage. Auf der Straßenseite gegenüber kam der kleine Junge, der den schwarzen Porsche so leidenschaftlich liebte, heraus und stand da, mit gewohnter Ehrfurcht auf das Auto starrend. Er und Alex waren inzwischen Freunde geworden. Alex hatte eines Tages sogar eine Fahrt um den Block mit ihm gemacht. Nun aber war es nicht der Junge, der Alexanders Aufmerksamkeit erregte. Es war das Gesicht der Frau, das er in seinem Rückspiegel sah. Sie war es... sie war es! So rasch seine langen Glieder es erlaubten, kam er aus dem niedrig geschnittenen Porsche heraus und stürzte unter dem automatischen Garagentor hindurch, bevor es sich hinter ihm schloß. Und dann stand er plötzlich da, fast reglos, beobachtete sie nur, wie sie drüben auf der anderen Straßenseite stand und zitternd zu ihm hinüberschaute. Ihr Gesicht war sehr viel schmaler, ihre Augen größer, ihre Schultern schienen ein wenig eingefallen in den Sachen, die sie beim Kistenpacken getragen hatte, und sie sah müde aus. Aber es war Raphaella, die Frau, von der er so lange geträumt, bis er endlich begriff, daß er sie niemals wiedersehen würde. Und nun war sie plötzlich da, schaute zu ihm, und er war nicht ganz sicher, ob sie lachte oder weinte. Es war ein kleines Lächeln auf ihren Lippen, aber die Straßenlichter fingen den Schimmer einer Träne auf, die ihr langsam aus dem Auge rann.

Alex sagte nichts, er stand nur da, und dann begann sie langsam auf ihn zuzukommen, behutsam, als watete sie durch einen Strom, der zwischen ihnen floß. Die Tränen begannen über ihre Wangen zu rinnen, doch das Lächeln vertiefte sich, und nun lächelte er ihr zu. Er wußte nicht genau, warum sie hier war, ob sie gekommen war, um ihn zu sehen, oder nur dort gestanden hatte, um sich zu erinnern und zu träumen. Jetzt aber, nachdem er sie gesehen hatte, würde er sie nicht wieder von sich lassen. Nicht wieder, diesmal nicht. Plötzlich tat er die letzten Schritte auf sie zu und zog sie in seine Arme. Er küßte sie zärtlich und konnte fühlen, wie sein Herz schlug, als er sie hielt. Sie standen in der Straßenmitte und schmiegten sich aneinander. Niemand störte sie. Da war nur ein kleiner Junge, der gekommen war, um den schwarzen Porsche zu sehen. Er hatte sich hochgereckt und sah statt des Traumautos das küssende Paar. Es war aber der Porsche, der ihn faszinierte, nicht die beiden Erwachsenen, die in der Mitte des Vallejo aneinanderhingen und leise lachten, als der Mann die Tränen aus den Augen der Frau wischte. Sie küßten sich dort, wo sie standen, ein letztesmal. Dann gingen sie langsam, Arm in Arm, in seinen Garten und verschwanden in dem Haus. Der Junge zuckte die Schultern, warf noch einen letzten Blick auf die Garage, die seinen Traum barg, und ging heim.

Die Liebe eines Sommers

Aus dem Amerikanischen
von Rosemarie Hundertmarck

Der Sommer kam
wie ein Flüstern
und tanzte
in ihrem Haar,
sie hätte
so gern
dem Jahr
das Weiterschreiten
verwehrt,
bis er gehört
ihren Schwur,
bis er
für ein Weilchen nur
mit lachenden Augen
zurück
gebracht ihr
Jugend
und Glück,

ihre Liebe
fürs ganze Leben
wollt' sie ihm
geben,
allein
das konnte
nicht sein,
die Zeit war vorbei...
und sie war frei
für Träume und Burgen
am Strand,
der Sommer erfand
Spiele so süß,
so neu,
so alt...
das Ende kommt bald,
der Himmel
schweigt,
die Liebe blüht,
bis der Sommer
sich neigt.

D. S.

1

Das erste Tageslicht stahl sich durch die Jalousien durch. Deanna Duras öffnete ein Auge und sah auf die Uhr. Es war 6.45. Wenn sie jetzt aufstand, hatte sie fast eine Stunde für sich selbst, vielleicht mehr. Ruhige Augenblicke, in denen Pilar sie nicht attackieren und quälen würde, in denen kein Anruf aus Brüssel oder London oder Rom für Marc-Edouard kam. Augenblicke, in denen sie atmen und nachdenken und allein sein konnte. Sie glitt geräuschlos unter der Decke hervor und warf einen Blick zu Marc-Edouard hinüber, der auf der anderen Seite des Bettes noch schlief. Ganz am Rand. Seit Jahren schon hätten in ihrem Bett drei oder vier schlafen können, so hielten sich Marc und sie an ihre Seiten. Nicht etwa, daß sie nie mehr in der Mitte zusammengekommen wären. Das geschah immer noch... manchmal. Wenn er in der Stadt gewesen war, wenn er nicht müde war und wenn er nicht so sehr, sehr spät nach Hause kam. Gelegentlich geschah es.

Deanna nahm den langen, elfenbeinfarbenen Seidenmantel aus dem Schrank. Im ersten Morgenlicht sah sie jung und zart aus. Das dunkle Haar fiel ihr wie eine Zobelstola weich über die Schultern. Sie bückte sich und suchte nach ihren Pantoffeln – weg. Sicher hatte Pilar sie wieder. Vor nichts machte sie halt, nicht vor den Pantoffeln, am wenigsten vor Deanna. Deanna lächelte vor sich hin. Barfuß und lautlos schlich sie über den dicken Teppich und warf noch einen verstohlenen Blick auf Marc, der friedlich dalag. Wenn er schlief, wirkte er schrecklich jung, beinahe wie der Mann, den sie vor neunzehn Jahren kennengelernt hatte. Sie stand in der Tür und betrachtete ihn, wünschte sich, er würde sich regen, aufwachen, ihr mit schläfrigem Lächeln die Arme entgegenstrecken und die Worte vergangener Zeiten zuflüstern: »*Reviens, ma chérie.* Komm wieder ins Bett, *ma Diane. La belle Diane.*«

So hatte er schon seit unendlich vielen Jahren nicht mehr mit ihr gesprochen. Jetzt war sie für ihn einfach Deanna wie für jeden anderen: »Deanna, kannst du am Dienstag zum Dinner kommen? Deanna, weißt du, daß die Garagentür nicht richtig geschlossen ist? Deanna, die Kaschmir-Jacke, die ich erst vor kurzem in London gekauft habe, ist in der Reinigung scheußlich zerrissen worden. Deanna, ich fliege heute abend nach Lissabon (Oder Paris. Oder Rom).« Manchmal fragte sie sich, ob er sich überhaupt noch an die Zeit von *Diane* erinnerte, an die Zeit des späten Aufstehens und des Lachens und des Kaffeetrinkens in ihrer Dachstube oder auf ihrem Dachgarten, wo sie in den Monaten vor ihrer Heirat Sonne tankten. Es waren Monate goldener Träume gewesen, goldener Stunden – die gestohlenen Wochenenden in Acapulco, die vier Tage in Madrid, wo er sie als seine Sekretärin ausgegeben hatte. Ihre Gedanken wanderten oft zu diesen lange vergangenen Tagen zurück. Die frühen Morgenstunden hatten es an sich, daß sie sich an die Vergangenheit erinnerte.

»*Diane, mon amour,* kommst du wieder ins Bett?« Ihre Augen leuchteten in der Erinnerung an diese Worte. Sie war gerade achtzehn und immer mit Freude ins Bett zurückgekommen. Sie war scheu, aber so verliebt in ihn gewesen. Jede Stunde, jeder Augenblick war erfüllt von dem, was sie empfand. Auch ihre Bilder hatten es gezeigt. Sie glühten in dem Glanz ihrer Liebe. Sie erinnerte sich an seine Augen, wenn er im Studio saß, sie beobachtete, einen Stapel seiner eigenen Arbeit auf den Knien. Er machte Notizen, runzelte ab und zu die Stirn beim Lesen, und dann blickte er auf und lächelte in seiner unwiderstehlichen Art. »*Alors,* Madame Picasso, können Sie eine Pause für den Lunch einschalten?«

»In einer Minute. Ich bin beinahe fertig.«

»Darf ich es mir ansehen?« Dann tat er so, als wolle er um die Staffelei lugen, und wartete nur darauf, daß sie aufsprang und protestierte, wie sie es immer machte, bis sie den Schalk in seinen Augen entdeckte.

»Laß das! Du weißt, du darfst es dir nicht ansehen, bevor ich fertig bin.«

»Warum nicht? Malst du einen schockierenden Akt?« Gelächter erhellte diese verwirrend blauen Augen.

»Vielleicht, Monsieur. Würde dich das sehr entsetzen?«

»Ganz und gar. Du bist viel zu jung, um schockierende Akte zu malen.«

»Wirklich?« Ihre großen grünen Augen öffneten sich weit, wenn sie auf seinen scheinbar ernsten Ton hereinfiel. Er hatte ihr den Vater in so vieler Beziehung ersetzt. Marc war die Stimme der Autorität geworden, die Kraft, auf die sie sich verließ. Der Tod ihres Vaters hatte sie niedergeschmettert. Marc-Edouard war Deanna wie von Gott gesandt erschienen. Nach ihres Vaters Tod hatte sie bei einer Reihe von Tanten und Onkeln gewohnt, die sich über Deannas Auftauchen gar nicht freuten. Ein Jahr lang war sie von einem Verwandten ihrer Mutter zum anderen gereist, und dann hatte sie sich mit achtzehn Jahren endlich selbständig gemacht. Tagsüber arbeitete sie in einer Boutique, und abends besuchte sie die Kunstakademie. Dem Malunterricht allein verdankte sie, daß sie nicht verzweifelte. Nur dafür lebte sie. Sie war erst siebzehn gewesen, als ihr Vater mit dem Flugzeug, das er so gern flog, abstürzte. Nie waren Pläne für ihre Zukunft gemacht worden. Ihr Vater war überzeugt, daß er nicht nur unbesiegbar, sondern auch unsterblich sei. Schon mit zwölf hatte Deanna die Mutter verloren, und jahrelang hatte es in ihrem Leben niemand anderen gegeben als Papa. Der extravagante, ichbezogene Mann ignorierte die Familie seiner Frau, sie wiederum gab ihm allein die Schuld an deren Tod. Er hatte die Verwandten in San Francisco vergessen, ausgeschlossen. Deanna wußte nicht viel von dem, was wirklich geschehen war. Man sagte ihr nur: »Mommy ist gestorben.« Mommy ist gestorben – die Worte ihres Vaters an jenem trüben Morgen würden ihr fürs ganze Leben in den Ohren klingen. Die Mommy, die sich vor der Welt abgeschlossen, sich mit einer Flasche in ihrem Schlafzimmer versteckt hatte und immer »in einer Minute, Liebes«, versprach, wenn Deanna an ihre Tür klopfte. Das »In einer Minute, Liebes« hatte acht oder zehn Jahre lang gedauert und Deanna allein im Flur oder in ihrem Zimmer spielen lassen, während ihr Vater sein Flugzeug flog oder unvorhergesehen mit Freunden auf eine Geschäftsreise ging. Lange Zeit war es schwierig gewesen, zu entscheiden, ob er auf Reisen verschwand, weil seine Frau trank, oder ob sie trank, weil Papa immer fort war. So oder so, Deanna war allein, bis ihre Mutter starb. Danach hatte es viele Diskussionen darüber gegeben, »was, zum Teufel, zu tun« sei. »Um Gottes willen, ich verstehe gar nichts von Kindern, verdammt noch mal, und erst recht nichts von kleinen Mädchen.« Er hatte Deanna wegschicken wollen, in eine Schule, an einen »wundervollen Ort, wo viele Pferde und eine schöne Landschaft und viele neue Freundinnen« sein sollten. Aber sie war so verzweifelt gewesen, daß er endlich nachgab. Sie wollte nicht an einen wundervollen Ort geschickt werden, sie wollte bei ihm bleiben. In seiner Nähe war der wundervolle Ort, er war der Zaubervater mit dem Flugzeug, der Mann, der ihr herrliche Geschenke aus fernen Ländern mitbrachte. Der Mann, mit dem sie seit Jahren geprahlt und den sie nie verstanden hatte. Jetzt war er der einzige Mensch, der zu ihr gehörte. Alles, was übriggeblieben war, jetzt, wo es die Frau hinter der Schlafzimmertür nicht mehr gab.

Also blieb sie bei ihm. Er nahm sie mit, wenn es ging, ansonsten ließ er sie bei Freunden und lehrte sie, die feineren Genüsse des Lebens zu schätzen: Das Imperial-Hotel in Tokio, das George V in Paris und den Stork-Club in New York, wo sie auf einem Hocker an der Bar gesessen und nicht nur einen »Shirley Temple« getrunken, sondern auch die erwachsene Shirley Temple kennengelernt hatte. Papa hatte ein phantastisches Leben geführt – und Deanna für eine Weile ebenfalls. Sie beobachtete die eleganten Frauen, die interessanten Männer, den Tanz im El Morocco, die Wochenend-Ausflüge nach Beverly Hills. Papa war früher einmal ein Filmstar gewesen, dann Rennfahrer, Flieger während des Krieges, Spieler, Liebhaber, ein Mann mit einer Leidenschaft für das Leben, schöne Frauen und Flugzeuge aller Art. Er wollte, daß auch Deanna flog, daß sie das Gefühl kennenlernte, in zehntausend Fuß Höhe auf die Erde niederzublicken, durch Wolken zu gleiten und von Träumen zu leben. Aber sie hatte eigene Träume, die den seinen in nichts glichen. Ein ruhiges Leben, ein Haus, wo sie ständig wohnten, eine Stiefmutter, die sich nicht hinter »In einer Minute« oder einer immer geschlossenen Tür versteckte. Mit vierzehn hatte sie das El Morocco satt, und mit fünfzehn hatte sie es satt, mit seinen Freunden zu tanzen. Mit sechzehn schloß sie die Schule ab und wünschte sich verzweifelt, auf das Vassar- oder Smith-College zu gehen. Papa beharrte auf seiner Meinung, das sei doch nur langweilig. So malte sie statt dessen – auf Skizzenblöcken und Leinwänden, die sie mitschleppte, wohin sie auch gingen. Sie zeichnete auf Papier-Tischtücher im Süden Frankreichs und auf die Rückseiten der Briefe seiner Freunde – eigene Freunde hatte sie nicht. Sie zeichnete auf alles, was sie in die Finger bekam. Ein Galerie-Besitzer in Venedig sagte ihr, sie sei gut, und wenn sie in der Nähe bleibe, würde er ihre Arbeiten vielleicht ausstellen. Natürlich wurde nichts daraus. Sie verließen Venedig nach einem Monat, Florenz nach zwei, Rom nach sechs und Paris nach einem. Dann kehrten sie endlich in die Vereinigten Staaten zurück, wo Papa ihr ein Heim versprach, diesmal ein richtiges, und dazu eventuell sogar eine richtig lebendige Stiefmutter. Er hatte in Rom eine amerikanische Schauspielerin kennengelernt – »eine Frau, die du lieben wirst«, versprach er, als er für ein Wochenende auf einer Ranch irgendwo in der Nähe von Los Angeles einen Koffer packte.

Diesmal forderte er Deanna nicht auf, mitzukommen. Diesmal wollte er allein sein. Er ließ Deanna im Fairmont in San Francisco mit vierhundert Dollar in bar und dem Versprechen, in drei Tagen wieder da zu sein, zurück. Und Deanna blieb allein, diesmal für immer. Erneut wurde ihr der Plan nahegelegt, eine »wundervolle Schule« zu besuchen.

Doch diesmal war die Drohung kurzlebig, es war kein Geld mehr da. Weder für eine »wundervolle Schule« noch für sonst etwas. Es blieb lediglich ein Berg Schulden. Deanna rief die lange vergessenen Verwandten ihrer Mutter an. Sie kamen ins Hotel und nahmen sie mit. »Nur für ein paar Monate, Deanna. Du verstehst. Wir können das einfach nicht. Du wirst dir eine Stellung und eine eigene Unterkunft besorgen müssen, sobald du dich erholt hast.« Eine Stellung. Was für eine Stellung? Was konnte sie? Malen? Zeichnen? Träumen. Was half es ihr jetzt, daß sie beinahe jedes Werk in den Uffizien und im Louvre kannte, daß sie Monate im Jeu de Paume verbracht, die Kampfstiere in Pamplona gesehen, in El Morocco getanzt und im Ritz gewohnt hatte? Wen interessierte das schon? Niemanden. Drei Monate später wurde sie an eine Cousine und dann zu einer anderen Tante abgeschoben. »Für eine Weile, du verstehst.« Sie verstand jetzt alles, die Einsamkeit, den Schmerz, die Bedeutung dessen, was ihr Vater getan hatte. Er hatte sein Leben verspielt. Er hatte sich amüsiert. Jetzt verstand sie, was mit ihrer Mutter geschehen war und warum. Eine Zeitlang haßte sie den Mann, den sie vorher geliebt hatte. Er hatte sie allein, verängstigt und ungeliebt zurückgelassen.

Das Schicksal griff in Form eines Briefes aus Frankreich ein. Von den französischen Gerichten war ein kleiner Streitfall entschieden worden, eine geringfügige Sache, aber ihr Vater hatte den Prozeß gewonnen, der Streitwert belief sich auf sechs- oder siebentausend Dollar. Man bat sie, so freundlich zu sein und durch ihren Anwalt Verbindung mit der französischen Firma aufzunehmen. Was für ein Anwalt? Sie rief einen an, der ihr von einer ihrer Tanten empfohlen wurde, und er verwies sie an eine internationale Anwaltskanzlei. Deanna suchte dieses Büro an einem Montagmorgen um neun auf. Sie trug ein schwarzes Kleid von Dior, das sie mit ihrem Vater in Frankreich gekauft hatte, eine kleine schwarze Krokodilledertasche, die er ihr aus Brasilien mitgebracht hatte, und die Perlen, die ihr gesamtes Erbe von ihrer Mutter darstellten. Sie gab gar nichts um Dior oder Paris oder Rio oder sonst etwas. Die sechs- oder siebentausend Dollar bedeuteten für sie die Erlösung. Sie wollte ihre Stellung aufgeben und Tag und Nacht die Kunstakademie besuchen. In ein paar Jahren würde sie sich mit ihren Bildern einen Namen gemacht haben. In der Zwischenzeit konnte sie von den sechstausend ein Jahr lang leben – vielleicht.

Mehr wollte sie nicht, als sie in das riesige, holzgetäfelte Büro eintrat und Marc-Edouard Duras zum allerersten mal begegnete.

»Mademoiselle...« Einen Fall genau wie ihren hatte er noch nie gehabt. Sein Gebiet war das Körperschaftsrecht, komplizierte internationale Geschäfte. Aber als die Sekretärin ihren Anruf durchstellte, hatte die Sache sein Interesse erweckt. Dann sah er Deanna, eine zarte Kind-Frau mit einem verängstigten schönen Gesicht, und er war fasziniert. Sie bewegte sich mit Anmut, und die Augen, die in seine blickten, waren abgrundtief. Er führte Deanna zu einem Sessel auf der anderen Seite seines Schreibtischs und machte ein sehr ernstes Gesicht. Aber seine Augen tanzten. Sie unterhielten sich eine volle Stunde lang. Auch er liebte die Uffizien, auch er hatte einmal ganze Tage im Louvre verbracht, auch er war in Saō Paulo und Caracas und Deauville gewesen. Es war ein Erlebnis für sie, mit ihm über ihr Leben zu sprechen und Fenster und Türen zu öffnen, die sie für immer versiegelt geglaubt hatte. Deanna hatte Marc die Sache mit ihrem Vater erklärt. Sie saß ihm gegenüber und hatte die größten grünen Augen, die er je gesehen hatte, sie war von einer Zartheit, die ihm zu Herzen ging, und sie erzählte ihm ihre ganze schreckliche Geschichte. Er war damals fast zweiunddreißig, gewiß nicht alt genug, um ihr Vater zu sein, und seine Gefühle waren sicher nicht väterlich.

Dessenungeachtet nahm er sie unter seine Fittiche. Drei Monate später war Deanna Marc-Edouards Frau. Die einfache Zeremonie fand im Rathaus statt, die Flitterwochen wurden zum Teil im Haus seiner Mutter in Antibes und in Paris verbracht.

Damals hatte sie begriffen, was geschehen war. Sie hatte nicht nur einen Mann, sondern ein Land geheiratet – einen bestimmten Lebensstil. Sie würde perfekt, verständnisvoll, ruhig und charmant sein und seine Klienten und Freunde bewirten müssen. Sie würde allein sein, wenn er auf Reisen war. Und sie würde den Traum aufgeben müssen, sich mit ihrer Kunst einen Namen zu machen. Marc billigte so etwas nicht. In der Zeit, als er ihr den Hof machte, hatte ihn ihre Malerei amüsiert, aber er war strikt dagegen, daß seine Frau Karriere machte. Sie war Madame Duras geworden, und das hatte für Marc eine große Bedeutung.

Im Laufe der Jahre gab Deanna eine Anzahl von Träumen auf, aber sie hatte Marc – den Mann, der sie vor Einsamkeit und Armut gerettet hatte, den Mann, der ihre Dankbarkeit und ihr Herz gewonnen hatte, den Mann der untadeligen Manieren und des exquisiten Geschmacks, der sie mit Sicherheit und Luxus belohnte, den Mann, der immer eine Maske trug.

Sie wußte, daß er sie liebte, aber früher hatte er es gezeigt, jetzt kam das nur selten zum Ausdruck. »Nur Kinder stellen ihre Gefühle zur Schau«, erklärte er.

Doch auch das würde kommen. Sie erwarteten ihr erstes Baby weniger als ein Jahr nach der Hochzeit. Wie Marc es sich gewünscht hatte! So sehr, daß er sie auf Händen trug. Es würde ein Junge werden, weil Marc das sagte. Er war überzeugt davon, und deshalb war es auch Deanna. Sie wünschte sich nur das eine, seinen Sohn. Es mußte ein Junge werden, denn nur so konnte sie sich seine Achtung und vielleicht seine lebenslängliche Leidenschaft bewahren. Ein Sohn – und es wurde ein Sohn. Ein winziger Junge, der statt eines Schreis nur ein Wispern von sich gab. Der Priester wurde sofort nach der Geburt gerufen und taufte den kleinen Philippe-Edouard. Vier Stunden später war das Baby tot.

Marc brachte Deanna für den Sommer nach Frankreich und ließ sie in der Obhut seiner Mutter und seiner Tanten. Er hatte geschäftlich in London zu tun, kam aber zu den Wochenenden, drückte sie an sich und trocknete ihre Tränen, bis sie von neuem empfangen hatte. Das zweite Kind, wieder ein Junge, starb ebenfalls. Marc ein Kind zu gebären, wurde bei Deanna zur Besessenheit. Sie träumte nur noch von ihrer beider Sohn. Sie hörte sogar auf zu malen. Der Arzt verordnete ihr Bettruhe, als sie zum drittenmal schwanger wurde. Marc bearbeitete in jenem Jahr Fälle in Mailand und Marokko, aber er rief täglich an, schickte Blumen, und wenn er zu Hause war, saß er an ihrem Bett. Wieder prophezeite er, daß es ein Junge würde, aber diesmal irrte er sich. Der langerwartete Stammhalter war ein Mädchen, aber ein gesundes Kind mit einem Kranz blonder Haare und den blauen Augen seines Vaters – das Kind aus Deannas Träumen. Sogar Marc freute sich und verliebte sich rasch in das blonde Mädchen, das sie Pilar nannten. Sie flogen nach Frankreich, um seiner Mutter das Enkelkind zu zeigen. Madame Duras beklagte sich über Deanna, die es nicht fertiggebracht hatte, einem Jungen das Leben zu schenken. Marc kümmerte es nicht. Das Baby war sein Kind, sein Fleisch und Blut. Sie sollte französisch sprechen lernen, sie sollte jeden Sommer in Antibes verbringen. In Deanna regten sich die ersten Befürchtungen, aber sie konnte endlich die Freuden der Mutterschaft genießen.

Marc verbrachte jeden freien Augenblick mit Pilar und zeigte sie bei seinen Freunden vor. Sie war ein Kind, das immer lachte und freundlich war. Ihre ersten Wörter waren französisch. Als Pilar zehn wurde, war sie mehr in Paris als in den Vereinigten Staaten zu Hause. Die Bücher, die sie las, die Kleider, die sie trug, die Spiele, mit denen sie sich beschäftigte – alles wurde wohlüberlegt von Marc angeschafft. Sie wußte, wer sie war: eine Duras, und wohin sie gehörte: nach Frankreich. Mit zwölf kam sie in ein Pensionat nach Grenoble. Damals war es bereits geschehen; Deanna hatte eine Tochter verloren. Für Pilar war Deanna jetzt Ausländerin, ein Gegenstand des Zorns und Verdrusses: Es war Deannas Schuld, daß sie nicht in Frankreich lebten, ihre Schuld, daß Pilar nicht mit ihren Freunden zusammensein konnte, ihre Schuld, daß Papa nicht in Paris bei Grandmère wohnte, der er so sehr fehlte. Am Ende setzten sie ihren Willen durch – wieder einmal.

Deanna schlich leise die Treppe hinunter. Ihre bloßen Füße verursachten nur ein Flüstern auf dem persischen Läufer, den Marc aus dem Iran mitgebracht hatte. Aus Gewohnheit warf sie einen Blick ins Wohnzimmer. Alles war in bester Ordnung, wie immer. Die zartgrüne Seide des Couchbezugs spannte sich in perfekter Glätte. Die Louis-XV-Sessel standen wie Soldaten in Habtachtstellung auf ihren Posten. Der Aubusson-Teppich wirkte mit seinen weichen Celadon-Grüntönen und den verblaßten himbeerfarbenen Blumen exquisit. Das Silber glänzte. Die Aschenbecher waren makellos sauber. Die Porträts von Marcs beneidenswerten Ahnen hingen genau im richtigen Winkel. Und die Vorhänge rahmten eine perfekte Ansicht auf die Golden-Gate-Brücke und die Bucht ein. Zu dieser Stunde waren noch keine Segelboote zu sehen, und ausnahmsweise herrschte kein Nebel. Es war ein vollkommener Junitag, und Deanna blieb einen Augenblick stehen und sah aufs Wasser hinaus. Sie war versucht, sich hinzusetzen und einfach die Aussicht zu betrachten. Aber es schien ein Sakrileg zu sein, die Couch zu verknittern, auf den Teppich zu treten, ja sogar in diesem Raum zu atmen. Leichter fiel es, sich in ihre eigene kleine Welt zurückzuziehen, in das Atelier an der Rückseite des Hauses. Dort malte sie. Dahin floh sie.

Sie ging an dem Speisezimmer vorbei, ohne hineinzusehen, dann lautlos einen langen Korridor zur Rückseite des Hauses entlang. Eine halbe Treppe führte in ihr Atelier hinauf. Das dunkle Holz fühlte sich kalt unter ihren Füßen an. Die Tür klemmte wie immer. Marc hatte es aufgegeben, sie daran zu erinnern, etwas dagegen zu unternehmen. Er war zu dem Schluß gekommen, ihr gefalle es so, und da hatte er recht. Die Tür war schwer zu öffnen, und sie knallte stets schnell zu und schloß Deanna in einen glänzenden kleinen Kokon ein. Das Atelier war ihre eigene kostbare Welt, ein Meer von Musik und Blumen, sorgsam ferngehalten von der erstickenden Strenge des übrigen Hauses. Hier gab es keine Aubussons, kein Silber, kein Louis XV. Hier war alles bunt und lebendig – die Farben auf der Palette, die Bilder auf der Staffelei, das sanfte Gelb der Wände und der große, gemütliche weiße Sessel, der sie in dem Augenblick umfaßte, wo sie sich seinen Armen anvertraute. Lächelnd setzte Deanna sich und blickte ringsum. Gestern hatte sie ein schreckliches Durcheinander zurückgelassen, aber sie mochte es. Das war ein fröhlicher Raum, in dem sie arbeiten konnte. Sie zog die geblümten Vorhänge zurück, öffnete die Fenstertüren und trat auf die winzige Terrasse hinaus. Die glatten Fliesen waren wie Eis unter ihren Füßen.

Sie stand oft um diese Stunde hier, manchmal sogar im Nebel, atmete tief, lächelte der Brücke zu, die unheimlich über einer unsichtbaren Bucht hing, und lauschte auf die langgezogenen Schreie der Nebelhörner. Aber nicht heute morgen. Heute morgen schien die Sonne so hell, daß Deanna die Augen zusammenkniff. Es würde ein idealer Tag werden, um zu segeln oder an den Strand zu gehen. Bei dem Gedanken mußte sie lachen. Wer sollte Margaret sagen, was zu polieren war, wer sollte die Post beantworten, wer sollte Pilar erklären, warum sie an diesem Abend nicht ausgehen durfte? Pilar. Heute würde Pilar abreisen. Cap d'Antibes war jeden Sommer ihr Ziel, um ihre Großmutter und ihre Tanten, Onkel, Cousins und Cousinen zu besuchen, die alle von Paris hinunterkamen. Deanna schüttelte sich beinahe in der Erinnerung daran. Jahrelang hatte sie diese beklemmenden Sommer ertragen und dann endgültig nein gesagt. Der zur Schau gestellte Charme von Marcs Familie war unerträglich gewesen, Höflichkeit durch zusammengebissene Zähne, unsichtbare Dornen, die einem ins Fleisch stachen. Deanna war von ihnen nie anerkannt worden. Marcs Mutter machte daraus keinen Hehl. Schließlich war Deanna Amerikanerin und viel zu jung, um eine respektable Partie abzugeben. Und am schlimmsten war, sie war die mittellose Tochter eines extravaganten Weltreisenden. Die Heirat brachte für Marc nichts ein, nur für sie selbst. Seine Verwandten setzten voraus, sie habe ihn sich seines Ansehens wegen geangelt. Und sie achteten streng darauf, es zweimal im Jahr zu erwähnen. Schließlich hatte Deanna genug und stellte die sommerlichen Pilgerfahrten nach Antibes ein. Jetzt reiste Pilar allein, und zwar mit Begeisterung. Sie war eine von ihnen.

Deanna stützte die Ellenbogen auf die Terrassenmauer und legte das Kinn auf den Handrücken. Ein Frachter glitt langsam in die Bucht, und ungewollt entfuhr ihr ein Seufzer.

»Ist dir nicht zu kalt, Mutter?« Die Worte wirkten so kühl wie die Terrassenfliesen. Pilar hatte sie angesprochen, als sei sie ein Kuriosum, wie sie da in ihrem Morgenrock und mit bloßen Füßen stand. Deanna sandte dem Schiff einen letzten Blick nach und drehte sich lächelnd um.

»Eigentlich nicht. Mir gefällt es hier draußen. Und außerdem konnte ich meine Pantoffeln nicht finden.« Sie sagte es mit dem ihr eigenen stetigen Lächeln und sah der Tochter gerade in die leuchtendblauen Augen. Das Mädchen war alles, was Deanna nicht war. Ihr Haar war vom hellsten Gold, ihre Augen von einem fast durchsichtigen Blau, und ihre Haut hatte das rosige Leuchten der Jugend. Sie war fast einen Kopf größer als ihre Mutter und auf jede mögliche Weise das Ebenbild Marc-Edouards. Nur umgab sie nicht diese Aura von Macht – das würde später kommen. Und wenn sie ihre Lektion von der Großmutter und den Tanten gut lernte, würde sie sie ebenso niederträchtig verbergen wie diese. Marc-Edouard war nicht ganz so geschickt, das brauchte er auch nicht zu sein, er war ein Mann – die Duras-Frauen beherrschten eine weitaus subtilere Kunst. Deanna hätte jetzt Pilar nicht mehr beeinflussen können, außer vielleicht, daß sie sie von ihnen fernhielt, aber ein solcher Versuch war von vornherein zum Scheitern verurteilt. Pilar, Marc, die alte Madame Duras selbst, alle hatten sich verschworen, Pilar einen großen Teil des Jahres in Europa zu halten. Und Pilars Ähnlichkeit mit der Großmutter beruhte nicht allein auf Nachahmung. Es war etwas, das ihr im Blut lag. Deanna konnte das nur akzeptieren. Sie hörte jedoch niemals auf, sich darüber zu wundern, wie schmerzlich die Enttäuschung war. Es gab keinen Augenblick, in dem diese Ähnlichkeit nicht weh tat, in dem sie weniger wichtig wurde. Deanna spürte ständig, daß sie Pilar verloren hatte – ständig.

Jetzt lächelte sie und blickte auf die Füße ihrer Tochter nieder. Pilar trug die verschwundenen Pantoffeln. »Ich sehe, du hast sie gefunden.« Deanna sprach neckend, aber in ihren Augen stand der Schmerz eines ganzen Lebens. Eine Tragödie, sorgsam hinter Scherzen verborgen.

»Sollte das ein Witz sein, Mutter?« Schon kündete Pilars Ausdruck Krieg an, um kaum halb acht Uhr morgens. »Ich kann keinen meiner guten Pullover finden, und mein schwarzer Rock ist noch nicht von deiner Schneiderin zurück.« Es war eine Anschuldigung von großer Tragweite. Pilar warf ihr langes, glattes blondes Haar zurück und sah die Mutter zornig an.

Deanna zerbrach sich oft den Kopf über Pilars Aggressionen. Die rebellische Haltung eines Teenagers? Oder war sie eifersüchtig und wollte Marc nicht mit Deanna teilen? Es gab nichts, was Deanna hätte tun können, zumindest im Augenblick nicht. Vielleicht eines Tages – später –, vielleicht bekam sie in fünf Jahren eine Chance, ihre

Tochter zurückzugewinnen und ihre Freundin zu werden. Dafür lebte sie, diese Hoffnung erstarb niemals.

»Der Rock ist gestern zurückgekommen. Er hängt im Dielenschrank. Die Pullover sind bereits in deinem Koffer. Margaret hat gestern für dich gepackt. Löst das alle deine Probleme?« Deannas Stimme klang sanft. Pilar würde immer das Kind ihrer Träume bleiben, ganz gleich, wie die Wirklichkeit sich zeigte.

»Mutter! Du hörst mir ja gar nicht zu!« Deannas Gedanken waren abgeschweift. Pilars Augen blitzten sie an. »Ich habe dich gefragt, was du mit meinem Paß gemacht hast.«

Deannas grüne Augen trafen auf Pilars blaue und hielten sie für einen langen Augenblick fest. Sie wollte etwas sagen, das Richtige sagen. Aber sie sagte nur: »Ich habe deinen Paß. Ich werde ihn dir am Flughafen geben.«

»Ich bin durchaus fähig, mich selbst darum zu kümmern.«

»Davon bin ich überzeugt.« Deanna wich dem Blick des Mädchens aus und zog sich vorsichtig in ihr Atelier zurück. »Wirst du jetzt frühstücken?«

»Später. Ich muß mir die Haare waschen.«

»Ich werde dir Margaret mit einem Tablett schicken.«

»Fein.« Dann war Pilar fort, ein leuchtender Pfeil von Jugend, der wieder einmal Deannas Herz durchbohrt hatte. Es war so leicht, jemandem weh zu tun. Die Worte waren alle so klein, und ihre Leere verletzte sie. Es mußte doch mehr geben! Man hatte doch Kinder nicht nur, damit es so endete! Manchmal fragte Deanna sich, ob es mit ihren Söhnen genauso gekommen wäre. Vielleicht lagen die Schwierigkeiten nur an Pilar. Vielleicht war es zuviel für sie, zwischen zwei Ländern und zwei Welten hin- und hergezerrt zu werden.

Das Telefon auf dem Schreibtisch summte leise. Seufzend setzte sie sich. Es war die Hausleitung. Zweifellos wollte Margaret fragen, ob sie den Kaffee im Atelier trinken wolle. Wenn Marc fort war, aß Deanna oft allein in diesem Raum. Wenn er zu Hause war, stellte das Frühstück mit ihm ein Ritual dar. Manchmal war es die einzige Mahlzeit des Tages, die sie gemeinsam einnahmen.

»Ja?« Ihre Stimme war von Natur aus weich und tief und ließ ihre Worte immer sanft klingen.

»Deanna, ich muß Paris anrufen. Es wird noch fünfzehn Minuten dauern, bis ich nach unten komme. Bitte sag Margaret, ich möchte Spiegeleier, aber nicht ganz verbrutzelt. Hast du die Zeitungen?«

»Nein, Margaret muß sie für dich auf den Tisch gelegt haben.«

»Bon. A tout de suite.«

Nicht einmal »Guten Morgen«, kein »Wie geht es dir? Wie hast du geschlafen?... Ich liebe dich.« Nur die Zeitungen, der schwarze Rock, der Paß, die... Deannas Augen füllten sich mit Tränen. Sie wischte sie mit dem Handrücken weg. Die beiden taten das nicht mit Absicht, sie waren einfach so. Aber warum interessierte es sie nicht, wo ihr schwarzer Rock war, wo ihre Pantoffeln waren, wie sie mit ihrem neuesten Bild vorankam? Deanna schloß die Tür des Ateliers hinter sich und warf einen sehnsüchtigen Blick über die Schulter zurück. Ihr Tag hatte begonnen.

Margaret hörte sie mit den Zeitungen im Speisezimmer rascheln und öffnete mit dem üblichen Lächeln die Küchentür. »Morgen, Mrs. Duras.«

»Guten Morgen, Margaret.«

Und es ging weiter wie immer, mit Präzision und Würde. Anweisungen wurden freundlich und mit einem Lächeln erteilt. Die Zeitungen waren sorgfältig nach ihrer Bedeutung sortiert. Der Kaffee wurde augenblicklich in der zarten Limoges-Kanne, die Marcs Mutter gehört hatte, auf den Tisch gestellt. Die Vorhänge wurden zurückgezogen. Man machte Bemerkungen über das Wetter. Jeder begab sich auf seinen Posten, setzte seine Maske auf – ein neuer Tag begann.

Deanna vergaß ihre Überlegungen, als sie einen Blick auf die Zeitungen warf und Kaffee aus der blaugeblümten Tasse trank. Sie rieb die Füße über den Teppich, um die Kälte zu vertreiben. Des Morgens wirkte sie jung. Ihr dunkles Haar hing auf die Schultern, ihre Augen waren weit geöffnet, ihre Haut schimmerte so klar wie die Pilars, und ihre Hände waren so zart und faltenfrei wie vor zwanzig Jahren. Sie sah nicht wie siebenunddreißig aus, sondern eher wie Ende Zwanzig. Die Art, wie sie beim Sprechen das Gesicht hob, das Funkeln in ihren Augen, das Lächeln, das wie ein Regenbogen auftauchte, ließen sie jung erscheinen. Später am Tag dagegen ließen der streng konservative Stil, das streng geknotete Haar und die königliche Haltung sie älter erscheinen, als sie war. Aber am Morgen lastete noch keins der Symbole auf ihr – sie war einfach sie selbst.

Sie hörte ihn die Treppe herunterkommen, bevor seine Stimme erklang. Er rief Pilar etwas fröhlich zu, die mit nassem Haar auf dem Absatz im ersten Stock stand. Es war etwas in der Art, daß sie sich von Nizza fernhalten und in Antibes ja ordentlich benehmen solle. Im Gegensatz zu Deanna würde Marc seine Tochter im Lauf des Sommers wiedersehen. Er würde mehrmals zwischen Paris und San Francisco pendeln und, wann immer es möglich war, ein Wochenende in Antibes einschieben. Alte Gewohnheiten sind schwer zu durchbrechen, und die Anziehungskraft seiner Tochter war zu groß. Sie waren immer Freunde gewesen.

»Bonjour, ma chère.«

Ma chère, nicht *ma chérie.* Meine Liebe, nicht mein Liebling, dachte Deanna. Das *i* war seit vielen Jahren von dem Wort abgefallen. »Du siehst hübsch aus heute morgen.«

»Danke.« Sie hob den Kopf, und ein Lächeln wollte auf ihrem Gesicht erblühen. Aber da sah sie, daß er bereits die Zeitungen studierte. Das Kompliment war mehr eine Förmlichkeit als eine Wahrheit gewesen – die Kunst des Franzosen. Sie kannte sie gut. »Irgend etwas Neues in Paris?« Ihr Gesicht war wieder ernst.

»Ich werde es dich wissen lassen. Ich fliege morgen hinüber. Für eine Weile.« Etwas in seinem Ton verriet ihr, daß mehr dahintersteckte, wie immer.

»Für eine wie lange Weile?«

Er sah sie amüsiert an, und ihr fielen wieder einmal all die Gründe ein, warum sie sich in ihn verliebt hatte. Marc war ein unglaublich schöner Mann mit einem mageren, aristokratischen Gesicht und blitzenden blauen Augen, an die nicht einmal die Pilars herankamen. Das Grau an seinen Schläfen zeigte sich kaum in dem rötlich-blonden Haar. Er sah immer noch jung und dynamisch aus und fast immer belustigt, besonders wenn er in den Staaten war. Er fand die Amerikaner »amüsant«. Es gefiel ihm, wenn er sie beim Tennis und Squash, beim Bridge und Backgammon, und vor allem, wenn er sie im Gerichtssaal schlug. Er arbeitete ebenso, wie er spielte – hart, schnell und gut und mit außergewöhnlichem Erfolg. Er war ein Mann, den Männer beneideten und bei dem Frauen schwach wurden. Er siegte immer. Das Gewinnen war sein Stil. Anfangs hatte Deanna das an ihm geliebt. Ein solcher Sieg war es gewesen, als er ihr zum zweitenmal sagte, daß er sie liebe.

»Ich habe dich gefragt, wie lange du wegbleiben wirst.« Es lag eine winzige Spur von Gereiztheit in ihrer Stimme.

»Ich weiß es nicht genau. Ein paar Tage. Spielt es eine Rolle?«

»Natürlich.« Wieder klang ihre Stimme gereizt.

»Gibt es irgend etwas Wichtiges?« Er blickte überrascht drein. Er hatte im Terminkalender nachgesehen und nichts entdeckt. »Nun?«

Nein, nichts Wichtiges, Darling... nur uns beide. »Nein, nein, das ist es nicht. Ich hätte es nur gern gewußt.«

»Ich gebe dir Bescheid. Heute abend, nach ein paar Terminen werde ich klarer sehen. Offenbar gibt es Probleme bei dem großen Warentransport. Vielleicht muß ich von Paris aus gleich nach Athen weiter.«

»Schon wieder?«

»Es sieht so aus.« Er widmete sich von neuem den Zeitungen, bis Margaret die Eier vor ihn hinstellte. Dann richtete er den Blick auf seine Frau. »Bringst du Pilar zum Flughafen?«

»Natürlich.«

»Bitte sorg dafür, daß sie anständig angezogen ist. Mutter trifft der Schlag, wenn sie wieder in einer dieser abscheulichen Kostümierungen aus dem Flugzeug steigt.«

»Warum sagst du ihr das nicht selbst?« Deanna fixierte ihn mit ihren grünen Augen.

»Ich dachte, das sei eher deine Domäne.«

»Was? Disziplin oder ihre Garderobe?« Das eine wie das andere eine undankbare Pflicht, wie sie beide wußten.

»Sowohl als auch, in gewissem Ausmaß.« Sie hätte ihn gern gefragt, in welchem Ausmaß, aber sie tat es nicht. In dem Ausmaß, wie sie dessen fähig war? Hatte er das gemeint? Marc fuhr fort: »Übrigens, ich habe ihr etwas Geld für die Reise gegeben. Deshalb brauchst du es nicht zu tun.«

»Wieviel?«

Er sah sie scharf an. »Verzeihung?«

»Ich fragte, wieviel Geld du ihr für die Reise gegeben hast.« Sie sprach ganz ruhig.

»Ist das wichtig?«

»Ich denke schon. Oder sind Disziplin und Garderobe meine einzigen Domänen?« Jetzt hörte man ihrer Stimme die Gereiztheit von achtzehn Ehejahren sehr deutlich an.

»Nicht unbedingt. Mach dir keine Sorgen, sie hat genug.«

»Das ist es nicht, worüber ich mir Sorgen mache.«

»Über was dann?« Seine Stimme wurde plötzlich barsch. Ihre Augen waren wie Stahl.

»Ich bin der Meinung, sie sollte nicht zuviel Geld für den Sommer haben. Sie braucht es nicht.«

»Sie ist ein sehr verantwortungsbewußtes Mädchen.«

»Sie ist noch nicht ganz sechzehn, Marc! Wieviel hast du ihr gegeben?«

»Tausend.« Er sagte es, als schließe er einen Handel ab.

»Dollar?« Deanna riß die Augen auf. »Das ist ungeheuerlich!«

»Ach ja?«

»Das weißt du ganz genau. Und du weißt außerdem, was sie damit anfangen wird.«

»Sich amüsieren, nehme ich an. Harmlos.«

»Nein, sie wird dies verdammte Motorrad kaufen, das sie sich so sehr wünscht, und ich weigere mich entschieden, das zu erlauben.« Aber ebenso groß wie Deannas Zorn war ihre Hilflosigkeit, und das wußte sie. Pilar reiste jetzt zu »ihnen«, entzog sich der mütterlichen Kontrolle. »Ich will nicht, daß sie soviel Geld hat.«

»Sei nicht albern.«

»Um Gottes willen, Marc...«

Gerade als sie richtig loslegen wollte, läutete das Telefon. Es war ein Anruf für Marc aus Mailand. Er hatte keine Zeit mehr, ihr zuzuhören, bevor er ging. Um neun Uhr dreißig mußte er an einer Sitzung teilnehmen. Er warf einen Blick auf die Uhr. »Hör auf, dich so hysterisch aufzuführen, Deanna. Das Kind wird ja in guten Händen sein.« Doch das wäre schon wieder ein Thema für eine neue Diskussion, und er hatte keine Zeit. »Wir sehen uns heute abend.«

»Kommst du zum Dinner nach Hause?«

»Das bezweifle ich. Ich lasse Dominique anrufen.«

»Danke.« Ein winziges, gefrorenes Wort. Sie sah ihn die Tür schließen. Gleich darauf hörte sie seinen Jaguar aus der Zufahrt brummen. Schon wieder hatte sie eine Schlacht verloren.

Auf dem Weg zum Flughafen sprach sie Pilar darauf an. »Wie ich hörte, hat dir dein Vater eine ganze Menge Geld für den Sommer gegeben.«

»Na und? Was ist jetzt schon wieder los?«

»Das weißt du ganz genau: das Motorrad. Ich will mich ganz einfach ausdrücken, Liebes. Wenn du eins kaufst, lasse ich dich nach Hause kommen.«

Pilar lag es auf der Zunge zu fragen: »Wie willst du das erfahren?«, aber sie traute sich nicht. »Okay, also werde ich keins kaufen.«

»Auch nicht mit einem fahren.«

»Auch nicht mit einem fahren.« Aber Pilar wiederholte die Sätze nur wie ein Papagei. Zum erstenmal seit langer Zeit verspürte Deanna den Wunsch zu schreien.

Sie streifte ihre Tochter beim Fahren mit einem Blick und sah gleich wieder geradeaus. »Warum muß es so sein? Du verreist für drei Monate. Wir werden einander nicht sehen. Könnte es heute nicht nett sein zwischen uns? Was hat dies ständige Gezänk für einen Sinn?«

»Ich habe nicht damit angefangen. Du hast von dem Motorrad gesprochen.«

»Kannst du dir nicht vorstellen, warum? Weil ich dich liebe, weil ich mir um dich Sorgen mache. Weil ich nicht möchte, daß du verunglückst. Siehst du das nicht ein?« Es lag Verzweiflung in ihrer Stimme, und jetzt auch Zorn.

»Ja, sicher.«

Schweigend fuhren sie zum Flughafen. Deanna spürte wieder stechende Tränen in den Augen, aber Pilar sollte sie nicht sehen. Sie hatte perfekt, sie hatte stark zu sein. So wie Marc es war, so wie alle seine verdammten französischen Verwandten zu sein vorgaben, so wie Pilar gern sein wollte. Deanna ließ den Wagen auf der Zufahrt stehen. Sie folgten dem Gepäckträger in die Halle, wo Pilar an den Schalter trat. Als der Angestellte ihr Paß und Flugkarte zurückgab, drehte sie sich zu ihrer Mutter um.

»Kommst du mit zum Ausgang?« Es klang eher ablehnend als bittend.

»Ich dachte, das wäre nett. Hast du etwas dagegen?«

»Nein.« Die Antwort kam verdrossen und ungehalten. Ein gottverdammtes Kind. Deanna hätte sie ohrfeigen mögen. Wer war diese Person? Wer war sie geworden? Wohin war das sonnige kleine Mädchen verschwunden, das sie liebte? Jede mit ihren eigenen Gedanken beschäftigt, gingen sie auf den Ausgang zu. Wohlgefällige Blicke folgten ihnen. Sie waren ein auffallendes Paar. Die dunkle Schönheit Deannas in einem phantastisch geschnittenen schwarzen Wollkleid, das Haar zum Knoten aufgesteckt, eine leuchtendrote Jacke über einem Arm, und Pilar mit ihrer jugendlich blonden Anmut, groß und schlank in einem weißen Leinenkostüm, das die Billigung ihrer Mutter gefunden hatte, als sie darin die Treppe herunterkam. Sogar ihre Großmutter würde damit einverstanden sein – falls sie den Schnitt nicht zu amerikanisch fand. Alles war möglich bei Madame Duras.

Die Passagiere gingen bereits an Bord, und Deanna hatte nur einen Augenblick, um die Hand des Mädchens fest in ihrer zu halten. »Es war mein Ernst mit dem Motorrad, Liebling. Bitte...«

»Schon gut, schon gut.« Pilar blickte bereits an Deanna vorbei, nur darauf bedacht, in die Maschine zu kommen.

»Ich rufe dich an. Und du rufst mich an, wenn du irgendwelche Probleme hast.«

»Ich werde keine haben.« Das wurde mit der Sicherheit einer noch nicht ganz Sechzehnjährigen gesprochen.

»Hoffentlich.« Deanna sah ihre Tochter an, und ihr Gesicht wurde weich. Sie zog sie an sich und umarmte sie. »Ich liebe dich, Kleines. Laß es dir gutgehen.«

»Danke, Mom.« Sie gönnte ihrer Mutter ein kurzes Lächeln und ein schnelles Winken. Ihre goldene Mähne schimmerte noch mal im Verbindungsgang. Deanna fühlte sich plötzlich bleiern. Pilar war wieder fort. Ihr Baby... das kleine Mädchen mit den blonden Lokken, das Kind, das ihr jeden Abend so vertrauensvoll die Arme entgegengestreckt hatte, um gedrückt und geküßt zu werden... Pilar. Deanna nahm im Warteraum Platz und sah die 747 in den Himmel steigen. Dann stand sie auf und ging langsam zu ihrem Wagen zurück. Der Parkplatzwächter tippte in Anerkennung des Dollars, den sie ihm gab, an seine Mütze. Er machte sich seine Gedanken über Deanna, als sie ihre Beine graziös in den Wagen schwang. Sie war eine verteufelt gutaussehende Frau, aber er konnte nicht erraten, wie alt sie war: Achtundzwanzig? Zweiunddreißig? Fünfunddreißig? Vierzig? Es ließ sich unmöglich sagen. Ihr Gesicht war jung, doch alles übrige an ihr, die Art, wie sie sich bewegte, der Ausdruck ihrer Augen, war so alt.

Deanna saß an ihrem Toilettentisch und bürstete ihr Haar, als sie ihn auf der Treppe hörte. Es war zwanzig nach zehn, und er hatte den ganzen Tag nicht angerufen. Dominique, seine Sekretärin, hatte mittags bei Margaret eine Botschaft hinterlassen: Monsieur Duras werde zum Dinner nicht nach Hause kommen. Deanna hatte im Atelier gegessen und dabei gezeichnet, aber sie war mit den Gedanken nicht bei ihrer Arbeit gewesen. Sie hatte an Pilar gedacht.

Er trat ins Zimmer, und sie drehte sich um und lächelte ihm zu. Er hatte ihr tatsächlich gefehlt. Das Haus war den ganzen Tag seltsam still gewesen. »Hallo, Liebling. Das war ein langer Tag.«

»Sehr lang. Und bei dir?«

»Friedlich. Es ist zu still hier ohne Pilar.«

»Ich hätte nie gedacht, daß du das sagen würdest.« Marc-Edouard lächelte seiner Frau zu und ließ sich in einen großen blauen Samtsessel neben dem Kamin sinken.

»Ich auch nicht. Wie waren deine Sitzungen?«

»Ermüdend.«

Er war nicht sehr mitteilsam. Deanna drehte sich auf ihrem Sitz, um ihn anzusehen. »Es bleibt dabei, daß du morgen nach Paris fliegst?« Er nickte und streckte die langen Beine aus, und sie fuhr fort, ihn zu betrachten. Er sah nicht anders aus als heute morgen und schien fast bereit zu sein, sofort einen neuen Tag zu beginnen. Er blühte auf bei den Sitzungen, die er »ermüdend« nannte. Er erhob sich und trat zu ihr. Ein Lächeln stand in seinen Augen.

»Ja, ich fliege morgen nach Paris. Bist du ganz sicher, daß du dich Pilar und meiner Mutter in Cap d'Antibes nicht anschließen willst?«

»Ganz sicher.« Ihr Blick war fest. »Warum sollte ich das tun wollen?«

»Du hast selbst gesagt, es sei dir hier zu still. Ich dachte, vielleicht...« Er blieb hinter ihr stehen und legte ihr die Hände auf die Schultern. »Ich werde den ganzen Sommer fort sein, Deanna.«

Ihre Schultern versteiften sich unter seinen Händen. »Den ganzen Sommer?«

»Mehr oder weniger. Der Salco-Transport ist zu wichtig, als daß ich ihn in jemandes anderen Händen lassen könnte. Ich werde den ganzen Sommer zwischen Paris und Athen pendeln. Ich kann einfach nicht hier sein.« Sein französischer Akzent wurde stärker, als habe er die Staaten bereits verlassen. »Es wird mir öfter Gelegenheit geben, nach Pilar zu sehen, was dich freuen sollte, aber es ist nicht möglich, bei dir zu sein.« Sie hätte ihn gern gefragt, ob er darauf wirklich Wert lege, aber sie fragte nicht. »Vermutlich wird der Fall mich den größten Teil des Sommers in Anspruch nehmen. Etwa drei Monate.«

Für Deanna klang das wie ein Todesurteil. »Drei Monate?« Ihre Stimme war ganz dünn.

»Jetzt verstehst du, warum ich gefragt habe, ob du nicht nach Cap d'Antibes möchtest. Ändert dies deine Meinung?«

Sie schüttelte langsam den Kopf. »Nein. Du wirst auch dort nicht sehr oft sein, und ich glaube, Pilar braucht eine Trennung von mir. Ganz zu schweigen von...« Sie verstummte.

»Von meiner Mutter?« fragte Marc. Deanna nickte. »Ich verstehe. Ja dann, *ma chère,* wirst du hier ganz allein sein.«

Verdammt noch mal, warum bat er sie nicht, mit ihm zu kommen, ebenfalls zwischen Athen und Paris zu pendeln? Einen wilden Augenblick lang dachte Deanna daran, es ihm vorzuschlagen, aber sie wußte, er würde es nicht gestatten. Er liebte es, frei zu sein, wenn er arbeitete. Nie würde er sie mitnehmen.

»Wirst du allein zurechtkommen?« erkundigte er sich jetzt.

»Habe ich eine andere Wahl? Meinst du, wenn ich mit Nein antworte, würdest du hierbleiben?« Sie hob ihm ihr Gesicht entgegen.

»Du weißt, das ist nicht möglich.«

»Ja, das weiß ich.« Sie schwieg eine Weile, und dann zuckte sie mit einem kleinen Lächeln die Schultern. »Ich werde zurechtkommen.«

»Sicher.«

Woher weißt du das, verdammt noch mal? Woher weißt du das? Und was, wenn ich es nicht schaffe? Was, wenn ich dich brauche?... Was, wenn...?

»Du bist eine sehr gute Ehefrau, Deanna.«

Eine Sekunde lang wußte sie nicht, ob sie ihm danken oder ihn ohrfeigen sollte. »Was heißt das? Daß ich mich nicht sehr oft beklage? Vielleicht sollte ich das tun.« Ihr Lächeln verbarg, was sie empfand, und erlaubte ihm, einer ehrlichen Antwort auszuweichen.

»Nein, das solltest du nicht. Du bist perfekt, wie du bist.«

»Merci, Monsieur.« Sie stand auf und wandte sich ab, damit er ihr Gesicht nicht sehen konnte. »Packst du selbst, oder möchtest du, daß ich für dich packe?«

»Ich werde es selbst tun. Du gehst ins Bett. Ich komme gleich nach.«

Deanna beobachtete ihn, wie er in seinem Ankleidezimmer herumlief. Dann verschwand er nach unten, in sein Arbeitszimmer, nahm sie an. Als er zurückkam, hatte sie die Lampen im Schlafzimmer ausgeschaltet und lag ganz still auf ihrer Seite des Bettes.

»*Tu dors?* Schläfst du?«

»Nein.« Ihre Stimme klang heiser in der Dunkelheit.

»*Bon.*«

Gut? Wieso? Kam es darauf an, ob sie schlief oder nicht? Wollte er mit ihr sprechen, ihr sagen, daß er sie liebe, daß er es bedauere, reisen zu müssen? Er bedauerte es nicht, und das wußten sie beide. Es machte ihm Spaß, in der Welt herumzugondeln, seinem Beruf nachzugehen, sich in seinem Erfolg und seinem Ruf zu sonnen. Das war sein Leben. Er schlüpfte ins Bett, und dann lagen sie einige Zeit da, wach, nachdenkend, schweigend.

»Bist du böse, daß ich für so lange fortgehe?«

Deanna schüttelte den Kopf. »Nein, nicht böse. Traurig. Du wirst mir fehlen. Sehr.«

»Die Zeit wird schnell vorübergehen.« Sie antwortete nicht, und er stützte sich auf einen Ellenbogen, um in dem dunklen Zimmer ihr Gesicht zu studieren. »Es tut mir leid, Deanna.«

»Mir auch.« Er ließ seine Hand sanft über ihr Haar gleiten und lächelte ihr zu. Langsam drehte sie den Kopf und sah ihn an.

»Du bist immer noch sehr hübsch, Deanna. Weißt du das? Du bist sogar hübscher als damals, als du ein Mädchen warst. Du siehst tatsächlich sehr gut aus.« Sie legte keinen Wert darauf, hübsch zu sein, sie wollte ihm gehören, wie sie ihm vor langer Zeit gehört hatte, als sie seine *Diane* gewesen war. »Auch Pilar wird eines Tages schön sein.« Er sagte es mit Stolz.

»Sie ist es bereits.« Deanna stellte es leidenschaftslos fest, ohne Zorn.

»Bist du eifersüchtig auf sie?«

Ob der Gedanke ihm gefiel? fragte sich Deanna. Vielleicht fühlte er sich dabei wichtig. Oder jung. Trotzdem antwortete sie ihm. Warum auch nicht?

»Ja, manchmal bin ich eifersüchtig auf sie. Ich möchte wieder so jung sein, so frei, so überzeugt, daß mir das Leben etwas schuldig ist.

In ihrem Alter ist es ganz klar: Man verdient das Beste, und man wird das Beste bekommen. Ich habe ebenso gedacht.«

»Und jetzt, Deanna? Hat das Leben dir seine Schulden bezahlt?«

»In mancher Hinsicht.« In ihren Augen lag eine gewisse Traurigkeit. Zum erstenmal seit Jahren dachte er an die achtzehnjährige Waise zurück, die in dem schwarzen Dior-Kleidchen vor seinem Schreibtisch gesessen hatte. Er fragte sich, ob er sie wirklich unglücklich gemacht habe, ob sie wirklich mehr verlangte. Er hatte ihr doch soviel gegeben! Schmuck, Autos, Pelze, ein Heim. All das, was sich die meisten Frauen wünschten. Was konnte sie denn mehr verlangen? Er sah sie lange Zeit forschend an, die Stirn von einem plötzlichen Gedanken gekraust. War es möglich, daß er sie nicht verstand?

»Deanna...?« Er wollte sie nicht fragen, und doch ging es nicht anders. Es lag zu viel in ihren Augen. »Bist du unglücklich?«

Sie begegnete seinem Blick offen und hätte gern ja gesagt. Aber sie hatte Angst. Sie würde ihn verlieren, er würde sie verlassen, und was dann? Sie wollte Marc nicht verlieren. Sie wollte mehr von ihm.

»Bist du unglücklich?« Er wiederholte die Frage. Ein schmerzlicher Ausdruck überzog sein Gesicht, als er erkannte, was die Antwort war. Sie brauchte sie nicht mehr in Worte zu fassen. Plötzlich war es klar, sogar ihm.

»Manchmal. Und manchmal nicht. Meistens denke ich nicht weiter darüber nach. Nur... ich vermisse die alten Zeiten, als wir uns kennenlernten, als wir noch jung waren.« Sie sprach sehr leise.

»Wir sind erwachsen geworden, Deanna, daran kannst du nichts ändern.« Er beugte sich vor und berührte ihr Kinn mit der Hand, als wolle er sie küssen. Aber er ließ die Hand fallen und gab sein Vorhaben wieder auf. »Du warst ein so bezauberndes Kind.« Er lächelte in der Erinnerung an seine Gefühle. »Ich haßte deinen Vater dafür, daß er dich in so einer Klemme zurückgelassen hatte.«

»Ich auch. So war er eben. Ich habe meinen Frieden mit all dem gemacht.«

»So?« Sie nickte. »Bist du ganz sicher?«

»Warum sollte ich nicht?«

»Weil ich manchmal denke, du grollst ihm immer noch. Ich denke, das ist der Grund, warum du weiter malst. Nur um dir zu beweisen, daß du etwas aus eigener Kraft zuwege bringen würdest, wenn du es je müßtest.« Sein Blick wurde schärfer, auf seiner Stirn erschien eine Falte. »Du wirst es nie müssen, weißt du. Ich werde dich nie in einer solchen Situation zurücklassen wie dein Vater.«

»Darüber mache ich mir keine Sorgen. Und du irrst dich. Ich male, weil es mir Freude macht, weil das ein Teil von mir ist.« Er hatte nie glauben wollen, daß ihre Kunst Teil ihrer Seele war.

Marc antwortete nicht gleich, lag nur da, blickte zur Decke und wälzte Gedanken. »Bist du furchtbar böse, daß ich für den Sommer fortgehe?«

»Ich habe dir doch gesagt, daß ich das nicht bin. Ich werde malen, mich ausruhen, lesen, mich mit meinen Freundinnen treffen.«

»Wirst du oft ausgehen?« Es klang besorgt, und das belustigte sie. Er war der rechte, sich danach zu erkundigen!

»Das weiß ich nicht, Dummer. Ich teile es dir mit, wenn ich eingeladen werde. Sicher wird es die üblichen Dinner-Gesellschaften, Benefiz-Vorstellungen, Konzerte und dergleichen geben.« Er nickte schweigend. »Marc-Edouard, bist du eifersüchtig?« Lachen stand in ihren Augen, und dann lachte sie laut heraus, als er sich umdrehte und ihr ins Gesicht sah. »Ja, du bist es! Sei doch nicht töricht! Nach all diesen Jahren?«

»Gäbe es eine bessere Zeit?«

»Das ist albern, Liebling. Es ist nicht mein Stil.« Er wußte, das war die Wahrheit.

»Ich weiß. Aber – *on ne sait jamais.* Man kann nie wissen.«

»Wie kannst du so etwas sagen!«

»Weil ich eine so schöne Frau habe, daß jeder Mann im Vollbesitz seiner Sinne verrückt wäre, wenn er sich nicht in sie verliebte.« Es war die kunstvollste Ansprache, die er ihr seit Jahren gehalten hatte. Sie zeigte ihre Überraschung. »Was? Du meinst, ich bemerke das nicht? Deanna, jetzt bist du albern. Du bist eine junge und schöne Frau.«

»Gut. Dann reise nicht nach Griechenland.« Wieder lächelte sie zu ihm hoch wie ein ganz junges Mädchen. Doch diesmal war er nicht amüsiert.

»Ich muß. Das weißt du.«

»Na gut. Dann nimm mich mit.« Es war ein ungewohnter Ton in ihrer Stimme, halb scherzend, halb ernst. Er antwortete lange nicht. »Nun? Kann ich mitkommen?«

Er schüttelte den Kopf. »Nein, das kannst du nicht.«

»Ja, dann bleibt dir nichts anderes übrig, als eifersüchtig zu sein.« Seit Jahren und Jahren hatten sie sich nicht mehr auf diese Weise geneckt. Sein Plan, drei Monate lang auf Reisen zu gehen, hatte eine Mischung sehr seltsamer Gefühle in ihr hervorgerufen. Deanna wollte es jedoch nicht zu weit treiben.

»Im Ernst, Liebling, du brauchst dir keine Sorgen zu machen.«

»Das will ich hoffen.«

»Marc! *Arrête!* Hör auf!« Sie beugte sich vor und faßte nach seiner Hand, und er überließ sie ihr. »Ich liebe dich... weißt du das?«

»Ja. Und weißt du, daß ich dich liebe?«

Sie sah ihm sehr ernst in die Augen. »Manchmal bin ich mir nicht so sicher.« Er hatte immer zuviel zu tun, um ihr seine Liebe zu beweisen, und es war auch nicht seine Art. Aber jetzt sagte ihr etwas, daß sie ihn getroffen hatte. Sprachlos musterte sie ihn. Wußte er es denn nicht? Machte er sich nicht klar, was er getan hatte? Die Mauer, die er um sich gebaut hatte, sein völliges Aufgehen in seiner Arbeit, seine Abwesenheit für Tage oder Wochen und jetzt Monate und seine Kumpanei mit Pilar? »Entschuldige, Liebling. Sicher liebst du mich. Nur manchmal muß ich mich selbst daran erinnern.«

»Ich liebe dich wirklich. Das mußt du wissen.«

»Tief innen weiß ich es wohl.« Sie wußte es, wenn sie an die Augenblicke dachte, die sie miteinander erlebt hatten, die Stationen ihres Lebens, die die Geschichte erzählen. Sie waren der Grund, warum Deanna ihn immer noch liebte.

Er seufzte. »Aber du brauchst sehr viel mehr. Nicht wahr, Liebes?« Sie nickte und kam sich auf einmal jung und tapfer vor. »Du brauchst meine Zeit ebenso wie meine Zuneigung. Du brauchst... *enfin,* du brauchst etwas, das mir nicht zur Verfügung steht.«

»Das ist nicht wahr. Du könntest dir die Zeit nehmen. Wir könnten wie früher manches gemeinsam tun. Es wäre möglich!« Sie sprach wie ein Kind, und sie haßte sich dafür. Sie sprach wie ein Kind, das den Vater quält, es mitzunehmen. Und sie verabscheute es, irgendeinen Menschen so sehr zu brauchen. Sie hatte sich vor langer Zeit geschworen, daß ihr das nie wieder passieren würde. »Es tut mir leid. Ich verstehe.« Sie senkte die Augen und zog sich zurück.

»Du verstehst?« Er wandte den Blick nicht von ihr.

»Natürlich.«

»Ah, *ma Diane*...« Er zog sie in seine Arme. Sein Gesicht war beunruhigt, aber Deanna merkte es nicht. Denn ihre Augen standen voll von Tränen. Endlich hatte er es gesagt. *»Ma Diane...«*

2

»Du hast für die Zeit, in der ich fort bin, genug Geld auf der Bank. Aber falls du mehr brauchst, ruf Dominique im Büro an, und sie wird es überweisen. Ich habe Sullivan gesagt, daß er mindestens zweimal in der Woche nach dir sehen soll. Und...«

Deanna sah ihren Mann erstaunt an. »Du hast Jim gesagt, er solle nach mir sehen? Warum?« Jim Sullivan war Marc-Edouards Partner und einer der wenigen Amerikaner, die er wirklich mochte.

»Weil ich mich vergewissern möchte, daß du wohlauf und glücklich bist und alles hast, was du brauchst.«

»Danke, aber es kommt mir töricht vor, Jim zu bemühen.«

»Ihm wird es Spaß machen. Zeig ihm deine neuesten Bilder, lade ihn zum Dinner ein. Ich vertraue ihm.« Er sah seine Frau lächelnd an. Und sie lächelte zurück.

»Du kannst auch mir vertrauen.« In den achtzehn Jahren ihrer Ehe hatte sie Marc nie betrogen. Sie hatte nicht vor, jetzt damit anzufangen.

»Ich vertraue dir ja. Ich werde so oft anrufen, wie ich kann. Du wirst immer wissen, wo ich mich befinde. Wenn irgend etwas geschieht, brauchst du bloß zu telefonieren. Ich rufe dann so schnell wie möglich zurück, wenn ich gerade nicht da bin.« Sie nickte stumm zu seinen Worten, und dann entschlüpfte ihr ein kleiner Seufzer. Marc, der am Steuer des Jaguars saß, wandte ihr den Kopf zu. Für einen Augenblick wirkte er besorgt. »Du wirst doch zurechtkommen, Deanna, ja?«

Sie erwiderte seinen Blick und nickte. »Ja. Bestimmt. Nur wirst du mir schrecklich fehlen.«

Er sah schon wieder auf die Straße. »Die Zeit wird schnell vorübergehen. Wenn du deine Meinung änderst, kannst du immer noch zu Mutter und Pilar nach Cap d'Antibes reisen.« Erneut lächelte er seiner Frau zu. »Aber das wirst du nicht wollen.«

»Nein.« Sie erwiderte sein Lächeln.

»*Têtue, va.* Starrkopf. Vielleicht ist das der Grund, daß ich dich liebe.«

»Ja? Ich habe mir oft Gedanken über den Grund gemacht.« Sie betrachtete das gutgeschnittene Profil neben ihr im Wagen, und in ihre Augen trat ein schelmisches Funkeln. »Du wirst auf dich aufpassen, ja? Arbeite nicht so schrecklich viel.« Eine zwecklose Ermahnung, wie sie beide wußten.

»Ich werde mir Mühe geben.« Er schenkte ihr ein zärtliches Lächeln.

»Das wirst du nicht.«

»Doch.«

»Und jede Minute Arbeit wirst du genießen.« Auch das war nichts als die Wahrheit. »Ich hoffe, der Salco-Fall wird zu deinen Gunsten entschieden.«

»Bestimmt. Davon kannst du überzeugt sein.«

»Marc-Edouard Duras, du bist unerträglich arrogant. Hat dir das heute schon jemand gesagt?«

»Nur die Frau, die ich liebe.« Gerade bog er in die Abfahrt zum Flughafen ein. Er faßte nach ihrer Hand, und sie berührte sanft seine Finger. Es ließ sie an die vergangene Nacht denken und die seltene Vereinigung ihrer Körper, die sie so liebte. *Ma Diane*... »Ich liebe dich, Darling.« Sie zog seine Hand an die Lippen und küßte zart die Fingerspitzen. »Ich wünschte, wir hätten mehr Zeit.«

»Ich auch. Irgendwann werden wir sie haben.«

Ja... aber wann? Behutsam legte sie seine Hand wieder auf den Sitz, ihre Finger immer noch mit den seinen verflochten.

»Meinst du, wenn du wieder nach Hause kommst, könnten wir uns einen freien Tag nehmen und zusammen irgendwohin fahren?« Sie beobachtete ihn, die Augen aufgerissen wie ein Kind. Sie verlangte nach ihm, sie wollte bei ihm sein, wollte ihm gehören. Nach all diesen Jahren wünschte sie sich das immer noch. Manchmal wunderte sie sich selbst über die Stärke ihrer Gefühle.

»Wohin möchtest du denn gern?«

»Ganz gleich. Irgendwohin, wo wir zusammensein können.« Und allein.

Sie fuhren am Terminal vor. Marc-Edouard sah seine Frau forschend an, und einen Augenblick lang meinte sie, Bedauern in seinen Augen zu lesen. »Das werden wir tun. Sobald ich zurückkomme.« Er schien nach Worten zu suchen. »Deanna, ich...«

Sie wartete, aber er sagte nichts weiter, er legte nur seine Arme um sie und drückte sie an sich. Ihre eigenen Arme hoben sich und umschlangen ihn. Sie preßte die Augen ganz fest zu. Sie brauchte ihn mehr, als er ahnte. Tränen rollten langsam über ihre Wangen. Er fühlte sie in seinen Armen zittern, schob sie ein Stückchen von sich und fragte erstaunt:

»*Tu pleurs?* Du weinst?«

»*Un peu.* Ein bißchen.« Er lächelte, es war so lange her, daß sie ihm auf französisch geantwortet hatte. »Ich wünschte, du müßtest nicht fort.« Wenn er nur bliebe, wenn ihnen eine kurze Zeit ohne Pilar gegönnt wäre...

»Das wünschte ich auch.« Aber beide wußten, daß das eine Lüge war. Er zog den Zündschlüssel ab, öffnete die Tür und winkte nach einem Gepäckträger.

Deanna ging gemessenen Schrittes neben ihm her, in ihre eigenen Gedanken versunken, bis sie den Warteraum Erster Klasse erreichten, wo er sich für gewöhnlich vor dem Abflug aufhielt. Sie nahm in dem Sessel neben ihm Platz und lächelte ihm zu. Doch er war bereits woanders, war bereits fort, der Augenblick im Wagen war völlig vergessen. Er überprüfte die Papiere in seiner Aktentasche und sah auf seine Uhr. Ihm blieben noch zehn Minuten, und plötzlich schien er den Aufbruch nicht mehr erwarten zu können.

»*Alors,* ist da noch etwas, über das wir im Auto vergessen haben zu sprechen? Eine Botschaft für Pilar?«

»Bestelle ihr nur meine herzlichsten Grüße. Wirst du sie dort besuchen, bevor du nach Athen fliegst?«

»Nein. Ich rufe sie heute abend an.«

»Und mich auch?« Sie sah den Sekundenzeiger der riesigen Wanduhr weiterrücken.

»Und dich auch. Du wirst nicht ausgehen?«

»Nein, ich möchte im Atelier eine Arbeit abschließen.«

»Du solltest etwas Amüsantes unternehmen, damit du dich nicht so allein fühlst.«

Daran bin ich schließlich gewöhnt. Wieder sprach sie es nicht aus.

»Mach dir keine Sorgen.« Sie kreuzte ein Bein über das andere und sah in ihren Schoß nieder. Sie hatte das neue lavendelfarbene Seidenkleid angezogen, dazu die Ohrringe aus Purpurjade und Diamanten, die er ihr aus Hongkong mitgebracht hatte, aber er hatte es nicht bemerkt. Seine Gedanken beschäftigten sich mit anderen Dingen.

»Deanna?«

»Hm?« Sie sah hoch, und da stand er vor ihr, die Aktentasche in der Hand und den bekannten Siegesblick in den Augen. Jetzt zog er wieder in den Krieg, ungebunden, frei. »Ist es Zeit zu gehen?« Schon? So bald? Er nickte. Sie stand auf. Neben seiner hochgewachsenen Gestalt wirkte sie klein und doch wie die ideale Gefährtin an seiner Seite. Sie waren ein auffallend schönes Paar. Das waren sie immer gewesen. Sogar Madame Duras, seine kaltäugige Mutter, hatte das zugegeben – einmal.

»Du brauchst mich nicht zum Ausgang zu begleiten.« Er hatte sich bereits von ihr losgelöst.

»Nein, aber ich würde es gern. Ist dir das recht?«

»Natürlich.« Er hielt ihr die Tür auf. Sie kehrten zurück in das Gehaste des Terminals und verloren sich sofort unter einer Armee von Reisenden mit Koffern, Geschenken und Gitarren. Sie kamen zu früh zum Ausgang. Er blickte lächelnd auf sie nieder. »Ich rufe dich heute abend an.«

»Ich liebe dich.«

Er antwortete nicht, aber er bückte sich und küßte sie auf den Scheitel. Dann schritt er den Durchgang entlang auf das Flugzeug zu, ohne zurückzublicken oder zu winken. Sie sah ihm nach, bis er verschwand. Dann drehte sie sich langsam um und ging fort. Ich liebe dich. Ihre eigenen Worte hallten in ihrem Kopf wider. Aber er hatte nicht geantwortet. Er war bereits fort.

Sie stieg in den auf dem Parkplatz wartenden Wagen, drehte seufzend den Zündschlüssel und fuhr nach Hause.

Deanna lief schnell nach oben und zog sich um. Den ganzen Nachmittag hing sie in ihrem Atelier ihren eigenen Gedanken nach. Sie zeichnete geistesabwesend, und schließlich trat sie auf die Terrasse, um frische Luft zu schöpfen. Da klopfte Margaret leise an die Tür. Deanna drehte sich erstaunt um, als die Haushälterin zögernd den Raum betrat.

»Mrs. Duras... bitte, entschuldigen Sie...« Sie wußte, daß Deanna es nicht leiden konnte, wenn sie hier gestört wurde, aber hin und wieder blieb ihr keine andere Wahl. Das Telefon im Atelier hatte Deanna abgeschaltet.

»Ist etwas passiert?« fragte Deanna aufgeschreckt. Das Haar fiel ihr offen über die Schultern, die Hände steckten in den Taschen ihrer Jeans.

»Nein. Mr. Sullivan ist unten und möchte Sie sprechen.«

»Jim?« Und dann fiel es ihr wieder ein. Marc-Edouards Bemerkung, Jim werde nach ihr sehen. Jim Sullivan hatte wahrlich keine Zeit verloren. Immer den zart angedeuteten Befehlen seines Partners gehorsam. »Ich komme gleich.«

Margaret nickte. Sie hatte es richtig gemacht. Deanna hatte ihn nicht oben im Atelier haben wollen. Deshalb hatte sie ihn in das eisgrüne Wohnzimmer geführt und ihm eine Tasse Tee angeboten, die er mit einem Grinsen abgelehnt hatte. Es war ein so großer Gegensatz zwischen ihm und Marc-Edouard, wie es bei zwei Männern nur möglich ist, und Margaret hatte ihn immer gemocht. Er war ein rauher, gemütlicher Amerikaner, und in seinen Augen lag immer ein herzliches irisches Lächeln.

Deanna fand Jim am Fenster stehend. Er sah hinaus auf den Sommernebel, der langsam in die Bucht vorrückte. Weiße Watteflöckchen wurden an unsichtbaren Fäden herbeigezogen, schwebten zwischen den Pfeilern der Brücke und hingen mitten in der Luft über den Segelbooten.

»Hallo, Jim.«

»Madam.« Er vollführte eine kleine Verbeugung und tat, als wollte er ihr die Hand küssen. Deanna wehrte die Geste lachend ab und bot ihm die Wange, auf die er ungeziert seine Lippen drückte. »Ich muß gestehen, das ist mir lieber. Das Händeküssen ist eine Kunst, in der ich nie Meister werde. Man weiß nie, ob eine Dame einem die Hand schütteln oder die Hand geküßt haben will. Ein paarmal war ich verdammt nahe daran, von einer, die das Schütteln im Sinn hatte, die Nase gebrochen zu kriegen.«

Deanna lachte und setzte sich. »Sie müssen sich von Marc Unterricht geben lassen. Er ist ein Genie darin. Entweder ist das der Franzose in ihm oder er hat einen sechsten Sinn. Wie wäre es mit einem Drink?«

»Mit Vergnügen.« Er senkte die Stimme zu einem verschwörerischen Flüstern. »Margaret ist, glaube ich, der Ansicht, ich sollte Tee trinken.«

»Wie scheußlich.«

Wieder lachte Deanna. Sie öffnete ein Schränkchen mit Einlegearbeit und entnahm ihm zwei Gläser und eine Flasche Scotch, und er sah ihr wohlgefällig dabei zu.

»Trinken Sie, Deanna?« Er fragte es beiläufig, aber er wunderte sich. Er hatte sie noch nie Scotch trinken gesehen. Vielleicht hatte Marc-Edouard doch einen triftigen Grund für seinen Wunsch gehabt, er möge nach Deanna sehen. Aber sie schüttelte bereits den Kopf.

»Ich hatte für mich an Eiswasser gedacht. Haben Sie sich Sorgen gemacht?« Sie kam mit seinem Glas zurück und sah ihn belustigt an.

»Ein bißchen.«

»Nicht nötig, Jim. Ich hänge noch nicht an der Flasche.« Ihre Augen blickten plötzlich wehmütig. Sie nahm einen Schluck aus ihrem eigenen Glas und stellte es sorgsam auf einen Marmortisch. »Aber es wird ein schrecklich langer Sommer werden.« Sie seufzte. Dann sah sie lächelnd zu ihm hoch. Er streichelte ihr freundlich die Hand.

»Ich weiß. Vielleicht können wir irgendwann einmal ins Kino gehen.«

»Sie sind ein Schatz, aber haben Sie nichts Besseres zu tun?« Deanna wußte Bescheid. Jim war seit vier Jahren geschieden und lebte mit einem Mannequin zusammen, das vor ein paar Monaten von New York hierhergezogen war. Er schwärmte für diesen Typ, und die Mädchen wiederum liebten ihn. Groß, gutaussehend, athletisch, mit irisch-blauen Augen und ebenholzschwarzem Haar, das noch kaum mit Grau gesprenkelt war, stellte er in jeder Weise das genaue Gegenteil von Marc-Edouard dar, lässig, wo Marc förmlich war, durch und durch amerikanisch im Kontrast zu Marc-Edouards europäischen Manieren und erstaunlich bescheiden neben Marc-Edouards kaum verhehlter Arroganz. Deanna war es immer seltsam vorgekommen, daß Marc sich Jim zum Partner erwählt hatte, aber die Wahl hatte sich als klug erwiesen. Marcs eigener besonderer Brillanz stand die Jims nicht nach. Ihre Sterne leuchteten nur unterschiedlich und bewegten sich auf völlig anderen Bahnen. Die Duras' sahen Jim gesellschaftlich selten. Er hatte genug mit seinem eigenen

Leben, den Mannequins – augenblicklich nur mit einem – zu tun. Jim blieb nie lange bei ein und derselben Frau.

»Was haben Sie in nächster Zeit vor?«

Er lächelte sie an. »Arbeit, Spiel, das Übliche. Und Sie?«

»Ich fummele in meinem Atelier herum – auch das Übliche.« Sie spielte ihre Einsamkeitsgefühle herunter, wie sie es immer tat.

»Was ist mit diesem Sommer? Haben Sie schon Pläne gemacht?«

»Noch nicht, aber das kommt noch. Vielleicht werde ich Freunde in Santa Barbara besuchen oder so etwas.«

»O Gott!« Er schnitt ein entsetztes Gesicht, und sie lachte.

»Was finden Sie so schrecklich daran?«

»Man muß achtzig sein, um daran Spaß zu haben. Warum fahren Sie nicht nach Beverly Hills hinunter? Tun Sie, als seien Sie ein Filmstar, nehmen Sie den Lunch in der Polo Lounge, lassen Sie sich vom Pagen ausrufen.«

»Tun Sie das öfters?« Bei dem Gedanken mußte sie lachen.

»Natürlich. Jedes Wochenende.« Er lachte vor sich hin, stellte sein leeres Glas ab und sah auf die Uhr. »Wie dem auch sei, mir wird schon etwas Hübsches für Sie einfallen. Aber jetzt« – mit einem bedauernden Blick – »muß ich laufen.«

»Danke, daß Sie vorbeigekommen sind. Es war ein ziemlich langer Nachmittag. Richtig unheimlich, wenn beide fort sind.«

Er nickte verstehend und wurde plötzlich ernst. Er kannte das Gefühl aus der Zeit, als seine Frau und die beiden Jungen ausgezogen waren. Allein schon durch die Stille meinte er, den Verstand zu verlieren.

»Ich rufe Sie an.«

»Gut. Und – Jim –« sie sah ihn lange an, »– danke.«

Er griff in ihr langes dunkles Haar, küßte sie auf die Stirn und ging. Als er in seinen schwarzen Porsche glitt, winkte er ihr zu. Marc ist verrückt, dachte er. Er selbst hätte beinahe alles darum gegeben, Deanna Duras in die Finger zu bekommen. Natürlich war er zu klug, um mit dieser Art von Feuer zu spielen, aber trotzdem fand er, Duras sei verrückt. Himmel, er merkte nicht einmal, was für eine Schönheit sie war. Oder doch? So grübelte Jim Sullivan beim Fortfahren, und Deanna schloß leise die Tür.

Sie sah auf die Uhr und dachte, es sei nett von Jim gewesen, vorbeizukommen. Wann Marc wohl anrufen würde? Er hatte es ihr für heute abend versprochen.

Doch das tat er nicht. Statt dessen kam am Morgen ein Telegramm:

Unterwegs nach Athen. Falsche Zeit für Anruf. Alles wohlauf. Besonders Pilar.

Marc

Kurz und sachlich. Aber warum hatte er nicht angerufen? »Falsche Zeit für Anruf«, las sie noch einmal. Falsche Zeit. Falsche Zeit...

Deanna las Marcs Telegramm immer wieder, obwohl sie es schon auswendig kannte. Da unterbrach das Telefon ihre Gedanken.

»Deanna?« Die helle Stimme riß sie aus ihrer Träumerei. Es war Kim Houghton. Sie wohnte nur ein paar Blocks entfernt, aber ihr Leben konnte sich kaum mehr von dem Deannas unterscheiden: zweimal verheiratet, zweimal geschieden, ewig unabhängig, fröhlich und frei. Sie hatte zusammen mit Deanna die Kunstakademie besucht. Jetzt war sie eine bedeutende kreative Kraft in der Werbung, denn eine sehr gute Malerin war sie nie gewesen. Und sie war Deannas einzige enge Freundin.

»Hallo, Kim. Was gibt's neues in deinem Leben?«

»Nicht viel. Ich war in Los Angeles und bin einem unserer neuen Kunden um den Bart gegangen. Er redet bereits davon, uns seinen Etat zu entziehen. Und es ist einer von meinen Kunden.« Sie nannte den Namen einer nationalen Hotelkette, deren Werbe-Etat sie betreute. »Möchtest du mit mir zum Lunch gehen?«

»Ich kann nicht. Ich bin schon besetzt.«

»Was hast du vor?« fragte Kim mißtrauisch. Sie merkte es immer, wenn Deanna log.

»Ein Wohltätigkeitslunch. Ich muß hin.«

»Laß ihn sausen. Sei wohltätig gegen mich. Ich brauche Rat, ich bin deprimiert.« Deanna lachte. Kimberly Houghton war nie deprimiert. Nicht einmal ihre Scheidungen hatten sie bedrückt. Sie hatte sich schleunigst auf fruchtbareren Boden begeben. Für gewöhnlich in weniger als einer Woche. »Komm schon, Schätzchen, gehen wir irgendwohin zum Lunch. Ich brauche einen Tapetenwechsel.«

»Ich auch.« Deanna sah sich in der blauen Samt-und-Seide-Pracht ihres Schlafzimmers um und kämpfte gegen ein Gefühl der Trübsal an. Für einen unbewachten Augenblick war das aus ihrer Stimme zu hören.

»Was hat das zu bedeuten?« fragte Kim.

»Es bedeutet, du neugierige Ziege, daß Marc fort ist. Pilar ist vor zwei Tagen abgereist und Marc gestern morgen.«

»Jesus, kannst du das nicht genießen? Ferien der Art, wenn beide auf einmal fort sind, bekommst du doch nicht oft. Wenn ich du wäre, würde ich völlig nackt im Wohnzimmer herumlaufen und alle meine Freunde hereinrufen.«

»Wenn du noch nackt bist, oder nachdem du dich angezogen hast?« Deanna warf ihre Beine über die Armlehne des Sessels und lachte.

»Beides. Hör zu, in dem Fall vergiß den Lunch. Wie ist es mit einem Dinner heute abend?«

»Das läßt sich machen. Auf die Weise kann ich heute nachmittag im Atelier noch etwas arbeiten.«

»Ich dachte, du wolltest zu einem Wohltätigkeitslunch gehen.« Deanna konnte Kim beinahe grinsen sehen. »Hab' ich dich erwischt!«

»Geh zum Teufel.«

»Danke. Dinner um sieben im Trader Vic?«

»Ja, treffen wir uns dort.«

»Bis dann.« Kim legte auf, und Deanna lächelte. Gott sei gedankt für Kim.

»Du siehst hinreißend aus. Ein neues Kleid?« Kimberly Houghton sah bei Deannas Eintritt von ihrem Glas auf, und die beiden Frauen tauschten das Lächeln alter Freundinnen. Deanna war wirklich entzückend in einem weißen Kaschmir-Kleid, das an den richtigen Stellen eng anlag und ihr dunkles Haar und die riesigen grünen Augen zur Geltung brachte.

»Du siehst aber auch nicht schlecht aus.« Kim hatte einen Körper, wie die Männer ihn lieben, üppig und großzügig und voller Verheißung. Ihre blauen Augen tanzten, und ihr Lächeln blendete jeden, auf den sie es richtete. Seit zwanzig Jahren trug sie ihr Haar in kurzen blonden Locken. Sie besaß nicht die verblüffende Eleganz Deannas, aber eine unwiderstehliche Wärme und das Geschick, sich anzuziehen. Immer wirkte sie so, als müsse sie zehn Männer auf ihren Fersen haben, und für gewöhnlich hatte sie das auch. Zumindest einen oder zwei. Heute abend trug sie einen blauen Samtblazer, Hosen und eine rote Seidenbluse, die gefährlich weit offenstand. Sie enthüllte einen einzelnen Diamanten an einer dünnen Goldkette, der verführerisch in der tiefen Kluft zwischen ihren vollen Brüsten tanzte. Ein »Blickfang« – als ob sie Hilfe in dieser Hinsicht gebraucht hätte!

Deanna bestellte einen Drink, setzte sich und ließ ihren Nerzmantel auf einen Sessel fallen. Kim interessierte sich weder dafür, noch war sie beeindruckt. Sie war in einer mondänen Welt aufgewachsen und hatte kein Verlangen nach Geld oder Nerzen, nur nach Unabhängigkeit und Vergnügen. Sie sorgte immer dafür, daß sie beides reichlich bekam.

»Also, was gibt's neues? Genießt du deine Freiheit?«

»Mehr oder weniger. Ehrlich gesagt, diesmal kommt es mich ein bißchen hart an, mich daran zu gewöhnen.« Deanna seufzte und nahm einen Schluck aus ihrem Glas.

»O Gott, bei den vielen Reisen, die Marc macht, kann dir das doch nichts Neues mehr sein. Außerdem ist ein bißchen Unabhängigkeit gut für dich.«

»Wahrscheinlich. Aber er wird drei Monate fort sein. Das kommt mir wie für immer vor.«

»Drei Monate? Wie ist denn das geschehen?« Kims Stimme verlor ihre Munterkeit, und in ihren Augen erschien eine Frage.

»Er hat einen großen Fall, der ihn zwingt, zwischen Paris und Athen hin- und herzufliegen. Es hätte keinen Sinn, wenn er zwischendurch nach Hause käme.«

»Oder wenn du hinüberführst?«

»Offenbar nicht.«

»Was soll das heißen? Hast du ihn gefragt?« Deanna war, als antworte sie einer Mutter. Lächelnd sah sie ihre Freundin an.

»So ungefähr. Er wird viel zu tun haben, und wenn ich hinüberfahre, klebe ich bei Madame Duras fest.«

»Bloß das nicht!« Kim hatte in der Anfangszeit all die Geschichten über Marc-Edouards unbezähmbare Mutter gehört.

»Genau, obwohl ich es Marc gegenüber nicht ganz so formuliert habe. Also, *voilà*, ich bin den ganzen Sommer allein.«

»Und verabscheust nach nur zwei Tagen schon jede einzelne Minute. Richtig? Richtig«, beantwortete Kim ihre eigene Frage. »Warum fährst du nicht irgendwohin?«

»Wohin?«

»Himmel, Deanna, irgendwohin. Ich bin sicher, Marc hätte nichts dagegen einzuwenden.«

»Wahrscheinlich nicht, aber ich reise nicht gern allein.« Sie hatte es nie gemußt. Sie war immer mit ihrem Vater und dann mit Pilar und Marc gereist. »Außerdem, wohin sollte ich gehen? Jim Sullivan sagt, Santa Barbara wäre langweilig.« Sie blickte verloren drein, als sie das sagte, und Kimberly lachte.

»Er hat recht. Armes kleines reiches Mädchen. Komm doch morgen mit mir nach Carmel! Ich muß hinunterfahren und mich mit einem Kunden über das Wochenende treffen. Du könntest mich der Gesellschaft halber begleiten.«

»Das ist Unsinn, Kim, ich stände dir nur im Weg.« Aber für einen Augenblick hatte ihr die Idee gefallen. Seit Jahren war sie nicht mehr in Carmel gewesen, und es war ja nicht weit weg, nur zwei Stunden Fahrt von der Stadt.

»Warum würdest du mir im Weg stehen? Um Himmels willen, ich habe mit diesem Kerl keine Affäre, und ich würde mich freuen, dich dabeizuhaben. Allein wäre es trostlos.«

»Nicht für lange.« Deanna sah ihre Freundin bedeutungsvoll an, und Kim lachte.

»Bitte, mein guter Ruf!« Sie grinste breit, legte den Kopf auf die Seite und schüttelte die weichen blonden Locken. »Im Ernst, kommst du mit? Es wäre zu schön.«

»Ich will sehen.«

»Nein. Du kommst mit. Abgemacht? Abgemacht.«

»Kimberly...« Deanna begann zu lachen.

»Ich hole dich um halb sechs ab.« Kim zeigte ein Siegerlächeln.

3

Kim fuhr vor und hupte zweimal. Deanna warf einen Blick durch ihr Schlafzimmerfenster, schnappte sich ihre Tasche und rannte die Treppe hinunter. Sie fühlte sich wieder wie ein Mädchen, das mit einer Freundin zu einem Wochenend-Abenteuer fährt. Sogar Kims Wagen sah nicht so aus, als würde ein Erwachsener ihn fahren. Es war ein leuchtendroter, alter M. G. Deanna erschien einen Augenblick später im Eingang. Sie trug graue Hosen und einen grauen Rollkragenpullover und hatte eine große braune Ledertasche in der Hand.

»Genau pünktlich. Wie war der Tag?«

»Grauenhaft. Frag mich nicht.«

»Schon gut.« Statt dessen sprachen sie über alles mögliche: Carmel, Deannas neuestes Gemälde, Pilar und ihre Freunde.

Schließlich fielen sie in friedliches Schweigen. Sie waren beinahe in Carmel, als Kimberly einen Blick zu ihrer Freundin hinüberwarf und den sehnsüchtigen Ausdruck ihrer Augen bemerkte.

»Einen Penny für deine Gedanken.«

»Mehr nicht? Teufel, sie müßten wenigstens fünf oder zehn Cents wert sein.« Deanna versuchte, ihre Überlegungen wegzulachen, aber Kim ließ sich nicht täuschen.

»Na gut. Ich gebe dir einen Vierteldollar. Laß mich raten. Denkst du an Marc?«

»Ja«, antwortete Deanna leise, die Augen auf das Meer gerichtet.

»Fehlt er dir wirklich so sehr?« Die Beziehung zwischen Marc-Edouard und Deanna hatte Kim immer Kopfzerbrechen bereitet. Anfangs hatte sie es für eine Vernunftehe gehalten, aber jetzt wußte sie, das war es nicht. Deanna liebte ihn – vielleicht zu sehr.

Deanna wandte das Gesicht ab. »Ja, er fehlt mir so sehr. Kommt dir das töricht vor?«

»Nein. Bewundernswert vielleicht. Etwas in der Art.«

»Warum? Es ist doch nichts Bewundernswertes daran.«

Kim schüttelte lachend den Kopf. »Süße, neunzehn Jahre mit ein und demselben Mann sind für mich mehr als bewundernswert. Das ist verdammt heroisch.«

Deanna grinste ihre Freundin an. »Warum heroisch? Ich liebe ihn.

Er ist ein schöner, intelligenter, geistreicher, charmanter Mann.« Und die Umarmung in der Nacht vor seiner Abreise hatte wieder etwas in ihrem Herzen wachgerufen.

»Ja. Das ist er.« Kim hielt die Augen auf die Fahrbahn gerichtet. Sie fragte sich, ob noch mehr daran war. Gab es an Marc Duras eine Seite, die niemand kannte, eine warme, liebende Seite, eine andere Dimension des so schönen, charmanten Mannes? Eine menschliche Seite, die lachte und weinte und wirklich war? Das würde ihn nach Kims Meinung zu einem Mann machen, der es wert war, geliebt zu werden.

»Es wird ein sehr langer Sommer werden.« Deanna stieß einen kleinen Seufzer aus. »Erzähl mir von deinem Kunden. Ist er neu?«

»Ja. Er bestand darauf, daß wir uns in Carmel treffen. Er wohnt in San Francisco, hat aber hier ein Haus. Er kommt gerade von Los Angeles zurück und meint, dies hier sei ein angenehmerer Ort, um den Etat zu besprechen.«

»Wie zivilisiert.«

»Ja. Sehr.« Kim lächelte Deanna zu.

Es war beinahe acht Uhr, als sie beim Hotel vorfuhren. Kimberly kletterte aus dem M. G., schüttelte ihre Locken und sah, daß sich Deanna mit einem Ächzen aus dem Wagen wand.

»Glaubst du, du wirst es überleben? Ich gebe zu, das ist nicht das bequemste aller möglichen Transportmittel.«

»Macht nichts.« Deanna sah sich die vertraute Umgebung an. Zu Beginn ihrer Ehe waren sie und Marc oft an den Wochenenden nach Carmel hinuntergefahren. Sie waren durch die Läden gebummelt, hatten das Dinner bei traulichem Kerzenlicht eingenommen und meilenweite Spaziergänge am Strand gemacht. Es war ein bittersüßes Gefühl, wieder hier zu sein, diesmal ohne ihn.

Das Hotel war klein und altmodisch, sah von außen aus wie ein Haus aus der französischen Provinz, mit lustig gestrichenen Fensterkästen und leuchtenden Blumen. Drinnen gab es hölzerne Balken an der niedrigen Decke, einen von Kupfergeschirr umrahmten großen Kamin und Tapeten in Wedgwood-Blau mit einem winzigen weißen Muster. Es war die Art von Hotel, die Marc gefallen hätte.

Kimberly unterschrieb ihre Anmeldung am Empfang und reichte den Kugelschreiber an Deanna weiter. »Ich habe nebeneinanderliegende Zimmer verlangt. Einverstanden?« Deanna nickte erleichtert.

Sie liebte es, ein Zimmer für sich zu haben, und hätte nicht gern ein Doppelzimmer mit Kim geteilt.

»Ja, sehr gut.« Sie trug Namen und Adresse auf der Karte ein und folgte dann dem Gepäckträger zu ihren Zimmern.

Fünf Minuten später hörte Deanna ein Klopfen an ihrer Tür.

»Möchtest du eine Cola, Deanna? Ich habe gerade zwei aus dem Automaten hinten im Flur gezogen.« Kim drapierte ihren üppigen Körper auf Deannas Bett und hielt ihr eine eiskalte Dose hin.

Deanna nahm einen großen Schluck und ließ sich dann mit einem Lächeln und einem Seufzer in einen Sessel sinken. »Es ist so schön, hier zu sein. Ich bin froh, daß ich mitgekommen bin.«

»Ich auch. Es wäre langweilig geworden ohne dich. Vielleicht finden wir morgen sogar Zeit für die Läden, wenn ich das Geschäftliche erledigt habe. Oder möchtest du lieber morgen nachmittag in die Stadt zurückfahren? Hast du etwas vor?«

»Absolut nichts. Und hier ist es himmlisch. Vielleicht fahre ich nie mehr zurück. Zu Hause komme ich mir vor wie in einem Grabgewölbe, ohne Marc und Pilar.«

Kimberly fand das Haus ihrer Freundin mit den beiden genauso grabgewölbehaft, aber das sagte sie nicht. Sie wußte, Deanna liebte das Haus, und die Sicherheit im Schoß ihrer Familie bedeutete ihr viel. Sie hatten sich in der Kunstakademie kennengelernt, als Deanna kurz nach dem Tod ihres Vaters ohne Geld und allein zurückgeblieben war. Kim hatte sie kämpfen sehen, um es mit dem bißchen Geld zu schaffen, das sie mit ihrer Arbeit verdiente. Sie war dabeigewesen, als Marc begann, Deanna den Hof zu machen, und sie hatte miterlebt, wie Deanna sich mehr und mehr auf ihn verließ, bis sie sich ohne ihn hilflos fühlte. Sie hatte beobachtet, wie Marc ihre Freundin unter seine Fittiche nahm, zärtlich, unwiderstehlich und mit der Entschlossenheit eines Mannes, der sich weigert zu verlieren. Und sie hatte Deanna beinahe zwei Jahrzehnte lang dort eingekuschelt gesehen, sicher, beschützt, geborgen und hartnäckig glaubend, sie sei glücklich. Vielleicht war sie es. Aber Kim war sich dessen nicht sicher.

»Möchtest du zum Dinner in irgendein bestimmtes Lokal gehen?« Kim leerte ihre Cola-Dose.

»Ich möchte zum Strand.« Deanna sah sehnsüchtig aufs Meer hinaus.

»Der Strand? Das Lokal kenne ich nicht.« Kim sah sie verwirrt an, und Deanna lachte.

»Nein, nein. Das ist kein Restaurant. Ich meine, ich würde gern einen Spaziergang am Strand machen.«

»Jetzt? Um diese Zeit?« Es war erst halb neun und wurde gerade ein bißchen dämmerig, aber Kim lechzte danach, den Abend zu genießen und schick auszugehen. »Warum hebst du dir das nicht für morgen auf, wenn meine Besprechung mit dem neuen Kunden vorbei ist?« Kim lockten Brandung und weißer Sand offensichtlich nicht, aber Deanna.

Sie schüttelte entschlossen den Kopf und stellte ihre Cola-Dose hin. »Nein. So lange kann ich nicht warten. Willst du dich umziehen, bevor wir zum Essen gehen?« Kim nickte. »Gut. Dann mache ich meinen Spaziergang, während du dich ankleidest. Ich behalte das hier an.« Der Kaschmir-Pullover und die graue Hose sahen nach der Fahrt immer noch tadellos aus.

»Verlauf dich nicht am Strand.«

»Bestimmt nicht.« Deanna lächelte verlegen. »Ich fühle mich wie ein Kind. Ich kann es nicht erwarten, zum Spielen nach draußen zu gehen.« Und mir den Sonnenuntergang anzusehen und die Seeluft tief einzuatmen... und mich an die Tage zu erinnern, als Marc und ich Hand in Hand diesen Strand hinuntergingen. »In einer halben Stunde bin ich zurück.«

»Du brauchst dich nicht zu beeilen. Ich werde ein schönes heißes Bad nehmen. Uns hetzt ja nichts. Wir können um halb zehn oder zehn essen.« Kim wollte einen Tisch in dem ruhigen viktorianischen Speiseraum des Pine Inn reservieren lassen.

»Bis dann.« Deanna verschwand mit einem Winken und einem Lächeln, noch dabei, ihre Jacke anzuziehen. Einen Schal trug sie in der Hand. Sie wußte, am Strand war es windig. Als sie nach draußen trat, wälzte sich bereits der Nebel heran.

Sie ging die Hauptstraße von Carmel hinunter, vorbei an den wenigen Nachzüglern unter den Touristen, die noch keine Zuflucht an Speisetischen oder in ihren Hotels gesucht hatten. Kinder plapperten, die Arme voll von Souvenirs aus den Läden, die Gesichter fröhlich und unbeschwert. Es erinnerte sie an die Zeit, als sie und Marc mit Pilar hiergewesen waren. Pilar, überschäumende neun Jahre alt, hatte sich ihnen bei einem ihrer Abendspaziergänge am Strand angeschlossen. Sie sammelte Stückchen Treibholz und Muscheln, rannte voraus und kehrte zurück, um von ihren Entdeckungen zu berichten, während Deanna und Marc sich unterhielten. Es schien eine Ewigkeit her zu sein.

Deanna erreichte das Ende der Straße, blieb stehen und sah über die endlose Weite des alabasterfarbenen Strandes hin. Sogar Marc hatte eingeräumt, in Frankreich gebe es nichts dergleichen. Dieser reinweiße Sand und die ans Ufer rollenden Wogen und die langsam vorübergleitenden Seemöwen! Die Flut lief auf, und Deanna holte bei diesem Anblick tief Luft. Der Strand hatte etwas Verlockendes, das sie nirgendwo anders gefunden hatte. Sie steckte den Schal in die Tasche, streifte die Schuhe ab und lief auf das Ufer zu. Der Sand rieselte ihr durch die Zehen. Dicht am Rand des Wassers machte sie halt. Ihr Haar flatterte im Wind. Sie schloß die Augen und lächelte. Es war ein wunderschöner Ort, eine Welt, die sie zu lange in ihrer Erinnerung vergraben hatte. Warum war sie ihr so lange ferngeblieben? Warum waren sie nicht längst einmal wieder hergefahren? Mit einem weiteren tiefen Atemzug machte sie sich auf den Weg den Strand entlang, in jeder Hand einen Schuh. Sie hatte Lust, wie ein Kind im Sand zu tanzen und zu hüpfen.

Sie war eine weite Strecke gegangen, bis sie stehenblieb, um den letzten Goldstreifen am Horizont zu betrachten. Der Himmel hatte sich in Mauve verwandelt, und eine dicke Nebelbank bewegte sich auf das Ufer zu. Lange Zeit beobachtete Deanna das Schauspiel. Dann stieg sie langsam die Dünen hinauf. In dem hohen Gras machte sie sich einen Sitz zurecht, zog ihre Knie bis ans Kinn und blickte aufs Meer hinaus. Einen Augenblick später ließ sie den Kopf auf ein Knie sinken und schloß die Augen. Sie lauschte dem Meer und fühlte eine Woge der Freude in ihrem Herzen.

»Das ist vollkommen, nicht wahr?«

Deanna fuhr zusammen, als plötzlich neben ihr eine Stimme ertönte. Sie öffnete die Augen und sah einen großen, dunkelhaarigen Mann. Einen Augenblick lang fürchtete sie sich. Aber sein Lächeln war so freundlich, daß es unmöglich war, sich unter seinem warmen Blick bedroht zu fühlen. Seine Augen waren von demselben tiefen Blaugrün wie das Meer. Er war wie ein Mann gebaut, der im College Football gespielt haben mochte. Sein Haar war so dunkel wie Deannas und ebenso vom Wind zerzaust. Forschend sah er auf sie nieder.

»Zu dieser Tageszeit gefällt es mir am besten«, erklärte er.

»Mir auch.« Es fiel ihr leicht, ihm zu antworten, und sie wunderte sich, daß es sie nicht ärgerte, als er sich neben sie niedersetzte. »Ich dachte, ich sei allein am Strand.« Sie spähte scheu in sein Gesicht, und er lächelte.

»Das waren Sie wahrscheinlich auch. Ich bin nach Ihnen hochgestiegen. Es tut mir leid, wenn ich Sie erschreckt habe.« Wieder sah er sie mit diesem offenen Lächeln an. »Mein Haus ist gleich da hinten.« Er nickte über die Schulter zu einer Stelle hin, die von windverkrüppelten Bäumen abgeschirmt war. »Ich komme immer des Abends hierher. Und heute abend bin ich gerade von einer Reise zurück. Drei Wochen bin ich nicht hiergewesen. Da wird mir immer klar, wie sehr ich diesen Ort liebe, wie sehr ich es brauche, an diesem Strand spazierenzugehen und mir das da anzusehen.« Er sah geradeaus aufs Meer.

»Leben Sie das ganze Jahr über hier?« Deanna unterhielt sich mit ihm, als sei er ein alter Freund. Er hatte aber auch etwas an sich, das Unbehagen gar nicht erst aufkommen ließ.

»Nein, ich komme an den Wochenenden herunter, wann immer ich kann. Und Sie?«

»Ich war lange Zeit nicht hier. Ich bin mit einer Freundin hergefahren.«

»Wohnen Sie in einem Hotel?«

Sie nickte, und dann erinnerte sie sich. Sie sah auf die Uhr. »Dabei fällt mir ein, daß ich umkehren muß. Meine Wanderung über den Strand hat mich alles vergessen lassen.« Es war bereits halb zehn, und während ihres Gesprächs war das letzte Tageslicht entflohen. Deanna stand auf und sah lächelnd auf ihn nieder. »Sie können sich glücklich schätzen, daß Sie das hier jederzeit haben können.«

Zur Antwort nickte er, aber er hörte nicht richtig zu. Er betrachtete gespannt ihr Gesicht. Zum erstenmal, seit sie ihn neben sich entdeckt hatte, fühlte Deanna eine merkwürdige Wärme in ihre Wangen steigen und geriet in Verlegenheit, als er sprach.

»Wissen Sie, daß Sie wie ein Gemälde von Andrew Wyeth aussahen, als Sie da auf der Düne im Wind saßen? Das fiel mir sofort auf. Kennen Sie seine Bilder?« Seine Augen blickten sehr konzentriert, als messe er ihr Gesicht und die Dichte ihres Haares. Doch sie lächelte schon.

»Ich kenne sein Werk sehr gut.« In ihrer Kinderzeit hatte sie sich leidenschaftlich für Wyeth begeistert, bis sie entdeckte, daß die Impressionisten ihr mehr lagen. »Ich kenne jedes Bild, das er gemalt hat.«

»Jedes?« Die meeresfarbenen Augen neckten sie, aber freundlich.

»Das habe ich bisher geglaubt.«

»Kennen Sie auch das mit der Frau am Strand?« Deanna dachte kurz nach und schüttelte den Kopf. »Würden Sie es gern sehen?« Er stand neben ihr und hätte mit seinen leuchtenden Augen ganz wie ein sehr aufgeregter Junge ausgesehen, wären die männliche Breite seiner Schultern und die paar grauen Strähnen in seinem Haar nicht gewesen. »Ja?«

»Ich – ich muß wirklich ins Hotel zurück. Aber – danke...« Sie verstummte befangen. Er machte auf sie nicht den Eindruck eines Mannes, vor dem sie sich zu fürchten hatte, aber immerhin war er nur ein Fremder, der am Strand aufgetaucht war. Jetzt erst fiel ihr ein, daß es ein wenig verrückt gewesen war, überhaupt mit ihm zu sprechen, hier ganz allein im Dunkeln. »Wirklich, ich kann nicht. Vielleicht ein anderes Mal.«

»Ich verstehe.« Das Leuchten seiner Augen wurde ein bißchen matter, aber das Lächeln war immer noch da. »Es ist ein sehr schönes Bild, und die Frau darauf sieht Ihnen sehr ähnlich.«

»Danke. Da haben Sie etwas Hübsches gesagt.« Sie überlegte, wie sie sich von ihm verabschieden solle. Er schien nicht die Absicht zu haben, sofort zu seinem Haus zurückzukehren.

»Darf ich Sie auf dem Rückweg über den Strand begleiten? Es ist schon zu dunkel, als daß Sie allein herumlaufen sollten.« Er grinste sie an und kniff vor dem Wind die Augen zusammen. »Sie könnten von einem Fremden angesprochen werden.« Deanna lachte und nickte zustimmend. Sie stiegen die niedrige Düne zum Meer hinunter. »Erzählen Sie mir, wie ist es zu Ihrer Begeisterung für Wyeth gekommen?«

»Ich fand, er sei der größte amerikanische Maler, dessen Bilder ich je gesehen hatte. Aber dann –« sie sah ihm entschuldigend in die Augen »– verliebte ich mich in all die französischen Impressionisten. Und ich fürchte, ich vergaß ihn. Nein, vergessen habe ich ihn eigentlich nicht. Nur meine Liebe wurde etwas geringer.«

Sie wanderten freundschaftlich Seite an Seite dahin, die beiden einzigen Menschen am Strand, und die Brandung rauschte neben ihnen. Plötzlich mußte Deanna lachen. Es war so seltsam, am Strand von Carmel mit einem Fremden über Malerei zu diskutieren. Was sollte sie Kim erzählen? Sollte sie Kim überhaupt etwas erzählen? Einen Augenblick lang war sie geneigt, niemandem von ihrem neuen Freund zu berichten. Das war nichts als eine flüchtige Begegnung in der Dämmerung an einem einsamen Strand. Darüber gab es ja gar nichts zu erzählen!

»Verschwindet Ihre Liebe immer so leicht?« Das war eine dumme Frage, etwas, das Fremde aus Mangel an Besserem zueinander sagen. Trotzdem lächelte Deanna.

»Im allgemeinen nicht. Nur wenn französische Impressionisten in den Vordergrund rücken.«

Er nickte weise. »Das ist eine gute Rechtfertigung. Malen Sie?«

»Ein bißchen.«

»Wie die Impressionisten?« Er schien die Antwort bereits zu wissen, und sie nickte. »Ich würde Ihre Arbeiten gern sehen. Werden sie ausgestellt?«

Deanna schüttelte den Kopf und blickte auf die Wellen hinaus, die das erste Mondlicht in glitzerndes Silber verwandelte. »Nein, nicht mehr. Nur einmal, vor langer Zeit.«

»Ist auch Ihre Liebe für das Malen geringer geworden?«

»Das wird niemals geschehen.« Sie richtete ihre Augen auf den Sand und schlug sie dann wieder zu ihm auf. »Malen ist mein Leben.«

»Ja, warum stellen Sie dann nicht aus?« Ihre Reaktion verwirrte ihn, aber sie zuckte nur die Schultern. Sie hatten die Stelle erreicht, wo Deanna den Strand betreten hatte.

»Hier muß ich abbiegen.« Sie standen im Mondschein und sahen sich in die Augen. Einen verrückten Augenblick lang wünschte sie sich, von diesen starken, tröstlichen Armen gehalten, mit ihm in seine Windjacke eingewickelt zu werden. »Es war nett, mit Ihnen zu reden.« Ihr Gesicht war seltsam ernst.

»Mein Name ist Ben.«

Sie zögerte kurz. »Deanna.«

Er hielt ihr die Hand hin, schüttelte ihre, und dann wandte er sich ab und ging über den Strand zurück. Deanna beobachtete ihn, die breiten Schultern, den kräftigen Rücken und den Wind in seinem

Haar. Sie wollte »Auf Wiedersehen« rufen, aber der Wind hätte die Worte doch davongetragen. Noch einmal drehte er sich um, und sie meinte, er habe ihr in der Dunkelheit einmal zugewinkt.

4

»Wo, zum Teufel, bist du gewesen?« Kim wartete in der Hotelhalle mit besorgtem Gesicht auf sie. Deanna strich sich das zerzauste Haar aus der Stirn und lächelte ihre Freundin an. Ihre Wangen waren rosig vom Wind, ihre Augen glänzten. Das Wort »strahlend« schoß Kim durch den Kopf. Deanna stürzte sich in Erklärungen.

»Es tut mir leid. Ich bin weiter gegangen, als ich dachte. Der Rückweg hat mich eine Ewigkeit gekostet.«

»Und ob. Ich fing an, mir Sorgen zu machen.«

»Bitte, entschuldige.« Deanne blickte reuig drein, und Kims strenges Gesicht verzog sich zum Lächeln.

»Schon gut. Aber, Himmel, laß das Kind nur auf einem Strand los, und es verschwindet. Ich dachte, du hättest vielleicht zufällig einen Freund getroffen.«

»Nein.« Deanna hielt einen Augenblick inne. »Ich bin nur spazierengegangen.« Sie hatte die Chance verpaßt, Kim von Ben zu erzählen. Aber was gab es da zu sagen? Daß sie einen Fremden am Strand getroffen und mit ihm über Malerei gesprochen hatte? Das hörte sich lächerlich an, kindisch oder schlimmer, dumm und unschicklich. Und als sie darüber nachdachte, stellte sie fest, daß sie die Geschichte für sich behalten wollte. Sie würde ihn sowieso niemals wiedersehen. Warum sich die Mühe einer Erklärung machen?

»Können wir zum Dinner gehen?«

»Von mir aus bestimmt.«

Sie gingen die beiden Blocks zum Pine Inn zu Fuß, lugten in die Schaufenster, plauderten über Freunde. Meistens sprach Kim, und das ließ Deanna Zeit für ihre eigenen Gedanken. Sie war neugierig auf den unbekannten Wyeth, von dem Ben angedeutet hatte, daß er ihn besitze. Ob er wirklich das Original hatte oder nur einen Druck?

Kam es darauf an? Nein, sagte sie zu sich selbst.

»Du bist schrecklich still heute abend, Deanna«, meinte Kim nach Beendigung der Mahlzeit. »Müde?«

»Ein bißchen.«

»Denkst du an Marc?«

»Ja.« Das war die einfachste Antwort.

»Wird er dich aus Athen anrufen?«

»Wenn er kann. Der Zeitunterschied macht es schwierig.« Und er schien dadurch furchtbar weit weg zu sein. In nur zwei Tagen war er Bestandteil einer anderen Welt geworden. Oder vielleicht kam das nur daher, daß sie hier in Carmel war. Zu Hause mit seinen Sachen und Büchern oder auf seiner Seite des Bettes war er ihr viel näher. »Was ist das für ein Mann, der Kunde, den du morgen triffst?«

»Ich weiß es nicht. Habe ihn noch nie gesehen. Er ist Kunsthändler. Die Thompson-Galerien. Ich wollte dich schon fragen, ob du Lust hast, zu unserer Verabredung mitzukommen. Sein Haus könnte dich interessieren. Ich habe gehört, er beherberge eine phantastische Sammlung in dem, was er sein ›Cottage‹ nennt.«

»Ich möchte dir nicht lästigfallen.«

»Das wirst du nicht.« Kimberly nickte ihr aufmunternd zu. Dann zahlten sie. Es war schon halb zwölf, und Deanna war froh, als sie ins Bett steigen konnte.

In der Nacht träumte sie von dem Fremden namens Ben.

Sie lag auf dem Rücken und überlegte sich schlaftrunken, ob sie aufstehen solle. Da läutete das Telefon. Deanna hatte Kim versprochen, sie zu begleiten, aber die Versuchung war groß, wieder einzuschlafen und dann noch einmal einen Spaziergang am Strand zu machen. Es beunruhigte sie, daß sie das so sehr lockte. Ihr war klar, warum sie an den Strand wollte, und es war ein fremdes, unbehagliches Gefühl, daß Ben ihr nicht aus dem Kopf ging. Wahrscheinlich würde sie ihn nie wiedersehen. Und was, wenn sie ihn wiedersah? Was dann? Das Telefon klingelte von neuem, und sie streckte die Hand aus und meldete sich.

»Erhebe dich, du schwacher Geist.« Das war Kim.

»Wie spät ist es?«

»Fünf Minuten nach neun.«

»O Gott. Nach meinem Gefühl ist es eher sieben oder acht.«

»Das ist es eben nicht, und unsere Verabredung ist um zehn. Steh auf! Ich bringe dir Frühstück.«

»Kann ich nicht den Zimmerdienst anrufen?«

»Das ist hier nicht das Ritz. Ich bringe dir Kaffee und ein Stück dänischen Kuchen.«

Plötzlich wurde Deanna bewußt, wie verwöhnt sie geworden war. Wenn sie Margaret und eins ihrer perfekten Frühstücke nicht hatte, war das schon eine Entbehrung. »Gut. Ein feines Frühstück. Ich bin in einer halben Stunde fertig.«

Sie duschte und frisierte sich und zog zu weißen Hosen einen Kaschmir-Pullover in sattem Kornblumenblau an. Es gelang ihr sogar, frisch und lebendig auszusehen, als Kim an die Tür klopfte.

»Himmel, du siehst hinreißend aus.« Kim reichte ihr eine dampfende Kaffeetasse und einen Teller.

»Du auch. Sollte ich etwas Geschäftsmäßigeres tragen? Du wirkst schrecklich erwachsen.« Kim hatte ein beigefarbenes Gabardine-Kostüm mit einer pflaumenfarbenen Seidenbluse an und einen sehr hübschen Strohhut auf. Eine kleine Strohtasche steckte unter ihrem Arm. »Du bist sehr schick.«

»Sieh nicht so erstaunt drein«, sagte Kim und ließ sich in einen Sessel fallen. »Ich hoffe, mit dem Mann läßt sich reden. Mir ist gar nicht danach zumute, an einem Samstagmorgen herumzustreiten.« Sie gähnte und sah zu, wie Deanna ihre Tasse leerte.

»Übrigens, wen soll ich darstellen? Deine Sekretärin oder deine Anstandsdame?« Deannas Augen funkelten über den Tassenrand.

»Keins von beidem, du Witzbold. Du bist einfach meine Freundin.«

»Wird er es nicht etwas seltsam finden, wenn du deine Freundin mitbringst?«

»Sein Pech, wenn er es tut.« Kim gähnte noch einmal und stand auf. »Wir sollten lieber gehen.«

»Jawohl, Chefin.«

Die Fahrt dauerte nur fünf Minuten. Deanna las Kim dabei die Anweisungen vor. Die Adresse war in einer hübschen Straße. Alle Häuser standen zurückgesetzt und versteckten sich hinter Bäumen. Als sie aus dem Wagen stiegen, sah Deanna, daß es ein kleines, nettes Haus war. Nicht prunkvoll und alles andere als angeberisch. Es hatte etwas Windgepeitschtes, Natürliches an sich. Ein kleiner schwarzer ausländischer Wagen war draußen geparkt, ein bequemes Fahrzeug, kein schönes. Kein Anzeichen wies darauf hin, daß die versprochene Bildersammlung eindrucksvoll oder einmalig sein würde. Doch das Innere des Hauses erzählte eine andere Geschichte. Eine kleine, saubere Frau in Schürze – offenbar eine Haushälterin – öffnete die Tür. Sie wirkte wie jemand, der ein- oder zweimal die Woche kommt, eher tüchtig als freundlich.

»Mr. Thompson sagt, Sie möchten in seinem Arbeitszimmer auf ihn warten. Er telefoniert oben – mit London.« Die letzten beiden Wörter setzte sie mißbilligend hinzu, als denke sie dabei an die entsetzlichen Kosten. Aber das Gespräch würde längst nicht so teuer kommen, dachte Deanna, wie die Gemälde an den Wänden. Sie betrachtete sie, während sie der Haushälterin in das Arbeitszimmer folgten, und war überwältigt. Der Mann hatte eine herrliche Sammlung englischer und früher amerikanischer Bilder. Keins davon hätte Deanna selbst gekauft, aber es war eine Freude, sie anzusehen. Sie wäre gern stehengeblieben, um jedes Stück zu studieren. Doch die Frau mit der Schürze manövrierte sie schnell und entschlossen in das Arbeitszimmer, maß sie mit einem finsteren Blick, murmelte: »Setzen Sie sich«, und zog sich an ihre Arbeit zurück.

»Mein Gott, Kim, hast du gesehen, was er an den Wänden hängen hat?«

Kimberly rückte ihren Hut zurecht. »Herrliche Sachen, nicht wahr? Nicht mein Geschmack, aber er hat ein paar sehr gute Bilder. Allerdings gehören sie nicht alle ihm.« Deanna hob fragend eine Augenbraue. »Er besitzt zwei Galerien. Eine in San Francisco und eine in Los Angeles. Ich nehme an, er leiht sich einige Bilder aus seinen Galerien. Aber was soll's, es sind gute Arbeiten.«

Deanna nickte schnell zustimmend und sah sich weiter um. Sie saßen in einem Raum mit einem breiten Panoramafenster, das aufs Meer hinausging. Ein einfacher Schreibtisch aus Fichtenholz, zwei Couches und ein Sessel. Wie das Äußere des Hauses und der bescheidene Wagen war, wirkte das Zimmer eher praktisch als eindrucksvoll. Aber die Kunstsammlung machte das mehr als wett. Sogar hier hatte er zwei sehr schöne, gut gerahmte Schwarzweiß-Zeichnungen aufgehängt. Deanna trat näher heran, um sich die Signaturen anzusehen. Dann drehte sie sich nach dem Gemälde um, das hinter ihr hing, der einzige Schmuck an einer völlig leeren weißen Wand. Noch bevor Deanna sich ihm ganz zugewandt hatte, keuchte sie auf. Es war das Gemälde – der Wyeth. Die Frau auf der Düne, das Gesicht teilweise versteckt, weil sie den Kopf auf die Knie gelegt hatte. Und auch Deanna erkannte, daß die Frau ihr verblüffend ähnlich sah. Die Länge und Farbe des Haares, die Form der Schultern, sogar die Andeutung eines Lächelns. Sie war umgeben von einem öden, feucht wirkenden Strand, und nur eine einsame Möwe leistete ihr im Vorüberfliegen Gesellschaft.

»Guten Morgen.« Sie hörte seine Stimme hinter sich, bevor sie eine Bemerkung zu dem Bild machen konnte. Überrascht begegneten ihre Augen den seinen. »Ich bin Ben Thompson. Miß Houghton?« Eine unausgesprochene Frage stand in seinen Augen. Deanna schüttelte schnell den Kopf und wies auf Kim, die mit ausgestreckter Hand und einem Lächeln vortrat.

»Ich bin Kimberly Houghton. Und das ist meine Freundin Deanna Duras. Wir haben so viel über Ihre Sammlung gehört, daß ich sie einfach mitbringen mußte. Sie ist selbst eine erstaunlich begabte Malerin, obwohl sie es nicht zugeben will.«

»Nein, das bin ich nicht!«

»Sehen Sie?« Kim lachte den gutaussehenden Mann an, der vor ihnen stand. Er mußte etwa Ende Dreißig sein, und er hatte außergewöhnlich schöne Augen.

Deanna schenkte ihnen beiden ein Lächeln und schüttelte den Kopf. »Wirklich, das bin ich nicht.«

»Wie gefällt Ihnen mein Wyeth?« Er fragte es Deanna gerade ins Gesicht, und sie spürte einen leise ziehenden Schmerz im Herzen.

»Es ist... ein sehr, sehr schönes Bild. Aber das wissen Sie bereits.« Sie merkte, daß sie bei diesen Worten errötete. Sie war sich nicht sicher, was sie sagen sollte. Sollte sie zugeben, daß sie ihn bereits kennengelernt hatte? Sollte sie so tun, als habe die Begegnung nicht stattgefunden? Wie würde er sich entscheiden?

»Es gefällt Ihnen also?« Sein Blick hielt ihren fest, und es wurde ihr warm.

»Sehr.« Er nickte erfreut. Und dann verstand sie. Er würde nichts über den gestrigen Abend am Strand sagen. Sie setzten sich, und Deanna lächelte vor sich hin. Es war ein eigentümliches Gefühl, daß sie ein Geheimnis miteinander teilten, und noch eigentümlicher war das Wissen, daß sie den »neuen Kunden« vor Kim kennengelernt hatte.

»Meine Damen, Kaffee?« Beide nickten, und er trat in die Diele hinaus und rief die Haushälterin. »Ein Kaffee mit Milch, zwei schwarze.« Grinsend kehrte er zurück. »Entweder werden alle drei Tassen mit Milch oder alle schwarz sein. Mrs. Meacham ist niemals einverstanden. Mit nichts, für sie ist alles Unsinn, sei es Kaffee, Besuch oder meine eigene Person. Aber ich kann mich darauf verlassen, daß sie das Haus sauberhält, wenn ich fort bin. Ihrer Meinung nach ist all dies Zeug Unsinn.« Seine Handbewegung rings um den Raum schloß den Wyeth und die beiden Zeichnungen ebenso ein wie die Bilder, die sie auf dem Weg hierher gesehen hatten. Kim und Deanna mußten beide lachen.

Der Kaffee kam, und alle drei Tassen waren schwarz. »Perfekt. Danke.« Er lächelte die Haushälterin jungenhaft an, und sie zog sich wieder zurück. »Miß Houghton ...?«

»Kimberly, bitte.«

»Okay, Kimberly, haben Sie unsere Anzeigen des letzten Jahres gesehen?« Sie nickte. »Was halten Sie davon?«

»Nicht genug Stil. Nicht der richtige Pfiff. Nicht auf die Zielgruppe gerichtet, die Sie ansprechen wollen.«

Er nickte, aber seine Augen wanderten immer wieder zu Deanna zurück, die den Wyeth hinter ihm in sich einsog. Sein Gesichtsausdruck verriet jedoch nichts, und seine Worte zeigten, daß er wußte, was er von Kim wollte. Er war schnell, witzig, scharfsinnig und sehr sachlich, und die Besprechung war in weniger als einer Stunde beendet. Kim versprach, ihm innerhalb von zwei Wochen neue Entwürfe vorzulegen.

»Wird Deanna als Etat-Beraterin tätig sein?« Es war schwer zu entscheiden, ob er scherzte. Deanna schüttelte energisch den Kopf und hob abwehrend die Hand.

»Guter Gott, nein. Ich habe keine Ahnung, wie Kims unheimliche Einfälle zustande kommen.«

»Blut, Schweiß und eine Menge schwarzer Kaffee.« Kimberly grinste.

»Was malen Sie?« Wieder sah er Deanna an, mit den gleichen freundlichen Augen wie gestern abend am Strand.

Ihre Stimme war sehr leise. »Stilleben, junge Mädchen. Die üblichen impressionistischen Themen.«

»Und Mütter mit kleinen Kindern auf den Knien?« neckte er.

»Nur einmal.« Sie hatte ein Porträt von sich selbst und Pilar gemalt. Ihre Schwiegermutter hatte es in der Pariser Wohnung aufgehängt und dann für das nächste Dutzend Jahre ignoriert.

»Ich würde gern etwas von Ihrer Arbeit sehen. Stellen Sie aus?« Wieder verriet er nichts von ihrem gestrigen Gespräch. Deanna fragte sich, warum.

»Nein. Ich habe seit Jahren nicht ausgestellt. Ich bin noch nicht soweit.«

»Also, das ist Unsinn, um den Ausdruck Ihrer Haushälterin zu benutzen.« Kimberly sah erst Ben Thompson und dann Deanna an. »Du mußt ihm deine Bilder zeigen.«

»Sei nicht dumm.« Deanna wandte verlegen das Gesicht ab. Zu viele Jahre hatte sich niemand um ihre Bilder gekümmert. Nur Marc und Pilar, und dann und wann Kim. »Eines Tages, aber jetzt noch nicht. Trotzdem, danke.« Ihr Lächeln dankte ihm für sein Schweigen ebenso wie für seine Freundlichkeit. Seltsam, daß auch er wünschte, ihr Zusammentreffen am Strand geheimzuhalten.

Die Unterhaltung fand ein Ende mit den üblichen Höflichkeiten und einer kurzen Besichtigung seiner Sammlung, die unter dem bussardähnlichen Starren der fegenden Haushälterin durchgeführt wurde. Kimberly versprach, ihn in der nächsten Woche anzurufen.

Es gab beim Abschied kein Zeichen für Deanna, keinen verlängerten Händedruck, keine Botschaft in seinen Augen, nur die Freundlichkeit, die sie bereits gesehen hatte, und das Lächeln, das er ihnen schenkte, als er die Tür schloß.

»Was für ein netter Kerl!« Kimberly startete den kleinen M. G. Der Motor hustete und erwachte dann zum Leben. »Es wird ein Vergnügen sein, mit ihm zu arbeiten. Meinst du nicht auch?«

Deanna nickte nur. Sie versank in Gedanken, bis Kim mit quietschenden Reifen vor dem Hotel bremste.

»Warum, zum Teufel, willst du ihm deine Arbeiten nicht zeigen?« Deannas Zurückhaltung hatte Kim schon immer geärgert. Auf der Kunstakademie war Deanna die einzige mit wirklich bemerkenswertem Talent gewesen, und sie war auch die einzige, die ihr Licht seit beinahe zwanzig Jahren unter den Scheffel stellte. Die anderen hatten alle versucht, bekannt zu werden, und hatten letzten Endes versagt.

»Das habe ich dir doch gesagt. Ich bin noch nicht soweit.«

»Quatsch! Wenn du Ben nicht selbst anrufst, werde ich ihm deine Nummer geben. Es ist Zeit, daß du etwas wegen dieses Bergs von Meisterwerken, die in deinem Atelier mit dem Gesicht zur Wand stehen, unternimmst. Das ist ein Verbrechen, Deanna. Es ist einfach nicht recht. O Gott, wenn ich daran denke, was ich für Schund gemalt und wie ich mir dann ein Bein ausgerissen habe, ihn zu verkaufen –«

»Es war kein Schund.« Deanna sah sie liebevoll an. Aber Kims Malerei war auch nicht sehr gut gewesen. Sie war viel besser darin, Werbekampagnen, Schlagzeilen und Layouts zu entwerfen.

»Es war Schund, und das kümmert mich nicht einmal mehr. Mir macht Spaß, was ich jetzt tue. Aber was ist mit dir?«

»Mir macht ebenfalls Spaß, was ich tue.«

»Und was ist das?« Kimberly wurde langsam bitter, und ihre Stimme verriet ihre Empfindungen. So endete es immer, wenn sie über Deannas Arbeit sprachen. »Was tust du denn eigentlich?«

»Das weißt du doch. Ich male, ich sorge für Marc und Pilar, ich führe das Haus. Ich bin immer beschäftigt.«

»Ja, mit der Sorge für alle anderen. Und du selbst? Würde es dir nichts geben, deine Bilder in einer Galerie und nicht nur im Büro deines Mannes hängen zu sehen?«

»Es kommt nicht darauf an, wo sie hängen.« Deanna wagte es nicht, Kim zu gestehen, daß sie sich nicht einmal mehr in Marcs Büro befanden. Er hatte vor sechs Monaten einen neuen Innendekorateur engagiert, der Deannas Bilder für »schwach und deprimierend« erklärte und alle abnehmen ließ. Marc hatte sie mit nach Hause gebracht, einschließlich eines kleinen Porträts von Pilar, das jetzt in der Diele hing. »Für mich kommt es darauf an, Bilder zu malen, nicht sie auszustellen.«

»Das ist, als spiele man auf einer Geige ohne Saiten. Um Himmels willen, das ist doch sinnlos!«

»Für mich nicht.« Deanna war sanft, aber fest. Kopfschüttelnd stieg Kimberly aus dem Wagen.

»Nun, ich halte dich für verrückt, aber ich liebe dich trotzdem.« Damit betraten sie beide das Hotel.

Der Rest ihres Aufenthalts ging viel zu schnell vorbei. Sie stöberten in den Läden, und noch einmal nahmen sie das Dinner im Pine

Inn. Am Sonntagnachmittag ging Deanna wieder am Strand spazieren. Sie wußte, wo Ben jetzt war, wußte es, als sie das hinter den Bäumen versteckte Haus erblickte. Sie wußte, wie nahe sie dem Wyeth war. Dann ging sie weiter. Sie sah ihn nicht wieder, und sie ärgerte sich über sich selbst, weil sie sich gefragt hatte, ob er wohl am Strand sein würde. Warum sollte er? Und was hätte sie gesagt, wenn er dagewesen wäre? Ihm danken, daß er Kimberly nichts von ihrer Bekanntschaft verraten hatte? Spielte das irgendeine Rolle? Sie würde ihn doch nie wiedersehen.

5

Als das Telefon läutete, war sie bereits in ihrem Atelier und rückte von der Leinwand ab, um die Arbeit dieses Morgens kritisch zu betrachten. Es war eine Vase mit Tulpen, deren Blätter auf einen Mahagonitisch hingen, der Hintergrund ein Fenster, durch das man den blauen Himmel sah.

»Deanna?« Es war seine Stimme, und sie erschrak.

»Ben? Woher haben Sie meine Nummer?« Das Blut stieg ihr heiß in die Wangen, und sofort ärgerte sie sich über ihre Empfindungen. »Kim?«

»Natürlich. Sie sagt, wenn ich Ihre Bilder nicht ausstelle, wird sie unseren Etat sabotieren.«

»Das hat sie nicht gesagt!« Deanna lachte, und die Röte in ihrem Gesicht vertiefte sich.

»Nein. Sie hat nur gesagt, Sie seien sehr gut. Ich mache Ihnen einen Vorschlag: Ich tausche meinen Wyeth gegen eins Ihrer Bilder.«

»Sie sind verrückt. Und Kim auch!«

»Warum lassen Sie mich nicht selbst urteilen? Darf ich um die Mittagszeit vorbeikommen?«

»Heute? Jetzt gleich?« Sie blickte auf die Uhr und schüttelte den Kopf. Es war bereits elf vorbei. »Nein!«

»Ich weiß. Sie sind noch nicht soweit. Das sind Künstler nie.« Die Stimme klang so freundlich wie am Strand.

Deanna starrte auf das Telefon. »Wirklich, ich kann nicht.« Es war fast ein Flüstern.

»Morgen?« Nicht drängend, aber fest.

»Ben, wirklich... das ist es nicht. Ich...« Sie begann zu stammeln und hörte ihn lachen.

»Bitte. Ich möchte Ihre Bilder zu gern sehen.«

»Warum?« Gleich darauf kam ihr die Frage dumm vor.

»Weil ich Sie mag. So einfach ist das. Verstehen Sie das?«

»Mehr oder weniger.« Sie wußte nicht, was sie sonst noch sagen sollte.

»Bereiten Sie gerade den Lunch vor?«

»Nein.« Wieder seufzte sie traurig.

»Das hört sich so hoffnungslos an. Ich verspreche, keine Pfeile auf Ihre Bilder zu werfen. Ehrlich. Vertrauen Sie mir.«

Seltsam, das tat sie. Sie vertraute ihm. Es lag an der Art, wie er sprach, und an dem Ausdruck seiner Augen, wie sie ihn im Gedächtnis hatte. »Na gut. Dann um zwölf.«

Niemand, der zur Guillotine ging, hatte je ebenso entschlossen gesprochen. Ben Thompson hängte auf. Er lächelte vor sich hin.

Pünktlich um zwölf war er da. Mit einem französischen Weißbrot, einem großen Eck Brie-Käse und einem halben Dutzend Pfirsichen sowie einer Flasche Weißwein.

»Reicht das?« fragte er und breitete seine Schätze auf ihrem Schreibtisch aus.

»Mehr als das. Aber Sie hätten wirklich nicht kommen sollen.« Deanna wirkte bestürzt. Sie trug Jeans und ein farbenbekleckstes Hemd. Das Haar war zu einem lockeren Knoten aufgesteckt. »Ich hasse es, meine Arbeiten zeigen zu müssen«, sagte sie nervös und sah ihn traurig an. Er hielt kurz damit inne, die Pfirsiche zu arrangieren.

»Deanna, ich wollte Ihre Bilder wirklich gern sehen. Doch es kommt überhaupt nicht darauf an, was ich denke. Kim sagt, sie seien gut. Sie wissen, daß sie gut sind. Am Strand haben Sie mir erzählt, Malen sei Ihr Leben. Damit spielt man nicht. Ich würde es gar nicht erst versuchen.« Er machte eine Pause, und dann fuhr er milder fort: »Sie haben ein paar der Bilder, die ich liebe, in meinem Cottage in Carmel gesehen. Das liegt mir am Herzen. Ihre Bilder liegen Ihnen am Herzen. Wenn Ihnen mein Wyeth gefällt, macht es mich glücklich, aber wenn nicht, verliert er für mich nichts von seiner Schönheit. Nichts, was ich sehe, wird Ihrer Arbeit etwas wegnehmen. Die kann durch nichts berührt werden.«

Sie nickte stumm. Dann ging sie langsam zur Wand, wo zwanzig Gemälde standen, versteckt und unbeachtet. Eins nach dem anderen drehte sie wortlos um. Sie sah ihn nicht an, bis er schließlich sagte: »Halt.« Überrascht blickte sie auf. Er lehnte an ihrem Schreibtisch. In seinen Augen war ein Ausdruck, den sie nicht verstand.

»Haben Sie irgend etwas empfunden, als Sie den Wyeth sahen?« Er musterte ihr Gesicht und hielt ihren Blick fest.

Deanna nickte. »Eine Menge.«

»Was?«

Sie lächelte. »Erst die Überraschung, als mir klar wurde, daß ich mich in Ihrem Haus befand. Und dann eine Art Ehrfurcht, eine Freude, das Gemälde sehen zu dürfen. Ich fühlte mich von der Frau angezogen, als sei sie jemand, den ich kenne. Ich glaube, ich verstand alles, was Wyeth mir sagen wollte. Einen Augenblick lang war ich von seiner Botschaft verzaubert.«

»Wie ich es von Ihrer bin. Haben Sie eine Ahnung, wieviel Sie in diese Bilder hineingelegt haben oder wie schön sie sind? Wissen Sie, was es für mich bedeutet, jedesmal, wenn Sie eine Leinwand umdrehen, von einer Stimmung erreicht und angezogen zu werden? Die Bilder sind unglaublich, Deanna. Wissen Sie nicht, wie gut sie sind?« Er lächelte sie an. Sie spürte ihr Herz in der Brust klopfen.

»Ich liebe sie. Aber das ist, weil sie mein sind.« Sie glühte jetzt. Er hatte ihr das höchste Geschenk gemacht, und sie wußte, jedes Wort war ihm ernst. Es war so lange her, daß irgendwer ihre Bilder gesehen – und sich dafür interessiert hatte.

»Die Bilder sind nicht nur die Ihren, sie sind Sie selbst.« Er trat näher an eine Leinwand heran und betrachtete sie schweigend. Das Gemälde zeigte ein junges Mädchen, das sich über eine Badewanne beugte – Pilar.

»Das da ist meine Tochter.« Jetzt hatte sie Freude an seinem Interesse. Sie wünschte sich, mehr mit ihm zu teilen.

»Es ist ein wunderschönes Stück Arbeit. Zeigen Sie mir mehr.«

Sie zeigte ihm alle anderen. Als sie fertig war, krähte sie beinahe vor Vergnügen. Ihre Bilder gefielen ihm, er lobte sie! Er verstand ihre Arbeit. Sie hätte ihm gern die Arme um den Hals geschlungen und gelacht.

Ben öffnete die Weinflasche. »Ihnen ist doch klar, was das bedeutet, nicht wahr?«

»Was?« Es alarmierte sie ein bißchen, aber nicht sehr.

»Ich werde Sie verfolgen, bis Sie einen Vertrag mit der Galerie unterschreiben. Wie ist es damit?«

Sie lächelte ihn an, aber sie schüttelte den Kopf. »Ich kann nicht.«

»Warum nicht?«

»Das ist nichts für mich.« Und Marc würde einen Anfall bekommen. Er würde es für kommerziell und vulgär halten – obwohl die Thompson-Galerie für alles andere als Vulgäres bekannt war und Bens Familie in der Welt der Kunst seit Jahren einen guten Ruf genoß. Deanna hatte nachgeschlagen, als sie von Carmel zurückkam. Sein Großvater hatte eine der besten Galerien in London besessen und sein Vater in New York. Ben Thompson hatte freie Bahn in der Welt der Kunst, auch wenn er erst achtunddreißig Jahre alt war. Das hatte sie ebenfalls gelesen. »Wirklich, Ben, ich kann nicht.«

»Zum Teufel, Sie können. Hören Sie, seien Sie nicht so stur. Kommen Sie in die Galerie, und sehen Sie sich um. Sie werden sich viel besser fühlen, wenn Sie wissen, was ich ausstelle.« Plötzlich wirkte er sehr jung, und Deanna lachte. Sie wußte, was in seiner Galerie hing, auch das hatte sie recherchiert. Pissarro, Chagall, Cassatt, ein sehr kleiner Renoir, ein herrlicher Monet, einige Corots. Auch ein paar sorgfältig versteckte Pollocks, ein Dali und ein de Kooning, den er selten zeigte. Die besten waren vertreten. Und dazu ein paar gute ausgewählte, unbekannte junge Künstler, denen er sie zugesellen wollte. Was konnte sie mehr verlangen? Aber was sollte sie Marc erzählen? – Ich mußte einfach. Er bat mich darum. Ich wollte...

»Nein.« Marc würde es einfach nicht verstehen und Pilar auch nicht. Sie würde es für eine anstößige Prahlerei halten. »Sie verstehen mich nicht.«

»Da haben Sie recht.« Er hielt ihr ein Stück französisches Weißbrot mit Käse hin. Zweiundzwanzig Gemälde in diesem Raum verteilt. Und jedes einzelne hatte ihn überwältigt. Strahlend nahm Deanna das Brot in Empfang.

»Ich habe noch dreißig weitere auf dem Dachboden. Und fünf sind drüben bei Kim.«

»Sie sind verrückt.«

»Nein, bin ich nicht.«

Er reichte ihr einen Pfirsich. »Doch, das sind Sie. Aber ich nehme es Ihnen nicht übel. Möchten Sie nicht zu einer Vernissage kommen, die wir morgen abend veranstalten? Das kann doch nichts schaden, stimmt's? Oder fürchten Sie sich auch davor?« Er zog sie jetzt auf, und sie war sich nicht sicher, ob es ihr gefiel.

»Wer sagt, ich hätte Angst?« Sie sah sehr jung aus, als sie in den saftigen Pfirsich biß und dann lächelte.

»Ich glaube, es gibt keine andere Erklärung für Ihre Weigerung. Welchen anderen Grund könnte es geben, daß Sie nicht ausstellen wollen?«

»Weil ich keinen Sinn darin sehe.«

»Ihre Einstellung hat keinen Sinn.« Aber mittlerweile lachten sie beide und waren bei ihrem dritten Glas Wein angelangt. »Ich mag Sie trotzdem«, verkündete er. »Ich bin daran gewöhnt, mit Wahnsinnigen wie Ihnen zu verhandeln.«

»Ich bin nicht wahnsinnig, nur hartnäckig.«

»Und Sie sehen genau wie mein Wyeth aus. Haben Sie das bemerkt?« Wieder fühlte sie das Ziehen in ihrem Herzen. Er stellte sein Glas ab. Sie zögerte kurz, dann nickte sie.

»Ja.«

»Nun kann ich Ihre Augen sehen.« Er hielt ihren Blick lange fest, dann wandte er das Gesicht ab. Es waren genau die Augen, die er sich bei der Frau auf dem Bild vorgestellt hatte. »Sie haben wunderschöne Augen.«

»Sie auch.« Ihre Stimme war wie eine sanfte Brise in dem Raum, und beide dachten sie an ihren Spaziergang in Carmel.

Eine Weile sagte er nichts mehr. Er saß nur da und betrachtete ihre Bilder. »Sie sagten, das sei Ihre Tochter. Ist das wirklich wahr?« Wieder sah er sie forschend an, wollte mehr wissen.

»Ja. Sie ist beinahe sechzehn. Ihr Name ist Pilar. Und sie ist sehr, sehr hübsch. Noch hübscher als auf dem Bild. Ich habe mehrere von ihr gemalt.« Wehmütig dachte sie an das eine, das Marcs Innendekorateur in die Diele verbannt hatte. »Einige davon sind ganz gut.« Sie sprach jetzt völlig ungezwungen mit ihm, gab zu, ihre eigenen Bilder zu mögen.

»Wo ist sie? Nicht hier?«

»Nein.« Deanna sah ihn lange an. »In Südfrankreich. Ihr... mein

Mann ist Franzose.« Sie hätte ihm gern erzählt, daß auch Marc fort war, daß er in Griechenland war, aber das kam ihr wie Verrat vor. Warum wollte sie es ihm erzählen? Was wollte sie von diesem Mann? Er hatte ihr bereits versichert, daß ihre Bilder ihn ansprachen. Konnte sie mehr verlangen? Fast hätte sie ihn gefragt, ob er verheiratet sei. Aber auch das schien ihr nicht richtig. Kam es auf diese Dinge an? Er war hier, um sich ihre Arbeiten anzusehen. Ganz gleich, wie freundlich diese tiefen, meergrünen Augen blickten.

»Wissen Sie –« er sah bedauernd auf seine Uhr, »– ich sage es ungern, aber ich muß zur Arbeit. Um drei habe ich einen Termin im Büro.«

»Um drei?« Ihr Blick flog zu der Wanduhr. Es war bereits Viertel vor. »Schon? Wie ist die Zeit so schnell vergangen?« Nun, sie hatten sich einen großen Teil ihrer Bilder angesehen. Deanna stand auf.

»Sie kommen doch morgen abend zu der Vernissage?« Seine Augen sagten ihr, daß er es sich wünschte. Sie war sich nicht sicher, warum.

»Ich will es versuchen.«

»Bitte, Deanna. Ich würde mich freuen.« Er berührte kurz ihren Arm, sah sich noch einmal mit anerkennendem Lächeln in dem Atelier um und sprang dann die Stufen hinunter. »Ich finde hinaus. Bis morgen!« klang es zurück. Deanna ließ sich in den gemütlichen weißen Sessel sinken und hielt Umschau. Da waren vier oder fünf Bilder von Pilar, aber keins von Marc. Einen Augenblick voller Panik konnte sie sich nicht mehr an sein Gesicht erinnern.

6

Deanna parkte den dunkelblauen Jaguar gegenüber der Galerie und ging langsam auf die andere Straßenseite. Sie war sich immer noch nicht sicher, ob sie das Haus betreten sollte, ob es klug war, ob es einen Sinn hatte. Wenn nun Kim da war? Dann würde sie sich dumm vorkommen. Und was, wenn... aber dann dachte sie an seine Augen und schob die schwere Glastür auf.

Zwei Kellner in schwarzen Jacketts standen an der Tür und schenkten abwechselnd Scotch und Champagner aus. Eine hübsche junge Frau begrüßte die Gäste, die alle entweder gutbetucht oder künstlerisch aussahen. Deanna merkte schnell, daß die Arbeiten eines älteren Mannes ausgestellt wurden. Er war umringt von seinen Freunden und blickte siegesbewußt und stolz drein. Die Gemälde waren gut gehängt und erinnerten an van Gogh. Und dann sah sie Ben. Er stand in der hinteren Ecke des Raums und sah in einem marineblauen Nadelstreifen-Anzug sehr gut aus. Seine Augen folgten ihr, und sie sah ihn lächeln und sich geschickt von der Gruppe lösen, mit der er gesprochen hatte. Im nächsten Augenblick war er bei ihr.

»Sie sind also gekommen? Ich freue mich.« Für einen Augenblick standen sie da und sahen sich an, und Deanna spürte, daß sie lächelte. Es war ein Lächeln, das sie nicht hätte unterdrücken können. Sie war glücklich, ihn wiederzusehen. »Champagner?«

»Danke.« Sie nahm ein Glas von einem Tablett, das ein Kellner ihr entgegenhielt. Ben faßte sie behutsam am Ellenbogen.

»Es ist etwas in meinem Büro, das ich Ihnen zeigen möchte.«

»Radierungen?« Sie errötete und murmelte: »Das hätte ich nicht sagen sollen.«

»Warum nicht?« Er mußte lachen. »Aber nein, es ist ein ganz kleiner Renoir, den ich gestern abend gekauft habe.«

»Mein Gott, wo haben Sie ihn her?« Sie folgte ihm einen langen Flur hinunter, der mit einem beigefarbenen Läufer ausgelegt war.

»Ich habe ihn aus einer Privatsammlung gekauft. Ein wundervoller alter Mann. Er sagt, er habe ihn nie leiden können. Gott sei Dank, deshalb habe ich ihn zu einem unglaublichen Preis bekommen.« Er schloß die Bürotür auf und trat schnell ein. An der gegenüberliegenden Wand lehnte das Aktbild eines entzückend zarten Mädchens in dem Stil, der einen Blick auf die Signatur überflüssig machte. »Ist sie nicht hübsch?« Er betrachtete das Gemälde wie ein Kind, auf das er unerträglich stolz war, und Deanna lächelte über das Licht in seinen Augen.

»Sie ist wundervoll.«

»Ich danke Ihnen.« Nun richteten sich seine Augen fest auf Deanna, als wolle er noch etwas sagen. Er tat es jedoch nicht. Statt dessen forderte er sie mit einem Blick und einem Lächeln auf, sich umzusehen. Es hing ein zweiter, bekannter, Andrew Wyeth über seinem Schreibtisch.

»Mir gefällt dieser auch. Aber nicht so sehr wie der andere.«

»Mir geht es genauso.« Ihre Gedanken wanderten auf der Stelle nach Carmel zurück. Das Schweigen wurde durch ein Klopfen an der Tür unterbrochen. Die junge Frau, die am Eingang die Gäste begrüßt hatte, winkte Ben aus dem Korridor zu. »Hallo, Sally. Was ist los? Oh, das ist Deanna Duras, die bald zu unseren jungen Künstlern gehören wird.«

Sallys Augen wurden groß. Sie trat näher und schüttelte Deanna erfreut die Hand. »Was für gute Neuigkeiten!«

»Halt, halt, nicht so schnell!« Deanna sah Ben verlegen an. »Das habe ich nicht gesagt.«

»Nein, aber ich hoffe, daß Sie es sagen werden. Sally, erzählen Sie ihr, daß wir großartig sind, daß wir unsere Künstler nie betrügen, nie Bilder verkehrt herum aufhängen und nie Schnurrbärte auf Aktbilder malen.«

Jetzt lachte Deanna. Sie meinte kopfschüttelnd: »In dem Fall ist das nicht die richtige Galerie für mich. Ich habe mir schon immer gewünscht, einen Schnurrbart auf einem meiner Akte zu sehen, und hatte nur nicht den Mut, ihn selbst draufzumalen.«

»Lassen Sie uns das für Sie tun.« Ben führte sie, immer noch lächelnd, in den Flur zurück und begann Sally auszufragen. Es waren bereits drei Käufer dagewesen, und sie hatte mit Ben über den Preis eines der Gemälde sprechen wollen. Der Maler verlangte mehr.

»Ich sage ihm, daß wir das bei einem anderen Bild ausgleichen werden. Dem Preis für dies eine hatte er bereits zugestimmt. Gott segne Gustave – ihm verdanke ich alle meine grauen Haare.«

»Ganz zu schweigen von meinen.« Sally wies auf ihren jungfräulich blonden Kopf und verschwand wieder in der Menge. Ben begann, Deanna den Gästen vorzustellen. Es verwunderte sie, daß sie sich ganz wie zu Hause fühlte, als sie durch die Galerie wanderte und Maler und Sammler kennenlernte. Und es verwunderte sie, daß sie Kim nicht sah. Dann trat Ben wieder zu ihr, und sie fragte ihn.

»Ist Kim nicht hier? Ich dachte, sie würde kommen.«

»Nein. Anscheinend reißt sie sich wegen einer neuen Joghurt-Anzeige die Haare aus. Ehrlich gesagt, mir ist es nur recht, wenn sie uns nicht durcheinanderbringt. Besser, sie hat ihr Gehirn von dem Joghurt freigemacht, bevor sie sich in die Kunst stürzt. Finden Sie nicht auch?« Er reichte Deanna ein weiteres Glas Champagner, und sie lachte. »Wissen Sie«, fuhr er fort, »ich habe den gestrigen Tag sehr genossen. Ihre Arbeiten sind außerordentlich gut. Und ich werde nicht aufhören, Sie zu drängen, bis Sie ›Ja‹ gesagt haben.«

Deanna lächelte ihm über ihr Champagnerglas zu. Ehe sie protestieren konnte, wurden sie von mehreren Sammlern unterbrochen, die mit Ben sprechen wollten. Er hatte fast die ganze Zeit bis neun Uhr alle Hände voll zu tun mit ihnen.

Deanna schlenderte durch die Galerie, beobachtete potentielle Käufer und bewunderte Gustaves Arbeiten. Sie war gerade vor einem seiner Gemälde stehengeblieben, als sie eine bekannte Stimme hinter sich hörte. Überrascht drehte sie sich um.

»Studieren Sie die Technik, Deanna?«

»Jim!« Sie sah in die lachenden irischen Augen. »Was tun Sie denn hier?«

»Fragen Sie mich nicht. Ich bilde mich.« Er machte eine vage Handbewegung zu einer Gruppe von Leuten an der Tür hin. »Sie haben mich hergezerrt. Aber erst nach mehreren steifen Drinks.«

»Ein Kunstliebhaber bis in die Knochen.« Sie zeigte ihm ihr übliches freundliches Lächeln, aber tief in ihrem Inneren spürte sie Unbehagen. Jim Sullivan hatte sie nicht hier treffen wollen. Sie war gekommen, um Ben zu sehen… oder nur die Galerie? Sie war sich nicht ganz sicher, und vielleicht merkte Jim etwas davon. Vielleicht entdeckte er eine Veränderung in ihrem Gesicht, in ihren Augen, in ihrer Seele. Als habe er sie bereits zur Verteidigung gezwungen, griff sie nach einem vertrauten Thema. »Haben Sie von Marc gehört?«

Er musterte ihr Gesicht. »Sie?«

Deanna schüttelte den Kopf. »Einen Tag nach seiner Abreise erhielt ich ein Telegramm, er habe nicht anrufen können, weil es die falsche Zeit gewesen sei. Und dann bin ich für das Wochenende nach Carmel gefahren. Mit Kim«, setzte sie schnell und überflüssigerweise hinzu. »Vielleicht hat er da versucht, mich zu erreichen. Ich nehme an, er ist mittlerweile in Athen.«

Sullivan nickte und spähte zu seinen Freunden hinüber. Deanna folgte seinem Blick und entdeckte sofort ein atemberaubend schönes Mädchen mit kastanienfarbenem Haar in einem schimmernden Silberkleid. Jims Mannequin – das mußte sie sein.

»Ja, er wird in Athen stecken«, sagte Jim. »Und ich muß weiter,

Schatz.« Er küßte ihre Wange, und dann schien ihm plötzlich etwas einzufallen. Er trat einen Schritt zurück und musterte sie noch einmal. »Haben Sie Lust, mit uns zum Dinner zu gehen?«

Sofort schüttelte sie den Kopf. »Ich – ich kann nicht... ich muß nach Hause... wirklich. Aber vielen Dank.« Verdammt. Warum fühlte sie sich so verlegen? Sie hatte nichts zu verbergen. Jim allerdings schien keine Veränderung an ihr bemerkt zu haben. Warum sollte er auch? Was hatte sich verändert?

»Sind Sie sicher?«

»Völlig.«

»Na gut. Ich rufe Sie an.« Er küßte sie erneut auf die Wange und gesellte sich wieder seinen Freunden zu. Einen Augenblick später waren sie gegangen. Deanna sah ihnen geistesabwesend nach. Er hatte ihr keine Antwort gegeben, ob er von Marc gehört habe oder nicht. Statt dessen hatte er ihr die Gegenfrage gestellt, ob sie Nachricht von ihm habe. Deanna fragte sich, warum.

»Sie blicken schrecklich ernst drein, Deanna. Denken Sie daran, daß Sie unsern Vertrag unterschreiben wollen?« flüsterte Ben nekkend, und sie drehte sich lächelnd zu ihm um. Sie hatte nicht gemerkt, daß er neben sie getreten war.

»Nein. Ich dachte daran, daß ich nach Hause gehen müßte.«

»Schon? Seien Sie nicht dumm. Außerdem haben Sie noch nicht gegessen.« Er sah sie forschend an. »Kann ich Sie für ein Dinner begeistern? Oder hätte Ihr Mann etwas dagegen?«

»Kaum. Er ist den Sommer über in Griechenland.« Ihre Blicke begegneten sich und hielten sich fest. »Ein Dinner wäre herrlich.« Warum nicht? Deanna verbannte Jim Sullivan entschlossen aus ihren Gedanken.

Ben gab Sally durch ein Zeichen zu verstehen, daß er ging. Unbemerkt von den letzten Besuchern traten sie durch die Glastür in den kühlen Sommernebel hinaus. »Manchmal erinnert mich das an London«, sagte Ben. »Als Kind habe ich dort regelmäßig meinen Großvater besucht. Er war Engländer.«

Deanna lachte, weil er seinen Großvater als Unbekannten hinstellte. »Ja, ich weiß.«

»Sind Sie mit Ihrem Wagen gekommen?« erkundigte sich Ben. Deanna wies auf den dunkelblauen Jaguar. »Ach du meine Güte. Ich bin beeindruckt. Ich selbst fahre einen kleinen ausländischen Wagen, von dem hier noch kein Mensch gehört hat. Er läuft praktisch ohne Benzin und bringt mich an jeden gewünschten Ort. Schämen Sie sich, wenn man Sie in einem so einfachen Fahrzeug sieht? In dem Fall nehmen wir Ihres.« Einen Augenblick war es ihr peinlich, mit Marcs Wagen gekommen zu sein, aber sie nahm ihn immer, wenn sie des Abends ausging. Es war reine Gewohnheit.

»Ich möchte viel lieber in Ihrem Wagen fahren.«

»Ins L'Etoile?« Er fragte es zögernd, tastend.

»Ich würde ein Lokal vorziehen, das Ihrem Wagen ähnlicher ist. Ruhig und einfach.« Ben freute sich, und Deanna lachte. »Ich vermute, Sie verabscheuen Pracht – ausgenommen in der Kunst.«

»Genau. Außerdem würde meine Haushälterin kündigen, wenn ich eines Tages in einem Rolls-Royce vorführe. Sie entrüstet sich schon über all den ›Unsinn‹ an den Wänden. Einmal hängte ich einen wunderschönen französischen Akt auf, und sie nahm ihn ab, sobald ich Carmel verlassen hatte. Als ich zurückkehrte, fand ich das Bild eingewickelt in ein Bettlaken. Ich mußte es wieder in die Stadt mitnehmen.« Er öffnete die Wagentür und hielt sie für Deanna auf.

Ben führte Deanna in ein kleines italienisches Restaurant, das sich in einer Seitenstraße nahe der Bucht versteckte. Fast den ganzen Abend sprachen sie über Malerei. Sie erzählte ihm von den Jahren, in denen sie mit ihrem Vater Europa und die Vereinigten Staaten bereiste und sich überall, wo sie hinkamen, den Museen widmete, und er erzählte ihr, wie er den Kunsthandel bei seinem Großvater und dann bei seinem Vater erlernt und bei großen Auktionen in London und Paris und New York zugesehen habe. »Aber ich hätte nie gedacht, daß ich diesen Beruf selbst ergreifen würde.«

»Warum nicht?«

»Ich wollte etwas Interessanteres, zum Beispiel Rodeo-Reiter oder Spion, werden. Der Spion war mindestens bis zu meinem neunten Lebensjahr mein Ziel, aber mein Großvater bestand darauf, daß das nicht respektabel sei. Manchmal bin ich mir nicht ganz sicher, ob unser Geschäft es ist. Und als ich ins College ging, wollte ich einer dieser Männer werden, die Fälschungen in der Malerei entdecken. Ich studierte das Gebiet eine Zeitlang, aber die Fälschungen drehten mir immer eine Nase. Ich hoffe, jetzt leiste ich Besseres.«

Deanna lächelte. Nach dem Eindruck, den die Galerie und das Haus in Carmel machten, war sie überzeugt davon.

»Sagen Sie mir«, fragte er aus heiterem Himmel, »wie lange sind Sie verheiratet?«

Die plötzliche persönliche Frage überraschte sie. Bisher hatte er ihr noch keine gestellt. »Achtzehn Jahre. Ich war neunzehn.«

»Dann sind Sie jetzt...« Er zählte an seinen Fingern ab, und Deanna lachte.

»Einhundertunddrei im November.«

»Nein.« Er runzelte die Stirn. »Macht das nicht einhundertundzwei?«

»Mindestens. Und wie ist es mit Ihnen? Sind Sie je verheiratet gewesen?«

»Einmal. Kurz.« Er wandte das Gesicht ab. »Ich fürchte, ich war auch auf diesem Gebiet nicht sehr gut darin, Fälschungen zu entdekken. Sie nahm mich, um sich zu amüsieren, und ich amüsierte mich mit. Und dann war es vorbei.« Er sah Deanna von neuem in die Augen.

»Keine Kinder?«

»Nein. Das ist das einzige, was ich bedauere. Ich hätte so gern einen Sohn gehabt.«

»Ich auch.«

In ihrer Stimme klang eine Spur von Wehmut mit, so daß er sie scharf beobachtete, als er sagte: »Aber Sie haben eine entzückende Tochter.«

»Ich hatte auch zwei Jungen. Sie sind beide gleich nach der Geburt gestorben.« Es war eine schwerwiegende Information, wenn man sie einem relativ Fremden über den Tisch zuschob. Er sah ihr nur in die Augen. Darin entdeckte er alles, was er wissen mußte.

»Es tut mir leid.«

»Ich war sehr traurig. Und dann war es, so dumm es klingt, wie ein Schlag, als Pilar geboren wurde. In französischen Familien werden Mädchen nicht mit Applaus begrüßt.«

»Sie wollten Applaus?« Er wirkte belustigt.

»Zumindest das.« Endlich lächelte sie wieder. »Und einen Orden und eine Parade.«

»Dafür kann man Sie kaum tadeln. Sie war das dritte Kind?« Deanna nickte. »Stehen Sie sich sehr nahe?« Er hatte sich vorgestellt, so sei es, und war überrascht, als er etwas anderes hörte.

»Im Augenblick nicht, aber das wird wiederkommen. Gerade ist sie hin- und hergerissen, ob sie Amerikanerin oder Französin ist. So etwas kann hart sein.«

»Auch, fünfzehn Jahre alt zu sein.« Er erinnerte sich mit Grauen an seine Schwester in diesem Alter. »Sieht sie Ihnen ähnlich?« Er hatte es nach Deannas Gemälden nicht entscheiden können.

»Überhaupt nicht. Sie ist das Ebenbild ihres Vaters und ein sehr hübsches Mädchen.«

»Ihre Mutter auch.«

Einen Augenblick lang sagte Deanna gar nichts, dann lächelte sie. »Danke, mein Herr.«

Die Unterhaltung wandte sich wieder der Malerei zu. Er vermied schmerzliche und persönliche Themen, doch manchmal fragte Deanna sich, ob er überhaupt zuhöre. Er schien sie die ganze Zeit zu beobachten und mit seinen Augen andere Dinge zu sagen. Schließlich deutete man ihnen an, sie müßten gehen. Es war Mitternacht.

Ben hielt neben dem geparkten Jaguar, und Deanna lächelte ihn an. »Das war ein wunderschöner Abend.«

»Für mich auch.« Mehr sagte er nicht. Sie startete ihren Wagen, Ben trat zurück und winkte. Sie sah in ihrem Rückspiegel, wie er zu seinem eigenen Wagen zurückging, die Hände in den Taschen und den Kopf nachdenklich gesenkt.

Deanna lag bereits im Bett und hatte die Lampe eingeschaltet, als das Telefon läutete. Das Surren in der Leitung verriet ihr, daß es ein Ferngespräch war.

»Deanna?« Das war Marc.

»Hallo, Darling. Wo steckst du?«

»In Rom. Im Hassler, falls du mich brauchst. Geht es dir gut?« Die Verbindung war schlecht, sie konnte ihn kaum verstehen.

»Ausgezeichnet. Warum bist du in Rom?«

»Was? Ich höre dich nicht...«

»Ich sagte, warum bist du in Rom?«

»Ich bin geschäftlich hier. Für Salco. Aber ich werde Pilar an diesem Wochenende besuchen.«

»Bestelle ihr meine herzlichsten Grüße.« Deanna hatte sich im Dunkeln aufgesetzt und brüllte, um sich verständlich zu machen.

»Ich kann dich nicht verstehen!«

»Ich sagte, bestelle ihr meine herzlichsten Grüße!«

»Gut. Fein. Das werde ich. Brauchst du Geld?«

»Nein, ich habe alles.« Eine Weile hörte sie nur Geräusche und Gebrabbel. »Ich liebe dich.« Aus irgendeinem Grund mußte sie ihm das sagen, mußte ihn das gleiche antworten hören. Sie brauchte ein Band zu ihm, aber er schien unendlich weit weg zu sein.

»Ich liebe dich, Marc!« Deanna begriff nicht, warum sich ihre Augen mit Tränen füllten. Sie wollte, daß er sie, daß sie ihn hörte. »Ich liebe dich!«

»Was?«

Und dann wurden sie getrennt.

Schnell wählte sie die Übersee-Vermittlung und verlangte Rom. Es dauerte fünfundzwanzig Minuten, bis sie verbunden wurde. Die Telefonistin im Hassler antwortete mit einem rapiden *»Pronto«*. Deanna fragte nach Signor Duras. Man läutete in seinem Zimmer an. Es meldete sich niemand. In Rom war es bereits zehn Uhr vormittags. »Es tut uns leid. Signor Duras ist ausgegangen.«

Deanna legte sich im Dunkeln nieder und dachte an ihren Abend mit Ben.

7

Marc-Edouard Duras schlenderte über die Via Vèneto in Rom, spähte in Schaufenster und warf gelegentlich einem hübschen Mädchen einen bewundernden Blick zu. Es war ein strahlend sonniger Tag, und die Frauen trugen T-Shirts mit Spaghetti-Trägern, weiße Röcke, die sich um wohlgeformte Beine schmiegten, und Sandaletten, die rotlackierte Zehennägel enthüllten. Marc-Edouard lächelte vor sich hin, als er, die Aktentasche unter dem Arm, weiterschritt. Es war im Grunde Unsinn, dieser kurze Abstecher nach Italien, aber schließlich – warum nicht? Und er hatte versprochen... Versprochen... manchmal wunderte er sich darüber, daß er so leicht Versprechen geben konnte. Aber er tat es.

Er blieb einen Augenblick stehen, eine aristokratische Gestalt in einem makellos geschnittenen grauen Anzug, und beobachtete, wie der römische Verkehr mit lautem Getöse an ihm vorüberzog. Die Wagen brausten in wildem Durcheinander nach allen Richtungen; Fußgänger flüchteten hastig. Marc beobachtete belustigt eine alte Frau, die einen Sonnenschirm schwenkte und dann eine obszöne Geste machte. *Ecco, Signora.* Er verbeugte sich leicht vor ihr von der gegenüberliegenden Straßenseite her, und sie bedachte ihn mit der gleichen Geste. Er lachte, sah auf die Uhr und eilte an einen Tisch in seinem Café. Unter einem in leuchtenden Farben gestreiften Schirm fand er Zuflucht vor der Sonne und konnte weiter das Treiben bewundern, das das Lebenselixier Roms war. *Roma* – es war eine magische Stadt. Vielleicht war es doch der Mühe wert gewesen, daß er sein Versprechen gehalten hatte. Für einen Augenblick, aber nicht länger, kam ihm das verstümmelte Gespräch mit Deanna in den Sinn. Es war fast unmöglich gewesen, sie zu verstehen, und das hatte ihn mit Erleichterung erfüllt. Manchmal war er einfach nicht fähig, sich mit ihr zu befassen. Dann ertrug er es nicht, den Schmerz in ihren Augen zu sehen oder die Einsamkeit in ihrer Stimme zu hören. Er wußte, Schmerz und Einsamkeit waren da, nur ging es über seine Kraft, sie anzuerkennen. In San Francisco, in seinem normalen Tagesablauf konnte er damit fertig werden, aber nicht, wenn er sich im Ausland in einer kritischen beruflichen Situation befand oder wenn er zu Hause in Frankreich oder... hier in Rom war. Langsam schüttelte er den Kopf, als wolle er die Erinnerung an Deannas Stimme verscheuchen, und dann sah er sehnsüchtig die Straße entlang. Er konnte jetzt nicht an Deanna denken. Er konnte es nicht. Nein, nicht jetzt. Seine Augen siebten die Menge, und im Geist war er tausend Meilen von ihr entfernt. Eine hübsche Blondine, eine große Brünette, zwei sehr römisch wirkende Männer mit hellen Leinenanzügen und dichtem dunklen Haar, eine hochgewachsene Frau, die wie eine Florentinerin auf einem Renaissance-Gemälde wirkte – und dann entdeckte er sie. Sie schritt in ihrem unverwechselbaren Gang munter die Straße hinunter. Die endlosen Beine schienen über den Bürgersteig zu tanzen. Ein leuchtend türkisfarbener Rock umschmeichelte ihre Schenkel. Sie trug eine Seidenbluse im hellsten Mauve, kleine Sandaletten und einen riesigen Strohhut, der ihre Augen beinahe versteckte. Beinahe. Aber nicht ganz. Nichts konnte diese Augen und die saphirblauen Lichter verstecken, deren Farbe sich mit ihren Stimmungen änderte. Sie wandelten sich von gleißendem Feuer in das Geheimnis des tiefblauen Meers. Eine üppige kastanienrote Mähne hing ihr über die Schultern.

»*Alors, chérie.*« Erst wenige Zoll vor ihm hielt sie an, und das Lächeln ihrer sinnlichen Lippen wurde ihm allein dargeboten. »Entschuldige, daß ich mich verspätet habe. Ich habe mir diese dummen Armbänder noch einmal angesehen.« Er stand zu ihrer Begrüßung auf, und jetzt war die kühle Reserviertheit Marc-Edouards offensichtlich erschüttert. Er hatte das Gesicht eines Jungen, und zwar eines sehr verliebten Jungen. Ihr Name war Chantal Martin, und sie war Mannequin bei Dior gewesen. Tatsächlich das Star-Mannequin, sechseinhalb Jahre lang.

»Hast du die Armbänder gekauft?« Seine Augen liebkosten ihren Hals. Sie schüttelte den Kopf, und das kastanienrote Haar tanzte unter dem Hut, den er ihr erst heute morgen geschenkt hatte. Er war frivol, aber entzückend. Genau wie sie. »Nun?«

Ihre Augen lachten in seine. Noch einmal schüttelte sie den Kopf. »Nein, ich habe sie wieder nicht gekauft.« Plötzlich warf sie ihm ein kleines Päckchen in den Schoß. »Statt dessen habe ich dir das hier mitgebracht.« Sie lehnte sich zurück und wartete darauf, daß er das Päckchen öffnete.

»*Tu me gâtes, petite sotte.* Du verwöhnst mich, kleines Dummchen.«

»Und du verwöhnst mich nicht?« Ohne auf eine Antwort zu warten, winkte sie einem Kellner. »*Senta!... Cameriere!...*« Er kam sofort und mit Vergnügen. Sie bestellte einen Campari mit Soda. »Und du?«

»Lädst du mich auch zu einem Drink ein?« Sie wartete nie ab, daß er die Dinge in die Hand nahm. Chantal liebte es, selbständig zu handeln.

»Oh, hör auf. Was möchtest du?«

»Scotch.« Sie bestellte ihn so, wie er ihn gern hatte. Sie saßen beide unter dem Sonnenschirm, und er betrachtete lange ihre Augen. Die ersten Geschäftsleute tauchten auf, um den Lunch einzunehmen, und vollführten einen farbigen Wirbel um sie. »Wirst du immer so unabhängig sein, meine Geliebte?«

»Immer. Jetzt mach dein Geschenk auf.«

»Du bist unmöglich.« Aber genau das hatte ihn immer an ihr fasziniert. Sie war unmöglich. Und das liebte er. Wie ein Wildpferd, das frei auf den Ebenen der Camargue läuft. Sie waren einmal zusammen dort gewesen, in dem Land der französischen Cowboys und der schönen, wilden weißen Pferde. Danach hatte er immer dies Bild vor Augen gehabt, wenn er an sie dachte. Ungezähmt, gerade ein Stückchen außer Reichweite, aber mehr oder weniger sein eigen. Mehr oder weniger. Er glaubte gern, daß es eher mehr als weniger war. Und so stand es zwischen ihnen seit fünf Jahren.

Sie war jetzt neunundzwanzig. Als sie sich kennenlernten, war sie vierundzwanzig gewesen. Das war der erste Sommer, in dem Deanna sich geweigert hatte, mit ihm nach Frankreich zu kommen. Ihm kam es merkwürdig vor, einen Sommer ohne sie zu verbringen, und es war ihm peinlich gewesen, es seiner Familie beizubringen. Sie habe sich in diesem Jahr nicht wohl genug gefühlt zum Reisen, hatte er behauptet. Niemand glaubte ihm, aber das hatten sie nur hinter seinem Rücken gesagt und Überlegungen angestellt, ob Deanna ihn verlassen würde oder nur einen Liebhaber in den Staaten habe. Die Wahrheit hätten sie nie verstanden – daß Deanna sie haßte, daß sie sich bei ihnen unbehaglich fühlte, daß sie hatte zu Hause bleiben, allein sein, malen wollen, daß sie es verabscheute, Marc mit ihnen zu teilen, sein verändertes Benehmen verabscheute, wenn er bei ihnen war, und noch mehr das verabscheute, was Pilar durch sie wurde. Für Marc-Edouard war Deannas Weigerung ein Schock gewesen, und er hatte lange darüber nachgedacht, was es zu bedeuten haben mochte, daß sie den Sommer nicht mehr mit seiner Familie in Frankreich verbringen wollte. Er entschloß sich, ihr etwas Hübsches zu schicken, dazu einen Brief, in dem er sie bitten wollte, ihre Meinung zu ändern. Mit der Erinnerung an die achtzehnjährige, traurige kleine Schönheit, die vor so langer Zeit in seinem Büro gesessen hatte, war er zu Dior gegangen.

Er hatte sich die ganze Kollektion angesehen, Notizen gemacht, die Mannequins betrachtet, die Kleider aufmerksam studiert und sich zu entscheiden versucht, welche Kleider am besten Deannas Stil entsprachen. Aber seine Aufmerksamkeit war immer mehr von den Hüllen zu den Mannequins abgeglitten, und ganz besonders zu einem atemberaubenden Mädchen. Sie war sinnverwirrend, und sie bewegte sich auf eine Weise, die nur zu ihm sprach. In dem, was sie tat, war sie ein Genie. Sie wiegte sich, drehte sich, winkte – ihm allein, so schien es –, und er saß atemlos auf seinem Platz. Am Ende der

Vorführung hatte er sie zu sprechen verlangt. Einen Augenblick lang war ihm beklommen zumute, aber kaum länger. Als sie in einem hautengen schwarzen Jersey-Kleid zu ihm herauskam, das kastanienrote Haar auf ihrem reizenden Kopf hochgesteckt, diese bemerkenswerten blauen Augen, die abwechselnd stachen und streichelten, hatte er sich gewünscht, sie an sich zu reißen und in seiner Umarmung schmelzen zu sehen. Er war ein rationaler Mann, ein Mann mit Macht und Selbstbeherrschung, und er hatte noch nie zuvor so empfunden. Es ängstigte und faszinierte ihn, und Chantal schien sich ihrer Wirkung sehr bewußt zu sein. Sie nutzte sie mit Anmut, aber auch mit zerschmetternder Gewalt.

Und statt Deanna ein Kleid zu kaufen, hatte Marc Chantal zu einem Drink eingeladen, zu noch einem und noch einem. Es endete mit Champagner an der Bar des Hotels George V. Und dann hörte er sich zu seinem eigenen Erstaunen fragen, ob sie erlaube, daß er ein Zimmer nehme. Sie hatte nur gekichert und sein Gesicht mit einer langen, zarten Hand leicht berührt.

»*Ah, non, mon amour, pas encore.* Noch nicht.«

Wann dann? Er hätte die Frage am liebsten gebrüllt, doch das hatte er nicht getan. Statt dessen umwarb er sie, schmeichelte er ihr, überschüttete sie mit Geschenken, bis sie sich schließlich ergab, spröde, scheu, genau in der Art, die ihm Herz und Seele und Fleisch unter ihrer Berührung in Feuer verwandelte. Sie verbrachten das Wochenende in einer Wohnung, die er sich von einem Freund geliehen hatte, in der piekfeinen Nachbarschaft der Avenue Foch, mit einem wunderbar romantischen Schlafzimmer und einem Balkon, der auf sanft wispernde Bäume hinausging.

Bis an sein Lebensende würde er sich an jeden Laut, jeden Geruch und jeden Augenblick dieses Wochenendes erinnern. Ihm wurde klar, daß er von Mademoiselle Chantal Martin nie genug haben würde. Sie hatte sich wie ein Faden unter seine Haut eingewebt, und er konnte sich ohne sie nie wieder richtig wohl fühlen. Sie saugte ihn aus, verzauberte ihn und erweckte in ihm ein unglaubliches Verlangen, wie er es nie zuvor gekannt hatte. Nicht festzuhaltende, exotische, exquisite Chantal. Fünf Jahre lang war es so weitergegangen. In Paris und Athen und Rom. Wohin er auch in Europa reiste, er nahm sie mit, und natürlich galt sie in Hotels und Restaurants und Geschäften als »Madame Duras«. Im Laufe der Jahre hatten sie sich beide daran gewöhnt. Jetzt war diese Verbindung einfach Teil seines Lebens und des ihren. Ein Teil, über den Jim Sullivan, sein Partner, sehr gut Bescheid wußte, und seine Frau Gott sei Dank nicht. Deanna würde es nie erfahren. Es gab keinen Grund, sie zu informieren. Ihr wurde ja nichts dadurch weggenommen, versicherte er sich selbst. Sie hatte San Francisco und ihre eigene kleine Welt. Er hatte Chantal und eine viel größere Welt. Er hatte alles, was er wollte. Solange er Chantal hatte. Er betete nur darum, daß es bis an sein Lebensende so bleiben möge. Aber ein solches Versprechen wollte Chantal nie abgeben.

»*Alors, mon amour,* dein Geschenk, dein Geschenk! Mach auf!« Ihre Augen glühten schelmisch, und sein Herz jubelte. Er öffnete die Schachtel. Es war eine Taucheruhr, die er am Morgen bewundert hatte. Die könne er brauchen, hatte er gesagt, für ihre Ausflüge ans Meer und seine Besuche in Cap d'Antibes.

»Mein Gott, du bist wahnsinnig! Chantal!« Die Uhr war entsetzlich teuer gewesen, aber Chantal winkte seine Einwände desinteressiert ab. Sie konnte es sich jetzt, wo sie nicht mehr bei Dior war, leisten. Vor drei Jahren hatte sie sich vom Laufsteg zurückgezogen und ihre eigene Mannequin-Agentur eröffnet. Stets hatte sie sich geweigert, sich von ihm in einer Pariser Wohnung aushalten zu lassen, wo sie nichts zu tun habe, als Haare und Fingernägel zu pflegen und auf ihn zu warten. Sie weigerte sich, von irgendwem abhängig zu sein, am wenigsten von ihm. Es irritierte ihn manchmal, und es ängstigte ihn auch. Sie brauchte ihn nicht, sie liebte ihn nur, aber dessen war er zumindest sicher. Ganz gleich, was sie tat, wenn er in den Staaten war, sie liebte ihn. Davon war er überzeugt. Und die bezaubernden Stunden, die sie zusammen verbrachten, untermauerten diesen Glauben.

»Gefällt sie dir?«

»Ich liebe sie.« Er senkte die Stimme. »Aber dich liebe ich noch mehr.«

»Wirklich, Mylord?« Sie hob eine Augenbraue, und er spürte seine Erregung.

»Verlangst du einen Beweis?«

»Vielleicht. Was hattest du denn im Sinn?« Unter ihrem Hut hervor traf ihn ein herausfordernder Blick.

»Ich wollte eigentlich einen Lunch irgendwo draußen auf dem

Land vorschlagen, aber vielleicht...« Sein Lächeln glich dem ihren.

»Zimmer-Service, Liebling?«

»Eine ausgezeichnete Idee.« Er winkte dem *Cameriere* und bezahlte schnell die Rechnung.

Träge stand sie auf und lehnte ihren Körper einen quälenden Augenblick lang gegen seinen. Dann begann sie, sich einen Weg zwischen den überfüllten Tischen zu bahnen. Dann und wann warf sie ihm über die Schulter einen Blick zu. Er konnte es kaum erwarten, mit ihr nach Hause zu kommen. Am liebsten wäre er zurück ins Hotel gerannt, ihre Hand fest in der seinen haltend, aber sie schritt in dem ihr eigenen Tempo dahin, in ihrem eigenen Stil. Sie wußte, daß sie Marc-Edouard genau da hatte, wo sie ihn haben wollte. Er beobachtete sie amüsiert. In ganz wenigen Minuten würde er sie genau da haben, wo er sie haben wollte. In seinen Armen, im Bett.

In ihrem Zimmer begann er mit alarmierender Geschwindigkeit ihre Bluse aufzuknöpfen. Sie schob ihn spielerisch weg und ließ ihn warten, bevor sie ihm enthüllte, wonach er so hungerte. Sie streichelte ihn mit einer Hand und biß ihn zart in den Hals, bis er endlich den Knopf ihres Rocks fand. Der Rock fiel zu Boden, und sie stand in durchsichtiger rosa Spitze da. Jetzt zerriß er ihre Bluse beinahe. Schon stand sie nackt vor ihm. Er stöhnte leise. Sie zog ihn aus, schnell und geschickt, und sie fielen zusammen auf das Bett. Jedesmal, wenn sie sich liebten, war es schöner als das Mal zuvor, und jedesmal erinnerte an das erstemal. Es ließ ihn gesättigt und doch immer noch hungrig zurück, glücklich in dem Wissen, daß sie sich bald wieder vereinigen würden.

Chantal rollte sich im Bett herum und stützte sich auf einen Ellenbogen. Ihr Haar war verwirrt, aber trotzdem schön. Sie betrachtete ihn schweigend, lächelnd. Ihre Stimme war ein heiseres Flüstern an seinem Ohr, und ihre Finger spielten langsam über seine Brust und hinunter zu seinem Magen. »Ich liebe dich, weißt du.«

Er hielt ihren Blick fest. »Ich liebe dich auch, Chantal. Vielleicht zu sehr. Aber so ist es.« Es war ein bemerkenswertes Eingeständnis für einen Mann wie Marc-Edouard Duras. Niemand, der ihn kannte, hätte es geglaubt. Am wenigsten von allen Deanna.

Chantal lächelte und legte sich mit geschlossenen Augen zurück.

»Geht es dir gut?« fragte er besorgt.

»Natürlich.«

»Lüg mich nicht an. Ich durchschaue dich. Sag es mir ehrlich. Geht es dir gut, Chantal?« Ein Ausdruck heftiger Unruhe zuckte über sein Gesicht. Sie lächelte.

»Mir geht es ausgezeichnet.«

»Hast du heute auch dein Insulin genommen?« Er war jetzt ganz väterliche Besorgnis. Die Leidenschaft des vorigen Augenblicks war vergessen.

»Ja. Hör auf, dich zu ängstigen. Möchtest du deine neue Uhr in der Badewanne ausprobieren?«

»Jetzt?«

»Warum nicht?« Sie strahlte ihn glücklich an, und nun fühlte er sich vollkommen in Frieden mit der Welt. »Oder hattest du etwas anderes im Sinn?«

»Ich habe immer etwas anderes im Sinn. Aber du bist müde.«

»Nie zu müde für dich, *mon amour.*« Und er war nie zu müde für sie. Der Altersunterschied, der zwischen ihnen lag, verschwand, als er es ihr von neuem bewies.

Um drei Uhr nachmittags lagen sie ruhig Seite an Seite. »Nun, diesen Nachmittag haben wir gut hingebracht.« Sie lächelte ihn schelmisch an, und er antwortete mit einem Grinsen.

»Hattest du andere Pläne?«

»Absolut keine.«

»Möchtest du noch einmal zum Einkaufen gehen?« Er liebte es, sie zu verwöhnen, bei ihr zu sein, sie zu bewundern, sie in sich einzutrinken. Ihr Parfüm, ihre Bewegungen, jeder Atemzug von ihr erregte ihn. Und das wußte sie.

»Wahrscheinlich könnte man mich in die Geschäfte zurücklokken.«

»Gut.« Den Abstecher nach Rom hatte er sowieso nur ihretwegen gemacht. Er würde diesen Sommer schwer arbeiten müssen, und in Athen würde es langweilig für sie sein. Er wußte, wie sehr sie Rom liebte. Und er achtete darauf, daß sie immer wieder Rom besuchten. Bloß um ihr eine Freude zu machen. Außerdem mußte er sie über das Wochenende allein lassen.

»Was ist?« Sie hatte ihn sehr genau beobachtet.

»Nichts. Warum?«

»Du hast eben bekümmert ausgesehen.«

»Nicht bekümmert.« Am besten brachte er es hinter sich. »Nur unglücklich. Ich werde dich für ein paar Tage verlassen müssen.«

»Oh?« Eisiger Frost überzog ihre Augen.

»Ich muß nach Antibes, um meine Mutter und Pilar zu besuchen, bevor wir nach Griechenland reisen.«

Sie setzte sich im Bett auf und sah ihn verärgert an. »Und was hast du mit mir vor?«

»Drück es bitte nicht so aus, Liebling. Ich kann nichts dafür. Das weißt du doch.«

»Glaubst du nicht, daß Pilar alt genug ist, um den Schock zu überstehen, wenn sie von mir erfährt? Oder hältst du mich immer noch für eine Frau, die man nicht herzeigen kann? Ich bin kein kleines Mannequin bei Dior mehr, weißt du. Ich leite die größte Mannequin-Agentur in Paris.« Aber sie wußte auch, daß das in seiner Welt nicht zählte.

»Darum geht es nicht. Und, nein, ich glaube nicht, daß Pilar alt genug ist.« In allem, was Pilar betraf, war er merkwürdig stur. Es ärgerte Chantal sehr.

»Und deine Mutter?«

»Das ist unmöglich.«

»Ich verstehe.« Sie schwang ihre langen Beine über die Bettkante, stolzierte durchs Zimmer, nahm sich unterwegs eine Zigarette und drehte sich dann zornig nach ihm um, als sie das Fenster an der anderen Seite erreicht hatte. »Ich habe es allmählich satt, in irgendeinem Nest abgesetzt zu werden, während du deine Familie besuchst, Marc-Edouard.«

»Ich würde Saint-Tropez kaum ein Nest nennen.« Er blickte gereizt drein, und seine Stimme verriet nichts mehr von der Leidenschaft der letzten Stunden.

»An welchen Ort hast du diesmal gedacht?«

»Vielleicht San Remo.«

»Wie passend. Also, ich gehe nicht hin.«

»Möchtest du lieber hierbleiben?«

»Nein.«

»Müssen wir das noch einmal durchexerzieren, Chantal? Es wird ermüdend. Außerdem verstehe ich das nicht. Warum ist das plötzlich zu einem Streitobjekt zwischen uns geworden, wenn du fünf Jahre lang völlig damit einverstanden warst, einige Zeit ohne mich an der Riviera zu verbringen?«

»Möchtest du das wirklich wissen?« Plötzlich flammten ihre Augen. »Weil ich beinahe dreißig Jahre alt bin, und ich treibe immer noch die gleichen Spiele mit dir wie vor fünf Jahren. Und das habe ich ein bißchen satt. Wir spielen auf Reisen halb um die Welt ›Monsieur und Madame Duras‹, aber an den Orten, die wirklich zählen – Paris, San Francisco, Antibes –, muß ich mich verstecken, umherschleichen und verschwinden. Ich mag nicht mehr! Du willst ein exklusives Arrangement. Du erwartest von mir, daß ich in Paris sitze und das halbe Jahr den Atem anhalte und dann auf Befehl aus dem Mottenschrank herauskomme. Das mache ich nicht mehr länger mit, Marc-Edouard. Jedenfalls nicht mehr viel länger.« Sie hielt inne, und er starrte sie sprachlos an. Er wagte nicht zu fragen, ob das ihr Ernst sei. In jähem Erschrecken erkannte er, daß es so war.

»Was soll ich deiner Meinung nach denn tun?«

»Das weiß ich noch nicht. Aber ich habe in letzter Zeit viel darüber nachgedacht. Die Amerikaner haben einen sehr guten Ausdruck dafür: ›Scheiße oder verschwinde vom Topf‹.«

»Das finde ich durchaus nicht amüsant.«

»Und ich finde San Remo nicht amüsant.«

Himmel! Es war sinnlos. Ihm entschlüpfte ein kleiner Seufzer, und er fuhr sich mit der Hand durchs Haar. »Chantal, ich kann dich nicht nach Antibes mitnehmen.«

»Du willst mich nicht nach Antibes mitnehmen. Das ist ein Unterschied.«

Das schlimmste war, daß sie San Francisco in die Liste ihrer Beschwerden aufgenommen hatte. Es war ihm nicht entgangen. Bisher hatte Chantal nie den Wunsch geäußert, die Vereinigten Staaten zu besuchen.

»Darf ich fragen, was all dies ausgelöst hat? Es kann nicht einfach dein dreißigster Geburtstag sein. Das ist noch ein paar Monate hin.«

Sie schwieg, kehrte ihm den Rücken zu und blickte aus dem Fenster. Endlich drehte sie sich langsam wieder um. »Jemand hat mich kürzlich gebeten, ihn zu heiraten.«

Die Zeit schien stillzustehen. Marc-Edouard starrte sie entsetzt an.

8

»Deanna?« Das Telefon hatte geläutet, bevor sie aufgestanden war. Es war Ben.

»Ja.«

Es klang verschlafen, und er lächelte. »Tut mir leid. Habe ich Sie geweckt?«

»Mehr oder weniger.«

»Was für eine diplomatische Antwort! Ich rufe an, um Sie noch ein bißchen zu pieksen. Wie ich es mir vorstelle, werde ich Ihren Widerstand früher oder später doch überwinden, und Sie werden den Vertrag mit der Galerie unterschreiben, nur um mich loszuwerden. Wie wäre es mit einem Lunch?«

»Jetzt?« Sie war noch halb im Schlaf und drehte den Kopf nach der Uhr. Hatte sie so lange geschlafen? Ben lachte.

»Nein, nicht um acht Uhr in der Früh. Aber zwischen zwölf und eins? In Sausalito?«

»Was gibt es da?«

»Sonne. Ein Zustand, mit dem wir auf dieser Seite der Brücke nicht immer gesegnet sind. Habe ich Sie überredet?«

»Mehr oder weniger.« Sie lachte ins Telefon. Zum Teufel, was sollte das, daß er sie um acht Uhr morgens anrief? Und warum ein so früher Lunch? Sie hatten gestern abend das Dinner und am Tag zuvor in ihrem Atelier den Lunch genommen. Langsam fragte sie sich, ob sie einen neuen Freund, einen brennend für ihre Bilder interessierten Kunsthändler oder noch etwas anderes gefunden habe. Vielleicht war es nicht klug, sich so bald schon wieder mit ihm zu treffen.

»Ja, das ist es.«

»Was ist was?« fragte sie verwirrt.

»Sie fragten sich, ob es eine gute Idee sei, mit mir zum Lunch zu gehen. Das ist es.«

»Sie sind unmöglich.«

»Dann essen wir eben in der Stadt.«

»Nein, Sausalito hört sich gut an.« Sie hatte zugesagt, ohne weiter nachzudenken, und ertappte sich dabei, daß sie die Zimmerdecke anlächelte. »Zu dieser Stunde des Tages bin ich leicht hereinzulegen«, gestand sie am Telefon. »Noch keine Verteidigungsstellung, noch kein Kaffee.«

»Gut. Können Sie dann nicht morgen vor dem Kaffee den Vertrag mit der Galerie unterschreiben?«

»Gleich hänge ich Sie ab, Ben«, lachte sie. Es war wundervoll, den Tag mit Lachen anzufangen. Das hatte sie seit Jahren nicht mehr getan.

»Hängen Sie mich nicht ab, bis wir uns über den Lunch einig geworden sind. Soll ich Sie um zwölf herum abholen?«

»Das wird reichen.« Was würde reichen? Was tat sie da? Verabredete sich mit diesem Mann zum Lunch? Aber sie mochte ihn. Und Lunch in Sausalito klang vergnüglich.

»Ziehen Sie Ihre Jeans an.«

»Okay, bis um zwölf.«

Genau um 12.02 Uhr fuhr er am Haus vor. Er trug einen Rollkragen-Pullover und Jeans. Deanna stieg in den Wagen und entdeckte einen Korb auf dem Sitz, zugedeckt mit einem rot-weißen Tuch. Der Hals einer Flasche ragte an einer Seite hervor. Ben öffnete ihr die Tür und stellte den Korb auf den Rücksitz.

»Guten Tag, Madam.« Er lächelte breit, als sie neben ihn glitt. »Ich dachte, wir sollten vielleicht lieber ein Picknick veranstalten. Okay?«

»Ich bin sehr einverstanden.« War sie das? Sollte sie mit diesem Mann zu einem Picknick fahren? Der Kopf von Madame Duras sagte nein, während Deannas Herz sich einen Nachmittag in der Sonne wünschte. Aber eigentlich gab es andere Dinge, die sie hätte unternehmen können, und falls sie auf Sonne aus war, die gab es auch auf der Terrasse vor ihrem Atelier.

Ben ließ den Motor an, streifte sie mit einem Blick und sah die kleine Falte zwischen ihren Brauen. »Haben wir ein Problem?«

»Nein«, antwortete sie leise, und er bog in die Straße ein. Deanna schoß es durch den Kopf, ob Margaret sie wohl gesehen habe.

Ben unterhielt sie mit Geschichten über ein paar exzentrische Künstler der Galerie. Dann überquerten sie die herrliche Golden-Gate-Brücke, und er schwieg eine Weile. Beide genossen die Ansicht.

»Schön, nicht wahr?« fragte er. Sie nickte. »Darf ich Ihnen eine etwas merkwürdige Frage stellen?«

Deanna sah ihn erstaunt an. »Warum nicht?«

»Wie kommt es, daß Sie und Ihr Mann hier und nicht in Frankreich leben? Soviel ich von den Franzosen weiß, leben sie in der Regel nicht gern fern der Heimat. Außer unter Zwang.«

Deanna lächelte. Es stimmte, was er sagte. »Es gibt hier eine Menge geschäftlicher Dinge zu erledigen. Und Marc ist sowieso nicht oft hier. Die meiste Zeit ist er auf Reisen.«

»Einsam für Sie.« Es war eine Feststellung, keine Frage.

»Ich bin daran gewöhnt.«

Er wußte nicht recht, ob er ihr glauben sollte. »Was machen Sie so, wenn Sie allein sind?«

Beide sagten im Chor: »Malen« und brachen in Gelächter aus.

»Das habe ich mir gedacht.«

»Was hat Sie dazu gebracht, nach Carmel zu fahren?« Er steckte voller Fragen. Bisher waren sie alle leicht zu beantworten gewesen.

»Kim bestand darauf, daß ich einmal aus dem Haus müßte.«

»Hatte sie recht?« Er bog in die Kurve ein, die zu dem militärischen Sperrgebiet auf der anderen Seite der Brücke führte, und sah kurz zu ihr hinüber. »Und mußten Sie einmal aus dem Haus?«

»Ich glaube schon. Ich hatte ganz vergessen, wie schön Carmel ist. Seit Jahren war ich nicht mehr dort gewesen. Fahren Sie jedes Wochenende hin?« Jetzt wollte sie ihm Fragen stellen. Denn sie hatte keine rechte Lust, mit ihm über Marc zu reden.

»Wann immer ich kann. Es ist nie oft genug.«

Deanna bemerkte, daß sie in eine enge Landstraße eingebogen waren und an verlassenen Bunkern und militärischen Gebäuden vorbeikamen. »Ben, was ist das?« Neugierig sah sie sich um. Sie hätten in eine Kulisse für einen Film über die Jahre nach einem Krieg geraten sein können. Die Baracken auf beiden Seiten des Weges waren baufällig und mit Brettern verschalt, und wilde Blumen und Unkraut eroberten die Fahrbahn.

»Das ist ein alter Armee-Posten aus dem letzten Krieg. Aus irgendeinem Grund bleibt er bestehen, obwohl er jetzt nicht mehr benutzt wird. Am Ende der Straße ist ein wunderschöner Strand. Ich fahre manchmal hin, nur um nachzudenken.« Er lächelte ihr zu, und von neuem fiel ihr auf, wie gemütlich das einfache Zusammensein mit ihm war. Er hatte alle Eigenschaften eines guten Freundes. Den Rest des Weges schwiegen sie ungezwungen.

»Es ist unheimlich, nicht wahr? So hübsch, und doch ist niemand hier.« Ben hielt an, kurz bevor sie den Strand erreichten. Sein Wagen war der einzige, und sie hatten auch keinen anderen gesehen, seit er von der Hauptstraße abgebogen war.

»Es ist nie jemand da. Und ich habe auch keiner Menschenseele etwas davon erzählt. Ich komme gern allein her.«

»Tun Sie so etwas oft? Daß Sie wie in Carmel allein spazierengehen?« fragte Deanna. Er nickte und faßte nach dem Korb auf dem Rücksitz. Seine Augen hingen an ihrem Gesicht.

»Ich hätte nie gedacht, daß ich Sie nach diesem Abend am Strand wiedersehen würde.«

»Ich auch nicht. Es war merkwürdig, neben Ihnen herzugehen und Ihnen von Malerei zu erzählen. Mir war, als hätten wir uns seit Jahren gekannt.«

»Das gleiche Gefühl hatte ich auch, aber ich dachte, es liege daran, daß Sie dem Wyeth so ähnlich sehen.« Deanna lächelte und senkte die Augen. »Ich war mir am nächsten Tag nicht ganz sicher, was ich sagen sollte, als ich Sie in meinem Arbeitszimmer vorfand. Sollte ich nun zugeben, daß wir uns schon kennengelernt hatten oder nicht?«

»Wie sind Sie zu dem Entschluß gekommen, es nicht zuzugeben?« Mit einem ganz kleinen Lächeln gab sie seinen Blick zurück.

»Der Ring an Ihrer linken Hand. Ich dachte, es könnte Ihnen peinlich sein.«

Das war typisch für ihn, dachte Deanna, rücksichtsvoll und aufmerksam. Sie bemerkte, daß er ein wenig die Stirn runzelte und auf seinem Sitz zurückrutschte.

»Wäre es Ihnen peinlich, wenn die Leute wüßten, daß wir zusammen lunchen?« erkundigte er sich.

»Ich wüßte nicht, warum.« Aber es lag mehr Trotz als Wahrheit in ihrem Gesicht, und er erkannte es.

»Was würde Ihr Mann sagen, Deanna?«

Die Worte waren unerträglich sanft, und sie wollte ihm sagen, es kümmere sie einen Dreck. Doch sie tat es nicht. Das Gemeine daran war, daß es sie doch kümmerte – sehr sogar.

»Ich weiß es nicht. Die Frage hat sich nie gestellt. Ich lunche nicht oft mit anderen Männern.«

»Was ist mit Kunsthändlern, die Ihre Bilder ausstellen wollen?« Ben lächelte sie an. Sie saßen immer noch im Wagen.

»Nein, erst recht nicht mit Kunsthändlern. Ich lunche nie mit ihnen.«

»Warum nicht?«

Deanna holte tief Atem und sah ihm in die Augen. »Mein Mann achtet meine Arbeit nicht. Er hält sie für ein nettes Hobby, einen Zeitvertreib, aber ›Maler sind Hippies und Narren‹.«

»Nun, damit hat er Gauguin und Manet gut getroffen.« Er dachte kurz nach. Als er sprach, war ihr, als brannten seine Augen ihr in die Seele. »Tut das nicht weh? Zwingt es sie nicht, einen wesentlichen Teil Ihres Ichs zu verleugnen?«

»Eigentlich nicht. Ich male immer noch.« Aber sie wußten beide, daß diese Verneinung eine Lüge war. Sie war gezwungen worden, etwas aufzugeben, das sie sich sehr wünschte. »Ich nehme an, eine Ehe ist eine Art Austausch«, fuhr sie fort. »Jeder macht Zugeständnisse.« Und welche Zugeständnisse machte Marc? Was hatte er aufgegeben? Sie sah nachdenklich und traurig aus, und Ben wandte das Gesicht ab.

»Vielleicht lag da mein Fehler, als ich heiratete. Ich hatte die Zugeständnisse vergessen.«

»Waren Sie sehr anspruchsvoll?« fragte Deanna überrascht.

»Vielleicht war ich es. Es ist so lange her, da ist es schwer, sicher zu sein. Ich wollte, daß meine Frau das sein sollte, für das ich sie immer gehalten hatte...« Er verstummte.

»Und was war das?«

»Oh –« er sah mit schiefem Lächeln hoch, »– treu, ehrlich, freundlich, voll Liebe zu mir. So das übliche.« Nun lachten sie beide, und er nahm den Picknick-Korb und half Deanna aus dem Wagen. Er hatte auch eine Decke mitgebracht und breitete sie sorgfältig für sie auf dem Sand aus.

»Guter Gott, haben Sie diesen Korb gepackt?« Sie sah sich die Delikatessen an, die er aus dem Korb nahm. Da waren Krabbensalat, Pâté, französisches Weißbrot, eine kleine Dose mit Keksen und Wein. Ein kleinerer Korb war mit Obst gefüllt und dick mit Kirschen belegt. Deanna nahm sich ein Büschel und hängte es sich über das rechte Ohr.

»Sie sehen entzückend mit Kirschen aus, Deanna. Haben Sie es schon einmal mit Weintrauben versucht?« Er reichte ihr eine kleine Traube. Sie lachte und hängte sie sich über das linke Ohr. »Jetzt sehen Sie aus, als seien Sie soeben aus einem Füllhorn gestiegen... es ist alles ganz *Fête Champêtre*.«

»Natürlich ist es das.« Deanna legte sich zurück und sah mit strahlendem Lächeln zum Himmel auf. Sie fühlte sich schrecklich jung und überschäumend glücklich. Das war leicht, wenn man mit Ben zusammen war.

»Möchten Sie jetzt essen?« Er sah auf sie nieder, eine Schüssel Krabbensalat in der Hand. Sie war hinreißend schön, wie sie anmutig auf der Decke lag und die Früchte durch ihr dunkles Haar lugten. Sein Lächeln erinnerte sie an die Kirschen und Weintrauben. Sie nahm sie ab und stützte sich auf einen Ellenbogen hoch.

»Um Ihnen die Wahrheit zu sagen, ich bin halb verhungert.«

»Gut. Ich mag Frauen mit gesundem Appetit.«

»Und sonst? Was mögen Sie sonst noch?« Es war keine schickliche Frage, aber das war ihr gleichgültig. Sie wollte seine Freundin sein. Sie wollte mehr wissen und mit ihm zusammensein.

»Oh, lassen Sie mich nachdenken... Ich mag Frauen, die tanzen... Frauen, die lesen können – und schreiben! Frauen, die malen... Frauen mit grünen Augen.« Er brach ab und sah sie von neuem forschend an. »Und Sie?« Seine Stimme war kaum hörbar.

»Welche Art von Frauen ich mag?« scherzte sie.

»Oh, schweigen Sie! Hier, da ist etwas zu essen.« Er gab ihr den Laib Brot und die Pâté, und sie brach den Kanten ab und bestrich ihn reichlich.

Es war ein vollkommener Nachmittag. Die Sonne stand hoch am Himmel, eine leichte Brise wehte, und die Wellen schwappten leise an den Strand. Hin und wieder flog ein Vogel vorbei. Die verlassenen Gebäude hinter ihnen starrten blind. Sie waren in einer eigenen Welt.

»Wissen Sie –« Deanna sah ringsum und dann wieder zu ihm hin, »– manchmal möchte ich etwas wie das hier malen.«

»Warum tun Sie es nicht?«

»Sie meinen, wie Wyeth?« Sie lächelte ihn an. »Das bin ich nicht. Jeder von uns tut, was er tut, auf ganz unterschiedliche Weise.« Er nickte, wartete darauf, daß sie mehr sagte. »Ben, malen Sie?«

Er schüttelte mit verlegenem Grinsen den Kopf. »Eigentlich nicht. Ich habe es mal versucht. Aber ich fürchte, es ist mein Schicksal, Bilder zu verkaufen und nicht zu malen. Trotzdem habe ich ein einziges Kunstwerk geschaffen.« Träumerisch sah er über die Bucht hin. Der Sommerwind spielte mit seinem Haar.

»Was war das?«

»Ein Haus. Ein kleines Haus, aber es war verdammt hübsch. Ich habe es mit einem Freund selbst gebaut.«

»Da staune ich aber!« Sie war beeindruckt. »Wo?«

»In New England. Ich wohnte damals in New York. Es war eine Überraschung für meine Frau.«

»Hat es ihr gefallen?«

Er schüttelte den Kopf und wandte das Gesicht wieder der Bucht zu. »Nein. Sie hat es nie gesehen. Ich wollte mit ihr hinauffahren und es ihr zeigen, doch drei Tage vorher verließ sie mich.« Deanna blieb eine Weile stumm. Sie hatten beide ihre Enttäuschungen erlebt.

»Was haben Sie damit gemacht?«

»Verkauft. Eine Zeitlang behielt ich es, aber ich hatte keine Freude mehr daran. Es tat immer ein bißchen zu weh. Und dann zog ich hierher. Und kaufte das Haus in Carmel.« Er sah zu Deanna hinüber, und seine Augen waren weich und traurig. »Es ist jedoch schön zu wissen, daß ich es kann. Ich glaube, mir ist nie so wohl zumute gewesen wie an dem Tag, als das Haus fertig wurde. War das ein Gefühl! Ich hatte tatsächlich etwas zustande gebracht!«

Deanna hörte gebannt zu. »Ich weiß«, sagte sie leise. »Das habe ich empfunden, als ich Pilar geboren hatte. Obwohl sie kein Junge war.«

»Ist das wirklich so wichtig?« Es schien ihn zu ärgern.

»Damals war es schon sehr wichtig. Es bedeutete viel für Marc, einen Jungen zu haben. Aber ich glaube nicht, daß es ihm jetzt noch etwas ausmacht. Er betet Pilar an.«

»Ich hätte lieber eine Tochter als einen Sohn«, meinte Ben.

»Warum?« fragte Deanna erstaunt.

»Mädchen sind leichter zu lieben. Man braucht sich nicht mit einem Image oder männlicher Rivalität oder anderem Blödsinn herumzuschlagen, der überhaupt nichts zu bedeuten hat. Man kann sie einfach lieben.« Er sah aus, als bedauere er, kein Kind zu haben, und Deanna ertappte sich bei der Überlegung, ob er wohl irgendwann einmal wieder heiraten würde.

»Nein, das werde ich nicht.« Er sah sie nicht an, als er das sagte.

»Was werden Sie nicht?« Deanna war verwirrt. Er hatte eine Art,

Fragen zu beantworten, die sie gar nicht gestellt, an die sie nur gedacht hatte.

»Ich werde nicht wieder heiraten.«

»Sie sind unglaublich. Warum nicht?« Es erschütterte sie, daß er gewußt hatte, was sie dachte.

»Es hat keinen Sinn. Ich habe, was ich brauche. Und jetzt habe ich zuviel Arbeit mit den Galerien. Es wäre nicht fair, falls es nicht gerade eine Frau wäre, die ebenso darin aufgeht wie ich. Vor zehn Jahren hat mich mein Beruf noch nicht so in Anspruch genommen. Jetzt stecke ich bis zum Hals drin.«

»Aber Sie hätten gern Kinder, nicht wahr?« Soviel hatte sie begriffen.

»Ich hätte auch gern ein Rittergut vor den Toren Wiens. Ich kann jedoch ohne es leben. Und was ist mit Ihnen?«

»Ich habe bereits ein Kind. Meinen Sie, ob ich mir weitere Kinder wünsche?« Sie verstand ihn nicht.

»Nein, oder vielleicht das auch, aber glauben Sie, daß Sie ein zweites Mal heiraten werden?« Er sah sie mit seinen tiefgrünen Augen offen an.

»Ich bin doch verheiratet!«

»Glücklich, Deanna?«

Die Frage war schmerzlich und direkt. Sie setzte dazu an, ja zu sagen, dann überlegte sie es sich anders. »Manchmal. Ich akzeptiere, was ich habe.«

»Warum?«

»Weil er und ich eine gemeinsame Vergangenheit haben.« Sie brachte es nicht über sich, Marcs Namen vor Ben auszusprechen. »Man kann so etwas nicht ersetzen oder ableugnen oder davor weglaufen. Es ist unsere Lebensgeschichte.«

»Eine gute?«

»Zuweilen. Früher einmal verstand ich die Spielregeln.« Sie war erstaunlich ehrlich, sogar mit sich selbst.

»Und die waren?« Seine Stimme war so unerträglich sanft. Sie erweckte in Deanna den Wunsch, die Arme nach ihm auszustrecken und nicht mehr über Marc zu reden. Aber Ben war jetzt ihr Freund. Und auf mehr hatte sie kein Recht. Nur auf seine Freundschaft. Da konnten sie auch über Marc diskutieren. »Wie lauteten die Regeln?«

Deanna seufzte, und dann zuckte sie die Schultern. »Immer wieder ›Du sollst nicht‹. Du sollst dich den Wünschen deines Mannes nicht widersetzen, du sollst nicht zu viele Fragen stellen, du sollst kein eigenes Leben haben wollen, am wenigsten als Malerin... Aber er ist einmal sehr gut zu mir gewesen. Mein Vater ließ mich bei seinem Tod ohne Geld, ohne Heim und verängstigt zurück. Marc löste mich aus. Ich wollte eigentlich gar nicht soviel Lösegeld, wie er mir gab, aber er tat es. Er gab mir Hilfe und ein Heim, eine Familie und Stabilität, und schließlich gab er mir Pilar.« Von Liebe erwähnte sie nichts.

»War es das alles wert? Ist es das heute wert?«

Deanna versuchte zu lächeln. »Ich denke doch. Ich bin dageblieben; mir gefällt, was ich bekommen habe.«

»Lieben Sie ihn?«

Ihr Lächeln verblaßte langsam. Sie nickte.

»Es tut mir leid, Deanna. Ich hätte nicht fragen sollen.«

»Warum nicht? Wir sind doch Freunde.«

»Ja.« Wieder lächelte er ihr zu. »Das sind wir. Möchten Sie einen Spaziergang über den Strand machen?« Er stand schon auf den Füßen, die Arme ausgestreckt, um ihr hochzuhelfen. Ihre Hände berührten sich kurz, bevor er sich abwandte, mit langen Schritten auf das Wasser zueilte und ihr winkte, ihm zu folgen. Deanna ging langsam. Sie dachte über ihr Gespräch nach. Wenigstens war alles klar, und sie liebte Marc wirklich. Wenigstens würden jetzt keine Probleme zwischen ihr und Ben auftauchen. Einen oder zwei Augenblicke lang hatte sie das befürchtet. Er hatte etwas an sich, das ihr sehr gefiel.

Ben gab ihr Muscheln und watete bis an die Knie ins Wasser. Seine Sandalen hatte er schon vor Stunden ausgezogen. Er wirkte wie ein großer, glücklicher Junge, der in der Brandung spielt, und Deanna sah ihm lächelnd zu.

»Sollen wir um die Wette laufen?« fragte er mutwillig und kam wieder aus dem Wasser. Deanna nahm die Herausforderung mit Vergnügen an. Wenn Pilar ihre Mutter jetzt hätte sehen können, wo sie und dieser fremde Mann wie die Kinder über den Strand rannten! Deanna kam sich wie ein Mädchen vor. Atemlos und windzerzaust lief sie über den feuchten Boden. Schließlich blieb sie lachend stehen und schüttelte den Kopf, als er an ihr vorbeisauste.

»Geben Sie auf?« rief er zurück. Sie nickte, und er kehrte mit ein paar Sprüngen um und hielt da an, wo sie auf den Sand niedergesunken war. Die Sonne entlockte ihrem dunklen Haar rote Lichter. Er setzte sich zu ihr, und sie sahen aufs Meer hinaus und kamen langsam wieder zu Atem. Dann blickte sie zu ihm auf und wußte, was sie sehen würde: Diese meerfarbenen Augen, die auf sie warteten.

»Deanna...« Er schwieg lange, sah sie nur an, und dann beugte er sich langsam vor und flüsterte die Worte in die windzerzauste Dunkelheit ihres Haars. »Oh, Deanna, ich liebe dich...«

Wie ohne bewußte Absicht schlossen sich seine Arme um sie, und sein Mund senkte sich behutsam auf ihren nieder. Und ebenso schnell lagen Deannas Arme um seinen Hals, und ihr Mund war ebenso hungrig wie seiner. So saßen sie lange Zeit, hielten sich fest, berührten einer das Gesicht des anderen, sahen sich in die Augen. Es fiel kein Wort mehr zwischen ihnen nach denen, die er zuerst gesprochen hatte. Sie brauchten keine Worte; sie hatten einander in einer Welt, in der die Zeit stillstand. Es war Ben, der die Umarmung schließlich löste. Er stand schweigend auf und streckte ihr eine Hand entgegen. Hand in Hand wanderten sie über den Strand zurück.

Erst als sie wieder im Wagen saßen, redeten sie miteinander. Ben blickte beunruhigt drein.

»Ich müßte dir jetzt sagen, daß es mir leid tut, aber es tut mir nicht leid, Deanna.«

»Mir auch nicht.« Sie sprach wie im Schock. »Nur verstehe ich es nicht.«

»Vielleicht brauchen wir es nicht zu verstehen. Wir können immer noch Freunde sein.« Er sah sie an und versuchte zu lächeln, aber ihre Augen antworteten nicht darauf. Sie hatten einen irgendwie gehetzten Ausdruck.

»Ich fühle mich nicht betrogen. Wenigstens nicht von dir.« Sie wollte, daß er das wußte.

»Von dir selbst?«

»Vielleicht. Ich verstehe es einfach nicht.«

»Quäle dich nicht. Du hattest sehr klare Ansichten über dein Leben, als wir vorhin darüber sprachen. Es ist nicht nötig, daß du etwas verstehst oder erklärst.« Seine Stimme war so unerträglich liebevoll. »Wir können es vergessen. Ich bin sicher, das werden wir.«

Doch das wollte sie auch nicht, und das verwunderte sie am meisten. Sie wollte es ganz und gar nicht vergessen.

»War es dein Ernst, was du gesagt hast?« Sie meinte sein »Ich liebe dich«, und sie sah, daß er sie verstand. »So empfinde ich auch. Es ist wirklich ein bißchen verrückt.«

»Das ist es!« Diesmal lachte er laut heraus und küßte ihre Wange. »Vielleicht ist es sogar sehr verrückt. Doch was wir auch fühlen mögen, ich will dein Leben nicht zerstören. Du hast, was dir not tut, und es wäre ganz verkehrt, wenn ich dein Boot jetzt zum Kentern brächte. Ich kann mir denken, daß du die letzten achtzehn Jahre gebraucht hast, um dich mit diesem Leben abzufinden.« Es war die Wahrheit. »Ich verspreche es dir, Deanna. Ich will dich nicht verletzen.«

»Aber was sollen wir tun?« Sie kam sich wie ein Kind vor, verloren in seinen Armen.

»Nichts. Wir werden brav sein, alle beide. Und gute Freunde. Bist du damit einverstanden?«

»Ich muß wohl.« Ihre Stimme verriet Erleichterung ebenso wie Bedauern. Sie wollte Marc nicht betrügen. Ihre eheliche Treue bedeutete ihr viel.

Ben ließ den Motor an. Sie fuhren langsam nach Hause und sprachen wenig auf dem Rückweg. Es war ein Tag, den Deanna nicht so schnell vergessen würde. Eine Ewigkeit schien zu vergehen, bis sie vor ihrem Haus hielten.

»Wirst du ab und zu in mein Atelier zum Lunch kommen?« Sie sprach so wehmütig, daß es seinen Schmerz vertiefte. Aber er lächelte.

»Jederzeit. Ich rufe dich bald wieder an.«

Deanna nickte und stieg aus. Sie hörte ihn wegfahren, bevor sie eine Chance hatte, zurückzublicken.

Langsam stieg sie die Treppe zu ihrem Schlafzimmer hinauf und legte sich aufs Bett. Dann fiel ihr Blick auf das Telefon, und sie entdeckte eine Botschaft von Marc. Margaret hatte den Anruf heute nachmittag entgegengenommen. Deanna las: BITTE MR. DURAS ANRUFEN, und wand sich innerlich. Sie wollte jetzt nicht anrufen, sie wollte seine Stimme nicht hören. Nicht in diesem Augenblick. Ihr war jedoch klar, daß ihr nichts anderes übrigblieb. Sie mußte sich zwingen, den Traum am Strand zu verlassen und in ihr eigenes Leben zurückzukehren.

Es kostete sie eine halbe Stunde, sich zu dem Anruf aufzuraffen.

Schließlich wählte sie die Übersee-Vermittlung für Rom und verlangte Marcs Zimmer im Hassler.

Diesmal war er da.

»Marc? Ich bin's.«

»Ja. Hallo.« Seine Stimme klang fremd und kalt.

»Deanna.« Erst glaubte sie, er begreife nicht, wer am Apparat sei. Dann fiel ihr ein, daß es in Rom zwei Uhr morgens war. Zweifellos hatte er fest geschlafen.

»Ja, ja, ich weiß. Ich habe geschlafen.«

»Entschuldige. Wir wurden bei unserm letzten Gespräch unterbrochen, und Margaret hat mir eine Botschaft zurückgelassen. Ich dachte, es sei vielleicht wichtig.« Plötzlich beschlich sie ein merkwürdiges Gefühl. Seine Stimme klang nicht so, als ob er geschlafen habe.

»Richtig. Wo bist du gewesen?« Gott, warum sprach er so kalt? Warum jetzt? Sie brauchte einen Grund, ihr Leben mit ihm fortzusetzen. Einen Grund, sich nicht in Ben zu verlieben. Einen Grund, Marc treu zu bleiben.

»Ich war aus. Einkaufen.« Sie verabscheute die Lüge, aber was konnte sie ihm erzählen? Ich habe Ben Thompson am Strand geküßt? »Ist in Rom alles in Ordnung?«

»Bestens. Hör mal –« er zögerte einen Augenblick, »– ich rufe dich zurück.«

»Wann?« Sie mußte es wissen. Sie mußte ihn hören, mußte seine Stimme im Ohr behalten. Sicher würde das den Schmerz über das, was sie nicht haben konnte, lindern. »Wann wirst du mich anrufen?«

»Morgen. Dies Wochenende. Keine Bange, ich melde mich bestimmt. *D'accord?*«

»Ja, ist recht, gut.« Sein Ton traf sie bis ins Mark. »Ich liebe dich.« Das Flehen in ihrer Stimme entging ihm.

»Und ich dich. *Ciao.*« Und dann legte er auf, ohne noch etwas zu sagen. Deanna saß da und starrte blind das Telefon an.

An diesem Abend aß Deanna allein in ihrem Atelier. Danach stand sie eine halbe Stunde lang auf der kleinen gefliesten Terrasse und sah dem Sonnenuntergang über der Bucht zu. Sie hätte ihn sich zusammen mit Ben ansehen können, wenn sie ihn nicht weggeschickt hätte. Warum hatte sie das getan? Damit sie sich tugendhaft fühlen konnte, wenn Marc von der anderen Seite der Welt her anrief? Tränen rollten ihr über die Wangen. Die Türklingel läutete, und sie zuckte zusammen. Erst wollte sie nicht öffnen, dann fiel ihr ein, daß es Kim sein könnte, die nach ihr sehen wollte. Kim mußte das Licht im Atelier gesehen haben und denken, daß sie sich versteckte. Deanna wischte die Tränen mit dem Hemdsaum ab und rannte barfuß die Hintertreppe hinunter. Sie dachte nicht einmal daran, zu fragen, wer da sei. Sie riß einfach die Tür auf, und sie sah aus wie ein müdes, zerzaustes kleines Mädchen in Jeans und mit bloßen Füßen und auffällig schönem Haar. Sie hob den Kopf und erwartete Kim zu sehen. Überrascht wich sie zurück. Es war Ben.

»Komme ich ungelegen?« fragte er. Sie schüttelte den Kopf. »Können wir miteinander reden?« Er sah so beunruhigt aus, wie sie sich fühlte, und als sie zustimmend nickte, trat er schnell ein.

»Komm mit ins Atelier. Ich war eben oben.«

»Hast du gearbeitet?« Er suchte ihre Augen, und sie schüttelte den Kopf.

»Nachgedacht.«

»Das habe ich auch getan.«

Leise machte sie die Haustür zu. Ben folgte ihr die Treppe hinauf, und sie bot ihm mit einer Handbewegung ihren Lieblingssessel an. »Kaffee oder Wein?«

»Nichts, danke.« Plötzlich wirkte er sehr nervös, als frage er sich, warum er gekommen sei. Dann lehnte er sich im Sessel zurück, schloß die Augen und fuhr sich mit der Hand durchs Haar. »Das ist Wahnsinn. Ich hätte nicht kommen sollen.«

»Ich freue mich, daß du gekommen bist.«

»In dem Fall –« er öffnete die Augen und lächelte ihr versuchsweise zu »– freue ich mich auch. Deanna, ich – ich weiß, es ist verrückt... aber verdammt noch mal, ich liebe dich. Und ich komme mir wie ein unvernünftiges Kind vor. Ich dürfte nicht einmal hier sein. Ich habe absolut nichts Intelligentes zu sagen, außer dem, was ich dir am Strand gesagt habe.« Seine Stimme wurde zum Flüstern, und er senkte die Augen. »Nur, daß ich dich liebe.«

Es war lange still in dem Atelier. Sie sah ihn an, und ihre Augen füllten sich mit Tränen. Er hörte sie seufzen. »Ich liebe dich auch.«

»Weißt du, weshalb ich gekommen bin?« fragte er. »Ich wollte dir sagen, daß ich alles akzeptiere. Einen Augenblick, einen Abend, einen Sommer. Danach werde ich dir nicht im Weg stehen. Ich werde dich gehen lassen. Aber ich ertrage den Gedanken nicht, daß wir etwas verlieren sollen, das wir haben könnten.« Nun sah er zu ihr auf. Ihr Gesicht war naß von Tränen, die langsam auf ihr farbenverschmiertes Hemd tropften, aber sie lächelte ihn an und hielt ihm ihre Hand hin. Er faßte sie mit festem Griff und zog Deanna näher. »Hört sich das für dich nicht verrückt an?«

»Ja. Sehr. Und am Ende des Sommers?«

»Dann trennen wir uns.«

»Und wenn wir es nicht können?«

»Wir werden einfach müssen. Ich werde es können, weil ich weiß, es ist für deinen Seelenfrieden. Und du?«

»Ich nehme an, ich könnte es auch.« Ihre Arme schlossen sich um ihn. »Es ist mir gleich, was danach geschieht. Ich liebe dich.«

Mit breitem Lächeln drückte er sie an sich. Das hatte er hören wollen. Plötzlich fühlte er sich frei und aufgeregt und lebendig.

»Willst du mit mir nach Hause kommen, Deanna? Es ist dort schrecklich unordentlich, aber ich möchte, daß du mein Heim mit mir teilst. Ich möchte dir meine Schätze vorführen, die Dinge, die mir am Herzen liegen. Ich möchte dir mein Leben geben, dir meine Galerien zeigen und meine Arbeitsweise. Ich möchte mit dir am Strand in Carmel spazierengehen, ich möchte… oh, Deanna, mein Liebes, ich liebe dich!«

Jetzt lachten sie beide. Er hob sie hoch und trug sie die Treppe hinunter. Einen Augenblick lang war Deanna dankbar dafür, daß Margaret ihren freien Abend hatte, aber sie wagte es nicht, länger darüber nachzudenken. Nur einen Augenblick, und das war mehr Zeit, als sie auf Marc verwandte. Jetzt gehörte sie Ben. Für diesen Sommer.

9

»Guten Morgen.« Sie hörte Bens leise Stimme an ihrem Ohr. Sie öffnete ein Auge. Das Zimmer war unvertraut. Sie blickte auf eine blaßgelbe Wand. Jemand hatte die Läden der großen Fenster, die auf die Bucht hinausgingen, weit zurückgeschlagen, und die Sonne strömte herein. Gleich vor dem Fenster standen Bäume, und sie konnte Vögel singen hören. Es war ein herrlicher, warmer Sommertag, eher dem September gleichend als dem Juni.

Deanna ließ ihre Augen über die blaßgelbe Wand wandern, und sofort war sie bezaubert von einem Aquarell, das eine Strandlandschaft zeigte, einem kleineren Pastellbild und einem Ölgemälde. Die Bilder waren alle sehr stimmungsvoll und sonnig, Ben selbst nicht unähnlich. Deanna richtete sich auf einem Ellenbogen hoch, gähnte, streckte sich und lächelte. Er sah mit dem Gesicht der jungen Liebe auf sie nieder.

»Ich warte seit einer Stunde auf dich. Ich dachte, du würdest nie mehr aufwachen!« Es klang weniger nach einem Liebhaber als nach einem kleinen Jungen, und Deanna lachte.

»Ich glaube, ich war ein wenig müde.« Wieder lächelte sie und glitt zurück unter die Decke, eine Hand auf seinem Oberschenkel. Es war eine lange, köstliche Nacht in seinen Armen gewesen, und sie waren erst im Morgengrauen eingeschlafen.

»Ist das eine Beschwerde?«

»Hm-m.« Sie ließ ihre Lippen sein Bein hinaufgleiten, machte an seiner Hüfte halt und küßte die helle, zarte Haut, wo eine kleine Ader klopfte. »Guten Morgen, mein Liebster.« Sie sah, daß sich neues Leben regte, und Ben zog sie sanft wieder in seine Arme.

»Habe ich dir heute morgen schon gesagt, wie sehr ich dich liebe?« Er sah ihr zärtlich in die Augen. Es war etwas in seinem Gesicht, von dem sie geträumt und das sie gemalt, das sie aber nie gesehen hatte. Es war eine Art von Leidenschaft, eine Art ungefesselter Liebe. Sie hatte sich lange danach gesehnt und aufgehört zu glauben, daß so etwas existieren könne. »Ich liebe dich, Deanna… ich liebe dich…« Seine Worte schmolzen auf ihren Lippen, als er sie zum erstenmal an diesem Morgen küßte. Langsam ließ er seinen Körper über sie gleiten. Sie protestierte schwach, aber mit Lachen und Zappeln. Er drückte sie fest an sich. »Hast du etwas dagegen?« fragte er belustigt und erstaunt. Es sah nicht so aus, als würde er sich durch irgend etwas, das sie sagen würde, von seinem Vorsatz abbringen lassen.

»Ich habe mir nicht einmal die Zähne geputzt! Und mein Haar nicht gekämmt... und...« Er erstickte ihre Worte mit seinen Küssen. Kichernd fuhr sie ihm mit den Händen durch sein ungekämmtes Haar. »Ben... ich muß erst...«

»Nein, mußt du nicht. Ich liebe dich, wie du bist.« Es klang überzeugt.

»Aber ich...«

»Schsch...«

»Ben!« Diesmal vergaß sie ihre Zähne und ihr Haar. Sie war zu glücklich da, wo sie war, fortgetragen, dahintreibend auf einem Meer des Entzückens, als sein ganzer Körper in ihre Seele einzudringen schien.

»Schläfrig, Liebling?« Seine Stimme war nur ein Flüstern, als sie endlich sprachen. Beinahe zwei Stunden waren vergangen. Sie hatte sich glücklich in seinen Armen zusammengerollt, ein Bein zwischen den seinen.

»Hm-mmm... Ben?«

»Ja?« Seine Stimme war so sanft an diesem warmen Sommermorgen.

»Ich liebe dich.« Sie sagte es beinahe wie ein kleines Mädchen.

»Ich liebe dich auch. Jetzt schlaf.«

Und das tat sie, weitere zwei Stunden lang. Als sie die Augen öffnete, stand er am Fußende des Bettes. Er war angezogen und hielt ein Tablett in den Händen. Es überraschte Deanna, daß er einen blaugestreiften Straßenanzug trug. »Was hast du vor?« Verwirrt setzte sie sich im Bett auf und fuhr sich mit einer Hand durchs Haar. Plötzlich fühlte sie sich sehr nackt und zerzaust. Der süße Geruch ihrer Liebe stieg von dem Bett auf. »Wie lange habe ich geschlafen?«

»Nicht sehr lange. Ich würde auch noch so aussehen, hätte ich nicht eine Lunch-Verabredung in der Galerie. Gestern habe ich schon eine abgesagt, und wenn ich diese auch absage, wird Sally kündigen. Aber ich werde nicht lange fort sein.« Er stellte das Tablett auf ihre Knie. Deanna saß mit dem Rücken gegen die Kissen in dem großen Doppelbett. »Ich hoffe, das wird reichen.« Er hatte ihr Croissants, Obst, Milchkaffee und ein sorgfältig pochiertes Ei gebracht. »Ich wußte nicht recht, was du gern zum Frühstück ißt.« Er lächelte, und wieder sah er sehr jung aus.

Deanna sah verwundert das Frühstück und dann ihn an. Was sollte sie sagen? Er war an einem Strand in Carmel in ihrem Leben aufgetaucht, und jetzt machte er ihr pochierte Eier und Croissants zum Frühstück und entschuldigte sich, daß er nicht gewußt habe, was sie gern esse. Sie hatten sich die ganze Nacht und den größten Teil des Vormittags geliebt. Er hatte ihr gesagt, er liebe sie, und sie hatte es ihm gesagt. Sie fühlte sich nicht einmal schuldig, weil sie in seinem Bett aufwachte und nicht in ihrem eigenen – in dem Bett, das sie achtzehn Jahre lang mit Marc geteilt hatte. Marc interessierte sie an diesem Morgen überhaupt nicht. Sie fühlte sich glücklich, jung und verliebt, und alles, was sie sich wünschte, war das, was sie mit Ben hatte. Mit hinreißendem Lächeln sah sie zu ihm auf. Dann nahm sie ein Croissant und seufzte.

»Ich warne Sie, mein Herr, wenn Sie mich verwöhnen, werde ich in weniger als einer Woche unerträglich sein.«

»Nein, das wirst du nicht.« Er sagte es recht überzeugt. Plötzlich wirkte er wieder sehr erwachsen.

»Doch, das werde ich.« Genießerisch schloß sie die Augen und aß ihr Hörnchen. »Ich werde jeden Morgen Croissants erwarten und pochierte Eier und Café au lait…« Sie öffnete die Augen. Sie waren sehr strahlend und voller Schelmerei. »Ich werde sogar erwarten, daß du jeden Tag zu Hause bleibst, damit wir uns lieben können.«

»Nein, das wirst du nicht.«

»So? Warum nicht?«

»Weil du morgen an der Reihe bist, das Frühstück für mich zu machen. Dies ist eine Demokratie, Deanna. Wir leben hier zusammen, wir wechseln uns ab. Wir verwöhnen einander. Wir machen einander pochierte Eier.« Er beugte sich nieder, um sie ein letztes Mal zu küssen. »Und ich ziehe Spiegeleier vor.«

»Das werde ich mir notieren.« Sie grinste ihn an.

Er richtete sich auf. »Ich erinnere dich schon daran.«

»Okay.« Sie aß ihr Frühstück weiter, vollkommen glücklich und gelöst. Ihr war, als lebten sie schon seit Monaten, wenn nicht seit Jahren zusammen. Es kam ihr gar nicht seltsam vor, daß er glücklich auf ihre nackten Brüste niederlächelte, während sie Café au lait aus einem leuchtendgelben Becher trank. Alles zwischen ihnen war einfach, wirklich und gemütlich, sehr weit entfernt von der Förmlichkeit und den Ritualen ihres eigenen Heims. Und Deanna stellte fest, daß Bens Art ihr besser gefiel. Der gelbe Becher in ihrer Hand fühlte sich fest an, stark, nicht wie das zierliche blaugeblümte Limoges-Porzellan von Marcs Mutter.

»Was wirst du heute unternehmen?«

»Ich glaube, zuerst einmal nehme ich ein Bad.« Sie zog die Nase kraus, und sie lachten beide.

»Ich liebe dich gerade so, wie du bist.«

»Du bist ein Schweinchen.« Aber sie streckte ihm ihre Arme entgegen, und er küßte sie noch einmal. Dann trat er zurück und rollte bedauernd die Augen.

»Gott, vielleicht muß ich diese Lunch-Verabredung doch noch absagen.«

»Danach ist auch noch Zeit. Oder –« Sie wollte ihn fragen, ob sie sich heute abend sehen würden, doch sie las ihm die Antwort bereits von den Augen ab.

»Kein ›Oder‹, Deanna. Um fünf werde ich in der Galerie fertig sein. Ich dachte, wir könnten in irgendein ruhiges Lokal zum Dinner gehen. Vielleicht irgendwo in Marin?«

»Das wäre fein.« Sie lehnte sich mit glücklichem Lächeln gegen die Kissen zurück. Da entdeckte sie einen Schatten von Besorgnis in seinen Augen. »Stimmt etwas nicht?«

»Für mich ist alles in Ordnung. Aber ich – ich habe mich gefragt, wie dir dabei zumute ist, wenn – wenn wir zusammen ausgehen. Ich möchte dich nicht in eine schwierige Situation bringen.« Er mußte sich selbst daran erinnern, daß sie noch ein anderes Leben führte. Daß sie nie völlig ihm gehören würde. Daß er sie geliehen hatte. Wie ein Meisterwerk aus einem ausländischen Museum, nicht wie etwas, das er besitzen und behalten konnte. Es würde sie in der Zeit, die sie teilen durften, unendlich kostbarer machen. »Schafft es kein Problem für dich, wenn wir zusammen ausgehen?« Er sah sie offen an, die grünen Augen zärtlich und groß.

»Das braucht es nicht. Es wird davon abhängen, was wir tun, wohin wir gehen, wie wir uns benehmen. Ich glaube, es besteht keine Gefahr.« Er nickte, sagte nichts mehr, und sie hielt ihm die Hand hin. Er ergriff sie schweigend und setzte sich wieder auf die Bettkante.

»Ich will nichts tun, was dir später Schaden zufügen könnte.«

»Das wirst du auch nicht. Nun hör auf, dir Sorgen zu machen. Alles wird gutgehen.«

»Es ist mir ernst damit, Deanna. Ich wäre unglücklich, wenn du später dafür leiden müßtest.«

»Meinst du nicht, daß wir beide leiden werden?«

Er sah überrascht auf. »Was meinst du?«

»Ich meine, dies wird der schönste Sommer meines Lebens und, wie ich hoffe, auch deines Lebens werden. Wenn er endet, wenn wir beide zu unserem eigenen Leben zurückkehren, glaubst du nicht, daß wir dann leiden werden?«

Er nickte und blickte auf die anmutige Hand nieder, die er fest umschlossen hielt. »Bereust du, was wir begonnen haben?«

Deanna warf den Kopf in den Nacken. Ihr Lachen klang silbern. Dann küßte sie ihn zärtlich auf die Wange. »Keine Sekunde lang.« Sie wurde wieder ernst. »Aber wir wären verrückt, wenn wir erwarteten, später nicht leiden zu müssen. Wenn es überhaupt etwas wert ist, wenn es schön ist, wenn es uns wirklich berührt... dann werden wir leiden. Das müssen wir akzeptieren.«

»Das tue ich. Für mich selbst. Aber --«

»Aber was? Du willst nicht, daß es mir weh tut? Du willst nicht, daß ich es empfinde? Oder daß ich dich liebe? Sei nicht dumm, Ben. Das ist es wert.«

»Das verstehe ich. Ich stimme dir zu. Trotzdem möchte ich diskret sein. Du sollst keine Schwierigkeiten mit Marc bekommen.« Sie wand sich beinahe, als sie den Namen hörte. Ben beugte sich vor, küßte sie schnell und stand auf. »Ich glaube, wir haben für einen Morgen genug gesagt.« Er verabscheute es, daran zu denken, was am Ende des Sommers geschehen würde, aber es war schwer zu glauben, daß diese Zeit einmal kam. Ihr Beisammensein hatte eben erst begonnen. »Wo wirst du um fünf sein?« Er war an der Tür und sah über die Schulter zu ihr zurück. »Hier?«

Deanna schüttelte den Kopf. »Ich gehe besser nach Hause.«

»Soll ich dich dort abholen?« Sein Gesicht verriet Zweifel.

»Ich komme zu dir.«

Er nickte, lächelte und war fort. Einen Augenblick später hörte Deanna den kleinen deutschen Wagen abfahren. Sie ging im Zimmer umher, setzte sich nackt auf die Bettkante und schlug die Beine übereinander. Sie lächelte vor sich hin. Am liebsten hätte sie gesungen. Die Welt war wundervoll, und sie war verliebt. Er war ein großartiger Mann, so sanft und so rücksichtsvoll und so klug. Und außerdem amüsierte er sie. Er liebte es, zu lachen, dumme Witze und komische Geschichten zu erzählen. Am vorigen Abend hatte er ihr stundenlang von seiner Jugend berichtet, ihr Fotoalben von sich als Kind und seinen Eltern und seiner Schwester und ihren Freunden gezeigt, von denen viele berühmte Künstler und Schauspieler und Stückeschreiber und Schriftsteller waren. Die Alben lagen immer noch auf dem Fußboden ausgebreitet.

Ben besaß ein gemütliches Häuschen, ganz anders als das Cottage in Carmel. Das Haus in Carmel war größer und in den gleichen blassen Sandfarben gehalten wie der Strand, Weiß-, Beige- und Grautöne, staubfarbenes Holz und weiche naturfarbene Wollstoffe. Das Stadthaus war ein kleines »*Bijou*« hoch oben auf dem Telegraph Hill und vollgestopft mit Gemälden und Büchern. Zwei tiefe Couches mit roten Lederbezügen standen in einem Wohnzimmer, das viele schön gebundene Bücher enthielt, hauptsächlich über Malerei. Die Wände in einem weichen Beige erhöhten die Wirkung der beiden Ölgemälde, die er aufgehängt hatte. Die Fußböden waren aus altem, gebohnertem Holz, und der Teppich war orientalisch, aber nicht so kostbar wie die, die Marc vor Jahren aus dem Iran mitgebracht hatte. Bens kleines Heim war kein Schaustück. Es war warm und schön und ein Ort, an dem er sich offenbar gern aufhielt, an dem er Abende mit seinen Malern oder seinen Freunden verbrachte. Es gab einen oft benutzten Kamin mit Feuerböcken aus Messing, die er in Frankreich gefunden hatte, und in einer Ecke stand eine Baßgeige. Er hatte ein kleines Klavier und eine Gitarre, einen schönen alten englischen Schreibtisch und eine Bronze-Büste von Cézanne. Überall herrschte eine Art von freundlicher Unordnung. Einige Gegenstände waren wertvoll, aber die meisten hatten Wert nur für ihn und die Menschen, die ihn liebten. Das Wohnzimmer war ganz Ben und ebenso das hübsche kleine gelbe Schlafzimmer, dessen Fenster nach Osten auf die Bucht hinausgingen, so daß es hell wie die Morgensonne war. Es grenzte an eine winzige Terrasse mit üppig blühenden Pflanzen und zwei bequemen, verblaßten Segeltuch-Sesseln. Sonst enthielt das Haus nur noch eine Küche und einen Abstellraum, in dem Ben seine Arbeitsunterlagen untergebracht hatte – einige wenige Ölgemälde, viele Aktenordner, noch einen Schreibtisch. Dies zusätzliche Zimmer erlaubte es ihm, zu Hause zu arbeiten, und wie sein Wagen war es nützlich, aber nicht luxuriös. Bei ihrem Rundgang wurde Deanna klar, daß Bens Welt eine seltsame Mischung von Bequemlichkeit und Stil war und daß er beides auf einmalige Art harmonisch in sich vereinte.

Deanna schlüpfte in seinen blau-schwarzen seidenen Bademantel und wanderte auf die Terrasse hinaus. Sie setzte sich auf einen der verblaßten Segeltuch-Sessel. Einmal hatte er in Papageiengrün geleuchtet, nun war er zu einem sehr hellen Limonengrün ausgebleicht. Sie streckte die Beine aus. Wo mochte er jetzt sein? Bereits in der Galerie? Saß er beim Lunch? Unterschrieb er Schecks mit Sally? Sprach er mit Gustave? Sie liebte die Art, wie er sein Leben führte, was er tat, wie er die Menschen seiner Umgebung behandelte – wie er sie selbst behandelte. Sie stellte fest, daß ihr sogar der Gedanke gefiel, abwechselnd das Frühstück zu bereiten – Demokratie hatte er es genannt. Es war einfach eine sehr angenehme Art zu leben. Sie ließ den Bademantel ein bißchen auseinanderfallen und genoß die Wärme der Sonnenstrahlen. In einer Weile würde sie nach Hause in ihr Atelier gehen und malen. Aber noch nicht gleich. Sie war zu glücklich, wie eine Katze in der Sonne zu sitzen und an Ben zu denken.

»Grazie, Signore… Signora Duras.« Der Portier im Hassler verbeugte sich förmlich vor Chantal und Marc, als sie das Hotel verließen, und Marc beglückte ihn mit einem mehr als großzügigen Trinkgeld. Vor dem Hotel wartete bereits ein Wagen auf sie. Ihr Gepäck war im Kofferraum verstaut, und der Fahrer hatte Anweisung, sie zum Flughafen zu bringen.

Während der Fahrt war Chantal merkwürdig still. Endlich riß Marc seine Aufmerksamkeit von der Fensterscheibe los und erlaubte sich, ihren Blick zu suchen.

»Bist du sicher, daß du das willst?«

»Absolut.«

Aber es machte ihm Sorgen. Sie war noch nie derartig widerspenstig gewesen. Sie hatte sich strikt geweigert, sich in San Remo oder einer anderen Stadt an der Riviera zu verkriechen. Sie wollte nach

Paris zurückkehren und dort auf ihn warten, während er seine Familie in Cap d'Antibes besuchte. Damit sie sich ein Wochenende mit ihrem Liebhaber stehlen konnte, dem Mann, der ihr einen Heiratsantrag gemacht hatte? Die versteckte Drohung war nicht ohne Eindruck auf Marc geblieben. Er loderte in mörderischer Eifersucht.

»Was willst du denn nun das ganze Wochenende mit dir anfangen?« Er sprach unüberhörbar gereizt. Aber sie gab ihm den Blick in dem durch den Verkehr brausenden Wagen ruhig zurück.

»Ich werde ins Büro gehen. Ich kann nicht alles auf Marie-Anges Schultern lassen. Schlimm genug, daß sie alle Arbeit tun muß, wann immer wir auf Reisen gehen. Da ich jetzt gerade Zeit habe, kann ich auch vorbeischauen und nachsehen, was sich tut.«

»Deine Hingabe an dein Geschäft beeindruckt mich. Das ist neu, nicht wahr?« Es kam nur selten vor, daß er sarkastisch zu Chantal sprach.

Sie blieb ihm jedoch nichts schuldig. »Nein, neu ist es nicht. Du bist nur nicht oft genug da, um es zu sehen. Was hast du dir denn vorgestellt, daß ich tun würde?«

»Deine Neuigkeiten gestern habe ich noch nicht vergessen, Chantal.«

»Ich sagte, jemand habe mich gebeten. Ich habe nicht gesagt, ich hätte angenommen.«

»Wie tröstlich. Man kann jedoch voraussetzen, daß er dich nicht nach nur zwei Verabredungen zum Lunch und einer Teegesellschaft gebeten hat. Ich könnte mir denken, daß ihr euch recht gut kennt.«

Chantal antwortete nicht. Sie sah aus dem Fenster, und Marc-Edouard tobte innerlich. Verdammt noch mal, was erwartete sie von ihm? Er konnte nicht mehr Zeit mit ihr verbringen, als er es bereits tat, und er konnte ihr kaum einen Heiratsantrag machen. Er hatte Deanna.

Als Chantal endlich sprach, war ihre Stimme merkwürdig weich. »Mach dir keine Sorgen darüber.«

»Ich danke dir.« Er seufzte und nahm ihre Hand. Seine Schultern schienen zu sacken. »Ich liebe dich, mein Kleines. Bitte, bitte, versuch zu verstehen.«

»Ich versuche es ja. Mehr als du ahnst.«

»Ich weiß, es ist schwer für dich. Für mich ist es das auch. Aber stürze dich wenigstens nicht in einen Konkurrenzkampf mit Pilar und meiner Mutter. Das ist einfach nicht fair. Ich muß auch sie einmal besuchen.«

»Ich vielleicht auch.« Ihre Stimme klang so traurig, daß er nicht mehr wußte, was er sagen sollte. Wäre er ein weniger rationaler Mann gewesen, hätte er wohl den Entschluß gefaßt, die Vernunft in den Wind zu schreiben und sie mitzunehmen. Doch das konnte er einfach nicht.

»Liebling, es tut mir leid.« Sanft legte er ihr den Arm um die Schultern und zog sie an sich, und sie leistete keinen Widerstand. »Ich werde mir Mühe geben, diese Sache durchzudenken. In Ordnung?« Sie nickte stumm. Eine Träne hing an den Spitzen ihrer Wimpern, und es zerriß ihm das Herz. »Es ist nur für ein paar Tage. Am Sonntagabend komme ich zu dir. Wir können im Maxim essen, bevor wir nach Athen abreisen.«

»Wann werden wir abreisen?«

»Montag oder Dienstag.«

Wieder nickte sie. Er drückte sie auf dem ganzen Weg zum Flughafen an sich...

Deanna drehte ihren Schlüssel im Schloß, blieb einen Augenblick stehen und lauschte nach Margaret. Niemand zu Hause. Es war immer noch Margarets freier Tag. War das möglich? Waren nicht Wochen vergangen? Oder Monate oder sogar Jahre? War sie erst gestern abend mit Ben weggegangen, hatten sie sich das allererste Mal geliebt? War es erst achtzehn Stunden her, daß sie das Haus verlassen hatte? Sie schloß die Tür hinter sich, und ihr Herz klopfte. In Bens Haus war es so friedlich gewesen, als sie badete und sich anzog. Sie hatte zwei Vögelchen auf der Terrasse beobachtet, und sie hatte sich eine seiner Schallplatten angehört, während sie das Bett machte. Aus einem großen Obstkorb in der Küche hatte sie sich eine Pflaume genommen, und es war ihr vorgekommen, als wohne sie seit Jahren da, als gehöre das Haus ihr ebenso wie ihm. Und jetzt war sie plötzlich wieder in Marcs Haus, in dem Heim von Monsieur und Madame Duras. Ihr Blick fiel auf die silbergerahmte Fotografie, die in ihrem ersten Sommer in Cap d'Antibes aufgenommen worden war. Konnte sie das gewesen sein? Verlegen stand sie mit einem Glas Weißwein in der Hand da, und Marc plauderte mit seiner Mutter, die einen gigantischen Strohhut trug. Wie unbehaglich wurde ihr wieder, als sie das Foto nur ansah, wie unbehaglich fühlte sie sich in diesem Raum. Sie stand im Eingang zu dem blaßgrün-seidenen Wohnzimmer mit dem Aubusson-Teppich, und allein von diesem Anblick wurde ihr kalt. Aber dies war ihr Heim. Hierhin gehörte sie, nicht in das Häuschen auf dem Hügel, wo sie soeben die Nacht mit einem fremden Mann verbracht hatte. Was um alles in der Welt tat sie?

Sie schlüpfte aus den Sandaletten, wanderte barfuß in den kühlen grünen Raum hinein und setzte sich vorsichtig auf die Couch nieder. Was hatte sie getan? Sie hatte Marc zum erstenmal in achtzehn Jahren betrogen, und es war ihr alles so natürlich, so normal erschienen. Eine ganze Nacht hindurch war es gewesen, als kenne sie Marc gar nicht, als sei sie mit Ben verheiratet. Sie faßte nach einer kleinen Fotografie von Pilar, ebenfalls in einem Silberrahmen, und sah, daß ihre Hand zitterte. Pilar war in Tenniskleidung; das Bild war in Südfrankreich gemacht worden. Deanna starrte es beinahe blind an. Sie hörte das unablässige Läuten der Klingel nicht einmal. Erst zwei oder drei Minuten später erfaßte sie, daß jemand an der Tür war. Erschrocken sprang sie auf und legte die Fotografie von Pilar hin. Sie ging zur Tür, und ihre Gedanken rasten. Wer war das? Wer wußte es? Und was, wenn es Ben war? Sie war nicht bereit, ihn jetzt wiederzusehen. Es war falsch, was sie getan hatten. Sie mußte es ihm sagen, sie mußte ein Ende machen, jetzt, bevor es zu spät war, bevor ihr geordnetes Leben auseinanderbrach... bevor...

»Wer ist da?«

Eine Stimme informierte sie, es sei etwas abzugeben. Widerstrebend öffnete sie die Tür und sah den Botenjungen. »Aber ich habe nichts bestellt...« Dann begriff sie. Es waren Blumen von Ben. Einen Augenblick lang wollte sie sie abweisen, zurückschicken, so tun, als sei in der vorigen Nacht nichts Ungewöhnliches passiert und als würde nie dergleichen geschehen. Statt dessen nahm sie den Strauß entgegen und trug ihn hinein. Sie löste die Karte ab und hielt sie eine Weile in der Hand, bevor sie las, was darauf stand:

Komm schnell nach Hause, mein Liebling. Ich bin um fünf da.
Ich liebe Dich,
Ben

Ich liebe Dich, Ben. Tränen traten ihr bei diesen Worten in die Augen und flossen über ihre Wangen. Ich liebe Dich, Ben. Es war bereits zu spät. Sie liebte ihn auch.

Sie rannte hinauf in ihr Zimmer und packte einen kleinen Koffer. Dann ging sie ins Atelier. Mehr wollte sie nicht mitnehmen. Nur eine oder zwei Leinwände, ein paar Farben, das würde für eine Weile reichen. Sie brauchte ja nicht länger als ein paar Tage zu bleiben. Das war alles.

Sie hinterließ eine Telefonnummer für Margaret und schrieb ihr, sie sei bei einer Freundin. Um halb sechs war sie zurück in seinem Haus. Sie parkte den Jaguar einen halben Block entfernt und schritt zögernd auf die Tür zu. Zum Teufel, was tat sie da? Aber er hatte sie auf den Eingangsstufen gehört. Bevor sie läutete, öffnete er die Tür mit einer Verbeugung und einem Lächeln und einer schwungvollen Armbewegung.

»Komm herein. Ich warte seit Stunden.« Leise schloß er die Tür hinter ihr. Sie stand da und kniff die Augen zusammen, um die Tränen zurückzudrängen. »Deanna? Was hast du, Liebes?« fragte er besorgt. Schützend legte er die Arme um sie. »Hast du Angst?«

Sie öffnete die Augen und nickte zögernd.

Ben lächelte nur, drückte sie ganz fest an sich und flüsterte in ihr Haar: »Ich auch.«

10

»Okay, Mädchen, raus mit dir. Du bist an der Reihe.« Ben knuffte sie leicht ins Kreuz, und Deanna stöhnte.

»Bin ich nicht. Ich habe gestern Frühstück gemacht.« Sie lächelte in das Kissen und versteckte ihr Gesicht.

»Weißt du, daß ich dich liebe, auch wenn du eine Lügnerin bist? Ich habe das Frühstück gestern und vorgestern und auch die vier Tage davor gemacht. Meiner Meinung nach schuldest du mir dreimal Frühstück nacheinander.«

»Das ist nicht wahr!« Sie kicherte.

»Und ob das wahr ist! Ich habe dir gesagt, daß hier Demokratie herrscht!« Er lachte auch und versuchte, den nackten Körper, den er so liebte, herumzudrehen, damit er ihr Gesicht sehen konnte.

»Ich mag keine Demokratie!«

»Das nützt dir nichts. Ich möchte Kaffee und französischen Toast und Eier.«

»Und wenn ich nicht will?«

»Dann schläfst du heute nacht auf der Terrasse.«

»Ich wußte es, ich hätte Margaret mitbringen sollen.«

»Eine *ménage à trois?* Hört sich wundervoll an. Kann sie kochen?«

»Besser als ich.«

»Gut. Sie soll morgen einziehen.« Er rollte sich mit zufriedenem Lächeln im Bett herum. »Inzwischen lüpfst du deinen faulen Hintern und fütterst mich.«

»Du bist gräßlich verwöhnt.«

»Und das gefällt mir.«

»Du wirst dick werden.« Sie saß auf der Bettkante und betrachtete seinen alles andere als übergewichtigen Körper. »Außerdem sind Eier nicht gut für dich, sie enthalten Kohlenwasserstoff oder Cholesterol oder Chromosomen oder so etwas. Und...« Er zeigte mit gespielt strengem Gesicht auf die Küche, und Deanna stand auf. »Ich hasse dich.«

»Ich weiß.«

Lachend verschwand sie. Sie waren seit zwei Wochen zusammen – ein Augenblick, eine Lebensspanne. Sie kochten und erledigten die Hausarbeit abwechselnd. Ein komisches altes Frauchen kam zweimal die Woche zum Saubermachen, aber Ben liebte es, alles selbst zu tun, und Deanna genoß es, diese Dinge mit ihm zu teilen. Sie kauften ein, kochten Essen, polierten das Messing und rissen das Unkraut zwischen den Blumen auf der Terrasse aus. Sie sah ihm zu, wenn er Kataloge von bevorstehenden Auktionen studierte, und er sah ihr zu, wenn sie zeichnete oder in Pastell oder Öl malte. Er war der erste Mensch, dem sie erlaubte, dem Entstehen ihrer Arbeiten zuzusehen. Sie lasen Kriminalromane und saßen vor dem Fernseher und machten Autofahrten. Einmal gingen sie um Mitternacht am Strand spazieren, und zweimal übernachteten sie in seinem Haus in Carmel. Deanna besuchte eine weitere Vernissage in seiner Galerie und begleitete ihn als seine Frau, als er einen neuen Maler besuchte. Es war, als habe es vorher nichts gegeben und als werde nachher nichts mehr kommen – sie genossen nur die Zeit und das Leben, das sie teilten.

Deanna stellte das Tablett mit seinem Frühstück ab und gab ihm die Zeitung. »Weißt du was? Ich liebe dich. Wirklich.«

»Das sagst du so erstaunt. Hattest du Angst, die Demokratie würde dir deine letzten Kräfte rauben?«

»Vielleicht.« Mit einem kleinen glücklichen Schulterzucken setzte sie sich. »Ich habe im praktischen Sinn seit langer Zeit nicht mehr für mich selbst oder sonst jemanden gesorgt. Verantwortlich bin ich für vieles, aber Frühstück brauche ich nicht zu machen. Oder sonst etwas, das wir getan haben.«

»Mir paßt es nicht, von anderen abhängig zu sein, zum Beispiel von Hausmädchen. Im Grunde liebe ich das ganz einfache Leben.«

Sie grinste in sich hinein, denn sie dachte an die drei umwerfend teuren Gemälde, die er tags zuvor in Los Angeles gekauft hatte. Aber sie wußte, er sprach die Wahrheit. Überfluß war nicht sein Stil. Davon hatte er als Kind zuviel gesehen, erst bei seinen Großeltern, dann bei seinem Vater. Mit dem Häuschen auf dem Hügel in San Francisco und dem gemütlichen Cottage in Carmel war er glücklicher.

Er beugte sich vor und küßte sie auf die Nasenspitze. Dann lehnte er sich mit dem von ihr zubereiteten Frühstück auf den Schenkeln, das immer noch auf dem Tablett wartete, wieder gegen die Kissen. »Ich liebe dich, Deanna.« Er lächelte verführerisch. »Und wann wirst du den Vertrag mit der Galerie unterschreiben?«

»Fängst du schon wieder damit an? Also darum geht es! Ich wußte es! Ich wußte es!« Sie zielte mit einem Kissen nach seinem Kopf und lachte, als er sich duckte. »Was manche Leute nicht alles tun, um neue Maler zum Unterschreiben zu kriegen!«

»Und? Hat es funktioniert?«

»Natürlich nicht! Da mußt du dir etwas Besseres einfallen lassen.«

»Etwas Besseres?« Er sah sie unheilverkündend an und stellte das Frühstückstablett zur Seite. »Was genau meinst du mit ›etwas Besserem‹?« Er schloß ihren Mund mit einem Kuß und griff nach ihrer Taille. »Besser...?« Jetzt lachten sie beide. Es war eine halbe Stunde später, als sie sich voneinander lösten und wieder zu Atem kamen. »Nun, war das besser?« fragte Ben.

»Viel.«

»Gut.« Auf dem Rücken liegend, sah er glücklich zu ihr auf.

»Wirst du nun unterschreiben?«

»Also...« Deanna legte ihren Kopf an seine Brust und gähnte ein bißchen. »Vielleicht, wenn du deine Überzeugungskunst wiederholst...«

»Deanna!« Er rollte sich herum und über sie und nahm ihren Hals drohend in beide Hände. »Ich will, daß du unterschreibst!« brüllte er.

Sie lächelte süß. »Okay.«

»Was?« Er setzte sich auf. Sein Gesicht war nichts als Erstaunen.

»Ich sagte: okay. Gut?«

»Ist das dein Ernst?«

»Ja. Willst du mich noch? Für die Galerie, meine ich.« Sie grinste und sah ihn fragend an. Vielleicht war es doch nur ein Spiel gewesen.

Aber er betrachtete sie, als sei sie verrückt geworden. »Natürlich will ich dich noch, du Wahnsinnige! Du bist die beste unter all den neuen Malern, die ich in fünfzehn Jahren in die Finger bekommen habe!«

Sie drehte sich ihm wieder zu und schnurrte wie ein Kätzchen. »Und wen im einzelnen hast du in den letzten fünfzehn Jahren ›in die Finger bekommen‹?«

»Du weißt, was ich meine. Ich meine Leute wie Gustave.« Sie lachten beide über den Gedanken. »Ist es dein Ernst, Deanna? Wirst du unterschreiben?« Sie nickte. »Du mußt nicht, weißt du. Ich liebe dich auch dann, wenn du mir nie erlaubst, deine Bilder auszustellen.«

»Ich weiß. Aber ich habe dich seit Wochen bei der Arbeit beobachtet, und ich halte es nicht mehr aus. Ich möchte teil daran haben. Ich möchte meine eigene Ausstellung.«

Er lachte. »Deine eigene, wie? Keine anderen Maler. Na gut, du hast sie. Wann?«

»Wie du es einrichten kannst.«

»Ich werde mit Sally den Terminkalender durchgehen. Vielleicht in ein paar Wochen.« Mit breitem Lächeln nahm er sein Frühstück ein. Er sah aus, als habe Deanna ihm soeben einen Sohn geboren.

»Soll ich dir noch etwas sagen?« Sie sah zu, wie er den eiskalten französischen Toast verschlang.

»Alles, was du tun sollst, ist, mir deine Bilder bringen und mich sie ausstellen lassen. Von jetzt an mache ich das Frühstück. Jeden Tag.

Nein... fünfmal die Woche. Du machst es an den Wochenenden. Wie ist das?«

»Wundervoll. Ich wußte, es würde mir Vorteile eintragen, wenn ich nachgebe.« Sie zog die Decke bis ans Kinn hoch. »Ben? Glaubst du, daß ich es richtig mache?«

Er konnte sich denken, was jetzt kam. Die Zweifel standen ihr im Gesicht geschrieben. Doch er würde sie nicht mehr entkommen lassen. »Halt den Mund. Wenn du so anfängst, machen wir die Ausstellung nächste Woche. Du bist gut genug. Du bist überwältigend. Du bist phantastisch. Um Gottes willen, Deanna, du bist die beste junge Malerin in dieser Stadt und wahrscheinlich in Los Angeles dazu. Sei nur ruhig und laß mich für die Ausstellung sorgen. In Ordnung?«

»In Ordnung.«

Eine Zeitlang war sie sehr still und dachte an Marc. Wie sollte sie ihm beibringen, daß sie sich endlich zu einer Ausstellung entschlossen hatte? Mußte er es überhaupt wissen? Vor Jahren hatte er ihr gesagt, sie solle ihre Träume von der Malerei vergessen. Eine Madame Duras sei keine »Hippie-Malerin«. Aber verdammt noch mal, das war sie nicht, und welches Recht hatte er...

»Was denkst du?« Ben beobachtete sie immer noch.

»Nicht viel.« Sie lächelte. »Ich dachte gerade an die Ausstellung.«

»Bestimmt? Ein Gesicht hast du gemacht, als solltest du zusammengeschlagen werden.«

Sie seufzte, dann sah sie ihn wieder an. »So war mir auch zumute. Ich habe versucht, mir zurechtzulegen, was... was ich Marc sagen soll.«

»Mußt du es ihm sagen?« fragte Ben betroffen.

»Das sollte ich wohl. Ich weiß, es hört sich verrückt für dich an, aber ich will nicht unehrlich mit ihm sein. Nicht mehr, als ich muß.«

»Es hört sich tatsächlich verrückt an, aber ich verstehe, wie du es meinst. Die Ausstellung wird ihn gar nicht freuen, stimmt's?«

»So ist es. Aber ich finde, daß ich es ihm sagen muß.«

»Und wenn er nein sagt?« Bens Gesicht zeigte, daß er sich verletzt fühlte, und Deanna senkte die Augen.

»Das wird er nicht.«

Sie wußten jedoch beide, er würde nein sagen.

Marc schloß leise die Wohnungstür auf. Es war das zweite Wochenende, das er ohne Chantal verbracht hatte. Aber seine Besuche bei seiner Familie in Südfrankreich waren ihm heilig. Früher hatte sie das immer verstanden. Warum machte sie ihm gerade jetzt Schwierigkeiten? Am Freitag, als er abgereist war, hatte sie kaum mit ihm gesprochen. Er stellte seinen Koffer in der Diele ab und sah sich um. Chantal war nicht zu Hause. Und es war bereits neun Uhr vorbei. Wo, zum Teufel, war sie? Ausgegangen? Mit wem? Marc stieß einen langen, müden Seufzer aus und setzte sich auf die Couch. Sein Blick wanderte durchs Zimmer. Sie hatte ihm keine Nachricht hinterlassen. Wieder sah er auf die Uhr, und diesmal langte er nach dem Telefon. In San Francisco würde es Mittag sein, eine gute Zeit, um Deanna über Pilar zu berichten. Er benutzte den Selbstwählferndienst und wartete auf das Rufzeichen. Eine Woche lang hatte er nicht mehr mit Deanna telefoniert. Er war zu beschäftigt gewesen, um anzurufen, und das eine Mal, als er sich die Zeit genommen hatte, hörte er von Margaret, sie sei nicht da.

»Hallo?« rief Deanna, die die Treppe zum Atelier hinaufgerannt war, atemlos in den Apparat. Ben hatte sie gerade nach Hause gebracht. Sie hatte ihm versprochen, fünfundzwanzig ihrer Lieblingsbilder auszusuchen. Damit würde sie tagelang zu tun haben. »Ja?« Sie war noch nicht wieder zu Atem gekommen, und anfangs bemerkte sie das Surren der Fernverbindung gar nicht.

»Deanna?«

»Marc!« Erstaunt starrte sie das Telefon an, als sei er ein Geist aus der Vergangenheit.

»Du brauchst nicht so überrascht zu tun. So lange ist es auch wieder nicht her, daß wir miteinander gesprochen haben.«

»Nein, nein, entschuldige. Es ist nur... ich habe gerade an etwas anderes gedacht.«

»Ist etwas passiert?«

»Nein, natürlich nicht. Wie geht es Pilar?« Marc kam es vor, als sei sie zerstreut, als wisse sie nicht recht, was sie sagen solle. »Hast du sie in letzter Zeit gesehen?«

»Erst heute. Ich komme gerade aus Antibes. Es geht ihr gut, und sie sendet dir herzliche Grüße.« Das war eine Lüge, aber eine, die er oft benutzte. »Und auch von meiner Mutter soll ich dir liebe Grüße ausrichten.«

Darüber mußte Deanna lächeln. »Mit Pilar ist alles in Ordnung?«

Jetzt, wo sie mit Marc sprach, fielen ihr plötzlich ihre Pflichten ein. Bei Ben dachte sie nur an ihn und sich selbst. Sie dachte an ihre Gemälde und seine Galerie, ihre gemeinsamen Nächte, die schöne Zeit. Sie war wieder eine Frau, ein Mädchen. Aber Marcs Stimme erinnerte sie an ihre Rolle als Mutter. Es war, als habe sie das eine Zeitlang vergessen.

»Ja, Pilar geht es ausgezeichnet.«

»Sie hat doch das Motorrad nicht gekauft?«

Die Pause, die folgte, war lang. Zu lang.

»Deanna...«

»Marc, hat sie es gekauft?« Deannas Stimme wurde lauter. »Verdammt noch mal, sie hat es gekauft! Ich weiß es.«

»Es ist eigentlich kein Motorrad, Deanna. Es ist mehr ein... ein...« Er suchte nach Worten, aber er war müde, und wo, zum Teufel, steckte Chantal? Es war neun Uhr fünfundvierzig. »Wirklich, du brauchst dir keine Sorgen zu machen. Ihr wird nichts passieren. Ich habe sie fahren gesehen. Sie ist außerordentlich vorsichtig. Mutter würde ihr gar nicht erlauben, das Ding zu fahren, wenn sie es nicht wäre.«

»Deine Mutter sieht sie nicht fahren, wenn sie vom Haus weg ist. Sie hat ebensowenig Kontrolle über Pilar wie ich – oder du. Marc, ich habe dir ausdrücklich gesagt...« Tränen brannten in Deannas Augen. Sie hatte wieder gegen Pilar verloren. Sie verlor immer. Und diesmal war es etwas Gefährliches, etwas, das Folgen haben konnte... »Verdammt, Marc, warum hörst du mir nie zu?«

»Beruhige dich. Ihr wird nichts passieren. Was hast du inzwischen unternommen?«

Es gab nichts, was sie tun konnte. Das war ihr klar. Das Thema Pilar und ihr Motorrad war abgeschlossen. »Nicht viel.« Deannas Stimme war wie Eis.

»Ich rief einmal an, da warst du ausgegangen.«

»Ich habe angefangen, in einem Atelier zu malen.«

»Kannst du das nicht zu Hause tun?« fragte Marc gereizt und verwirrt.

Deanna schloß die Augen. »Ich habe einen Raum gefunden, wo es für mich leichter ist, zu arbeiten.« Sie dachte an Ben, und ihr Herz begann zu rasen. Wenn nun Marc ihre Gedanken lesen konnte? Wenn er Bescheid wußte? Wenn irgendwer sie zusammen gesehen hatte? Wenn...?

»Ich verstehe nicht, warum du nicht zu Hause malst, jetzt, wo wir beide weg sind. Und was hat diese plötzliche Leidenschaft für deine Malerei zu bedeuten?«

»Was für eine Leidenschaft? Ich male wie immer.«

»Deanna, das begreife ich einfach nicht.« Der Ton, in dem er das sagte, traf sie wie ein Schlag ins Gesicht.

»Ich habe Freude an meiner Arbeit.« Ihr war wohl bewußt, daß sie ihn reizte.

»Meiner Meinung nach brauchst du das nicht gerade ›Arbeit‹ zu nennen.« Er seufzte ins Telefon und blickte auf die Uhr.

»Ich nenne es Arbeit, weil es das ist. Ich habe nächsten Monat eine Ausstellung in einer Galerie.« Ihre Stimme vibrierte vor Trotz, und ihr Herz schlug schneller und schneller. Er antwortete nicht.

Dann: »Du hast was?«

»Eine Ausstellung in einer Galerie.«

»Aha.« Er sprach auf widerwärtige Weise belustigt, und einen Augenblick lang haßte sie ihn. »Wir machen uns einen Sommer *à la Bohème*, was? Nun, vielleicht tut es dir gut.«

»Vielleicht.« Der Mistkerl... nie verstand er!

»Ist es notwendig, daß du deinen Standpunkt durch eine Ausstellung beweist? Willst du nicht wenigstens davon Abstand nehmen? Du kannst in deinem anderen Atelier malen und es dabei bewenden lassen.«

Danke, Daddy. »Die Ausstellung ist wichtig für mich.«

»Dann kann sie warten. Wir werden darüber sprechen, wenn ich wieder zu Hause bin.«

»Marc...« Ich liebe einen anderen Mann... »Ich werde die Ausstellung machen.«

»Na fein. Warte damit nur bis zum Herbst.«

»Warum? Damit du sie mir ausreden kannst?«

»Das habe ich nicht vor. Wir werden dann darüber reden.«

»Ich will nicht warten. Ich habe schon zu lange gewartet.«

»Weißt du, Liebling, du bist zu alt für kindische Launen und zu jung für die Wechseljahre. Ich finde, du benimmst dich sehr unvernünftig.«

Sie hätte ihn am liebsten geschlagen, und doch kam sie für einen Moment die Lachlust an. Es war eine lächerliche Unterhaltung, und ihr war klar, daß sie sich beinahe wie Pilar anhörte. Sie lachte und schüttelte den Kopf. »Vielleicht hast du recht. Ich will dir was sagen: Du gewinnst deinen Fall in Athen, ich tue, was ich meiner Meinung nach tun muß, und im Herbst sehen wir uns wieder.«

»Ist das deine Art, mir beizubringen, ich solle mich um meine eigenen Angelegenheiten kümmern?«

»Mag sein.« Sie war plötzlich mutiger, als sie es in all den Jahren gewesen war. »Mag sein, daß wir beide gerade jetzt tun müssen, was uns nötig ist.« O Gott, was machst du da? Du sagst ihm... Deanna hielt den Atem an.

»Nun, in jedem Fall mußt du auf deinen Mann hören, und dein Mann ist im Moment sehr müde. Warum stellen wir das alles nicht einfach eine Weile zurück? In ein paar Tagen telefonieren wir wieder miteinander. In Ordnung? Und in der Zwischenzeit – keine Kunstausstellung. *C'est compris? Capisce?* Verstanden?«

Deanna hätte am liebsten mit den Zähnen geknirscht. Sie war kein Kind, und er war immer derselbe. Pilar bekam ihr Motorrad, Deanna bekam ihre Kunstausstellung nicht, und wir werden darüber reden, »wenn ich Zeit habe«. Seine Art, immer seine Art. Aber nicht länger. »Ich verstehe, Marc, doch ich stimme dir nicht zu.«

»Du hast keine andere Wahl.«

Es sah ihm nicht ähnlich, so deutlich zu werden. Er mußte wirklich sehr müde sein. Auch ihm selbst fiel sein starres Auftreten auf. »Vergiß es«, sagte er. »Tut mir leid. Wir reden ein anderes Mal weiter.«

»Gut.« Deanna stand schweigend in ihrem Atelier, wartete, fragte sich, was er sagen würde.

Er sagte: *»Bonsoir.«*

Und weg war er. Gute Nacht. Und diesmal hatte sie sich nicht die Mühe gemacht, ihm zu sagen, sie liebe ihn. »Keine Kunstausstellung.« Die Worte dröhnten in ihrem Kopf. Keine Kunstausstellung. Sie seufzte schwer und sank in ihren Sessel. Und was, wenn sie sich ihm widersetzte? Wenn sie die Ausstellung doch machte? Konnte sie ihm das antun? Sich selbst antun? War sie tapfer genug, einfach weiterzumachen und zu tun, was sie wollte? Warum nicht? Er war fort. Und sie hatte Ben. Aber es war nicht für Ben. Es war für sie selbst. Lange hielt sie in dem Atelier Umschau. Ihr ganzes bisheriges Leben stand hier mit dem Gesicht gegen die Wand, versteckt auf Bildern, die niemand je gesehen hatte und niemand je sehen würde, wenn sie nicht tat, was sie tun mußte. Marc konnte sie nicht aufhalten, und Ben konnte sie nicht dazu veranlassen. Sie mußte es jetzt tun – sie mußte – für sich selbst.

Marc stellte das Telefon hin und sah erneut auf die Uhr. Es war beinahe zehn, und das Gespräch mit Deanna hatte seine Nerven nicht gerade beruhigt. Verdammt. Er hatte ihr von dem Motorrad erzählt, und das hatte gar nicht in seiner Absicht gelegen. Und ihre blöde Kunstausstellung! Warum, zum Teufel, verzichtete sie nicht auf diesen Unsinn? Und wo in aller Welt war Chantal? Eifersucht quälte ihn. Er goß sich einen Scotch ein. Als er die Klingel hörte, ging er zur Tür und öffnete sie einen Zoll. Es war der kleine alte Mann von nebenan. Monsieur Moutier. Er sei süß, sagte Chantal, und er wurde von einer Tochter und einem Hausmädchen umsorgt. Auch er war früher einmal Rechtsanwalt gewesen, aber jetzt war er achtzig Jahre alt. Er hatte eine Schwäche für Chantal. Einmal hatte er ihr Blumen geschickt.

»Oui?« Marc sah ihn fragend an. Ob der alte Mann krank war? Warum käme er sonst zu dieser Stunde an seine Tür? »Ist etwas passiert?«

»Ich... nein. Ich... *je regrette.* Ich wollte Sie das gleiche fragen. Wie geht es Mademoiselle?«

»Sehr gut, danke, abgesehen davon, daß, soweit ich informiert bin, sie ein bißchen spät nach Hause kommt.« Marc lächelte den alten Herrn an. Er trug einen schwarzen Smoking und zweifellos von seiner Tochter bestickte Pantoffeln. »Möchten Sie hereinkommen?« Marc trat zur Seite; ihn zog es zurück zu seinem Scotch. Aber der alte Mann schüttelte den Kopf.

»Nein, nein...« Kummervoll sah er Marc an. Er verstand nur zu gut. Der Mann, der immer reiste, der nie da war. Er war ebenso gewesen. Seine Frau war gestorben, und die Einsicht war zu spät gekommen. »Sie hat sich nicht verspätet, Monsieur. Man hat sie gestern abend ins Krankenhaus gebracht.« Er sah das Entsetzen in Marcs Gesicht.

»Chantal? Mein Gott! Wohin?«

»Ins amerikanische Krankenhaus, Monsieur. Sie war in einer Art Schock. Der Fahrer des Krankenwagens sagte –«

»O mein Gott!« Marc starrte den alten Mann fassungslos an. Dann rannte er hinein, riß sein Jackett vom Sessel und war sofort wieder da. Der alte Mann trat zur Seite, und Marc knallte die Wohnungstür zu. »Ich muß zu ihr.« O mein Gott... Oh, Chantal... O nein... Sie war also nicht mit einem anderen Mann ausgegangen. Marc raste die Treppen hinunter und auf die Straße. Das Herz hämmerte ihm in der Brust. Er winkte ein Taxi heran.

11

Das Taxi hielt in Neuilly, einem ruhigen Außenbezirk von Paris, vor der Nummer 92 des Boulevard Victor Hugo. Marc drückte dem Fahrer ein paar Franc-Noten in die Hand und stürmte davon. Die Besuchszeit war längst vorbei, aber er schritt entschlossen auf den Informationsschalter zu und fragte nach Mademoiselle Chantal Martin. Zimmer 401, eingeliefert mit Insulin-Schock, augenblicklicher Zustand zufriedenstellend. Sie kann in zwei Tagen nach Hause gehen. Marc sah die Schwester bestürzt an. Ohne sich in eine weitere Diskussion einzulassen, fuhr er mit dem Aufzug zum vierten Stock. Eine Schwester saß auf ihrem Platz und richtete streng den Blick auf ihn, als er aus dem Aufzug trat.

»*Oui,* Monsieur?«

»Mademoiselle Martin.« Er gab sich Mühe, autoritär zu sprechen, aber er fürchtete sich sehr. Wie war es geschehen, und warum? Plötzlich fühlte er sich schuldbewußt, weil er nach Antibes gefahren war. »Ich muß sie sehen.«

Die Schwester schüttelte den Kopf. »Morgen.«

»Schläft sie?«

»Sie dürfen sie morgen sehen.«

»Bitte. Ich – ich bin eigens von –« Er wollte Südfrankreich sagen, doch ihm kam eine bessere Idee. Er klappte die Brieftasche auf. »Von San Francisco in den Vereinigten Staaten gekommen. Ich habe das erste Flugzeug genommen, als ich davon hörte.« Lange Pause.

»Nun gut. Zwei Minuten. Und dann gehen Sie. Sie sind... ihr Vater?« Marc schüttelte nur den Kopf. Das war der endgültige Schlag.

Die Schwester führte Marc-Edouard zu einem nicht weit entfernten Zimmer. An der Tür verließ sie ihn. Drinnen brannte eine matte Lampe. Er zögerte einen Augenblick auf der Schwelle, bevor er leise eintrat.

»Chantal?« Seine Stimme war nur ein Flüstern in dem dunklen Raum. Sie lag im Bett und sah sehr blaß und sehr jung aus. In ihrem Arm steckte ein Schlauch, der zu einer unheimlich aussehenden Flasche führte. »Liebling...« Er trat näher. Was hatte er getan? Er hatte dies Mädchen an sich gefesselt und ihr nur die Hälfte seines Lebens gegeben. Er mußte sie vor seiner Mutter, seiner Tochter, seiner Ehefrau verstecken, manchmal sogar vor sich selbst. Welches Recht hatte er, ihr das anzutun? Er stand neben dem Bett und ergriff behutsam ihre freie Hand. Seine Augen waren glänzend. »Liebling, was ist geschehen?« Ein sechster Sinn hatte ihm bereits gesagt, daß der Insulin-Schock kein Unfall war. Chantal hatte die Art von Diabetes, bei der man die Vorsicht nie außer acht läßt. Aber solange sie ihr Insulin nahm, gut aß, genügend schlief und nicht schwanger wurde, konnte ihr nichts passieren.

Ihre Augen schlossen sich. Tränen drangen durch die Wimpern. »*Je m'excuse.* Es tut mir so leid...« Dann, nach einer Pause: »Ich habe mein Insulin nicht genommen.«

»Absichtlich?« Er sah sie nicken, und es versetzte ihm einen Schlag. »O mein Gott. Chantal, Liebes... wie konntest du?« Er betrachtete sie voller Entsetzen. Wenn sie nun gestorben wäre? Wenn sie...? Er ertrug es nicht, sie zu verlieren. Erst jetzt traf es ihn mit voller Wucht. Er drückte ihre Hand fest. »Tu das nie, nie wieder!« Seine Stimme hob sich verzweifelt. »Hast du gehört?« Wieder nickte sie. Und dann strömten auch über sein Gesicht Tränen. Er setzte sich auf die Bettkante. »Ich würde sterben ohne dich. Weißt du das nicht?«

Es war keine Antwort in ihren Augen. Nein, sie wußte es nicht. Aber es war die Wahrheit. Er hatte es selbst eben erst erkannt. Jetzt waren es zwei. Deanna und Chantal. Zwei Frauen, denen er sein ganzes Leben schuldete, und er war nur ein einzelner Mann. Er würde nicht mehr mit sich selbst zu Rande kommen können, wenn er Deanna aus seinem Leben verbannte. Und er konnte nicht ohne Chantal leben. Es schmetterte ihn wie ein Axthieb nieder. Er merkte, daß sie ihn beobachtete. Sein Gesicht war beinahe grau. »Ich liebe dich, Chantal. Bitte, bitte, tu so etwas nie wieder. Versprich es mir!« Er drückte die zarte Hand noch heftiger.

»Ich verspreche es«, flüsterte es in dem Raum. Das Schluchzen unterdrückend, das in seiner Brust aufstieg, nahm Marc-Edouard sie sanft in die Arme.

Bis zum Abend hatte Deanna elf Gemälde ausgewählt. Die Auswahl der übrigen würde schwer sein. Sie stellte die elf auf eine Seite und ging dann zurück in den Hauptteil des Hauses. Immer noch dachte sie über ihr Gespräch mit Marc nach. Hätte sie ihm auch dann Trotz geboten, wenn er Pilar nicht erlaubt hätte, das Motorrad zu kaufen? Seltsam, wie ein Ereignis das andere nach sich zog. Ihre Ehe war voll von kleinlichen Racheakten. Sie stieg die Treppe zu ihrem Schlafzimmer hinauf und sah in den Schrank. Was brauchte sie? Noch einen Bademantel, Jeans, den champagnerfarbenen Wildlederrock, der Ben sicher gefallen würde. Warum plante sie hier in Marcs Schlafzimmer ihr Leben mit einem anderen Mann? Kam sie in die Wechseljahre oder war sie kindisch, wie Marc gemeint hatte, oder war sie einfach verrückt? Während sie noch grübelnd in den Schrank starrte, läutete das Telefon. Sie fühlte sich nicht einmal mehr schuldig, außer wenn sie mit Marc sprach. In der übrigen Zeit kam es ihr vor, als gehöre sie zu Ben. Das Telefon läutete wieder und wieder. Es gab niemanden, mit dem sie hätte sprechen wollen. Sie hatte das Gefühl, bereits ausgezogen zu sein. Widerstrebend nahm sie den Hörer dann doch ab.

»Hallo?«

»Kann ich dich jetzt abholen? Bist du bereit, nach Hause zu kommen?« Es war Ben. Und es war erst halb fünf.

»So früh?« Sie lächelte ins Telefon.

»Brauchst du noch Zeit für deine Arbeit?« Als ob ihre Arbeit wichtig sei, als ob es darauf ankomme...

Aber sie schüttelte den Kopf. »Nein. Ich bin fertig. Heute habe ich elf Bilder für die Ausstellung ausgesucht.«

Ihre Stimme klang fest, und er lächelte. »Ich bin so stolz auf dich, daß ich es kaum noch aushalte. Ich habe Sally heute von unserem Vorhaben erzählt. Wir werden eine wunderschöne Anzeige aufgeben.«

O Jesus, keine Anzeige. Dann erfuhren es alle! Deanna mußte nach Luft schnappen, bevor sie fragen konnte: »Ist eine Anzeige unbedingt nötig?«

»Ich kümmere mich um mein Geschäft und du dich um deins. Dabei fällt mir ein, ich möchte dich gern...« Seine Stimme drang ganz leise aus dem Hörer, und Deanna errötete.

»Hör auf!«

»Warum?«

»Weil du in deinem Büro bist, und ich bin – ich bin hier.«

»Nun, wenn das alles ist, was dich hemmt, wollen wir wie der Blitz von diesen deprimierenden Orten verschwinden. Ich hole dich in zehn Minuten ab, ja?«

»Oh, mach schnell.« Sie konnte es nicht erwarten, das Haus zu verlassen. Jeder Augenblick, den sie darin verbrachte, erdrückte sie.

»Fühlst du dich stark genug für den ganzen Weg nach Carmel?«

»Herrlich!« Dann: »Was ist mit deiner Haushälterin?«

»Mrs. Meacham? Sie wird nicht da sein.« Es war unerfreulich, sich auf diese Weise verstecken zu müssen, aber Deanna wußte, daß sie keine andere Wahl hatten. Sie war ja nicht frei. »Wie dem auch sei, mach dir über Mrs. Meacham keine Gedanken. Ich bin in zehn Minuten da. Und übrigens, Deanna –« er machte eine Pause, und sie fragte sich, was er wohl sagen wolle; er hatte so feierlich gesprochen. Von neuem dämpfte er seine Stimme, und sie konnte ihn beinahe lächeln sehen. »Ich liebe dich.«

Glücklich schloß sie die Augen. »Ich dich auch.«

Das Wochenende in Carmel war himmlisch. Der vierte Juli. Sie verbrachten drei Tage mit Spaziergängen am Strand, Sonnenbädern, Muschelsuchen und Treibholzsammeln, und ein- oder zweimal stürzten sie sich mutig in den noch eisigen Ozean und schwammen ein kurzes Stück.

Bibbernd vor Kälte legte Ben sich neben sie auf die Decke. Sie hatte Sonne getankt und ihre honigfarbene Bräune vertieft, und sie lächelte vor sich hin.

»Weshalb lächelst du, schlafende Schönheit?« Sein Körper war kühl und feucht, und seine Haut fühlte sich köstlich an. Sie drehte sich um und ließ ihre Finger seinen Arm hinuntergleiten.

»Ich dachte gerade daran, daß all dies beinahe wie Flitterwochen ist. Oder wie eine sehr gute Ehe.«

»Das kann ich nicht beurteilen. Ich habe weder das eine noch das andere je gehabt.«

»Keine Flitterwochen?«

»Eigentlich nicht. Wir waren in New York. Sie war Schauspielerin und trat in einem Stück am Broadway auf. Deshalb verbrachten wir die Hochzeitsnacht im Plaza in New York. Als das Stück abgesetzt wurde, gingen wir nach New England.«

»Lief das Stück lange?« Deanna sah ihn bewundernd mit ihren großen, unschuldigen grünen Augen an. Ben lächelte.

»Drei Tage.« Sie lachten beide. Ben drehte sich auf die Seite, damit er Deanna ansehen konnte. »Warst du glücklich mit Marc, bevor ich des Weges kam?«

»Ich glaubte es. Manchmal. Und manchmal war ich schrecklich einsam. Wir haben keine richtige Beziehung zueinander. Wir sind keine wirklichen Freunde. Wir lieben uns, aber... es ist ganz anders.« Sie dachte an das letzte Telefongespräch, als er ihr befohlen hatte, auf die Ausstellung zu verzichten. Marc hatte immer noch Autorität. »Er respektiert mich nicht so wie du – meine Arbeit, meine Zeit, meine Gedanken. Aber er braucht mich. Es liegt ihm etwas an mir. Auf seine eigene Weise liebt er mich.«

»Und du liebst ihn?« Seine Augen erforschten ihr Gesicht. Sie antwortete nicht sofort.

»Ich dachte, wir wollten über solche Dinge nicht sprechen. Das ist unser Sommer.« Ihre Stimme klang vorwurfsvoll.

»Aber es ist auch unser Leben. Es gibt einige Dinge, die ich wissen muß.« Er war merkwürdig ernst.

»Die weißt du bereits, Ben.«

»Was sagst du?«

»Daß er mein Mann ist.«

»Daß du ihn nicht verlassen willst?«

»Ich weiß es nicht. Mußt du mich das jetzt fragen?« Ihre Augen bewölkten sich vor Kummer. »Können wir nicht einfach genießen, was wir haben, und dann –«

»Und dann was?«

»Ich weiß es noch nicht, Ben.«

»Und ich hatte versprochen, nicht zu fragen. Doch es fällt mir immer schwerer.«

»Ob du es glaubst oder nicht, mir auch. Meine Gedanken wandern zum Ende des Sommers, und ich stelle mir Fragen, die ich nicht beantworten kann. Ich hoffe immerzu auf ein Eingreifen Gottes, ein Wunder, etwas, das uns die Antworten aus der Hand nimmt.«

»Ich auch.« Nun lächelte er ihr zu, beugte sich über sie und küßte sie immer wieder und wieder. »Ich auch.«

12

»Ben?« klang Deannas Stimme aus dem Abstellraum. Es war spät am Sonntagabend, und sie waren gerade von einem weiteren Wochenende in Carmel zurückgekehrt.

»Was? Brauchst du Hilfe?« Er hörte weiter nichts als einen Schrei und ein ersticktes Gelächter. Deanna war seit mehr als einer Stunde in der Kammer. Ben kletterte aus dem Bett und ging nachsehen. Als er die Tür zu dem Abstellraum, in dem er oft arbeitete, öffnete, sah er Deanna mit einem gefährlich schwankenden Bilderstapel kämpfen, der von einem gegen die Wand gelehnten Berg aus Schachteln abzugleiten drohte.

»Hilfe! Da kommt eine Lawine!« Sie lugte zu ihm hin, einen kleinen Pinsel zwischen die Zähne geklemmt. Mit beiden hochgehobenen Armen mühte sie sich, die Gemälde vor dem Hinunterfallen auf den Fußboden zu bewahren. »Ich hatte gesehen, daß ein paar Bilder nicht signiert sind, und das wollte ich eben nachholen. Und sofort...« Ben nahm ihr den Stapel ab. Und dann, die Hände noch ganz voll von ihren Gemälden, beugte er den Kopf und küßte sie auf die Nasenspitze.

»Nimm den Pinsel aus dem Mund.«

»Was?« Sie sah ihn geistesabwesend an. In Gedanken war sie bei den beiden Bildern, die sie noch signieren mußte.

»Ich sagte –« er legte die Gemälde sorgfältig zur Seite und faßte mit einer Hand nach dem Pinsel, »– nimm das Ding aus dem Mund.«

»Warum? So habe ich doch die Hände frei, um...« Augenblicklich brachte er sie mit einem Kuß zum Schweigen.

»Darum, du Dummchen. Kommst du jetzt ins Bett?« Er zog sie näher, und sie kuschelte sich lächelnd an ihn.

»In einer Minute. Kann ich nur das hier noch fertig machen?«

»Warum nicht?« Er ließ sich in dem bequemen alten Sessel an seinem Schreibtisch nieder und sah zu, wie sie den Stapel von neuem nach unsignierten Bildern durchstöberte. »Bist du wegen der Ausstellung ebenso aufgeregt wie ich, Deanna?« Es war nur noch vier Tage hin. Donnerstag. Endlich würde er Deanna in die Welt der Kunst einführen. Sie hätte seit Jahren ausstellen sollen. Deanna steckte den Pinselstiel durch ihr Haar und hatte nun die Hände wieder frei, und er betrachtete sie mit Stolz und Freude. Ihr Gesicht war ein einziges Lächeln. Es spielte nicht nur um ihren Mund, es tanzte auch in ihren Augen.

»Aufgeregt? Machst du Spaß? Ich bin halb verrückt. Ich habe seit Tagen nicht mehr geschlafen.«

Ben hatte den Verdacht, daß das stimmte. Jede Nacht sah er ihr nach den Stunden, die sie ihrer Liebe widmeten, in die Augen, und das letzte, an das er sich vor dem Einschlafen erinnerte, war immer dies Lächeln. Neuerdings war sie jeden Morgen gleich ganz wach. Sie sprang auf und machte ihm das Frühstück, und dann verschwand sie in dem Abstellraum, wo sie ihre Arbeiten untergebracht hatte. Sie hatte alle ihre Schätze angeschleppt, damit Ben sie bis zu der Ausstellung aufbewahre. Sie wollte nicht, daß sie vor dem Tag der Vernissage in der Galerie lagen.

Jetzt signierte sie das letzte Bild und drehte sich zu Ben um. »Ich weiß nicht, ob ich es bis Donnerstagabend schaffe.«

»Du wirst es schaffen«, sagte er streng. Wie schön sie war! In letzter Zeit schien sie noch gewonnen zu haben. Ihr Gesicht hatte eine weiche, leuchtende Schönheit, und in ihren Augen loderte ein leidenschaftliches Feuer. Plötzlich war sie von einer seltenen Zartheit und um sie ein Brennen wie eine glühende Flamme. Und ihr Zusammensein hatte einen Zauber wie nichts, was er je gekannt hatte. Das kleine Cottage in Carmel summte förmlich von Deannas Anwesenheit. Sie schmückte die Zimmer mit Blumen, brachte große Stücke Treibholz herbei, gegen die sie sich lehnte, wenn sie ihre Füße an dem Feuer auf »ihrer« Düne rösteten. Sie erfüllte seine Träume und seine Tage. Ein Leben ohne sie konnte er sich nicht mehr vorstellen.

»Was denkst du?« Sie legte den Kopf auf die Seite und stützte sich gegen den Bilderstapel.

»Ich denke daran, wie sehr ich dich liebe.«

»Oh.« Sie lächelte, und ihre Augen wurden weich, als sie in seine tauchten. »Ich denke auch viel darüber nach.«

»Darüber, wie sehr ich dich liebe?« Er lächelte, und sie tat es auch.

»Ja. Und darüber, wie sehr ich dich liebe. Was habe ich überhaupt gemacht, bevor du auftauchtest?«

»Du hast außerordentlich gut gelebt und dir nie das Frühstück selbst bereitet.«

»Hört sich schrecklich an.« Sie ging auf ihn zu, und er zog sie auf seinen Schoß.

»Das ist nur, weil du wegen der Ausstellung so aufgeregt bist und nicht schlafen kannst. Warte noch einen Monat oder zwei...« Er brach schmerzlich ab. Er hatte sagen wollen »oder ein Jahr«, aber sie hatten kein Jahr. Nur noch fünf oder sechs Wochen. »Du bekommst es noch leid, Frühstück zu machen. Du wirst es sehen.«

Sie wollte es sehen. Sie wollte es ihr Leben lang sehen, nicht nur einen Monat lang. »Mir wird es nie leid werden.« Sie vergrub ihr Gesicht an seiner Brust und fühlte sich warm und geborgen wie ein Kind. Sie waren beide braun von ihrem Wochenende in Carmel, und als sie mit den Füßen über den Boden fuhr, merkte sie, daß sie immer noch sandig waren. »Weißt du, was ich denke?«

»Was denn?« Er schloß die Augen und sog den frischen Duft ihres Haars ein.

»Daß wir Glück haben. Was mehr können wir uns wünschen?«

Eine Zukunft, doch das sprach er nicht aus. Er öffnete die Augen. »Wünschst du dir kein zweites Kind?«

»In meinem Alter?« fragte Deanna perplex. »Großer Gott, Pilar ist beinahe sechzehn Jahre alt!«

»Was hat das damit zu tun? Und was meinst du mit ›deinem Alter‹? Viele Frauen bekommen Mitte Dreißig Kinder.«

»Aber ich bin siebenunddreißig. Das ist Wahnsinn.«

Ben schüttelte den Kopf. Deanna wirkte völlig verblüfft. »Wenn das für einen Mann nicht zu alt ist, warum sollte es für eine Frau zu alt sein?«

»Das, mein Liebling, ist ein sehr großer Unterschied. Und das weißt du selbst.«

»Weiß ich nicht. Ich würde mich so freuen, wenn wir ein Kind hätten. Oder sogar zwei. Und ich glaube nicht, daß du zu alt bist.«

Ein Baby? Jetzt? Sie sah ihn erstaunt an. Nein, er machte keinen Spaß. Seine Arme lagen immer noch um sie.

»Ist das wirklich dein Ernst?«

»Ja.« Er blickte ihr lange in die Augen, und er war sich nicht sicher, was er da sah. Verwirrung, Staunen und auch Kummer und Schmerz. »Oder darfst du keine Kinder mehr bekommen, Deanna?« Das hatte er sie nie gefragt. Es gab keinen Grund dazu. Sie schüttelte den Kopf.

»Nein, es liegt kein Grund vor, daß ich nicht darf, aber... ich glaube nicht, daß ich es noch einmal durchmachen möchte. Pilar war ein Geschenk nach den beiden Jungen. Aber wenn...«

»Weiß man, warum es geschehen ist?«

»Nichts als ein unglücklicher Zufall, wurde mir gesagt. Zwei unerklärliche Tragödien. Die Wahrscheinlichkeit, daß so etwas zweimal hintereinander geschieht, ist minimal... aber es ist geschehen.«

»Dann wird es nicht wieder geschehen.« Er sprach entschlossen, und Deanna entzog sich ihm.

»Willst du mich dazu überreden, ein Kind zu bekommen?« Ihre Augen waren sehr groß, und ihr Gesicht war wie erstarrt.

»Ich weiß es nicht. Vielleicht. Es hört sich ganz so an, nicht wahr?« Er ließ den Kopf hängen. Dann sah er wieder auf. »Glaubst du, daß ich dich überreden will?«

Deanna nickte plötzlich sehr ernst. »Tu es nicht.«

»Warum nicht?«

»Ich bin zu alt.« Und ich habe bereits ein Kind. Und einen Mann.

»Das ist der einzige Grund, den anzuerkennen ich mich kategorisch weigere! Das ist Unsinn!« Nun sprach er fast zornig, und Deanna fragte sich, warum. Es spielte doch keine Rolle, ob sie für ein Kind zu alt war oder nicht!

»Aber ich bin zu alt. Ich bin beinahe vierzig. Und schon das ist ziemlich verrückt. Ich komme mir wieder wie ein junges Ding vor. Ich benehme mich wie siebzehn, nicht wie siebenunddreißig.«

»Und was ist daran verkehrt?« Er suchte ihre Augen, und sie ergab sich.

»Absolut nichts. Mir gefällt es.«

»Gut. Dann komm ins Bett.« Er hob sie hoch und trug sie nach nebenan in das große, bequeme Bett. Die Steppdecke war zerknüllt, denn sie hatten darauf gelegen, als sie von Carmel zurückkamen. Es brannte nur eine kleine Lampe im Zimmer. Die weichen Farben sahen warm und hübsch aus, und die große Vase mit Margeriten, die Deanna am Freitagnachmittag auf der Terrasse gepflückt hatte, gab dem Schlafzimmer einen ländlichen Anstrich. Deanna machte etwas Besonderes aus seinem Haus, sie gab ihm eine Atmosphäre, nach der er sich seit Jahren gesehnt hatte. Er hatte nie richtig gewußt, was fehlte, aber jetzt, wo er sie hatte, wußte er es. Gefehlt hatte Deanna mit ihren grünen Augen und dem dunklen, auf dem Kopf hochgetürmten Haar, wenn ihre nackten Beine aus seinem Bett hervorguckten oder wenn sie im Schneidersitz mit ihrem Skizzenblock auf seinem Schreibtisch saß, von Blumen umgeben. Deanna mit ihren Stapeln von Bildern und den Pinseln, die in allen seinen Kaffeetassen steckten, mit den Hemden, die sie sich »auslieh« und mit Farbe bekleckerte, und mit den zahllosen Aufmerksamkeiten. Die Krawatten, die sie säuberte, die Anzüge, die sie weghängte, die kleinen Geschenke, die sie kaufte, die Bücher, die sie ihm brachte, weil sie wußte, daß sie ihm gefallen würden, das Lachen und das Necken und die sanften Augen, die immer verstanden. Sie war in sein Leben hineingetrieben wie ein Traum. Und er wollte niemals mehr aufwachen. Nicht ohne Deanna an seiner Seite.

»Ben?« fragte ein dünnes Stimmchen neben ihm in der Dunkelheit.

»Was denn, Liebes?«

»Wenn ich nun schlechte Kritiken bekomme?« Sie sprach wie ein verängstigtes Kind, und er hätte beinahe gelacht, aber er tat es nicht. Er wußte, wie groß ihre Furcht war.

»Wirst du nicht.« Wieder legte er unter der Steppdecke den Arm um sie. Die Decke hatte die Frau eines Malers vor Jahren seiner Mutter in New York geschenkt. »Die Kritiken werden großartig sein. Das verspreche ich dir.«

»Woher weißt du das?«

»Ich weiß es, weil du sehr, sehr gut bist.« Er küßte ihren Hals und zitterte, als er ihr nacktes Fleisch an seinen Beinen spürte. »Und weil ich dich so sehr liebe.«

»Du bist töricht.«

»Ich bitte um Verzeihung!« Er sah sie grinsend an. »Ich sage dir, daß ich dich liebe, und du hältst mich für töricht. Hör zu, du...« Er zog sie enger an sich und bedeckte ihren Mund mit seinem. Gemeinsam verschwanden sie unter der Steppdecke.

Am nächsten Morgen wachte Deanna um sechs Uhr auf und lief sofort in den Abstellraum. Ihr war eingefallen, daß sie ein Bild mitgebracht hatte, das sie nicht ausstellen wollte. Dann erinnerte sie sich an ein anderes, das wahrscheinlich nicht den richtigen Rahmen hatte. Nach dem Kaffee begann sie nach zwei weiteren unsignierten Bildern zu suchen, und so ging es die ganzen vier Tage weiter. Die Ausstellung versetzte Deanna in einen Zustand nervöser Zappeligkeit. Ben lächelte und liebte und schmeichelte. Er führte sie zum Dinner aus, zerrte sie ins Kino, nahm sie mit an den Strand. Er zwang sie, schwimmen zu gehen, hielt sie abends im Bett lange wach. Am Donnerstag ging er mit ihr zum Lunch.

»Ich will nichts davon hören.« Er hielt die Hand hoch.

»Aber, Ben, was ist, wenn –?«

»Nein. Bis morgen kein Wort mehr über die Ausstellung.«

»Aber...«

»Nein!« Er legte einen Finger auf ihre Lippen, und sie sprudelte ihn mit einem neuen Ausbruch von Sorgen weg. Er lachte nur. »Wie ist der Wein?«

»Was für ein Wein?« Deanna sah sich zerstreut um, und er wies auf ihr Glas.

»Der Wein, den du nicht trinkst. Wie ist er?«

»Ich weiß es nicht, und was ich dich fragen wollte, ist...«

Ben steckte beide Zeigefinger in die Ohren, und Deanna begann zu lachen. »Ben! Hör auf!«

»Womit?« Er grinste ihr über den Tisch hinweg zu. Sie lachte.

»Hör mir zu! Ich wollte dich etwas wegen heute abend fragen!«

Ben begann leise zu summen, die Finger immer noch in den Ohren. Deanna konnte gar nicht mehr aufhören zu lachen. »Du bist scheußlich, und ich hasse dich!«

»Nein, das tust du nicht. Du kannst die Finger nicht von mir lassen, und du willst mich fortschleppen, damit du mich attackieren kannst. Richtig?«

»Also, jetzt, wo du es erwähnst...« Deanna nahm einen Schluck Wein, und sie neckten sich während des ganzen Essens. Ben hatte sich den Nachmittag freigenommen. Die Gemälde waren für Deannas Ausstellung alle perfekt gehängt. Sally hatte das Kommando über die Galerie. Denn Ben hielt es für besser, bei Deanna zu bleiben, damit sie ihre Meinung nicht änderte oder völlig aus dem Häuschen geriet. Und er hatte heute nachmittag eine Überraschung für sie.

Nach dem Lunch gingen sie zu seinem Wagen, und er sah auf die Uhr.

»Deanna, macht es dir etwas aus, wenn ich bei Saks hineinschaue?«

»Jetzt?« fragte sie überrascht. »Nein, das geht in Ordnung.«

»Ich werde nicht lange brauchen.« Er parkte vor dem Geschäft und lächelte hintergründig. »Möchtest du mitkommen?«

»Nein, ich warte hier.«

»Bist du sicher?« Er drängte sie nicht; er wußte, daß sie heute nicht alleinbleiben wollte, nicht einmal für kurze Zeit.

»Na gut, ich komme mit.« Das war leicht gegangen. Glücklich betrat er an ihrer Seite den Laden. »Was hast du vor?«

»Ein Kleid abholen.« Er sagte es mit absoluter Selbstsicherheit und völliger Nonchalance.

»Ein Kleid?«

»Für Sally. Sie sagte, sie habe keine Zeit dazu. Deshalb versprach ich ihr, es abzuholen und heute abend zeitig genug in die Galerie mitzubringen, daß sie sich noch umziehen kann. Übrigens, was wirst du tragen?« Deanna war mit ihren Signaturen und ihren Rahmen so beschäftigt gewesen, daß sie jetzt nicht sagen konnte, ob sie überhaupt einen Gedanken daran verschwendet hatte.

»Ich weiß nicht. Vielleicht mein Schwarzes.« Sie hatte zwei oder drei Dinner-Kleider von zu Hause mitgebracht. Sie hingen in seinem Schrank, zusammen mit ihren Jeans, ihren farbenbekleckststen Hemden, mehreren Gabardine-Hosen und einem halben Dutzend Kaschmir-Pullover. Ihm gefiel der Anblick, den ihre Kleider neben seinen boten.

»Warum ziehst du nicht das grüne an?«

»Zu aufgeputzt.« Sie war zehntausend Meilen weit weg. »Sag mal, weißt du, welche Kritiker kommen werden?« Ihre Augen flackerten.

»Ich halte es nicht für zu aufgeputzt«, erklärte er belustigt.

»Hast du nicht gehört, was ich dich gefragt habe?« Ihre Stimme begann zu schwanken.

»Nein. Was ist jetzt mit dem grünen Kleid?«

»Du kannst dir das grüne Kleid an den Hut stecken! Ich möchte wissen –«

Ben küßte sie hart auf den Mund. Atemlos stieg Deanna im zweiten Stock aus dem Aufzug. »Ben!« protestierte sie, aber es war niemand in der Nähe gewesen, der seine Untat gesehen hätte. »Willst du mir wohl zuhören?«

»Nein.« Er sprach bereits mit der Verkäuferin. Sie brachte das Kleid. »Perfekt«, lobte er. Dann wandte er sich wieder Deanna zu. »Was meinst du?«

»Hm?« Sie hatte überhaupt nicht aufgepaßt. Aber dann wurde ihre Aufmerksamkeit plötzlich von dem Kleid gefesselt. Es war aus einem erikafarbenen, in Mauve übergehenden Wollstoff, hochgeschlossen, mit langen Ärmeln und ausgeschnittenem Rücken. Und dazu gehörte ein wundervoller Mantel. »Hübsch, nicht wahr? Ist das Sallys Kleid?« Deanna trat einen Schritt vor, um die feine Wolle zu berühren. Es war ein französischer Stoff und ein französisches Modell und mußte Sally ein Vermögen gekostet haben. »Herrlich!« Die Verkäuferin und Ben tauschten lächelnd einen Blick. »Vielleicht sollte ich doch das grüne anziehen.«

»Ich bin anderer Meinung. Warum ziehst du nicht das hier an?« Er blickte so unschuldig drein, daß er Deanna völlig verwirrte.

»Ich soll Sallys Kleid anziehen? Sei doch nicht albern.«

»Du könntest ihr ja dein grünes leihen.«

»Liebling, ich liebe dich, aber ich halte dich für total verrückt.« Sie lächelte der Verkäuferin zu und wandte sich zum Gehen. Doch Ben faßte sie sanft beim Arm und flüsterte ihr ins Ohr:

»Ich halte dich auch für verrückt. Und nun geh und probiere dein neues Kleid an.«

Erstaunt sah sie zu ihm hoch. »Machst du Spaß?« Er schüttelte den Kopf. »Es ist für mich?«

Ben nickte mit befriedigtem Lächeln. »Gefällt es dir?«

»Ich... oh, Ben, das kann ich nicht annehmen. Es ist hinreißend!« Sie betrachtete es noch einmal, und ihre Augen wurden groß. Das Kleid war exquisit, aber wahrscheinlich auch unheimlich teuer. Und Ben hatte es für sie gekauft? Der Mann, der einen anonymen deutschen Wagen fuhr und lieber Spaghetti als Kaviar aß? Der Mann, der seinen Stolz darein setzte, kein Hausmädchen, sondern nur zweimal pro Woche eine Putzfrau zu haben, während sein Großvater umgeben von einer Armee von Dienstboten gelebt und sein Vater sich in einem Palazzo bei Rom zur Ruhe gesetzt hatte? Dieser Mann schenkte ihr dies Kleid? Es wäre ihr schon peinlich gewesen, wenn Marc etwas so Teures hätte bezahlen müssen. »Großer Gott!«

»Halt den Mund und probiere es an. Ich möchte es sehen!«

Sie probierte, und er sah. Es war vollkommen. Der Schnitt, der Stil, die Farbe. Deanna sah königlich aus, als sie auf ihn zuschritt, den Mantel über den Arm drapiert. Ihre Sonnenbräune hob das tiefe Erikablau hervor, und ihr bloßer Rücken und die Schultern waren in dem Kleid tadellos modelliert. »Was wirst du dazu tragen?«

»Diamant-Ohrringe und schwarze Seidensandaletten. Und das Haar hochgesteckt.«

»O Gott, ich halte es nicht aus.« Er grinste so vergnügt, daß sogar die Verkäuferin lachte.

Als Deanna das Kleid am Abend anzog, saß Ben auf dem Bett. Sie lächelten einander an, und er zog den kleinen Reißverschluß am Rükken zu. Sie legte die Diamant-Ohrringe an und frisierte das Haar nach oben. Ihre Schönheit benahm ihm für einen Augenblick den Atem. Dann löste er behutsam die Ohrringe ab.

»Was machst du?«

»Ich nehme dir diese Ohrringe ab.«

Sie sah ihn verwirrt an. »Warum? Gefallen sie dir nicht?« Vielleicht lag es daran, daß sie ein Geschenk von Marc waren. »Ich habe keine anderen hier, die dazu passen würden.«

»Macht nichts.« Ben faßte in die Tasche und holte ein blauseidenes Beutelchen hervor. Er öffnete es und förderte zwei große und sehr schöne Perlen zutage. Unter jeder Perle saß ein winziger Diamant. Die Ohrringe sahen sehr alt und fein aus. »Ich möchte, daß du diese hier trägst.«

»Oh, Ben.« Deanna sah sie erstaunt an, dann hob sie die Augen zu ihm. »Was hast du getan?« Das Kleid, die Ohrringe, die Ausstellung. Er schenkte ihr so viel. Alles...

»Die Ohrringe haben meiner Großmutter gehört. Ich möchte, daß du sie bekommst, Deanna. Heute ist ein ganz besonderer Abend.« Wieder sah sie zu ihm auf, und jetzt standen Tränen in ihren Augen. Zart nahm er ihr Gesicht in die Hände. »Ich möchte, daß es der schönste Abend deines Lebens wird. Dies ist der Beginn deines Lebens in der Welt der Kunst, Deanna. Und jeder soll erfahren, wie gut du bist.« Aus seinen Augen sprach mehr Liebe, als sie je zuvor gesehen hatte. Sie legte die Arme um ihn, und ihr Herz zitterte.

»Du bist so gut zu mir.«

»Wir sind gut zueinander, und das ist ein ganz besonderes Geschenk.«

»Ich kann die Ohrringe nicht behalten.« Das konnte sie nicht, wenn sie nicht bei Ben blieb. Aber in einem Monat mußte sie zu Marc zurückkehren.

»Doch, das kannst du. Ich möchte, daß du sie behältst. Unter allen Umständen.«

Er verstand. Er verstand immer. Und irgendwie machte das die Sache noch schlimmer. Die Tränen liefen ihr über das traurige Gesicht. Schluchzen schüttelte ihre Schultern.

»Liebling, nicht.«

»Oh, Ben... ich kann dich nicht verlassen.«

»Das brauchst du auch nicht. Nicht jetzt. Genießen wir einfach, was wir haben.«

So vernünftig hatte er seit dem Anfang nicht mehr gesprochen. Deanna fragte sich, ob er schließlich doch akzeptiert hatte, was kommen mußte. »Ich liebe dich.« Ihre Stimme klang gepreßt. Sie schmiegte sich an ihn, und er schloß die Augen.

»Ich liebe dich auch. Und sollen wir jetzt zu deiner Vernissage gehen?«

Er trat zurück, um sie anzusehen, und sie nickte. Er nahm einen der Ohrringe und befestigte ihn behutsam an ihrem Ohr. Und nachdem er sich Zeit für einen Kuß genommen hatte, befestigte er auch den anderen. »Du siehst exquisit aus. Und ich bin so stolz, daß es deine Vernissage ist.«

»Ich denke immerzu, daß ich aufwachen werde, und dann war alles nur ein Traum. Ich werde am Strand von Carmel aufwachen und mir vorkommen wie Rip van Winkle, und Kim wird immer noch auf mich im Hotel warten. Aber immer, wenn ich dies Gefühl habe, sehe ich dich an, und du bist wirklich.« Sie betrachtete ihn mit erstauntem Entzücken, und er lachte.

»Und ob ich wirklich bin!« Wieder lachte er und ließ eine Hand auf ihren Rücken gleiten. »Und ich würde es dir sehr gern beweisen, mein Liebes. Ich fürchte nur, dazu haben wir keine Zeit mehr.« Mit einer kleinen Verbeugung bot er ihr den Arm. »Sollen wir?«

Sie nahm seinen Arm. »Aber natürlich.«

»Bist du bereit?« Sie waren gerade an der Galerie vorgefahren.

»O Gott, nein!« Sie streckte mit aufgerissenen Augen die Arme nach ihm aus. Er drückte sie kurz an sich. Dann führte er sie hinein. Ein Fotograf wartete, und es war bereits eine beträchtliche Anzahl von Gästen da. Die Kunstkritiker hatten sich alle versammelt, und Deanna entdeckte sogar Kim, die trauliche Beziehungen zu einem der Herren von der Presse anknüpfte. Sally kam ihnen entgegen, und beim Anblick des erikafarbenen Kleides blieb ihr der Mund offenstehen.

Alles in allem war der Abend ein Riesenerfolg. Die Galerie verkaufte sieben von Deannas Gemälden. Ihr war, als müsse sie sich von alten Freunden trennen. Sie wollte ihre Bilder nicht hergeben, und Ben neckte sie deswegen, als er sie den Bewunderern ihres Werks vorstellte. Ben war wundervoll zu ihr. Er war immer in der Nähe, aber nie zu nahe, er half ihr, aber nicht so, daß man es merkte. Er war Benjamin Thompson III., ein außergewöhnlicher Galerie-Besitzer. Niemand konnte etwas von ihrer Affäre ahnen. Er war so diskret, wie er es an jenem ersten Vormittag mit Kim gewesen war, und Deanna wußte, daß sie nichts zu befürchten hatte. Tagsüber hatte sie einen Augenblick lang Angst gehabt, was Marc zu Ohren kommen könnte. Man wußte nie, wer zu solchen Ausstellungen kam, wer etwas entdecken oder ahnen mochte. Aber niemand erriet an diesem Abend irgend etwas, nicht einmal Kim, die ihr einen riesigen Blumenstrauß geschickt hatte. Kim fühlte sich persönlich verantwortlich für das Zusammenkommen von Deanna und Ben – natürlich nur vom beruflichen Standpunkt aus, denn von einer anderen Verbindung war ihr nichts bekannt. Allerdings hatte sie sich gefragt, ob Deanna Marc von der Vernissage erzählt habe. Später am Abend sagte Deanna ihr dann, sie habe es getan.

»Und was hat er gesagt?«

»Nicht sehr viel. Erfreut war er nicht.«

»Er wird darüber hinwegkommen.«

»Das nehme ich an.« Mehr sprach Deanna nicht darüber. Sie verriet Kim nicht, daß Marc ihr die Ausstellung verboten und schließlich einfach das Gespräch beendet hatte. Er hatte ihr zu verstehen gegeben, daß er ihr Vorhaben für eine anstößige Prahlerei halte, und zum erstenmal in ihrer Ehe hatte sie nicht nachgegeben. Die Ausstellung war zu wichtig für sie. Er hatte sich ihren Wünschen wegen Pilar und des Motorrades auch nicht gefügt. Warum sollte sie ihm entgegen ihrer Wünsche nachgeben?

»Himmel, weshalb runzelst du die Stirn, Kleines?« Ben sprach leise, damit es sonst niemand hörte, und Deanna riß sich von ihren Gedanken los.

»Es ist nichts. Entschuldige. Ich dachte nur, daß... es ist soviel geschehen.«

»Das kannst du getrost zweimal sagen. Sally hat gerade zwei weitere deiner Gemälde verkauft.« Er sah glücklich aus wie ein Junge, und Deanna hätte ihn zu gern umarmt. Statt dessen streichelte sie ihn nur mit ihren Augen. »Kann ich dich für ein Dinner zur Feier des Tages interessieren?«

»Nur wenn es eine Pizza ist.« Deanna kannte doch seine Vorlieben.

»Diesmal nicht, Madame. Diesmal ist es etwas Richtiges.«

»Hamburger?«

»Geh zum Teufel.« Ohne weitere Förmlichkeiten legte er einen Arm um ihre Schultern und küßte sie auf die Wange.

Für einen Galerie-Besitzer am Abend des ersten Erfolges einer Malerin war das nichts Unschickliches, aber Kim, die die beiden beobachtete, fragte sich plötzlich, ob mehr dahinterstecken mochte. Deanna flüsterte Ben soeben etwas ins Ohr, und Kim hörte ihn mit zärtlichem Lächeln antworten: »Ich freue mich, daß sie dir gefallen.« Deanna hatte die Perlen in ihren Ohren berührt, und jetzt ging sie mit strahlendem Gesicht weiter. Zum erstenmal machte Kim sich bestimmte Gedanken.

13

»Okay, ich bin bereit. Sag mir die Wahrheit.« Deanna saß in dem gelben Schlafzimmer im Bett, die Augen geschlossen, die Fäuste geballt, und hielt sich ein Kissen über den Kopf.

»Du siehst aus, als ob du auf ein Erdbeben wartest«, lachte Ben. Er hockte auf der Bettkante neben ihr und hatte die Zeitung in der Hand. »Was soll ich dir denn vorlesen, Liebling? Den Börsenbericht? Die Comics? Oh, ich weiß!«

»Wirst du es mir wohl vorlesen, verdammt noch mal! Ich halte es keine Minute mehr aus!« Sie knirschte mit den Zähnen. Wieder lachte er und schlug die Kritiken ihrer Ausstellung auf. Aber er wußte bereits, was er zu lesen bekommen würde. Er war zu lange im Geschäft, um sehr überrascht zu sein. Im allgemeinen wußte er, wie die Kritiken ausfallen würden. Und als er den Artikel überflog, sah er, daß er wieder einmal recht behalten hatte.

»Okay, jetzt? Bist du bereit?«

»Benjamin! Lies, verdammt noch mal!« Sie stieß es durch fest zusammengebissene Zähne hervor. Ihr Gesicht zeigte nichts als Angst. Ben begann vorzulesen.

»...ein lichter, zarter Stil, der nicht nur Jahre des Studiums und der Hingabe an ihre Arbeit, sondern auch die Art von Talent verrät, die wir zu selten sehen...« Bens Stimme sprach weiter. Deannas Augen wurden groß. Sie zog sich das Kissen vom Kopf.

»Das erfindest du!« Sie grapschte nach der Zeitung. Er hielt sie außer ihrer Reichweite und las weiter, bis er zum Ende der Kritik gekommen war.

»Das glaube ich nicht.« Deanna war wie betäubt. »Das kann nicht sein.«

»Warum nicht? Du bist gut. Das habe ich dir gesagt. Ich weiß es, sie wissen es, die Leute, die deine Gemälde kauften, wissen es. Jeder weiß es außer dir, du dummes, bescheidenes Schäfchen...« Er beugte sich über sie und kitzelte sie.

»Hör auf! Ich bin berühmt! Du kannst mich jetzt nicht mehr kitzeln!« Aber sie mußte zu sehr lachen, um ihn daran hindern zu können. »Hör auf! Ich bin ein Star!«

»Ach ja? Und wer hat dich zum Star gemacht? Wer hat dir gepredigt, du müßtest eine eigene Ausstellung haben? Wer hat dich angefleht? Wer wollte deine Arbeiten beim ersten Anblick ausstellen? He? Sag mir das, sag mir das!« Sie lachten jetzt beide. Sie wand sich in seinen Armen, und ihr hellrosa Seidenhemd kroch langsam bis zu ihrer Taille hoch. Ben hörte für einen Augenblick auf zu lachen und betrachtete sie. Nie hatte sie so schön, so zart ausgesehen, und er wünschte sich, sie für immer bei sich zu haben. Er hätte die Zeit anhalten mögen.

»Was ist los, Lieber?« Sie hatte den Ausdruck in seinen Augen bemerkt. »Stimmt etwas nicht?«

»Ganz im Gegenteil. Du bist unglaublich schön.«

»Und ich gehöre ganz dir.« Sie ließ ihren Körper auf seinen gleiten und lächelte ihn glücklich an. Dann senkte sie ihren Mund zu einem langen, zärtlichen Kuß. In weniger als einer Minute lag das rosaseidene Nachthemd auf dem Fußboden. Es war Mittag, als sie aus dem Bett stiegen. Deanna trat unter die Tür zur Terrasse und gähnte schläfrig. Sie war immer noch nackt, und das Haar floß ihr wie ein ebenholzschwarzer Strom den Rücken hinunter. Ben sah ihr vom Bett aus zu und wünschte, sie würde immer so stehenbleiben.

»Weißt du, was ich glaube? Du zerstörst meine Karriere.« Er konnte die Augen nicht von ihr abwenden. Deanna drehte sich wieder um. Sie sah so zerbrechlich und so jung aus. Nichts an ihrem Äußeren verriet die Zähigkeit, die er an ihr kennengelernt hatte. Deanna hatte Stahl in sich, andernfalls hätte sie die Einsamkeit ihrer Jahre mit Marc nicht überlebt.

»Warum zerstöre ich deine Karriere? Ich dachte, ich würde dir mit meinen brillanten Gemälden ein Vermögen eintragen.« Sie warf ihm über die Schulter einen erhabenen Blick zu.

»Nur wenn ich jemals wieder ins Büro gelange. Ein Glück, daß ich Sally gesagt habe, sie könne heute nicht mit mir rechnen. Weißt du auch, daß ich so etwas in meinem ganzen Leben noch nie getan habe?« Aber unglücklich über seinen neuen Lebensstil sah er gar nicht aus. Er wickelte sich in ein Handtuch, warf Deanna seinen Bademantel zu und folgte ihr auf die Terrasse hinaus. Dort setzten sie sich gemütlich auf den beiden grünen Segeltuch-Sesseln zurecht. »Du machst mich faul und glücklich und stark und jung.«

»Genau das machst du auch aus mir.« Sie beugte sich vor, und sie küßten sich. »Ich fühle mich wie einundzwanzig. Vielleicht zweiundzwanzig.«

»Gut. Dann laß uns heiraten und zwölf Kinder bekommen.«

Sie sah ihn an, und einen Augenblick lang hätte sie beinahe geglaubt, er spreche im Ernst. »Das würde gewiß ein paar neue Probleme schaffen, über die wir nachdenken müßten. Habe ich recht?« Deanna versuchte, einen leichten Ton beizubehalten. Sie wollte nicht von neuem mit ihm darüber sprechen. Sie konnte es nicht. Es war nicht richtig. Deshalb fragte sie: »Was unternehmen wir an diesem Wochenende?«

Sie hob ihr Gesicht der Sonne entgegen und schloß zufrieden die Augen. Es war schön, bei ihm zu sein, mit ihm zu leben, nach Carmel zu fahren und in der Stadt zu bleiben, am Morgen neben ihm aufzuwachen und abends neben ihm einzuschlafen. Ihr war, als seien sie schon seit hundert Jahren zusammen, nicht erst seit sieben Wochen. War es schon so lange? Waren ihr und sein Leben so schnell zu einem verschmolzen? Unglaublich, wieviel geschehen war – und wie schnell.

»Möchtest du nach Carmel hinunterfahren, oder bist du das leid?«

»Carmel wird mir nie leid werden. Es ist der vollkommenste, friedlichste Ort.«

»Das freut mich.« Er faßte nach ihrer Hand und hielt sie fest. »Ich empfinde ebenso, aber zuweilen denke ich auch, du würdest vielleicht gern etwas Ausgefalleneres unternehmen.«

»Zum Beispiel?« Der Gedanke belustigte sie. Athen? Schnell verbannte sie jeden Gedanken an Marc.

»Ich weiß es nicht. Wir könnten nach Beverly Hills fahren. Da unten bin ich seit Wochen nicht mehr gewesen.« Für gewöhnlich hielt er sich dort nur für einen Tag auf und kam rechtzeitig zum Dinner zurück. »Irgendwann könnten wir sogar New York besuchen.« Ben war nie sehr weit von seiner Arbeit entfernt – andere Galerien, andere Kunsthändler, Auktionen, Maler. Auf seine eigene Weise war seine Leidenschaft für seinen Beruf ebenso tief wie die Marcs. Der Unterschied war, daß Deanna Ben helfen konnte und daß es eine Leidenschaft war, die sie teilte. »Wie dem auch sei, Liebling, was würdest du an diesem Wochenende am liebsten tun?«

»Hab' ich doch schon gesagt – nach Carmel fahren.« Deanna öffnete die Augen mit strahlendem, glücklichem Lächeln.

»Dann fahren wir nach Carmel.«

»Und dabei fällt mir ein...« Sie legte stirnrunzelnd den Kopf zurück. »Ich muß ein paar Sachen aus dem Haus holen.« Seit Tagen war sie nicht mehr dort gewesen. Hin und wieder fragte sie sich, was Margaret wohl dachte. Sie hatte ihr erklärt, sie arbeite in dem Atelier einer Freundin, und meistens sei es einfacher, auch dort zu übernachten. Aber die gelegentlichen morgendlichen Besuche im Haus, bei denen sie, wenn Margaret frei gehabt hatte, ihr Bett zerwühlte, konnten niemanden täuschen, und erst recht nicht eine Frau, die seit Jahren für sie arbeitete. Doch was sollte sie sagen? Ich liebe einen anderen Mann? Deshalb hielt sie einfach den Mund und wich den wissenden blauen Augen der alten Frau aus.

Um zwei Uhr nachmittags setzte Ben sie einen Block vom Haus entfernt ab. Deanna wollte die Post durchsehen und ein paar Schecks unterschreiben. Sie mußte Margaret bezahlen und ihr Geld für Lebensmittel dalassen, auch wenn sie überhaupt nicht mehr zu Hause aß. Ihr Magen lebte wie ihr Herz anderswo. Sie betrat nicht einmal mehr ihr eigenes Atelier. Sie malte nur noch bei Ben, auch an dem Bild, an dem sie heimlich arbeitete, wann immer er nicht zu Hause war.

Deanna schloß die Tür auf und rief nach Margaret. Aber Margaret war nicht da. Warum sollte sie auch da sein? Deanna war nie zu Hause, und es gab wenig zu tun. Der übliche Stapel von Rechnungen und uninteressanten Einladungen hatte sich angehäuft. Kein Brief von Pilar und nichts von Marc. Er schrieb ihr nicht. Er telefonierte. Nichts von der Post war für ihn. Immer, wenn er auf Reisen war, kam Dominique dreimal die Woche ins Haus, holte seine Briefe ab, packte sie mit der Büropost zusammen und schickte ihm alles nach.

Deanna stieg langsam zu ihrem Zimmer hinauf, in einer Hand die Post, die andere auf dem Geländer. Auf dem Treppenabsatz blieb sie stehen. Es war deprimierend, wieder hier zu sein. Es war, als zwinge man sie, einen Traum aufzugeben, wieder alt zu werden fern von dem Mann, der von Heirat und zwölf Kindern sprach. Bei dem Gedanken lächelte sie vor sich hin. Dann hörte sie das Telefon läuten und seufzte. Sie entschloß sich, nicht abzunehmen, aber es konnte ja Ben sein, der in einer Telefonzelle stand, während er auf sie wartete. Ihr war, als existiere sonst niemand mehr, nur sie und Ben. Sie vermochte sich nicht vorzustellen, daß es jemand anders war als er.

»Ja?« Ihre Stimme klang glücklich.

»*Allo?*« O Gott, es war Marc. »*Allo?*«

»Marc?«

Sie wollte Zeit gewinnen.

»Offenbar. Und ich möchte, daß du mir diesen Unsinn mit der Ausstellung erklärst. Dominique hat mich soeben angerufen.«

»Wie pflichtbewußt.«

»Ich hatte dir gesagt, wie ich darüber denke. Es ist sehr geschmacklos, was du getan hast.« Er sprach verbittert.

»Ganz im Gegenteil, ich versichere dir, es war sogar alles äußerst geschmackvoll.«

»Darüber läßt sich streiten, meine Liebe. Du weißt genau, daß ich dir verboten hatte, Bilder auszustellen. Und die Publicity! Um Gottes willen, Deanna, das stellt dich doch als eine Art Hippie hin.«

»Das tut es ganz bestimmt nicht.« Ihr Rücken versteifte sich bei dem Gedanken. »Die Kritiken sprechen von mir als einer ernsthaften Malerin. Und es könnte ja sein, daß ich das wirklich bin.«

»Ich dachte, das hätten wir bereits vor geraumer Zeit erledigt.«

»Du vielleicht, aber ich nicht.« Verdammt sollte er sein. Er verstand nicht. Er hatte nie verstanden.

»Ach so. Auf jeden Fall hoffe ich, dein brandneues Ich wird sich nicht Tag für Tag in fragwürdige Unternehmungen wie diese stürzen.«

»Kaum. Ich kann von Glück sagen, wenn ich alle fünf Jahre ausstelle.«

»Dann tut es mir leid, daß ich diese Ausstellung verpaßt habe.«

»Es tut dir nicht leid!« Jetzt war sie wütend und dachte nicht daran, auf sein Spiel einzugehen.

»Wie bitte?«

»Ich sagte, es tut dir nicht leid, daß du nicht hier warst. Deine Heuchelei steht mir bis zum Hals. Wie kannst du es wagen, meine Arbeit herabzusetzen!«

»Deanna?« Er war entsetzt.

»Es tut mir leid, ich...« Gott, was geschah mit ihr? Sie konnte es nicht mehr in sich hineinfressen. Ihr war, als müsse sie alles hinausbrüllen. »Ich weiß nicht, Marc... ich glaube, ich bin müde.«

»Anders ist dein Ausbruch wohl nicht zu erklären. Habe ich zu einer ungünstigen Zeit angerufen?« Seine Stimme war voll von Sarkasmus und klang eisig. Ihr Benehmen gefiel ihm ganz und gar nicht. Er hätte sie zwingen sollen, für den Sommer nach Cap d'Antibes zu gehen.

»Nein. Ich wollte gerade nach Carmel fahren.«

»Schon wieder?«

»Ja. Mit Kim.« O Gott, nicht schon wieder. Sie haßte es, ihn anzulügen. »Nicht etwa, daß ich eine Menge zu tun hätte, wenn du fort bist.« Sie wußte, das würde ihn in Schach halten.

»Nun ja, lange wird es nicht mehr dauern.«

»Wie lange?« Deanna schloß die Augen und hielt den Atem an. Laß es noch lange dauern, o bitte, laß ihn nicht nach Hause kommen...

»Etwa einen Monat.«

Deanna nickte stumm. Ihr und Ben blieben noch ein Monat. Das war alles.

Eine halbe Stunde später fuhren sie auf der vertrauten Straße nach Carmel dahin. Deanna war ungewöhnlich still. Ben sah zu ihr hinüber. Schön und bekümmert sah sie aus, und ihr Haar flatterte im Wind.

»Stimmt etwas nicht?« erkundigte er sich. Sie schüttelte den Kopf. »Hast du zu Hause schlechte Nachrichten vorgefunden?«

»Nein.« Nach langem Zögern sagte sie es ihm, den Blick auf die vorbeisausende Landschaft gerichtet. »Er hat angerufen.«

»Wie war es?« Hast du ihn um die Scheidung gebeten...?

»Wie üblich. Ich bin wütend geworden. Er entrüstete sich wegen der Ausstellung. Seine Sekretärin hat eigens in Paris angerufen, um es ihm mitzuteilen?«

»Spielt das eine Rolle?« fragte er. Sie zuckte die Schultern. »Kümmert es dich immer noch so sehr, ob du ihn verärgerst?«

Deanna wandte sich ihm zu. »In mancher Hinsicht ist er wie mein Vater. Marc ist viele Jahre lang meine Autoritätsperson gewesen.«

»Hast du Angst vor ihm?«

»Darüber habe ich nie nachgedacht, aber vielleicht ist es so. Ich dachte nur, ich respektierte ihn. Aber... oh, wer weiß...«

»Was ist das Schlimmste, das er dir antun könnte?«

»Mich verlassen – so habe ich jedenfalls früher gedacht.«

»Und jetzt denkst du nicht mehr so?«

Deanna schüttelte den Kopf. »Nein.« Auf seltsame Weise

wünschte sie beinahe, er würde sie verlassen. Dann wäre alles so einfach. Doch natürlich war da auch noch Pilar. Pilar würde ihr niemals verzeihen. Deanna zog die Brauen zusammen, und Ben berührte ihre Hand.

»Quäle dich nicht. Es wird sich schon alles finden.«

»Ich wünschte, daß ich einen Weg wüßte. Ben, ich – ich weiß nicht, was ich tun soll.« Sie kannte ihre Möglichkeiten, und sie wollte sich nicht entscheiden, ihn zu verlieren oder Marc zu verlassen. »Und... ich habe auch eine Verpflichtung Pilar gegenüber.«

»Ja, und eine Verpflichtung dir selbst gegenüber. Erst kommst du, dann dein Kind. Danach liegt alles bei dir.«

Deanna nickte und schwieg eine Weile. Sie wirkte weniger beunruhigt als anfangs. »Es ist merkwürdig. Die meiste Zeit vergesse ich, daß Marc existiert. Achtzehn Jahre lang ist er der Angelpunkt meines Lebens gewesen, und plötzlich, in eineinhalb Monaten, ist es, als sei er fort, und ich hätte ihn nie gekannt. Ich komme mir wie ein neuer Mensch vor. Aber er existiert, Ben. Er ruft an, und er ist wirklich, und er erwartet, daß ich mit ihm spreche, und irgendwie kann ich das nicht.«

»Dann sprich doch nicht mit ihm.«

Jesus, er versteht nicht. Und, lieber Gott, laß nicht zu, daß er mich als Eigentum ansieht. Nicht jetzt schon...

Ben fuhr fort: »Nimm es doch leicht und genieße, was ist. Später kannst du dir Sorgen darüber machen, was sein wird.«

»So hältst du es, nicht wahr?« Sie legte eine Hand auf seinen Nakken und küßte ihn auf die Wange. Die Unruhe in seinem Gesicht, die Angst in seinen Augen, der Kummer, wenn er meinte, sie sehe es nicht, waren ihr nicht entgangen. »Du machst dir überhaupt keine Sorgen, wie?«

»Ich?« Er schüttelte so ausdrucksvoll den Kopf, daß sie lachen mußte.

»Du lügst. Dich nimmt es ebenso mit wie mich. Deshalb halte mir keine Predigten. Erst habe ich dich für so gelassen gehalten, daß Probleme gar nicht an dich herankämen. Nun, jetzt weiß ich es besser.«

»Ach ja?« Er sah sie an, und in seinen Augen mischten sich Lachen und zur Schau gestellter Mut. Aber der Gedanke an den Herbst entsetzte ihn. Er konnte es einfach nicht über sich bringen, der Zukunft ins Auge zu sehen.

»Nun, wenigstens hat er gesagt, er käme erst in einem Monat nach Hause.«

»In einem Monat?«

Deanna nickte schweigend, und sie fuhren weiter.

14

»Komm, Schlafmütze. Steh auf. Es ist beinahe zehn.« Deanna öffnete ein Auge, stöhnte und drehte sich auf die andere Seite. Ben klopfte ihr auf den Hintern, und dann beugte er sich über sie und küßte sie. »Komm schon. Du hast heute einen Termin mit einem potentiellen Käufer. Um elf mußt du in der Galerie sein.«

»Und was ist mir dir?« Sie sprach aus den Tiefen ihres Kissens heraus.

»Ich gehe jetzt. Liebes, willst du wohl aufstehen?«

»Nein.«

Er setzte sich neben sie. »Deanna, geht es dir gut?« Sie hatte sich in den beiden Wochen seit der Vernissage oft erschöpft gefühlt.

»Mir geht es ausgezeichnet.« Aber das stimmte nicht. Ihr Kopf war schwer, und ihr Körper kam ihr wie in Zement getaucht vor. Es war soviel leichter, im Bett zu bleiben, den Tag zu verschlafen und zu verträumen.

»Wie kommt es, daß du neuerdings so müde bist?« Er blickte ziemlich besorgt auf sie nieder.

»Das muß das Alter sein.«

»Offenbar. Ich hoffe nur, der Erfolg wird dir nicht zuviel, denn es sieht ganz so aus, als würdest du großen Erfolg haben.« Er stand auf und ging in die Küche. »Möchtest du Toast?« fragte er über die Schulter zurück.

Der Gedanke daran gefiel ihr nicht. Sie schüttelte den Kopf, schloß die Augen und vergrub den Kopf von neuem im Kissen. »Nein, danke.« Kurz darauf kam er mit Kaffee zurück, und zum erstenmal seit Jahren mochte sie auch den Kaffee nicht.

»Deanna? Fehlt dir wirklich nichts?«

»Nein, nein. Ich bin nur müde.« Und krank vor bösen Vorahnungen wegen Marcs Rückkehr. Das mußte es sein. Es erschütterte sie bis in die Knochen, wenn sie an ihn und an Pilar dachte. Zu dumm, sich diese letzten Wochen mit Ben auf diese Weise zu verderben, aber sie konnte nicht anders. »Wirklich, Liebling, mir geht es gut. Du brauchst dir keine Gedanken zu machen.« Sie lächelte ihn strahlend an und nahm einen Schluck Kaffee. Doch als ihr der warme Dampf ins Gesicht stieg, wäre sie beinahe erstickt. Sie wurde sichtbar blaß und stellte die Tasse hin.

»Du bist krank!« Seine Stimme klang verängstigt und anklagend zugleich.

»Das bin ich nicht, also hör auf damit. Mir geht es sehr gut, mir geht es sogar ausgezeichnet, ich bin kerngesund, und ich bete dich an.« Sie streckte die Arme nach ihm aus, und er zog sie an sich. Ihr durfte nichts zustoßen! Der Gedanke, sie zu verlieren, entsetzte ihn. Zehntausendmal am Tag dachte er daran. Sie könnte krank werden, einen Unfall haben, in der Brandung bei Carmel ertrinken, bei einem Brand umkommen... Sie könnte zu Marc zurückkehren.

»Wer ist der Käufer, mit dem wir heute verabredet sind?«

»Sein Name ist Junot. Er ist entweder Schweizer oder Franzose, ich bin mir nicht sicher.«

Franzose? Vielleicht kannte er Marc. Aber bevor sie sprechen konnte, beantwortete Ben ihre Frage schon.

»Nein. Er ist erst diese Woche in die Stadt gekommen. Er kam an der Galerie vorbei, und deine Bilder gefielen ihm. So einfach ist das. Okay?«

»Völlig, du Gedankenleser.«

»Gut. Dann sehen wir uns dort um elf.« Er sah sie an und zwang sich zum Lächeln. An der Tür winkte er ihr noch einmal zu. Jetzt hatte die Angst sie beide gepackt, das war ihm klar. Die Furcht hielt sie im Griff. Deanna hatte Alpträume und klammerte sich verzweifelt an ihn, wenn sie einschliefen. Und jetzt diese Erschöpfung und Übelkeit. Beide litten sie unter denselben Ängsten, fragten sich, was das Ende des Sommers bringen würde, und fürchteten sich jetzt schon davor, einander zu verlieren. Noch zwei weitere Wochen blieben ihnen. Vielleicht sogar drei, falls Marc aufgehalten wurde. Er würde Pilar mit nach Hause bringen. Und was dann? Weder Ben noch Deanna wußten eine Antwort darauf, noch nicht. Und das Wunder, das sie ersehnten, war noch nicht eingetreten.

Deanna war pünktlich um elf in der Galerie. Sie trug ein cremefarbenes Seidenkostüm mit einer elfenbeinfarbenen Seidenbluse, Schuhe und Handtasche waren auf die Vanille-Töne abgestimmt. Sie hatte die Perlen ihrer Mutter und die Ohrringe angelegt, die Ben ihr vor der Vernissage geschenkt hatte. Monsieur Junot, der Interessent, war überwältigt. Er machte großzügige Angebote und strahlte Charme aus. Dann kaufte er nicht eins, sondern zwei ihrer besten Gemälde. Als er sich verabschiedet hatte, schüttelten Ben und Deanna sich triumphierend die Hände. Der Verkauf hatte ingesamt beinahe achttausend Dollar eingebracht, wovon natürlich knapp die Hälfte an Ben ging. Er nahm die bei Kunsthändlern üblichen 40 Prozent. Manche Händler forderten sogar fünfzig. Trotzdem hatte Deanna in den letzten Wochen ansehnlich verdient. Seit der Vernissage hatte sie fast zwölftausend Dollar eingenommen.

»Was wirst du mit all dem Geld anfangen?« fragte Ben belustigt. Deanna betrachtete hingerissen den Scheck.

»Unabhängig sein«, erklärte sie plötzlich, daran denkend, was Marc einmal zu ihr gesagt hatte. Das sei der Grund, warum sie immer noch male. Sie wolle sich beweisen, daß sie unabhängig sein könne, wenn sie es je wieder sein müsse. Vielleicht hatte er recht. Es war bestimmt nicht der einzige Grund, aber das Wissen, jetzt eigenes Geld zu besitzen, machte sie zu einem neuen Menschen.

»Möchtest du deine Unabhängigkeit beweisen und mich zum Lunch einladen?« Ben betrachtete sie bewundernd. Aber obwohl sie sehr hübsch aussah, las er es ihr doch von den Augen ab, daß sie nicht ganz sie selbst war. »Wie ist es damit? Mit dem Lunch?« Er sehnte sich danach, mit ihr auszugehen, mit ihr zusammenzusein, sie nach Hause zu bringen, mit ihr allein zu sein, jede Minute zu genießen, die sie noch hatten. Es wurde zur Besessenheit.

Deanna schüttelte den Kopf. »Ich möchte gern. Aber ich kann nicht. Ich bin zum Lunch mit Kim verabredet.«

»Verdammt. Na gut, ich will dich nicht bitten, dein Wort zu brechen. Aber wenn ich heute nachmittag um fünf von hier weggehe, Madam, gehörst du allein mir.«

»Jawohl, Sir.« Sie blickte voller Vergnügen zu ihm auf.

»Versprochen?«

»Das Versprechen ist leicht zu halten.«

»Dann bis später.«

Er brachte sie an die Eingangstür der Galerie, verabschiedete sich mit einem flüchtigen Kuß auf die Wange und sah ihr nach, wie sie über die Straße zu ihrem Jaguar ging. Was war sie für eine elegante Frau! Und sie gehörte zu ihm. Mit stolzem Lächeln ging Ben wieder hinein.

»Und wie geht es meiner Lieblingsmalerin heute? Der neuen Mary Cassatt«, begrüßte Kim sie, und Deanna setzte sich zu ihr. Sie trafen sich wie üblich im Trader Vic. Deanna war seit beinahe zwei Monaten nicht mehr in dem Lokal gewesen.

»Kannst du es glauben, daß wir heute vormittag zwei weitere Bilder verkauft haben?«

»Ich glaube es. Gott sei Dank, daß Thompson dich überreden konnte. Ich dachte schon, du würdest nie mehr nachgeben.« Aber Kim wußte, daß Marcs Abwesenheit ebenfalls eine Rolle gespielt hatte. Deanna hätte sich nie mit einer Ausstellung einverstanden erklärt, wenn Marc dagewesen wäre, um jeden Versuch im Keim zu ersticken. »Jedenfalls bin ich entzückt, daß du es gewagt hast. Es war ja wohl auch Zeit.« Kim winkte dem Kellner und bestellte trotz Deannas lachendem Protest Champagner. »Warum nicht? Um Himmels willen, wir haben uns seit Carmel kaum gesehen. Und wir haben eine Menge zu feiern.«

Deanna lachte vor sich hin. Mehr als Kim wußte.

»Und was gibt es Neues, abgesehen von der Tatsache, daß du jetzt eine berühmte Malerin bist?« Kim sah ihr forschend in die Augen, aber Deanna lächelte bloß. »Du siehst wie die Katze aus, die den Kanarienvogel verschluckt hat.«

»Ich weiß nicht, warum.«

»Quatsch! Vielleicht weiß ich es.« Die erste Ahnung war Kim bei Deannas Vernissage gekommen, doch anfangs war sie sich nicht sicher gewesen. »Wirst du es mir nun erzählen, oder soll ich vor Spannung sterben?«

»Du meinst, ich hätte eine Wahl?«

»Nicht doch, Deanna. Komm schon, sei lieb... erzähl es mir.« Kim scherzte, aber Deanna wurde plötzlich ernst. »Das hört sich an, als wüßtest du es schon. Himmel, ich hoffe, es ist nicht so offensichtlich.«

»Das ist es nicht. Mir kamen an jenem Abend bei der Vernissage nur gewisse Vermutungen. Allerdings glaube ich nicht, daß sonst jemand etwas gemerkt hat.« Endlich trafen sich ihre Blicke. Deanna schwieg eine Weile.

»Er ist etwas ganz Besonderes, Kim. Und ich liebe ihn, sehr.«

Kim gab einen langen Seufzer von sich und wartete. »Er macht mir den Eindruck eines sehr netten Mannes. Ist es ernst?« fragte sie. Deanna nickte, und Kim nahm einen Schluck Champagner.

»Ich würde gern sagen, daß ich es nicht wüßte. Aber ich weiß es.« Deannas Augen füllten sich mit Tränen. »Ich muß zu Marc zurückkehren. Ben weiß das auch. Ich kann nicht wieder ganz von vorn anfangen, Kim. Ich kann nicht. Ich bin zu alt. Ich bin beinahe vierzig, und...« Ihre Stimme war kaum noch ein Flüstern. »Ich habe eine zu lange Zeit mit Marc verbracht. Ich habe ihn immer geliebt. Und... und da ist Pilar...« Deanna konnte nicht weitersprechen. Die Augen liefen ihr über, und sie mußte sich die Nase putzen.

Kim hätte sie am liebsten in die Arme genommen und ihr eine vollendete Lösung präsentiert. Sie wußten beide, daß es die nicht gab.

»Gibt es denn keinen anderen Weg?« Deanna schüttelte den Kopf. »Was empfindet Ben dabei?«

Deanna holte tief Atem. »Er ist ebenso in Panik wie ich. Aber ich kann einfach nicht davonlaufen und mein Leben von vorn anfangen. Ich kann nicht...« Verzweifelt flüsterte sie Kim zu: »Ich bin zu alt.«

»Wenn das alles ist, was dich aufhält, dann weißt du verdammt genau, daß du nicht zu alt bist. Zum Teufel, Frauen fangen noch mit sechzig ein neues Leben an, wenn ihre Männer sterben. Mit siebenunddreißig wärst du wahnsinnig, wolltest du etwas wegwerfen, das du wirklich willst.«

»Aber es ist nicht recht. Und ich bin zu alt, Kim! Er möchte Kinder, um Gottes willen, und ich habe eine beinahe erwachsene Tochter.«

»Das ist nur ein Grund mehr. Pilar wird weggehen. Wenn du weitere Kinder willst, ist jetzt der richtige Zeitpunkt.«

»Du bist ebenso verrückt wie er.« Deanna versuchte zu lächeln. Es fiel ihr nicht leicht, darüber zu sprechen. Ihr war, als schrumpften die nächsten beiden Wochen bereits vor ihren Augen zusammen.

»Bist du glücklich mit Ben, Deanna?«

»So glücklich bin ich noch nie in meinem Leben gewesen. Und das begreife ich nicht. Ich habe beinahe zwanzig Jahre lang mit Marc gelebt, wir kennen einander, und plötzlich... O Gott, Kim, ich kann mich kaum noch erinnern, wie Marc aussieht, wie seine Stimme klingt. Es ist, als sei ich immer schon mit Ben zusammengewesen. Anfangs fühlte ich mich schuldig. Ich hielt das, was ich tat, für schrecklich. Jetzt ist mir nicht einmal mehr beklommen zumute. Ich liebe ihn einfach.«

»Und du meinst, du wirst imstande sein, das aufzugeben?« Kim war ernstlich besorgt um ihre Freundin.

»Ich weiß es nicht. Vielleicht können wir uns trotzdem noch sehen. Vielleicht... Kim, ich weiß es einfach nicht.«

Kim wußte es auch nicht, aber sie hatte den Verdacht, Ben Thompson würde sich nicht lange damit zufriedengeben, Deanna mit Marc zu teilen. So ein Mann schien er ihr nicht zu sein.

»Wirst du es Marc erzählen?«

Deanna schüttelte den Kopf. »Niemals. Er würde es nicht verstehen. Es würde ihm das Herz brechen. Ich – wir müssen abwarten. Ben muß im September für ein paar Wochen nach New York. Das läßt mir Zeit zu sehen, wie die Dinge sich entwickeln.«

»Wenn ich irgend etwas tun kann, Deanna... wenn du eine Schulter brauchst oder eine Hand brauchst – ich bin immer für dich da, Kleines. Das weißt du hoffentlich.«

»Ja, das weiß ich.«

Die beiden tauschten ein Lächeln und gingen zu einem anderen Thema über. Doch noch lange Zeit, nachdem sie sich getrennt hatten, sah Kim das Gesicht ihrer Freundin vor sich und machte sich Sorgen.

Deanna fuhr langsam nach Hause. Sie mußte nach der Post sehen und ihre Rechnungen bezahlen. Vor fünf Uhr würde sie Ben nicht wiedersehen. Sie wollten dann das Dinner in einem ruhigen Restaurant nehmen, vielleicht einen Spaziergang machen oder ins Kino gehen, alles Dinge, die Leute tun, die keine Kinder haben, nicht unter Streß stehen und nicht unter Zeitdruck leiden. Deanna wollte diese zwei Wochen verbringen wie die beiden Monate zuvor, einfach, ruhig – mit Ben. Es war das, was auch Ben sich wünschte.

»Mrs. Duras?« Als Deanna den Schlüssel im Schloß drehte, wartete Margaret schon auf sie. Ihr Gesicht trug einen angespannten Ausdruck, den Deanna sich nicht gleich zu deuten wußte.

»Margaret? Geht es Ihnen nicht gut?« Sie fand, die ältere Frau sehe blaß aus. Sie trat an den Tisch in der Diele und merkte, daß die Haushälterin sie immer noch anstarrte. »Margaret? Ist etwas passiert?« Diesmal klang ihre Frage eindringlicher, und sie sah die Frau in dem dunkelblauen Hauskleid scharf an. Konnte sie über Ben Bescheid wissen? Hatte sie sie gesehen? »Was ist?«

»Es sind zwei Anrufe gekommen...« Margaret verstummte, wußte nicht, was sie sonst noch sagen sollte. Sie war sich nicht sicher, und sie hatte kein Recht, Mrs. Duras zu beunruhigen, aber sie hatte so ein Gefühl.

»Von Mister Duras?« Deanna richtete sich sehr gerade auf.

»Von Madame Duras, seiner Mutter.«

»Was hat sie gesagt?« Deannas Gesicht verfinsterte sich. »Ist irgend etwas nicht in Ordnung?«

»Ich weiß es nicht. Sie hat nur mit der Telefonistin in Paris gesprochen. Aber sie möchte, daß Sie zurückrufen. Sofort.«

»In Paris? Sie meinen Antibes.« Für Margaret war das ein und dasselbe, wie Deanna wußte. Die Haushälterin schüttelte mit Nachdruck den Kopf.

»Nein. In Paris. Sie haben eine Nummer hinterlassen.« Margaret fischte den Zettel von dem Stapel und reichte ihn Deanna. Sie hatte recht. Es war Paris, die Nummer des Hauses auf der Rue François Premier. Da mußte etwas passiert sein. Vielleicht war die alte Dame krank und wollte Pilar vorzeitig nach Hause schicken. Marc! Marc war etwas zugestoßen! Tausend katastrophale Gedanken schossen Deanna durch den Kopf. Sie rannte die Treppe hoch und zum Telefon im Schlafzimmer. In Paris würde es kurz nach Mitternacht sein. Zu spät? Sollte sie bis morgen früh warten?

Die Übersee-Vermittlung stellte den Anruf schnell durch, und das vertraute Schnurren der französischen Telefone klang Deanna in den Ohren. Jahrelang war es ihr wie ein Besetztzeichen vorgekommen, aber jetzt hatte sie sich daran gewöhnt.

»Es wird vielleicht eine Minute dauern, bis sich jemand meldet. Tut mir schrecklich leid«, sagte Deanna.

»Geht in Ordnung.« Die Telefonistin, offenbar Kalifornierin, sprach ohne Hast, und Deanna lächelte. Dann hörte sie die Stimme ihrer Schwiegermutter durch den Apparat.

»Allo? Oui?«

»Mamie?« Das Kosewort war Deanna nie leicht über die Lippen gekommen. Nach beinahe zwanzig Jahren war sie immer noch versucht, ihre Schwiegermutter Madame Duras zu nennen. *»Mamie?«* Die Verbindung war nicht sehr gut, aber Deanna konnte hören, und sie hob die eigene Stimme, um gehört zu werden. Madame Duras' Stimme klang weder schläfrig noch erfreut. Das tat sie nie. »Hier ist Deanna. Es tut mir sehr leid, daß ich noch so spät anrufe, aber ich dachte, daß...«

»Deanna, *il faut que tu viennes.«* O Jesus, nicht auf französisch bei einer solchen Verbindung! Doch die ältere Frau fuhr mit einem Wortschwall fort. Deanna verstand sie kaum.

»Langsam, langsam! Ich kann dich nicht hören. Ich verstehe nicht. Bitte, sag es auf Englisch. Ist etwas passiert?«

»Ja.« Das Wort war ein jammernder Aufschrei. Dann herrschte Schweigen. Deanna wartete. Was war passiert? Es war Marc. Sie wußte es! »Pilar... Sie hatte... einen Unfall... mit dem *moto* –«

Deannas Herz setzte aus. »Pilar?« Jetzt schrie sie ins Telefon; sie hörte Margaret nicht ins Zimmer kommen. »Pilar?« Die Verbindung wurde noch schlechter, und sie schrie lauter. *»Mamie?* Kannst du mich hören? Was ist geschehen?«

»Ihr Kopf... ihre Beine...«

»O Gott! Wie geht es ihr?« Tränen strömten Deanna über das Gesicht. Sie gab sich verzweifelte Mühe, ihre Stimme zu beherrschen. *»Mamie?* Wie geht es ihr?«

»Paralysées. Les jambes. Ihre Beine... gelähmt. Und ihr Kopf... Wir wissen es nicht.«

»Wo ist sie?« brüllte Deanna.

»Im amerikanischen Krankenhaus.« Die alte Frau schluchzte jetzt.

»Hast du Marc angerufen?«

»Wir können ihn nicht finden. Er ist in Griechenland. Seine *société* versucht, ihn aufzuspüren. Man meinte, er werde morgen hier sein. O bitte, Deanna... wirst du kommen?«

»Heute abend noch. Sofort.« Sie blickte auf die Uhr, und ihr ganzer Arm zitterte. Es war zehn Minuten vor vier. Sie wußte, um neunzehn Uhr dreißig ging eine Maschine. Marc nahm sie immer. Sie würde morgen um sechzehn Uhr dreißig Ortszeit in Paris sein. »Ich komme... am Nachmittag an... Ich gehe sofort ins Krankenhaus. Wer ist ihr Arzt?« Hastig kritzelte sie seinen Namen hin. »Wie kann ich ihn erreichen?« Madame Duras gab ihr seine Privatnummer.

»Oh, Deanna. Das arme Kind... Ich habe Marc gesagt, das *moto* sei zu schwer für ein Kind. Warum hat er nicht auf mich gehört? Ich sagte ihm...«

Ich auch. »*Mamie,* ist jemand bei ihr?« Das war ihr als erstes in den Sinn gekommen. Ihr Kind war allein in einem Krankenhaus in Paris.

»Wir haben natürlich Schwestern.« Das hörte sich schon eher nach der Madame Duras an, die Deanna kannte.

»Sonst niemand?« fragte sie entsetzt.

»Hier ist es nach Mitternacht.«

»Ich möchte nicht, daß sie allein ist.«

»Gut. Ich werde gleich Angéline hinschicken, und morgen früh gehe ich selbst.« Angéline, die älteste Hausangestellte auf dem Angesicht der Erde. Angéline. Wie konnte sie Angéline schicken?

»Ich komme, so schnell ich kann. Sag ihr, daß ich sie liebe. Lebewohl, *Mamie.* Wir sehen uns morgen.«

Verzweifelt verlangte Deanna die Vermittlung. »Dr. Hubert Kirschmann, mit Voranmeldung. Dringend.«

Aber Doktor Kirschmann meldete sich nicht. Und ein Anruf im amerikanischen Krankenhaus ergab nicht viel mehr. Obwohl immer noch in kritischem Zustand, leide Mademoiselle Duras nicht. Sie sei bei Bewußtsein, und es bestünde die Möglichkeit, daß man morgen früh operiere. Das zu entscheiden, sei noch zu früh. Sie sei erst an diesem Abend von Cannes eingeflogen worden, und Madame möge doch so freundlich sein, den Arzt am Morgen anzurufen... Oh, geh zum Teufel. Pilar war nicht fähig, ein Telefongespräch entgegenzunehmen, und es gab nichts mehr, was Deanna tun konnte, außer ein Flugzeug zu besteigen.

Sie saß eine Weile ganz still da, kämpfte gegen die Tränen an, hielt den Kopf in den Händen. Sie seufzte gequält. »Pilar... mein Baby. O mein Gott!« Dann sah sie das blaue Hauskleid, und Margarets Arme hielten sie tröstend fest.

»Ist es sehr schlimm?« Margarets Flüstern klang laut in dem zu stillen Raum.

»Ich weiß es nicht. Sie sagen, ihre Beine seien gelähmt, und ihr Kopf ist irgendwie verletzt. Aber von niemandem konnte ich vernünftige Antworten erhalten. Ich werde das nächste Flugzeug nehmen.«

»Ich packe Ihnen einen Koffer.«

Deanna nickte und versuchte, ihre Gedanken zu ordnen. Sie mußte Ben anrufen – und Dominique. Automatisch wählten ihre Finger Dominiques Nummer im Büro. Sofort meldete sich die ihr so unsympathische Stimme. »Wo ist Monsieur Duras?« fragte Deanna.

»Ich habe keine Ahnung.«

»Zum Teufel, natürlich haben Sie die. Unsere Tochter hat soeben einen Unfall gehabt, und man kann ihn nicht finden. Wo ist er?«

»Ich ... Madame Duras, es tut mir sehr leid ... Ich werde mein Bestes tun, um ihn bis morgen früh ausfindig zu machen. Dann soll er Sie anrufen.«

»Ich fliege heute abend nach Paris ab. Sagen Sie ihm nur, er soll dorthin kommen. Und telefonieren Sie mit seiner Mutter. Pilar liegt im amerikanischen Krankenhaus in Paris. Und um Gottes willen, tun Sie mir einen Gefallen, Dominique, und finden Sie ihn bitte!« Ihre Stimme zitterte.

»Ich werde mein Bestes tun. Und es tut mir wirklich sehr leid. Ist es ernst?«

»Das weiß ich noch nicht.«

Deanna rief die Luftfahrtgesellschaft und die Bank an. Sie warf einen Blick auf die Dinge, die Margaret in ihren Koffer gelegt hatte, und konnte Ben dann gerade noch erreichen, bevor er die Galerie verließ. Eine Stunde blieb ihr, bis sie zum Flughafen fahren mußte.

»Ich muß heute abend abreisen.«

»Was hast du heute nachmittag angestellt? Eine Bank ausgeraubt?« neckte Ben sie vergnügt. Er freute sich auf den vor ihnen liegenden Abend. Aber dann erfaßte er schnell, daß etwas nicht in Ordnung war.

»Pilar hat einen Unfall gehabt. Oh, Ben ...« Und dann kamen die Tränen. Deanna schluchzte. Das Herz tat ihr weh, sie hatte Angst, und sie war zornig auf Marc, daß er Pilar das Motorrad ermöglicht hatte.

»Nimm es nicht so schwer, Darling. Ich bin gleich bei dir. Geht es in Ordnung, wenn ich ins Haus komme?«

»Ja.«

Sieben Minuten später öffnete Margaret ihm die Tür. Deanna wartete auf ihn in ihrem Zimmer. Sie trug noch das Kostüm, in dem sie zum Lunch gegangen war, und die Ohrringe, die Ben ihr geschenkt hatte. So wollte sie nach Frankreich reisen. Ben trat ein, warf ihr einen kurzen Blick zu und nahm sie in die Arme. »Es ist alles in Ordnung, Liebling, alles in Ordnung. Sie wird wieder gesund.«

Da erzählte sie ihm von den gelähmten Beinen.

»Das könnte eine vorübergehende Reaktion auf den Sturz sein. Du kennst die Einzelheiten noch nicht. Vielleicht ist es längst nicht so schlimm, wie es sich anhört. Möchtest du etwas zu trinken?« Deanna war gefährlich blaß, doch sie schüttelte den Kopf. Ben sah nichts als ihr Gesicht und die Verzweiflung darin. Von neuem begann sie zu weinen und suchte Zuflucht in seinen Armen.

»Mir sind so schreckliche Gedanken gekommen.«

»Nicht. Du weißt ja noch nichts. Du mußt einfach warten, bis du dort bist.« Er sah sie fragend an. »Möchtest du, daß ich dich begleite?«

Deanna seufzte und lächelte ein klein wenig. »Ja. Nur geht es nicht. Aber ich liebe dich, weil du gefragt hast. Danke.«

»Wenn du mich brauchst, rufe an, und ich komme. Versprochen?« fragte er. Sie nickte.

»Wirst du Kim Bescheid sagen, wohin ich verschwunden bin? Ich habe eben versucht, sie zu erreichen, aber sie ist nicht da.«

»Wird sie keinen Verdacht schöpfen, wenn ich es ihr sage?« Er blickte besorgt drein, aber seine Sorgen galten Deanna, nicht Kim.

»Nein.« Deanna lächelte. »Ich habe ihr heute beim Lunch von uns erzählt. Sie hatte es bereits erraten, frag mich nicht, wie – bei der Vernissage. Aber sie hält dich für einen ganz besonderen Mann. Ich finde, sie hat recht.« Wieder schmiegte sie sich an ihn. Es war für eine lange Zeit das letzte Mal, daß sie es tun konnte, ihn festhalten und ihm gehören. »Ich wünschte, ich könnte noch einmal nach Hause … nur, um dort zu sein … es gibt mir so viel Frieden.« Sie meinte sein Haus, nicht ihr eigenes. Er verstand.

»Du wirst bald wieder nach Hause kommen.«

»Versprochen?« Ihre Augen fanden die seinen.

»Versprochen. Nun komm, wir müssen gehen. Hast du alles, was du brauchst?« fragte er. Sie nickte und schloß die Augen. Einen Sekundenbruchteil lang war ihr schwindelig gewesen. »Geht es dir gut?«

»O ja.« Sie folgte ihm die Treppe hinunter und umarmte Margaret zum Abschied. Bis zum Flughafen brauchten sie eine Stunde. Fünfundvierzig Minuten später würde sie in der Maschine sein, zwölf Stunden danach in Paris – bei ihrem Kind. Pilar.

Während der Fahrt zum Flughafen betete Deanna stumm, sie möge Pilar noch am Leben finden.

15

»*Quoi? Oh, mon Dieu!* Dominique, sind Sie sicher?«

»Absolut. Ich habe auch mit Ihrer Mutter gesprochen. Und mit dem Arzt.«

»Wie heißt er?« Dominique nannte Marc, der wild nach einem Kugelschreiber gestikulierte, den Namen. Chantal reichte ihm ihren. »Wann haben sie operiert?«

»Heute morgen. Vor drei Stunden, glaube ich. Es geht ihr ein bißchen besser, hieß es, aber sie ist noch nicht wieder bei Bewußtsein. Hauptsächlich macht man sich Sorgen um ihren Schädel und... und ihre Beine.«

Während Marc-Edouard zuhörte, liefen ihm Tränen über die Wangen. »Ich schicke ein Telegramm. Heute abend bin ich dort.« Er drückte auf die Gabel, und der Portier meldete sich. Knapp erteilte er Befehle. »Hier Duras. Besorgen Sie mir ein Flugticket nach Paris. Sofort.« Er legte auf, wischte sich das Gesicht ab und sah Chantal merkwürdig an.

»Ist es Pilar?« fragte sie. Er nickte. »Ist es sehr schlimm?« Sie setzte sich auf die Couch neben ihn und nahm seine Hände.

»Das weiß man nicht. Man weiß nicht, ob...« Er brachte es nicht über sich, die Worte auszusprechen oder ihr zu erzählen, daß das Motorrad ein Geschenk von ihm war. Von neuem wurde er von Schluchzen geschüttelt.

Deanna verließ das Flugzeug erschöpft, ängstlich und elend. Die ganze Nacht hindurch hatte sie ins Leere gestarrt und die Fäuste geballt. Sofort rief sie das Krankenhaus an, aber es gab nichts Neues. Vor dem Flughafen winkte Deanna ein Taxi herbei und saß während der Fahrt schweigend da. Sie hatte dem Fahrer die Adresse des amerikanischen Krankenhauses genannt und ihm nur gesagt: *»Aussi vite que possible.«*

In echtem gallischen Stil nahm er sie beim Wort. Deanna sah die Bäume am Straßenrand aus dem Augenwinkel nur als verwischtes grünes Band vorbeirasen. Sie hielt den Blick geradeaus gerichtet und beobachtete die Manöver des Fahrers, der jedes in Sicht kommende Hindernis tollkühn umfuhr. Sie spürte ihren Puls, jeden Schlag ihres Herzens... Schnell... schnell... *Vite!* Ihr schien es Stunden zu dauern, bis sie den Boulevard Victor Hugo erreichten und mit kreischenden Reifen vor den großen Doppeltüren hielten. Deanna entnahm ihrer Brieftasche die Franc-Noten, die sie am Flughafen für Dollar eingetauscht hatte. Ohne nachzudenken, gab sie dem Mann hundert Francs und stieß die Tür auf.

»Votre monnaie?« Er sah sie fragend an, und sie schüttelte den Kopf. Das Wechselgeld war ihr völlig gleichgültig. Ihre Lippen waren eine strenge, schmale Linie, die sich irgendwo in der elfenbeinernen Qual ihres Gesichts verlor. Der Fahrer hatte es sich gleich gedacht, als sie ihm die Adresse des amerikanischen Krankenhauses nannte. »Ihr Mann?«

»Non. Ma fille.« Von neuem füllten sich ihre Augen mit Tränen.

Der Fahrer nickte mitfühlend. *»Désolée.«* Er hob ihren kleinen braunen Lederkoffer vom Sitz und öffnete die Tür. So stand er einen Augenblick lang, den Koffer in der Hand, sah sie an und hätte gern etwas mehr gesagt. Auch er hatte Kinder, und er erkannte den Schmerz in Deannas Augen. So hatte seine Frau geblickt, als sie einmal fast ihren Sohn verloren hätten. Schweigend reichte er Deanna den Koffer. Einen Sekundenbruchteil lang hielt sie seinen Blick fest. Dann drehte sie sich um und betrat rasch das Krankenhaus.

Eine säuerlich wirkende Matrone saß an einem Schreibtisch.

»Oui, Madame?«

»Pilar Duras. Ihre Zimmernummer?« O Gott, bitte, nur ihre Zimmernummer. Daß sie mir jetzt nicht sagen, sie...

»Vierfünfundzwanzig.« In Deanna wollte sich ein langer, qualvoller Seufzer Bahn schaffen. Doch sie nickte nur kurz und folgte den Hinweisen. Zwei Männer und eine Frau waren im Aufzug, die zu anderen Stockwerken wollten. Sie sahen wie nüchterne Europäer aus, vielleicht waren sie Freunde von Patienten, vielleicht Verwandte, aber keiner von ihnen wirkte besonders erschüttert oder aus der Fassung gebracht. Deanna beobachtete sie neidisch, während sie wartete. Der lange Flug voller Angst forderte jetzt seinen Zoll: Deanna hatte eine schlaflose Nacht verbracht, und ihre Gedanken waren zwischen Pilar und Ben hin- und hergerast. Was wäre, wenn sie ihn hätte mitkommen lassen? Sie sehnte sich nach seinen Armen, seiner Wärme, seinem Trost, seiner Hilfe und der Zärtlichkeit seiner Worte.

Die Aufzugtüren öffneten sich im vierten Stock, und zögernd trat Deanna hinaus. Krankenschwestern eilten vorbei, und in ein paar gesetzten kleinen Gruppen bemerkte sie ältere, distinguierte Männer: Ärzte. Plötzlich fühlte Deanna sich verloren. Sie war sechstausend Meilen von zu Hause entfernt und suchte nach einer Tochter, die sogar schon tot sein konnte. Sie war sich nicht einmal mehr sicher, ob sie noch französisch sprechen konnte oder ob sie Pilar in diesem Irrgarten je finden würde. Tränen brannten in ihren Augen. Sie kämpfte gegen eine Woge aus Schwindel und Übelkeit an und ging dann langsam auf den Schreibtisch zu.

»Ich möchte zu Pilar Duras. Ich bin ihre Mutter.« Sie versuchte es gar nicht erst auf französisch. Sie konnte es einfach nicht. Sie betete nur darum, daß irgendwer sie verstand. Die meisten Schwestern waren Französinnen, aber irgendwer würde schon Englisch sprechen. Irgendwer würde Bescheid wissen... irgendwer würde alles regeln und sie zu Pilar führen, ihr zeigen, daß die Verletzungen gar nicht so schlimm waren...

»Duras?« Die Krankenschwester blickte beunruhigt zu Deanna auf und betrachtete dann stirnrunzelnd eine Karte. Deannas Inneres verwandelte sich zu Stein. »O ja.« Die Schwester nickte Deanna zu und fragte sich, ob die schrecklich blasse, zitternde Frau vor ihr krank sei. »Madame Duras?«

»Ja.« Deanna brachte nicht mehr als ein Flüstern heraus. Jeder Augenblick der Anstrengung machte sich jetzt bemerkbar. Sie konnte einfach nicht mehr. Sie ertappte sich sogar dabei, daß sie sich Marc herbeiwünschte.

»Madame Duras, geht es Ihnen nicht gut?« Die junge Frau in der weißen Schwesterntracht sprach mit einem deutlichen Akzent, aber ihr Englisch war fließend. Deanna starrte sie nur an. Sie war sich ja selbst nicht sicher. Ihr war sehr merkwürdig, als würde sie gleich ohnmächtig.

»Ich muß... ich glaube... Darf ich mich setzen?« Sie sah sich vage um, und dann beobachtete sie fasziniert, wie alles um sie erst grau wurde und dann schrumpfte. Es war wie ein verblassender Fernsehschirm. Langsam... langsam... verschwand das Bild. Schließlich hörte sie nichts mehr als ein Summen. Dann berührte eine Hand ihren Arm.

»Madame Duras? Madame Duras?« Es war die Stimme desselben Mädchens, und Deanna merkte, wie sie lächelte. Die Schwester hatte eine so angenehme junge Stimme... eine so angenehme... Deanna war ganz schlaftrunken. Sie wollte nichts weiter als davontreiben, aber immerzu zog die Hand an ihrem Arm. Dann lag etwas Kaltes auf ihrem Nacken und ihrem Kopf. Das Bild kehrte auf den Schirm zurück. Ein Dutzend Gesichter umringte sie, alle nach unten blikkend. Sie begann, sich aufzusetzen, aber sofort hielt eine Hand sie zurück. Zwei junge Männer sprachen aufgeregt auf französisch miteinander. Sie wollten sie in die Notaufnahme bringen, doch Deanna schüttelte entschlossen den Kopf.

»Nein, nein, mir geht es gut. Wirklich. Ich habe nur einen sehr langen Flug von San Francisco hinter mir, und ich habe den ganzen Tag nichts gegessen. Wirklich, ich bin nur furchtbar müde und...« Wieder quollen ihr Tränen aus den Augen. Sie versuchte, sie mit Willenskraft zurückzudrängen. Verdammt, warum wollte man sie in die Notaufnahme bringen? »Ich muß meine Tochter sehen. Pilar... Pilar Duras.«

Das schien ihnen Einhalt zu gebieten. Die beiden jungen Männer sahen sie an, nickten. Sie hatten verstanden. Gleich darauf stand Deanna, unter jedem Ellenbogen eine stützende Hand, auf den Füßen. Eine junge Schwester half ihr, ihren Rock zu glätten. Jemand brachte einen Stuhl, und die erste Schwester reichte ihr ein Glas Wasser. Einen Augenblick später hatte sich die Menge zerstreut. Nur die junge Schwester und die ältere blieben zurück.

»Es tut mir schrecklich leid«, entschuldigte sich Deanna.

»Oh, nicht doch. Sie sind sehr müde. Sie haben einen langen Flug hinter sich. Wir verstehen. Gleich bringen wir Sie zu Pilar.« Die beiden Schwestern wechselten einen Blick, und die ältere nickte beinahe unmerklich.

»Danke.« Deanna trank noch einen Schluck Wasser und gab das Glas zurück. »Ist Dr. Kirschmann hier?« Die Schwester schüttelte den Kopf.

»Er ist gerade gegangen. Er war die ganze Nacht bei Pilar. Man hat operiert, wissen Sie.«

»Ihre Beine?« Deanna begann von neuem zu zittern.

»Nein, ihren Kopf.«

»Wie geht es ihr?«

Eine endlose Pause. Dann: »Besser. Kommen Sie, sehen Sie selbst.« Die Schwester trat neben sie, um ihr aufzuhelfen. Aber Deanna war jetzt ruhig und nur auf sich selbst wegen der vergeudeten Zeit böse.

Die Schwester führte Deanna einen langen, pfirsichfarbenen Flur entlang und machte endlich vor einer weißen Tür halt. Nach einem langen, forschenden Blick auf Deannas Gesicht öffnete sie langsam die Tür. Deanna machte ein paar Schritte ins Zimmer und fühlte die Luft in ihren Lungen gefrieren. Ihr war, als könne sie nicht mehr atmen.

Pilar war in Verbände eingewickelt und mit Apparaten und Schläuchen bedeckt. Eine streng aussehende Schwester saß still in einer Ecke, und mindestens drei Monitoren lieferten geheimnisvolle Berichte. Pilar selbst war unter den Bandagen kaum sichtbar, und ihr Gesicht war schrecklich verzerrt.

Aber diesmal fiel Deanna nicht in Ohnmacht. Sie stellte den Koffer zu Boden, wo sie gerade stand, und ging mit festem Schritt und einem Lächeln in das Zimmer hinein. Die Schwester, die sie hergeführt hatte, tauschte Blicke mit der im Krankenzimmer diensttuenden Kollegin. Diese näherte sich, aber Deanna achtete nicht darauf. Sie setzte ihren Weg zum Bett fort, betete um Kraft und kämpfte die Tränen mit einem herzzerreißenden Lächeln zurück.

»Hallo, Baby. Hier ist Mommy.« Ein leises Stöhnen kam von dem Bett, und die Augen ihres Kindes folgten ihren Schritten. Es war deutlich zu sehen, daß Pilar sie erkannte und begriff. »Alles kommt wieder in Ordnung, du wirst sehen...« Sie stellte sich neben das Bett, nahm Pilars nicht verbundene Hand ganz behutsam, so leicht, daß es kaum eine Berührung zu nennen war, in ihre beiden Hände, hob sie an ihre Lippen und küßte die Finger ihres kleinen Mädchens. »Es ist alles in Ordnung, mein Liebling, du wirst wieder gesund.«

Von dem Mädchen in dem Bett kam ein grausiger Laut.

»Schsch... du kannst später mit mir reden. Nicht jetzt.« Deannas Stimme war nicht mehr als ein Flüstern, aber sie klang fest.

Pilar schüttelte den Kopf. »Ich...«

»Schsch...« mahnte Deanna eindringlich, aber Pilars Augen waren voll von Worten.

»Möchtest du etwas?« Deanna paßte genau auf, doch es stand keine Antwort in den Augen zu lesen. Sie sah zu der Schwester hin. Ob Pilar Schmerzen hatte? Die Schwester trat näher, und gemeinsam beobachteten und warteten sie. Offensichtlich gab Pilar sich große Mühe.

»Fr... oh... duuu... gekommen.« Es war ein fadendünner Hauch, und er ließ Deannas Herz überquellen vor Liebe. Ihre Augen füllten sich mit Tränen. Sie zwang sich zu lächeln. Immerfort hielt sie Pilars Hand fest.

»Ich bin auch froh, daß ich gekommen bin. Nun sprich nicht mehr, Baby. Bitte. Wir können uns später unterhalten. Wir werden uns eine Menge zu erzählen haben.«

Diesmal nickte Pilar nur, und dann schloß sie eine Weile die Augen. Die Schwester trat mit Deanna in den Flur hinaus und berichtete ihr, ausgenommen während der Narkose bei der Operation sei Pilar die ganze Zeit wach gewesen, als warte sie auf jemanden, auf etwas. Jetzt erkenne man den Grund leicht.

»Ihre Anwesenheit wird eine enorme Veränderung hervorrufen, Madame Duras.« Pilars Pflegerin sprach untadeliges Englisch und wirkte schrecklich kompetent. Ihre Worte bedeuteten für Deanna eine Erleichterung. Pilar hatte auf sie gewartet. Sie liebte ihre Mutter immer noch. Es war töricht, daß das bei einer Gelegenheit wie dieser von Bedeutung sein sollte, aber das war es. Deanna hatte gefürchtet, daß Pilar sie selbst in der größten Not zurückweisen könnte. Doch sie hatte es nicht getan. Oder hatte sie in Wirklichkeit auf Marc gewartet? Es spielte keine Rolle. Leise ging Deanna ins Krankenzimmer zurück und setzte sich.

Es dauerte länger als zwei Stunden, bis Pilar erwachte. Dann lag sie nur da und wandte die Augen nicht vom Gesicht ihrer Mutter.

Nach einer Zeit, die Deanna wie Stunden vorkam, meinte sie, Pilar lächeln zu sehen. Wieder trat sie an das Bett und ergriff sanft die Hand des Mädchens.

»Ich liebe dich, Liebling. Und es geht dir schon wieder viel besser. Versuch doch, noch ein bißchen zu schlafen!«

Pilars Augen sagten nein. Sie blieben eine weitere Stunde lang offen, beobachteten, starrten in das Gesicht ihrer Mutter, als tränken sie es in sich hinein, als wollten sie die Worte vermitteln, die auszusprechen Pilar nicht die Kraft besaß. Erst am Ende dieser Stunde sprach Pilar von neuem.

»Hundi...« Deanna blickte verwirrt drein, und Pilar versuchte es noch einmal. »Hast du... mein Hundi... mitgebracht?« Diesmal konnte Deanna sich des Weinens nicht erwehren. Hundi, der Schatz aus Pilars Kinderjahren. Hundi, so alt und schmutzig und abgenutzt, hatte endlich einen Ruheplatz auf einem Regal irgendwo im Haus gefunden. Deanna hatte es nie über sich gebracht, ihn wegzuwerfen. Hundi rief zu viele Erinnerungen an Pilar als Kind wach. Jetzt sah Deanna ihre Tochter forschend an. Ob sie wußte, wo sie war? Oder war sie an einen fernen Ort davongetrieben, zurück in die Kindheit und zu Hundi?

»Er wartet zu Hause auf dich.«

Pilar nickte mit einem winzigen Lächeln. »Okay...« kam es schwach von ihren Lippen. Sie schlief wieder ein.

Hundi. Deanna saß auf dem unbequemen Stuhl, und ihre Gedanken wanderten in die Vergangenheit zurück, bis zu der Zeit, wo Pilar drei – und vier – und fünf – und neun gewesen war... und dann zu schnell zwölf, und nun beinahe sechzehn. Sie war so süß gewesen als Kind, so zierlich und anmutig, das kleine Mädchen mit den goldenen Locken und den blauen Augen. Die entzückenden Dinge, die sie gesagt hatte, die Tänze, die sie, wenn sie spielte, manchmal für ihre Eltern aufführte, die Teegesellschaften, die sie ihren Puppen gab, die Geschichten, Gedichte, Schauspiele, die sie geschrieben hatte, die Bluse, die sie Deanna in einem Jahr aus zwei grüngelben Geschirrtüchern angefertigt hatte... Und Deanna hatte sie wie selbstverständlich zum Kirchgang angezogen.

»Madame Duras?« Der Klang einer fremden weiblichen Stimme riß Deanna aus großer Ferne zurück. Sie sah sich erschrocken um und erblickte eine andere Krankenschwester.

»Ja?«

»Möchten Sie sich nicht hinlegen? Wir können Ihnen ein Bett im Nachbarzimmer herrichten.« Ihr Gesicht war sehr sanft, und ihre Augen waren weise und alt. Sie klopfte Deanna auf den Arm. »Sie sitzen schon sehr lange Zeit hier.«

»Wie spät ist es denn?« Deanna war zumute, als habe sie stundenlang in einem Traum gelebt.

»Beinahe elf.«

Dann war es in San Francisco zwei Uhr nachmittags. Sie war noch keine vierundzwanzig Stunden von zu Hause weg, aber es kam ihr eher wie Jahre vor. Sie stand auf und reckte sich.

»Wie geht es ihr?« Deanna sah forschend zum Bett hin.

Die freundliche Schwester zögerte kurz. »Unverändert.«

»Wann kommt der Arzt zurück?« Und warum, zum Teufel, hatte er sich in den fünf Stunden nicht gezeigt, die Deanna an Pilars Bett verbracht hatte? Und wo blieb Marc, verdammt noch mal? Kam er nicht? Er würde diese Schwachköpfe auf Trab bringen, und dann würde sich endlich etwas tun. Deanna sah die Monitoren böse an. Die Hieroglyphen, die sie schrieben, irritierten sie.

»Der Arzt wird in ein paar Stunden wieder hier sein. Sie könnten ein bißchen ruhen. Sie könnten sogar für die Nacht nach Hause gehen. Wir haben Mademoiselle eine weitere Injektion gegeben. Sie wird jetzt ziemlich lange schlafen.«

Deanna wollte nicht gehen, aber andererseits wurde es Zeit, daß sie sich im Haus ihrer Schwiegermutter meldete. Sie wollte hören, ob man Marc ausfindig gemacht hatte, und sich nach diesem Arzt erkundigen. Wer war er? Und wo war er? Und was sagte er? Deanna hatte bisher weiter nichts erfahren, als daß Pilars Zustand kritisch war. Sie empfand verzweifelte Hilflosigkeit. Da saß sie stundenlang, wartete auf eine Erklärung oder ein Zeichen, irgend etwas, das Ermutigung oder gute Nachrichten bedeutete… wartete auf jemanden, der ihr sagte, es sei nicht so schlimm. Aber das hätte sie wiederum nicht glauben können.

»Madame?« Die Schwester sah sie besorgt an.

Deanna ergriff ihren Koffer. Sie sah beinahe ebenso blaß aus wie Pilar. »Ich lasse Ihnen eine Telefonnummer da, unter der ich zu erreichen bin, und ich komme bald wieder. Was meinen Sie, wie lange wird sie schlafen?«

»Mindestens vier Stunden, vielleicht sogar fünf oder sechs. Keinesfalls wird sie vor drei Uhr wach werden. Und ich verspreche Ihnen... wenn es Schwierigkeiten gibt oder wenn sie aufwacht und nach Ihnen verlangt, rufe ich Sie an.«

Deanna nickte und schrieb die Nummer von Marcs Mutter nieder. Angstvoll sah sie der Schwester in die Augen. »Rufen Sie mich sofort, wenn... ich kommen soll.« Sie brachte es nicht über sich, mehr zu sagen, aber die Schwester verstand. Sie klammerte die Telefonnummer an die Fieberkurve und lächelte in Deannas sehr müde Augen.

»Ich werde anrufen. Aber Sie müssen etwas schlafen.«

Deanna erinnerte sich nicht, jemals in ihrem Leben so müde gewesen zu sein, aber das letzte, was sie beabsichtigte, war zu schlafen. Sie mußte Ben anrufen. Mit dem Arzt sprechen. Herausfinden, was mit Marc los war. Ihre Gedanken rasten, und ihr wurde wieder schwindelig. Sie stützte sich gegen die Wand, und diesmal fiel sie nicht in Ohnmacht. Sie stand nur lange Zeit da und sah Pilar an. Dann verließ sie mit tränenüberströmtem Gesicht das Zimmer, den Koffer in einer Hand, den Mantel über dem Arm. Ihr Herz blieb bei Pilar zurück.

An einem Stand gegenüber dem Krankenhaus fand sie ein Taxi. Mit einem Seufzer, der schon fast ein Stöhnen war, sank sie in die Polsterung zurück. Jeder Zoll von ihr war müde und tat weh, jede Fiber ihres Körpers war gespannt und erschöpft, und ihre Gedanken hörten nicht auf, um ein Thema zu kreisen: Pilar als Baby... Pilar im letzten Jahr... Pilar mit sieben Jahren... Pilar in ihrem Zimmer, in der Schule, am Flughafen, mit einer neuen Frisur, ihre ersten Seidenstrümpfe, eine rote Schleife. Es war ein endloser Film, den sie den ganzen Tag angesehen hatte, manchmal mit Ton, manchmal ohne. Sie konnte der Vision nicht entfliehen, nicht einmal, als das Taxi durch Paris zur Rue François Premier raste.

Es war eine elegante Gegend in bequemer Nähe zu Christian Dior. Die Straße war eine der hübschesten von Paris, die Champs-Élysées ganz nahe. Früher war Deanna des Nachmittags oft entflohen, um sich die Schaufenster anzusehen und in einem Café einen Espresso zu trinken, bevor sie in das strenge Haus ihrer Schwiegermutter zurückkehrte. Aber jetzt kam ihr kein Gedanke an diese Zeit. Sie fuhr tränenblind durch die Straßen, und die Erschöpfung hüllte sie ein wie eine mit Äther getränkte Decke.

Der Fahrer rauchte eine Maispapier-Zigarette und sang ein altes Lied. Er war zu glücklich, um etwas von dem Leid auf dem Rücksitz zu bemerken, und als er an der angegebenen Adresse hielt, sah er Deanna mit einem herausfordernden Lächeln an. Sie bemerkte es nicht. Sie gab ihm einfach das Geld und stieg aus. Der Fahrer zuckte die Schultern und fuhr davon. Deanna taumelte auf die Tür zu. Ihr war nicht entgangen, daß sich ihre Schwiegermutter den ganzen Abend nicht im Krankenhaus hatte sehen lassen. Die Schwester hatte berichtet, sie sei am Vormittag zwei Stunden bei Pilar gewesen. Zwei Stunden? Das war alles? Und dann hatte sie sie in diesem furchtbaren Zustand allein gelassen? Es bewies, was Deanna immer gedacht hatte. Madame Duras besaß kein Herz.

Sie drückte zweimal fest auf die Klingel, und die schwere hölzerne Eingangstür schwang vor ihr auf. Sie trat über die hohe Schwelle, schloß die Tür hinter sich und ging schnell auf den kleinen eleganten Käfig zu. Der Aufzug war ihr früher immer geeigneter für Kanarienvögel als für Menschen vorgekommen, aber heute kam ihr der alte Scherz nicht in den Sinn. Sie drückte den Knopf für den siebenten Stock. Das war das Penthouse; Madame Duras besaß das ganze Geschoß.

Ein gesichtsloses Hausmädchen in Uniform wartete an der Tür, als Deanna ausstieg. »*Oui, Madame?*« Sie musterte Deanna mit Mißvergnügen, wenn nicht gar mit Verachtung.

»*Je suis Madame Duras.*« Deannas Akzent war nie schlimmer gewesen, und das war ihr verdammt gleichgültig.

»*Ah, bon.* Madame erwartet Sie im Salon.« Wie entzückend. Schenkte sie Tee ein? Deanna knirschte unwillkürlich mit den Zähnen und marschierte hinter dem Hausmädchen auf das Wohnzimmer zu. Nichts war ungewöhnlich, nichts in Unordnung. Niemand hätte geglaubt, daß Madame Edouard Duras' Enkelin zwei Meilen entfernt in einem Krankenhaus lag und möglicherweise starb. Alles war vorschriftsmäßig, einschließlich Madame Duras. Das Hausmädchen geleitete Deanna ins Zimmer. Ihre Schwiegermutter trug dunkelgrüne Seide und eine makellose Frisur. Mit sicherem Schritt und ausgestreckter Hand kam sie Deanna entgegen. Nur ihre Augen verrieten Kummer. Sie gab Deanna die Hand, küßte sie auf beide Wangen und nahm bestürzt den Gesichtsausdruck ihrer Schwiegertochter wahr.

»Bist du soeben angekommen?« Ein Blick ihrer Augen entließ das Hausmädchen, das augenblicklich entfloh.

»Nein. Ich bin den ganzen Abend bei Pilar gewesen. Und ich muß noch mit dem Arzt sprechen.« Deanna zog ihre Jacke aus und fiel beinahe in einen Sessel.

»Du siehst sehr müde aus.« Die ältere Frau betrachtete sie mit einem starren, wie aus Stein gehauenen Gesicht. Nur die verschlagenen alten Augen verrieten, daß hinter der granitenen Fassade tatsächlich jemand lebte.

»Ob ich müde bin oder nicht, ist unwesentlich. Wer, zum Teufel, ist dieser Kirschmann, und wo steckt er?«

»Er ist Chirurg und in ganz Frankreich bekannt. Bis spät am Nachmittag war er bei Pilar, und er wird in wenigen Stunden wieder nach ihr sehen. Deanna –« sie zögerte und fuhr freundlicher fort, »– es gibt einfach nichts, was er sonst noch tun könnte. Wenigstens im Augenblick nicht.«

»Warum nicht?«

»Jetzt müssen wir warten. Sie muß Kraft sammeln. Sie muß... leben.« Ihr Ausdruck zeigte bei diesem Wort Schmerz, und Deanna fuhr sich mit der Hand über die Augen. »Möchtest du etwas zu essen haben?«

Deanna schüttelte den Kopf. »Nur eine Dusche und ein bißchen Schlaf. Und –« mit qualvoll verzogenem Gesicht sah sie auf »– es tut mir leid, dir einfach so ins Haus zu fallen. Ich habe nichts von den Dingen gesagt, die sich gehören, wie ›Schön, dich wiederzusehen‹ oder ›Wie geht es dir‹, aber, *Mamie,* es tut mir leid, ich kann einfach nicht.«

»Ich verstehe.«

Ob sie es wirklich verstand? fragte Deanna sich. Aber was spielte es jetzt für eine Rolle, ob sie es tat oder nicht.

»Ich finde, du solltest etwas essen, meine Liebe«, meinte Madame Duras. »Du siehst sehr blaß aus.«

So fühlte sich Deanna auch, nur war sie überhaupt nicht hungrig. Sie hätte nichts hinuntergebracht, ganz gleich, was. Nicht heute abend. Nicht, nachdem sie Pilar beinahe leblos und zerbrochen in diesem Bett gesehen hatte, wie sie nach Hundi fragte und zu schwach war, die Hand ihrer Mutter zu halten.

»Ich werde nur duschen und mich umziehen und dann wieder ins Krankenhaus fahren. Wahrscheinlich wird es eine lange Nacht werden. Übrigens, hast du von Marc gehört?« Ihre Brauen zogen sich bei der Frage zusammen. Ihre Schwiegermutter nickte.

»Er wird in einer Stunde hier sein.«

In einer Stunde... einer Stunde. Nach mehr als zwei Monaten empfand Deanna in ihrem Inneren nichts außer den um Pilar kreisenden Gefühlen.

»Er kommt von Athen. Er ist völlig außer sich.«

»Das sollte er wohl sein.« Deanna sah Marcs Mutter gerade in die Augen. »Er hat ihr das Motorrad gekauft. Ich hatte ihn angefleht, es nicht zu tun.«

Sofort rüstete sich Madame Duras zum Kampf. »Deanna, ihm kann man keinen Vorwurf machen. Bestimmt quält er sich sowieso schon genug.«

»Davon bin ich überzeugt.« Deanna wandte das Gesicht ab. Dann stand sie auf. »Er landet in einer Stunde?«

»Ja. Willst du ihn abholen?«

Deanna wollte schon nein sagen, doch dann schwankte sie. Sie dachte an Pilar und wie das Kind aussah... was es für Marc bedeuten würde, wenn er, wie sie es getan hatte, das Krankenzimmer betrat und sie zum erstenmal erblickte. Es kam ihr grausam vor, ihn allein zu Pilar gehen zu lassen. Pilar war sein Baby, sein Schatz, sein Kind. Sie gehörte auch Deanna, aber für Marc war Pilar beinahe eine Göttin. Sie konnte es nicht zulassen, daß er dem Entsetzlichen unvorbereitet gegenüberstand. Sie mußte ihn vom Flugzeug abholen.

»Weißt du seine Flugnummer?« Seine Mutter nickte. »Dann gehe ich. Ich wasche mir nur schnell das Gesicht. Mit Umziehen halte ich mich nicht mehr auf. Willst du mir ein Taxi rufen?«

»Gewiß.« Die ältere Madame Duras blickte erfreut drein. »Das tue ich gern für dich. Fleurette wird dir ein Sandwich machen.« Fleurette, kleine Blume – der Name der ungeheuer dicken Köchin, die Madame Duras beschäftigte, war Deanna immer komisch vorgekommen, aber nicht heute abend. Gar nichts war mehr komisch. Sie nickte ihrer Schwiegermutter kurz zu und eilte den Flur hinunter. Gerade wollte sie das Gästezimmer betreten, als sie das Gemälde in dem dunklen Gang bemerkte. Es war das Porträt von ihr selbst und Pilar. Madame Duras war nie sonderlich begeistert davon gewesen.

Ohne weiter darüber nachzudenken, beschloß Deanna, daß sie es diesmal mit nach Hause nehmen würde, wo es hingehörte.

In dem vertrauten Gästezimmer sah sie sich um. Alles war in dezenten Beigetönen gehalten, aus Damast und Seide, und die Möbel waren alle Louis XV. Das Zimmer war Deanna immer kalt vorgekommen, sogar als sie in ihren Flitterwochen mit Marc darin geschlafen hatte. Sie fuhr sich mit dem Kamm durchs Haar und gab sich Mühe, an Marc zu denken. Wie würde es sein, ihn wiederzusehen? Sein Gesicht zu sehen, seine Hand zu berühren... nach Ben. Woran lag es, daß Ben ihr jetzt wirklicher erschien? Oder war er nur ein Traum? War sie von neuem von dieser beigeseidenen Welt verschluckt worden, um niemals zurückzukehren? Sie wünschte sich verzweifelt, Ben anrufen zu können, aber dazu hatte sie keine Zeit. Sie mußte rechtzeitig am Flughafen sein, um Marc am Ausgang abzufangen, sonst verpaßte sie ihn. Ob es eine Möglichkeit gab, eine Nachricht zu hinterlassen, daß sie kam? Aber sie wußte aus Erfahrung, daß solche Nachrichten nie den Empfänger erreichten. Ein Mann mit einer dünnen, blechernen Stimme würde in einer Ecke des Flughafens stehen und vor sich hinflüstern: »Monsieur Duras... Monsieur Duras«, während Marc ahnungslos vorüberging. Und wenn er die Nachricht doch erhielt, mochte er sich Pilars wegen gar zu sehr ängstigen. Wenigstens das konnte sie ihm ersparen.

Das Hausmädchen klopfte an die Tür des Gästezimmers und meldete, daß das Taxi warte. Gleichzeitig reichte sie Deanna ein kleines Paket. Zwei Schinken-Sandwiches und ein Stückchen Hühnerfleisch. Vielleicht würde Monsieur ebenfalls hungrig sein. Hungrig? Himmel, wer konnte essen?

Anders als die Fahrt vom Flughafen, die ihr entsetzlich lang vorgekommen war, schien diese viel zu kurz zu sein. Deanna ertappte sich dabei, daß sie auf dem Rücksitz langsam einnickte, während sie durch die Nacht rasten. Ihre Gedanken sprangen unzusammenhängend von Pilar zu Ben und weiter zu Marc. Nur Augenblicke später bremste das Taxi.

»Voilà.«

Deanna murmelte dem Fahrer ein geistesabwesendes *»Merci«* zu, gab ihm den Fahrpreis und ein gutes Trinkgeld und eilte in die Halle. Beim Laufen strich sie ihren Rock glatt. Allmählich fühlte sie sich, als habe sie ihre Kleider eine Woche lang nicht gewechselt. Doch im

Grunde war es ihr gleichgültig, wie sie aussah, sie hatte zuviel anderes im Kopf. Sie blickte auf die große Tafel, die Flugnummern und Flugsteige auswies, und rannte in Richtung des Flugsteigs los, den Marc benutzen mußte. Die Maschine war soeben gelandet. Es konnte nur noch eine oder zwei Minuten dauern, bis die Passagiere ausstiegen. Deanna würde es gerade noch schaffen. Die Passagiere der ersten Klasse kamen immer zuerst, und Marc reiste stets erster Klasse.

Sie wand sich eilig zwischen anderen Reisenden durch und wäre beinahe über irgendwelche Koffer gestolpert. Aber sie war zur Stelle, gerade als die ersten Passagiere durch den Zoll kamen. Aufseufzend zog sie sich in eine Ecke zurück und sah sie sich an. Sie wollte Marc überraschen, um ihm zu zeigen, daß er ihr etwas bedeutete, auch wenn sie ihn in diesem Sommer betrogen hatte. In dieser Zeit der furchtbaren Angst um Pilar war ihr Bestreben, Marc zu helfen, es leichter für ihn zu machen. Sie würde einfach vor ihm auftauchen, ihn mit einer Berührung ihrer Hand und einem Lächeln begrüßen. Das konnte sie immer noch für ihn tun. Sie konnte ihm einen Augenblick der Freude inmitten von soviel Schmerz schenken.

Deanna zog ihre Jacke fester um sich und sah auf den Schal ihrer elfenbeinfarbenen Seidenbluse nieder. Sieben oder acht Leute waren bereits an ihr vorübergegangen, doch von Marc gab es noch keine Spur.

Dann plötzlich sah sie ihn, groß und schlank und adrett, makellos geschniegelt und gebügelt, sogar nach dem Flug. Überrascht stellte sie fest, daß er weniger berunruhigt wirkte, als sie befürchtet hatte. Offenbar ahnte er noch nicht, wie schlimm es stand, oder vielleicht... Deanna trat einen Schritt aus ihrem Versteck vor, und dann blieb ihr das Herz stehen.

Er drehte sich mit einem langsamen, weichen Lächeln um, mit diesem Lächeln, das sie *Diane* und nicht Deanna nannte. Sie sah ihn den Arm ausstrecken und die Hand einer jungen Frau ergreifen. Diese gähnte verschlafen. Seine Hand wanderte zu ihrer Schulter hoch, und er zog sie an sich. Die Frau sagte etwas und streichelte seinen Arm. Deanna sah es in sprachlosem Staunen. Wer mochte das Mädchen sein? Eigentlich kümmerte es sie gar nicht. Was sie gesehen hatte, war das fehlende Teilchen im Puzzle, die Antwort auf die Fragen so vieler Jahre in ihrem Leben. Das war keine zufällige Bekanntschaft, kein Mädchen, das er sich auf dem Flug angelacht hatte. Mit dieser Frau war er vertraut, bei ihr fühlte er sich wohl, es war eine Frau, die er gut kannte. Die Art, wie sie in Einigkeit gingen und sprachen und sich bewegten, verriet Deanna alles.

Sie stand wie angewurzelt in der Ecke, eine Hand entsetzt an den offenen Mund gehoben. Die beiden gingen weiter in die Halle hinein, bis sie sie nicht mehr sehen konnte. Dann setzte Deanna sich in Bewegung. Sie rannte mit gesenktem Kopf, sah niemanden und wünschte sich verzweifelt, nicht gesehen zu werden. Am Ausgang winkte sie ein Taxi herbei.

16

Panikerfüllt und atemlos nannte Deanna dem Taxifahrer die Adresse des Krankenhauses. Sie legte den Kopf an die Rückenlehne und schloß die Augen. Sie konnte ihr Herz in ihren Ohren hämmern hören. Nichts anderes wollte sie mehr als weg, so viele Meilen wie möglich zwischen sich und den Flughafen legen. Einen Augenblick lang war ihr, als würde sie verrückt oder von einer Flutwelle davongetragen. Es war, als sei sie in ein fremdes Schlafzimmer getreten und habe dessen Bewohner nackt angetroffen, als habe sie entdeckt, was sie nie hätte sehen dürfen. Aber hatte sie das? War es wirklich das? Wenn es nun bloß eine Frau war, die im Flugzeug neben ihm gesessen hatte? Wenn sie selbst nichts als wilde Vermutungen anstellte, wahnsinnige Schlüsse zog? Nein, es steckte mehr dahinter. Das hatte sie in dem Augenblick erkannt, als sie die beiden sah. Im innersten Herzen hatte sie es einfach gewußt. Aber wer war sie? Und wie lange ging das schon? Eine Woche? Einen Monat? Ein Jahr? War es eine Affäre für diesen Sommer, oder war es mehr? Viel, viel mehr…?

»*Voilà,* Madame.« Der Fahrer drehte sich zu ihr um und blickte auf sein Taxameter zurück. Deanna konnte ihn kaum verstehen. Ihre Gedanken rasten in vierzehn Richtungen gleichzeitig davon. Während der ganzen qualvollen Fahrt vom Flughafen hatte sie nicht einmal an Ben gedacht. Es kam ihr nicht in den Sinn, daß sie das gleiche getan hatte. Sie wußte nur, daß sie ihren Mann mit einer anderen Frau gesehen hatte und daß das trotz allem weh tat. Sehr sogar. Die Überraschung und der Schmerz blendeten sie.

»Madame?« Der Fahrer sah sie mit glasigen Augen auf das Taxameter starren.

»Je m'excuse.« Schnell reichte sie ihm das Geld, stieg aus und blickte um sich. Sie stand wieder vor dem Krankenhaus, aber wie war sie hergekommen? Wann hatte sie dem Fahrer die Adresse genannt? Sie hatte vorgehabt, in die Wohnung zurückzukehren, um ihre Gedanken zu ordnen, und statt dessen war sie hierhergefahren. Auch gut. Marc würde nach Hause fahren, um sein Gepäck abzustellen und seine Mutter zu begrüßen, und erst dann würde er Pilar besuchen. Deanna hatte ein klein wenig Zeit gewonnen. Sie war noch nicht bereit, ihm gegenüberzutreten. Jedesmal, wenn sie an ihn dachte, sah sie ihn dastehen, und der Kopf der hübschen jungen Frau war nahe dem seinen, ihre Hand lag auf seinem Arm, ihre Blicke tauchten ineinander, als er ihr den Arm um die Schultern legte. Und sie sah so verdammt jung aus! Deannas Augen füllten sich mit Tränen. Sie schob die schwere Glastür auf und war wieder in der Eingangshalle des Krankenhauses. Sie holte tief Atem. Schon kam ihr der Gedanke vertraut vor. Automatisch drückte ihre Hand den Aufzugknopf für den vierten Stock. Sie hatte sich in einen Roboter verwandelt, in einen Körper ohne Geist. Sie fühlte zwar, daß sie funktionierte, aber sie verstand es nicht. An nichts anderes vermochte sie zu denken als an dies Gesicht neben dem Marcs. Und er hatte so glücklich, so jung ausgesehen...

»Geht es dir auch gut?« Marc sah sie mit müden Augen an und nahm seinen Mantel auf. Chantal lag auf dem Bett.

»Ausgezeichnet. Du hast genug zu denken, auch ohne daß du dir über mich Sorgen machst.« Sie wußte, er geriet außer sich, wenn sie müde war. Der Arzt hatte ihn, nachdem sie knapp dem Tod entronnen war, gewarnt, sie dürfe sich nicht überanstrengen. Seitdem hatte Marc sie ständig wie ein überängstlicher Vater ein zartes Kind behandelt. Er bestand darauf, daß sie viel schlief, gut aß und auf sich achtgab, damit der Diabetes niemals außer Kontrolle geriet und die schrecklichen Möglichkeiten, die der Arzt ihm vor Augen gehalten hatte, nie eintraten. »Fehlt dir auch bestimmt nichts?« Sie streckte ihm die Arme entgegen. Es tat ihr leid, daß er gehen mußte, es tat ihr leid, daß sie so wenig für ihn tun konnte. Aber es war unmöglich, daß sie mit ihm ins Krankenhaus ging; das sah sie ein. Bestimmt war Deanna dort. Chantal mochte darauf bestehen, nach Cap d'Antibes mitgenommen zu werden, solange alles in bester Ordnung war, aber jetzt wäre es Wahnsinn, wollte sie ihn begleiten. Das war nicht der richtige Zeitpunkt. Chantal begriff das. Sie hatte immer ein ausgezeichnetes Fingerspitzengefühl für den richtigen Augenblick gehabt. »Wirst du mich anrufen und mir sagen, wie es ihr geht?« Ehrliche Sorge stand in ihren Augen, und Marc war sofort dankbar.

»Sobald ich selbst etwas erfahre, das verspreche ich. Und, Liebling...« Er setzte sich auf die Bettkante und drückte sie an sich. »Ich danke dir. Ich – ich hätte diese Reise ohne dich nicht machen können. Es war die furchtbarste Nacht meines Lebens.«

»Sie wird bestimmt wieder gesund, Marc-Edouard. Das verspreche ich dir.« Er drückte sie ganz fest. Dann löste er sich von ihr, wischte sich die Augen und räusperte sich.

»*J'espère.* Ich hoffe.«

»*Oui, oui. Je le sais.*«

Aber wie wollte sie das wissen? Und was, wenn sie sich irrte?

»Ich komme dann wieder, um meinen Koffer zu holen.«

»Du weckst mich doch, falls ich schlafe?« Ein kätzchenhaftes Lächeln lockte in ihren Augen, und er lachte.

»*On verra.*« Er hatte sie bereits verlassen. In Gedanken war er anderswo. Sie waren erst vor zehn Minuten vom Flughafen eingetroffen, und trotzdem hatte er das Gefühl, sich zu lange aufgehalten zu haben. Er schlüpfte in seinen Regenmantel.

»Marc-Edouard!« Beim Klang ihrer Stimme blieb er stehen und drehte sich um. Er war schon an der Tür.

»*N'oublie pas que je t'aime*... Vergiß nicht, daß ich dich liebe.«

»*Moi aussi!*« Geräuschlos schloß sich die Tür.

Er fuhr mit Chantals kleinem Renault zum Krankenhaus und parkte ihn unten an der Straße. Besser hätte er ein Taxi genommen, aber er hatte keinen Augenblick mehr vergeuden wollen. Es zog ihn ins Krankenhaus, an Pilars Seite. Er wollte wissen, was passiert war, wollte versuchen, es zu begreifen. Während des Fluges hatte er immer wieder und wieder darüber nachgedacht. Über das Warum und das Wie und das Wann – nichts ergab Sinn. Es gab Zeitabschnitte, in denen ihm war, als sei nichts geschehen, als kehre er nach geschäftlichen Besprechungen in Griechenland wie immer nach Paris zurück … und dann plötzlich war alles kristallklar wieder gegenwärtig, und er erinnerte sich an Pilar. Es wäre ihm nie gelungen, auf dem Rückflug die Beherrschung zu bewahren, hätte Chantal ihn nicht begleitet.

In der Eingangshalle war es ruhig. Dominique hatte ihm Pilars Zimmernummer bereits telefonisch mitgeteilt, und ihm selbst war es gelungen, zu Dr. Kirschmann durchzukommen, bevor er Athen verließ. Es war zu früh gewesen, um irgend etwas mit Bestimmtheit sagen zu können. Die Verletzungen ihres Schädels waren beträchtlich, die Beine vielleicht für immer beschädigt. Die Milz war gerissen, eine Niere gequetscht. Sie war, alles in allem, sehr krank.

Marc wurde die Brust eng, als er den Aufzug betrat und den Knopf für den vierten Stock drückte. Die Kabine stieg in die Höhe, und sein Kopf war ganz leer. Dann öffneten sich die Türen zischend, und er trat hinaus. Einen Augenblick fühlte er sich verloren, machtlos und ängstlich. Er sah hierhin und dahin und fragte sich, wo er sein Kind finden werde. Schließlich entdeckte er die Oberschwester an ihrem Schreibtisch und trat bedrückt näher.

»Pilar Duras?« Die Schwester begann, ihm den Weg zu ihrem Zimmer zu erläutern. Marc hob die Hand. »*D'abord*, wie geht es ihr?«

»Kritisch, Monsieur.« Die Augen der Schwester waren ernst.

»Aber schon etwas besser als vorher?« Die Antwort war nur ein Kopfschütteln. »Und Dr. Kirschmann? Ist er hier?«

»Er war hier und ist wieder gegangen. Später kommt er zurück. Er hält die Patientin unter sehr genauer Beobachtung, ihre Körperfunktionen werden mit Hilfe von Monitoren überwacht … Wir tun alles, was wir können.«

Marc nickte stumm. Er räusperte sich und betupfte die Augen mit dem Taschentuch, während er entschlossen den Flur hinunterschritt. Er mußte sich zusammennehmen, mußte Pilar zeigen, daß alles wieder in Ordnung kam. Er würde dafür sorgen, er würde ihr seine Kraft leihen. Chantal war vergessen. Er hatte nichts mehr im Kopf als sein kleines Mädchen.

Die Tür stand halb offen, und er warf einen Blick hinein. Das Zimmer schien mit Maschinen angefüllt. Zwei Schwestern waren drinnen, eine in einem sterilen grünen Operationskittel und die andere in Weiß. Ihre Augen richteten sich auf sein Gesicht. Geräuschlos trat er ein.

»Ich bin ihr Vater.« Die geflüsterten Worte hatten autoritären Klang, und beide Schwestern nickten. Marcs Augen wanderten durch den Raum. Sofort entdeckte er sie, winzig in dem Bett und umgeben von Schläuchen und Monitoren, die bei jedem ihrer Atemzüge präzise zuckten. Er sah ihr Gesicht, und Kälte durchschauerte ihn. Ihr Teint war hellgrau, und sie sah niemandem ähnlich, den er kannte. Bis er näher herantrat und die verzerrten Züge seines Kindes entdeckte. Die Schläuche, der Schmerz und die Verbände hatten sie fast völlig verwandelt, und doch war sie seine Pilar. Lange Zeit betrachtete er sie, wie sie mit geschlossenen Augen dalag. Ganz leise kam er näher und berührte mit äußerster Zartheit ihre Hand. Die Hand bewegte sich ein wenig. Pilar öffnete die Augen. Aber da war kein Lächeln und nur ein ganz schwaches Wiedererkennen.

»Pilar, *ma chérie, c'est Papa.*« Er mußte gegen die Tränen ankämpfen. Weiter sagte er nichts mehr, er stand nur da, sah sie an, hielt ihre Hand, bis sie die leuchtend blauen Augen wieder schloß. Ihm war, als sei die Luft aus dem Raum abgesaugt worden. Es war so schwer, zu denken, zu sehen und zu atmen. Wie konnte dies geschehen? Wie? Und seinem Kind? Seine Knie zitterten, und einen Augenblick lang fürchtete er, sich übergeben zu müssen. Aber er blieb stehen, sah sie an und hielt ihre blasse kleine Hand. Sogar ihre Nägel waren seltsam fleckig. Sie bekam kaum genug Luft. Marc stand und stand, ohne sich zu bewegen, ohne zu sprechen, nur sein Kind betrachtend.

Stumm, von ihrem Platz in der Ecke aus, beobachtete Deanna ihn. Sie hatte nichts gesagt, als er das Zimmer betrat, und er hatte sie nicht gesehen, denn die Mammut-Maschinen verbargen sie.

Erst zwanzig Minuten später bemerkte er das vertraute Gesicht und diese Augen, die mit dem Ausdruck der Verzweiflung auf ihn gerichtet waren. Marc wirkte überrascht, als begreife er nicht. Warum hatte sie nichts gesagt? Warum saß sie nur da? Wann war sie gekommen? Oder war sie im Schockzustand? Sie sah ausgehöhlt aus, beinahe so blaß wie Pilar.

»Deanna...« flüsterte er ganz leise.

Ihre Augen wichen nicht von seinem Gesicht. »Hallo, Marc.«

Er nickte, und sein Blick wanderte wieder zu Pilar hin. »Wann bist zu gekommen?«

»Um fünf Uhr.«

»Bist du schon den ganzen Abend hier?«

»Ja.«

»Irgendeine Veränderung?«

Schweigen. Marc drehte ihr von neuem das Gesicht zu, und seine Augen wiederholten die Frage.

»Es scheint ihr ein bißchen schlechter zu gehen. Ich war vorhin eine Weile weg... ich mußte... ich war im Haus deiner Mutter, um meinen Koffer abzustellen. Ich war nur zwei Stunden fort, und... und als ich zurückkam, machte ihr das Atmen große Mühe. Dann kam Kirschmann. Er sagte, wenn es in ein paar Stunden nicht besser sei, würden sie noch einmal operieren.« Deanna seufzte und senkte die Augen. Ihr war, als habe sie in diesen zwei Stunden beide verloren. Pilar und Marc.

»Ich bin eben erst angekommen.«

Lügner. Das stimmt nicht. Du bist vor zwei Stunden angekommen. Wo bist du gewesen? Aber Deanna sprach es nicht aus.

So blieb es zwischen ihnen fast eine Stunde lang, bis die Krankenschwester sie schließlich bat, für ein paar Minuten hinauszugehen. Es mußten Verbände gewechselt werden. Langsam stand Deanna auf und verließ das Zimmer. Marc blieb noch einen Augenblick. Es widerstrebte ihm, sein Kind zu verlassen. Deannas Gedanken wanderten zurück zu der Szene am Flughafen. Es war plötzlich alles so merkwürdig. Sie hatte ihn zwei Monate lang nicht gesehen, doch sie hatten kaum »Hallo« zueinander gesagt. Es war ihr unmöglich, sich über das Wiedersehen zu freuen. Auf einmal war es zu spät. Und er verhielt sich ebenfalls kühl. Vielleicht war er aber auch nur zu verstört wegen Pilar.

Deanna ging ernst den Flur hinunter, den Kopf gesenkt. Sie dachte an kleine Gebete, die sie als Kind gesprochen hatte. Jetzt konnte sie keine Zeit auf Marc verschwenden, sie brauchte ihre ganze Energie für Pilar. Sie hörte seine Schritte dicht hinter ihr, aber sie drehte sich nicht um, ging nur weiter, setzte Fuß vor Fuß, bis sie das Ende des Flurs erreichte. Dort starrte sie aus einem Fenster, hinter dem es nichts als eine Mauer zu sehen gab. In der Glasscheibe erkannte sie das Spiegelbild Marcs, der hinter ihr stand.

»Deanna, kann ich helfen?« Er sprach müde, gedämpft. Sie schüttelte langsam den Kopf. »Ich weiß nicht, was ich sagen soll.« Seine Stimme brach. Er begann zu weinen. »Es war unrecht von mir, ihr zu erlauben, das... das...«

»Das spielt jetzt keine Rolle mehr. Du hast es getan. Es ist geschehen. Es hätte auf zehntausend verschiedene Arten geschehen können. Sie hatte einen Unfall, Marc. Kommt es darauf an, wessen Schuld der Unfall war, wer ihr das Motorrad schenkte, wer...?« Auch Deannas Stimme zitterte.

»Mon Dieu...« Er ließ das Gesicht in die Hände sinken. Dann richtete er sich wieder auf und holte tief Atem. »Mein Gott, wenn sie nur ohne Schaden aus dieser Sache herauskommt. Wenn sie nun nicht mehr laufen kann?«

»Dann werden wir sie lehren, das Beste aus ihrem Leben zu machen. Das schulden wir ihr. Unsere Liebe, unsere Hilfe, unsere Unterstützung in allem, was auf sie zukommen mag...« Wenn wir nur die Chance dazu bekommen. Zum erstenmal in beinahe zwanzig Jahren fühlte Deanna sich von Entsetzen überwältigt... Was, wenn?

Sie spürte seine Hand auf ihrer Schulter. Er drehte sie langsam zu sich herum. Seine Augen waren die Augen Pilars, und sein Gesicht war das eines sehr alten, müden Mannes.

»Wirst du mir jemals verzeihen?«

»Was?« Ihre Stimme klang fern und kalt.

»Das hier. Was ich unserm Kind angetan habe. Daß ich nicht auf dich gehört habe, als ich es hätte tun sollen. Daß –«

»Ich war heute abend am Flughafen, um dich abzuholen, Marc.« Etwas in ihren Augen verriet ihm, daß sie gestorben war, und ihm wurde eiskalt. »Du mußt mich verpaßt haben.« Es klang fragend. Er forschte in ihrem Gesicht.

»Nein. Ich bin wieder gegangen. Es... es hat mir vieles erklärt, Marc. Ich hätte es mir denken können, schon lange. Aber ich bin nicht darauf gekommen.« Sie zeigte ein ganz kleines Lächeln, dann zuckte sie die Schultern. »Vermutlich bin ich dumm gewesen. Und darf ich dir gratulieren? Sie ist nicht nur hübsch, sondern auch jung.« Bitterkeit schwang ebenso wie Kummer in ihrer Stimme mit.

»Deanna –« der Druck der Hände auf ihren Schultern verstärkte sich, »– du bist zu einigen sehr merkwürdigen Schlußfolgerungen gelangt. Ich glaube, du siehst das nicht richtig.« Es klang lahm. Er war zu müde und zu aufgeregt, um eine glaubwürdige Geschichte zu erfinden. Sein ganzes Leben schien vor seinen Augen zusammenzubrechen. »Es war ein nervenzerfetzender Flug, und ich habe einen furchtbaren Tag hinter mir, wie du selbst weißt. Die junge Dame und ich gerieten in ein Gespräch, und –«

»Marc, hör auf. Ich will es nicht hören.« Deanna wußte einfach die Wahrheit, das war alles. Und sie wollte keine erlogenen Versicherungen. »Bitte. Nicht heute abend.«

»Deanna...« Aber er war nicht fähig fortzufahren. Zu einem anderen Zeitpunkt wäre es ihm vielleicht gelungen. Jetzt nicht. Er schaffte es nicht, eine gute Ausrede zusammenzudichten. »Bitte.« Nun wandte er sich ab; er ertrug den Schmerz in ihren Augen nicht. »Es ist wirklich nicht so, wie du denkst.« Er haßte sich für diese Worte. Es war so, wie sie dachte, ganz genau. Und jetzt fühlte er sich als Verräter, weil er Chantal verleugnete. Wie man es auch drehte und wendete, er war ein Betrüger. »Es ist nicht so.«

»Doch, Marc. Das war sonnenklar. Nichts, was du mir erzählst, kann mich überzeugen. Nichts kann auslöschen, was ich gesehen, was ich gefühlt, was ich erkannt habe.« Es war ihr wie ein Pfeil mitten ins Herz gedrungen. »Du mußt mich in all diesen Jahren für sehr dumm gehalten haben.«

»Wie kommst du auf den Gedanken, daß es schon Jahre dauert?« Verdammt, woher wußte sie das?

»Die Art, wie ihr nebeneinander hergingt, die Art, wie sie dich ansah. Es ist schwer, eine solche Vertrautheit in ganz kurzer Zeit zu erreichen. Du sahst mit ihr verheirateter aus als jemals mit mir.« Plötzlich schoß ihr ein Gedanke durch den Kopf. Hatte sie nicht ebenso verheiratet mit Ben ausgesehen? Und in sehr kurzer Zeit? Trotzdem, heute abend auf der Rückfahrt vom Flughafen war ihr alles klargeworden – die langen Abwesenheiten, die Entfernung, die ständigen Reisen, die Telefonnummer in Paris, die zu oft auf ihrer Rechnung auftauchte, die verschiedenen Geschichten, die nie so ganz zusammenpaßten. Und heute abend der Ausdruck in seinen Augen. Wenn es nicht jenes Mädchen gewesen war, dann eine andere. Seit Jahren. Dessen war sie sicher.

Er sah sie wieder an. »Was möchtest du mir sagen?«

»Nichts. Es gibt nichts mehr zu sagen.«

»Soll das heißen, es ist vorbei? Du willst mich verlassen, weil du mich am Flughafen mit einem Mädchen gesehen hast? Das ist doch Wahnsinn! Deanna, du bist verrückt.«

»Ach ja? Sind wir denn so glücklich miteinander? Fühlst du dich wohl in meiner Gesellschaft, Marc? Sehnst du dich danach, heimzukommen, wenn du fort bist? Oder haben wir eine tiefe und bedeutungsvolle Verbindung, respektieren wir einer des anderen Nöte und Besonderheiten und Gefühle? Vielleicht sind wir tatsächlich mit so viel Glück gesegnet, nach all diesen Jahren –«

»Vielleicht ist es das, daß ich dich immer noch liebe.« Seine Augen füllten sich mit Tränen, und Deanna wandte das Gesicht ab.

»Es kommt nicht darauf an, ob du es tust.« Es war jetzt zu spät. Jeder von ihnen war seinen eigenen Weg gegangen.

»Was hast du vor, Deanna?« Er wurde plötzlich grau im Gesicht.

»Ich bin mir nicht völlig sicher. Laß uns abwarten, was mit Pilar wird. Danach können wir über uns reden.«

»Wir werden uns wiederfinden. Das weiß ich.« Er sah sie voll Entschlossenheit an, und sie fühlte, wie eine Woge der Erschöpfung sie überspülte.

»Wie kommst du auf den Gedanken? Warum sollten wir uns wiederfinden?«

»Weil ich es will.« Aber das klang nicht ganz sicher.

»Wirklich? Warum? Weil es dir gefällt, sowohl eine Ehefrau als auch eine Mätresse zu haben? Das kann ich dir kaum zum Vorwurf machen. Es muß ein sehr angenehmes Arrangement sein. Wo wohnt sie, Marc? Hier in Paris? Dann klappt es ja wunderbar.« Und das war der Grund, warum er sie nicht nach Griechenland hatte mitnehmen wollen.

»Deanna, hör auf damit!« Er packte ihren Arm, aber sie riß sich los.

»Laß mich in Frieden.« Zum erstenmal in ihrem Leben haßte sie ihn. Sie haßte ihn für das, was er war, was er ihr antat, und weil er so gar nichts verstand. Einen schmerzlichen Augenblick lang sehnte sie sich nach Ben. Aber war Marc wirklich so schlecht? War sie anders, war sie besser? Ihre Gedanken überschlugen sich. »Ich möchte heute abend nicht mit dir darüber diskutieren. Wir haben genug andere Sorgen. Laß uns warten, bis Pilar auf dem Weg der Besserung ist.«

Er nickte erleichtert. Er brauchte Zeit, mußte nachdenken. Die richtigen Worte würden ihm schon einfallen. Er würde alles wieder einrenken.

In diesem Augenblick winkte die Krankenschwester ihnen vom anderen Ende des Ganges. Sie eilten auf sie zu, und ihre eigenen Probleme waren vergessen.

»Gibt es eine Änderung?« Marc fragte als erster.

»Nein. Aber sie ist wach. Und sie fragt nach Ihnen beiden. Sprechen Sie ein Weilchen mit ihr, aber achten Sie darauf, sie nicht zu ermüden. Sie braucht das bißchen Kraft, das sie noch hat.«

Gleich beim Eintreten bemerkte Deanna eine schwer zu beschreibende Veränderung an Pilar. Ihre Farbe war nicht besser, doch in ihren Augen schien mehr Leben zu sein. Sie glitten nervös von einem Gesicht zum anderen, hielten Ausschau nach jemandem, suchten, rollten hierhin und dahin.

»Hallo, Schätzchen. Hier sind wir, und Papa ist jetzt auch da.« Deanna stand ganz dicht neben ihr und streichelte sehr zart ihre Hand. Wenn sie die Augen schloß, konnte sie sich vorstellen, Pilar sei noch ein kleines Kind.

»Das... ist... schön...« Pilar entdeckte ihren Vater und versuchte zu lächeln. Ihr Atem ging mühsam, und von Zeit zu Zeit schloß sie die Augen. »Hallo, Papa... Wie... war... Griechenland?« Sie schien sich der Gegenwart jetzt bewußter zu sein als vorhin. Plötzlich wurde sie unruhig. »Ich... Durst...«

Deanna sah zu der Schwester hin, die den Kopf schüttelte und ein Zeichen mit dem Finger machte: »Nein.«

»Wasser?«

»Du mußt noch ein Weilchen warten, Schatz.« Deanna sprach mit beruhigender Stimme weiter, während Marc stumm vor Qual neben ihr stand. Er schien die Fähigkeit des Sprechens verloren zu haben. Deanna erkannte an seinen glänzenden Augen und den zitternden Lippen, daß er einen unablässigen Kampf mit den Tränen ausfocht.

»Ça va?« Endlich hatte er gesprochen, und wieder versuchte Pilar zu lächeln.

Sie nickte vorsichtig. *»Ça va.«* Doch wie konnte in ihrem Zustand irgend etwas okay sein? Dann, als verstehe sie, was er durchmachte, sah sie ihn bedeutungsvoll an und suchte mühsam nach Worten. »Ich bin... viel zu schnell... gefahren... Meine Schuld, Papa... nicht deine...« Sie schloß die Augen und drückte Deannas Hand. »Es tut mir leid.«

Jetzt liefen Marc die Tränen ungehindert über das Gesicht. Still wandte er sich ab. Pilars Augen blieben geschlossen.

»Quäle dich nicht, Kleines. Es spielt keine Rolle, wessen Schuld es ist. Aber deine Mutter hatte recht.« Er streifte Deanna mit einem Blick.

»Mommy...?« Pilars Stimme schien schwächer zu werden.

»Schsch. Nicht sprechen...«

»Erinnerst du dich an das kleine Spielhaus, das ich... im Garten hatte? Ich träume immerzu... davon... und von meinem Hündchen. Augustin.«

Es war ein komischer kleiner Terrier gewesen, erinnerte Deanna sich, dem ein Mops und dann eine Katze und dann ein Vogel folgten, bis es schließlich keine Tiere mehr gab. Marc-Edouard liebte Tiere im Haus nicht.

»Wohin... hast du... Augustin geschickt?« Sie hatten ihn einer Familie auf dem Land geschenkt.

»Er ist aufs Land gegangen. Ich glaube, er war sehr glücklich.« Deanna plauderte weiter, aber jetzt suchte sie Marcs Blick einzufangen. Was bedeutete das? Wurde es besser oder schlechter mit Pilar. Deanna mußte an den winzigen Jungen denken, der in den paar Stunden, bevor er starb, so heftig in ihren Armen gezappelt hatte. Philippe-Edouard. War dies ein ähnliches Symptom, oder war es ein Zeichen, daß es Pilar besserging? Deanna und Marc wußten es beide nicht.

»Mommy?... könnte ich... Augustin zurückhaben?... Frag Papa...« Es war die Stimme eines Kindes. Deanna schloß die Augen und holte schnell Atem.

»Ich werde mit Papa reden.«

Aus Marcs Augen sprach jetzt Angst. Er sah Pilar und dann Deanna an. »Wir besorgen dir einen Hund, *chérie*... Du wirst sehen. Ein wundervolles Hündchen mit Schlappohren und einem Wackelschwanz.« Er mußte sein Gehirn anstrengen, um die Wörter zu finden.

»Aber ich... möchte... Augustin.« Das klang klagend, und die Schwester winkte ihnen, zu gehen. Pilar war wieder eingeschlafen und merkte nicht, daß die Eltern das Zimmer verließen.

Diesmal schritten sie im Flur auf und ab, anfangs schweigend.

Ohne nachzudenken, faßte Deanna nach Marcs Hand. »Wann, zum Teufel, kommt Kirschmann zurück?«

»Es hieß, bald. Glaubst du, es geht ihr schlechter?«

Deanna nickte. »Sie ist nervös, unruhig, ängstlich.«

»Aber sie spricht. Das könnte ein hoffnungsvolles Zeichen sein.«

»Vielleicht ist es das«, antwortete Deanna. Doch beider Herzen waren erfüllt von Furcht. Sie gingen den Flur entlang, und sein Arm legte sich wie von selbst um ihre Schultern. Sie wehrte sich nicht. Plötzlich brauchte sie ihn, wie er sie brauchte. Er war der einzige Mensch, der verstand, der teilen konnte, was sie fühlte, der wußte...

»Marc?« Er sah sie mit kummervollen Augen an, aber sie schüttelte nur den Kopf. Tränen strömten ihr übers Gesicht. Schweigend nahm er sie in die Arme. Er hatte nichts zu sagen, kein Wort des Trostes, seine Tränen zeugten von der Verzweiflung.

Sie durchmaßen den Gang von einem Ende zum anderen noch weitere sieben- oder achtmal, und schließlich setzten sie sich auf zwei Stühle mit geraden Lehnen. Deannas Augen waren glasig vor Erschöpfung. Sie blickte auf den Saum ihres völlig zerknitterten cremefarbenen Rocks nieder.

»Erinnerst du dich, als sie fünf war und wir ihr diesen Hund schenkten?« In Gedanken daran lächelte sie vor sich hin. Sie hatten das Hündchen in einem Stiefel in Pilars Schrank versteckt und ihr gesagt, sie solle sofort die Tür öffnen und ihre Kleider herausnehmen. Und da hatte er aus dem Stiefel gelugt. Pilar hatte gequietscht vor Entzücken.

Auch Marc lächelte bei der Erinnerung. »Ich werde ihr Gesicht nie vergessen.«

»Ich auch nicht.« Deanna sah zu ihm auf, lächelte unter Tränen, nahm sein Taschentuch und putzte sich die Nase. Es war seltsam. Erst vor einer Stunde hatten sie gestritten, und sie hatte von Trennung gesprochen. Aber das war unwichtig geworden. Es kam nicht mehr auf ihre Ehe an, nur noch auf ihr Kind. Welchen Schmerz sie sich auch zugefügt haben mochten, Pilar gehörte zu ihnen beiden. In diesem Augenblick war Marc der einzige Mensch, der sich vorzustellen vermochte, was sie empfand, und sie war die einzige lebende Seele, die seine Qual mit ihm teilte. Es war, als hielten sie sich ganz fest umschlungen und ließen sich nicht los und redeten und hofften und beteten immer weiter... denn Pilar würde da sein, sie konnte nicht sterben. Wieder sah Deanna zu Marc auf, und er streichelte ihre Hand.

»Versuch, dich zu entspannen.«

Seufzend legte sie die Hand über die Augen, aber bevor sie etwas sagen konnte, stand die Schwester vor ihnen.

»Dr. Kirschmann möchte Sie sprechen. Er ist jetzt drinnen bei ihr.«

Sie sprangen auf und rannten beinahe zum Krankenzimmer. Der Arzt stand am Fußende des Bettes und betrachtete abwechselnd das Mädchen und die Monitoren. Es schien Stunden zu dauern, bis er zu ihnen auf den Flur hinaustrat.

»Docteur?« Mark sprach als erster.

Der Arzt sah ernst aus. »Ich möchte ihr ein bißchen mehr Zeit lassen. Wenn es in einer Stunde nicht besser aussieht, werden wir sie wieder in den Operationssaal bringen und sehen, was wir tun können.«

»Was meinen Sie?« Marc wollte Aussagen von ihm, Versprechungen, Garantien.

»Ich weiß es nicht. Sie lebt. Mehr als das kann ich Ihnen nicht sagen.« Er hätte ihnen sagen können, wie groß Pilars Chancen waren, aber groß waren sie nicht, und deshalb sprach er erst gar nicht davon. »Möchten Sie eine Weile bei ihr sitzen?«

»Ja«, antwortete Deanna und nahm ihren Posten neben Pilars Kopf ein. Marc stellte sich zu ihr.

So standen sie beinahe eine Stunde. Pilar schlief, gab merkwürdige Laute von sich, regte sich ab und zu und rang nach Luft. Marc legte eine Hand auf das Bett, spürte den zarten kleinen Körper in seiner Nähe, und seine Augen wichen nicht von ihrem Gesicht. Deanna hielt Pilars Hand und wartete. Auf irgend etwas… auf Hoffnung. Die Stunde war beinahe vorbei, als Pilar endlich erwachte.

»Durst…«

»Noch ein Weilchen, Liebes.« Deannas Worte waren ein sanftes Flüstern mit einem liebkosenden Lächeln. Ganz leicht berührte sie die Stirn des Mädchens. »Noch ein Weilchen, mein Liebling. Schlaf jetzt. Mommy und Papa sind hier, Kleines. Schlaf… du wirst dich sehr bald viel besser fühlen.«

Und dann lächelte Pilar. Es war ein echtes Lächeln trotz der Schläuche, und es zerriß Marc und Deanna das Herz.

»Ich fühle mich... jetzt... besser.«

»Da bin ich froh, *chérie.* Und morgen wird es dir noch besser gehen. Mommy hat recht.« Marcs Stimme war so sanft wie eine Sommerbrise. Noch einmal lächelte Pilar und schloß die Augen.

Gleich darauf kam der Arzt zurück und forderte sie durch ein Nicken auf, das Zimmer zu verlassen.

»Wir bereiten sie jetzt für die Operation vor«, flüsterte er ihnen zu. »Sie können dann wieder hereinkommen.« Er drehte sich um, und Marc und Deanna gingen hinaus. Auch Deanna war jetzt atemlos, als müsse sie wie Pilar nach Luft ringen. Der Flur war gleichzeitig zu kalt und zu stickig, und sie mußte sich an Marc festhalten. Es war vier Uhr morgens, und beide hatten sie seit zwei Tagen nicht geschlafen.

»Sie sagte, sie fühle sich besser.« Marc klammerte sich an den Hoffnungsschimmer, und Deanna nickte. »Ich meine, auch ihre Farbe sei ein bißchen besser gewesen.«

Gerade wollte Deanna etwas sagen, als Dr. Kirschmann auftauchte und vom anderen Ende des Flurs auf sie zukam.

»Er sollte seine Zeit Pilar widmen, nicht nach uns Ausschau halten.« Marc setzte sich in Bewegung, aber Deanna blieb stehen. Sie wußte es bereits und umklammerte Marcs Arm. Sie wußte es, und sie war nicht mehr fähig, einen Schritt zu tun. Die Welt war soeben untergegangen. Pilar war tot.

17

Die Sonne ging auf, als sie das Krankenzimmer verließen. Es hatte länger als eine Stunde gedauert, die Papiere zu unterschreiben und die notwendigen Anordnungen zu treffen. Marc wollte, daß die Beerdigung in Frankreich stattfand. Deanna war es gleich. Eins ihrer Babys war in Kalifornien begraben, das andere in Frankreich. Es kam ihr nicht darauf an. Und sie dachte bei sich, daß Pilar selbst Frankreich vorgezogen hätte. Dr. Kirschmann war mitfühlend und freundlich gewesen. Er hatte nicht mehr tun können. Pilar war bereits in zu schlechtem Zustand aus Südfrankreich eingeflogen worden. Bei der schweren Schädelverletzung wunderte er sich nur, daß sie nicht unmittelbar nach dem Unfall gestorben war. »Ahhh... Motorräder!« sagte er, und Marc zuckte sichtlich zusammen.

Man hatte ihnen Kaffee angeboten, den sie ablehnten, und schließlich waren alle Formalitäten erledigt. Marc nahm Deannas Arm und führte sie vorsorglich auf die Straße. Sie hatte das Gefühl, ihr Gehirn habe innerhalb der letzten Stunde seine Funktion eingestellt. Sie konnte nicht denken, sich nicht bewegen, nicht einmal mehr etwas empfinden. Sie hatte alle Formulare mechanisch ausgefüllt, aber ihr war, als sei auch sie gestorben.

Marc brachte sie zu dem kleinen blauen Renault und schloß die Tür auf.

»Wessen Wagen ist das?« Das war eine seltsame Frage an einem solchen Morgen. Deannas Augen starrten ihn beinahe blind an.

»Das spielt keine Rolle, steig ein.« Marc hatte sich noch nie so müde, so verloren und allein gefühlt. Alle seine Hoffnungen waren zerschmettert, alle seine Freuden, alle seine Träume. Ihm bedeutete es nicht einmal mehr etwas, daß er Deanna hatte – und Chantal. Er hatte Pilar verloren. Er ließ den Motor an. Die Tränen rannen langsam über sein Gesicht, und diesmal kämpfte er nicht dagegen an. Es kümmerte ihn nicht.

Deanna legte auf ihrem Platz den Kopf zurück und schloß die Augen. Brust und Kehle waren ihr wie zusammengeschnürt. Da waren die Trauer und das Weinen eines ganzen Lebens, aber im Augenblick wollte es nicht herauskommen.

Sie fuhren langsam durch Paris. Straßenfeger waren bei der Arbeit, und die Sonne schien zu hell auf das Pflaster. Es hätte ein Tag mit Regen und dichtem Nebel sein sollen, aber das war es nicht, und die strahlende Sonne machte das Entsetzen zu einer Lüge. Wie konnte Pilar an einem Tag wie diesem gestorben sein? Aber sie war gestorben... sie war fort. Der Gedanke hämmerte immerzu in Marc-Edouards Kopf, während Deanna nichts sehend aus dem Fenster starrte.

Als sie die Duras-Wohnung erreichten, war das Hausmädchen bereits an der Tür. Sie trug noch ihren Bademantel. Sie hatte den Aufzug gehört und war hinausgegangen, um das Neueste zu hören. Marc-Edouards Gesicht sagte ihr alles. Leise begann sie zu weinen.

»Soll ich Madame wecken?«

Marc schüttelte den Kopf. Es hatte keinen Sinn, sie jetzt zu wekken. Die schlechten Nachrichten konnten warten.

»Kaffee, Monsieur?«

Diesmal nickte er. Er schloß lautlos die Tür. Deanna stand herum und fühlte sich verloren. Marc sah sie an, wischte sich die Augen und hielt ihr die Hand hin. Ohne zu sprechen, nahm sie sie, und so gingen sie in ihr Zimmer.

Die Vorhänge waren zugezogen, die Läden geschlossen, das Bett aufgeschlagen, aber Deanna war nicht danach, sich hinzulegen. Sie war nicht fähig, den Tatsachen ins Gesicht zu sehen, ertrug es nicht, dazuliegen und zu denken, ertrug das Wissen nicht, daß Pilar tot war. Marc-Edouard sank in einen Sessel und verbarg das Gesicht in den Händen. Von neuem begann er zu schluchzen. Deanna trat zu ihm und legte ihm die Hände auf die Schultern, aber mehr konnte sie nicht tun. Endlich hatte er sich ausgeweint, und sie half ihm ins Bett.

»Du solltest versuchen zu schlafen.« Sie flüsterte mit ihm, wie sie es mit Pilar getan hatte.

»Und du?« Seine Stimme war heiser.

»Ich werde auch schlafen. Später.« Er schloß die Augen. Wenn er seinen Koffer abholte, traf er mit Chantal zusammen. Er mußte ihr von Pilar erzählen. Und seiner Mutter mußte er es auch erzählen. Und allen ihren Freunden. Er ertrug es nicht. Darüber zu sprechen, würde es wirklich machen. Wieder quollen ihm Tränen aus den Augenwinkeln. Dann schlief er ein.

Der Kaffee kam, und Deanna trank ihn allein. Sie trug ihre Tasse in den leeren Salon, setzte sich, blickte auf die Dächer von Paris hinaus und dachte an ihr Kind. Frieden überkam sie, während sie dasaß, nachdachte und den goldverbrämten Morgenhimmel betrachtete. Pilar war so vieles gewesen und in den letzten Jahren oft schwierig, aber letzten Endes wäre sie erwachsen geworden. Sie und ihre Mutter wären Freundinnen geworden... wären geworden. Es war schwer vorstellbar. Deanna war, als sei Pilar ganz in der Nähe, als habe sie sie nicht verloren. Ihr Gehirn faßte es nicht, daß sie nie mehr miteinander reden oder lachen oder streiten würden. Nie mehr würde Pilar das lange goldene Haar wie eine Mähne zurückwerfen und mit den blauen Augen blitzen, um zu bekommen, was sie wollte. Nie mehr wurden Deannas Pantoffeln ausgeliehen, fehlte ihr

Lippenstift, verschwand ihr Lieblingskleid mitsamt ihrem besten Mantel. Als sie darüber nachdachte, kamen endlich die Tränen. Jetzt wußte sie, daß Pilar nicht mehr war.

»Deanna?« Es war die alte Frau. Sie stand in der Mitte des Raumes und sah wie eine Statue in einem eisblauen Morgenmantel aus. »Pilar?«

Deanna schüttelte den Kopf und schloß die Augen. Madame Duras stützte sich auf eine Sessellehne.

»O mein Gott. *O bon Dieu... bon Dieu.*« Sie sah sich mit tränenüberströmtem Gesicht um und fragte: »Wo ist Marc?«

»Er schläft, glaube ich. Er liegt im Bett«, antwortete Deanna. Ihre Schwiegermutter nickte und verließ stumm das Zimmer. Es gab nichts, was sie sagen konnte, aber Deanna haßte sie von neuem dafür, daß sie es nicht einmal versuchte. Auch sie hatte Pilar verloren, doch sie schuldete Deanna zumindest ein Wort der Anteilnahme.

Auf Zehenspitzen schlich sich Deanna ins Gästezimmer zurück. Sie fürchtete, Marc aufzuwecken, und öffnete die Tür sehr leise. Er schlief noch und schnarchte ein bißchen. Wieder einmal betrachtete sie ihn im Schlaf, und diesmal wirkte er nicht jung. Sein Gesicht war eingefallen vor Leid, und Deanna erkannte, daß auch der Schlaf ihm keinen Frieden brachte.

Eine Weile saß sie da, betrachtete ihn und fragte sich, was geschehen würde, was sie tun sollten. Sehr viel hatte sich in einem Tag verändert. Pilar. Die Frau, mit der sie ihn am Flughafen gesehen hatte. Deanna fiel ein, daß ihr wahrscheinlich der Wagen gehörte und daß er seinen Koffer in ihrer Wohnung gelassen hatte. Sie wollte ihn dafür hassen, aber jetzt kümmerte es sie nicht mehr. Plötzlich schoß es ihr durch den Kopf, daß sie Ben anrufen mußte. Ein Blick auf Marcs Uhr sagte ihr, daß es halb neun vorbei war. In San Francisco war es Mitternacht. Vielleicht war er noch auf, und sie mußte jetzt mit ihm telefonieren, solange sie die Möglichkeit dazu hatte.

Sie fuhr sich mit der Hand über das Haar, zog ihre Jacke wieder an und griff nach ihrer Handtasche. Einen halben Block entfernt war ein Postamt, wo man Anrufe tätigen konnte. Deanna wollte nicht, daß Bens Nummer auf der Telefonrechnung ihrer Schwiegermutter erschien.

Benommen fuhr sie in dem winzigen Aufzug nach unten und ging den halben Block bis zur Post. Sie konnte die Füße nicht schnell bewegen, und sie konnte ihren Schritt auch nicht verlangsamen. Sie marschierte immer im gleichen Tempo wie eine Maschine, bis sie die Telefonzelle erreicht und die Tür geschlossen hatte.

Die Verbindung war schnell hergestellt. Das Rufzeichen erklang nur zweimal. Deanna wartete zitternd, und dann hörte sie seine Stimme. Sie klang verschlafen, und sie sagte sich, daß er doch schon im Bett gewesen sein mußte.

»Ben?«

»Deanna? Liebling, geht es dir gut?«

»Ich...« Und dann fehlten ihr die Worte. Sie konnte nicht weitersprechen.

»Deanna?«

Sie zitterte heftig und brachte keinen Ton heraus.

»Oh, Liebling... ist es...? Wie schlimm steht es mit ihr? Ich habe seit deiner Abreise jede Minute an dich gedacht.« Als Antwort gab Deanna nur ein kurzes, krampfhaftes Aufschluchzen von sich. »Deanna! Bitte, Liebling, versuche, dich zu beruhigen und mit mir zu sprechen.« Doch plötzlich lief ihm ein kalter Schauer den Rücken hinunter. »Mein Gott, ist sie... Deanna?« fragte er ganz leise.

»Oh, Ben, sie ist heute morgen gestorben.« Dann versagte ihr die Stimme von neuem.

»O Gott, nein. Liebes, bist du allein? Wo bist du?«

»Auf der Post.«

»Oh, um Gottes willen, was tust du da?«

»Ich wollte dich anrufen.«

»Ist... ist er auch in Paris?«

»Ja.« Sie rang nach Atem. »Er ist gestern abend hier angekommen.«

»Es tut mir so leid. Für euch beide.«

Deanna schluchzte. Bei Ben durfte sie sich gehenlassen, sie durfte ihm zeigen, wie dringend sie ihn brauchte. Marc gegenüber mußte sie immer die Fassade bewahren. Sie mußte darstellen, was er erwartete, mußte sein, was er für richtig hielt.

»Möchtest du, daß ich hinüberkomme? Ich könnte die erste Maschine heute morgen nehmen.«

Und was willst du tun? fragte sich Deanna. Für Pilar war es zu spät. »Das ist lieb von dir, aber es hat nicht viel Sinn. In zwei Tagen bin ich wieder zu Hause.«

»Bestimmt? Ich möchte nicht, daß du meinetwegen Probleme hast, aber wenn ich dir helfen kann, komme ich auf der Stelle. Kann ich dir helfen?«

»Sehr.« Deanna lächelte durch Tränen. »Trotzdem ist es besser, wenn du nicht kommst.«

»Und... alles andere?« Er gab sich Mühe, nicht besorgt oder aufgeregt zu sprechen.

»Ich weiß es nicht. Wir werden darüber reden müssen.«

Er wußte, sie meinte Marc. »Nun, mach dir darüber jetzt keine Gedanken. Sieh zu, daß du diese Zeit überstehst, und dann können wir uns um alles übrige kümmern. Wird die... wird es hier stattfinden?«

»Die Beerdigung?« Deanna wünschte sich zu sterben, als sie das Wort aussprach. Ihre Hand bebte heftig. Sie faßte den Hörer fester. »Nein, Marc möchte sie in Frankreich haben. Es kommt nicht darauf an. Ich glaube, auch Pilar hätte Frankreich vorgezogen. Auf jeden Fall komme ich in zwei oder drei Tagen nach Hause.«

»Ich wünschte, ich könnte dir all das ersparen.«

»Es –« sie vermochte nicht gleich weiterzusprechen »– geht schon. Ich bin ganz in Ordnung.« War sie das? Sie war sich nicht ganz sicher. Noch nie in ihrem Leben hatte sie sich so zittrig gefühlt.

»Nun, denke daran, wenn du mich brauchst, komme ich. Ich werde in den nächsten Tagen nirgendwohin gehen, ohne eine Telefonnummer zu hinterlassen, so daß du mich immer erreichen kannst. Okay?«

»Okay.« Deanna versuchte zu lächeln, aber von der Anstrengung mußte sie wieder weinen. »Kannst du... könntest du Kim...?«

»Anrufen?«

»Ja.« Es war ein trauriger kleiner Krächzer.

»Das tue ich sofort. Jetzt möchte ich, daß du nach Hause gehst und etwas schläfst. Darling, du darfst dich nicht zwingen, auf den Füßen zu bleiben. Du mußt ausruhen. Und sobald du nach Hause kommst, fahren wir nach Carmel. Ganz gleich, was wird. Mir ist gleich, was danach geschieht, aber du wirst mit mir nach Carmel fahren. Wir werden am Strand spazierengehen, und wir werden zusammensein.«

Deanna schluchzte jetzt laut. Sie würden niemals wieder zusammensein. Sie würde niemals mehr über jenen Strand oder einen anderen gehen. Sie würde in diesem Alptraum gefangen bleiben, für immer, allein.

»Deanna, hör mir zu«, drängte Ben. »Willst du in dieser Zeit an Carmel denken und versuchen, dich zu erinnern, daß ich dich liebe?«

Sie nickte traurig, unfähig, die Worte herauszubekommen.

»Meine Liebste, in Gedanken bin ich jeden Augenblick bei dir. Sei stark, Darling. Ich liebe dich.«

»Ich liebe dich auch.« Ihre Stimme war nur ein Flüstern. Sie hängte auf, ging an den Schalter, bezahlte der Postbeamtin das Gespräch – und brach ohnmächtig auf dem Fußboden zusammen.

18

»Wo, um alles in der Welt, bist du gewesen?« Bei Deannas Rückkehr saß Marc im Wohnzimmer. Er sah zerknittert und ausgehöhlt aus. »Du bist Stunden weggewesen.« Es war eine Anklage. Er starrte sie über seine Kaffeetasse mit roten Augen an. Deanna sah nicht besser aus, tatsächlich sehr viel schlimmer. »Wo bist du gewesen?«

»Ich habe einen Spaziergang gemacht. Es tut mir leid. Ich brauchte frische Luft.« Deanna stellte ihre Handtasche auf einen Sessel. »Wie geht es deiner Mutter?«

»Das kannst du dir vorstellen. Vor einer halben Stunde habe ich den Arzt gerufen, und er hat ihr eine Spritze gegeben. Wahrscheinlich wird sie vor Mittag nicht aufwachen.«

Einen Augenblick lang beneidete Deanna sie. Was für ein einfacher Ausweg! Sie sprach den Gedanken nicht aus. Statt dessen fragte sie: »Und du?«

»Wir haben heute eine Menge zu erledigen.« Er sah sie traurig an, und dann bemerkte er die Schmutzflecken auf ihrem Rock. »Was ist passiert? Bist du gefallen?«

Sie nickte und wandte das Gesicht ab. »Es muß die Müdigkeit gewesen sein. Ich bin gestolpert. Es ist nichts.«

Nun kam er zu ihr und legte einen Arm um sie. »Du solltest wirklich zu Bett gehen.«

»Das werde ich. Aber was ist mit den Vorbereitungen?«

»Darum kümmere ich mich. Du brauchst überhaupt nichts zu tun.«

»Aber ich möchte...« Wieder wurde ihr alles aus den Händen genommen, als habe sie nie ein Mitspracherecht.

»Nein. Ich möchte, daß du schläfst.« Er führte sie ins Schlafzimmer und setzte sie auf das Bett. »Soll ich den Arzt für dich rufen?« Deanna schüttelte den Kopf, legte sich hin und sah mit einem Blick zu ihm auf, der ihm das Herz zerriß. »Deanna...«

»Was ist mit deiner Freundin?«

Er stand auf und wandte sich ab. »Laß das jetzt.«

»Vielleicht ist es nicht der richtige Zeitpunkt, aber früher oder später müssen wir doch darüber reden.«

»Vielleicht auch nicht.«

»Was soll das bedeuten?« Sie sah ihn sehr scharf an. Er drehte sich wieder um.

»Es bedeutet, daß es nicht deine Angelegenheit ist und daß ich mein Bestes tun werde, um die Sache zu erledigen.«

»Für dauernd?«

Er zögerte lange Zeit. Dann nickte er stumm, die Augen fest auf ihr Gesicht gerichtet. »Ja.«

Chantal kam gerade aus der Duschkabine. Sie hörte, wie sich sein Schlüssel im Schloß drehte. Im Haus auf der Rue François Premier hatte sie nicht anzurufen gewagt, und ihre letzte telefonische Nachfrage im Krankenhaus, bei der sie keinen Namen nannte, hatte ihr nur die Mitteilung eingetragen, Pilars Zustand sei unverändert. Sie hatte beabsichtigt, gleich nach dem Frühstück noch einmal anzurufen. Aber nun kam Marc-Edouard vorher, und er sah aus, als habe er die ganze Nacht nicht geschlafen. Chantal blickte auf und lächelte ihm von der Badezimmertür aus zu. Sie trocknete sich mit einem blaßgelben Handtuch ein Bein ab.

»*Bonjour, mon chéri.* Wie geht es Pilar?« Mit ernstem Gesichtsausdruck richtete sie sich auf, das Handtuch in einer Hand. Es lag etwas in seinen Augen, das ihr plötzlich Angst einflößte. Dann schloß er die Augen und bedeckte sie mit der Hand. Es schien lange Zeit zu vergehen, bis er sie wieder ansah.

»Sie – sie ist gestorben. Heute morgen um vier.« Marc ließ sich schwer in einen Sessel im Wohnzimmer sinken. Chantal riß einen rosa Bademantel vom Haken und eilte zu ihm.

»Oh, Marc-Edouard... oh, Liebling, es tut mir so leid.« Sie kniete sich neben ihn, zog ihn sanft in ihre Arme und hielt ihn wie ein Kind fest. *»Oh, mon pauvre chéri,* Marc-Edouard. *Quel horreur...«*

Diesmal weinte er nicht. Er saß nur mit geschlossenen Augen und fühlte sich erleichtert, daß er hier war.

Chantal hätte ihn gern gefragt, ob sonst noch etwas passiert sei. Es war eine furchtbar törichte Frage, wenn man bedachte, was diesen Morgen geschehen war. Doch er kam ihr merkwürdig vor, anders, fremd. Vielleicht waren es aber auch die Erschöpfung und der Schock. Sie ließ ihn nur los, um ihm eine Tasse Kaffee einzugießen, und dann setzte sie sich wieder ihm zu Füßen, auf dem weißen Teppich zusammengerollt. Der rosafarbene Bademantel verhüllte bloß das Notwendigste und gab lange seidige Beine frei. Marc starrte darauf nieder. »Kann ich irgend etwas tun?« fragte Chantal und zündete sich eine Zigarette an.

Er schüttelte den Kopf. »Chantal, Deanna hat uns gestern abend gesehen. Sie wollte mich am Flughafen abholen, und sie sah uns beide durch den Zoll kommen. Sofort wußte sie Bescheid. Über alles. Frauen sind in der Beziehung unheimlich. Sie sagt, die Art, wie wir nebeneinander hergingen, habe ihr verraten, daß wir uns schon lange Zeit kennen.«

»Sie muß eine sehr intelligente Frau sein.« Chantal musterte ihn und fragte sich, was als nächstes kommen würde.

»Das ist sie – auf ihre eigene stille Art.«

»Und? Was hat sie gesagt?«

»Nicht viel. Noch nicht. Es ist zuviel geschehen. Aber sie ist Amerikanerin. Sie nimmt so etwas nicht leicht. Das tun sie alle nicht. Sie glauben an ewige Treue, an die vollkommene Ehe, an Ehemänner, die das Geschirr spülen, an Kinder, die den Wagen waschen. Und alle gehen am Sonntag zusammen zur Kirche und leben glücklich miteinander, bis sie hundertundneun sind.« Es klang bitter und müde.

»Und du? Glaubst du nicht daran?«

»Es ist auf jeden Fall ein schöner Traum. Sehr realistisch ist er nicht. Das weißt du ebensogut wie ich.«

»*Alors*, was werden wir tun? Oder, genauer, was willst du tun?« Sie wollte ihn nicht vor die Wahl stellen »sie oder ich«, aber darauf lief es hinaus, und das war ihnen beiden klar.

»Es ist zu früh, um das zu entscheiden, Chantal. Denk daran, was eben erst geschehen ist. Und sie ist in einem schrecklichen Zustand; es ist alles in ihrem Inneren verschlossen.«

»Es ist noch frisch.«

Er nickte zustimmend und sah zur Seite. Er war hergekommen, um Chantal Lebewohl zu sagen, um Schluß zu machen, um ihr zu erklären, daß er Deanna das nicht antun könne – sie hätten gerade ihr einziges Kind verloren. Aber als er sie ansah, wie sie ihm zu Füßen saß, wünschte er sich nichts mehr, als sie in die Arme zu nehmen, seine Hände über ihren Körper gleiten zu lassen, sie festzuhalten, jetzt und für immer, wieder und wieder. Wie konnte er etwas aufgeben, das er so sehr liebte und brauchte?

»Worüber denkst du nach, Marc-Edouard?« Sein gequälter Gesichtsausdruck entging ihr nicht.

»Über dich.« Er sagte es ganz leise und blickte dabei auf seine Hände.

»In welcher Weise?«

»Ich dachte –« er sah ihr von neuem in die Augen, »– daß ich dich liebe und daß ich mir in diesem Augenblick nichts sehnlicher wünsche, als mit dir ins Bett zu gehen.«

Sie betrachtete ihn eine Weile forschend. Dann stand sie auf und streckte ihm die Hand entgegen. Er nahm sie und folgte ihr schweigend ins Schlafzimmer. Lächelnd ließ sie den rosafarbenen Bademantel von den Schultern gleiten.

»Chantal, du wirst niemals wissen, wie sehr ich dich liebe.«

In den nächsten zwei Stunden bewies er es ihr auf jede Art, die er kannte.

19

Die Beerdigung war kurz und formell und qualvoll. Deanna trug ein einfaches schwarzes Wollkleid und einen kleinen schwarzen Hut mit Schleier. Marcs Mutter war ganz in Schwarz mit schwarzen Strümpfen gekleidet. Marc selbst hatte einen dunklen Anzug mit schwarzer Krawatte angelegt. Alles geschah ganz nach französischer Tradition in einer hübschen kleinen Kirche im *seizième arrondissement*, und das »Ave Maria« wurde vom Schulchor der Gemeinde gesungen. Die Stimmen der Kinder zerrissen Deanna das Herz. Sie versuchte, nicht hinzuhören, aber da gab es kein Entkommen. Marc hatte dafür gesorgt, daß alles *à la française* ablief – der Gottesdienst, die Musik, die Gedenkrede, der kleine ländliche Friedhof mit einem weiteren Priester und dann die Versammlung von Freunden und Verwandten im Haus. Es war eine Ganztagsunternehmung mit endlosen Runden von Händeschütteln und Beileidsbekundungen, Erklärungen und geteiltem Leid. Für manche bedeutete es zweifellos eine Erleichterung, auf diese Weise zu trauern, doch für Deanna nicht. Von neuem überkam sie das Gefühl, Pilar sei ihr gestohlen worden, nur kam es jetzt wirklich nicht mehr darauf an. Dies war das allerletzte Mal. Dann wagte Deanna es, Ben vom Haus aus anzurufen.

»Es tut mir leid, ich kann nicht lange dranbleiben. Ich mußte nur unbedingt mit dir sprechen. Ich bin im Haus.«

»Wirst du es durchstehen?«

»Ich weiß es nicht. Ich bin wie betäubt. Alles ist der reinste Zirkus. Ich mußte mit ihnen sogar darum kämpfen, daß sie auf einen offenen Sarg verzichteten. Gott sei Dank, wenigstens diese Schlacht habe ich gewonnen.«

Der Ton ihrer Stimme machte ihm Sorge. Sie sprach nervös, müde und angespannt. Doch das war unter diesen Umständen eigentlich nicht verwunderlich. »Wann kommst du zurück?«

»Irgendwann in den nächsten beiden Tagen, hoffe ich. Aber ich bin nicht sicher. Laß uns heute abend darüber reden.«

»Schick mir einfach ein Telegramm, sobald du es weißt.«

Deanna seufzte leise. »Das werde ich. Jetzt sollte ich wohl besser zu den Festlichkeiten zurückkehren.«

»Ich liebe dich, Deanna.«

»Ich dich auch.« Sie fürchtete sich, das Wort auszusprechen, denn es könnte gerade jemand ins Zimmer kommen, aber sie wußte, daß er verstand.

Deanna kehrte zu den fünfzig oder sechzig Gästen zurück, die die Räume ihrer Schwiegermutter füllten, plauderten, von Pilar redeten, Marc trösteten. Noch nie hatte sie sich so sehr als Fremde gefühlt. Es schien Stunden her zu sein, daß sie Marc gesehen hatte. Schließlich fand er sie in der Küche, wie sie aus dem Fenster auf eine Mauer starrte.

»Deanna? Was tust du hier draußen?«

»Nichts.« Sie richtete die großen, traurigen Augen auf ihn. Er sah tatsächlich besser aus. Und Deanna wirkte von Tag zu Tag kränker. Sie fühlte sich auch nicht gut, aber das hatte sie Marc gegenüber nicht erwähnt. Auch nicht, daß sie in den letzten vier Tagen zweimal ohnmächtig geworden war. »Ich bin nur hinausgegangen, um wieder zu Atem zu kommen.«

»Es tut mir leid, daß es ein so langer Tag geworden ist. Mutter hätte kein Verständnis dafür gehabt, wenn wir es anders gemacht hätten.«

»Ich weiß. Ich verstehe.«

Plötzlich kam ihr zu Bewußtsein, daß auch er verstand und daß er erkannte, wie sehr es sie mitnahm. »Marc, wann reisen wir nach Hause?«

»Nach San Francisco?« fragte er. Sie nickte. »Ich weiß es nicht. Ich habe noch gar nicht darüber nachgedacht. Bist du in Eile?«

»Ich möchte nur wieder nach Hause. Hier ist es... schwerer für mich.«

»*Bon.* Aber ich muß hier eine geschäftliche Sache abschließen. Dazu brauche ich noch mindestens zwei Wochen.«

O Gott, nein! Sie überlebte keine weiteren zwei Wochen unter dem Dach ihrer Schwiegermutter – und ohne Ben. »Es gibt doch keinen Grund, warum ich bleiben müßte, nicht wahr?«

»Was meinst du damit? Möchtest du allein nach Hause reisen?« fragte Marc betroffen. »Das wäre mir gar nicht recht. Du sollst mit mir zusammen heimkehren.« Darüber hatte er bereits nachgedacht. Es würde hart für sie sein, das Haus allein wiederzusehen, Pilars Zimmer, alle ihre Sachen. Das wollte er nicht. Deanna würde auf ihn warten müssen.

»Ich kann keine zwei Wochen warten.« Bei dem Gedanken geriet sie in Panik, und ihm fiel von neuem auf, wie erschöpft und ausgehöhlt sie war.

»Wir werden sehen.«

»Marc, ich muß nach Hause.« Ihre Stimme wurde lauter und zitterte.

»Na gut. Aber willst du zuvor etwas für mich tun?«

»Was?« Sie sah ihn merkwürdig an. Was wollte er? Sie wünschte sich nichts mehr, als Frankreich verlassen zu können.

»Wirst du mit mir für zwei Tage wegfahren? Irgendwohin, nur für das Wochenende. An einen ruhigen Ort, wo wir uns beide erholen können. Wir müssen miteinander reden. Dazu waren wir hier nicht imstande, und ich möchte nicht, daß du zurückfliegst, bevor wir uns ausgesprochen haben. In aller Ruhe. Allein. Willst du das für mich tun?«

Deanna zögerte lange mit ihrer Antwort und sah ihn nur an. »Ich weiß es nicht.«

»Bitte. Mehr verlange ich nicht. Nur das. Zwei Tage, und dann kannst du gehen.«

Sie wandte sich ab und starrte von neuem auf die Dächer. Sie dachte an Ben und an Carmel. Aber sie hatte kein Recht, zu ihm zu eilen, nur damit sie sich besser fühlte. Sie schuldete ihrer Ehe mit Marc etwas, und wenn es nur zwei Tage waren. Deshalb drehte sie sich wieder zu Marc um und nickte langsam. »Gut. Ich komme mit dir.«

20

»*Merde alors!* Was verlangst du von mir? Meine Tochter ist vor drei Tagen gestorben, und ich soll Deanna um die Scheidung bitten? Kommt dir das nicht ein bißchen übereilt vor, Chantal? Und meinst du nicht, daß du auf unfaire Weise Vorteil aus dieser Situation ziehst?« Er fühlte sich zwischen zwei Frauen und zwei Welten hin- und hergerissen. Wieder einmal ging von Chantal ein merkwürdiger Druck aus, eine Art emotionaler Erpressung, die ihm ankündigte, daß es eine Katastrophe geben würde, wenn er Chantal verließ. Beide Frauen wollten, daß er seine Wahl traf, eine schmerzliche Wahl. Das war ihm in dieser Woche nur zu klar geworden. Deanna machte den Eindruck, als würde sie ihn mit Freuden auf der Stelle verlassen. Sie hatte ihm noch nicht verziehen, was sie an dem Abend vor Pilars Tod am Flughafen gesehen hatte. Aber er wollte Deanna nicht verlieren. Sie war seine Frau, er brauchte sie, er respektierte sie, er war an sie gewöhnt. Und sie war seine letzte Verbindung zu Pilar. Sich von Deanna zu trennen, würde sein, wie die Heimat zu verlassen. Andererseits konnte er Chantal nicht aufgeben – sie war seine Erregung, seine Leidenschaft, seine Freude. Jetzt sah er Chantal verzweifelt an und fuhr sich mit der Hand durchs Haar. »Verstehst du das denn nicht? Es ist zu früh!«

»Es sind fünf Jahre vergangen. Und nun weiß sie es. Und vielleicht ist es nicht zu früh. Vielleicht ist gerade jetzt der richtige Augenblick.«

»Für wen? Für dich? Verdammt noch mal, Chantal, hab doch ein kleines bißchen Geduld. Laß mich erst einmal zur Ruhe kommen.«

»Und wie lange wird das dauern? Weitere fünf Jahre, während du dort lebst und ich hier? Du wolltest in zwei Wochen zurückfliegen, und was dann? Was ist mit mir? Ich sitze hier und warte zwei Monate lang auf dich? *Et alors?* Ich war vierundzwanzig, als wir uns kennenlernten, jetzt bin ich fast dreißig. Und dann werde ich fünfunddreißig und siebenunddreißig und fünfundvierzig. Die Zeit vergeht schnell. Besonders in meiner Situation. Sie vergeht viel, viel zu schnell.«

Er wußte, daß das die Wahrheit war, aber er war einfach nicht in der Stimmung, zu diskutieren. »Sieh mal, können wir das nicht für eine Weile zurückstellen? Des bloßen Anstands wegen möchte ich meiner Frau Gelegenheit geben, sich vom Verlust ihrer Tochter zu erholen, bevor ich ihr Leben zerstöre.« Einen Augenblick lang haßte er Chantal. Weil er an ihr hing, weil er sie nicht verlieren wollte – und weil ihr das die Oberhand gab.

Und sie wußte es. »Wie kommst du auf die Idee, es würde ihr Leben zerstören, wenn du sie verläßt? Vielleicht hat sie einen Liebhaber.«

»Deanna? Das ist lächerlich. In dieser ganzen Angelegenheit benimmst du dich einfach albern. Ich fahre für das Wochenende mit ihr fort. Wir haben eine Menge zu besprechen. Ich werde mit ihr reden, ich werde sehen, wie die Dinge liegen. Und nach einiger Zeit werde ich den richtigen Schritt unternehmen.«

»Was für ein Schritt ist das?«

Er seufzte unmerklich, und plötzlich fühlte er sich sehr alt. »Der Schritt, den du dir wünschst.«

Aber als er zwei Stunden später ein Taxi heranwinkte, um in die Wohnung seiner Mutter und zu Deanna zurückzufahren, kamen ihm allerlei Gedanken. Warum mußte Chantal ihn derartig drängen? Erst der Streit wegen Cap d'Antibes, dann der furchtbare Abend, als sie ihr Insulin nicht genommen hatte und er sie beinahe für immer verloren hätte. Und jetzt das. Warum? Warum jetzt? Seltsamerweise verstand er es nicht. Es erweckte in ihm nur den Wunsch, zu Deanna zu eilen und sie vor einer Welt zu beschützen, die sehr grausam sein konnte.

Sie fuhren früh am Morgen aus der Stadt hinaus und aufs Land. Deanna war merkwürdig still und saß gedankenverloren da. Marc wollte mit ihr einen neutralen Ort aufsuchen, wo es keine Fülle von Erinnerungen an Pilar gab. Die überfielen sie beide ständig im Haus seiner Mutter. Ein Freund hatte ihm sein Landhaus in der Nähe von Dreux angeboten.

Zerstreut blickte er zu Deanna hinüber und wandte dann seine Aufmerksamkeit wieder der Straße zu. Immerzu mußte er an Chantal denken. Heute morgen, vor der Abfahrt, hatte er mit ihr telefoniert, und sie hatte gefragt:

»Wirst du es ihr an diesem Wochenende sagen?«

»Ich weiß noch nicht. Ich muß abwarten. Wenn ich sie in einen

Nervenzusammenbruch treibe, nützt das keinem von uns.« Chantal hatte darauf gereizt und kindisch reagiert. Nachdem sie so viele Jahre lang Geduld gehabt hatte, verlor sie ausgerechnet jetzt die Beherrschung. Aber sie war in den letzten fünf Jahren der Pfeiler seines Lebens gewesen. Er konnte sie nicht aufgeben. Konnte er Deanna aufgeben? Wieder sah er zu ihr hinüber. Ihre Augen waren geschlossen, und sie hatte noch kein Wort gesprochen. Liebte er sie? Das hatte er immer geglaubt, aber nach dem Sommer mit Chantal war er sich nicht mehr sicher. Es war ihm unmöglich, sich klarzuwerden und einen Weg zu finden – und verdammt sollte Chantal sein, daß sie ihn drängte. Erst vor zwei Tagen hatte er Deanna versprochen, daß er mit Chantal Schluß machen würde, und jetzt hatte er seiner Geliebten das Versprechen gegeben, Deanna zu verlassen.

»Ist es sehr weit?« Deanna öffnete die Augen, drehte jedoch nicht den Kopf. Die Erschöpfung, unter der sie schon seit Tagen litt, lastete auf ihr.

»Nein. Etwa eine Stunde. Und es ist ein hübsches Haus. Ich bin seit meiner Kindheit nicht mehr dort gewesen, aber es war immer schön da.« Er lächelte ihr zu. Unter seinen Augen waren Ringe. »Du siehst schrecklich müde aus.«

»Ich weiß. Vielleicht erhole ich mich an diesem Wochenende ein bißchen.«

»Hat dir der Arzt meiner Mutter keine Schlaftabletten gegeben?« Das hatte Marc angeregt, als der Arzt seinen letzten Hausbesuch machte.

Deanna schüttelte den Kopf. »Ich muß selbst damit fertig werden.« Marc verzog das Gesicht, und zum erstenmal lächelte sie.

Dann schwieg sie, bis sie ankamen. Es war wirklich ein wunderschöner Ort, ein altes Steinhaus in bemerkenswerten Proportionen und voller *grandeur,* fast im Stil eines Château. Umgeben war es von erstklassig gepflegten Anlagen. In der Ferne erstreckten sich meilenweit Obstgärten.

»Hübsch, nicht wahr?« fragte er tastend, und ihre Blicke begegneten sich.

»Ja, sehr. Danke, daß du es arrangiert hast.« Er faßte nach den Koffern, und jetzt sagte sie kaum hörbar: »Ich freue mich, daß wir hergefahren sind.«

»Ich mich auch.« Er sah sie sehr vorsichtig an, und beide lächelten.

Er trug die Koffer ins Haus und stellte sie in der Eingangshalle ab. Die Möbel waren zum größten Teil im englischen und französischen Landhausstil, und alles in den Zimmern war aus dem siebzehnten Jahrhundert, in dem das Haus erbaut worden war. Deanna wanderte die langen Flure hinunter, sah sich die herrlichen Parkettböden an und blickte aus den hohen Fenstern in die Gärten. Endlich blieb sie am Ende des Ganges in einem Wintergarten stehen, der mit gemütlichen Sesseln möbliert war. Sie setzte sich in einen davon und betrachtete die Aussicht. Eine ganze Weile später hörte sie Marcs Schritte im Flur widerhallen.

»Deanna?«

»Ich bin hier drinnen.«

Er trat näher und blieb eine Weile im Eingang stehen, sah nach draußen und streifte gelegentlich seine Frau mit einem Blick.

»C'est joli, non?« Er sprach geistesabwesend. Deanna sah zu ihm auf. »Es ist schön.«

Sie nickte. »Ich verstehe. Marc?« Sie wollte nicht fragen, aber sie mußte. Und ihr war klar, daß es ihn gar nicht freuen würde. »Was ist mit deiner Freundin?«

Lange Zeit antwortete er nicht. »Ich weiß nicht, was du meinst.«

»Doch, das weißt du.« Ein Gefühl der Übelkeit stieg in ihr auf. »Wie hast du dich in dieser Angelegenheit entschlossen?«

»Meinst du nicht, es ist ein bißchen zu früh, das zu besprechen? Wir sind eben erst aus dem Auto gestiegen.«

Sie lächelte. »Wie französisch. Was hast du im Sinn, Liebling? Daß wir das Wochenende damit verbringen, charmant zu sein, und es Sonntagabend auf der Heimfahrt diskutieren?«

»Das ist nicht der Grund, warum ich dich hergebracht habe. Wir mußten beide einmal in eine andere Umgebung.«

Wieder nickte sie, und ihre Augen füllten sich mit Tränen. »Ja.« Sofort rasten ihre Gedanken zu Pilar zurück. »Aber wir müssen auch darüber sprechen. Weißt du, ich frage mich plötzlich, warum wir unsere Ehe aufrechterhalten haben.« Wieder sah sie zu ihm auf. Er kam ins Zimmer und setzte sich langsam.

»Bist du verrückt?«

»Vielleicht bin ich es.« Sie suchte nach ihrem Taschentuch und putzte sich die Nase.

»Deanna, bitte...« Er sah sie an und wandte dann das Gesicht ab.

»Was? Du willst so tun, als sei nichts geschehen? Marc, das geht nicht.« Zu viel war in diesem Sommer geschehen. Sie hatte Ben gehabt, und jetzt wußte sie, daß auch Marc jemanden hatte. Nur dauerte es in Marcs Fall wahrscheinlich schon Jahre.

»Aber das ist nichts, worüber du dir jetzt Sorgen machen solltest.«

»Gibt es eine bessere Zeit? Wir haben bereits soviel Leid zu tragen, daß wir ebensogut ganz reinen Tisch machen können. Tun wir es nicht, wird es weiter schwären und schmerzen, während wir uns einreden, es sei nicht da.«

»Bist du so lange schon unglücklich?«

Sie nickte und wandte sich dem Fenster zu. Sie dachte an Ben. »Erst in diesem Sommer ist mir klargeworden, wie schrecklich einsam ich gewesen bin, ständig allein... wie wenig wir gemeinsam unternehmen, wie wenig wir geteilt haben. Wie wenig du verstehst, was ich möchte.«

»Und was möchtest du?« fragte er sehr leise und sanft.

»Deine Zeit, deine Zuneigung. Lachen. Spaziergänge am Strand...« Das letzte sagte sie, ohne nachzudenken, und dann drehte sie sich überrascht zu ihm um. »Ich möchte, daß du Interesse an meiner Arbeit nimmst, weil sie für mich wichtig ist. Ich möchte mit dir zusammensein, Marc. Nicht immer allein zu Hause sitzen. Wie stellst du es dir vor, jetzt, wo Pilar nicht mehr ist? Du wirst monatelang auf Reisen sein, und was werde ich tun? Herumsitzen und warten?« Der bloße Gedanke an ein solches Leben ließ sie innerlich zittern. »Ich kann es nicht mehr. Ich will es nicht mehr.«

»Und was schlägst du vor?« Er wollte, daß sie es aussprach, daß sie ihn um die Scheidung bat.

»Ich weiß es nicht. Wir könnten uns trennen, oder, wenn wir uns entschließen, verheiratet zu bleiben, müßte sich alles ändern, besonders jetzt.« Himmel, was tat sie da? Wenn sie bei ihm blieb, konnte sie Ben nicht haben. Aber Marc war ihr Mann, mit dem sie achtzehn Jahre lang gelebt hatte.

»Das heißt, du möchtest mich auf meinen Reisen begleiten?« Er sah verärgert aus.

»Warum nicht? Sie reist ja auch mit dir, oder nicht?« Das hatte Deanna sich zusammengereimt. »Warum nicht ich?«

»Weil... weil es unvernünftig ist. Und unpraktisch. Und – und teuer.« Und weil er dann Chantal nicht mitnehmen konnte.

»Teuer?« Deanna hob mit einem kleinen, boshaften Lächeln eine Augenbraue. »O weh, o weh. Bezahlt sie für sich selbst?«

»Deanna! Darüber will ich mit dir nicht sprechen!«

»Warum sind wir dann hergekommen?« Ihre Augen loderten aus dem schmalen weißen Gesicht.

»Um uns zu erholen.« Das waren die Worte eines Monarchen, ihres Königs. Das Thema war beendet.

»Ich verstehe. Dann brauchen wir nichts anderes zu tun, als das Wochenende zu überstehen, höflich zu sein, wieder nach Paris zu fahren und uns so zu verhalten, als sei nichts passiert. Du kehrst zu deiner kleinen Freundin zurück, und in zwei Wochen fliegen wir in die USA und machen weiter wie bisher. Wie lange wirst du denn diesmal zu Hause bleiben, Marc? Drei Wochen? Einen Monat? Sechs Wochen? Und dann verschwindest du wieder, wer weiß wie lange und wer weiß mit wem, und ich sitze allein in dem gottverdammten Museum, das wir bewohnen, und warte auf dich. Wieder allein, verdammt noch mal. Allein!«

»Das ist nicht wahr.«

»Doch, es ist wahr, das weißt du selbst. Und was ich dir klarzumachen versuche, ist, daß ich genug davon habe. Soweit es mich betrifft, ist diese Zeit vorbei.« Sie erhob sich und wollte den Raum verlassen, aber als sie sich auf die Füße stellte, schwindelte ihr. Sie blieb für einen Augenblick stehen, sah nach unten und hielt sich an ihrem Sessel fest.

Marc beobachtete sie, ohne gleich etwas zu sagen. Dann fragte er besorgt: »Geht es dir nicht gut?«

»Doch. Es ist nichts.« Sie richtete sich auf und maß ihn mit einem düsteren Blick. »Ich bin nur sehr müde.«

»Dann geh und ruh dich aus. Ich zeige dir unser Zimmer.« Behutsam nahm er ihren Ellenbogen, bis er sicher war, daß sie fest auf den Füßen stand. Dann führte er sie den langen Flur hinunter zum anderen Ende des Hauses. Sie hatten das herrschaftliche Schlafzimmer übernommen, eine großartige Suite, dekoriert mit himbeer- und sahnefarbenen Seidenstoffen. »Leg dich doch ein Weilchen hin, Deanna.« Sie sah von Minute zu Minute schlechter aus. »Ich mache einen Spaziergang.«

»Und was dann?« Sie sah ihn vom Bett aus jammervoll an. »Was tun wir dann? Ich kann nicht mehr so weitermachen, Marc. Ich mache bei dem Spiel nicht mehr mit.«

Er war versucht zu fragen: »Was für ein Spiel?«, um alles abzuleugnen. Doch er sagte nichts. Deanna sah ihn mit ihren traurigen und tränenfeuchten Augen an und fuhr fort:

»Ich möchte wissen, was du empfindest, was du denkst, was du vorhast. Was sich für mich ändern wird, abgesehen von der Tatsache, daß wir Pilar nicht mehr haben. Ich möchte wissen, ob du dich auch weiterhin mit deiner Geliebten treffen wirst. Ich möchte all die Dinge wissen, von denen du meinst, es sei unhöflich, sie auszusprechen. Sprich sie aus, Marc. Ich muß es wissen.«

Er nickte stumm, ging zur anderen Seite des Zimmers und sah aus dem Fenster auf die sanften Hügel hinaus. »Es ist nicht leicht für mich, über Dinge dieser Art zu reden.«

»Ich weiß.« Ihre Stimme war sehr leise. »Seit wir verheiratet sind, bin ich mir die meiste Zeit nie sicher gewesen, ob du mich liebst.«

»Das habe ich immer getan.« Er sprach, ohne sich umzudrehen, und sie sah von ihm nur seinen Rücken. »Ich werde dich immer lieben, Deanna.«

Tränen brannten ihr in den Augen. »Warum?« Sie brachte es kaum heraus. »Warum liebst du mich? Weil ich deine Ehefrau bin? Aus Gewohnheit? Oder weil du dich wirklich für mich interessierst?« Er antwortete nicht. Er wandte sich nur zu ihr um, und in seinem Gesicht zeichnete sich heftiger Schmerz ab.

»Müssen wir das entscheiden? Jetzt... so bald nach Pilars... Tod?« Deanna blieb stumm. Sein ganzes Gesicht hatte gebebt, als er von Pilar sprach. »Deanna, ich – ich kann einfach nicht.«

Ohne ein weiteres Wort verließ er das Zimmer, und dann sah sie ihn mit gesenktem Kopf durch den Garten gehen. Bei diesem Anblick füllten sich ihre Augen von neuem mit Tränen. Die letzten paar Tage kamen ihr wie das Ende ihres Lebens vor. In dieser Minute dachte sie nicht einmal an Ben – nur an Marc.

Er kehrte erst eine Stunde später ins Haus zurück, und da fand er sie schlafend vor. Immer noch wirkte das Gesicht mit den schwarz umränderten Augen erschöpft. Zum erstenmal seit Jahren trug sie kein Make-up, und Marc fand, daß ihr Teint im Kontrast zu der himbeerfarbenen Seidendecke beinahe grün aussah. Er wanderte in die Eingangshalle und in die dahinterliegende Bibliothek. Eine Weile saß er da und starrte das Telefon an. Und dann, als stünde er unter

Zwang, begann er zu wählen.

Sie meldete sich nach dem dritten Rufzeichen. »Marc-Edouard?«

»*Oui.*« Er hielt inne. »Wie geht es dir?« Und wenn nun Deanna aufwachte? Warum hatte er Chantal angerufen?

»Du sprichst so merkwürdig. Stimmt etwas nicht?«

»Alles in Ordnung. Ich bin nur sehr müde. Das sind wir beide.«

»Verständlich. Habt ihr miteinander geredet?« Sie war erbarmungslos. Diese Seite an Chantal hatte er bisher nicht kennengelernt.

»Eigentlich nicht. Nur ein bißchen.«

»Vermutlich ist es nicht leicht.« Er hörte sie seufzen.

»Nein, das ist es nicht.« Er machte eine Pause. Im Flur waren Schritte zu hören. »Ich rufe dich wieder an.«

»Wann?«

»Später.« Und dann: »Ich liebe dich.«

»Gut, Liebling, ich dich auch.«

Die Schritte näherten sich, und Marc-Edouard legte mit zitternder Hand den Hörer auf. Aber es war nur der Hausmeister, der nachsehen wollte, ob sie gut untergebracht waren. Zufrieden entfernte sich der Mann wieder, und Marc ließ sich in einen Sessel sinken. Es würde nie klappen. Er konnte das Doppelspiel nicht für immer fortführen. Chantal anrufen, Deanna beruhigen, zwischen Kalifornien und Frankreich hin und her fliegen, Lügen und Ausreden ersinnen und aus lauter Schuldbewußtsein beide Frauen mit Geschenken überschütten. Deanna hatte recht. Es war ihm eigentlich schon seit Jahren fast unmöglich. Natürlich hatte Deanna bisher nichts geahnt, aber jetzt, wo sie Bescheid wußte, war alles anders geworden. Sein Unbehagen war sehr wesentlich gewachsen dadurch. Er schloß die Augen, und sofort wanderten seine Gedanken zu Pilar zurück, zu dem letzten Mal, als er sie gesehen hatte. Sie waren am Strand spazierengegangen. Sie hatte ihn geneckt, und er hatte gelacht, und er hatte ihr das Versprechen abverlangt, daß sie mit dem Motorrad vorsichtig fahren würde. Wieder hatte sie gelacht... Die Kehle wurde ihm eng vor Tränen, und plötzlich erfüllte sein Schluchzen den Raum. Er hörte nicht einmal, daß Deanna hereinkam, leise wie eine Katze, auf Strümpfen. Langsam trat sie zu ihm und hielt seine zuckenden Schultern in ihren Armen.

»Es ist ja gut, Marc. Ich bin hier.« Auch auf ihrem Gesicht waren

Tränen. Sie legte ihre Wange auf seinen Rücken, und er fühlte die warme Feuchtigkeit durch sein Hemd. »Es ist ja gut.«

»Wenn du nur wüßtest, wie sehr ich Pilar geliebt habe... Warum habe ich das getan? Warum habe ich ihr diese verdammte Maschine gekauft! Ich hätte es wissen sollen.«

»Das spielt jetzt keine Rolle mehr. Es war vorherbestimmt. Du kannst dir nicht für den Rest deines Lebens Vorwürfe machen.«

»Aber warum?« Er wandte sich seiner Frau zu. Seine Stimme bebte vor Schmerz. »Warum sie? Warum wir? Wir haben bereits zwei Jungen verloren, und jetzt das einzige Kind, das uns geblieben war. Deanna, wie kannst du das ertragen?«

Sie drückte die Augen fest zu. »Uns bleibt keine andere Wahl. Ich dachte – ich dachte, ich würde auch sterben, als die beiden Babys starben... Ich dachte, ich könnte keinen weiteren Tag mehr überstehen. Tag für Tag wollte ich einfach aufgeben, mich in einer Ecke verstecken. Aber ich tat es nicht. Ich machte weiter... irgendwie. Teilweise deinetwegen, teilweise um meiner selbst willen. Und dann hatten wir Pilar, und ich vergaß den Schmerz. Ich glaubte, so etwas Schreckliches würde ich nie wieder durchmachen müssen. Jetzt erinnere ich mich, wie es ist. Nur ist es diesmal soviel schlimmer.« Sie senkte den Kopf, und er streckte die Arme aus und zog sie an sich.

»Ich weiß. Wenn du wüßtest, wie sehr ich mir jetzt wünsche, wir hätten unsere Söhne behalten dürfen. Wir haben – wir haben keine Kinder mehr.« Deanna nickte stumm, sich seines Schmerzes mehr denn je bewußt. »Ich würde alles tun, um – um sie zurückzubekommen.«

Lange saßen sie beieinander und hielten sich umfaßt. Dann machten sie einen Spaziergang im Freien. Zur Dinnerzeit kehrten sie zurück.

»Möchtest du ins Dorf zum Essen gehen?« Er sah sie mit einem Ausdruck an, in dem sich Leid und Erschöpfung mischten. Deanna schüttelte den Kopf.

»Warum soll ich uns nicht hier etwas zubereiten? Sind Lebensmittel da?«

»Der Hausmeister sagte, seine Frau habe uns etwas Brot, Käse und Eier hiergelassen.«

»Wie ist es damit?« Er nickte gleichgültig. Deanna zog den Pullover aus, den sie bei dem Spaziergang getragen hatte, legte ihn über einen großen Louis-XIV-Sessel und ging in die Küche.

Zwanzig Minuten später war sie mit Rührei, Toast und Brie-Käse und zwei dampfenden Tassen Kaffee wieder da. Sie fragte sich, ob sie sich nach dem Essen besser fühlen würden, ob es wirklich einen Unterschied mache. Die ganze Woche hatten Leute ihnen zugeredet zu essen, als könnte das helfen. Aber ihr war es gleichgültig, ob sie jemals wieder etwas essen würde. Sie hatte den Imbiß für Marc zubereitet, weil es ihr etwas zu tun gab. Keiner von beiden schien Lust zum Reden zu haben, obwohl es so viel zu sagen gegeben hätte.

Sie aßen schweigend. Nach der Mahlzeit trennten sie sich. Deanna sah sich die Bildersammlung in den langen Gängen und Galerien an, Marc setzte sich in die Bibliothek. Um elf Uhr gingen sie wortlos zu Bett, und am Morgen stand er auf, sobald sie sich regte. Es wurde elf, bevor einer von ihnen etwas sagte. Deanna war gerade aus dem Bett gekommen und hatte sich auf einen Stuhl im Ankleidezimmer gesetzt, als ihr übel wurde.

»Ça ne va pas?« Mit besorgtem Stirnrunzeln sah er sie an.

»Mir geht es gut.«

»So siehst du nicht aus. Soll ich dir Kaffee bringen?« Bei dem Gedanken allein drehte sich ihr der Magen um. Beinahe verzweifelt schüttelte sie den Kopf.

»Nein, wirklich nicht. Danke.«

»Glaubst du, es fehlt dir etwas? Du siehst seit Tagen schon nicht gut aus.«

Sie versuchte zu lächeln, aber es gelang ihr nicht. »Ich sage das ungern, Liebling, aber du auch nicht.«

Er tat es mit einem Schulterzucken ab. »Du glaubst doch nicht, daß du ein Geschwür hast, Deanna?« Sie hatte eins nach dem Tod ihres ersten Sohnes gehabt, doch es war nie wiedergekehrt. Sie schüttelte den Kopf.

»Ich habe keine Schmerzen. Ich bin nur die ganze Zeit müde, und ab und zu wird mir schlecht. Es ist nichts als Erschöpfung«, fuhr sie fort und zwang sich zum Lächeln. »Kein Wunder. Wir haben beide nicht viel Schlaf bekommen. Wir leiden beide unter Überanstrengung und dem Schock... Eigentlich ist es erstaunlich, daß wir uns noch auf den Füßen halten. Ich bin überzeugt, es ist nichts.«

Marc glaubte ihr nicht recht. Er sah sie schwanken, als sie aufstand. Emotionen konnten einem Menschen merkwürdige Dinge antun. Deanna verschwand unter der Dusche, und Marc mußte wieder an Chantal denken. Er hätte sie gern wieder angerufen, aber sie erwartete Berichte, sie verlangte, das Neueste zu hören, und er hatte ihr nichts zu sagen, außer daß er ein Wochenende mit seiner Frau verbrachte – und daß es für sie beide die Hölle war.

Deanna stand mit nach oben gerichtetem Gesicht unter der Dusche und ließ sich das Wasser über den Rücken laufen. Sie dachte an Ben. In San Francisco war es zwei Uhr morgens; er würde noch schlafen. Sie sah sein Gesicht im Bett deutlich vor sich, das dunkle Haar verwirrt, eine Hand auf seiner Brust, die andere ruhte irgendwo auf ihr... Nein, er war wahrscheinlich in Carmel, und sie dachte an die Wochenenden, die sie dort verbracht hatten. Wie sehr unterschieden sie sich von diesen Tagen mit Marc! Es war, als hätten Marc und sie sich nichts mehr zu sagen. Alles, was sie besaßen, war die Vergangenheit.

Schließlich drehte sie den Wasserhahn ab, trocknete sich mit dikken himbeerfarbenen Handtüchern ab und sah dabei aus den offenen Fenstern in den Garten. Dies Haus unterschied sich gewaltig von dem in Carmel. Ein Château in Frankreich und ein Cottage in Carmel. Himbeerfarbene Seide und bequeme alte Wollstoffe. Ihr Blick fiel auf die zerknüllte seidene Bettdecke im Zimmer nebenan, und sie dachte an die gemütliche karierte Decke auf Bens Bauernbett. Es war wie der Gegensatz zwischen ihren beiden Leben. Dort die einfache, leichte Realität des Lebens mit Ben in seiner »Demokratie«, wo sie abwechselnd das Frühstück bereiteten und den Müll vor die Hintertür brachten, und hier nur der ewige Prunk ihres Lebens mit Marc. Sie fuhr sich mit der Bürste übers Haar und stieß einen langen Seufzer aus.

Nebenan im Schlafzimmer las Marc stirnrunzelnd die Zeitung. »Kommst du mit mir in die Kirche?« rief er ihr zu. Sie kam aus dem Badezimmer, den Morgenmantel fest geschlossen, und trat vor den Schrank. Sie nickte und nahm einen schwarzen Rock und einen schwarzen Pullover heraus. Beide trugen sie die solide schwarze Trauerkleidung, die man in Frankreich immer noch zu tragen pflegte. Deanna ließ nur die üblichen schwarzen Strümpfe weg, wie sie ihre Schwiegermutter trug.

Sie sah in dem leblosen Schwarz, das Haar zu einem strengen Nackenknoten zurückgekämmt, merkwürdig unscheinbar aus.

Make-up hatte sie auch heute nicht aufgelegt. Es war, als lege sie keinen Wert mehr darauf.

»Du siehst schrecklich blaß aus.«

»Das macht nur der Kontrast zu all dem Schwarz.«

»Bist du sicher?« Er sah sie scharf an, bevor sie das Haus verließen, aber sie lächelte nur. Er benahm sich, als fürchte er, sie könne sterben. Vielleicht fürchtete er sich wirklich davor. Sie hatten beide so viel verloren.

Schweigend fuhren sie zu der winzigen Dorfkirche von Sainte Isabelle. Deanna glitt lautlos neben Marc in die Kirchenbank. Das Gotteshaus, klein und hübsch und warm, war mit Bauern gefüllt, dazu kamen ein paar Wochenendausflügler wie sie aus Paris. Plötzlich fiel Deanna ein, daß es immer noch Sommer war, noch nicht ganz Ende August. In den Staaten würde bald der Labor Day sein, der den Herbst ankündigte. Sie konnte sich nicht auf den Gottesdienst konzentrieren. Sie dachte an Carmel und an Ben, an Marc und dann an Pilar. Sie dachte an die langen Spaziergänge, die sie als Kind auf dem Land gemacht hatte. Schließlich starrte sie wie gebannt auf jemandes Hinterkopf. Es war stickig in der kleinen Kirche, und die Predigt dröhnte weiter und weiter. Vorsichtig berührte Deanna Marcs Arm. Sie wollte ihm zuflüstern, es sei zu warm, aber plötzlich verschwamm sein Gesicht vor ihren Augen, und alles wurde dunkel.

21

»Marc?« Sie streckte die Hand nach ihm aus. Er und ein anderer Mann trugen sie zum Wagen.

»Ruhig, Liebling, nicht sprechen.« Sein Gesicht war von einem blassen, schwitzenden Grau.

»Setz mich ab. Wirklich, mir fehlt nichts.«

»Nicht doch.« Er dankte dem Mann, der ihm geholfen hatte, und erkundigte sich noch einmal nach dem Weg zum nächsten Krankenhaus.

»Was? Du bist verrückt. Ich bin doch nur ohnmächtig geworden, weil es so heiß war.«

»Es war nicht heiß, es war ziemlich kühl. Und ich will nichts mehr darüber hören.« Er knallte die Tür auf ihrer Seite zu und setzte sich hinter das Lenkrad.

»Marc, ich will nicht ins Krankenhaus!« Sie legte die Hand auf seinen Arm. Ihre Augen flehten ihn an, aber er schüttelte den Kopf. Ihre Blässe war beinahe durchsichtig. Er ließ den Motor an.

»Es interessiert mich nicht, was du willst oder nicht«, erklärte er mit strengem Gesicht. Er wollte nicht schon wieder ein Krankenhaus betreten, wollte weder diese Geräusche noch diese Gerüche wahrnehmen. Niemals... niemals wieder. Sein Herz raste. Wenn es nun etwas Ernstes war? Wenn Deanna sehr krank war? Was, wenn...? Er streifte sie mit einem Blick, versuchte, seine Angst zu verbergen. Aber sie hatte das Gesicht abgewandt und sah hinaus auf die Landschaft. Er musterte ihr Profil, ihre Schultern, ihre Hände, alles in soviel Schwarz gehüllt. Finster. Diese Düsternis schien symbolisch zu sein für alles, was ihnen geschah, alles, was sie sagten. Warum konnten sie dem nicht entrinnen? Warum war dies nicht einfach ein Wochenende auf dem Land, von dem sie erholt und glücklich zurückkehrten, um Pilar mit diesem hinreißenden Lächeln auf dem Gesicht wiederzufinden? Noch einmal sah er zu Deanna hinüber und seufzte. Der Laut zog ihre Augen von der Straße ab.

»Sei nicht so dumm, Marc. Wirklich, mir geht es ausgezeichnet.«

»*On verra.* Wir werden sehen.«

»Wäre es dir lieber, wenn wir gleich nach Paris zurückführen?« Ihre Hand, die in seiner ruhte, zitterte, und er sah sie forschend an. Paris – und Chantal. Ja, er wollte nach Paris zurück. Aber erst mußte er wissen, ob Deanna wirklich gesund war.

»Wir fahren nach Paris, wenn du beim Arzt gewesen bist.« Sie wollte von neuem protestieren, doch wieder wurde ihr schwindlig. Sie legte den Kopf an die Rückenlehne. Nervös trat er aufs Gas. Sie stritt nicht mit ihm, sie hatte nicht mehr die Kraft dazu.

Zehn Minuten später hielten sie vor einem kleinen, nüchtern aussehenden Gebäude, über dem HÔPITAL SAINT GÉRARD stand. Marc stieg wortlos aus und kam schnell auf ihre Seite herüber. Aber als er die Tür aufhielt, machte Deanna keine Anstalten auszusteigen.

»Kannst du gehen?« Wieder stand Entsetzen in seinen Augen geschrieben. Wenn das nun der Anfang eines Schlaganfalls war? Was würde er dann tun? Deanna wäre gelähmt, und er müßte immer bei ihr bleiben. Nein, das war Wahnsinn. Er wollte bei Deanna bleiben, oder nicht? Mit klopfendem Herzen half er ihr aus dem Wagen.

Deanna setzte dazu an, ihm von neuem zu versichern, es gehe ihr gut. Doch inzwischen wußten sie beide, daß das nicht die Wahrheit war. Sie holte tief Atem und richtete sich mit einem kleinen Lächeln auf. Sie wollte ihm beweisen, daß sie es schaffen würde, daß es nur die Nerven waren. Für einen Augenblick, als sie ins Krankenhaus gingen, fühlte sie sich besser, und sie fragte sich, warum sie überhaupt hingefahren waren. Eine Minute lang schritt sie sogar in ihrem gewohnten leichten Gang dahin. Gerade wollte sie sich Marc-Edouard gegegenüber dessen rühmen, als ein Mann auf einer Bahre an ihnen vorübergefahren wurde. Er war alt und verrunzelt und roch schlecht, sein Mund stand offen, sein Gesicht war schlaff. Deanna faßte mit einer Hand nach Marc und brach ohnmächtig zusammen.

Marc rief um Hilfe und hob sie auf. Zwei Schwestern und ein Mann in einem weißen Kittel kamen angerannt. In weniger als einer Minute lag Deanna auf einem Tisch in einem kleinen, antiseptisch riechenden Raum, und sie war wieder wach. Verwirrt sah sie sich um. Dann erkannte sie Marc, der entsetzt in einer Ecke stand.

»Es tut mir leid, aber dieser Mann...«

»Das reicht.« Marc hob die Hand und trat langsam näher. »Es lag nicht an dem alten Mann und nicht an der Temperatur in der Kirche.« Er stand neben ihr, sehr groß, sehr grimmig und plötzlich sehr alt. »Finden wir heraus, was es war – was es ist. *D'accord*?« Deanna antwortete nicht. Der Arzt nickte ihm zu, und Marc ging hinaus.

Auf dem Flur rannte er hin und her und kam sich sehr fehl am Platz vor. Er sah ein Telefon. Sollte er sie anrufen? Warum nicht? Machte das einen Unterschied? Wer würde es sehen? Trotzdem war ihm jetzt nicht danach zumute. Seine Gedanken waren bei Deanna. Sie war achtzehn Jahre lang seine Frau gewesen. Sie hatten soeben ihr einziges Kind verloren. Und jetzt würde vielleicht... Er ertrug den Gedanken nicht. Wieder ging er am Telefon vorbei, diesmal ohne stehenzubleiben.

Es kam ihm wie Stunden vor, bis eine junge Ärztin zu ihm kam. Und dann erfuhr er es. Und nun konnte er Deanna die Wahrheit sagen. Oder eine Lüge – eine sehr kleine Lüge. Er überlegte sich, ob er es ihr schuldig war, ihr zu sagen, daß er Bescheid wußte – oder ob statt dessen Deanna ihm etwas schuldig war.

22

Deanna saß aufrecht im Bett und war blasser als die weißgetünchte Wand hinter ihrem Kopf. »Das ist nicht wahr. Das ist gelogen!«

Marc sah sie mit einem ganz kleinen Lächeln an. Er war vollkommen ruhig. »Es ist ganz gewiß wahr. Und in sechs Monaten, mein Darling, wird es dir, wie ich fürchte, sehr schwerfallen, irgendwen zu überzeugen, es sei nicht wahr.«

»Es kann nicht sein.«

»Und warum nicht?« Seine Augen richteten sich scharf auf ihr Gesicht.

»Ich bin zu alt, um schwanger zu werden, um Himmels willen.«

»Mit siebenunddreißig? Sei nicht albern. Wahrscheinlich würdest du noch in den nächsten Jahren jederzeit ein Kind bekommen können.«

»Ich bin zu alt!« Sie schrie es ihm entgegen, und die Tränen standen ihr nahe. Warum hatten sie es nicht zuerst ihr gesagt und ihr Zeit gelassen, den Schock zu überwinden, bevor Marc zu ihr kam? Aber nein, so machte man es hier in Frankreich nicht, wo der Patient immer der letzte war, der irgend etwas erfuhr. Und sie konnte sich die Szene, die Marc gemacht hatte, sehr gut vorstellen: ein entschlossener Mann, ein bedeutender Mann, der über Madames Zustand als erster informiert werden mußte. Er wollte nicht, daß seine Frau aufgeregt wurde, und sie hatten gerade erst soviel durchgemacht, eine solche Tragödie erlebt...

»Liebes, bitte, sei nicht töricht«, sagte Marc. Er stand auf und kam an ihr Bett, legte ihr sanft die Hand auf den Kopf und ließ sie langsam über ihr langes, seidiges schwarzes Haar gleiten. »Du bist durchaus nicht zu alt. Darf ich mich setzen?« Sie nickte, und er setzte sich auf die Bettkante.

»Aber... zwei Monate?« In ihren Augen stand Verzweiflung geschrieben. Sie hatte sich gewünscht, daß es Bens Kind ist. Auch sie hatte daran gedacht, zum erstenmal, kurz bevor sie einschlief. Sie hatte die aufdämmernde Erkenntnis verscheuchen wollen – aber die Schwindelanfälle, die Übelkeit, das ständige Schlafbedürfnis! Sie hatte an nichts anderes mehr denken können als an Ben. Sie wollte nicht, daß es Marcs Kind war. Jetzt sah sie ihn voller Schmerz und Enttäuschung an. Zwei Monate Schwangerschaft bedeuteten, daß Marc der Vater war, nicht Ben.

»Es muß in der letzten Nacht vor meiner Abreise geschehen sein. *Un petit au revoir.*«

»Das ist nicht komisch.« Tränen füllten ihre Augen. Sie war alles andere als erfreut. Und Marc hatte jetzt mehr erkannt, als sie wußte. Es gab also nicht nur einen anderen Mann, es war einer, den sie liebte. Es kam nicht darauf an. Sie würde ihn vergessen. In den nächsten Monaten hatte sie etwas Wichtiges zu tun. Sie schuldete Marc einen Sohn. »Ich verstehe nicht.«

»Liebling, sei nicht naiv.«

»Ich bin jahrelang nicht schwanger geworden. Warum jetzt?«

»Manchmal geschieht so etwas eben. Auf jeden Fall macht es keinen Unterschied. Wir bekommen eine ganz neue Chance – eine neue Familie, ein Kind.«

»Wir haben bereits ein Kind gehabt.« Sie sah wie ein eigensinniges kleines Mädchen aus, als sie da mit untergeschlagenen Beinen in dem Krankenhausbett saß und sich die Tränen mit der Hand abwischte. »Ich will keine Kinder mehr.« Zumindest nicht deins. Jetzt erkannte sie die Wahrheit. Würde sie ihn wirklich lieben, dann hätte sie sein Kind gewollt. Und sie wollte es nicht. Sie wollte Bens Kind.

Marcs Freude wirkte peinlich, seine Geduld tat ihr weh. »Es ist normal, anfangs so zu empfinden. Das tun alle Frauen. Aber wenn es kommt... Erinnerst du dich an Pilar?«

Deannas Augen blitzten auf. »Ja, ich erinnere mich an Pilar – und an die anderen. Ich habe das durchgemacht, Marc. Ich will es nicht noch einmal durchmachen. Für was? Damit mir noch einmal das Herz bricht, damit ich noch mehr Schmerz empfinden muß? Soll ich es für dich tun, der du weitere achtzehn Jahre nicht da sein wirst? Erwartest du von mir, daß ich in meinem Alter ein Kind allein großziehe? Und wieder ein Halbblut, halb Amerikaner, mehr Franzose?

Du willst, daß ich noch einmal mit dir um die Liebe unseres Kindes kämpfe? Verdammt noch mal, das werde ich nicht tun!«

»Du wirst es ganz bestimmt tun.« Seine Stimme war ruhig und so fest wie Stahl.

»Ich brauche es nicht!« schrie sie ihn an. »Wir leben nicht im Mittelalter! Ich kann eine Abtreibung machen lassen, wenn ich will!«

»Nein, das kannst du nicht!«

»Zum Teufel, ich kann!«

»Deanna, ich will darüber nicht mit dir streiten. Du bist zu aufgeregt.« Sie lag jetzt im Bett und weinte in das Kissen. »Aufgeregt« war kaum der richtige Ausdruck für das, was sie empfand. »Du wirst dich an den Gedanken gewöhnen. Du wirst dich freuen.«

»Du meinst, ich hätte keine andere Wahl – ist es das?« Sie sah ihn böse an. »Was wirst du mit mir tun, wenn ich es loswerde? Dich scheiden lassen?«

»Rede keinen Unsinn.«

»Dann schubse mich nicht herum.«

»Ich schubse dich nicht, ich bin glücklich.« Er lächelte sie an und breitete die Arme aus, aber seine Augen sagten etwas anderes. Sie kam nicht zu ihm. Da ergriff er ihre Hände und führte sie eine nach der anderen an seine Lippen. »Ich liebe dich, Deanna. Und ich will unser Kind haben. Unser Baby. Deins und meins.«

Sie schloß die Augen. Innerlich wand sie sich. Er sagte nichts, stand nur auf und nahm sie in die Arme, streichelte kurz ihr Haar. Dann ging er. Deanna sah ihm gedankenverloren nach.

Allein im Dunkeln, weinte sie eine Weile. Was sollte sie tun? Dies änderte alles. Warum hatte sie es nicht erkannt? Warum hatte sie es nicht erraten? Sie hätte es sich längst denken können, aber ihre Regel war nur einmal ausgeblieben, und sie hatte es auf Nervosität zurückgeführt. Da war die Vernissage gewesen, die Nächte mit Ben, dann die Nachricht über Pilar, der Flug ... Ihrer Meinung nach handelte es sich nur um zwei Wochen. Aber zwei Monate? Wie war das möglich? O Gott, es bedeutete, daß sie die ganze Zeit, die sie mit Ben verbracht hatte, von Marc schwanger war. Wenn sie zuließ, daß dies Baby in ihr blieb, war es, als leugne sie alles, was sie mit Ben gehabt hatte – und es würde ihr das Herz zerreißen. Dies Baby war eine Bestätigung ihrer Ehe mit Marc.

Die ganze Nacht lag Deanna wach im Bett. Am Morgen holte

Marc-Edouard sie aus dem Krankenhaus. Sie fuhren geradewegs nach Paris zu seiner Mutter. Am nächsten Tag wollte er nach Athen fliegen. »Ich werde fünf oder sechs Tage fort sein. Dann habe ich in Griechenland alles abgewickelt. In einer Woche verlassen wir Paris, kehren nach Hause zurück und bleiben dort.«

»Was heißt das? Ich bleibe dort, und du reist?«

»Nein. Es bedeutet, ich werde dort sein, wann immer ich kann.«

»Fünf Tage im Monat? Fünf Tage im Jahr? Etwas in der Art?« fragte sie und sah dabei zum Fenster hinaus. Ihr war, als sei sie dazu verdammt worden, die ersten achtzehn Jahre als seine Frau zu wiederholen. »Wann werde ich dich sehen, Marc? Zweimal im Monat zum Dinner, falls du in der Stadt bist und nicht irgendwo anders essen mußt?«

»So wird es nicht werden, Deanna. Das verspreche ich dir.«

»Warum nicht? Es ist bisher immer so gewesen.«

»Jetzt ist es anders. Ich habe dazugelernt.«

»Wirklich? Was denn?« fragte sie bitter. Seine Stimme jedoch war sanft und traurig. Er hielt die Augen beim Fahren auf die Straße gerichtet.

»Ich habe gelernt, wie kurz das Leben, wie schnell es vorüber sein kann. Das mußten wir früher schon zweimal erfahren, aber ich hatte es vergessen. Jetzt weiß ich es. Ich bin wieder daran erinnert worden.« Deanna ließ den Kopf hängen und sagte nichts. Aber Marc war sich bewußt, sein Ziel erreicht zu haben. »Könntest du nach Pilar, nach den beiden Jungen dies Kind wirklich abtreiben lassen?«

Es entsetzte sie, daß er ihre Gedanken gelesen hatte. Lange Zeit antwortete sie nicht. »Ich bin mir nicht sicher.«

»Ich aber. Es würde dich zerstören.« Der Ton seiner Stimme jagte ihr Angst ein. Vielleicht wußte er Bescheid. »Die Schuld, der seelische Schmerz – es würde dich fertigmachen. Du wärst nicht mehr imstande, zu denken oder zu leben oder zu lieben, nicht einmal zu malen. Das garantiere ich dir.« Der bloße Gedanke verängstigte sie. Und wahrscheinlich hatte er recht. »Du hast nicht die Veranlassung, so kaltblütig zu sein.«

»Mit anderen Worten«, seufzte sie, »mir bleibt keine andere Wahl.«

Er antwortete nicht.

An diesem Abend lag sie um halb zehn im Bett. Gesprochen

wurde nichts mehr. Marc küßte sie sanft auf die Stirn, bevor er sie im Gästezimmer allein ließ. Er wollte sich ein Taxi zum Flughafen nehmen.

»Ich rufe dich jeden Abend an.« Er wirkte besorgt, aber zweifellos auch erfreut, und es stand nicht mehr diese schreckliche Qual in seinen Augen. Als einziges Leid war seine Trauer um Pilar darin zurückgeblieben. »Das verspreche ich dir, Liebes. Ich rufe jeden Abend an«, wiederholte er, doch Deanna wandte das Gesicht ab.

»Wird sie es dir erlauben?« Er versuchte, die Bemerkung zu ignorieren, aber sie sah ihn vom Bett aus bedeutungsvoll an. »Du hast mich gehört, Marc. Ich nehme an, sie geht mit dir. Habe ich recht?«

»Sei nicht albern. Das ist eine Geschäftsreise.«

»Und das letzte Mal war es keine?«

»Du bist aufgeregt. Hören wir doch auf damit! Ich möchte nicht mit dir streiten, bevor ich abreise.«

»Warum nicht? Hast du Angst, ich könnte das Kind verlieren?« Einen Augenblick lang spürte sie das wahnsinnige Verlangen, ihm zu sagen, das Kind sei nicht von ihm. Aber das Schlimmste daran war ja, daß es von ihm sein mußte, wenn sie zwei Monate schwanger war.

»Deanna, ich möchte, daß du dich in meiner Abwesenheit ausruhst.« Er sah sie mit einer Miene väterlicher Zärtlichkeit an, blies ihr eine Kußhand zu und schloß leise die Tür.

Deanna lag eine Weile da und lauschte auf die Geräusche im Haus ihrer Schwiegermutter. Bisher wußte es noch niemand. Es war »ihr Geheimnis«, wie Marc es nannte.

Als sie am nächsten Morgen erwachte, war es im Haus still. Sie blieb lange Zeit im Bett liegen, dachte nach, überlegte, was sie tun könnte. Sie konnte nach San Francisco fliegen, während Marc in Griechenland war, eine Abtreibung machen lassen und frei sein. Aber sie erkannte die Wahrheit dessen, was Marc gesagt hatte. Eine Abtreibung würde sie ebenso zerstören wie ihn. Sie hatte bereits zu viele Verluste erlitten. Und wenn er nun recht hatte? Wenn es ein Geschenk Gottes war? Und was, wenn... was, wenn es Bens Kind war? Ein letzter Hoffnungsstrahl flackerte auf und erstarb. Zwei Monate, hatte er gesagt, und die junge, schüchtern wirkende Ärztin hatte zustimmend genickt. Es konnte nicht Bens Kind sein.

Also würde sie eine Woche lang in diesem beigeseidenen Kokon liegen und darauf warten, daß Marc wiederkam und sie nach Hause brachte, um das alte Leben von neuem zu beginnen. Bei diesem Gedanken geriet sie in Panik, und plötzlich wollte sie nur noch weglaufen. Sie stieg aus dem Bett, kämpfte das aufsteigende Schwindelgefühl nieder und zog sich schnell an. Sie mußte hinaus, einen Spaziergang machen, nachdenken.

Deanna lief durch die Straßen, die sie kaum kannte, und entdeckte Gärten und Plätze und Parks, die sie entzückten. Sie saß auf Bänken und lächelte Vorübergehenden zu, komischen kleinen alten Damen mit schiefen Hüten, kleinen alten Männern, die Schach spielten, Kindern, die mit ihren Freunden plapperten, und hin und wieder eine junge Frau, die einen Kinderwagen schob. Junge Dinger – sie sahen alle wie ein- oder zweiundzwanzig aus, nicht wie siebenunddreißig. Immer, wenn sie sich ausruhte, beobachtete Deanna sie. Die Ärztin hatte ihr geraten, sich nicht anzustrengen. Sie solle spazierengehen, aber sich ab und zu hinsetzen, wieder nach Hause kommen und ein Nickerchen halten, keine Mahlzeit überschlagen und nicht lange aufbleiben. Dann werde sie sich in ein paar Wochen besser fühlen. Sie fühlte sich jetzt bereits besser. Bei ihrem Spaziergang durch Paris machte sie oft Pause und dachte nach. Über Ben. Seit Tagen hatte sie ihn nicht mehr angerufen –

Am späten Nachmittag betrat sie endlich ein Postamt. Sie konnte ihn nicht länger ohne Nachricht lassen. Sie nannte der Beamtin die Nummer und nickte zu ihrem erstaunten *»L'Amérique?«* Es schien Ewigkeiten zu dauern, bis sie ihn hörte, aber es war nicht einmal eine Minute vergangen, als er sich meldete. Für ihn war es acht Uhr morgens.

»Hast du noch geschlafen?« drang ihre Stimme über die sechstausend Meilen.

»Beinahe. Ich bin eben aufgewacht.« Ben lehnte sich lächelnd an sein Kissen. »Wann kommst du nach Hause?«

Deanna kniff die Augen zusammen und drängte die Tränen zurück. »Bald.« Mit Marc – und seinem Baby. Das Schluchzen stieg ihr in die Kehle. »Du fehlst mir schrecklich.« Die Tränen begannen ihr über das Gesicht zu rinnen.

»Nicht so sehr, wie du mir fehlst, Liebling.« Er horchte auf. Da war etwas, was sie nicht aussprach, etwas, das er nicht verstand. »Ist bei dir alles in Ordnung?« Er wußte, sie würde Pilars wegen immer noch verzweifelt sein, aber ihre Stimme klang, als bedrücke sie noch etwas anderes. »Ja? Antworte doch!«

Sie sagte nichts, sie stand nur in der Zelle, schweigend, in Tränen.

»Deanna? Liebes!... Hallo?« Er lauschte angestrengt. Er war sicher, daß sie noch da war.

»Ich bin hier.« Es war ein trauriges kleines Krächzen.

»Oh, Liebling...« Er runzelte die Stirn, und dann lächelte er. »Wie wäre es, wenn ich herüberkomme? Gibt es eine Möglichkeit dafür?«

»Eigentlich nicht.«

»Wie ist es mit dem nächsten Wochenende in Carmel? Es ist Labor Day. Meinst du, daß du bis dahin zurück bist?«

Er war Lichtjahre entfernt. Sie wollte schon nein sagen, dann überlegte sie es sich anders. Nächstes Wochenende in Carmel. Warum nicht? Marc würde noch in Griechenland sein. Wenn sie heute abend abflog, hatten sie das ganze Wochenende und vielleicht noch einen Tag dazu, bevor Marc kam. Zusammen – in Carmel. Und dann würde es vorbei sein, wie sie es vorausgesagt hatten. Das Ende des Sommers wäre gekommen. Ihre Gedanken rasten. »Ich bin morgen zu Hause.«

»Wirklich? Oh, Baby... um wieviel Uhr?«

Deanna rechnete schnell. »Ungefähr um sechs Uhr morgen früh. Kalifornische Zeit.« Sie stand in der Zelle und strahlte plötzlich durch ihre Tränen.

»Bist du sicher?«

»Ganz gewiß.« Sie nannte ihm die Fluglinie. »Ich rufe dich an, wenn ich diese Maschine nicht bekomme, aber andernfalls kannst du dich darauf verlassen.« Sie lachte ins Telefon, und da fühlte sie wieder die Tränen in ihren Augen brennen. »Ich komme nach Hause, Ben.« So lange schien es her zu sein, daß sie San Francisco verlassen hatte! Es war aber nur vor einer Woche gewesen.

Am Abend hinterließ sie eine Nachricht für ihre Schwiegermutter. Sie teilte ihr nur mit, sie sei nach San Francisco zurückgerufen worden und daß es ihr leid tue, so überstürzt abreisen zu müssen. Außerdem hatte sie den unwiderstehlichen Drang verspürt, Anspruch auf das Porträt von sich und Pilar zu erheben. Bestimmt würde ihre Schwiegermutter es verstehen. Sie wies das Mädchen an, wenn Marc anrufe, solle sie ihm sagen, sie sei ausgegangen. Das war alles. Es verschaffte ihr mindestens einen Tag Luft. Aber es gab nichts, was er tun könnte. Er mußte seine geschäftlichen Angelegenheiten in Griechenland zu Ende führen. Darüber dachte Deanna auf dem Rückflug nach. Marc würde sie eine Woche lang in Frieden lassen. Sie hatte keinen Grund, etwas anderes anzunehmen. Er konnte sich nur ärgern, daß sie Paris verlassen hatte. Sie war jetzt frei, für eine weitere Woche. An nichts anderes mehr vermochte sie zu denken.

Eine Stunde vor der Landung gelang es ihr kaum noch, still auf ihrem Platz zu sitzen. Sie kam sich wie ein ganz junges Mädchen vor. Nicht einmal die gelegentlichen Übelkeitsanfälle dämpften ihre Stimmung. Sie würde sich einfach ein paar Minuten ganz ruhig verhalten und die Augen schließen, und der Brechreiz würde vorübergehen. Sie konzentrierte sich auf ihre Gedanken an Ben.

Das Flugzeug senkte sich über San Francisco durch die Wolken und schien in die Sonne zu rasen, denn ringsherum wurde alles rosa und golden. Es war ein herrlicher Morgen, aber nicht einmal das lenkte Deanna von ihren Gedanken an Ben ab. Endlich rollte die Maschine aus, und Deanne wartete ungeduldig darauf, sich aus ihrem Gurt befreien zu können. Ein halbes Lächeln stand auf ihrem Gesicht. Sie schlüpfte in die schwarze Samtjacke, die sie über einer weißen Hose und einer weißen Seidenbluse trug. Ihr elfenbeinfarbenes Gesicht und ihr ebenholzschwarzes Haar ergänzten die Symphonie in Schwarz und Weiß. Sie sah viel besser aus als bei ihrer Abreise, und ihre Augen erzählten eine Vielfalt von Geschichten, aber auch sie tanzten und sangen, während sie sich zentimeterweise auf die Tür zuschob.

Dann sah sie ihn. Er stand um sechs Uhr morgens allein im Terminal und wartete auf sie hinter der Zollschranke, ein Jackett über dem Arm und ein Lächeln auf dem Gesicht. Sobald Deanna durch die Tür trat, rannten sie aufeinander zu, und gleich darauf lag sie in seinen Armen.

»Oh, Ben!« Lachen und Tränen waren in ihren Augen. Er sagte nichts, er hielt sie nur fest. Erst nach einer Ewigkeit löste er sich von ihr.

»Ich habe mir schreckliche Sorgen um dich gemacht, Deanna. Ich bin so froh, daß du wieder da bist.«

»Ich auch.«

Er sah ihr forschend in die Augen, aber er war sich nicht ganz sicher, was dort geschrieben stand. Eins erkannte er – den Schmerz. Doch mehr konnte er nicht entziffern. Sie streckte die Arme nach ihm aus und schmiegte sich an ihn.

»Sollen wir nach Hause fahren?«

Sie nickte, und von neuem füllten sich ihre Augen mit Tränen. Nach Hause. Für eine Woche.

23

»Geht es dir gut?« Deanna lag mit geschlossenen Augen und einem kleinen Lächeln um die Mundwinkel da. Sie war seit vier Stunden zu Hause, und die ganze Zeit war sie mit ihm im Bett gewesen. Es war erst zehn Uhr morgens, aber sie hatte während der Nacht auf dem Flug von Paris nicht geschlafen. Ben war sich nicht ganz sicher, ob das, was er sah, die Wirkung des langen Fluges war oder ob sie von Pilars Tod noch stärker mitgenommen war, als er befürchtet hatte. Beim Auspacken hatte sie ihm das Gemälde gezeigt. »Deanna? Bist du okay?« Er sah ihr ins Gesicht, und sie öffnete die Augen.

»Ich habe mich in meinem ganzen Leben nie besser gefühlt.« Ihr Lächeln bestätigte, daß sie die Wahrheit sagte. »Wann fahren wir nach Carmel?«

»Morgen. Übermorgen. Wann immer du willst.«

»Könnten wir schon heute fahren?«

Ein ganz dünner Faden von Verzweiflung war irgendwo eingewoben, aber er hatte noch nicht entdeckt, wo. Es beunruhigte ihn. »Das wäre möglich. Ich müßte mit Sally sprechen. Wenn sie nichts dagegen hat, sich allein um die Galerie zu kümmern, solange wir weg sind, geht das in Ordnung?«

»Hoffentlich ist sie einverstanden.« Es war leise gesprochen, aber voller Ernst.

»So schlimm ist es?« fragte er. Sie nickte nur, und er verstand. Er ging, das Frühstück zuzubereiten. »Morgen bist du an der Reihe«, sang er ihr aus der Küche zu, und sie lachte. Nackt wanderte sie durchs Zimmer, stellte sich unter die Tür und sah ihm zu. Jetzt kam es nicht mehr darauf an, ob sie ihn mit Marc-Edouards Kind im Bauch umarmte. Sie hatten es den ganzen Sommer getan, und es kümmerte sie nicht. Sie wollte mit Ben schlafen. Das durfte sie nicht vergessen. »Deanna?«

Lächelnd legte sie den Kopf auf die Seite. »Ja, mein Herr?«

»Was stimmt nicht? Ich meine, abgesehen von dem Offensichtlichen... von Pilar. Hast du noch anderen Kummer?«

Sie setzte dazu an, ihm zu sagen, das sei genug, aber sie konnte ihn nicht belügen.

»Es hat sich einiges ergeben, als ich in Frankreich war.«

»Etwas, das ich wissen sollte?« Wie Marc machte er sich Sorgen um ihre Gesundheit. Sie sah einfach zu zerbrechlich aus. Mißtrauisch musterte er sie.

Deanna schüttelte langsam den Kopf. Das mit dem Baby brauchte er nicht zu wissen. Ganz anders läge die Sache, wenn es von ihm wäre.

»Was hat sich ereignet?« In seinen Augen stand ein kleines Lächeln, als er fragte: »Spiegelei oder Rührei?«

»Rührei wäre fein.« Bei dem Gedanken an Spiegeleier wurde ihr übel, aber Rührei brachte sie hinunter, solange sie keine zu starke Duftwelle von seinem Kaffee mitkriegte. »Keinen Kaffee.«

»Wieso das?« wunderte er sich.

»Ich habe ihn der Fastenzeit wegen aufgegeben.«

»Da bist du sechs oder sieben Monate zu früh dran.«

Sieben Monate... sieben Monate. Deanna riß sich von dem Gedanken los und lächelte über seinen Versuch zu scherzen.

»Mag sein.«

»Also? Was ist los?«

»Ach, ich weiß nicht.« Sie kam in die Küche, legte die Arme um ihn und lehnte sich an seinen Rücken. »Ich weiß es nicht... ich weiß es nicht. Ich wünschte nur, mein Leben wäre ein bißchen einfacher.«

»Und?« Er drehte sich zu ihr um. So standen sie beide nackt vor seinem Küchenherd.

»Ich liebe dich, das ist alles.« Verdammt noch mal, warum mußte es jetzt sein? Warum mußte sie es ihm so bald erzählen? Ihre Augen füllten sich mit Tränen, aber sie zwang sich, ihn anzusehen. Das schuldete sie ihm. »Und... es hat sich nicht alles als so einfach herausgestellt, wie ich dachte.«

»Hast du wirklich geglaubt, es würde einfach sein?« Sein Blick hielt den ihren fest.

Deanna schüttelte den Kopf. »Nein. Aber einfacher, als es ist.«

»Und wie ist es?«

»Ich kann ihn nicht verlassen, Ben.« Da. Sie hatte es gesagt. O Gott, sie hatte es ihm gesagt. Lange Zeit sah sie ihn mit tränenüberströmtem Gesicht an.

»Warum nicht?«

»Ich kann einfach nicht. Jetzt nicht.« Und später auch nicht, wenn ich einmal sein Kind geboren habe. Frag mich nach weiteren achtzehn Jahren...

»Liebst du ihn, Deanna?«

Wieder schüttelte sie den Kopf. »Ich glaubte es. Ich war davon überzeugt. Und ich weiß, früher einmal habe ich ihn geliebt. Vermutlich liebe ich ihn irgendwie immer noch. Er hat mir auf seine eigene Weise achtzehn Jahre lang etwas gegeben. Aber es ist – es ist seit Jahren vorbei. Das hatte ich vor diesem Sommer nur nicht begriffen. Jetzt, nach dieser Woche, weiß ich es sogar genau.« Sie hielt inne, um Atem zu holen, und fuhr fort: »Es hat mit dir sogar Zeiten gegeben, wo ich mir nicht sicher war, ob ich ihn verlassen solle oder nicht. Ich wußte es nicht. Mir schien, daß ich kein Recht dazu hatte, und vielleicht dachte ich auch, daß ich ihn doch noch liebte.«

»Und das tust du nicht?«

»Nein.« Es war ein kleiner, erstickter Schluchzer. Schließlich wandte sie sich ab und trocknete sich das Gesicht mit den Händen. »Das ist mir erst vor ein paar Tagen klargeworden. Etwas geschah... und ich begriff.« Weil ich sein Kind nicht will. Ben, ich will deins!

»Warum bleibst du dann bei ihm? Wegen Pilar?« Er sprach merkwürdig ruhig, beinahe wie ein Vater mit einem Kind.

»Ja, und noch aus anderen Gründen. Darauf kommt es nicht an. Ich muß einfach.« Sie hob das schmerzverzerrte Gesicht. »Möchtest du, daß ich gehe?« Er starrte sie nur an. Dann verließ er wortlos die Küche. Sie hörte ihn kurz im Wohnzimmer, und dann knallte er die Schlafzimmertür zu, so laut er konnte. Deanna blieb eine Weile in der Küche stehen, grübelnd, hilflos. Sie wußte, jetzt sollte sie gehen. Es würde kein Carmel geben. Aber alle ihre Kleider waren bei ihm im Schlafzimmer. Ihr blieb nichts übrig als zu bleiben, wo sie war, bis er herauskam. Das tat er eine Stunde später. Er stand in der Tür, verzweifelt, mit roten Augen. Deanna erkannte nicht gleich, ob er wahnsinnig wütend oder nur außer sich vor Trauer war.

»Was genau hast du mir da gesagt, Deanna? Daß es vorbei ist?«

»Ich... nein... ich... o Gott!« Sie fürchtete, wieder ohnmächtig zu werden. Das durfte nicht passieren. Sie holte zweimal tief Atem und setzte sich auf den Rand der Couch. Die langen, schlanken, nackten Beine hingen anmutig auf den Boden. »Ich habe noch eine Woche.«

»Und dann was?«

»Dann verschwinde ich.«

»Zurück in dies einsame Leben? In ein Leben für dich? In dies Mausoleum, das du bewohnt hast, und jetzt noch dazu ohne Pilar? Wie kannst du dir selbst das antun?« Der Gedanke folterte ihn.

»Vielleicht muß ich einfach genau das, Ben.«

»Das verstehe ich nicht.« Er wollte ins Schlafzimmer zurückkehren, blieb jedoch stehen und drehte sich zu ihr um. »Deanna, ich habe dir gesagt... es könnte nur für den Sommer sein, und... ich wäre einverstanden. Das habe ich gesagt. Ich habe kein Recht, das jetzt abzuändern. Oder?«

»Du hast jedes Recht, wütend oder sehr, sehr verletzt zu sein.«

Sie sah Tränen in seine Augen steigen und fühlte sie in ihren eigenen. Unverwandt sah er sie an.

»Ich bin beides. Und ich bin es, weil ich dich sehr liebe.«

Sie nickte. Sprechen konnte sie nicht mehr. Sie konnte nur noch in seine Arme zurückkehren. Stunden schienen zu vergehen, bevor sie sich losließen.

»Sollen wir heute nach Carmel fahren?« Er lag auf dem Bauch und sah ihr ins Gesicht. Sie hatte drei Stunden geschlafen und war gerade aufgewacht. Es war beinahe fünf. Ben war nicht mehr in die Galerie gegangen. Er hatte Sally mitgeteilt, er sei die ganze Woche verreist, und sie müsse allein zurechtkommen. »Was möchtest du wirklich tun?«

»Bei dir sein.« Sie erklärte es feierlich, aber mit einem kleinen glücklichen Lächeln in den Augen.

»Ganz gleich, wo?«

»Ganz gleich, wo.«

»Dann laß uns nach Tahiti reisen.«

»Ich möchte lieber nach Carmel.«

»Im Ernst?« Er fuhr mit dem Finger über ihren Oberschenkel. Sie lächelte.

»Im Ernst.«

»Okay, dann los. Wir können das Dinner dort nehmen.«

»Sicher. Es ist zwei Uhr morgens nach Pariser Zeit. Bis wir uns zum Dinner setzen, werde ich zum Frühstück bereit sein.«

»Himmel, daran habe ich überhaupt nicht gedacht. Fühlst du dich halb tot?« Sie sah sehr müde aus, aber sie hatte jetzt etwas mehr Farbe.

»Nein, mir geht es ausgezeichnet, und ich bin glücklich, und ich liebe dich.«

»Nicht halb so sehr wie ich dich.« Er nahm ihr Gesicht in seine Hände und zog sie näher. Er wollte sie küssen, sie halten und berühren und alles von ihr haben, was er in den paar verbleibenden Tagen noch haben konnte. Dann fiel ihm etwas ein. »Was ist mit deiner Arbeit?«

»Wieso?«

»Werden wir in der Galerie weiter zusammenarbeiten? Werde ich dich weiterhin betreuen?« Er hoffte, daß sie begeistert »Natürlich« antworten würde, aber lange Zeit sagte sie gar nichts. Da wußte er Bescheid.

»Ich weiß es nicht. Wir müssen sehen.« Wie sollten sie es denn bewerkstelligen? Wie konnte sie ihn in ein paar Monaten in der Galerie aufsuchen, wenn sie angeschwollen von Marc-Edouards Kind war?

»Ist schon gut«, sagte er. »Laß nur.«

Doch sie konnte den Schmerz in seinen Augen nicht ertragen und brach in Tränen aus. Sie schien ständig den Tränen nahe zu sein.

»Was ist denn, Liebste?«

»Du wirst von mir denken, ich sei wie sie – die Fälschung, das Mädchen, mit dem du verheiratet warst.«

Ben kniete sich auf den Fußboden. »Du bist keine Fälschung, Deanna. Nichts an dir ist je unecht gewesen. Wir haben uns eben etwas Schwieriges vorgenommen, und nun müssen wir uns an die Abmachung halten. Es ist nicht leicht, aber es ist ehrlich. Es ist immer ehrlich gewesen. Ich liebe dich mehr, als ich jemals in meinem Leben einen Menschen geliebt habe. Das darfst du nie vergessen. Wenn du irgendwann zu mir zurückkommen willst, werde ich für dich da sein. Immer. Auch wenn ich dreiundneunzig Jahre alt bin.« Er versuchte, sie zum Lächeln zu bringen, aber das schlug fehl. »Sollen wir jetzt eine neue Abmachung treffen?«

»Was für eine?« Deanna machte einen Schmollmund. Sie haßte Marc-Edouard, und sich selbst haßte sie noch mehr. Sie sollte eine Abtreibung machen lassen. Alles, was nötig war, damit sie bei Ben bleiben konnte. Oder vielleicht würde er Marcs Kind akzeptieren, wenn sie ihm von Anfang an die Wahrheit sagte. Aber sie wußte, daß sie es ihm nie erzählen könnte. Er würde es nie verstehen.

»Nun komm, ich möchte eine neue Abmachung mit dir treffen. Versprechen wir uns doch gegenseitig, daß wir nie mehr erwähnen, es sei ›nur noch eine Woche‹. Laß uns einfach jeden Tag erleben, jeden Tag lieben, jeden Augenblick genießen und dem Zeitpunkt ins Gesicht sehen, wenn er da ist. Wenn wir immerzu darüber reden, verderben wir uns die Zeit, die wir haben. Einverstanden?« Er nahm ihr Gesicht in die Hände und küßte sie zart auf den Mund. Ihr Haar hatte sich aus dem losen Knoten auf dem Kopf gelöst und fiel ihr weich ums Gesicht. »Abgemacht?«

»Abgemacht.«

»Okay.« Er nickte feierlich, küßte sie noch einmal und verließ das Zimmer.

Eine Stunde später brachen sie nach Carmel auf, aber es fiel ihnen schwer, die trüben Gedanken abzuschütteln. Es war nicht mehr so wie früher. Es war beinahe vorbei, und ob sie darüber sprachen oder nicht, sie wußten es beide. Die Trennung war viel zu nahe. Der Sommer kam zu einem bittersüßen Ende.

24

»Fertig, mein Liebling?« Es war am Montag um Mitternacht. Der Labor Day war vorbei. Zeit, nach Hause zurückzukehren. Deanna sah sich zum letztenmal im Wohnzimmer um. Dann nahm sie schweigend seine Hand. Die Lampen waren bereits ausgeschaltet. Die Frau am Strand von Wyeth verbarg ihr Gesicht im Mondschein. Deanna betrachtete sie noch einmal, bevor sie das Haus verließ. Es war kühl, aber der Mond schien hell, und der Himmel war voll von Sternen.

»Ich liebe dich«, flüsterte sie und glitt in den Wagen. Er berührte ihr Gesicht. Dann küßte er sie.

»Ich liebe dich auch.« Sie lächelten beide. Plötzlich war keine Zeit mehr, traurig zu sein. Sie hatten ein unvergleichliches Maß an Freude und Frieden und Liebe miteinander geteilt, und das konnte ihnen niemand mehr wegnehmen. Es gehörte ihnen, das ganze Leben lang. »Bist du ebenso glücklich wie ich, Deanna?« fragte er. Sie nickte. »Ich weiß nicht, warum mir so wohl zumute ist, außer daß du mich glücklich machst und immer machen wirst. Ganz gleich, was geschieht.«

»Du tust dasselbe für mich.« Und wirst es immer tun. Sie wollte sich in der langen Winternacht ihres Lebens mit Marc an diese Erinnerungen klammern. Sie wollte an ihn denken, wenn sie das Baby im Arm hielt, wollte denken, daß es sein Kind hätte sein können. Sie wünschte, es wäre seins, wünschte es sich mehr als alles andere im Leben.

»Was denkst du?«

Sie waren auf der Rückfahrt nach San Francisco. Um zwei Uhr morgens wollten sie da sein. Am nächsten Tag würden sie ausschlafen, und nach dem Frühstück würde er sie nach Hause bringen. Marc war am Nachmittag zu erwarten. Dienstag um drei. Das war alles, was in seinem Telegramm gestanden hatte. Margaret hatte es ihr am Telefon vorgelesen, als Deanna anrief, um sich zu vergewissern, daß zu Hause alles in Ordnung war. Dienstag um drei.

»Ich habe dich gefragt, was du denkst.«

»Vor einer Minute habe ich gedacht, daß ich gern deinen Sohn geboren hätte.« Sie lächelte in die Nacht hinein.

»Und meine Tochter? Wünschst du sie dir nicht auch?« Sie lächelten beide.

»Wie viele Kinder hattest du im Sinn?«

»Eine schöne runde Zahl. Vielleicht zwölf.« Diesmal lachte sie und lehnte sich an seine Schulter. Sie erinnerte sich daran, wie er das zum erstenmal gesagt hatte, an dem Morgen nach der Vernissage. Würde es je wieder einen Morgen wie diesen geben?

»Ich hätte mich mit zweien zufriedengegeben.«

Es schmerzte ihn, daß sie in der Vergangenheitsform sprach. Es machte ihn auf etwas aufmerksam, das er nicht wahrhaben wollte, woran er sich nicht erinnern wollte, nicht heute nacht.

»Wann bist du zu dem Schluß gekommen, du seist nicht zu alt?«

»Das glaube ich immer noch, aber... es ist leicht, zu träumen.«

»Du würdest in der Schwangerschaft süß aussehen.« Diesmal antwortete sie nicht. »Müde?«

»Nur ein bißchen.«

Sie war die ganze Woche zu oft müde gewesen. Es war die Anspannung, aber trotzdem gefielen ihm die dunklen Ringe unter ihren Augen und die Blässe nicht, wenn sie in der Früh aufstand. Und ab morgen durfte er sich keine Gedanken mehr darüber machen. Dies war seine letzte Chance. Unglaublich, aber ab morgen mußte er damit aufhören.

»Und was denkst du jetzt?« Sie blickte ernsthaft zu ihm auf.

»An dich.«

»Das ist alles?« Sie versuchte zu scherzen, doch es funktionierte nicht.

»Das ist alles.«

»Was im einzelnen?«

»Ich dachte daran, wie sehr ich mir unser Kind gewünscht habe.«

Das Schluchzen ballte sich in ihrer Kehle zur Faust. Sie wandte das Gesicht ab. »Nicht, Ben.«

»Es tut mir leid.« Er zog sie näher an sich, und sie fuhren weiter.

»Und was soll das bedeuten?« Chantal funkelte Marc von der anderen Seite des Zimmers her an. Er schloß seinen Koffer und schwang ihn auf den Fußboden.

»Es bedeutet genau das, was ich gesagt habe, Chantal. Nun stell dich nicht an. Ich bin in diesem Sommer beinahe drei Monate hier gewesen. Jetzt habe ich drüben zu tun.«

»Für wie lange?« Sie sah krank aus, und ihre Augen verrieten, daß sie geweint hatte.

»Das habe ich dir gesagt. Ich weiß es nicht. Nun sei ein braves Mädchen und laß uns gehen.«

»*Non, tant pis.* Es ist mir verdammt egal, ob du dein Flugzeug verpaßt. Du wirst mich nicht so einfach zurücklassen. Für was hältst du mich? Für dumm? Du willst nur zu ihr zurückkehren. Das arme, arme Frauchen, das Herz gebrochen über den Verlust ihrer Tochter! Da muß das liebe Männchen sie trösten. *Alors non, merde!* Was ist mit mir?« Sie trat drohend auf ihn zu. In seinem Kiefer spannte sich ein Muskel.

»Ich habe es dir gesagt. Sie ist krank.«

»Was hat sie?«

»Eine ganze Menge. Es kommt nicht darauf an, was es ist, Chantal. Sie ist eben krank.«

»Also kannst du sie jetzt nicht verlassen. Und wann kannst du sie verlassen?«

»Verdammt noch mal, das haben wir seit einer Woche immer von neuem durchgekaut. Warum müssen wir wieder davon anfangen? Ich muß meine Maschine erreichen!«

»Zum Teufel mit deiner Maschine. Ich lasse dich nicht gehen.« Ihre Stimme hatte sich gefährlich gehoben, und ihre Augen blitzten. »Du darfst nicht gehen! *Non,* Marc-Edouard, *non*!« Wieder brach sie in Tränen aus. Seufzend setzte er sich.

»Chantal, *chérie,* bitte. Ich habe dir gesagt, es wird nicht mehr lange dauern. Bitte, Darling. Versuch es zu verstehen. So bist du noch nie gewesen. Warum mußt du gerade jetzt so unvernünftig sein?«

»Weil ich genug habe! Was auch geschieht, du bleibst mit ihr verheiratet. Jahr für Jahr für Jahr. *Bien merde alors, j'en ai marre.* Ich habe es satt!«

»Mußt du es gerade jetzt sattbekommen?« Verzweifelt sah er auf die Uhr. »Ich habe dir gestern abend gesagt, wenn es so aussieht, als würde es sich längere Zeit hinziehen, lasse ich dich herüberkommen. In Ordnung?«

»Für wie lange?«

»Oh, Chantal!« Er hatte den gereizten Ausdruck, den er in früheren Zeiten nur Pilar gezeigt hatte. »*Voyons.* Warten wir ab, wie es läuft. Du kannst eine Weile in den Staaten bleiben, wenn du herüberkommst.«

»Wie lang ist eine Weile?« Jetzt begann sie zu spielen, stellte er erbittert fest.

»So lang wie mein Fuß. Genügt das? Laß uns gehen. Ich werde dich beinahe jeden Tag anrufen. Ich werde versuchen, in ein paar Wochen wieder hier zu sein. Und falls nicht, kommst du herüber. Zufrieden?«

»Beinahe.«

»Beinahe?« brüllte er sie an. Aber sie hob ihr Gesicht zu einem Kuß, und er konnte nicht widerstehen.

»*Toi, alors!*« Er küßte sie, und lachend liefen sie beide ins Schlafzimmer zurück, sich neckend und berührend und von neuem hungrig.

»Ich werde mein Flugzeug verpassen, weißt du.«

»Na und? Und nachher nehmen wir das Dinner im Maxim.«

Man hätte leicht auf den Gedanken kommen können, daß sie die Schwangere sei, aber das war sie ganz bestimmt nicht. Einmal hatten sie es geglaubt, und sie hatten wegen ihrer Zuckerkrankheit eine so gräßliche Angst gehabt, daß sie beschlossen, es nie wieder darauf ankommen zu lassen. Sie konnten es sich nicht leisten, Chantals Leben stünde auf dem Spiel. Und sie war gar nicht scharf darauf, schwanger zu werden. Sie hatte sich nie ein Kind gewünscht. Nicht einmal Marcs.

Ben hielt auf halber Höhe der Straße an. »Hier?«

Deanna nickte. Ihr war, als gehe die Welt zu Ende. Als habe ihnen jemand die Apokalypse angekündigt. Sie wußten, was kam, sie wußten sogar, wann … und was jetzt? Wohin sollten sie gehen? Was sollten sie tun? Wie würde sie einen Tag nach dem anderen ohne ihn überstehen? Wie konnte sie ohne die Augenblicke, die sie in Carmel genossen hatte, leben? Wie konnte sie nicht in diesem gelben Schlafzimmer aufwachen und nachrechnen, wer von ihnen mit dem Frühstückmachen an der Reihe war? Sie fragte sich, ob sie es überhaupt schaffen würde. Dann sah sie ihn lange an und nahm ihn fest in die Arme. Es kümmerte sie nicht einmal, ob jemand sie sah. Sollten sie doch. Sie würden nie wieder sehen, daß sie ihn umarmte. Sie würden glauben, es sei eine Halluzination gewesen. Ob auch sie das in den kommenden Jahren glaubte? Ob ihr dann alles wie ein Traum vorkam?

Sie flüsterte ihm ins Ohr: »Paß gut auf dich auf. Ich liebe dich...«

»Ich liebe dich auch.«

Sie umklammerten sich, sagten nichts mehr. Endlich öffnete er ihre Tür. »Ich möchte nicht, daß du gehst, Deanna. Aber wenn du länger bleibst, werde ich nicht imstande sein... dich gehen zu lassen.« Sie bemerkte, daß seine Augen zu stark glänzten, und sie spürte, daß sich ihre eigenen mit Tränen füllten. Sie blickte in ihren Schoß nieder, und dann sah sie schnell wieder zu ihm hoch. Sie mußte ihn ansehen, mußte sich vergewissern, daß er noch da war. Sofort lagen ihre Arme wieder um seinen Hals.

»Ben, ich liebe dich.« Sie drückte sich an ihn, dann löste sie sich langsam von ihm. Ein letzter, qualvoller Blick. »Darf ich dir sagen, daß diese Monate mein ganzes Leben lebenswert gemacht haben?«

»Du darfst.« Er lächelte sie an und küßte sie auf die Nasenspitze. »Und darf ich dir sagen, daß du wie der Blitz aus meinem Wagen verschwinden sollst?« Sie sah ihn überrascht an. Dann lachte sie.

»Das darfst du nicht.«

»Nun, mir scheint, daß es sowieso kein einfacher Weg ist, deshalb können wir ebensogut lachen.« Und das tat sie, und gleichzeitig begann sie wieder zu weinen.

»O Gott, ich bin schrecklich.«

»Ja, das bist du.« Er sagte es mit einem anerkennenden Nicken und einem Grinsen, das von einem etwas ernsteren Ausdruck abgelöst wurde. »Und ich auch. Aber offen gestanden, meine Liebe, ich finde, wir haben verdammt viel Stil.« Mit schiefem Grinsen beugte er sich nieder, küßte sie zum letztenmal und sagte: »Geh.«

Sie nickte, berührte seine Wange. Die Hände zu Fäusten geballt, stieg sie aus dem Wagen, sah ihn noch einmal an, drehte sich um und ging fort. Sobald sie ihm den Rücken gekehrt hatte – sie suchte noch in ihrer Handtasche nach den Schlüsseln –, hörte sie ihn abfahren. Aber sie wandte sich nicht mehr um. Sie begrub ihn in ihrem Herzen und trat in das Haus ein, das sie für den Rest ihres Lebens mit Marc teilen würde.

25

»Guten Morgen, Liebling. Hast du gut geschlafen?« Er sah auf Deanna nieder, die im Bett lag.

»Hast du dein Flugzeug verpaßt?« Die vergangene Woche, die Tatsache, daß sie buchstäblich aus Paris durchgebrannt war, wurden nicht erwähnt.

»So ist es. Zu dumm. Ich konnte kein Taxi bekommen, es gab einen Verkehrsstau, zehntausend winzige Zufälle, und ich mußte sechs Stunden auf den nächsten Flug warten. Wie fühlst du dich?«

»Anständig.«

»Nicht mehr als das?«

Zur Antwort zuckte sie die Schultern. Sie fühlte sich scheußlich, und sie wünschte sich, tot zu sein. Alles, was sie wollte, war Ben, aber nicht so, nicht mit Marc-Edouards Baby.

»Ich möchte, daß du heute zum Arzt gehst«, sagte Marc. »Soll ich Dominique bitten, einen Termin für dich auszumachen, oder willst du das selbst tun?«

»Mir ist beides recht.«

Warum so unterwürfig? Ihm gefiel nicht, was er sah. Sie wirkte hager und blaß, nervös und unglücklich, und trotzdem reagierte sie gleichgültig auf alles, was er sagte. »Ich möchte, daß du heute hingehst«, wiederholte er.

»Gut. Darf ich allein gehen, oder willst du, daß Dominique mich hinbringt?« Ihre Augen sprühten Feuer.

»Laß das. Wirst du heute gehen?«

»Du kannst dich darauf verlassen. Und wohin wirst du heute gehen, nach Athen oder Rom?«

Sie ging an ihm vorbei ins Badezimmer und schloß leise die Tür. Es würden reizende acht Monate werden, dachte Marc verbittert. Wenn das Baby einen Monat später kam, als Deanna erwartete, würde er ihr einfach sagen, es sei überfällig. Das passierte oft genug, daß Babys drei Wochen zu spät geboren wurden. Er hatte sich alles während des Rückflugs genau ausgedacht.

Er ging zum Badezimmer und sprach bestimmt durch die geschlossene Tür. »Ich bin im Büro, falls du mich brauchst. Und vergiß nicht, zum Arzt zu gehen. Heute. Verstanden?«

»Ja. Ganz genau.« Sie hielt ihre Stimme ruhig, damit er nicht merkte, daß sie weinte. So konnte sie nicht weitermachen. Sie konnte nicht damit leben, es war zu viel. Sie mußte ihn verlassen, um einen Weg zurück zu Ben zu finden, mit oder ohne dieses verdammte Kind. Dann kam ihr ein Gedanke. Als sie die Haustür zufallen hörte, verließ sie das Badezimmer und ging geradewegs zum Telefon. Die Sprechstundenhilfe sagte ihr, der Arzt sei beschäftigt, aber als sie ihr erklärt hatte, wer am Apparat war, nahm er doch den Anruf entgegen.

»Deanna?« Das klang überrascht. Sie rief nur noch selten an.

»Hallo, Dr. Jones.« Sie war schon erleichtert, als sie bloß seine Stimme hörte. Er würde ihr helfen. Das hatte er bisher immer getan. »Ich habe ein Problem. Ein sehr großes Problem. Kann ich zu Ihnen kommen?« Er spürte die Dringlichkeit heraus.

»Welchen Termin hatten Sie im Sinn, Deanna? Heute?«

»Werden Sie mich verabscheuen, wenn ich ja sage?«

»Ich werde Sie nicht verabscheuen, aber mir das bißchen Haar ausreißen, das noch übrig ist. Kann es nicht warten?«

»Nein. Ich werde wahnsinnig.«

»Na gut. Seien Sie in einer Stunde hier.«

Sie war pünktlich. Dr. Jones lehnte sich in dem riesigen roten Ledersessel zurück, der ihr immer vor Augen stand, wenn sie an ihn dachte. »Also?«

»Ich bin schwanger.« Er zuckte nicht mit der Wimper. Nichts regte sich in seinem Gesicht.

»Was empfinden Sie dabei?«

»Es ist gräßlich. Die falsche Zeit... und auch alles andere ist verkehrt.«

»Denkt Marc ebenso?«

Was hatte er damit zu tun? Kam es darauf an? Doch sie mußte ehrlich sein. »Nein. Er freut sich. Aber in meinen Augen sprechen tausend Gründe dagegen. Erstens einmal bin ich zu alt.«

»Das sind sie im Grunde nicht. Fühlen Sie sich zu alt, um es mit einem kleinen Kind aufzunehmen?«

»Das ist nicht die Hauptsache, aber... ich bin einfach zu alt, es noch einmal durchzumachen. Wenn das Baby nun stirbt, wenn so etwas noch einmal passiert?«

»Wenn Sie keine anderen Sorgen haben, werfen Sie sie getrost über Bord. Sie wissen ebensogut wie ich, daß die beiden Geschehnisse nicht in Zusammenhang miteinander standen. Es waren tragische Zufälle. Es wird nicht noch einmal passieren. Aber ich glaube, Deanna, Sie meinen eigentlich, daß Sie das Baby einfach nicht wollen. Lassen wir die Gründe dahingestellt sein, oder gibt es Gründe, die Sie mir doch erzählen wollen?«

»Ich... ja. Ich – ich will Marcs Kind nicht.«

Einen Augenblick lang war der gute Doktor sprachlos. »Aus einem bestimmten Grund, oder ist das eine vorübergehende Laune?«

»Es ist keine Laune. Ich habe den ganzen Sommer daran gedacht, ihn zu verlassen.«

»Ich verstehe. Weiß er das?« forschte Dr. Jones. Deanna schüttelte den Kopf. »Das kompliziert die Sache, nicht wahr? Aber das Kind ist von ihm?« Das hätte er sie zehn Jahre früher nie gefragt. Offenbar lagen die Dinge jetzt jedoch anders, und er fragte so freundlich, daß es ihr nichts ausmachte.

»Das Kind ist von ihm.« Sie zögerte und fuhr dann fort: »Weil ich zwei Monate schwanger bin. Bei einer kürzeren Schwangerschaft wäre es nicht von ihm.«

»Woher wissen Sie, daß Sie zwei Monate schwanger sind?«

»Das hat man mir in Frankreich gesagt.«

»Man könnte sich geirrt haben, aber wahrscheinlich stimmt es. Warum wollen Sie das Kind nicht? Weil es von Marc ist?«

»Teils. Und ich möchte nicht noch mehr an ihn gefesselt sein, als ich schon bin. Wenn ich das Kind habe, kann ich nicht einfach auf und davon gehen.«

»Das wäre natürlich schwieriger, aber Sie könnten es trotzdem. Und was würden Sie dann tun?«

»Nun, ich kann mit Marcs Kind kaum zu dem anderen Mann zurückkehren.«

»Doch.«

»Nein, Doktor. Das könnte ich nicht.«

»Immerhin brauchen Sie nicht bei Marc zu bleiben, weil Sie von ihm schwanger sind. Sie könnten sich auf eigene Füße stellen.«

»Wie?«

»Sie werden einen Weg finden, wenn Sie das wirklich wollen.«

»Das ist es nicht. Ich möchte... ich möchte etwas anderes.«

Jetzt verstand er.

»Bevor Sie es mir sagen, lassen Sie mich fragen, wie Ihre Tochter in all das hineinpaßt. Wie würde sie sich zu einem weiteren Kind stellen, sei es so oder so?« Deanna blickte düster in ihren Schoß nieder.

Endlich schlug sie die Augen zu ihm auf. »Auch das spielt keine Rolle mehr. Sie ist vor zwei Wochen gestorben, in Frankreich.«

Für einen Augenblick stand alles still. Dann beugte er sich vor und ergriff ihre Hand. »Mein Gott, Deanna. Wie schrecklich!«

»Ja, es ist ein schwerer Verlust für uns.«

»Und selbst unter diesen Umständen wollen Sie kein weiteres Kind?«

»Nicht so, nicht jetzt. Ich kann einfach nicht. Ich möchte eine Abtreibung. Deshalb bin ich gekommen.«

»Glauben Sie, Sie könnten damit leben? Hinterher, wissen Sie, gibt es kein Zurück mehr. Es ist fast immer eine Situation, die Gewissensbisse, Schuldgefühle, Reue hervorruft. Sie werden es sehr lange Zeit fühlen.«

»In meinem Körper?«

»In Ihrem Herzen... Ihrer Seele. Eine Frau muß sich schon sehr verzweifelt wünschen, das Kind loszuwerden, wenn sie hinterher mit dem, was sie getan hat, zufrieden sein soll. Wenn die in Frankreich erstellte Diagnose nun falsch und es doch von dem anderen Mann ist? Würden Sie dann auch eine Abtreibung wollen?«

»Ich kann das Risiko nicht eingehen. Ich muß es loswerden für den Fall, daß es von Marc ist. Und ich habe keinen Grund zu der Annahme, daß die Diagnose nicht stimmt.«

»Menschen machen Fehler. Ich manchmal auch.« Er lächelte ihr gütig zu. Dann kam ihm ein neuer Gedanke, und er runzelte die Stirn. »Werden Sie in Anbetracht dessen, was gerade erst mit Pilar geschehen ist, fähig sein, das zu verkraften?«

»Ich muß. Werden Sie es tun?«

»Wenn Sie das wirklich wollen. Aber ehe ich meine endgültige Zustimmung gebe, werde ich Sie untersuchen. Zum Teufel, vielleicht sind Sie überhaupt nicht schwanger.«

Aber sie war es. Und er räumte ein, wahrscheinlich seien es zwei Monate, obwohl es so früh in der Schwangerschaft immer schwer sei, das ganz genau festzustellen. Also sei es am besten, die Operation schnell durchzuführen, wenn Deanna nun einmal entschlossen dazu sei.

»Morgen?« fragte er. »Kommen Sie um sieben Uhr früh, dann können Sie gegen fünf nach Hause gehen. Werden Sie es Marc sagen?«

Deanna schüttelte den Kopf. »Ich werde ihm sagen, ich hätte es verloren.«

»Und dann?«

»Ich weiß es nicht. Darüber muß ich erst nachdenken.«

»Und wenn Sie sich nun entschließen, bei Marc zu bleiben und doch noch ein Kind zu haben, aber entdecken, daß Sie nicht mehr empfangen können? Was ist dann, Deanna? Werden Sie sich mit Schuldgefühlen zugrunde richten?«

»Nein. Ich kann mir nicht vorstellen, daß das geschieht, aber falls doch, werde ich eben damit leben müssen.«

»Sie sind ganz sicher?«

»Ganz und gar.« Sie stand auf. Er nickte und schrieb die Adresse des Krankenhauses auf, wo sie hingehen sollte. »Ist es gefährlich?« Bis jetzt war ihr noch nicht eingefallen, ihn danach zu fragen. Es interessierte sie auch nicht besonders. Sie wollte lieber sterben, als jetzt schwanger mit Marcs Kind zu sein.

Dr. Jones schüttelte den Kopf und klopfte ihren Arm. »Nein, das ist es nicht.«

»Wohin willst du zu dieser Stunde?« Marc hob den Kopf, als Deanna aus dem Bett glitt und ärgerlich auf sich selbst war, daß sie ihn geweckt hatte.

»In mein Atelier. Ich kann nicht schlafen.«

»Du solltest im Bett bleiben.« Aber er hatte die Augen schon wieder geschlossen.

»Ich werde heute viel Zeit im Bett verbringen.« Zumindest das war die Wahrheit.

»Na gut.« Bis sie angezogen war, schlief er schon wieder fest, und er sah sie nicht gehen. Sie ließ ihm eine Nachricht zurück: Sie sei ausgegangen und werde am Nachmittag zurück sein. Das würde ihn verdrießen, aber er konnte nicht ahnen, was sie wirklich tat, und wenn sie nach Hause kam, würde es zu spät sein. Deanna stieg in ihren Wagen und ließ den Motor an. Ihr Blick fiel auf ihre Sandalen und ihre Jeans. Zum letztenmal hatte sie sie getragen, als sie mit Ben in Carmel war. Während der Motor warmlief, dachte sie weiter an

Ben und sah zu dem blassen Morgenhimmel auf. Als sie das letzte Mal einen solchen Himmel gesehen hatte, war es gemeinsam mit ihm gewesen. Plötzlich fiel ihr aus gar keinem besonderen Grund die Frage des Arztes ein: Wenn das Kind nun von Ben war? Aber das konnte ja nicht sein! Vor zwei Monaten hatte sie mit Marc geschlafen. Andererseits hatte sie Ben Ende Juni kennengelernt. Es war also doch möglich. Warum konnte sie keine sichere Auskunft bekommen? Warum konnte sie nicht erst einen Monat statt zwei schwanger sein? »Verdammt«, sagte sie laut, stellte den Fuß aufs Gas und fuhr rückwärts auf die Straße hinaus. Und wenn es doch Bens Kind war? Würde sie dann trotzdem eine Abtreibung wollen? Sie sehnte sich danach, mit ihm zu reden, es ihm zu erzählen, ihn zu fragen, was er denke. Aber das war Wahnsinn. Deanna fuhr geradewegs zum Krankenhaus. Ihr Kopf begann zu schwimmen.

Bei ihrer Ankunft sah sie blaß und nervös aus. Dr. Jones wartete bereits auf sie. Er war ruhig und freundlich wie immer, und er berührte Deannas Arm.

»Sie sind sich sicher?« fragte er. Sie nickte, doch der Ausdruck in ihren Augen gefiel ihm nicht recht. »Unterhalten wir uns erst einmal.«

»Nein. Bringen wir es hinter uns.«

»Gut.« Er gab einer Schwester Anweisungen, und Deanna wurde in ein kleines Zimmer geführt und aufgefordert, ein Krankenhaushemd anzuziehen.

»Wohin werde ich gebracht?«

»Den Flur hinunter. Sie werden den ganzen Tag fort sein. Sie werden den ganzen Tag nicht hierher zurückkommen.« Zum erstenmal wurde Deanna von Angst gepackt. Wenn es nun weh tat? Wenn sie starb? Wenn sie auf dem Heimweg Blutungen bekam? Wenn... Die Schwester fuhr mit ihren Erklärungen über die Technik des Eingriffs fort, und Deanna erbleichte.

»Haben Sie es verstanden?«

»Ja.« Mehr brachte Deanna nicht heraus. Verzweifelt wünschte sie sich Ben hierher.

»Haben Sie Angst?« Die Schwester versuchte, freundlich dreinzublicken, doch es gelang ihr nicht.

»Ein bißchen.«

»Nicht nötig. Das ist gar nichts. Ich habe drei gehabt.« Himmel, dachte Deanna, wie wundervoll. Mit Rabatt?

Wartend saß Deanna in dem kleinen Zimmer. Endlich wurde sie den Flur entlanggeführt. In einem Operationsraum legte man sie auf einen sterilen Tisch und schnallte ihre Füße an den Stützen fest. Es sah hier aus wie in dem Kreißsaal, in dem sie die beiden Jungen und später Pilar geboren hatte. Ein Kreißsaal – kein Raum für Abtreibungen. Sie spürte, wie ihr der Schweiß ausbrach. Fast eine halbe Stunde ließ man sie allein. Sie lag da, die Füße hoch, kämpfte gegen den Drang zu weinen an und sagte sich immer wieder, es werde bald vorbei sein. Vorbei. Man würde es mit dieser Maschine aus ihr herausziehen. Sie sah sich um, fragte sich, welcher Teil dieser bedrohlich wirkenden Apparatur »die Maschine« war, aber sie sahen alle gleich entsetzlich aus. Ihre Beine begannen zu zittern. Ihr kam es wie Stunden vor, bis Dr. Jones eintrat. Deanna zuckte zusammen.

»Deanna, wir werden Ihnen eine Spritze geben, die Sie ein bißchen benommen macht und ein wenig die Aufregung dämpfen wird.«

»Ich will nicht.« Sie versuchte, sich gerade hinzusetzen, und kämpfte mit ihren hochgelegten Beinen.

»Sie wollen keine Spritze? Aber es wird damit sehr viel leichter für Sie sein. Glauben Sie mir.« Er blickte sehr mitfühlend drein, aber sie schüttelte den Kopf.

»Ich will nicht. Ich meine nicht die Spritze. Die Abtreibung. Ich kann nicht. Und wenn das Kind nun von Ben ist?« Der Gedanke hatte sie die ganze letzte Stunde gequält. Oder war das nur ein Vorwand, um das Kind zu behalten? Sie war sich nicht sicher.

»Sind Sie fest entschlossen, Deanna? Oder haben Sie nur Angst?«

»Beides. Alles… ich weiß nicht.« Tränen füllten ihre Augen.

»Und wenn das Baby nur Ihnen und sonst keinem gehörte? Wenn kein Mann daran beteiligt wäre – würden Sie es dann haben wollen?«

Sie schlug die Augen zu ihm auf und nickte schweigend.

Er band ihre Beine los. »Dann gehen Sie nach Hause, Liebes, und denken Sie über alles nach. Das Kind kann ganz allein Ihres sein, wenn Sie es wollen. Niemand kann es Ihnen wegnehmen. Es wird nur Ihnen gehören.«

Bei dem Gedanken lächelte sie.

Marc war unter der Dusche, als sie nach Hause kam. Leise ging sie in ihr Atelier und schloß die Tür. Was hatte sie getan? Sie hatte sich entschlossen, das Kind auszutragen. Was der Arzt gesagt hatte, war wahr. Sie konnte es für sich behalten, es zu ihrem Kind allein machen. Das konnte sie doch, oder nicht? Oder würde es immer Marcs Kind sein? So wie es Pilar gewesen war? Plötzlich wußte sie, daß sie niemals entrinnen würde. Es war Marcs Baby. Sie hatte nicht den Mut, ausschließlichen Anspruch darauf zu erheben. Und spielte es eine Rolle? Sie hatte bereits Ben verloren.

26

»Guten Morgen, Deanna.« Marc setzte sich auf seinen Platz. Die Zeitungen waren in der gehörigen Ordnung hingelegt, der Kaffee war heiß, und Deanna aß ein Ei. »Hungrig heute?« Es war Wochen her, daß er sie essen gesehen hatte.

»Nicht sehr. Hier, du kannst meinen Toast haben.« Sie schob ihm den blauen Limoges-Teller mit dem durchbrochenen Rand über den Tisch zu. Das Tischtuch war an diesem Morgen ebenfalls von einem zarten, hellen Blau. Es entsprach ihrer Stimmung.

Sie spielte mit ihrem Ei, und Marc sah sie forschend an. »Fühlst du dich immer noch unwohl?« Sie zuckte mit den Schultern. Dann blickte sie auf.

»Nein.«

»Ich meine, du solltest vielleicht den Arzt rufen.«

»Ich gehe sowieso nächste Woche hin.« Drei Wochen war der letzte Besuch her. Drei Wochen war es her, seit sie an dem Morgen, als sie die Abtreibung hätte haben können, davongelaufen war. Drei Wochen war es her, daß sie Ben das letzte Mal gesehen hatte. Sie hatte nichts von ihm gehört, und sie würde nie wieder von ihm hören. Irgendwann, irgendwo würde sie ihm zufällig begegnen, und dann würden sie wie alte Freunde für ein Weilchen miteinander plaudern. Und das würde alles sein. Es war vorbei. Ganz gleich, wie weh es ihr oder ihm tat. Bei dem Gedanken schien ihr ganzer Körper in sich zusammenzufallen. Alles, was sie sich wünschte, war, zurück ins Bett zu gehen.

»Was hast du heute vor?« fragte Marc zerstreut, aber doch besorgt.

»Nichts. Wahrscheinlich werde ich eine Zeitlang im Atelier arbeiten.« Aber sie arbeitete nicht. Sie saß nur da, starrte die Berge von Gemälden an, die trotz Bens anfänglichen Protesten von der Galerie zurückgeschickt worden waren. Sie konnte das nicht. Sie konnte ihn nicht ihre Bilder verkaufen lassen und ihn niemals sehen. Und sie wollte nicht, daß er sie in diesem Winter schwanger sah. Ihr war keine andere Wahl geblieben. Sie hatte Sally gegenüber darauf bestanden, daß die Bilder zurückgeschickt wurden. Jetzt standen sie in ihrem Atelier herum, trübsinnig mit dem Gesicht zur Wand gedreht, und die schlammfarbenen Leinwand-Rückseiten sahen sie wie blinde Augen an. Eine Ausnahme machte nur das Porträt von ihr selbst und Pilar, das sie jeden Tag stundenlang betrachtete.

»Möchtest du dich irgendwo mit mir zum Lunch treffen?« hörte Deanna, die gerade hinausgehen wollte, Marcs Stimme. Sie drehte sich um. Er saß am Eßtisch wie ein König. Er war jetzt ihr König, und sie war seine Sklavin. Und das nur wegen dieses ungeborenen Kindes, das abzutreiben sie zu feige war.

Wieder schüttelte sie den Kopf. »Nein, danke.« Sie versuchte zu lächeln, aber es war kaum mehr als ein Sonnenstrahl im Winter, weniger als ein Glitzern auf dem Schnee. Sie wollte nicht zum Lunch mit ihm gehen. Sie wollte nicht in seiner Gesellschaft sein und nicht mit ihm gesehen werden. Wenn nun Ben sie zusammen sah? Den Gedanken ertrug sie nicht. Sie schüttelte nur noch einmal den Kopf und ging leise in das kleine Atelier, wo sie sich versteckte.

Zusammengekauert saß sie dort, die Arme um die Knie geschlungen, und die Tränen liefen ihr übers Gesicht. Es schien Stunden später zu sein, als sie das Telefon läuten hörte.

»Hallo, Mädchen, was treibst du gerade?« Es war Kim. Deanna seufzte und versuchte, halbwegs munter zu sprechen.

»Nicht viel. Ich sitze hier in meinem Atelier und denke, ich sollte Schluß machen mit der Malerei.«

»Der Teufel soll dich holen! Nicht nach den wunderbaren Kritiken, die deine Ausstellung gehabt hat. Wie geht es Ben? Hat er noch weitere Bilder von dir verkauft?«

»Nein.« Deanna gab sich Mühe, daß ihre Stimme nichts von ihren Gefühlen verriet. »Er – er hat im Grunde gar keine Gelegenheit dazu gehabt.«

»Ja, ich weiß. Aber wenn er von London zurück ist, wird er es tun. Sally sagt, er bleibt noch für eine Woche.«

»Oh. Das wußte ich nicht. Marc ist vor drei Wochen nach Hause gekommen, und wir hatten schrecklich viel zu tun.« Kimberly konnte das kaum glauben. Wegen Pilars Tod gingen Marc und Deanna nicht aus. Wenigstens hatte Deanna ihr das gesagt, als sie das letzte Mal miteinander telefonierten.

»Kann ich dich aus deinem Atelier zum Lunch locken?«

»Nein, ich... wirklich... ich kann nicht.«

Kim gefiel gar nicht, was sie da hörte. In Deannas Stimme schwang ein Schmerz mit, der ihr Angst einjagte. »Deanna?« Es kam keine Antwort; Deanna hatte zu weinen begonnen. »Soll ich gleich zu dir kommen?«

Deanna wollte nein sagen, denn sie wollte Kim nicht sehen, doch sie hatte nicht die Kraft dazu.

»Deanna, hast du gehört? Ich komme zu dir. In zwei Minuten bin ich da.«

Deanna hörte Kim auf der Treppe zum Atelier, bevor sie hinuntergehen konnte. Es war ihr nicht recht, daß Kim die Reihen von Gemälden zu sehen bekam, die gegen die Wände lehnten, doch es war bereits zu spät. Kim klopfte einmal und trat ein. Sie sah erstaunt in die Runde, ohne zu begreifen. Es mußten zwanzig oder dreißig Bilder herumstehen.

»Was ist denn das?« Sie wußte, es konnten keine neuen Arbeiten sein. Sie zog Bilder hinter anderen, die sie versteckten, hervor und entdeckte bekannte Motive. Erstaunt wandte sie sich Deanna zu. »Du hast sie dir von der Galerie zurückschicken lassen?« Deanna nickte. »Aber warum? Sie haben dort eine großartige Ausstellung für dich veranstaltet; die Kritiken waren gut. Als ich das letztemal mit Ben sprach, erzählte er mir, er habe beinahe die Hälfte deiner Bilder verkauft. Warum?« Und dann verstand sie. »Wegen Marc?«

Deanna seufzte und setzte sich. »Ich mußte einfach.«

Kim nahm ihr gegenüber Platz und runzelte besorgt die Stirn. Deanna sah gottserbärmlich aus, blaß, krank und erschöpft, und schlimmer als alles andere war der tragische Ausdruck in ihren Augen. »Deanna, ich – ich weiß, wie dir wegen Pilar zumute sein muß.

Oder vielmehr, ich weiß es nicht, aber ich kann es mir vorstellen. Trotzdem darfst du nicht dein ganzes Leben zerstören. Deine Karriere muß von allem anderen getrennt bleiben.«

»Das ist sie aber nicht. Wegen – wegen Ben.« Die Worte wurden erstickt von ihren Händen und ihren Tränen.

Kim rückte näher an Deanna heran und nahm sie fest in die Arme. »Laß dich einfach gehen.«

Ohne zu wissen, warum, tat Deanna es. Sie weinte lange in Kims Armen um Pilar, um Ben und vielleicht sogar um Marc. Sie wußte, sie hatte ihn an seine Geliebte verloren. Das einzige, was sie nicht verloren hatte, war das Baby, das sie nicht wollte. Kim sagte nichts, sondern ließ sie sich ihren ganzen Kummer vom Herzen weinen. Es schien Stunden zu dauern, bis das Schluchzen endlich verstummte und Deanna in Kims Gesicht aufsah.

»Oh, Kim, es tut mir so leid. Ich weiß nicht, was geschehen ist. Mir war...«

»Um Gottes willen, entschuldige dich nicht. Du kannst nicht alles in dich hineinfressen. Das geht einfach nicht. Möchtest du eine Tasse Kaffee?«

Deanna schüttelte den Kopf, doch dann hellte sich ihr Gesicht ein bißchen auf. »Vielleicht eine Tasse Tee.« Kim nahm den Hörer ab und rief in der Küche an.

»Und vielleicht könnten wir hinterher einen Spaziergang machen. Wie hört sich das an?«

»Was ist mit dir? Hast du deine Stellung aufgegeben oder dir nur für heute freigenommen, um bei mir den Psychiater zu spielen?« Deanna lächelte mit roten, nassen Augen.

»Teufel, wenn du deine Bilder aus der Galerie wegnehmen kannst, sollte ich vielleicht einfach kündigen. Das wäre ungefähr ebenso sinnvoll.«

»Nein, du irrst dich. Ich habe das einzig Richtige getan.«

»Aber warum? Das verstehe ich nicht.«

Deanna wollte sie erst durch irgendeine Geschichte von der richtigen Spur ablenken, doch dann sah sie Kim nur an. »Ich möchte Ben nicht mehr sehen.«

»Du hast mit Ben Schluß gemacht?«

Lange Zeit herrschte Schweigen, und die beiden Frauen sahen sich in die Augen. Deanna nickte.

»Du wirst bei Marc bleiben?«

»Ich muß.«

Deanna seufzte und holte das Tablett herein, das Margaret vor die Tür gestellt hatte. Sie reichte Kim ihren Kaffee und setzte sich mit ihrem Tee hin. Vorsichtig nahm sie einen Schluck, kniff die Augen fest zusammen und sprach endlich weiter. »Marc und ich werden ein Kind haben.«

»Was? Machst du Witze?«

Deanna öffnete die Augen wieder. »Ich wünschte, es wäre so. Ich habe es in Frankreich erfahren. Ein paar Tage nach der Beerdigung wurde ich in einer Dorfkirche ohnmächtig, und Marc bestand darauf, mich in das dortige Krankenhaus zu bringen. Er dachte, ich hätte ein tödliches Leiden, aber zu der Zeit waren wir beide in diesem Punkt hysterisch. Und dann wurde festgestellt, daß ich zwei Monate schwanger war.«

»Das macht jetzt?«

»Genau drei Monate.«

»Man sieht es dir nicht an.« Immer noch schockiert, senkte Kim den Blick auf Deannas in Jeans steckenden, ganz flachen Bauch.

»Ich weiß, daß man es mir nicht ansieht. Diesmal bin ich schlank, und ich bin so nervös gewesen, daß ich eine Menge abgenommen habe.«

»Himmel! Weiß Ben es?«

Deanna schüttelte den Kopf. »Ich konnte mich nicht überwinden, es ihm zu erzählen. Ich dachte an... an eine Abtreibung. Und ich habe es versucht. Es war alles schon in die Wege geleitet, aber als ich auf dem Tisch lag, konnte ich einfach nicht. Nicht mit zwei toten Babys – und jetzt Pilar. Ganz gleich, wie sehr es mir widerstrebt, dies Kind zu bekommen, ich kann nicht.«

»Und Marc?«

»Er ist begeistert. Endlich wird er seinen Sohn bekommen. Oder einen Ersatz für Pilar.«

»Und du, Deanna?« fragte Kim leise.

»Was ich bekomme? Nicht viel. Ich verliere den Mann, den ich wirklich liebe, ich werde gezwungen, eine Ehe fortzuführen, die, wie ich entdeckt habe, seit Jahren tot ist, ich bekomme wieder ein Kind, das vielleicht am Leben bleibt, vielleicht auch nicht – und wenn, dann wird es Marc gehören, und er wird es wieder anders erziehen, als ich will, wird es zu zweitausend Prozent französisch machen. Gott weiß, Kim, ich habe es schon einmal durchgemacht. Aber welche andere Wahl habe ich? Was kann ich tun?«

»Du könntest es allein großziehen, wenn du das Kind haben möchtest. Ben würde es vielleicht sogar akzeptieren, auch wenn es nicht von ihm ist.«

»Marc würde mich nie gehen lassen. Er würde alles in seiner Macht Stehende tun, um mich festzuhalten.« Es hörte sich wie eine recht nebelhafte Drohung an, aber Deanna blickte verängstigt über ihre eigenen Worte drein. Kim sah den Schmerz in den Augen ihrer Freundin. »Was könnte er denn tun?«

»Ich weiß es nicht. Irgend etwas. Alles. Mir ist, als könnte ich nie entfliehen. Wenn ich versuchte, mich auf eigene Füße zu stellen, würde er Mittel und Wege finden, mich daran zu hindern. Und irgendwie erschüttert er mein Selbstbewußtsein. Er überzeugt mich, daß ich nicht dazu fähig bin.«

»Sag mir eins, Deanna.« Kim sah sie scharf an. »Hast du in letzter Zeit gemalt?«

Deanna schüttelte den Kopf. »Zu welchem Zweck? Ich kann doch nicht ausstellen.« Ein kleines, hilfloses Schulterzucken.

»Du hattest zwanzig Jahre lang nicht ausgestellt und hast trotzdem gemalt. Warum hast du jetzt aufgehört?«

»Ich weiß es nicht.«

»Weil Marc es dir befohlen hat? Weil er es für töricht hält, weil er dich und deine Kunst herabsetzt?« Jetzt leuchteten Kims Augen hell auf.

»Ich weiß nicht, vielleicht... Er bringt es fertig, alles so trivial und sinnlos erscheinen zu lassen.«

»Und Ben?«

Deannas Stimme wurde weich, und in ihren Augen erschien wieder das Licht, das Kim so selten zu sehen bekam. »Mit Ben ist alles ganz anders.«

»Glaubst du nicht, daß er das Kind lieben könnte?«

»Ich weiß es nicht.« Deanna fand in die Wirklichkeit zurück und richtete die Augen auf Kim. »Ich kann ihn nicht fragen. Ist dir klar, daß ich die ganze Zeit, in der ich mit ihm geschlafen habe, von Marc schwanger war? Begreifst du nicht, wie abscheulich das ist?« Deanna sah aus, als hasse sie sich selbst.

»Um Himmels willen, sei nicht so verdammt zimperlich! Du wußtest doch nicht, daß du schwanger warst, oder?«

»Nein, natürlich nicht.«

»Siehst du wohl? Um Gottes willen, Deanna, es könnte sogar Bens Kind sein!«

Aber Deanna schüttelte den Kopf. »Nein. Da ist ein Zeitunterschied von einem Monat.«

»Könnte das kein Irrtum sein? Du müßtest es selbst am besten wissen.«

»Ja, aber es ist ziemlich schwer zu sagen. Bei mir ist die Periode unregelmäßig. Das bringt alles durcheinander. Ich muß mich auf die Aussage der Ärzte verlassen, nicht auf mein Gefühl. Und sie sagen, ich sei Mitte bis Ende Juni schwanger geworden. Es könnte Bens Kind sein… aber das ist nicht sehr wahrscheinlich.«

Kim saß lange Zeit schweigend da und betrachtete ihre Freundin. Dann stellte sie die eine Frage, die in ihren Augen wichtig war. Alles andere war Nebensache. »Deanna, möchtest du das Kind? Ich meine, wenn sie beide nicht existierten, wenn sie vom Angesicht der Erde fielen und nur du bliebst übrig, würdest du das Kind dann wollen? Denke eine Sekunde darüber nach, bevor du antwortest.«

Deanna brauchte nicht nachzudenken. Dr. Jones hatte sie dasselbe gefragt. Mit zärtlichem Leuchten in den Augen sah sie zu Kim auf. »Die Antwort ist Ja. Ja, ich würde es haben wollen. Ich würde wollen, daß es mein Baby ist. Meins.« Tränen stiegen ihr in die Augen, und sie wandte das Gesicht ab. »Und ich könnte mir einreden, es sei von Ben.«

Kim seufzte und stellte ihre Tasse hin. »Dann, um Gottes willen, bekomme das Kind, Deanna. Freue dich daran. Liebe es. Lebe mit ihm. Gedeihe mit ihm… aber ziehe es allein auf. Verlasse Marc, damit du wenigstens in diesem Kind Glück findest.«

»Ich kann nicht. Ich fürchte mich.«

»Wovor?«

Deanna ließ den Kopf hängen, als schäme sie sich. »Das Gemeine daran ist ja, daß ich es nicht weiß.«

27

»Ich weiß nicht recht, Kim. Die Layouts gefallen mir nicht, und das Ganze hat noch nicht genug Politur.« Ben fuhr sich mit der Hand durchs Haar und sah geistesabwesend auf die gegenüberliegende Wand. Den ganzen Vormittag war es schwierig gewesen, mit ihm umzugehen. Kim konnte sich denken, was ihn ablenkte.

»Wenn Sie letzte Nacht nach Ihrem Rückflug von London ein bißchen geschlafen hätten, würden sie Ihnen vielleicht etwas besser gefallen.« Sie versuchte zu scherzen, aber es war sinnlos. Er sah tatsächlich noch schlechter aus als Deanna, und das wollte viel heißen.

»Machen Sie keine Sprüche. Sie wissen genau, wie ich die Anzeigen haben will.«

»Na gut. Wir machen neue Entwürfe. Werden Sie lange genug hier sein, um sie sich in zwei Wochen anzusehen, oder laufen Sie wieder davon?« Das hatte er in letzter Zeit häufig getan.

»Ich fliege nächsten Dienstag nach Paris. Aber in zwei Wochen bin ich wieder zurück. Ich muß etwas wegen meines Hauses unternehmen.«

»Lassen Sie es renovieren?«

»Ich ziehe aus.«

»Wieso? Ich dachte, Sie lieben es.« In den Monaten, die Kim seinen Etat betreut hatte, waren sie Freunde geworden. Und seine Beziehung zu Deanna hatte ein zusätzliches Band zwischen ihnen geschmiedet.

»Ich kann es nicht mehr ausstehen.« Seine Augen bohrten sich in ihre. »Haben Sie sie gesehen?« Kim nickte stumm. »Wie geht es ihr?«

»Alles in Ordnung.« Ihr ist das Herz gebrochen, es geht ihr lausig, genau wie Ihnen.

»Gut. Ich wünschte, ich könnte von mir das gleiche sagen. Kim, ich – ich weiß nicht, wie ich mich ausdrücken soll. Ich verliere den Verstand. Ich halte es nicht durch. So ist mir noch nie zumute gewesen. Nicht einmal, als meine Frau mich verließ. Und das ist der reine Unverstand. Wir hatten alles, was wir haben konnten. Und ich hatte ihr versprochen, daß... daß es nur für den Sommer sei, daß ich sie nicht unter Druck setzen würde. Aber, um Himmels willen, Kim, sie begräbt sich mit diesem Mann. Ich glaube nicht einmal, daß er sie liebt.«

»Wenn es Ihnen ein Trost ist: Das habe ich auch nie angenommen.«

»Es ist kein Trost. Trotzdem hat sie sich entschieden, bei ihm zu bleiben, ganz gleich, was Sie oder ich denken. Ist sie glücklich? Malt sie?«

Kim hätte ihn gern angelogen, doch sie brachte es nicht fertig. »Nein. Weder – noch.«

»Warum dann? Wegen Pilar? Das begreife ich einfach nicht. Sie hätte mich bitten können zu warten, und ich hätte gewartet. Sie hätte für eine Weile bei ihm bleiben können. Ich hätte sie nicht gedrängt. Welche Macht übt er über sie aus?«

»Mit den Beziehungen zwischen Eheleuten ist es eine merkwürdige Sache. Für Außenstehende ist es schwierig, da durchzublicken. Ich habe Leute gekannt, die sich haßten und doch fünfzig Jahre miteinander verheiratet blieben.«

»Klingt reizend«, bemerkte er bitter. »Ich würde sie ja anrufen, aber ich halte es für besser, wenn ich es nicht tue.«

»Und was ist mit Ihnen, Ben? Wie kommen Sie zurecht?« fragte Kim herzlich.

»Ich verschaffe mir immerfort Arbeit. Ich habe keine andere Wahl. Sie hat mir keine andere Wahl gelassen.«

Kim verzichtete darauf, ihm zu sagen, daß er darüber hinwegkommen würde. Es wäre ihr grausam vorgekommen. »Kann ich Ihnen irgendwie helfen?«

»Ja. Helfen Sie mir, sie zu entführen.« Wieder wandte er das Gesicht ab. »Wissen Sie was? Ich bringe es nicht einmal mehr fertig, meinen Wyeth anzusehen. Er gleicht ihr so sehr.« Seufzend stand er auf, als wolle er sich von seinen eigenen Gedanken losreißen. »Ich weiß nicht, was ich tun soll, Kim. Zum Teufel, ich weiß es nicht.«

»Es gibt nichts, was Sie tun könnten. Ich wünschte nur, es wäre mir möglich, Ihnen zu helfen.«

»Das wünschte ich auch. Aber es geht nicht. Kommen Sie, ich lade Sie zum Lunch ein.«

Kim packte die Anzeigen für die Galerie in ihre Aktentasche und stellte sie auf den Fußboden. Es war eine Qual, ihn in einem solchen Zustand zu sehen.

»Immerzu ertappe ich mich bei dem Wunsch, ihr zufällig zu begegnen. Wenn ich ein Restaurant, einen Laden, ja sogar das Postamt betrete, suche ich nach ihr... als ob ich ihr Gesicht sehen würde, wenn ich meine Augen nur genug anstrenge.«

»Sie geht augenblicklich nicht viel aus.«

»Geht es ihr wirklich gut? Sie ist doch nicht krank?« Verlegen schüttelte Kim den Kopf, und er fuhr fort: »Vermutlich ist die einzige Lösung, immer in Bewegung zu bleiben, zu reisen, zu laufen.«

»Das können Sie nicht in alle Ewigkeit fortsetzen.« Sie stand auf und folgte ihm zur Tür. Seine Augen sahen sie traurig an.

»Trotzdem kann ich es versuchen.«

28

»Was hat der Arzt heute gesagt?« erkundigte sich Marc. Deanna lag bereits im Bett, als er nach Hause kam. »Alles in Ordnung?«

»Er meinte, für vier Monate sei ich furchtbar schlank, aber er nimmt an, das liegt nur an den Nerven. Und diesmal soll ich schon in zwei Wochen wiederkommen, weil er sich überzeugen will, daß die Herztöne des Kindes zu hören sind. Es ist noch zu klein, und Jones sagt, er hätte sie heute schon feststellen müssen. Vielleicht in zwei Wochen.« Keine dieser Neuigkeiten schien Marc zu beunruhigen. »Wie war's denn heute bei dir?«

»Außerordentlich anstrengend. Aber wir haben einen neuen Fall.« Er blickte erfreut drein.

»Wo?«

»In Amsterdam. Ich werde ihn mir mit Jim Sullivan teilen.« Lächelnd blickte er zu ihr nieder. »Ich habe dir doch versprochen, daß ich nicht mehr immerzu verreisen würde. Habe ich Wort gehalten?«

»Völlig.« Jetzt lächelte sie auch. Er war zwei Monate lang zu Hause geblieben und hatte sich nicht von der Stelle gerührt. Es hatte nicht einmal einen Wochenend-Ausflug nach Paris gegeben. Nicht, daß das jetzt noch eine Rolle gespielt hätte. In einer Weise wäre sie erleichtert gewesen, doch er hatte beteuert, die Sache mit diesem

Mädchen sei vorbei. »Es gibt aber keinen Grund, warum du den Fall nicht übernehmen solltest. Wann wird er vor Gericht kommen?«

»Wahrscheinlich nicht vor Juni. Erst eine ganze Zeit nach der Geburt des Babys.«

Das Baby. Es kam ihr immer noch nicht ganz wirklich vor, aber Marc.

»Möchtest du etwas zu essen? Ich gehe für einen Imbiß nach unten.« Schon an der Tür, sah Marc zu ihr zurück, und wieder mit diesem zärtlichen Lächeln. Er dachte jetzt an nichts anderes mehr als an sein Kind und an Deannas Wohlbefinden, da es ausschlaggebend für das seines Sohnes war. Manchmal rührte sie das, meistens ärgerte es sie. Ihr war klar, daß das nichts mit ihr, nur mit dem Kind zu tun hatte, mit seinem Erben.

»Was wirst du essen, Mixed Pickles und Eiscreme?«

»Was würdest du denn vorziehen, Deanna? Kaviar und Champagner? Auch dafür kann gesorgt werden.«

»Ein paar Crackers wären fein.«

»Äußerst langweilig. Ich hoffe, das Baby hat einen besseren Geschmack.«

»Davon bin ich überzeugt.«

Ein paar Minuten später war er wieder da, mit Crackers für sie und einem Sandwich für sich.

»Keine Erdbeeren, keine Pizza, keine Tacos?«

Zum erstenmal seit Monaten erkannte er wieder ihren Sinn für Humor. Aber sie hatte einen angenehmen Tag gehabt. Nach ihrem Besuch beim Arzt war sie mit Kim zum Lunch gegangen. Kim half ihr, in dieser seltsamen, einsamen Zeit den Verstand zu behalten. Und Deanna konnte ihr sagen, wie sehr Ben ihr fehlte. Sie wartete immer noch darauf, daß der Schmerz, ihn verloren zu haben, aufhörte. Doch bisher hatte er sich nicht vermindert.

Marc bot ihr gerade einen Bissen von seinem Sandwich an, als das Telefon neben ihr läutete. »Möchtest du abnehmen? Wahrscheinlich ist es für dich.«

»Um diese Zeit?« Marc sah auf seine Uhr, dann nickte er. In Europa war es acht Uhr morgens. Sehr wahrscheinlich war das Gespräch für ihn. Er setzte sich wieder auf die Bettkante neben seine Frau. So freundlich hatte er sie seit Wochen nicht mehr erlebt. Noch einmal lächelte er ihr zu, dann griff er nach dem Hörer. »Hallo?« Das übliche Summen eines Übersee-Gesprächs war zu hören. Marc überlegte, welcher seiner Mandanten in größter Verlegenheit sein mochte.

»Marc-Edouard?« Es war eine vor Verzweiflung hysterische Stimme, und er spürte, wie er plötzlich blaß wurde. Chantal. Deanna sah, daß sein Rücken sich leicht versteifte. Stirnrunzelnd wandte er sich von ihr ab.

»Ja? Was ist?« Er hatte erst heute morgen mit ihr telefoniert. Warum rief sie ihn zu Hause an? Er hatte ihr bereits versprochen, in ein paar Wochen nach Europa zurückzukommen. Er war überzeugt, daß er gleich nach dem Erntedankfest von Deanna loskommen könnte. Dann hatte er wahrlich seine Schuldigkeit getan. Zwei und einen halben Monat an ihrer Seite in den Vereinigten Staaten. »Ist etwas passiert?«

»Ja.« Sie stieß einen langen, erstickten Seufzer aus, und Marc packte die Angst. »Ich bin – ich bin wieder im Krankenhaus.«

»Ah, *merde.*« Er schloß die Augen, und Deanna bemerkte sein Stirnrunzeln. »Warum diesmal? Die gleiche Sache?«

»Nein. Ich bin mit meinem Insulin durcheinandergekommen.«

»Ausgeschlossen.« Es sei denn, du hast es mit Absicht getan. Er dachte an den Abend im Krankenhaus und die Panik, die ihn erfüllt hatte. »Nach all diesen Jahren ist es doch unmöglich...« Es war so peinlich, dazusitzen und mit ihr zu reden, während Deanna zuhörte. »Ist soweit alles in Ordnung?«

»Ich weiß es nicht.« Dann, nach einer Pause: »Oh, Marc-Edouard, ich brauche dich. Kannst du bitte nach Hause kommen?« Verdammt. Wie konnte er das hier mit ihr diskutieren?

»Ich habe die notwendigen Papiere nicht hier, um Ihnen diese Situation darzulegen. Können wir morgen von meinem Büro aus darüber sprechen?« Er nahm den Apparat und ging mit ihm auf die andere Seite des Zimmers zu einem Sessel. Deanna hatte begonnen, in ihrem Buch zu lesen. Das Gespräch hörte sich langweilig an, und Marc wirkte verärgert.

Marc jedoch fand die Unterhaltung alles andere als langweilig. Chantal hatte auf seinen Vorschlag, morgen von seinem Büro aus zu reden, mit einem kurzen Aufschrei geantwortet.

»Nein! Du kannst mich nicht immerzu hinhalten!«

»Ich halte Sie nicht hin. Ich weiß einfach nicht, wann es mir möglich ist.«

»Dann laß mich zu dir kommen. Du hast mir versprochen, wenn du nicht wegkommst, dürfte ich nach San Francisco fliegen. Warum darf ich es nicht?«

»Ich muß morgen darüber mit Ihnen sprechen, wenn ich die Unterlagen habe. Können Sie nicht zehn Stunden warten? Dann rufe ich Sie zurück.« Seine Stimme klang stählern. »Wo erreiche ich Sie?« Sie nannte ihm den Namen einer Privatklinik, und er war dankbar, daß es diesmal wenigstens nicht das amerikanische Krankenhaus war. Er hätte es nicht ertragen, sie dort anzurufen. »Ich setze mich mit Ihnen in Verbindung, sobald ich wieder im Büro bin.«

»Wenn du das nicht tust, nehme ich einfach das nächste Flugzeug.«

Sie benahm sich wie ein verwöhntes, ein gefährliches Kind. Er wollte keine weiteren Aufregungen mit Deanna. Nicht bis nach der Geburt. Dann konnte man weitersehen. Die Lage würde folgende sein: Wegen seiner eigenen Staatsangehörigkeit war das Kind von Rechts wegen sowohl Franzose als auch Amerikaner. Und in Frankreich unterstand es dem französischen Gesetz. Dort gehörte es ihm. War das Kind einmal in Frankreich, hatte Deanna keine Möglichkeit, es wieder herauszuholen. Gar keine. Der Gedanke würde ihn die nächsten sieben Monate über Wasser halten. Sobald das Baby einen Monat alt war, würde er es nach Frankreich bringen, um es seiner Großmutter zu zeigen. Deanna kam natürlich mit, aber dann konnte sie ihre eigene Wahl treffen, gehen oder bleiben. Das Kind jedoch würde das Land nicht wieder verlassen. Wenn nötig, blieb es bei Marcs Mutter, und Marc wollte schon dafür sorgen, daß er den Großteil seiner Zeit ebenfalls dort verbrachte. Das Baby gehörte ihm... wie Pilar ihm hätte gehören sollen und gehört hätte, wäre Deanna nicht gewesen. Die Gedanken an das Baby lenkten ihn von Pilar ab. Das neue Kind würde völlig sein eigen sein. In der Zwischenzeit brauchte er Deanna. Er brauchte sie gesund und glücklich, bis sie das Kind geboren hatte. Und danach wollte er von Herzen gern mit ihr verheiratet bleiben – vorausgesetzt, sie willigte ein, mit dem Kind in Frankreich zu leben. Er hatte alles genau überlegt. Zu diesem Zeitpunkt durfte Chantal seine Pläne nicht stören.

»Marc-Edouard? Hast du gehört? Ich sagte, wenn du nicht

kommst, nehme ich das nächste Flugzeug.«

»Wohin?« Sein Ton war eisig.

»Nach San Francisco natürlich. Was hast du denn gedacht?«

»Lassen Sie mich die Entscheidungen treffen. Ich gebe Ihnen Bescheid. Morgen. Verstanden?«

»*D'accord.* Und – Marc-Edouard?«

»Ja?« Der Klang ihrer Stimme besänftigte ihn ein wenig.

»Ich liebe dich so sehr.«

»Ich bin absolut überzeugt, daß das eine gegenseitige Übereinstimmung ist.« Beinahe hätte er gelächelt. »Ich rufe in ein paar Stunden zurück. Guten Abend.«

Marc legte den Hörer auf und seufzte. Er merkte nicht, daß Deanna ihn beobachtete.

»Ein unzufriedener Mandant?«

»Nichts, was ich nicht in Ordnung bringen könnte.«

»Gibt es überhaupt etwas, das du nicht in Ordnung bringen kannst?«

Lächelnd sah er ihr in die Augen. »Ich will es nicht hoffen, Liebes. Ganz bestimmt nicht.«

Eine halbe Stunde später kam er ins Bett. Deanna lag wach neben ihm.

»Marc?«

»Ja?« Es war dunkel im Zimmer.

»Stimmt irgend etwas nicht?«

»Nein, alles in Ordnung. Was sollte denn nicht stimmen?«

»Ich weiß es nicht. Dieser Anruf... solltest du mehr reisen, als du es tust?« Sie kannte die Antwort auf diese Frage schon.

»Ja. Doch es läßt sich auch so einrichten. Ich möchte dich nicht allein lassen.«

»Ich käme schon zurecht.«

»Wahrscheinlich. Aber solange ich nicht unbedingt fort muß, werde ich bleiben.«

»Das weiß ich zu schätzen.«

Es war das erste Mal seit Monaten, daß sie einen freundlichen Gedanken für ihn hatte. Sie berührte seinen Handrücken, und er schloß die Augen. Er hätte gern ihre Hand ergriffen und festgehalten, sie geküßt, sie *ma Diane* genannt, aber er konnte es nicht mehr, jetzt nicht mehr. Schon war sein Kopf voll von Gedanken an Chantal.

»Mach dir keine Sorgen, Deanna. Alles wird gut werden.« Er streichelte ihre Hand und drehte ihr ganz auf seiner Seite des Bettes den Rücken zu.

»Was ist das für ein Wahnsinn, daß du mich mitten in der Nacht zu Hause anrufst?« wütete Marc-Edouards Stimme über einen Kontinent und einen Ozean hinweg. »Wenn sie sich nun gemeldet hätte?«

»Na und? Verdammt noch mal, sie weiß doch Bescheid!«

Nein: Sie hatte Bescheid gewußt. Vergangenheit, nicht Gegenwart. »Es geht nicht darum, was sie weiß. Du hast kein Recht, so etwas zu tun! Ich hatte es dir ausdrücklich verboten!«

»Ich habe das Recht, zu tun, was mir paßt.« Ihre Stimme schwankte. Plötzlich weinte sie in sein Ohr. »Ich kann nicht mehr, Marc-Edouard. Bitte, es sind jetzt mehr als zwei Monate.«

»Genau zwei Tage mehr als zwei Monate.« Er mußte sie beruhigen. Wenn er sie nicht verlieren wollte, mußte er etwas unternehmen. Es würde ein schwieriger Winter werden, immer von einer Frau zur anderen.

»Bitte...« Fast verabscheute sie sich, daß sie ihn anflehte, aber sie brauchte ihn. Sie wollte bei ihm sein. Sie wollte ihn nicht von neuem an seine Frau verlieren. Immer verschworen sich die Umstände gegen sie, sogar Pilars Tod, Geschehnisse, die ihn und Deanna einander näherbrachten, Zeiten, wo sie sich brauchten. Jetzt brauchte sie ihn notwendiger, und diesmal würde sie nicht verlieren. »Marc-Edouard?« Wieder war die Drohung in ihrer Stimme.

»Chantal, Liebling, willst du nicht bitte noch ein Weilchen warten?«

»Nein. Wenn du jetzt nichts unternimmst, ist Schluß. Ich kann so nicht weiterleben. Es treibt mich zum Wahnsinn.«

O Gott, was sollte er mit ihr anfangen? »Ich komme nächste Woche.«

»Nein, du kommst nicht. Du wirst eine Ausrede finden.« Ihr Ton wurde härter. »Ein Freund hat mich ins Krankenhaus gebracht, Marc-Edouard. Der Mann, den ich in diesem Sommer erwähnte. Wenn du mich nicht für immer zu dir kommen läßt, werde ich –«

»Drohe mir nicht, Chantal!« Aber etwas in ihren Worten und ihrem Ton drehte ihm das Herz um. »Willst du mir sagen, daß du diesen Mann heiraten wirst?«

»Warum nicht? Du bist verheiratet, warum kann ich es nicht auch sein?«

O Gott, war das ihr Ernst? Wenn sie wie bei den Selbstmordversuchen den Gedanken tatsächlich in die Tat umsetzte? »Wenn du herüberkommt«, erklärte er, »kannst du nicht in der ganzen Stadt herumlaufen. Du müßtest außerordentlich diskret sein. Das würde dich sehr schnell langweilen.«

»Willst du mich das entscheiden lassen?« Sie merkte, daß er schwankte, und auf ihrem Gesicht begann ein kleines Lächeln aufzublühen. »Ich werde brav sein, Liebling, das verspreche ich dir.«

Und nun lächelte er auch. »Du bist immer brav. Nicht nur brav – musterhaft. Na gut, du entschlossene kleine Erpresserin, du, ich besorge dir heute noch die Flugkarte.«

Vor Triumph und Freude jubelte sie auf. »Wann kann ich kommen?«

»Wann wirst du aus dem Krankenhaus entlassen?«

»Heute abend.«

»Dann komm morgen.« Jetzt strahlten sie beide. Zum Teufel mit den Komplikationen, er starb vor Verlangen, sie wiederzusehen. »Und, Chantal...«

»Oui, mon amour?« Sie war ganz Unschuld und Macht, wie eine in rosa Seide eingewickelte Atomrakete.

»Je t'aime.«

29

Chantal kam als erster Passagier durch den Zoll, und als er sah, wie sie sich einen Weg zu ihm bahnte, breitete sich ein Lächeln über sein ganzes Gesicht aus. Mein Gott, war sie schön! Sie war in champagnerfarbenes Wildleder gehüllt, mit einem riesigen Luchskragen und passendem Hut. Ihr kastanienrotes Haar leuchtete zu ihm herüber. Sie rannte auf ihn zu, und die goldenen Augen schienen zu tanzen. Er sah, daß sie die Absicht hatte, ihn zu küssen, sich jedoch gleich darauf erinnerte. Statt dessen gingen sie Seite an Seite dahin, flüsternd, redend, lachend; sie hätten sich ebensogut küssen und sich gegenseitig die Kleider herunterreißen können. Es war offensichtlich, wie glücklich sie waren, wieder beisammen zu sein. Er hatte beinahe vergessen, wie unglaublich anziehend sie war. Sie war schon etwas ganz Besonderes. Ihr überwältigender Charme kam bei bloßen Telefongesprächen nicht zur Wirkung. Er konnte nur mit Mühe die Hände von ihr lassen. Dann stiegen sie in seinen Leihwagen, und endlich berührte er ihren Körper, ihr Gesicht, drückte er sie an sich und erstickte sie mit Küssen.

»O Gott, du fühlst dich so gut an«, stieß er atemlos hervor, und sie lächelte. Jetzt hatte sie das Heft wieder in Händen, und das Machtgefühl lachte aus ihren Augen.

»Dummkopf, du hättest mich ein Jahr von dir ferngehalten.«

»Nein, aber ich... es war alles zu verwickelt.«

Chantal rollte die Augen und seufzte. »Egal. Jetzt ist es vorbei. Solange wir uns haben, ist es mir gleichgültig.« Ihm schoß es durch den Kopf, wie lange sie wohl zu bleiben beabsichtige, aber fragen wollte er sie nicht. Er wollte überhaupt nicht mit ihr reden, er wollte sie für den Rest seines Lebens nur noch festhalten und lieben.

Der Wagen fuhr am Huntington-Hotel vor, und Marc-Edouard half ihr heraus. Er hatte bereits ein Zimmer gemietet und für zehn Tage im voraus bezahlt. Sie brauchten nichts weiter zu tun, als hinter ihrer Tür zu verschwinden. Im Büro hatte er gesagt, er sei den ganzen Tag abwesend.

»Marc?« Deanna hob im Dunkeln verschlafen den Kopf und lächelte. Es war zwei Uhr morgens vorbei, und sie hatte zwei Stunden geschlafen.

»Nein, hier ist der Präsident. Wen hattest du denn erwartet?«

»Dich. Warum kommst du so spät?« Er hatte nicht einmal angerufen, aber sie hatte sich eigentlich keine Sorgen gemacht.

»Mandanten von außerhalb. Wir hatten den ganzen Tag eine Besprechung nach der anderen. Wir sind nicht einmal zum Lunch gegangen.« Statt dessen hatten sie sich den Lunch aufs Zimmer bringen lassen, und das Dinner hatte er eigens beim L'Etoile bestellt.

»Hört sich sehr langweilig an.« Deanna drehte sich im Bett um.

»Wie geht es dir?« Er zog sich aus und stand mit dem Rücken zu seiner Frau. Es war seltsam, jetzt zu ihr nach Hause zu kommen. Fast wäre er über Nacht weggeblieben, aber dafür mußte er erst die

Voraussetzungen schaffen. Er hatte Chantal das Wochenende versprochen, und noch ein paar andere Tage.

»Danke, ich bin schläfrig.«

»Gut. Ich auch.« Er schlüpfte ins Bett, berührte ihre Wange und küßte sie irgendwo auf den Scheitel. *»Bonne nuit.«* Das hatte er auch zu Chantal gesagt, als er ging, nur hatte er hinzugefügt: *»Mon amour.«*

»Ist mir gleich«, erklärte Chantal. »Ich reise nicht ab. Und wenn du das Hotel nicht länger bezahlst, bezahle ich es selbst oder suche mir eine Wohnung. Mit meinem Visum kann ich sechs Monate bleiben.«

»Das ist Blödsinn.« Marc sah sie von der anderen Seite des Zimmers her böse an. Sie stritten seit einer Stunde. Chantal schob das zarte Kinn in eigensinnigem Zorn vor. »Ich habe dir doch gesagt, daß ich in zwei Wochen wieder in Paris sein werde.«

»Für wie lange? Fünf Tage? Eine Woche? Und was dann? Dann sehe ich dich wieder zwei Monate lang nicht. *Non! Non, non et non!* Entweder wir bleiben jetzt zusammen, oder es ist Schluß. Für immer! Und das, Marc-Edouard Duras, ist mein letztes Wort. Entscheide dich. Entweder bleibe ich jetzt hier, und wir arbeiten etwas aus, oder ich fliege nach Hause. Und wir sind fertig miteinander. *Finis! C'est compris?*« Ihre Stimme schrillte durch den eleganten Raum. »Aber bei diesem Spielchen mache ich nicht mehr mit. Das habe ich dir gesagt, bevor ich herkam. Ich verstehe nicht, warum du deine Ehe mit ihr aufrechterhalten willst. Jetzt hast du nicht einmal mehr Pilar als Vorwand. Aber es ist mir verdammt gleichgültig. Ich werde nicht ohne dich weiterleben. Das kann ich einfach nicht. Nein, ich bleibe. Oder –« sie sah ihn unheilverkündend an »– ich gehe für immer.«

»Und was wird in sechs Monaten sein, wenn dein Visum abläuft? Das heißt, falls ich dich bleiben ließe.« Seine Gedanken rasten, und er rechnete… sechs Monate. Es könnte klappen. Chantal könnte dann nach Hause zurückkehren, und er würde ihr in wenigen Wochen folgen. Dann würde er Deanna und das Baby bei seiner Mutter auf der Rue François Premier unterbringen. Es wäre vielleicht sogar günstig, wenn er die meiste Zeit dort zubrächte. Natürlich müßte er immer wieder in die Staaten fliegen, aber Paris wäre die Heimatbasis. »Weißt du, Chantal«, sagte er, »schließlich wird doch noch alles in

Ordnung kommen. Wenn ich dir nun erzähle, daß ich daran denke, meinen Hauptwohnsitz nächstes Jahr nach Paris zu verlegen? Das Büro hier will ich behalten, aber statt die ganze Zeit von hier nach Paris zu reisen, möchte ich es umgekehrt machen und drüben leben.«

»Mit deiner Frau?« Sie beäugte ihn mißtrauisch. Sie war sich nicht klar darüber, was er im Sinn hatte.

»Nicht unbedingt, Chantal. Das muß durchaus nicht sein. Ich plane für nächstes Jahr eine ganze Reihe von Änderungen.« Er sah sie mit der schwachen Andeutung eines Lächelns an, und da begannen auch ihre Augen zu leuchten.

»Du möchtest wieder nach Paris ziehen? Warum?« Sie hätte gern gefragt: »Meinetwegen?«, aber ganz traute sie sich nicht.

»Ich habe mehrere Gründe für den Umzug, und du bist darunter nicht der unwichtigste.«

»Ist das dein Ernst?« Sie betrachtete ihn forschend, und ihr gefiel, was sie sah.

»Mein voller Ernst.«

»Und in der Zwischenzeit?«

»Vielleicht erlaube ich dir hierzubleiben.« Er sagte es mit einem halben Lächeln. Fast noch bevor er ausgesprochen hatte, flog sie durchs Zimmer und in seine Arme.

»Ist das wirklich wahr?«

»Ja, mein Liebling, das ist wahr.«

30

Marc-Edouard parkte seinen Jaguar an der Ecke und nahm die große, einfach verpackte Schachtel vom Sitz. Blumen hatte er ihr bereits geschickt, denn es wäre ihm peinlich gewesen, mit einem Strauß über die Straße zu gehen. Die Schachtel war unhandlich, aber diskret. Vor dem schmalen Haus, das zwischen die Paläste auf dem Nob Hill eingeschachtelt war, blieb er stehen und drückte einen der beiden Klingelknöpfe. Es war eine ruhige Wohnung, zu der eine kurze Treppe hinaufführte. Die Flure waren aus schwarz-weißem Marmor, die Armaturen aus tadellos poliertem Messing. Belustigt hörte er sie an die Tür rennen. Sie hatten die Wohnung möbliert von November bis Juni gemietet. Und sie hatten sie in nicht einmal einer Woche gefunden. Chantal wohnte seit genau zwei Tagen darin, aber dies würde ihr erstes Dinner »zu Haus« sein.

Er lauschte auf ihre sich nähernden Schritte und konnte ein Lächeln nicht unterdrücken. Es war die richtige Entscheidung gewesen, auch wenn sie sie erzwungen hatte. Wie schön würde es sein, wenn Chantal den ganzen Winter über hier war. Frühling. Deanna leistete ihm nie mehr Gesellschaft; die meiste Zeit versteckte sie sich in ihrem Atelier. Nicht daß sie dort arbeitete. Sie saß nur herum.

»Alors!« Noch einmal drückte er auf die Klingel. Plötzlich flog die Tür auf, und sie stand da, hinreißend in einem weißen Chiffon-Kaftan mit Silbersandaletten an den Füßen.

»Bonsoir, Monsieur.« Sie knickste tief, dann richtete sie sich mit schelmischem Lächeln auf. Die Wohnung war schummerig beleuchtet, und im Zimmer hinter ihr entdeckte er einen mit Blumen und Kerzen gedeckten Tisch.

»Wie hübsch alles ist!« Er hielt sie in einem Arm und sah sich um. Alles war Silber und Kerzenschimmer, alles blitzte und funkelte. Es war eine hübsche kleine Wohnung. Sie gehörte einem Dekorateur, der den Winter mit seinem Liebhaber in Frankreich verbrachte. Ein perfektes Arrangement. Marc drückte Chantal fester an sich. »Du bist eine schöne Frau, Chantal, *ma chérie.* Und außerdem duftest du himmlisch.« Sie lachte. Er hatte ihr gestern eine große Flasche Joy geschickt. Es war herrlich, sie so in der Nähe zu haben. Er konnte zum Lunch aus dem Büro weglaufen, sich abends, bevor er nach Hause ging, mit ihr treffen. Er konnte zum Kaffee und einem Kuß am Morgen oder für Liebe am Nachmittag vorbeischauen.

»Was ist in der Schachtel?« Neugierig und belustigt betrachtete sie das große Paket. Er ließ eine Hand langsam an ihrem Bein hochgleiten. »Laß das! Was ist in der Schachtel?« Sie lachte, und er fuhr mit der Hand an ihren nackten Beinen hinauf und hinunter.

»Was für eine Schachtel? Ich habe keine Schachtel mitgebracht.« Er drückte seine Lippen in ihre Kniekehle und ließ sie auf der Innenseite ihres Oberschenkels langsam nach oben wandern. »Ich finde dich viel interessanter, Liebste, als irgendwelche Pakete.« Da war sie gleicher Meinung. Minuten später lag der Kaftan zerknüllt am Boden.

»Merde!« Sie riß sich aus seinen Armen los. Fast eine halbe Stunde lang hatten sie geschlafen und bis jetzt friedlich nebeneinander auf dem Bett gelegen. Marc-Edouard setzte sich erstaunt hoch.

»Was meinst du?« Er versuchte, ein beleidigtes Gesicht zu machen, und streckte seinen langen nackten Körper über das Bett. Wie eine sehr lange, sehr helle Katze sah er aus. Aber sie war schon halbwegs durchs Zimmer gerannt.

»Der Truthahn! Ich habe ihn vergessen!« Sie eilte in die Küche, und er blieb grinsend zurück. Eine Minute später war sie wieder da und sah erleichtert aus.

»Ça va?«

»Oui, oui. Er ist beinahe sechs Stunden im Ofen, aber er sieht noch gut aus.«

»Das tun Truthähne immer. Sie schmecken einfach wie Stroh. Und warum, wenn ich fragen darf, hast du nach bloß drei Wochen in den Staaten begonnen, Truthähne zu braten?« Lachend setzte er sich hoch, und sie kam und nahm neben ihm auf der Bettkante Platz.

»Ich habe ihn gebraten, weil morgen Erntedankfest ist. Und ich bin sehr dankbar.«

»Wirklich? Für was?« Er legte sich wieder zurück und zerzauste ihr dichtes kastanienrotes Haar. Es berührte jetzt ihre Schultern und rahmte zart ihr Gesicht ein. »Für was bist du so dankbar, hübsches Mädchen?«

»Für dich. Dafür, daß ich hier lebe. Daß ich in die Staaten kommen durfte. *La vie est belle, mon amour.*«

»Ja? Dann geh und öffne dein Paket.« Er versuchte, ein Lächeln zu verbergen.

»Oh, *toi alors!* Du!« Sie rannte ins andere Zimmer und kam mit der in braunes Papier eingewickelten Schachtel zurück. »Was ist es?« Sie sah wie ein kleines Mädchen am Heiligen Abend aus, und er lächelte. *»Qu'est-ce que c'est?«*

»Mach auf und sieh nach!« Ihm machte es jetzt fast ebensoviel Spaß wie ihr. Sie riß das braune Papier ab und entdeckte eine ganz einfach aussehende braune Schachtel. Er ergötzte sich an den Listen, die er angewandt hatte. Chantal saß da und betrachtete die Schachtel, fürchtete sich, sie zu öffnen, genoß immer noch die Überraschung.

»Ist es etwas für das Haus?« Ihre Augen waren riesengroß, aber sein Blick senkte sich schnell zu den vollkommen geformten Brüsten nieder. Nackt kniete sie neben ihm auf dem Bett und hielt die große Schachtel umklammert.

»Mach schon, Dummchen... *vas-y.*« Sie hob den Deckel und tauchte ihre Finger in das Seidenpapier. Ihre Hände zuckten zurück, als habe sie eine Flamme berührt, und flogen an ihren Mund.

»Ah, *non*! Marc-Edouard!«

»Oui, Mademoiselle?«

»Oh...« Von neuem wühlte sie in dem Seidenpapier, und ihre Augen wurden noch größer. Langsam, behutsam, mit außerordentlicher Vorsicht zog sie den Inhalt heraus. Sie hielt ihn hoch, schnappte nach Luft. Zart strich sie mit der Hand über das Fell. Es war ein wunderschöner russischer Zobelmantel, braun wie Bitterschokolade. »O mein Gott.«

»Probiere ihn an.« Er nahm ihn ihr ab und legte ihn ihr sorgsam um die Schultern. Sie kuschelte sich hinein und knöpfte ihn bis zum Kinn zu. Er war herrlich geschnitten und sah phantastisch an ihr aus. Glatt fiel er um ihre schmale Taille und über die schlanken Hüften.

»*Bon Dieu, chérie, que tu es belle.* Wie unglaublich schön du bist, Chantal. Oh, meine Liebste!« In einer Mischung aus Ehrfurcht und Erregung sah er zu, wie sie sich auf einem Fuß drehte. Der Mantel öffnete sich ein wenig und enthüllte ein nacktes Bein.

»Etwas Ähnliches habe ich noch nie besessen.« Überwältigt betrachtete sie sich im Spiegel. Dann richtete sie den Blick wieder auf ihn. »Marc-Edouard, das ist... ein so unglaubliches Geschenk!«

»Für eine ungewöhnliche Frau.« Ohne ein weiteres Wort verließ er das Zimmer, um die Flasche Champagner zu holen. Er kam mit der Flasche und zwei Gläsern zurück, stellte sie ab und nahm Chantal in die Arme. »Sollen wir feiern, mein Darling?«

Mit einem goldenen Lächeln nickte sie und schmolz in seinen Armen.

»Was macht Marc heute abend?«

»Eine geschäftliche Besprechung, wie üblich«, sagte Deanna zu Kim. »Er hat Mandanten aus Europa hier. Ich sehe ihn überhaupt nicht mehr.« Es war das erste Mal, daß sie Kim gestattet hatte, sie buchstäblich aus dem Haus und zum Dinner zu zerren. Wegen Pilars Tod und ihrer Schwangerschaft war Deanna seit Monaten nirgendwo mehr gewesen. Sie hatten sich wie immer für Trader Vic entschieden. »Himmel, ich gebe es ungern zu, aber es ist herrlich, mal auszugehen.« Und hier fürchtete sie nicht, Ben zu begegnen. Sie wußte, Lokale wie dies mochte er nicht.

»Wie geht es dir?«

»Nicht schlecht. Kaum zu glauben, daß es beinahe fünf Monate sind.« Aber allmählich war es ihr anzusehen, auch wenn es nur eine kleine Ausbuchtung in dem trapezförmigen Kleid aus schwarzem Wollkrepp war.

»Möchtest du, daß wir eine Geschenkparty arrangieren?« Kim grinste ihr über die Hors d'œuvres zu.

»Für das zu erwartende Baby?« fragte Deanna. Kim nickte, und Deanna rollte die Augen. »Natürlich nicht! Dafür bin ich zu alt. Mein Gott, Kimberly!«

»Bist du nicht. Wenn du nicht zu alt für ein Baby bist, bist du auch nicht zu alt für die dazugehörige Geschenkparty.«

»Zieh mich bloß nicht auf!« lachte Deanna. Heute abend stand in ihren Augen nichts von Zorn oder Schmerz geschrieben. Kim hatte sie seit Wochen nicht mehr so ausgeglichen erlebt, und auch ihr Sinn für Humor schien zurückgekehrt zu sein. »Übrigens, was machst du am Erntedankfest? Irgend etwas Besonderes?«

»Nicht viel. Ich treffe mich mit ein paar Freunden zum Dinner. Und du?«

»Das übliche. Nichts.« Deanna zuckte die Schultern. »Marc wird arbeiten.«

»Möchtest du mit mir kommen?«

»Nein. Wahrscheinlich wird es mir gelingen, ihn irgendwohin zum Dinner zu schleifen. Das habe ich mit Pilar immer getan. Ein Restaurant oder Hotel ist nicht das, was man ein richtiges Erntedankfest nennen würde, aber es wird genügen. Und wenigstens sitzen wir dann nicht zwei Wochen lang mit Truthahn-Sandwiches da.« Deanna schoß es durch den Kopf, was Ben wohl unternehmen würde. Wahrscheinlich fuhr er nach Carmel. Vielleicht war er aber auch noch im Osten. Sie wollte Kim nicht danach fragen.

Die Unterhaltung ging auf andere Themen über. Es war halb elf, als sie sich endlich erhoben, ein bißchen müde und sehr vollgegessen.

Sie hatten einen angenehmen Abend ohne jeden Mißklang verbracht.

»Möchtest du noch etwas trinken?« erkundigte Kim sich. Aber auch sie sah nicht so aus, als wolle sie den Abend noch sehr in die Länge ziehen. Und Deanna war müde.

»Vielleicht ein anderes Mal. Ich muß gestehen, ich bin fertig. Ich bin immer noch in der Phase, wo man sich die ganze Zeit müde fühlt.«

»Wann hört das auf? Oder ist das während der ganzen Schwangerschaft so?«

»Für gewöhnlich dauert es genau vier Monate, aber bei mir ist es länger. Ich habe viereinhalb Monate hinter mir, und trotzdem bin ich immerzu schläfrig.«

»Dann genieße es und sei froh, daß du nicht arbeitest.« Doch Deanna war nicht froh darüber. Sie wünschte, sie würde arbeiten. Es gäbe ihr etwas zu denken, solange sie nicht malte. Sie war immer noch nicht fähig, ein neues Bild anzufangen. Jedesmal, wenn sie sich dazu niedersetzte, hinderte irgend etwas sie daran. Ihre Gedanken wichen sofort zu Pilar oder zu Ben ab, oder sie geriet wegen des Babys in Panik. Stunden konnten vergehen, während sie nur dasaß und ins Leere starrte.

Man brachte Kims kleinen roten M.G. vor die Tür. Kim gab dem Pagen ein Trinkgeld und glitt hinter das Lenkrad. Deanna stieg mit einem Ächzen ein.

»In zwei Monaten muß ich darauf verzichten, in deinem Auto mitzufahren.« Sie hatte die Knie beinahe bis ans Kinn gezogen und lachte, und Kim lachte mit.

»Ja, ich glaube, es ist ein Kunststück, mit einem dicken Bauch in dies Ding einzusteigen.« Beide lachten von neuem. Kim fuhr los, bog vom Cosmo-Platz links ein und noch einmal links, bis sie bei Jones scharf nach rechts lenkte, um einer die Straße blockierenden Baustelle auszuweichen. »Wir können ebensogut am Nob Hill vorbeifahren.« Lächelnd sah sie zu Deanna hinüber. Beide schwiegen. Deanna sehnte sich nach ihrem Bett.

Sie hielten an einem Stop-Zeichen, als Deanna sie sah. Einen Augenblick lang dachte sie, dieser Mann sehe Marc doch erstaunlich ähnlich, und dann erkannte sie zu ihrem Schreck, daß er es war. Sie holte heftig Atem. Kim sah sie scharf an und folgte dann der Richtung ihres Blickes. Es war Marc mit einer eleganten Frau in einem herrlichen dunklen Zobelmantel. Sie hielten sich eng umschlungen. Er wirkte wie ein viel jüngerer Mann, und sie sah mit ihrem üppigen offenen Haar und einem leuchtendroten Kleid, das durch den Mantel lugte, besonders schön aus. Sie warf den Kopf zurück und lachte, und Marc küßte sie mitten auf den Mund. Deanna erstarrte.

Nun trat die Frau zurück, und Deanna erkannte sie. Es war das Mädchen vom Flughafen – und sie hatte sie in der Nacht, als Pilar starb, mit ihm gesehen. Plötzlich war ihr, als habe man die Luft aus ihr herausgequetscht, so daß sie nach Atem ringen mußte. Sie stiegen in seinen Wagen. Deanna umklammerte Kimberlys Arm.

»Bitte, fahr los. Verschwinden wir. Ich will nicht, daß er uns sieht... er würde denken...« Sie wandte den Kopf vom Fenster ab, wollte nichts mehr sehen, und wie in einem Reflex stampfte Kim den Fuß aufs Gas. Der Wagen sprang vorwärts, und sie rasten in Richtung Bucht davon. Deanna versuchte, ihre wirbelnden Gedanken zu ordnen. Was hatte das zu bedeuten? Warum war das Mädchen hier? War das... bedeutete das... hatte er...? Aber sie kannte alle Antworten, und Kim auch. Sie hatten fünf Minuten lang schweigend und beobachtend in dem kleinen roten Wagen gesessen. Es war Kim, die als erste sprach.

»Deanna, es – es tut mir leid. Ist da...? Scheiße! Ich weiß nicht, was ich sagen soll.« Sie sah zu Deanna hinüber. Sogar in der Dunkelheit war zu erkennen, wie schrecklich blaß sie war. »Möchtest du für ein Weilchen mit zu mir nach Hause kommen, bis du dich beruhigt hast?«

»Weißt du, was sehr merkwürdig ist?« Sie wandte sich mit diesen riesigen, leuchtenden grünen Augen Kim zu. »Ich bin ruhig. Mir ist, als habe alles plötzlich aufgehört. Das Durcheinander, die Verwirrung, die Furcht und die Verzweiflung... es ist alles vorbei, es ist fort.« Sie blickte aus dem Fenster in die neblige Nacht und sprach mit Kim, ohne sie anzusehen. »Ich glaube, jetzt weiß ich, was ich tun werde.«

»Was?« Kim machte sich Sorgen um ihre Freundin. Es war ein schrecklicher Schock gewesen. Sie selbst zitterte immer noch.

»Ich werde ihn verlassen, Kim.« Kim antwortete nicht gleich. Sie betrachtete nur Deannas Profil, das sich klar von der Nacht abhob. »Ich kann so nicht bis an mein Lebensende weitermachen. Und ich nehme an, daß es schon seit Jahren so geht. Ich habe ihn mit ihr in Paris gesehen... an dem Abend, als Pilar... sie war mit ihm aus Athen gekommen. Der Witz dabei ist, daß er, als er im September nach Hause kam, schwor, es sei vorbei.«

»Hältst du es für ernst?«

»Ich weiß es nicht. Vielleicht kommt es darauf gar nicht an. Das Problem ist –« endlich wandte sie ihrer Freundin das Gesicht zu, »– daß für mich nicht genug übrigbleibt. Wie es auch sein mag. Ich bin die ganze Zeit allein. Wir teilen nichts miteinander, und wir werden nicht einmal dies Kind teilen. Er wird es mir wegnehmen, wie er es mit Pilar gemacht hat. Warum sollte ich bei ihm bleiben? Aus Pflichtgefühl, aus Feigheit, aus irgendeinem verrückten Sinn für Loyalität, den ich in all den Jahren aufrechterhalten habe? Für was? Hast du ihn dir eben angesehen? Er wirkte glücklich, Kim. Er wirkte jung. So hat er bei mir in achtzehn Jahren fast nie ausgesehen. Ich bin mir nicht einmal mehr sicher, ob er je so ausgesehen hat. Vielleicht ist sie gut für ihn. Vielleicht gibt sie ihm etwas, das ich nie gehabt habe. Aber was es auch sein mag, es ist sein Problem. Ich steige aus.«

»Überleg es dir erst noch einmal«, riet Kim ruhig. »Vielleicht ist dies nicht der richtige Zeitpunkt. Vielleicht solltest du warten, bis das Baby da ist. Möchtest du während deiner Schwangerschaft allein sein?«

»Vielleicht hast du es nicht bemerkt – das bin ich bereits.«

Kim stimmte ihr zu, aber der Ausdruck in Deannas Augen machte ihr angst. Noch nie hatte sie diese brennende Entschlossenheit an ihr bemerkt. Es war zum Fürchten. Schließlich hielten sie vor Deannas Haus.

»Möchtest du, daß ich hereinkomme?« Wenigstens wußten sie, Marc würde nicht da sein. Deanna schüttelte den Kopf.

»Nein. Ich möchte allein sein. Ich muß nachdenken.«

»Wirst du heute abend mit ihm sprechen?«

Deanna sah Kimberly lange an, bevor sie antwortete, und diesmal erkannte Kim Schmerz in ihren Augen. Es tat doch weh. Irgendwo in ihrem Inneren hing sie immer noch an ihm. »Ich glaube nicht. Er wird wohl gar nicht nach Hause kommen.«

31

Allein in ihrem Schlafzimmer, zog Deanna langsam das schwarze Kleid aus und stellte sich vor den Spiegel. Sie war immer noch hübsch und in gewisser Weise immer noch jung. Die Haut ihres Gesichts war weich und glatt, ihr Hals war anmutig geschwungen, die Augen waren groß, die Lider hingen nicht, und das Kinn war straff, die Brüste waren noch fest, die Beine schlank, die Hüften schmal. Es gab kein echtes Anzeichen des Alters, und doch wirkte sie mindestens zehn Jahre älter als das Mädchen von heute abend. Dies Mädchen hatte das Leuchten und den Glanz einer Mätresse gehabt. Das ließ sich nicht ableugnen. War es also das, was er wollte? Machte das den Unterschied aus? Oder war es etwas anderes? Lag es daran, daß sie Französin, daß sie eine seiner eigenen Art war... oder vielleicht nur daran, daß er sie liebte? Deanna schlüpfte in ihren Bademantel. Sie hätte ihm gern alle diese Fragen gestellt, hätte die Antworten von ihm gehört – falls er sie ihr geben, falls er je wieder nach Hause kommen würde. Sie hatte keine Lust, die ganze Nacht auf ihn zu warten, sie wollte ihn jetzt fragen. Aber es war deutlich zu erkennen gewesen, daß er und das Mädchen in der Stadt hatten ausgehen wollen. Es mochte Tag werden, bis er auftauchte und behauptete, er habe endlose Verhandlungen geführt und eine schlaflose Nacht hinter sich. Plötzlich fragte Deanna sich, wie viele seiner Geschichten Lügen gewesen waren, wie lange das schon so ging. Sie legte den Kopf gegen die Sessellehne und schloß die Augen vor dem weichen Lampenlicht. Warum setzte er die Ehe mit ihr fort, jetzt, wo Pilar nicht mehr war? Er hatte die beste Gelegenheit gehabt, Deanna in Paris zu verlassen, ihr zu sagen, es sei Schluß. Warum hatte er es nicht getan? Warum war er geblieben? Warum wollte er so weitermachen? Und dann erkannte sie die Wahrheit. Das Kind. Das war alles, was er wollte. Einen Sohn.

Deanna lächelte vor sich hin. Es war im Grunde komisch. Zum erstenmal in beinahe zwanzig Ehejahren hatte sie die Oberhand. Sie hatte das eine, was er wollte. Seinen Sohn. Oder auch eine Tochter, jetzt, wo Pilar tot war. Marc wollte ihr Kind. Es war verrückt. Er hätte ein Kind mit diesem Mädchen haben können, denn er schien auch an ihr zu hängen. Aber aus irgendeinem Grund war es nicht dazu gekommen. Es belustigte sie. In gewisser Weise hatte sie ihn jetzt an der Kehle. Sie konnte ihn verlassen oder bei ihm bleiben. Sie konnte ihn zahlen lassen. Vielleicht konnte sie ihn sogar zwingen, das Mädchen loszuwerden. Oder so zu tun als ob, wie er es getan hatte. Er hatte ihr versichert, die Affäre sei beendet, und das war sie ganz offensichtlich nicht. Seufzend richtete Deanna sich auf und öffnete die Augen. Sie hatte zu viele Jahre mit geschlossenen Augen gelebt. Leise ging sie aus dem Zimmer und die Treppe des dunklen Hauses hinunter. Im Wohnzimmer setzte sie sich hin, ohne eine Lampe einzuschalten, und blickte auf die Lichter der Bucht hinaus. Es würde seltsam sein, nicht mehr hier zu wohnen, dies Haus zu verlassen – ihn zu verlassen. Es würde sie ängstigen, allein zu sein, niemanden zu haben, der sich um sie und das Kind kümmerte. Es würde alles furchterregend und neu sein. Aber es würde sauber sein. Sie würde nicht auf die gleiche Art einsam sein... Es würde keine Lüge mehr geben. So saß sie da bis zum Morgengrauen. Wartete auf ihn. Sie hatte ihren Entschluß gefaßt.

Kurz nach fünf hörte sie, wie sich sein Schlüssel im Schloß drehte. Sie trat leise an die Tür des Wohnzimmers und blieb dort stehen, eine Vision in weißem Satin.

»*Bonsoir.*« Sie sagte es auf französisch. »Oder sollte ich sagen *bonjour*?« Das erste Tageslicht malte rosa- und orangefarbene Streifen in den Himmel über der spiegelglatten Bucht. Dies eine Mal gab es keinen Nebel. Als erstes fiel Deanna an Marc auf, daß er betrunken war. Nicht widerwärtig betrunken, doch es reichte.

»Du bist schon auf?« Er versuchte, sich gerade zu halten, aber er kippte ein wenig nach vorn und hielt sich an einer Sessellehne fest. Es schien ihm nicht zu passen, daß er überhaupt mit ihr reden mußte. »Schon so schrecklich früh, Deanna?«

»Oder noch schrecklich spät. Hast du dich amüsiert?«

»Natürlich nicht. Sei nicht albern. Wir haben bis vier Uhr im Konferenzraum gesessen. Und dann haben wir ein paar Gläser getrunken, um zu feiern.«

»Wie schön.« Ihre Stimme war wie Eis. Er starrte sie an, als hoffe er, den Schlüssel zu finden. »Was habt ihr gefeiert?«

»Einen neuen... Abschluß.« Beinahe hätte er »Mantel« gesagt, konnte sich aber noch rechtzeitig bremsen. »Ein Pelzgeschäft mit Rußland.« Er blickte selbstzufrieden drein, und dann lächelte er seiner Frau zu. Deanna erwiderte das Lächeln nicht.

Sie stand da wie eine Statue. »Es ist ein sehr schöner Mantel.« Die Worte fielen zwischen ihnen wie Steine nieder.

»Was meinst du?«

»Ich glaube, wir wissen beide ganz genau, was ich meine. Ich sagte, es ist ein sehr schöner Mantel.«

»Du redest Unsinn.« Er mußte ihrem Blick ausweichen.

»Es ist kein Unsinn. Ich habe dich heute abend mit deiner Freundin gesehen. Daraus schließe ich, daß es eine dauerhafte Beziehung ist.« Er antwortete nicht. Nach einer Weile wandte er sich von Deanna ab und sah auf die Bucht hinaus.

»Ich könnte dir erzählen, daß sie auf der Durchreise gewesen sei.« Er drehte sich wieder zu ihr um. »Aber das werde ich nicht tun. Das war eine schwere Zeit für mich. Pilar... die Sorgen um dich...«

»Lebt sie jetzt hier?« Deanna war erbarmungslos mit diesen riesigen grünen Augen. Er schüttelte den Kopf. »Nein, sie ist nur für ein paar Wochen hier.«

»Wie nett. Soll ich das als Bestandteil meiner Zukunft akzeptieren, oder wirst du irgendwann einmal eine Wahl treffen? Ich kann mir vorstellen, daß sie dir die gleichen Fragen stellt. Im Augenblick ist es jedoch tatsächlich so, daß ich die Entscheidung zu treffen habe.«

»Du könntest es.« Er schwankte von neuem, dann richtete er sich ganz gerade auf. »Aber du wirst nicht, Deanna. Für dich und für mich steht zuviel auf dem Spiel.«

»Wirklich? Was?« Ihr war jedoch klar, was er meinte. Nur stand für sie gar nichts mehr auf dem Spiel. Nach dieser Nacht gehörte das Kind ihr. Nicht ihm und ihr, ihr allein.

»Unser Kind natürlich.« Er versuchte, sie zärtlich anzusehen, was ihm gründlich mißlang. »Das bedeutet alles für mich. Für uns.«

»Uns? Weißt du was, Marc? Ich glaube nicht einmal, daß es ein ›Uns‹ gibt. Es gibt ein Du und ein Ich, aber kein ›Uns‹. Dein einziges ›Uns‹ ist mit diesem Mädchen. Das konnte ich heute abend in deinem Gesicht sehen.«

»Ich war betrunken.« Ein Ausdruck der Verzweiflung huschte über seine Züge. Deanna sah es, und es kümmerte sie nicht mehr.

»Du warst glücklich. Du und ich sind seit Jahren nicht mehr glücklich miteinander gewesen. Wir halten aus Gewohnheit aneinander fest, aus Pflichtgefühl, aus Schmerz. Ich wollte dich an dem

Wochenende nach Pilars Tod verlassen. Wenn sich nicht herausgestellt hätte, daß ich schwanger bin, hätte ich es getan. Und genau das ist es, was ich jetzt tun werde.«

»Ich werde es nicht zulassen. Du wirst verhungern!« Er wurde zornig, und in seinen Augen glühte ein böses Licht. Sie würde ihm nicht das einzige wegnehmen, was ihn jetzt interessierte – das Kind.

»Ich brauche dich nicht, um am Leben zu bleiben.« Das war geprahlt, und sie wußten es beide.

»Was willst du tun, um zu essen, mein Liebling? Malen? Deine kleinen Zeichnungen an die Leute auf der Straße verkaufen? Oder willst du zu deinem Liebhaber zurückkehren?«

»Was für ein Liebhaber?« Deanna war, als habe sie eine Ohrfeige erhalten.

»Du meinst, ich weiß es nicht, du selbstgerechte, betrügerische Schlampe. Du hältst mir Predigten über meine... Aktivitäten...« Er taumelte ein wenig, als er ihr das an den Kopf warf. »Aber du bist selbst auch nicht lilienweiß.«

Deanna wurde plötzlich blaß. »Was meinst du?«

»Genau das, was du annimmst. Ich reiste nach Athen, und offenbar hattest du ein Techtelmechtel. Ich weiß nicht, mit wem, und es interessiert mich auch nicht, weil du meine Ehefrau bist und das mein Kind ist. Ich besitze euch beide, verstehst du?«

Alles in ihrem Inneren tobte. »Wie kannst du es wagen! Wie kannst du es wagen! Du magst mich früher einmal besessen haben, aber jetzt besitzt du mich nicht mehr, und du wirst mich nie mehr besitzen, und du wirst niemals dieses Kind besitzen. Ich lasse nicht zu, daß du mit ihm tust, was du mit Pilar getan hast.«

Er grinste sie boshaft von der Treppe her an. »Du hast keine Wahl, meine Liebe, das Kind gehört mir... Mir, weil ich mich entschlossen habe, es zu akzeptieren, sein Vater zu sein, dich trotz deines Ehebruchs zu behalten. Vergiß bloß nie, daß ich es weiß. Du bist nicht besser als ich, auch wenn du wie eine Heilige tust. Denke daran –« seine Augen verengten sich, und er schwankte von neuem, »– ich bin es, der es dem Kind erspart, ein Bastard zu sein. Ich gebe ihm meinen Namen. Weil ich es haben will, und nicht, weil es von mir ist.«

Deannas Worte waren wie Eisstückchen. Sie stand unbeweglich, den Blick fest auf Marc gerichtet. »Dann ist das Kind nicht von dir, Marc?«

Er verbeugte sich ungeschickt und nickte. »Richtig.«

»Woher weißt du das?«

»Weil die Frau, gegen die du einen solchen Groll hegst, Diabetikerin ist, und wenn ich sie schwängerte, könnte sie daran sterben. Ich habe vor mehreren Jahren eine Vasektomie durchführen lassen.« Zufrieden mit dieser Enthüllung gab er Deanna ihren Blick zurück. Sie faßte unwillkürlich nach einer Sessellehne.

»Ich verstehe.« Lange herrschte Schweigen zwischen ihnen. »Warum sagst du mir das jetzt?«

»Weil ich es satt habe! Die Lügen und dein jämmerliches Gesicht und dein Gehabe, als hätte ich deine Gefühle verletzt und dich benutzt und mißbraucht. Ich habe Sie nicht mißbraucht, Madame! Ich habe dir einen Gefallen getan. Ich habe dich und dein Kind trotz deines abscheulichen Betragens behalten. Trotz der Tatsache, daß du eine Ehebrecherin bist. Und jetzt ist er fort, und du hast niemanden, an den du dich wenden kannst, als mich. Du gehörst mir.«

»Damit du mit mir tun kannst, was du willst – ist es das, Marc?« Ihre Augen loderten, aber er war zu betrunken, um es zu sehen.

»Genau. Und jetzt schlage ich vor, daß du dich und meinen Sohn ins Bett verfügst, und ich werde desgleichen tun. Wir sehen uns morgen früh.« Er marschierte feierlich nach oben und war sich der Wirkung seines Eingeständnisses überhaupt nicht bewußt. Deanna war frei geworden.

32

Die Hintertür des Hauses, die zur Küche führte, war verschlossen worden, und sie hatte den Schlüssel. Sie hatte Kim angerufen und sie gebeten, einen Wagen zu mieten – einen Kombiwagen. Erklärungen würde sie später geben. Sie hatte sich aus dem Lebensmittelgeschäft ein Dutzend Schachteln bringen lassen. Die Ausrüstung in ihrem Atelier paßte bequem in drei davon. Ihre Fotos und Alben in fünf. Die Bilder waren alle ordentlich neben der Hintertreppe aufgestapelt. Sechs Koffer warteten darauf, gepackt zu werden. Sie hob den

Hörer ab und bat Margaret, ihr helfen zu kommen. Sie würde dies nicht allein tun. Seit sechs Uhr hatte sie in ihrem Atelier gearbeitet, und jetzt war es beinahe neun. Marc war wahrscheinlich schon ins Büro gegangen. Nachdem sie das gemeinsame Schlafzimmer verlassen hatte, war er ihr nicht in das Atelier gefolgt, und die Stille im Haus war ohrenbetäubend gewesen. Das Ende war schnell gekommen, lautlos. Jetzt konnte sie die Vergangenheit wegpacken. In ein Dutzend Schachteln und ein paar Koffer. Alles andere ließ sie ihm zurück. Es war sein Eigentum. Die Möbel aus Frankreich, die Bilder, die Teppiche und das Silber, das seiner Mutter gehört hatte. Fast alles war aus Frankreich importiert worden. Das, was sie im Lauf der Jahre gesammelt hatte, befand sich in ihrem Atelier: Kunstbücher, Pinsel, Farben, ein paar Andenken, Kleinkram, an dem sie hing, der aber nichts wert war. Sie hatte ihre Kleider. Und den Schmuck würde sie auch mitnehmen. Sie konnte ihn verkaufen, um davon zu leben, bis sie eine Stellung gefunden hatte. Sie nahm alle ihre Gemälde mit. Ihm bedeuteten sie nichts, und sie konnte auch diese verkaufen. Bis auf das eine von ihr und Pilar. Das war kein Bild zum Verkaufen, es war ein Schatz fürs ganze Leben. Den Rest mochte er behalten. Er mochte alles behalten.

Sie schloß die Tür am Fuß der Atelier-Treppe auf und ging zögernd durchs Haus. Wenn er nun doch noch da war? Wenn er auf sie wartete? Wenn er wußte, was sie vorhatte und wie bald? Aber es spielte keine Rolle mehr. Er konnte sie nicht aufhalten. Er hatte ihr heute nacht gesagt, was sie hatte wissen müssen. Das Kind war nicht von ihm, es war von Ben. Und darüber war er sich die ganze Zeit im klaren gewesen. Aber auch das spielte keine Rolle mehr.

»Margaret, ist...?« Sie war sich nicht ganz sicher, was sie sagen sollte.

»Er ist um halb neun ins Büro gefahren.« Margarets Augen liefen über von Tränen. »Mrs. Duras, Sie werden doch nicht... oh, verlassen Sie uns nicht, bleiben Sie hier...«

Es waren die Worte, die Marc hätte sprechen sollen, nur daß er bereits wußte, daß er verloren hatte. Heute nacht war er zu betrunken gewesen, um klarzusehen. Sicher hatte er sich gedacht, wenn er seinen Rausch ausschlief und Deanna erlaubte, sich in ihrem Atelier zu verstecken, brauchte er am Abend nur mit einem hübschen Schmuckstück, einer Entschuldigung und einer Lüge heimzukommen, und alles wäre wieder gut. Diesmal nicht. Deanna legte einen Arm um Margaret.

»Ich muß gehen. Aber Sie werden mich besuchen kommen.«

»Darf ich?« Die alte Frau sah ganz niedergeschmettert aus; Deanna lächelte sie durch ihre eigenen Tränen an. Sie weinte jetzt um sich selbst, nicht um ihn.

Der zweite Koffer war gerade fertig gepackt, da läutete die Türglocke. Deanna fuhr zusammen, und Margaret sah aus, als würde sie gleich in Panik geraten. Schnell lief Deanna die Treppe hinunter und entdeckte, daß es Kim war.

»Ich habe den größten Kombiwagen besorgt, der da war. Er sieht aus wie ein Schiff.« Kim versuchte zu lächeln, sah jedoch, daß Deanna nicht in der richtigen Stimmung war. Unter ihren Augen lagen dunkle Ringe, das Haar war zerzaust, und die Lider waren rotgerändert. »Ich habe den Eindruck, das muß eine tolle Nacht gewesen sein.«

»Das Kind ist nicht von ihm.« Das war das erste, was ihr einfiel, und dann lächelte sie Kim plötzlich an. »Es ist von Ben, und da bin ich so froh.«

»Herr im Himmel!« Kim wußte nicht, ob sie lachen oder weinen sollte. Auf jeden Fall fühlte sie sich unendlich erleichtert. Deanna war frei. »Bist du sicher?«

»Absolut.«

»Und du verläßt ihn?«

»Ja. Jetzt gleich.«

»Ich hatte so einen Verdacht, daß es etwas in der Art ist. Wegen des Babys?« Sie standen immer noch an der Tür. Deanna ging langsam zur Treppe zurück.

»Deswegen und wegen allem anderen. Das andere Mädchen, das Baby. Das ist keine Ehe, Kim. Und was es auch sein oder nicht sein mag, es ist vorbei. Darüber bin ich mir heute nacht klargeworden.«

»Wirst du es Ben erzählen?« Aber das war eine dumme Frage. Kim war überzeugt, Deanna würde es tun. Sie war überzeugt, bis Deanna den Kopf schüttelte. »Machst du Witze? Warum nicht?«

»Warum? Damit ich aus Marcs Haus in seins laufen kann? Damit nun er für mich sorgt? Ich habe ihn verlassen, Kim. Ich bin zu Marc zurückgekehrt und habe ihm kein Wort davon gesagt, daß ich ein

Kind erwarte. Welches Recht habe ich, mich jetzt an ihn zu wenden?« Ihre Augen sahen zu groß für ihr Gesicht aus. Kim starrte sie an und versuchte, einen Sinn in ihren Worten zu entdecken.

»Aber du bist von ihm schwanger. Brauchst du noch mehr Rechte?«

»Ich weiß es nicht. Ich weiß nur, daß ich ihn nicht anrufen werde.«

»Ja, was, zum Teufel, tust du eigentlich?« Deanna wollte die Treppe hinaufgehen, und Kim hielt sie am Arm fest.

»Ich ziehe hier aus. Ich werde mir eine Wohnung suchen und für mich selbst sorgen.«

»Oh, um Himmels willen, wirst du wohl aufhören, so edel zu sein? Zum Kuckuck, wovon willst du leben?«

»Ich werde malen, arbeiten, meinen Schmuck verkaufen... Du wirst schon sehen. Komm, ich muß oben fertig machen.« Ernüchtert folgte Kim ihr hinauf. In ihren Augen war es der beste Einfall, den Deanna je gehabt hatte, Marc zu verlassen, aber daß sie Ben nicht anrufen wollte, war Wahnsinn.

Margaret schloß gerade den letzten Koffer. In dem Raum war nichts mehr vorhanden außer den Dingen, die Marc gehörten. Die kleinen Andenken und Fotos, die Erinnerungsstücke, der Schmuckkasten und die Bücher... alles war eingepackt. Deanna blieb nur für einen Augenblick auf der Schwelle stehen, dann eilte sie die Treppe hinunter.

Sie brauchten fünfundzwanzig Minuten, um den Wagen zu beladen. Margaret weinte unaufhörlich. Kim trug all die schweren Sachen, Deanna nur ihre Bilder, die leicht waren.

»Laß das!« brüllte Kim einmal, als Deanna einen Koffer hochwuchten wollte. »Du bist im fünften Monat schwanger, du Schwachkopf.« Deanna lächelte.

»Nein, bin ich nicht. Wahrscheinlich erst im vierten.« Dann grinsten sie beide. Deanna hatte es sich am frühen Morgen ausgerechnet, während sie ihre Pinsel säuberte und in Zeitungspapier wickelte. Marc hatte ihr eingeredet, sie habe Ende Juni in der Nacht vor seiner Abreise empfangen. Doch es mußte spät im Juli geschehen sein, als sie bei Ben wohnte. Das erklärte auch, warum Dr. Jones die Herztöne erst einen Monat nach dem zu erwartenden Zeitpunkt gehört hatte, warum sie noch so schlank war und warum sie immer noch so müde war. Wahrscheinlich war sie fast genau vier Monate schwanger. »O mein Gott!« rief Deanna plötzlich aus. »Ist heute Erntedankfest?«

»So ist es.«

»Warum hast du mir das nicht gesagt?«

»Ich dachte, du wüßtest es.«

»Bist du nicht irgendwo verabredet?«

»Für später. Erst bringen wir dich unter. Du kannst ein Nickerchen machen. Und dann ziehen wir uns schick an und gehen zum Truthahn-Essen.«

»Du bist verrückt. Du tust, als hättest du seit Wochen geplant, mich bei dir aufzunehmen.« Die beiden Frauen tauschten ein Lächeln und verstauten das letzte Gemälde hinten im Wagen. »Ich werde in ein Hotel ziehen, damit du es weißt«, erklärte Deanna entschlossen und betrachtete die Bilder und Pakete im Wagen.

»Das wirst du nicht.« Kim war ebenso fest. »Du bleibst bei mir. Bis du bereit bist auszuziehen.«

»Darüber reden wir später. Ich möchte nur kurz noch einmal hinein und alles kontrollieren.«

»Besteht die Möglichkeit, daß Marc zurückkommt? Schließlich ist es ein Feiertag.«

Deanna schüttelte den Kopf. »Nicht für ihn. Er arbeitet am Erntedankfest.« Sie verzog einen Mundwinkel und schüttelte den Kopf. »Es ist kein französischer Feiertag.« Kim nickte und stieg ein, und Deanna verschwand im Haus. Margaret befand sich in der Küche, und für einen Augenblick war Deanna allein. Zum letztenmal war sie in dem Haus, das niemals ihr Haus gewesen war. Es war immer sein Haus gewesen. Vielleicht würde es der kleinen Französin in dem Pelzmantel gefallen, vielleicht bedeutete all das ihr etwas.

Deanna stand in der Diele, sah ins Wohnzimmer, warf einen Blick auf die Porträts von Marc-Edouards Vorfahren. Erstaunlich, nach achtzehn Jahren ging sie mit fast ebenso wenig Gepäck, wie sie damals mitgebracht hatte. Ein paar Schachteln, ein paar Gemälde, ihre Kleider. Die Kleider waren heute teurer. Der Schmuck würde sie am Leben halten. Die Gemälde waren besser, das Handwerkszeug feiner. Trotzdem, es paßte alles immer noch in ein Auto. Achtzehn Jahre in ebenso vielen Schachteln und Koffern. Sie setzte sich an ihren Schreibtisch und nahm einen Bogen Briefpapier aus einer Schublade. Es war in Wedgwood-Blau mit weißem Rand, und der Briefkopf lautete MME. MARC-EDOUARD DURAS. Sie griff zur Feder, überlegte kurz und schrieb dann nur die wenigen Worte:

Ich habe Dich geliebt, Darling.

Lebe wohl.

Deanna faltete das Blatt, wischte sich mit dem Handrücken eine Träne aus dem Gesicht und steckte den Brief an den Spiegel in der Diele. Als sie sich abwandte, sah sie, daß Margaret sie beobachtete. Die Tränen liefen der alten Frau über die Wangen. Deanna sagte nichts, ging nur zu ihr und umarmte sie fest. Dann, selbst tränenüberströmt, nickte sie und ging zur Tür. Sie sprach nur ein einziges Wort, und das so leise, daß Margaret es kaum verstand. Als sie die Tür schloß, sagte sie lächelnd: »Adieu.«

33

»Warum willst du nicht mitkommen?« fragte Kim enttäuscht. »Es ist Erntedankfest, und ich werde dich nicht allein lassen.«

»Doch, das wirst du. Ich bin nicht eingeladen, und außerdem bin ich todmüde. Ich kann nicht, Liebes. Ehrlich. Ich bin einfach kaputt. Laß mich hier, und bis morgen habe ich mich vielleicht schon wieder erholt.« Davon war Kim durchaus nicht überzeugt. Die letzten vierundzwanzig Stunden forderten ihren Zoll. Deanna wirkte erschöpft und blaß. Kim war sogar soweit gegangen, Dr. Jones vom Küchen-Telefon aus anzurufen, wo Deanna sie nicht hören konnte. Sie erklärte ihm, was geschehen war. Sie solle Deanna zu nichts zwingen, lautete sein Rat. Ihr einfach den Willen lassen. Er sei überzeugt, all das werde ihr nicht schaden. Deshalb entschied Kim sich, sie nicht weiter zu drängen.

»Na gut. Aber wirst du dich auch nicht einsam fühlen?«

»Nein, höchstwahrscheinlich werde ich schlafen.« Sie lächelte ihrer Freundin schläfrig zu und unterdrückte ein Gähnen. »Ich glaube nicht, daß mir das Erntedankfest dieses Jahr fehlen wird.« Die beiden Frauen tauschten ein Lächeln. Deanna war eingeschlafen, noch bevor Kim ging. Kim schlich sich auf Zehenspitzen hinaus und schloß leise die Tür.

Ungefähr um neun Uhr an diesem Abend drehte sich der Schlüssel im Schloß. Marc hielt für einen Augenblick den Atem an. Es war verrückt gewesen, den ganzen Tag nicht anzurufen, aber was hätte er sagen sollen. Was konnte er Deanna erzählen? Wie konnte er seine Worte zurücknehmen? Er hatte ihr etwas Hübsches schenken wollen, um sie zurückzukaufen, doch die Geschäfte waren alle geschlossen gewesen. Erntedankfest – ein Tag des Dankes. Er hatte die Hälfte des Tages mit Arbeit an seinem Schreibtisch verbracht und die andere Hälfte ruhig mit Chantal. Sie hatte gemerkt, daß etwas nicht stimmte, war sich jedoch nicht ganz schlüssig geworden, was. Im Bett hatte er sich auf sehr merkwürdige Weise an sie geklammert.

Nun öffnete Marc die Tür und sah sich um. Keine Lampe brannte, kein Laut war zu hören. Offenbar schlief Deanna. Ihr Wagen stand in der Garage. Er sah nicht einmal unter Margarets Tür am Ende des Ganges Licht hervorschimmern. Das ganze Haus war still. Marc schaltete nur eine kleine Lampe ein und hängte seinen Mantel auf. Und dann sah er den Brief, der im Rahmen des Spiegels neben der Tür steckte. War Deanna ausgegangen? Traf sie sich mit einer Freundin? Er nahm das Blatt Papier und hielt es in der Hand. Ihm wurde ganz seltsam ums Herz. Einen Augenblick blieb er so stehen, als erwarte er, ihre Stimme oder ihren Schritt auf der Treppe zu hören. Wieder blickte er auf und vernahm nichts als Stille. Endlich faltete er den Bogen langsam auseinander. Er las, und seine Augen schwammen, und sein Herz klopfte. »Ich habe Dich geliebt, Darling. Lebe wohl.« Warum »Ich *habe*«? Warum die Vergangenheitsform? Er wußte es. Er hatte ihr etwas gesagt, das sie nie hätte erfahren dürfen. Daß das Kind nicht von ihm war. Sie wußte jetzt, daß er sie wegen des Kindes belogen hatte, und wegen Chantal... Sie wußte von seinem anderen Leben. Sie hatte ihn mit Chantal in Paris und dann wieder gestern abend gesehen. Mit Füßen wie Blei versuchte er, die Treppe hinaufzurasen. Er würde Deanna dort finden. Sie würde in ihrem gemeinsamen Bett schlafen. Den ganzen Tag hatte er die Gedanken an das, was zwischen ihnen geschehen war, verbannt und gehofft, es dadurch ungeschehen zu machen. Rief er sie an, machte er es wirklich. Er konnte es nicht. Er wollte es nicht. Jetzt brauchte er nichts anderes mehr zu tun, als ins Schlafzimmer zu laufen, und dort würde er sie finden.

Aber als er die Tür öffnete, fand er, was er gefürchtet hatte – einen leeren Raum. Sie war fort. Deanna war gegangen.

Marc-Edouard stand lange wie gelähmt und wußte nicht, was er tun sollte. Dann griff er, mit den Tränen kämpfend, nach dem Telefon. Er brauchte Chantal. Verzweifelt. Sie hatte jetzt für ihn dazusein. Und sie würde da sein. Er wählte. Chantal meldete sich, doch ihre Stimme klang eigentümlich.

»Chantal... ich – ich muß dich sehen... ich komme gleich.«

»Ist etwas passiert?« Es klang zerstreut und als sei sie in Eile.

»Ja... nein... Warte auf mich. Ich bin gleich da.« Sie hatte ihm sagen wollen, er solle schnell kommen, aber sie war sich nicht ganz sicher gewesen, um was es ging. Als er kurze Zeit darauf eintraf, fühlte sie sich immer noch beklommen und wirkte ein bißchen verwirrt. Marc merkte nichts davon. Er riß sie in dem Augenblick, als sie die Tür öffnete, in seine Arme.

»Liebling, was ist? Du siehst krank aus.«

»Ich bin... ich weiß nicht... Sie ist nicht mehr da.«

Der arme Mann. Wieder Pilar, litt er immer noch so unsäglich unter ihrem Tod? Und was war geschehen, das ihn so plötzlich in diesen Zustand gebracht hatte? »Ich weiß, mein Darling, aber du hast mich.« Sie setzten sich auf die Couch, und sie hielt ihn eng umschlungen.

»Aber das Baby...« Und dann wurde ihm bewußt, daß er nicht so damit hätte herausplatzen dürfen.

»Was für ein Baby?« War er verrückt geworden? Ängstlich rückte sie von ihm ab.

»Nichts... ich bin ganz durcheinander... Ich meine Deanna. Sie ist fort.«

»Für immer? Sie hat dich verlassen?« Marc nickte benommen, und Chantal grinste.

»Das würde ich einen Grund zum Feiern, nicht zum Verzweifeln nennen.« Ohne weiter nachzudenken, stand sie von der Couch auf und ging hinaus in die Küche, um eine der Champagnerflaschen zu holen, die Marc erst vor ein paar Tagen mitgebracht hatte. Sie kehrte mit der Flasche und zwei Gläsern zurück und blieb verdutzt stehen, als sie die Qual in Marcs Zügen bemerkte. »Bist du darüber denn so unglücklich?«

»Ich weiß es nicht. Ich bin wie betäubt. Ich habe einiges gesagt... was ich nicht hätte sagen sollen... Ich – ich habe mein Blatt überreizt.«

Chantal sah ihn eisig an. »Mir war nicht klar, daß du sie unbedingt behalten wolltest. Und jetzt? Wirst du kämpfen, um sie zurückzugewinnen?« Marc schüttelte langsam den Kopf. Er konnte Deanna nicht zurückgewinnen, das stand fest. Als er versuchte, sie für immer an sich zu fesseln, hatte er ihr die eine Tatsache verraten, die sie für immer von ihm trennte. Das Kind war nicht von ihm. »Übrigens –« Chantal zögerte nur kurz, »– was hast du da vorhin von einem Baby erwähnt?« Er antwortete nicht, er starrte nur auf etwas, das Chantal nicht sehen konnte – den Tod seiner Hoffnung. »War sie schwanger, Marc?« Ihre Worte schlossen sich wie eine Stahlklammer um seine Kehle. Stumm nickte er.

»Wußte sie, daß das Kind nicht von dir ist?«

»Nicht bis heute nacht.«

»Ich verstehe. Und das ist der Grund, warum du bis jetzt bei ihr geblieben bist – eines Kindes wegen, das nicht einmal von dir ist...« Ihre Stimme verklang wie das ferne Läuten einer Totenglocke. Enttäuschung füllte ihr Herz. »Ich wußte nicht, daß dir das so viel bedeutet.«

»Tut es nicht«, log er und versuchte, sie in seine Arme zu ziehen.

»Doch.« Die Champagnerflasche stand ungeöffnet da. Verzweifelt sahen sie sich beide an. »Doch, das tut es.«

»Wir können ein Kind adoptieren«, sagte Marc. Chantal nickte langsam. Wenn es ihm so viel bedeutete, mußte sie einwilligen, aber sie wollte keine Kinder. Sie hatte nie welche gewollt.

»Ja, das könnten wir wohl.« Plötzlich fiel ihr etwas ein, und sie sah auf ihre Uhr. »Was wirst du jetzt tun?«

»Dich heiraten.« Er versuchte, dabei zu lächeln, aber das Wort fühlte sich in seinem Mund wie Blei an. »Wenn du es immer noch möchtest.«

»Ja«, antwortete sie feierlich, und doch lauerte in den Tiefen ihrer Augen Unruhe. »Aber das habe ich nicht gemeint, Liebes. Ich meine, was du heute abend tun wirst.«

»Ich weiß es nicht. Kann ich hierbleiben?« Die Vorstellung, in sein eigenes Haus zurückzukehren, war ihm unerträglich, und es war zu früh, Chantal dorthin mitzunehmen, in das Bett, das Deanna erst in der Nacht zuvor geräumt hatte. Nach Marcs Enthüllung hatte sie im Atelier geschlafen.

»Warum gehen wir nicht zum Dinner aus?«

»Jetzt?« Schockiert sah er sie an. »Dazu bin ich kaum in der Stimmung. Für mich hat sich in den letzten paar Stunden viel verändert, und ganz gleich, wie sehr ich dich liebe, ich muß mich erst darauf einstellen.« War es ein Fehler gewesen, sofort zu Chantal zu eilen, noch bevor er den Schock überwunden hatte? Anscheinend verstand sie nichts von dem, was ihn innerlich bewegte. »Können wir nicht einfach hier essen?«

»Nein, ich möchte ausgehen.« Sie sprach jetzt nervös, wie in Eile. Plötzlich fiel ihm auf, daß sie ein schwarzes Seidenkleid trug, als habe sie auf jeden Fall zum Dinner ausgehen wollen.

»Wolltest du irgendwohin, als ich anrief?« Sein Gesicht verriet, daß er jetzt gar nichts mehr begriff.

»Ich hatte Lust, in ein Restaurant zum Dinner zu gehen.«

»Allein?« fragte er schockiert.

»Offensichtlich.« Sie lachte ihn an, aber es klang unecht. Bevor sie mehr sagen konnte, läutete es an der Tür. Chantal warf Marc-Edouard einen hastigen Blick zu und lief hinaus. »Ich bin gleich wieder da.«

Von seinem Platz auf der Couch konnte er den Eingang nicht sehen, doch er hörte sie die Tür öffnen und auf den Flur treten. Plötzlich begann es in seinem Inneren zu toben. Er durchschritt auf ihren Spuren das Zimmer bis zu der fast geschlossenen Tür, wo er sie auf der anderen Seite leise sprechen hörte. Mit einem Ruck riß er die Tür auf. Chantal sprang aufkeuchend zur Seite. Sie hatte mit seinem Partner Jim Sullivan geredet, der ziemlich erschrocken dreinblickte, als er Marc gegenüberstand.

»Störe ich euch, möchtest du nicht lieber eintreten?« Er sah seinen Partner an, richtete seine Worte jedoch an beide. Schweigend marschierte das Trio in die Wohnung. Chantal machte die Tür zu.

»Liebling, es ist wirklich... Jim meinte nur, ein Erntedankfest-Dinner würde mir Freude machen. Ich dachte, du würdest... zu Hause sein...« Ihr Gesicht war angespannt vor Verlegenheit, und ihre gespielte Fröhlichkeit täuschte niemanden.

»Ich verstehe. Wie reizend. Nur merkwürdig, daß es keiner von euch mir gegenüber erwähnt hat.«

»Es tut mir leid, Marc.« Jim sah ihn ernst an. Sie standen unbehaglich in der Mitte des Wohnzimmers. »Ich glaube, viel mehr kann ich nicht sagen.« Marc-Edouard kehrte ihm den Rücken zu. Jim berührte, sich verabschiedend, seine Schulter, und einen Augenblick später hörte Marc, daß die Wohnungstür geschlossen wurde. Langsam drehte er sich zu Chantal um.

»Das also treibst du?«

Mit großen Augen schüttelte sie den Kopf. »Ich bin nur zweimal mit ihm zum Dinner gewesen. Ich habe wirklich nicht geglaubt, daß du etwas dagegen hättest.« Doch Marc war klar, daß sie log.

»Was soll ich jetzt zu dir sagen?«

»Daß du mir verzeihst. Und ich sage zu dir, daß es nie wieder vorkommen wird.« Sie schmuggelte sich in seine Arme und schmiegte sich an ihn. Langsam neigte er den Kopf und spürte ihr seidiges Haar an seinem Gesicht. Tränen verdunkelten seine Augen. Denn er wußte, es würde wieder vorkommen... immer wieder... und wieder.

34

Kimberly fuhr die engen Straßen von Sausalito hinunter und bog in eine kleine Gasse ein, die zur Bucht führte. Sie warf einen Blick auf den Zettel, der neben ihr auf dem Sitz lag, und überzeugte sich, daß sie auf dem richtigen Weg war. Noch eine Kurve, noch ein Sträßchen, eine Sackgasse, und sie war da. Hinter einem weißen Lattenzäunchen und einem großen Busch versteckte sich ein kleines Haus. Es war das Schmuckstück, das Deanna beschrieben hatte, und Kimberly verliebte sich auf den ersten Blick. Ihre Arme waren gefüllt mit Paketen, und sie hatte Mühe, die Klingel zu erreichen. Einen Augenblick später öffnete Deanna die Tür.

Deanna trug Jeans und mexikanische Sandalen und einen weiten roten Pullover über einer leuchtend gelben Bluse. Ihr Haar war in einem Knoten aufgesteckt, und in ihren Augen stand ein herzliches Lächeln für ihre Freundin.

»Frohe Weihnachten, Kim! Ich freue mich so, daß du kommen konntest!« Deanna breitete die Arme aus, und sie drückten sich. »Erst vor zwei Wochen habe ich dich verlassen, und schon habe ich Heimweh.«

»Brauchst du nicht zu haben. Hier ist es himmlisch.« Kim folgte ihr hinein und sah sich um. Deanna hatte fleißig gearbeitet, die Küche gestrichen und die Fußböden gesäubert. In der Ecke stand ein winziger Weihnachtsbaum mit Silberkugeln und schimmernden Lichtern. Drei Pakete lagen unter dem Baum, und auf allen stand KIM.

»Gefällt es dir wirklich?« Deanna grinste und sah wie ein kleines Mädchen aus. Zum erstenmal seit langer Zeit wirkte sie glücklich und mit der Welt in Frieden. In wenigen Wochen hatte sie zu sich selbst gefunden. Viele Möbel gab es nicht in dem hellen kleinen Vorderzimmer, aber was sie hatte, war gemütlich und einladend. Einen Korbstuhl hatte sie weiß gestrichen und eine wundervolle alte Couch in weichem Blau neu gepolstert. Überall waren Pflanzen und mit Blumen gefüllte alte Flaschen. Einige ihrer Lieblingsbilder hingen an den Wänden, und sie hatte einen schöngemusterten Teppich gekauft. Den Kaminaufsatz zierten Kupfergefäße, Kerzenleuchter aus Messing einen kleinen hölzernen Eßtisch, der gerade groß genug für zwei war. Die größte Zierde des Zimmers war ein kleiner bronzener Kronleuchter. Deanna hatte die Gardinen aus einem gestärkten Spitzenstoff, den sie in einem Koffer gefunden hatte, selbst genäht. Es machte den Eindruck, als wohne sie dort seit Jahren. Das eine kleine Schlafzimmer hatte sie mit einer herrlichen alten Tapete in einem warmen, staubigen Rosa geschmückt. Das Zimmerchen daneben war leer bis auf ein Kinderbett und ein Schaukelpferd neben der Tür.

Kim sah sich voller Anerkennung um und nahm in einem Sessel Platz. »Ich liebe das Haus, Deanna. Darf ich bleiben?«

»Für mindestens ein Jahr. Ich fürchte nur, du wirst feststellen, daß ein paar Haken dabei sind. Das warme Wasser läuft nur gelegentlich, der Ofen braucht eine Woche, bis er heiß wird, die Fenster klemmen, der Kamin raucht...« Sie grinste. »Aber ich liebe es. Ist es nicht ganz wie ein Puppenhaus?«

»Genau. Es gefällt mir viel besser als meine Wohnung, die absolut keinen Charme hat.«

»Deine Wohnung hat mehr Stil. Doch das hier genügt.« Niemand hätte geglaubt, daß Deanna noch vor einem Monat von Luxus umgeben gewesen war. Sie schien dort, wo sie sich jetzt befand, vollkommen glücklich zu sein. »Kaffee?« fragte sie, und Kim nickte. Deanna verschwand und kam mit zwei dampfenden Bechern wieder.

»Also, was gibt es Neues?« Die Staffelei in der Küchenecke verriet Kim schon, was sie hatte wissen wollen: Deanna war bereits an der Arbeit.

»Ich male wieder«, verkündete sie vergnügt und stolz.

»Das sehe ich. Was wirst du mit den Bildern machen?«

»Sie verkaufen wahrscheinlich. Ich bin schon zwei oder drei los. Sie haben mir das Geld für die Möbel, das Geschirr, das Bettzeug eingetragen.« Drei Gemälde und die diamantenbesetzten Jade-Ohrringe. Letzteres sagte sie Kim nicht. Und es war ihr auch ziemlich gleichgültig. Sie wollte nichts anderes mehr als ihr Kind. Auf den Rest kam es nicht an, überhaupt nicht.

»Wo stellst du sie aus?« Kim hatte etwas ganz Bestimmtes im Sinn, aber Deanna durchschaute sie.

»Darüber mach dir nur keine Sorgen.« Sie grinste und trank einen Schluck von ihrem Kaffee.

»Um Himmels willen, warum läßt du ihn nicht wenigstens deine Bilder verkaufen? Du brauchst ihn ja nicht zu sehen.« Kim hatte ihn erst letzte Woche gesehen, und er war furchtbar elend gewesen. Gern hätte sie ihm Deannas Adresse zugesteckt, doch das durfte sie nicht tun. Deanna mußte den Weg zu ihm allein zurückfinden. Wenn sie es je tat. Allmählich zweifelte Kim daran. Deanna schien ohne Mann glücklicher zu sein. »Warum rufst du Ben nicht einmal deiner Arbeiten wegen an?«

»Sei nicht dumm, Kim. Was soll dabei herauskommen? Ich kann nicht. Und er würde mich wahrscheinlich anspucken, wenn ich ihn anriefe und bäte, meine Interessen wahrzunehmen.«

»Das glaube ich nicht.« Aber vielleicht hatte sie recht. Ben hatte Kim nie mehr gefragt, wie es Deanna gehe. Es war eine stillschweigende Übereinkunft zwischen ihnen – keiner von beiden sprach von Deanna. Kim verstand. »Was ist mit Marc? Hast du noch etwas von ihm gehört?«

Deanna schüttelte den Kopf. »Ich habe einmal mit ihm telefoniert, nachdem ich mit meinem Rechtsanwalt gesprochen hatte. Er hat Verständnis. Einen Streit wird es nicht geben.«

»Meinst du, er wird dieses Mädchen heiraten?«

Deanna seufzte. Dann blickte sie mit einem Lächeln auf. »Vielleicht. Sie wohnt bei ihm im Haus. Allerdings, ich glaube –« das Lächeln verblaßte langsam, »– ich glaube, das alles ist eine Art Schock gewesen. Uns beiden ist dieses Jahr eine Menge widerfahren.«

Kim schoß die Frage durch den Kopf, ob er Deanna fehle – sie sah ganz danach aus. Vielleicht war es nur eine Sache der Gewohnheit. Auf jeden Fall hatte sie eine lange Wegstrecke hinter sich.

»Woher weißt du, daß er mit diesem Mädchen zusammenlebt?« Für Marc schien ihr das ein ungewöhnlich ehrliches Eingeständnis zu sein.

»Margaret erzählte es mir, als ich sie eines Tages anrief, um mich zu erkundigen, wie es ihr gehe. Sie hat zum Ersten gekündigt. Das ist vielleicht ganz gut. Er braucht dort keine Erinnerungen an mich mehr. Am besten fangen wir alle ganz von vorn an.«

»Und das tust du?« fragte Kim. Deanna nickte und lächelte von neuem.

»Es ist nicht immer leicht, aber das tue ich. Das Haus und meine Arbeit halten mich in Trab. Im nächsten Monat möchte ich das Kinderzimmer renovieren. Ich habe einen herrlichen Stoff gefunden. Und auf die Wände möchte ich ein paar lustige Märchenfiguren malen.«

Kimberly lächelte ihr zu, und sie hatten ein gemütliches Plauderstündchen miteinander. Es war fünf Uhr vorbei, als Deanna schließlich aufstand und alle Lampen einschaltete.

»Großer Gott, wir haben hier im Dunkeln gesessen!«

»Und ich muß jetzt wirklich nach Hause. Ich muß ja noch über die Brücke. Hast du dir übrigens für Weihnachten etwas vorgenommen?« Kim war fast sicher, daß Deanna es nicht getan hatte.

Deanna schüttelte den Kopf. »Das ist in diesem Jahr nicht das Richtige für mich. Ich werde wohl einfach meine Ruhe genießen... hier.« Kim nickte und kam sich etwas schuldbewußt vor.

»Ich fahre in die Berge zum Skilaufen. Willst du mitkommen?«

Lachend wies Deanna auf ihre schwellende Leibesmitte. Es waren mindestens fünf Monate, und jetzt stimmten die Anzeichen mit den Daten überein. Sie hatte ein hübsches rundes Bäuchlein unter der Bluse. Mit warmem Lächeln klopfte sie darauf und sah Kim an.

»Ich glaube nicht, daß ich dieses Jahr viel Ski laufen werde.«

»Ich weiß. Mitkommen könntest du trotzdem.«

»Und erfrieren? Nein, da gefällt es mir hier besser.«

»Na gut. Ich lasse dir für alle Fälle meine Telefonnummer da. Du weißt, du kannst mich jederzeit anrufen, wenn du mich brauchst.«

»Ich weiß. Ich weiß.« Deanna sammelte Kims Geschenke ein, lud sie ihr auf die Arme und betrachtete strahlend die Dinge, die Kim für sie unter den Baum gelegt hatte. »Frohe Weihnachten, Liebes. Ich hoffe, es wird ein schönes Jahr.«

Kim sah lächelnd auf die stärker werdende Taille ihrer Freundin nieder und nickte. »Das wird es bestimmt.«

35

Weihnachten kam und ging ohne den Glanz und die Feierlichkeiten der vergangenen Jahre. Es gab keine teuren Peignoirs von Pilar, die sie ausgesucht und die ihr Vater bezahlt hatte. Es gab keine französischen Parfüms in Kristallflaschen, keine Diamant-Ohrringe, keinen Pelz. Die vier Geschenke, die Kim mitgebracht hatte, wurden um Mitternacht des ersten Heiligen Abends, den Deanna allein verbrachte, geöffnet. Anfangs hatte sie sich davor gefürchtet. Wie würde sie ganz allein fertig werden? Wenn sie nun die Einsamkeit oder den Schmerz nicht ertrug? Doch es war nicht einsam. Und es war nur ein kleines bißchen traurig. Sie ertappte sich dabei, daß Marc und Pilar ihr fehlten, denn Weihnachten hatte immer ihnen gehört – das Feiern, der Lärm, der Schinken oder die Gans oder der Truthahn, Margaret in der Küche und Berge von Schachteln unter dem Baum. Deanna vermißte die Geschäftigkeit mehr als die Reichtümer; die Gesichter waren es, an die sie spätabends dachte. Pilars junges, strahlendes und Marcs aus der längst vergangenen Zeit. Aber es gab keinen Rückweg zu ihnen, sie waren unwiederbringlich weg. Es kam ihr nicht einmal in den Sinn, Marc anzurufen, um mitten in der Nacht seine Stimme zu hören. Sie trank heiße Schokolade und saß neben ihrem Baum. Aber sie dachte sehr wohl daran, Ben anzurufen. Vermutlich war er in Carmel. Ob er auch allein war?

In der Ferne sangen Vorübergehende, und sie summte beim Ausziehen das »Stille Nacht« vor sich hin. Sie war weniger müde als seit Monaten, fühlte sich nach langer Zeit tatsächlich besser. Ihr Leben war jetzt auch viel einfacher. Ihre einzigen Sorgen waren finanzieller Natur, und sogar die hatte sie unter Kontrolle gebracht. Sie hatte eine kleine Kunsthandlung in Sausalito gefunden, die ihre Arbeiten verkaufte – für nur ein paar hundert Dollar pro Gemälde –, aber das war genug Geld, um die Miete und alles andere zu bezahlen, was sie brauchte. Es war ihr immer noch etwas Geld von den diamantbesetzten Jade-Ohrringen übriggeblieben. Und sie besaß ein Bankschließfach, gefüllt mit Schmuck, den sie in den nächsten Monaten verkaufen konnte. Wenn die Zeit für das Baby gekommen war, würde sie ihn wieder angreifen müssen, und schließlich mußte Marc ihr nach der Scheidung auch etwas geben.

Deanna schlüpfte ins Bett und lächelte vor sich hin. »Frohe Weihnachten, Baby.« Sie klopfte ihren Bauch und legte sich auf den Rükken. Einen Augenblick lang mußte sie mit den Gedanken an Pilar kämpfen. Vielleicht wurde es wieder ein Mädchen. Wie anders würde es diesmal sein!

36

Es war neun Uhr an einem Februarmorgen. Ben saß in seinem Büro und sah sich die neuen Anzeigen an. Er drückte einen Summer auf dem Schreibtisch und wartete, daß Sally hereinkam. Sie hatte die Arme voller Zeitungen, und er blickte mißmutig zu ihr hoch.

»Was halten Sie von diesem Zeug, Sally? Wird es ankommen?«

»Ja.« Sie zögerte und betrachtete die Anzeigen. »Vielleicht sind sie ein bißchen zu aufdringlich?«

Ben nickte heftig und warf sie auf den Schreibtisch zurück. »Genau das finde ich auch. Rufen Sie Kim Houghton an. Ich bin um elf mit einem Maler in Sausalito verabredet. Fragen Sie, ob sie sich mit mir um zwölf Uhr fünfzehn im Seeigel treffen kann.«

»In Sausalito?« fragte Sally. Ben nickte zerstreut, und sie verschwand. Es wurde beinahe zehn, bis sie den Kopf durch die Tür streckte. »Sie wird um zwölf Uhr dreißig im Seeigel sein, und sie sagt, Sie möchten die Anzeigen mitbringen. Sie wird Ihnen einen weiteren Satz von Entwürfen zeigen.«

»Gut.« Mit vagem Lächeln sah er zu Sally hoch und bedachte die Arbeit auf seinem Schreibtisch mit einem Seufzer. Manchmal kam sie ihm endlos vor. Er hatte in diesem Winter vier neue Maler aufgenommen, doch ihre Bilder waren nicht ganz nach seinem Herzen. Es waren immer noch die besten, die er gesehen hatte, doch großartig waren sie nicht. Sie waren eben nicht von Deanna Duras. Die Leute fragten immer noch nach ihr, und er versuchte, es zu erklären. Sie hatte sich »zurückgezogen«. Mit einem erneuten Seufzer stürzte Ben sich wieder in die Arbeit. Das tat er seit September, und es funktionierte beinahe, aber nur beinahe. Ausgenommen spätabends und frühmorgens. Jetzt verstand er, wie es Deanna Pilars wegen zumute sein mußte. Dies Gefühl, jemanden nie wieder zu berühren oder zu hören, niemals wieder mit ihm zu lachen oder ihm einen Witz erzählen und ihn lächeln sehen zu können. Er unterbrach sich kurz, und dann verjagte er diese Gedanken. Darin war er jetzt gut. Er hatte fünf Monate Übung.

Genau um zehn Uhr fünfzehn verließ er die Galerie. So blieb ihm genug Zeit, die Brücke zu überqueren, nach Sausalito zu fahren und den Wagen zu parken. Das war wenigstens ein Maler, der ihm gefiel, ein junger Mann mit einem phantastischen Auge für Farbe und einem gewissen magischen Flair, aber seine Bilder waren viel moderner als Deannas und nicht annähernd so gut. Ben hatte dem jungen Mann noch kein Angebot gemacht, sich aber jetzt dazu entschlossen. Bisher war der Künstler von einer Kunsthandlung in der Nähe seines Wohnsitzes vertreten worden, einem kleinen gemütlichen Laden in Sausalito, der die unterschiedlichsten Arbeiten zum Verkauf stellte. Dort hatte Ben Gemälde des Künstlers entdeckt, begraben unter manchen guten und manchen schlechten, und er wußte, der Laden zahlte sehr schlecht. Hundertfünfundsiebzig war der höchste Preis, den der junge Mann je für ein Bild erzielt hatte. Ben wollte ihm gleich von Anfang an zweitausend geben. Natürlich würde der Maler hingerissen sein.

Und das war er. »O mein Gott! Warten Sie nur, bis ich es Marie erzähle!« Er grinste bereit und konnte gar nicht wieder aufhören, Bens Hand zu schütteln. »Mein Gott! Wir könnten es uns vielleicht sogar leisten, zur Abwechslung etwas Anständiges zu essen.« Ben lachte belustigt, und sie schlenderten zur Tür. Es war ein großes, luftiges Atelier in der Hälfte einer früheren Scheune. Jetzt war sie von Häusern und imitierten viktorianischen Bauwerken umgeben, aber immer noch ein wundervolles Atelier und ein schöner Platz zum Arbeiten. »Übrigens, was ist aus dem Mädchen geworden, das letzten Sommer bei Ihnen ausgestellt hatte? Duras?«

Ben wußte es nicht. Niemand wußte es. »Wir zeigen ihre Arbeiten nicht mehr«, antwortete er ganz ruhig. Das hatte er schon hundertmal gesagt.

»Ich weiß. Aber wissen Sie, wer sie zeigt?«

»Niemand. Sie hat sich zurückgezogen.« Ben konnte die Rede auswendig. Doch diesmal schüttelte der junge Mann den Kopf.

»Das glaube ich nicht. Sind Sie sicher?«

»Völlig. Sie sagte es mir, als sie ihre Arbeiten zurückverlangte.« Etwas in den Augen des Malers beunruhigte ihn. »Warum?«

»Ich könnte schwören, ich habe neulich ein Bild von ihr in der Seemöwe gesehen. Sie wissen schon, der Laden, der meine Bilder ausgestellt hat. Ich war mir nicht sicher, und ich hatte keine Zeit zu fragen, aber das Bild sah ganz danach aus. Ein wunderschönes Stillleben. Und man verlangte einen lächerlichen Preis dafür.«

»Wieviel?«

»Ich hörte jemanden sagen, hundertsechzig Dollar. Das ist wirklich ein Verbrechen bei einem so herrlichen Stück. Sie sollten einmal einen Blick darauf werfen, ob es von ihr ist.«

»Das werde ich tun.« Ben sah auf seine Uhr. Es war erst halb zwölf. Vor seinem Lunch mit Kim blieb ihm genug Zeit.

Noch einmal schüttelten sich die beiden Männer die Hände. Der strahlende junge Maler bedankte sich immer wieder. Ben stieg in seinen Wagen und fuhr ein bißchen zu schnell die enge Straße hinunter. Er wußte genau, wo die Kunsthandlung war, und ließ seinen Wagen an der Ecke stehen. Er wollte nur einmal hineinschauen und sich umsehen, doch das brauchte er gar nicht. Ihr Bild war an auffallender

Stelle nahe der Tür ausgestellt. Von da, wo er wie festgewurzelt auf der Straße stand, konnte er es erkennen. Es war tatsächlich von Deanna. Der junge Mann hatte recht.

Ben versuchte, zu einem Entschluß zu kommen. Sollte er hineingehen? Schon wandte er sich zum Gehen. Aber etwas zog ihn in den Laden. Er mußte näher an das Stilleben herankommen. Er hatte gesehen, wie sie es malte. Es war Anfang Juli auf ihrer Terrasse gewesen. Plötzlich fühlte er sich in den Sommer zurückversetzt.

»Ja, Sir? Kann ich Ihnen helfen?« sprach eine hübsche Blondine in Sandalen und Jeans ihn an. Sie trug die übliche Uniform, T-Shirt und durchbohrte Ohren, das Haar am Hinterkopf mit einem breiten Lederriemen hochgebunden.

»Ich habe mir das Gemälde da drüben angesehen.« Er wies auf Deannas Bild.

»Hundertundsechzig. Von einer hiesigen Künstlerin gemalt.«

»Hiesig? Sie meinen sicher in San Francisco.«

»Nein, Sausalito.« Das Mädchen mußte es verwechseln, aber es hatte keinen Sinn, mit ihr zu streiten.

»Haben Sie noch weitere Arbeiten von ihr?« Er war überzeugt, daß kein anderes Bild vorhanden war. Zu seiner großen Überraschung nickte das Mädchen.

»Ja, haben wir. Ich glaube, noch zwei.«

Wie es sich herausstellte, waren es drei. Noch eins aus dem Sommer und zwei von ihren früheren Bildern. Keins von ihnen war mit mehr als zweihundert Dollar ausgezeichnet.

»Wie haben Sie diese Bilder bekommen?« Marc fragte sich, ob sie gestohlen worden seien. Wäre nur eins dagewesen, hätte er vielleicht glauben können, jemand, der es von ihm gekauft hatte, habe es in größter Not weiterverkauft. Aber es war unwahrscheinlich und, da die Kunsthandlung so viele Bilder von ihr besaß, offenbar unmöglich.

Die kleine Blonde blickte bei seiner Frage erstaunt drein. »Wir haben sie von der Malerin in Kommission erhalten.«

»Ach ja?« Jetzt verschlug es ihm die Sprache. »Warum?«

»Verzeihung?« Sie verstand ihn nicht.

»Ich meine, warum hier?«

»Dies ist eine in sehr gutem Ruf stehende Kunsthandlung.« Seine Bemerkung kränkte sie, und er versuchte, seine Verwirrung mit einem Lächeln zu überspielen.

»Es tut mir leid. So habe ich es nicht gemeint. Es ist nur, daß... daß ich die Malerin kenne und überrascht war, ihre Bilder hier zu finden. Ich dachte, sie sei fort... im Ausland.« Er wußte wirklich nicht, was er sagen sollte. Einer augenblicklichen Eingebung folgend, sah er das blonde Mädchen mit einem freundlichen Lächeln an. »Unwichtig. Ich nehme sie.«

»Welche?« Er war bestimmt verrückt. Oder vielleicht nur betrunken.

»Alle.«

»Alle vier?« Verrückt, nicht betrunken.

»Ja, das wäre fein.«

»Aber das macht beinahe achthundert Dollar.«

»Gut. Ich stelle Ihnen einen Scheck aus.« Das blonde Mädchen nickte und ging. Der Geschäftsführer rief Bens Bank an, und der Scheck war in Ordnung. Zehn Minuten später verabschiedete Ben sich, und Deanna und die Kunsthandlung waren um je vierhundert Dollar reicher. Ben packte die Bilder in seinen Wagen. Immer noch war er sich nicht im klaren, warum er sie gekauft hatte. Er wußte nur, daß er Deannas Gemälde hatte haben wollen. Und die Preise waren der helle Wahnsinn. Das verstand er nicht. Er würde die vier Bilder in seiner Galerie verkaufen und ihr den viel höheren Gewinn zukommen lassen. Als ob es sie interessierte... Was wollte er damit beweisen?

Er war ärgerlich auf sich selbst, als er den Wagen vor dem Seeigel parkte, wo er sich mit Kim zum Lunch treffen wollte. Da hatte er etwas Großartiges getan, indem er alle vier Bilder kaufte. Wenn Deanna es herausfand, würde sie wahrscheinlich furchtbar wütend werden. Aber irgend etwas an der ganzen Geschichte quälte ihn. Was hatte das Mädchen mit der in Sausalito ansässigen Malerin gemeint?

Kim wartete auf ihn an einem Fenstertisch und genoß die Aussicht auf die Stadt jenseits der Bucht.

»Darf ich Platz nehmen?« Sie fuhr erschrocken zu ihm herum, und dann lachte sie.

»Ich dachte schon, da wollte mich einer anquatschen.« Sie grinste zu ihm hoch, und lächelte. Er sah so sympathisch wie immer aus, trug ebenso wie immer einen Blazer und ein gestreiftes Hemd, doch Kim meinte, Unruhe in seinen Augen zu erkennen.

»Pech gehabt, Miß Houghton, das Anquatschen ist aus der Mode. Oder vielleicht tun es heutzutage nur noch die Frauen.«

»Aber, aber!«

»Möchten Sie einen Drink?« erkundigte er sich. Sie nickte. Beide bestellten Bloody Mary. Ben sah auf die Bucht hinaus. »Kim?«

»Ja, ich weiß. Sie wollen mir sagen, daß Sie die Anzeigen scheußlich finden. Mir gefallen sie auch nicht. Ich habe jedoch ein paar andere Ideen.«

Ben schüttelte den Kopf und richtete die Augen wieder auf sie. »Lassen Sie das jetzt, obwohl Sie damit recht haben. Wir können später darüber sprechen. Ich möchte Sie etwas anderes fragen.« Er schwieg lange Zeit. Kim wartete und fragte sich, ob es das war, was sie in seinen Augen gesehen hatte.

»Was ist denn?« Er sah so verwirrt aus, daß sie am liebsten die Hand nach ihm ausgestreckt hätte.

»Deanna.«

Kim blieb beinahe das Herz stehen. »Haben Sie sie gesehen?«

Wieder schüttelte er nur den Kopf. »Nein, Sie?« Kim nickte zur Antwort. »Ist etwas passiert? Ich habe soeben vier ihrer Gemälde in einer hiesigen Kunsthandlung gefunden, und das verstehe ich nicht. Warum läßt sie ihre Arbeiten dort verkaufen? Wissen Sie, zu welchen Preisen? Hundertsechzig, hunderfünfundsiebzig. Es ist verrückt, es ergibt keinen Sinn. Und man erzählte mir etwas darüber, daß sie eine hiesige Malerin sei. In Sausalito ansässig. Das ist doch wirklich nicht mehr zu begreifen. Zum Teufel, was geht da vor?«

Kim sah ihn lange schweigend an. Sie war sich nicht sicher, was sie sagen durfte. Am Nachmittag, gleich nach dem Essen, war sie mit Deanna in ihrem Häuschen verabredet. Bens Einladung zum Lunch in Sausalito hatte sie entzückt, denn das gab ihr Gelegenheit, vor der Rückfahrt bei Deanna Station zu machen. Aber was sollte sie Ben sagen? Wieviel durfte er wissen?

»Kim, bitte, sagen Sie es mir. Wissen Sie es?« In seinen Augen standen eine inständige Bitte und große Sorge.

»Vielleicht hat jemand anderer die Gemälde an die Kunsthandlung verkauft, nachdem er sie von ihr erworben hatte.« Kim mußte Deanna erst fragen, bevor sie ihm etwas verriet. Es ging nicht anders. Das war sie Deanna schuldig, aber sie wünschte sich, ihm reinen Wein einschenken zu können.

»Nein, das ist nicht der Fall. Das Mädchen sagte, sie hätten sie in Kommission von ihr. Aber warum? Warum ein solcher Laden und warum hier drüben? Versucht sie, die Bilder ohne Wissen ihres Mannes zu verkaufen? Ist sie in Schwierigkeiten? Braucht sie Geld?« Seine Augen flehten Kim um Antwort an, und sie stieß einen langen, beunruhigenden Seufzer aus.

»O Ben! Was soll ich sagen? In Deannas Leben haben viele Veränderungen stattgefunden.«

»Offenbar nicht genug, daß sie mich angerufen hätte.«

»Vielleicht tut sie das noch. Nach einiger Zeit. Sie ist immer noch ganz erschüttert wegen Pilar.« Er nickte stumm, und eine Weile sprachen sie nichts mehr. Das letzte, worüber er heute diskutieren wollte, waren geschäftliche Angelegenheiten. Er konnte an nichts anderes mehr denken als an Deanna. Er wußte, irgend etwas stimmte da ganz und gar nicht.

Wieder sah er Kim an, und sie wäre unter diesem Blick fast gestorben. »Ist sie irgendwie in Not?« Kim schüttelte den Kopf.

»Es geht ihr gut, Ben. Wirklich. Ich glaube, in gewisser Weise ist sie zum erstenmal seit langem glücklich.« Sie hätte sich die Zunge abbeißen mögen, daß sie das gesagt hatte. Im vorigen Sommer war Deanna noch glücklicher gewesen, aber Kim war ratlos, wie sie ihre Bemerkung jetzt noch abändern sollte. »Sie malt sehr viel.«

»Und sie ist glücklich.« Er sah auf die Bucht hinaus und zu Kim zurück. »Mit ihm...« Plötzlich hielt Kim es nicht länger aus. Ganz langsam schüttelte sie den Kopf. »Was meinen Sie damit?«

»Er ist nach Frankreich übergesiedelt.« Das hatte Deanna ihr im vorigen Monat erzählt. Marc war schließlich doch in seine Heimat zurückgekehrt.

»Für ständig?« Ben konnte es kaum fassen. Kim nickte nur. »Und sie ist hiergeblieben?« Wieder nickte Kim, und jetzt stand Verzweiflung in seinen Augen. Sie hatte ihn nicht angerufen. Marc war fort, und sie hatte nicht angerufen. Er sah in sein Glas. Da berührte Kim sanft seine Hand.

»Geben Sie ihr eine Chance, Ben. Es ist vieles geschehen. Ich glaube, sie wird noch ein paar Monate brauchen, bis sie sich wieder gefangen hat.«

»Und sie wohnt hier? In Sausalito?« Ben war nicht fähig, es sich zusammenzureimen. Warum wohnte sie nicht in ihrem Haus? War

Marc einfach davongelaufen und hatte sie verlassen? »Wollen Sie damit sagen, daß die beiden sich scheiden lassen werden?«

Kim holte tief Atem. »Ja. So ist es.«

»Geht das von ihm aus oder von ihr? Kim, Sie müssen es mir erzählen. Ich habe ein Recht, es zu erfahren.«

»Ich pflichte Ihnen voll und ganz bei, Ben. Aber versuchen Sie mal, ihr das klarzumachen... Es geht von ihr aus, doch er hat zugestimmt. Ihm blieb wirklich keine andere Wahl.«

»Wie geht es ihr? Kommt sie mit ihrem neuen Leben zurecht? Ist sie gesund?«

»Es geht ihr ausgezeichnet. Sie wohnt in einem komischen Häuschen, arbeitet an neuen Bildern und bereitet sich auf –« Und dann brach sie ab; sie war bereits zu weit gegangen.

»Auf was bereitet sie sich vor?« Wieder geriet er in Verwirrung. Kimberly trieb ihn zum Wahnsinn. »Um Gottes willen, Kim, veranstaltet diese lausige Kunsthandlung eine Ausstellung für sie?« flammte er auf. Wie konnten sie es wagen! Plötzlich lachte Kim. Sie sah ihn mit leuchtenden Augen an.

»Wissen Sie was? Das ist verrückt. Wir sitzen hier und umschreiben auf zwanzig verschiedene Weisen, wie es Deanna geht, während sie nur eins braucht: Sie.« Sie nahm einen Kugelschreiber aus ihrer Handtasche und fischte unter ihren Anzeigen ein Stück Papier hervor. Sie schrieb die Adresse nieder und reichte sie ihm. »Gehen Sie. Da wohnt sie.«

»Jetzt?« Mit großen Augen nahm er ihr den Zettel aus der Hand. »Aber wenn sie... wenn sie mich nun nicht sehen will?«

»Sie wird wollen. Doch von nun an liegt die Sache allein in Ihren Händen.« Sie lachte. »Und sollte sie Ihnen Schwierigkeiten machen, verprügeln Sie sie einfach.« Er grinste und sah sie unsicher an.

»Was ist mit unserem Lunch?« Er wollte nur noch wie der Blitz von hier verschwinden und Deanna aufsuchen. Keinen Augenblick länger wollte er mit Kim hier sitzen. Das war ihr klar. Sie lächelte.

»Zum Teufel mit unserem Lunch. Über die Anzeigen können wir ein anderes Mal reden. Gehen Sie.« Er beugte sich nieder, küßte sie und drückte fest ihre Schulter.

»Eines Tages, Kim Houghton, werde ich Ihnen danken. Aber im Augenblick –« endlich erwiderte er ihr Lächeln, »– muß ich laufen. Sagen Sie mir, soll ich die Tür einschlagen oder durch den Kamin hinunterklettern?«

»Werfen Sie einen Stuhl ins Fenster. Das klappt immer.«

Er lächelte immer noch, als er in seinen Wagen stieg, und fünf Minuten, nachdem er Kim verlassen hatte, war er in der Sackgasse. Noch einmal blickte er auf den Zettel. Ja, es war das hinter großen Büschen versteckte und von einem weißen Zäunchen umgebene Haus. Ob sie zu Hause war? Vielleicht war sie gar nicht da. Jetzt bekam er es mit der Ang[illegible] Was sollte er zu ihr sagen? Wenn sie nun är[illegible] wurde, weil er gekommen war? Er würde es nicht ertragen, wenn sie ihm nach den langen Monaten voller Träume das antat.

Ben stieg aus und ging langsam zur Tür. Er hörte, daß drinnen jemand umherging, und ein Radio spielte leise Jazz. Er läutete, und dann klopfte er. Schneller, als er erwartet hatte, antwortete ihre Stimme von hinten aus dem Haus.

»Hallo, Kim, es ist offen. Komm herein!« Er öffnete den Mund, um ihr zu sagen, es sei nicht Kim, aber schnell schloß er ihn wieder. Sie sollte die Wahrheit nicht erfahren, bis er drinnen war, bis er sie sah, und wenn es nur das eine Mal, nur für einen Augenblick war. Nur noch einmal. Er drückte die Tür mit einer Hand auf. Er stand in dem hellen kleinen Vorderzimmer, und es war niemand zu sehen.

»Bist du drinnen?« rief Deanna von hinten. »Ich streiche das zweite Schlafzimmer an. Ich komme gleich.«

Zum erstenmal nach fünf Monaten hörte er ihre Stimme, und ihm war, als schmölzen seine Eingeweide. Er blieb an einer Stelle stehen und wartete, daß sie herauskam. Er wollte etwas zu ihr sagen, aber er konnte nicht. Beinahe hatte er das Gefühl, ihm fehle die Kraft dazu. Und dann rief sie wieder: »Kim? Bist du das?« Diesmal mußte er sprechen. Er wollte nicht, daß sie sich fürchtete.

»Nein, Deanna. Hier ist nicht Kim.« Nichts als Schweigen antwortete ihm. Etwas fiel zu Boden. Er stand da, stumm, unbeweglich, wartend. Aber niemand kam. Nichts geschah. Nichts regte sich. Und er begann, langsam auf die hinteren Räume des Hauses zuzuschreiten. Weit brauchte er nicht zu gehen. Ein paar Schritte, und er stand im Eingang des Schlafzimmerchens.

»Deanna?« Sie lehnte an der letzten ungestrichenen Wand, eine Hand auf einem Kinderbett. Ben hielt ihren Blick fest und konnte ein Lächeln nicht unterdrücken. »Es tut mir leid, ich...« Und dann sah er es. Ihre Augen wurden groß, und ihr Kinn zitterte. »Mein

Gott, du bist... Deanna...« Er wollte sie nicht fragen, er wußte nicht, was er sagen sollte. Wann und wie? Und von wem? Doch es war ihm gleichgültig, von wem. Er schloß die Lücke zwischen ihnen und zog sie in seine Arme. Das war der Grund, warum sie die Bilder verkaufte, warum sie allein war.

»Es ist unseres, nicht wahr?« fragte er. Deanna nickte. Tränen fielen auf seine Schulter. Er hielt sie ganz fest. »Warum hast du es mir nicht gesagt? Warum hast du mich nicht angerufen?« Er löste sich gerade so weit von ihr, daß er ihr Gesicht sehen konnte. Sie lächelte.

»Ich konnte nicht. Ich hatte dich verlassen. Ich konnte so nicht zu dir zurückkehren. Ich dachte, vielleicht... nach der Geburt...«

»Du bist verrückt, aber ich liebe dich. Warum nach der Geburt? Ich möchte dann bei dir sein, ich möchte... o Deanna, es ist unser Kind!« Triumphierend zog er sie wieder an sich, lachend und weinend.

»Wie in aller Welt hast du mich gefunden?« fragte sie, sich an ihn schmiegend, und dann schnupfte sie auf. Als er nicht antwortete, wußte sie Bescheid. »Kim.«

»Vielleicht. Vielleicht aber auch diese scheußliche kleine Kunsthandlung, die deine Bilder verkauft. Deanna, wie konntest du...« Die Stimme versagte ihm, und sie grinste.

»Ich mußte.«

»Jetzt nicht mehr.«

»Das werden wir sehen.«

»Du ziehst die Seemöwe mir vor?« Er lachte bei dem Gedanken, und Deanna schüttelte heftig den Kopf.

»Trotzdem bin ich ganz allein zurechtgekommen. Ich bin unabhängig geworden. Ich habe es geschafft. Ist dir klar, was das bedeutet?«

»Es bedeutet, daß du wundervoll bist und ich dich anbete. Wirst du geschieden?« Er hielt sie in seinen Armen und berührte sanft ihren Bauch. Als das Baby trat, zuckte er zurück. »War das unser Kind?« Deanna nickte, und wieder glitzerten Tränen in seinen Augen.

»Und – ja, ich werde auch geschieden. Im Mai wird es soweit sein.«

»Und das Kind?«

»Mit dem wird es im April soweit sein.«

»Und deshalb, du verrückte, unabhängige, geliebte Frau, wird es mit uns im Mai soweit sein.«

»Was soll das bedeuten?« Aber sie lachte jetzt, und er auch.

»Genau das, was du denkst. Und –« er sah sich vergnügt in dem Zimmer um, »– pack deine Sachen, ich bringe dich nach Hause.«

»Jetzt? Ich habe das Kinderzimmer noch nicht fertig gestrichen. Und –«

»Und nichts, mein Darling. Ich bringe dich nach Hause.«

»Auf der Stelle?« Deanna legte ihren Pinsel hin und grinste.

»Auf der Stelle.« Von neuem zog er sie fest an sich und küßte sie mit der ganzen Sehnsucht der letzten fünf Monate. »Deanna, ich will nie wieder ohne dich sein. Niemals. Hast du verstanden?« Sie nickte nur, lächelte und küßte ihn, und seine Hand wanderte langsam zu ihrem Kind.